ALEX GARLAND

Der Strand

Buch

Der junge Engländer Richard ist mit dem Rucksack in Thailand unterwegs – abseits der überfüllten Routen des Massentourismus, auf der Suche nach der wahren, unverfälschten Seele des Landes, dem einzigartigen Abenteuer. Als er zusammen mit einem französischen Pärchen einen entlegenen Strand entdeckt, glaubt er am Ziel seiner Träume angelangt zu sein: weißer Sand und farbige Korallengärten, ein majestätischer Wasserfall, umringt von tropischem Dschungel, und ein buntgemischtes Häufchen junger Leute aus aller Welt, die hier ihr Lager aufgeschlagen haben. Es ist das reinste Paradies. Bis der Strand sein wahres Gesicht zu erkennen gibt. Und sich als eine grausame Hölle entpuppt, die sie alle zu vernichten droht.

»Der Strand« wurde als einer der ungewöhnlichsten Erstlingsromane der letzten Jahre gefeiert.

»Ein atemberaubend scharfsinniger Debütroman, ein Buch, so temporeich und stilsicher, daß viele ältere Autoren neidisch werden könnten. Alex Garland ist ein geborener Geschichtenerzähler.«
(Washington Post)

Autor

Alex Garland wurde 1970 in London geboren. »Der Strand« war in Garlands englischer Heimat ein aufsehenerregender Erfolg und erntete international hymnisches Lob. Alex Garland lebt heute in London.

Von Alex Garland außerdem bei Goldmann lieferbar:

Manila. Roman (44989) · Koma. Roman (geb. 31081)

Alex Garland

Der Strand

Roman

Deutsch von Rainer Schmidt

GOLDMANN

Die englische Originalausgabe erschien unter dem Titel
„The Beach“
bei Viking, London

Umwelthinweis:
Alle bedruckten Materialien dieses Taschenbuches
sind chlorfrei und umweltschonend.

Einmalige Sonderausgabe Mai 2005

Umschlaggestaltung: Design Team München
Umschlagfoto: Corbis/Images.com
Druck: GGP Media GmbH, Pößneck
Made in Germany · Titelnummer: 46006

ISBN 3-442-46006-9
www.goldmann-verlag.de

Das Schlupfloch

Es ist ein typisches Mittelschichtsphänomen.

Zwar kommt es auch bei ehemaligen Eton-Schülern vor, aber das scheinen eher die Bohemien-Typen zu sein – diejenigen, die mit Oxford und Cambridge nichts im Sinn haben und die eine Welt kennenlernen möchten, die ihnen durch ihre Herkunft verschlossen ist. Was die Arbeiterklasse angeht – vergessen Sie's. Rucksackreisen ist eine Sache der Mittelschicht, und von zehn Leuten, die's tun, ist vielleicht einer ein Arbeiter. Das läßt sich mit Zeit und Geld erklären, und mit dem freien Jahr, das man zwischen Schule und Universität einlegen kann. Während dieser Zeit macht man ein paar Monate lang irgendeinen öden Job, und dann fährt man noch eine Weile in die dritte Welt, um sich selbst zu entdecken. Sich selbst entdecken, den Horizont erweitern – das sind die Einfälle, die aus der Muße geboren sind. Typisch für die Mittelschicht und bestimmt kein Zufall.

Als ich das erstemal auf Reisen ging, war ich siebzehn Jahre und zwei Monate. Meine Schule veranstaltete einen sechswöchigen Trip nach Nordindien, im Sommer zwischen den Prüfungen, und wir nahmen zu elft daran teil (einschließlich der beiden Lehrer, die ein Auge auf uns haben sollten). Ich erinnere mich, daß das erste, was wir nach der Ankunft in Srinagar unternahmen, war, Stoff zu besorgen. Ziemlich dämlich, daß uns dies so wichtig war. Aber man muß auch bedenken, unter welchem Druck wir standen. Ein paar von uns hatten ältere Geschwister, die bereits in Indien gewesen waren und Geschichten von Marihuana erzählt hatten, das am Straßenrand wächst, und von Haschisch, so weich, daß man Figuren daraus kneten kann. Wir wollten auch mit Geschichten zurückkommen, und wir hatten nicht vor, Zeit zu verschwenden.

Heute sehe ich das alles anders. Diese Geschichten, einst die Belohnung fürs Reisen, haben auch ihren Preis. Es sind großartige Geschichten, die sich in einem winden und darum betteln, erzählt zu werden – und niemand will sie hören. Ich für mein Teil will nicht zuhören, weil mein Kopf voll ist von meiner eigenen Geschichte, und ich glaube, den meisten anderen Rucksackreisenden geht es genauso.

Deshalb sind wir uns auch im stillen einig, meine Freunde und ich: Wir erzählen unsere Erlebnisse nicht. Nie. Wir halten den Mund und tun so, als wären wir zu verschiedenen Zeiten unseres Lebens abhanden gekommen – einfach verschwunden aus London und ein paar Monate später wieder aufgetaucht, wundersam sonnengebräunt, aber ansonsten unverändert.

Gelegentlich verstößt einer gegen diese Regel, vielleicht, weil ihm unsere Etikette fremd ist. Dann fängt er an, von einer gefährlichen Busfahrt in Katmandu zu berichten, und wir hören höflich zu und wechseln Blicke. Am Ende wird dem Erzähler dann zu verstehen gegeben, daß er indiskret war; durch eine kühle Reaktion, aber häufiger noch durch eine Bemerkung, die alles untergräbt. »Hm, ich hatte einen Freund, der auf derselben Straße zu Tode gekommen ist.« Damit ist die Geschichte fachmännisch erledigt: Schuß in den Hinterkopf mit einer Schalldämpferpistole.

Aber wie bei jedem Kodex gibt es auch hier ein Schlupfloch – eine Möglichkeit, unsere Geschichten auf akzeptable Weise an den Mann zu bringen. Und passenderweise ist es ein Schlupfloch, das zu nutzen die Mittelschicht wie geschaffen ist.

Romane. Schreib die Geschichte auf, ändere die Namen, nenn es Literatur.

Und da ich sehe, daß ich meinen Roman bereits angefangen

habe, bleibt mir nur noch, einen Namen für mich auszuwählen.

Ich nehme Richard.

Mein Name ist Richard. Ich bin 1974 geboren, und es braucht nicht viel, um mich auf Reisen gehen zu lassen.

BANGKOK

Schande

Von dem Strand hörte ich das erstemal in Bangkok, in der Khao San Road. Die Khao San Road war Rucksackland. Beinahe alle Gebäude waren zu Pensionen umgebaut, es gab klimatisierte Telefonzellen für Auslandsgespräche, in den Cafés zeigten sie brandneue Hollywoodfilme auf Video, und man konnte keine fünf Schritte tun, ohne an einem Stand mit Raubkopiekassetten vorbeizukommen. In erster Linie war die Straße eine Schleuse für diejenigen, die nach Thailand kamen oder wieder wegwollten, eine Relaisstation zwischen Ost und West.

Ich war am Spätnachmittag in Bangkok gelandet, und als ich in der Khao San ankam, war es schon dunkel. Mein Taxifahrer erzählte mir augenzwinkernd, daß am Ende der Straße eine Polizeiwache sei, also bat ich ihn, mich am anderen Ende abzusetzen. Nicht, daß ich etwas Illegales vorhatte, aber ich wollte auf seinen verschwörerischen Charme eingehen. Es spielte eigentlich keine Rolle, an welchem Ende man wohnte; die Polizei hielt sich offensichtlich aus dem Geschehen heraus. Der Geruch von Marihuana stieg mir in die Nase, kaum daß ich aus dem Taxi geklettert war, und jeder Rucksackreisende, der sich an mir vorbeischlängelte, war bekifft.

Der Taxifahrer hatte mich vor einer Pension mit einem zur Straße hin offenen Speiseraum abgesetzt. Während ich das Haus und die Gäste musterte, um den Laden abzuschätzen, beugte sich ein dürrer Mann von einem Tisch zu mir herüber und berührte meinen Arm. Ich sah auf ihn herunter. Er war, so nahm ich an, einer dieser Heroinhippies, die sich in Indien und Thailand herumtreiben. Wahrscheinlich war er vor zehn

Jahren nach Asien gekommen, wo er sich gelegentlich zum Spiel mit der Droge einließ und dann süchtig geworden war. Seine Haut war alt, aber ich hätte ihn auf allenfalls dreißig geschätzt. So, wie er mich ansah, hatte ich den Eindruck, er wolle maßnehmen, bevor er versuchte, mich über den Tisch zu ziehen.

»Was?« fragte ich wachsam.

Er machte ein überraschtes Gesicht und drehte die Handflächen nach oben. Dann bog er den Zeigefinger und Daumen zum O-förmigen Zeichen der Vollkommenheit und deutete in die Pension hinein.

»Ein guter Laden?« Er nickte.

Ich schaute mich noch einmal unter den Leuten an den anderen Tischen um. Sie sahen überwiegend jung und freundlich aus; einige starrten auf den Fernseher, andere saßen beim Abendessen und unterhielten sich.

»Okay.« Ich lächelte ihn an – für den Fall, daß er kein Heroinsüchtiger, sondern ein freundlicher Taubstummer war. »Gekauft.«

Er erwiderte mein Lächeln und wandte sich dem Bildschirm zu.

Eine Viertelstunde später richtete ich mich in einem Zimmer ein, das wenig größer war als ein Doppelbett. Ich weiß das so genau, weil in dem Zimmer ein Doppelbett stand, und ringsherum waren jeweils dreißig Zentimeter Platz. Mein Rucksack paßte genau in den Spalt.

Eine Wand aus Beton. Das war die Hauswand. Die anderen waren kahle Kunststoffplatten. Sie gaben nach, wenn ich sie berührte. Ich hatte das Gefühl, wenn ich mich gegen eine lehnte, würde sie umfallen und gegen die nächste prallen, und dann würden die Wände in sämtlichen Nachbarzimmern umfallen wie Dominosteine. Knapp unter der Decke endeten die Wände und ein Streifen Fliegengitter füllte die Lücke aus. Das Gitter bewahrte die Illusion von einem separaten Raum jedoch nur so lange, bis ich mich auf das Bett legte. Kaum hatte ich mich entspannt und lag ruhig da, hörte ich in den anderen Zimmern auch schon die Kakerlaken rascheln.

Am Kopfende hatte ich ein französisches Pärchen knapp unter zwanzig als Nachbarn – ein schönes, schlankes Mädchen mit einem hinreichend hübschen Jungen im Schlepptau. Sie waren aus ihrem Zimmer gekommen, als ich meins bezog, und wir hatten einander im Vorbeigehen zugenickt. Das Zimmer am anderen Ende war leer. Durch das Fliegengitter sah ich, daß das Licht aus war; aber wenn jemand dagewesen wäre, hätte ich ihn sicher atmen gehört. Es war das letzte Zimmer an dem Korridor; also nahm ich an, daß es zur Straße hinausging und ein Fenster hatte.

An der Decke hing ein Ventilator, gerade so stark, daß er auf vollen Touren etwas Bewegung in die Luft brachte. Eine Zeitlang tat ich gar nichts. Ich lag auf dem Bett und schaute zu ihm hinauf. Es war beruhigend, die Umdrehungen zu verfolgen, und ich spürte, daß ich bei der Mischung aus Hitze und sanftem Wind würde eindösen können. Das war mir recht. Von Westen nach Osten ist der Jetlag am schlimmsten, und es war sicher gut, gleich in der ersten Nacht den richtigen Schlafrhythmus zu finden.

Ich schaltete das Licht aus. Ein Schimmer fiel vom Korridor herein, so daß ich den Ventilator noch sehen konnte. Bald schlief ich ein.

Ein- oder zweimal nahm ich Laute wahr, die vom Flur in mein Zimmer drangen, und mir war, als hörte ich das französische Paar zurückkommen und wieder gehen. Aber keins der Geräusche weckte mich richtig; immer wieder sank ich in den Traum zurück, den ich davor gehabt hatte. Bis ich die Schritte des Mannes hörte. Sie waren anders, zu unheimlich, als daß ich einfach hätte weiterdämmern können. Sie waren ohne Rhythmus und Gewicht, und sie schleiften über den Boden.

Eine Flut von gemurmelten englischen Schimpfwörtern schwappte zu mir herüber, während er an dem Vorhängeschloß an seiner Zimmertür herumfummelte. Dann kam ein lauter

Seufzer, das Schloß öffnete sich klickend, und sein Licht ging an. Das Moskitogitter warf einen gemusterten Schatten auf meine Decke.

Stirnrunzelnd schaute ich auf die Uhr. Es war zwei Uhr morgens – früher Abend nach englischer Zeit. Ich war nicht sicher, ob ich wieder einschlafen könnte.

Der Mann kippte auf sein Bett, daß die Wand zwischen uns beunruhigend wankte. Er hustete eine Weile, dann hörte ich, wie er sich raschelnd einen Joint drehte. Wenig später stieg blauer Rauch ins Licht und wölkte durch das Gitter.

Abgesehen davon, daß er von Zeit zu Zeit tief ausatmete, war alles still. Ich döste wieder ein und schlief – fast.

»*Bitch*«, sagte eine Stimme. Schlampe. Ich schlug die Augen auf.

»Verdammte Schlampe. Wir sind beide so gut wie ...«

Die Stimme brach ab, und ich hörte einen Hustenanfall.

»Tot.«

Jetzt war ich hellwach. Ich setzte mich auf.

»Krebs in den Korallen, blaues Wasser, was für eine Schlampe. Bin ich geschafft«, redete der Mann weiter.

Er hatte einen starken Akzent, aber zunächst konnte mein schlaftrunkener Kopf ihn nicht einordnen.

»*Bitch!*« sagte er wieder und spuckte das Wort förmlich aus.

Ein schottischer Akzent. Er meinte: *Beach*, einen Strand.

Ein scharrendes Geräusch an der Wand. Einen Augenblick lang glaubte ich, er würde versuchen, sie umzustoßen, und ich sah mich schon wie in einem Sandwich eingeklemmt zwischen Kunststoffplatte und Bett. Dann erschien sein Kopf hinter dem Fliegendraht, eine Silhouette, mir zugewandt.

»Hey«, sagte er.

Ich rührte mich nicht. Ich war sicher, daß er in meinem Zimmer nichts erkennen konnte.

»Hey, du da, ich weiß, daß du lauschst. Ich weiß, daß du wach bist.«

Er hob einen Finger und stieß versuchsweise gegen das Fliegengitter. Die Heftklammer, mit der es an der Kunststoffplatte befestigt war, flog ab. Seine Hand schob sich hindurch.

»Hier.«

Ein rotglühender Gegenstand segelte durch die Dunkelheit und landete in einem kleinen Funkenregen auf dem Bett. Der Joint, den er geraucht hatte. Ich schnappte danach, damit er mir nicht das Bettzeug verbrannte.

»Yeah«, sagte der Mann und lachte leise. »Hab ich dich. Ich hab gesehen, wie du den Stummel genommen hast.«

Ein paar Sekunden lang bekam ich die Situation nicht in den Griff. Wenn ich nun wirklich geschlafen hätte? Die Bettwäsche hätte in Flammen aufgehen können. Ich hätte verbrennen können. Meine Panik schlug um in Wut, aber ich schluckte sie herunter. Der Mann war unberechenbar, und es war besser, jetzt nicht aus der Haut zu fahren. Noch immer sah ich nur den Umriß seines Kopfes im Gegenlicht.

Ich hielt den Joint hoch. »Willst du den wiederhaben?«

»Du hast gelauscht«, antwortete er, ohne mich zu beachten. »Hast gehört, wie ich von dem Strand geredet habe.«

»Du hast eine laute Stimme.«

»Sag mir, was du gehört hast.«

»Ich hab gar nichts gehört.«

»... gar nichts?«

Er schwieg einen Moment und drückte dann das Gesicht an das Gitter. »Du lügst.«

»Nein. Ich habe geschlafen. Du hast mich gerade geweckt... als du mit dem Joint nach mir geworfen hast.«

»Du *hast* gelauscht«, zischte er.

»Es ist mir egal, ob du mir glaubst oder nicht.«

»Ich glaube dir nicht.«

»Tja... mir egal... Hör mal.« Ich stellte mich aufs Bett, so daß unsere Köpfe auf gleicher Höhe waren, und hielt den Joint vor das Loch, das er gemacht hatte. »Wenn du den wiederhaben willst, dann nimm ihn. Ich will endlich schlafen.«

Als ich die Hand hob, wich er zurück und geriet ins Licht. Sein Gesicht war flach wie das eines Boxers, seine Nase so oft eingeschlagen, daß sie keine Form mehr hatte, der Unterkiefer überproportional groß für das Gesicht; er hätte bedrohlich gewirkt, wäre nicht der Körper darunter gewesen. Der Unterkiefer verjüngte sich zu einem Hals, so dürr, daß es unbegreiflich schien, wie er diesen Kopf tragen konnte, und das T-Shirt hing schlaff über den Schultern wie auf einem Kleiderbügel.

Ich warf einen Blick an ihm vorbei. Sein Zimmer hatte ein Fenster, wie ich vermutet hatte, aber er hatte es mit Zeitungspapier zugeklebt. Davon abgesehen war es leer.

Seine Hand langte durch das Loch und pflückte mir den Joint aus den Fingern.

»Okay.« Ich dachte, ich hätte nun halbwegs die Oberhand. »Jetzt laß mich in Ruhe.«

»Nein«, antwortete er nur.

»Nein ...?«

»Nein.«

»Warum nicht? Was willst ... willst du irgendwas?«

»Ja.« Er grinste. »Und darum ...« Wieder drückte er sein Gesicht an das Fliegengitter. »... lasse ich dich nicht in Ruhe.«

Aber kaum hatte er das gesagt, schien er es sich anders zu überlegen. Er zog den Kopf ein und verschwand hinter der Wand. Ich blieb noch ein paar Sekunden stehen. Ich wußte nicht recht weiter, wollte aber meiner Autorität Nachdruck verleihen; schließlich hatte nicht ich den Kopf eingezogen, sondern er. Dann hörte ich, wie er sich den Joint wieder anzündete. Ich ließ das als Zeichen für das Ende gelten und legte mich wieder aufs Bett.

Als er ungefähr zwanzig Minuten später sein Licht ausgeknipst hatte, hatte ich immer noch Mühe, wieder einzuschlafen. Ich war zu aufgedreht, und zuviel Zeugs ging mir durch den Kopf. Der Strand ... der Strand – ich war erschöpft und zapplig vom Adrenalin. Wenn es eine Stunde lang still gewesen wäre, hätte ich mich vielleicht entspannen können, aber kurz nachdem der Mann das Licht ausgemacht hatte, kam das französische Paar zurück und begann sich zu lieben.

Wenn man sie keuchen hörte und das Zittern ihres wackelnden Bettes spürte, war es unmöglich, sie nicht vor sich zu sehen. Der kurze Blick, den ich im Flur auf das Gesicht des Mädchens hatte werfen können, hatte sich mir ins Gedächtnis gebrannt. Ein erlesenes Gesicht. Dunkle Haut und dunkles Haar, braune Augen, volle Lippen.

Als sie fertig waren, verspürte ich ein machtvolles Bedürfnis nach einer Zigarette, aber verkniff es mir. Ich wußte, wenn ich rauchte, würden sie hören, wie ich mit der Packung knisterte oder ein Streichholz anzündete. Die Illusion der Privatheit wäre zerstört.

Statt dessen konzentrierte ich mich darauf stillzuliegen, solange ich konnte. Es stellte sich heraus, daß es mir ziemlich lange gelang.

Vietnam

Als ich einmal mit meinen Schulfreunden zum Trekking in den Bergen von Kaschmir war, entwickelte sich zwischen den wenigen, die die ganzen Ferien durchhielten, ein Spiel. Es begann auf einer unserer ersten Wanderungen, als wir uns einen Steilhang hinaufplagten, wobei die ungewohnten Rucksackriemen uns die Schultern wundscheuerten. Ich glaube, es war Tim, der mit dem Spiel anfing. Atemlos und mit rotem Gesicht wandte er sich zu uns um und sagte: »Vietnam '69, das war hart, verflucht hart. Wir waren grüner als der Dschungel und brutaler als John *fucking* Wayne.« Dann warf er seinen Rucksack auf den Boden, tat, als wäre er ein Funker, und bellte in ein imaginäres Mikro: »Delta eins-neun-zero, hier ist Alpha Patrol auf dem Nordhang von Hügel sieben-zero-fünf. Wir sind unter Beschuß, wiederhole, sind unter Beschuß. Brauchen sofort Luftunterstützung – sofort, verflucht.«

Von diesem Augenblick an waren wir im Feld. Der starre Tausendmeterblick wurde geübt, Vogelschwärme wurden zu Hubschrauberstaffeln, ferne Lagerfeuer verwandelten sich in wabernde Napalmwolken. *Napalm*. Wir liebten dieses Wort mehr als jedes andere. Genau wie Robert Duval liebten wir den Geruch von Napalm in aller Herrgottsfrühe.

Als ich noch ein Kind war, schienen junge Leute am liebsten nach Indien und Nepal zu reisen. Und davor – wer weiß? Anfang der sechziger Jahre fuhren die Leute nach Marokko; also war es vielleicht Nordafrika. Vielleicht aber auch Amerika. Keine Ahnung.

Wie dem auch sei, in den frühen Achtzigern zog es die Rucksacktypen von Süd- nach Südostasien. Es gibt viele Gründe dafür: neue Landschaften, neue Zugänge, neue Drogen, billige Reiseangebote, das Bedürfnis, den Klischees aus dem Weg zu gehen, zu denen Indien und Nepal geworden waren. Aber aus irgendeinem Grund lassen alle diese Erklärungen mich kalt. Ich sage nicht, daß sie falsch sind – ich glaube nur, das ist nicht die ganze Geschichte. Was dabei fehlt, ist Vietnam.

Es waren die Vietnamfilme, die mich antörnten, auch wenn sie mich gleichzeitig durcheinanderbrachten. Ich wußte, daß *Apocalypse Now* oder *Platoon* Antikriegsfilme sein sollten, und wenn man mich nach meiner Meinung gefragt hätte, hätte ich instinktiv von der abgefuckten amerikanischen Außenpolitik und von My Lai angefangen. Aber mein Mund wäre da gewissermaßen auf Autopilot geschaltet gewesen. Wenn ich einen Moment lang nachgedacht, *wirklich* nachgedacht hätte, dann hätte ich zugegeben, daß der Vietnamkrieg aussah wie ein Heidenspaß. Ich hätte sogar mein Bedauern darüber zum Ausdruck gebracht, daß ich ihn verpaßt hatte, weil ich zwanzig Jahre zu spät geboren war.

Für mich ging's in Vietnam nicht um Gewalt und Grauen.

Es ging um anderes Zeug: durch den Gewehrlauf Haschisch rauchen, über dem Mekong-Delta LSD abwerfen, mit dem Hubschrauber fliegen, während der »Walkürenritt« aus Lautsprechern dröhnt. Und das alles vor einem Hintergrund, wie ich ihn mir wilder und exotischer nicht vorstellen konnte. Es kam mir phantastisch vor.

Ich kann also nur für mich selbst sprechen, aber ich weiß, daß es die Bilderwelt des Hollywood-Vietnam war, die mich nach Südostasien lockte. Es war, als strahlten die Palmen und Reisfelder einen düsteren Glamour aus, der mich auf der Stelle verzauberte.

»Whuuuuiiii! Diese Leuchtspurgeschosse machen den Himmel hell wie das gottverdammte Feuerwerk am vierten Juli! Verflucht noch mal, das sehen sie noch in Hanoi, das kannst du mir glauben! Heute nacht ist Grillfest, Mann, und wenn sie nicht krepieren, dann nur, *weil wir's nicht probieren*!«

Es ist gespenstisch. Selbst nach allem, was am Strand passiert ist, muß ich bei diesem Spiel noch lachen.

Erdkunde

Die Khao San Road erwachte früh. Um fünf setzte das gedämpfte Hupen der Autos unten auf der Straße ein: Bangkoks Variante des Morgenchorals. Dann ratterten die Wasserleitungen unter dem Fußboden, als die Angestellten der Pension duschten. Ich hörte sie reden; klagende Thai-Laute übertönten knapp das Wasserrauschen.

Während ich so auf dem Bett lag und den Morgengeräuschen lauschte, rückte die Anspannung der vergangenen Nacht in unwirkliche Ferne. Ich verstand zwar nicht, was die Thais redeten, aber ihr Geplauder und das gelegentliche Lachen vermittelten ein Gefühl von Normalität: Sie taten, was sie jeden Morgen taten, ihre Gedanken kreisten nur um die Routine. Ich stellte mir vor, daß sie vielleicht besprachen, wer heute zum Markt gehen und Lebensmittel kaufen und wer die Gänge fegen würde.

Gegen halb sechs öffneten sich klickend die ersten Türriegel. Die Frühaufsteher kamen heraus, und die unersättlichen Partyhechte kamen von Patpong zurück. Zwei deutsche Mädchen polterten die Holztreppe am hinteren Ende meines Korridors herauf; anscheinend trugen sie Clogs. Mir wurde klar, daß es mit den paar Fetzen traumlosen Schlafes, die ich erwischt hatte, vorbei war, und ich beschloß, die Zigarette zu rauchen, die ich mir ein paar Stunden zuvor versagt hatte.

Die frühmorgendliche Zigarette war belebend. Ich starrte zur Decke, und eine leere Streichholzschachtel balancierte als Aschenbecher auf meinem Bauch; mit jeder Rauchwolke, die ich in den Ventilator blies, wuchsen meine Lebensgeister. Wenig später fingen meine Gedanken an, sich mit Essen zu beschäftigen, und ich verließ mein Zimmer, um im Speiseraum unten nach so etwas wie einem Frühstück Ausschau zu halten.

Ein paar Gäste saßen schon da und nippten schlaftrunken an Gläsern mit schwarzem Kaffee. Auf demselben Stuhl wie am Abend zuvor hockte der hilfsbereite Taubstumme beziehungsweise Heroinsüchtige. Nach seinem glasigen Blick zu urteilen, hatte er die ganze Nacht dagesessen. Ich lächelte ihm freundlich zu, und er neigte zur Antwort den Kopf.

Ich studierte die Speisekarte, ein ehemals weißes Blatt mit einer so umfangreichen Liste von Gerichten, daß ich das Gefühl hatte, hier eine Entscheidung zu treffen übersteige meine Kräfte. Dann ließ ein köstlicher Geruch mich aufblicken. Ein Küchenjunge war mit einem Tablett voller Obstpfannkuchen herübergekommen. Er verteilte sie unter einer Gruppe von Amerikanern und unterbrach damit ihre gutgelaunte Diskussion über die Abfahrtzeiten der Züge nach Chiang Mai.

Einer von ihnen sah, wie ich das Essen beäugte, und deutete auf seinen Teller. »Bananenpfannkuchen«, sagte er. »Mit allem Drum und Dran.«

Ich nickte. »Riechen ziemlich gut.«

»Schmecken noch besser. Engländer?«

»Mhm.«

»Schon lange hier?«

»Seit gestern abend. Und ihr?«

»'ne Woche«, antwortete er, schob sich ein Stück Pfannkuchen in den Mund und wandte sich ab. Vermutlich bedeutete dies das Ende der Unterhaltung.

Der Küchenjunge kam zu mir an den Tisch, blieb stehen und starrte mich mit verschlafenen Augen erwartungsvoll an.

»Einmal Bananenpfannkuchen, bitte«, sagte ich, zu einer zügigen Entscheidung genötigt.

»Sie woll'n ein Banan'pfannkuch?«

»Ja bitte.«

»Sie woll'n Drink?«

»Äh, eine Cola. Nein, eine Sprite.«

»Ein Banan'pfannkuch, ein Spri'.«

»Bitte.«

Er schlenderte zur Küche zurück, und plötzlich überflutete mich eine warme Woge des Glücks. Das Sonnenlicht fiel auf die Straße. Ein Mann baute auf dem Gehweg seinen Stand auf und arrangierte seine Schwarzkassetten in ordentlichen Reihen. Neben ihm schnitt ein kleines Mädchen eine Ananas auf; sie schälte die rauhe Schale in säuberlichen Spiralmustern ab. Ein noch kleineres Mädchen dahinter hielt mit einem Lappen die Fliegen in Schach.

Ich zündete mir die zweite Zigarette des Tages an. Ich wollte sie nicht, aber ich hatte das Gefühl, genau das müsse jetzt sein.

Die Französin erschien ohne ihren Freund und ohne Schuhe. Ihre Beine waren braun und schlank, ihr Rock war kurz. Auf zarten Füßen tappte sie durch den Speiseraum. Wir alle beobachteten sie. Der Heroinstumme, die Amerikaner, die Thai-Küchenjungen. Wir alle sahen, wie sie die Hüften drehte, um zwischen den Tischen hindurchzugleiten, und wir sahen die silbernen Armbänder an ihren Handgelenken. Als ihr Blick durch den Raum schweifte, schauten wir weg, und als sie sich der Straße zuwandte, schauten wir wieder hin.

Nach dem Frühstück beschloß ich, einen Spaziergang durch Bangkok zu machen, zumindest durch die Straßen rings um die Khao San. Ich bezahlte mein Essen und ging noch einmal nach oben, um ein bißchen Geld zu holen; vielleicht würde ich irgendwo ein Taxi nehmen müssen.

Oben an der Treppe war eine alte Frau dabei, mit einem Mop die Fenster zu putzen. Wasser strömte an den Scheiben herunter und auf den Boden. Sie war völlig durchnäßt, und der vor dem Fenster herumschwappende Mop flog gefährlich dicht an der nackten Glühbirne vorbei, die von der Decke hing.

»Entschuldigung«, sagte ich, nachdem ich mich vergewissert hatte, daß die potentielle Todespfütze, die sich da auf dem Boden ausbreitete, mich nicht erreichte. Sie drehte sich um. »Das Wasser ist eine gefährliche Sache bei dem Licht.«

»Ja«, antwortete sie. Ihre Zähne waren abwechselnd schwarz verfault und gelb wie Senf; es sah aus, als hätte sie den Mund voller Wespen. »Heiß-heiß.« Absichtlich streifte sie die Glühbirne mit dem Rand ihres Mops. Das Wasser zischte, und ein Dampfwölkchen stieg zur Decke.

Mich schauderte. »Vorsicht! Der Strom ist lebensgefährlich.«

»Heiß.«

»Ja, aber …« Ich zögerte, als ich merkte, daß ich mit Worten nicht weiterkam. Aber ich warf die Flinte noch nicht ins Korn.

Ich schaute mich um. Wir beide waren allein auf dem Treppenabsatz.

»Okay, guck.«

Ich legte eine kurze Pantomime als Fensterputzer hin, bevor ich meinen imaginären Mop an die Lampe reckte. Dann zuckte ich, vom Elektroschock hingerichtet, hin und her.

Sie legte mir eine runzlige Hand auf den Arm, um meine Krämpfe zu beenden.

»*Hey, man*«, näselte sie mit einer hohen Stimme. »Alles cool.«

Ich zog die Brauen empor; ich war nicht ganz sicher, ob ich richtig gehört hatte.

»Easy«, sagte sie. »Null Problem.«

»Na schön«, sagte ich und bemühte mich, die Kombination aus Thai-Oma und Hippie-Jargon mit Anstand zu akzeptieren. Sie arbeitete offensichtlich schon sehr lange in der Khao San Road. Ich fühlte mich düpiert, als ich auf mein Zimmer zuging.

»Hey«, rief sie mir nach. »B'ief für dich, *man*.«

Ich blieb stehen. »Was?«

»B'ief.«

»Ein Brief?«

»*Ein B'ief! An Tür!*«

Ich nickte dankend und fragte mich, woher sie wohl wußte, welches mein Zimmer war. Ich ging weiter, und richtig, an meiner Tür war mit Klebstreifen ein Brief befestigt. »Hier ist eine Karte«, stand darauf in einer mühselig verknoteten Handschrift. Ich war immer noch so verblüfft über das seltsame Vokabular der alten Frau, daß mich der Brief völlig unbeeindruckt ließ.

Auf ihren Mop gestützt, beobachtete mich die alte Frau vom Ende des Korridors her. Ich hielt den Umschlag hoch. »Hab ihn. Danke. Wissen Sie, von wem er ist?«

Sie runzelte die Stirn. Diese Frage hatte sie nicht verstanden.

»Haben Sie gesehen, wer den hierher gebracht hat?«

Ich begann mit einer neuen kleinen Pantomime, und sie schüttelte den Kopf.

»Na, trotzdem danke.«

»Null Problem«, sagte sie und wandte sich wieder ihrem Fenster zu.

Einen Augenblick später saß ich auf dem Bett; der Ventilator kühlte mir den Nacken, und ich hielt die Karte in den Händen. Der leere Umschlag neben mir raschelte im Luftzug. Draußen klapperte die alte Frau mit Mop und Eimer die Treppe hinauf zum nächsten Fenster.

Die Karte war wunderschön bunt gemalt. Die Umrisse der Inseln waren mit grünem Kugelschreiber gezeichnet, und kleine blaue Buntstiftwellen kräuselten sich auf dem Meer. Oben in der rechten Ecke war ein Kompaß aufgemalt, sorgfältig in sechzehn Strahlen unterteilt, jeder mit einer Pfeilspitze und der entsprechenden Himmelsrichtung versehen. Am oberen Rand der Karte stand in dickem roten Filzstift »Golf von Thailand«. Ein dünnerer Rotstift war für die Namen der Inseln benutzt worden.

Das alles sah so ordentlich gemalt aus, daß ich lächeln mußte. Es erinnerte mich an Erdkunde-Hausaufgaben und Pauspapier. Mir ging durch den Kopf, wie mein Lehrer die Schulhefte und seine sarkastischen Bemerkungen verteilt hatte.

»Und von wem ist das?« murmelte ich und suchte noch einmal im Umschlag nach einer erklärenden Begleitnotiz. Der Umschlag war leer.

Dann fiel mir an einer Gruppe kleinerer Inseln ein schwarzes Zeichen auf. Ein »X«. Ich schaute genauer hin. In winzigen Lettern stand darunter das Wort »Strand«.

Ich wußte nicht genau, was ich dazu sagen sollte. Einerseits war ich schlicht neugierig; ich wollte einfach wissen, was es mit diesem Strand auf sich hatte. Andererseits war ich sauer. Es sah so aus, als hätte der Typ sich vorgenommen, sich in meine Ferien hineinzudrängen und mir auf die Nerven zu gehen, indem er mitten in der Nacht durch das Fliegengitter zischte und mir seltsame Karten zuspielte.

Seine Tür war nicht abgeschlossen, das Vorhängeschloß weg. Ich lauschte einen Moment lang, bevor ich anklopfte, und als ich es tat, schwang die Tür auf.

Trotz der Zeitungsseiten, die vor dem Fenster klebten, fiel genug Licht ins Zimmer. Der Mann lag auf dem Bett und starrte zur Decke. Ich glaube, er hatte sich die Handgelenke aufgeschnitten. Es konnte auch die Gurgel sein. Im Halbdunkel und bei soviel verspritztem Blut war es schwer zu erkennen, was er sich aufgeschlitzt hatte. Aber ich wußte, daß er es selbst gemacht hatte: Er hatte ein Messer in der Hand.

Ich stand regungslos da und starrte den Toten eine Weile an. Dann ging ich Hilfe holen.

Étienne

Der Polizist schwitzte, aber das hatte nichts mit der Hitze zu tun. Dank der Klimaanlage war es in dem Zimmer kalt wie in einem Kühlschrank. Es kam eher von der Anstrengung des Englischsprechens. Wenn er an ein schwieriges Wort oder einen komplizierten Satz geriet, legte seine Stirn sich in hundert Falten, und dann erschienen kleine Schweißperlen auf seiner braunen Haut, die wie Opale glänzten.

»Aber Misser Duck nich Ihr Freun'«, sagte er.

Ich schüttelte den Kopf. »Ich hab ihn gestern abend zum erstenmal gesehen. Und hören Sie. Dieser Name, Duck, das ist kein richtiger Name. Das ist ein Spitzname.«

»Spi'name?« wiederholte der Polizist.

»Kein richtiger Name.« Ich deutete auf sein Notizbuch, wo er sich den Namen aufgeschrieben hatte. »Daffy Duck ist eine Comicfigur.«

»Comicfigu'?«

»Ja.«

»Misser Duck is Comicfigur?«

»Wie Bugs Bunny. Äh… Mickymaus.«

»Oh«, sagte der Polizist. »Also er gib falsche Name in Pensio'.«

»Richtig.«

Der Polizist wischte sich mit dem Ärmel übers Gesicht. Schweiß tröpfelte auf sein Notizbuch und ließ die Tinte verschwimmen. Er runzelte die Stirn, und neue Tröpfchen erschienen dort, wo er die alten gerade weggewischt hatte.

»Jetzt will ich Sie fragen nach Tator'.«

»Okay.«

»Sie gehen Misser Duck Zimmer warum?«

»Weil er mich letzte Nacht aufgeweckt hat. Ich wollte ihm sagen, daß er es nicht noch mal tun soll.« Das hatte ich mir zurechtgelegt, als wir die Khao San Road hinunter zur Polizeiwache gegangen waren.

»Ah. Letz Nach' Misser Duck mach Krach.«

»Ja.«

»Und was finden in Zimmer, hah?«

»Nichts. Ich habe gesehen, daß er tot ist, und an der Rezeption Bescheid gesagt.«

»Misser Duck schon tot? Woher wissen Sie?«

»Wußte ich nicht. Ich dachte es mir bloß. Da war 'ne Menge Blut.«

Der Polizist nickte weise und lehnte sich auf seinem Stuhl zurück.

»Ich glaube, Sie wüten' über zuviel Krach letz' Nach', hah?«

»Na klar.«

»Wie wütend auf Misser Duck?«

Ich hob die Hände. »Ich habe den ganzen Morgen im Speiseraum unten gesessen und gefrühstückt. Von sechs bis neun. Viele Leute haben mich da gesehen.«

»Vielleich' er stirb vor sechs.«

Ich zuckte die Achseln. Da machte ich mir keine Sorgen. Im Geiste sah ich klar und deutlich das matte Licht, das durch das zeitungsverklebte Fenster hereinfiel, und die funkelnden Lichtreflexe auf Mister Duck. Das Blut war ziemlich naß gewesen.

Der Polizist seufzte. »Okay«, sagte er. »Noch mal erzähl' von letz' Nach'.«

Warum ich die Karte nicht erwähnte? Weil ich nicht in irgendwelche ausländischen Polizeiermittlungen hineingezogen werden und mir meine Ferien versauen lassen wollte. Außerdem kümmerte mich der Tod dieses Typen nicht weiter. Ich sah es so: Thailand ist ein exotisches Land mit Drogen und Aids, und es ist ein bißchen gefährlich, und wenn Daffy Duck sich zu weit rausgewagt hatte, dann war das sein Bier.

Ich hatte auch nicht den Eindruck, daß den Polizisten die ganze Sache sonderlich interessierte. Nachdem er mich noch einmal dreißig Minuten lang erbarmungslos ausgefragt hatte (»Können Sie beweisen, daß Sie haben Banan'pfannkuch' essen?«), ließ er mich laufen und ersuchte mich, die Khao San Road in den nächsten vierundzwanzig Stunden nicht zu verlassen.

Der Freund des französischen Mädchens saß auf der Treppe vor der Polizeiwache und hielt das Gesicht in die Sonne. Offensichtlich hatten sie ihn ebenfalls zum Verhör geholt. Er sah zu mir auf, als ich die Treppe herunterkam; vielleicht hatte er seine Freundin erwartet. Dann drehte er sich wieder um.

Normalerweise hätte ich das so gedeutet, daß er nicht plaudern wollte. Ich bin viel allein unterwegs und deshalb manchmal ziemlich froh, wenn sich jemand mit mir unterhält. Dabei achte ich genau auf die Körpersprache der anderen, denn selbst wenn ich mich ein bißchen einsam fühle, will ich mich doch niemandem aufdrängen. Diesmal aber ignorierte ich das Signal. Ich wollte zwar mit der Polizei nichts zu tun haben, hatte aber trotzdem den Drang, über den Todesfall zu reden.

Ich setzte mich neben ihn, so daß er mir nicht ausweichen konnte. Wie sich herausstellte, hatte ich das Signal sowieso falsch gedeutet. Er war sehr freundlich.

»Hallo«, sagte ich. »Sprichst du Englisch? Äh, *je parle français un petit peu, mais malheureusement je suis pas très bon.*«

Er lachte. »Ich spreche Englisch«, antwortete er mit leichtem Akzent.

»Du bist wegen dem Typen hier, der gestorben ist, hm?«

»Ja. Ich hab gehört, du hast ihn gefunden.«

Ich war berühmt.

»Ja.« Ich zog meine Zigaretten aus der Tasche. »Heute morgen.«

»Das muß schlimm gewesen sein.«

»Es war okay. Rauchst du?«

»Nein, danke.«

Ich zündete mir eine an.

»Also, ich bin Richard«, sagte ich und blies den Rauch aus.

»Étienne«, sagte er, und wir gaben einander die Hand.

Am Abend zuvor hatte ich ihn auf etwa achtzehn geschätzt, aber bei Tageslicht sah er älter aus. Zwanzig oder einundzwanzig. Er hatte etwas Mediterranes: kurze, dunkle Haare, schlanke Figur. Ich sah ihn vor mir, wie er in ein paar Jahren aussehen würde: etliche Pfund schwerer, ein Glas Ricard in der einen Hand, eine Boule in der anderen.

»Es ist schon verrückt«, sagte ich. »Ich bin erst gestern angekommen. Wollte mich in Bangkok etwas erholen, wenn das möglich ist, und statt dessen passiert mir so was.«

»Oh, wir sind schon vier Wochen hier, und für uns ist es auch verrückt.«

»Na ja, vermutlich ist es immer ein bißchen komisch, wenn jemand stirbt. Und, wo seid ihr im letzten Monat so gewesen? Doch bestimmt nicht nur in Bangkok.«

»Nein, nein.« Étienne schüttelte energisch den Kopf. »Ein paar Tage in Bangkok sind genug. Wir waren im Norden.«

»Chiang Mai?«

»Ja, wir haben eine Tour gemacht, Floßfahrt auf dem Fluß. Sehr langweilig, nicht?« Seufzend ließ er sich zurücksinken und lehnte sich an die Steinstufe hinter ihm.

»Langweilig?«

»Rafting, Trekking. Ich wollte mal was anderes machen, und alle anderen wollen das auch. Aber wir machen alle das gleiche. Es gibt kein … äh …«

»Abenteuer.«

»Nun, deshalb kommen wir aber her.« Er deutete um die Ecke der Polizeiwache zur Khao San Road. »Wir suchen Abenteuer und finden das hier.«

»Enttäuschend.«

»Ja.«

Étienne schwieg einen Moment und runzelte die Stirn. Dann sagte er: »Dieser Mann, der da gestorben ist. Er war sehr merkwürdig. Wir haben ihn nachts gehört. Er redete und schrie... Die Wände sind so dünn.«

Zu meinem Ärger wurde ich rot, als mir einfiel, daß ich die beiden beim Sex gehört hatte. Ich nahm einen tiefen Zug aus meiner Zigarette und starrte die Treppe hinunter. »Wirklich?« sagte ich. »Ich war letzte Nacht so müde, daß ich nur geschlafen habe.«

»Ja. Manchmal kommen wir extra spät in die Pension zurück, damit er schon schläft.«

»Das wird ja nun kein Problem mehr sein.«

»Oft konnten wir ihn gar nicht verstehen. Ich weiß, daß er Englisch sprach. Ich habe manche Wörter erkannt, aber... es war nicht leicht.«

»Leicht war es für mich auch nicht. Er war Schotte. Ziemlich starker Akzent.«

»Ach... dann hast du ihn letzte Nacht gehört?«

Jetzt war es Étienne, der rot wurde. Seine Verlegenheit war ebenso groß wie meine. Es war komisch, aber wenn seine Freundin häßlich gewesen wäre, hätte mich das Ganze nur amüsiert; weil sie aber so attraktiv war, fühlte ich mich fast, als hätte ich ein Verhältnis mit ihr. Was ich natürlich auch hatte. Im Geiste jedenfalls.

So erröteten wir beide, und als das verlegene Schweigen allzu drückend wurde, sagte ich viel zu laut: »Ja, aber sein Akzent war wirklich heftig.«

»Ah«, sagte Étienne, ebenfalls ein wenig entschlossen. »Jetzt verstehe ich.«

Nachdenklich strich er sich übers Kinn, als müsse er einen Bart glattstreichen. »Er redete von einem Strand«, sagte er dann.

Dabei sah er mir in die Augen. Er beobachtete mein Gesicht und wartete auf eine Reaktion – das war offensichtlich. Ich nickte, damit er weiterredete.

»Die ganze Nacht sprach er davon. Ich lag wach im Bett, weil ich bei seinem Gebrüll nicht schlafen konnte, und dann versuchte ich, seine Worte zusammenzusetzen. Wie ein Puzzle.« Étienne lachte. »Verdammte Schlampe«, sagte er und ahmte die Stimme des Mannes dabei ziemlich gut nach. »Drei Nächte hab ich gebraucht, um zu verstehen, daß er von einem Strand sprach. Wie bei einem Puzzle.«

Ich nahm noch einen Zug und überließ es Étienne, die Pause im Gespräch zu füllen.

»Ich mag Puzzles«, sagte er, aber er redete eigentlich nicht mit mir. Dann ließ er das Schweigen länger werden.

Auf einem Trip nach Indien, mit siebzehn und mit mehr Hasch in der Birne als Verstand, beschlossen mein Freund und ich, auf dem Flug von Srinagar nach Delhi ein paar Gramm Rauschgift mitzunehmen. Jeder machte seinen eigenen Plan. Ich wickelte meins in Plastik und Klebeband und tränkte das Päckchen mit Deodorant, um den Geruch zu überdecken. Dann stopfte ich es in ein Röhrchen mit Malaria-Tabletten. Diese Vorsichtsmaßnahmen waren sicher völlig überflüssig. Die Zollbeamten würden sich wohl kaum für Inlandsflüge interessieren, aber ich machte es trotzdem.

Als wir zum Flughafen kamen, hatte ich eine Scheißangst. Ich meine, eine *Scheißangst* – meine Augen quollen aus den Höhlen, ich zitterte und schwitzte wie ein Schwein. Und trotz meiner Angst tat ich etwas Außergewöhnliches. Ich erzählte einem Wildfremden, einem Typen, dem ich im Wartesaal über den Weg lief, daß ich Stoff in meinem Rucksack hätte. Er brauchte mir diese Information nicht mal aus den Rippen zu leiern. Ich gab sie ihm freiwillig. Ich lenkte das Gespräch auf das Thema Drogen, und dann gestand ich, daß ich ein Schmuggler sei.

Ich weiß nicht, warum ich das tat. Ich wußte, daß es völlig dämlich war, aber ich quatschte drauf los und erzählte es. Ich mußte einfach jemandem erzählen, was ich da machte.

»Ich weiß, wo der Strand ist«, sagte ich.

Étienne zog die Brauen hoch.

»Ich habe eine Karte.«

»Eine Karte von dem Strand?«

»Der tote Typ hat sie mir gezeichnet. Sie klebte heute morgen an meiner Tür. Man sieht, wo der Strand ist und wie man hinkommt. Ich hab sie in meinem Zimmer.«

Étienne stieß einen Pfiff aus. »Hast du das der Polizei erzählt?«

»Nein.«

»Vielleicht ist es wichtig. Vielleicht hat es etwas zu tun mit seinem ...«

»Vielleicht.« Ich schnippte die Zigarette weg. »Aber ich will da nicht hineingezogen werden. Vielleicht denken sie dann, ich kannte ihn, oder so was.«

»Eine Karte«, sagte Étienne leise.

»Gut, was?«

Plötzlich stand Étienne auf. »Kann ich sie sehen? Hättest du was dagegen?«

»Äh, eigentlich nicht«, sagte ich. »Aber wartest du nicht auf...?«

»Meine Freundin? Françoise? Sie kennt den Weg zur Pension. Nein, ich würde gern die Karte sehen.« Seine Hand legte sich leicht auf meine Schulter. »Wenn ich darf.«

Überrascht von der Vertraulichkeit dieser Geste zuckte meine Schulter, und die Hand sank herunter.

»Ja, klar«, sagte ich. »Gehen wir.«

Stumm

Wir redeten nicht auf dem Heimweg. Es hatte keinen Sinn. Man mußte sich zwischen Hunderten von Rucksäcken hindurchschlängeln, und das machte jedes Gespräch unmöglich. Vorbei an den Ständen mit Schwarzmarktkassetten, durch Musikzonen, mal schneller, mal langsamer. Creedence Clearwater forderten uns auf, durch den Dschungel zu laufen, als hätten wir diese Aufforderung nötig gehabt. Techno-Beat pumpte aus verzerrenden Boxen, dann Jimi Hendrix.

Platoon. Jimi Hendrix, Rauschgift und Gewehrläufe.

Ich suchte den Geruch von Marihuana, um all dies zusammenzubringen, und fand ihn inmitten des Gestanks von heißer Gosse und klebrigem Teer. Ich glaube, er kam von oben – von einem Balkon voller Zöpfe und schmutziger T-Shirts, die am Geländer lehnten und die Szenerie genossen.

Eine braune Hand schnellte vor und hielt mich fest. Ein Thai, der an seinem Verkaufsstand hockte, ein schlanker Mann mit Akne-Narben, hatte meinen Arm gepackt. Ich schaute zu Étienne hinüber. Er hatte es nicht bemerkt und lief weiter. Dann verlor ich ihn im Gedümpel von Köpfen und braunen Hälsen.

Der Mann fing an, mit der freien Hand meinen Unterarm zu streicheln, geschmeidig und flink, doch er ließ mich nicht los. Ich runzelte die Stirn und versuchte mich loszureißen. Er zog mich zu sich heran und führte meine Hand zu seinem Schenkel. Ich ballte die Finger zur Faust, und meine Knöchel drückten sich in seine Haut. Leute drängten sich an mir vorbei und rempelten mich an. Einer sah mir in die Augen und lächelte. Statt meines Arms streichelte der Mann jetzt mein Bein.

Ich sah ihn an. Seine Miene war ausdruckslos und unergründlich, sein Blick auf meinen Bauch gerichtet. Er streichelte ein letztes Mal mein Bein und drehte dabei das Handgelenk so, daß sein Daumen kurz unter den Stoff meiner Shorts glitt. Dann ließ er meinen Arm los, tätschelte mir den Hintern und wandte sich wieder seinem Stand zu.

Ich trabte hinter Étienne her – er war zwanzig Meter weiter stehengeblieben und hatte die Hände in die Hüften gestemmt. Als ich herankam, zog er die Brauen hoch. Ich runzelte die Stirn, und wir gingen weiter.

In der Pension saß der schweigsame Heroinsüchtige auf seinem gewohnten Platz. Als er uns sah, zog er mit dem Zeigefinger einen Strich über sein Handgelenk. »Traurig, was?« wollte ich sagen, aber meine Lippen klebten und wollten sich kaum öffnen. Das Geräusch, das aus meiner Kehle kam, war ein Seufzer.

Françoise

Étienne starrte fünf Minuten lang wortlos auf die Karte. Schließlich sagte er: »Warte«, und sauste aus dem Zimmer. Ich hörte ihn nebenan herumwühlen, und dann kam er mit einem Reiseführer zurück. »Da.« Er deutete auf die aufgeschlagene Seite. »Das sind die Inseln auf der Karte. Ein Nationalpark, westlich von Ko Samui und Ko Pha-Ngan.«

»Ko Samui?«

»Ja. Schau. Alle Inseln sind geschützt. Touristen können da nicht hin, verstehst du?«

Tat ich nicht. Der Reiseführer war französisch. Aber ich nickte trotzdem.

Étienne las eine Weile schweigend und fuhr dann fort. »Ah, Touristen können ...« Er nahm die Karte und zeigte auf eine der größeren Inseln in dem kleinen Archipel, drei Inseln unterhalb des »X«, das den Strand bezeichnete, »... hierhin. Nach Ko Phelong. Man kann mit einer speziell geführten Tour von Ko Samui nach Ko Phelong, aber ... aber darf nur eine Nacht dortbleiben. Und die Insel nicht verlassen.«

»Dieser Strand liegt also in einem Naturschutzgebiet.«

»Ja.«

»Und wie soll man da hinkommen?«

»Gar nicht.«

Ich lehnte mich auf dem Bett zurück und zündete mir eine Zigarette an. »Dann wäre die Sache geklärt. Die Karte ist Stuß.«

Étienne schüttelte den Kopf. »Nein. Kein Stuß. Im Ernst, wieso hat der Mann sie dir gegeben? Er hat sich soviel Mühe gemacht. Guck mal, die kleinen Wellen.«

»Er hat sich Daffy Duck genannt. Er war verrückt.«

»Glaube ich nicht. Paß auf.« Étienne nahm seinen Reiseführer und begann stockend zu übersetzen. »Die abenteuerlustigen Reisenden... erforschen nun die Inseln hinter Ko Samui auf der Suche nach... auf der Suche nach, äh... Ruhe, und Ko Pha-Ngan ist ein... beliebtes Ziel. Aber selbst Ko Pha-Ngan ist...« Er brach ab. »Okay, Richard. Hier steht, die Leute wollen zu den Inseln jenseits von Ko Pha-Ngan, weil Ko Pha-Ngan inzwischen genauso ist wie Ko Samui.«

»Genauso?«

»Verdorben. Zu viele Touristen. Aber das Buch ist drei Jahre alt. Inzwischen finden vielleicht manche Rucksackfreunde, daß die Inseln hinter Ko Pha-Ngan auch versaut sind. Also suchen sie sich eine völlig neue, im Nationalpark.«

»Aber sie dürfen doch nicht dorthin.« Étienne verdrehte die Augen. »Eben! Deshalb tun sie es ja gerade. Weil da keine anderen Touristen sind.«

»Die Thai-Behörden werden sie einfach fortjagen.«

»Guck doch mal, wie viele Inseln da sind. Wie soll man sie da finden? Wenn sie ein Boot hören, verstecken sie sich. Man muß schon genau wissen, daß sie dort sind, wenn man sie ausfindig machen will – und wir wissen es. Wir haben das hier.« Er schob die Karte übers Bett zu mir herüber. »Weißt du, Richard, ich glaube, ich möchte diesen Strand finden.«

Ich lächelte.

»Wirklich«, sagte Étienne. »Du kannst mir glauben. Ich möchte es.«

Ich glaubte ihm. Sein Blick kam mir bekannt vor. In meiner frühen Jugend habe ich eine kleine kriminelle Phase durchlaufen, zusammen mit zwei Freunden, Sean und Danny. In den frühen Morgenstunden, allerdings nur an Wochenenden, weil wir an die Schule denken mußten, stromerten wir durch die Straßen in unserem Viertel und zerschlugen alles mögliche. »Hot Bottle« war unser Lieblingsspiel. Dazu klauten wir die leeren Milchflaschen vor den Haustüren, warfen sie in die Luft und versuchten sie aufzufangen. Den meisten Spaß machte es, wenn eine Flasche zu Boden fiel; man sah die silberne Explosion der Glasscherben und fühlte, wie sie einem gegen die Jeans flogen. Das Wegrennen vom Tatort brachte einen zusätzlichen Kick, idealerweise begleitet vom Geschrei der wütenden Erwachsenen, das uns in den Ohren gellte.

Étiennes Blick erinnerte mich an eine spezielle Begebenheit, als wir nämlich vom Flaschenzerschlagen zum Autozertrümmern fortschritten. Wir saßen bei uns in der Küche und diskutierten spielerisch über den Vorschlag, und dann sagte Sean: »Wir machen es einfach.« Er sagte es beiläufig, aber sein Blick war ernst. In seinen Augen sah ich, daß er das Nachdenken über Durchführbarkeit und Konsequenzen hinter sich gelassen hatte und im Geiste bereits das Geräusch der zersplitternden Windschutzscheibe hörte.

Étienne, das ahnte ich, hörte das Rauschen der Brandung an dem verborgenen Strand oder versteckte sich im Geiste vor der Nationalparkwache. Die Wirkung auf mich war die gleiche wie damals, als Sean gesagt hatte: »Wir machen es einfach«. Eine Idee wurde plötzlich ausgeführt. Der Karte folgen – das war plötzlich etwas, das stattfinden sollte.

»Ich nehme an«, sagte ich, »wir würden einen Fischer finden, der uns zu der Insel bringt.«

Étienne nickte. »Ja. Es könnte schwierig sein, dort hinzukommen, aber nicht unmöglich.«

»Wir müßten zuerst nach Ko Samui.«

»Oder nach Ko Pha-Ngan.«

»Vielleicht ginge es sogar von Surat Thani aus.«

»Oder von Ko Phelong.«

»Wir müßten mal ein bißchen rumfragen…«

»Aber es gibt bestimmt jemanden, der uns hinbringt.«

»Ja…«

In dem Augenblick kam Françoise von der Polizeiwache zurück.

Wenn Étienne derjenige war, der die Idee, den Strand zu suchen, in eine Möglichkeit verwandelt hatte, so war es Françoise, die dafür sorgte, daß es wirklich geschah. Das Komische war, daß sie es eher beiläufig tat, einfach indem sie selbstverständlich davon ausging, daß wir es versuchen würden.

Ich wollte nicht, daß es aussah, als sei ich von ihrem hübschen Aussehen beeindruckt, deshalb sagte ich, als sie den Kopf zur Tür hereinstreckte, nur »Hallo« und wandte mich wieder der Karte zu.

Étienne rutschte auf meinem Bett zur Seite und klopfte mit der flachen Hand auf die Stelle, die er freigemacht hatte. Françoise blieb in der Tür stehen. »Ich habe nicht auf dich gewartet«, sagte er auf englisch, vermutlich aus Rücksicht auf mich. »Ich habe Richard getroffen.« Sie ging nicht auf seinen Sprachvorschlag ein, sondern ratterte auf französisch los. Ich konnte ihrem Gespräch nicht folgen und verstand nur hin und wieder einzelne Wörter, darunter meinen Namen, aber das Tempo und die Heftigkeit des Wortwechsels ließen mich vermuten, daß sie entweder stinksauer war, weil er ohne sie verschwunden war, oder einfach nur dringend loswerden wollte, was auf der Polizeiwache passiert war.

Nach einer Weile entspannte sich der Tonfall. Dann fragte

Françoise auf englisch: »Kann ich eine Zigarette haben, Richard?«

Ich gab ihr eine und hielt ihr ein Streichholz hin. Als sie die Hände darüber wölbte, um die Flamme vor dem Luftzug des Ventilators zu schützen, bemerkte ich eine Tätowierung, einen winzigen Delphin, halb verborgen unter ihrem Uhrarmband. Es war eine merkwürdige Stelle für eine Tätowierung, und fast hätte ich eine entsprechende Bemerkung gemacht, aber dann kam es mir doch zu vertraulich vor. Narben und Tätowierungen. Da muß man jemanden schon ziemlich gut kennen, bevor man Fragen stellt.

»Was hat es mit der Karte von dem Toten auf sich?« fragte Françoise.

»Ich habe sie heute morgen an meiner Tür gefunden...« setzte ich an, aber sie fiel mir ins Wort.

»Ja, das hat Étienne mir schon erzählt. Ich will sie sehen.«

Ich reichte ihr die Karte, und Étienne deutete auf den Strand.

»Oh«, sagte sie. »Bei Ko Samui.«

Étienne nickte begeistert. »Ja. Nur eine kleine Bootsfahrt. Vielleicht erst nach Ko Phelong, da können Touristen für einen Tag hin.«

Françoise legte den Finger auf die mit »X« bezeichnete Insel. »Und wie erfahren wir, was uns da erwartet?«

»Gar nicht«, sagte ich.

»Und wenn da nichts ist, wie kommen wir dann zurück nach Ko Samui?«

»Wir fahren zurück nach Ko Phelong«, sagte Étienne. »Dort warten wir auf ein Touristenboot. Wir sagen einfach, wir hätten uns verirrt. Ist doch egal.«

Françoise paffte zierlich an ihrer Zigarette, sie ließ den Rauch kaum in ihre Lunge. »Verstehe... Wann fahren wir?«

Ich sah Étienne an, und er erwiderte meinen Blick.

»Ich habe genug von Bangkok«, fuhr Françoise fort. »Wir könnten heute abend den Nachtzug nach Süden nehmen.«

»Tja, äh…« stammelte ich. Das Tempo, in dem sich die Sache entwickelte, brachte mich ins Schleudern. »Wir müssen wohl noch ein bißchen warten. Dieser Typ, der da Selbstmord begangen hat… Ich darf den Ort hier vierundzwanzig Stunden nicht verlassen.«

Françoise seufzte. »Geh zur Polizei und sag, daß du weg mußt. Die haben doch deine Paßnummer, oder?«

»Ja, aber…«

»Dann lassen sie dich gehen.«

Sie drückte ihre Zigarette auf dem Fußboden aus, als wolle sie sagen: Ende der Diskussion. Und das war es.

Lokalkolorit

Am Nachmittag ging ich noch einmal zur Polizei, und wie Françoise vorausgesagt hatte, machten sie keine Schwierigkeiten. Der detaillierte Vorwand, den ich mir ausgedacht hatte – ich müsse mich in Surat Thani mit einem Freund treffen –, wurde beiseite gewischt. Ihre einzige Sorge war, daß Mister Duck keinen Ausweis gehabt hatte, und deshalb wußten sie nicht, welche Botschaft sie informieren sollten. Als ich ihnen sagte, daß ich ihn für einen Schotten gehalten hätte, waren sie froh.

Auf dem Rückweg zur Pension ging mir plötzlich die Frage durch den Kopf, was nun mit Mister Ducks Leiche geschehen würde. Bei all der Aufregung wegen der Karte hatte ich ganz vergessen, daß da jemand gestorben war. Ohne Papiere konnte die Polizei ihn nirgendwohin überführen. Vielleicht würden sie ihn ein, zwei Jahre tiefgefroren in Bangkok lagern, vielleicht auch einäschern. Das Bild seiner Mutter in Europa kam mir in den Sinn; noch wußte sie nicht, daß jetzt ein paar dunkle Monate für sie begannen, in denen sie versuchen würde, herauszufinden, warum ihr Sohn nichts mehr von sich hören ließ. Es kam mir unrecht vor, daß ich über eine so wichtige Information verfügte, während sie ahnungslos war. Falls sie existierte.

Diese Gedanken beunruhigten mich. Ich beschloß, einen kleinen Umweg zu machen, um Étiennes und Françoises Fragen über den Strand und die Karte aus dem Weg zu gehen. Ich hatte Lust, ein bißchen allein zu sein. Wir hatten verabredet, um zwanzig Uhr dreißig mit dem Zug in den Süden zu fahren; ich konnte mir also zwei Stunden Zeit lassen.

Von der Khao San Road bog ich nach links ab, ging durch eine schmale Gasse, duckte mich unter einem Baugerüst an einem halbfertigen Haus entlang und kam an einer verkehrsreichen Hauptstraße heraus. Unvermittelt sah ich mich von Thais umgeben. Ich hatte ganz vergessen, in welchem Land ich war, solange ich dort im Rucksackbezirk gehockt hatte; jetzt brauchte ich ein paar Minuten, um mich an die Veränderung zu gewöhnen.

Nach kurzer Zeit kam ich an eine niedrige Brücke, die über einen Kanal führte. Sie war nicht gerade pittoresk, aber ich blieb doch stehen, suchte mein Spiegelbild im Wasser und verfolgte die benzinbunten Wirbel. Rechts und links an den Kanalböschungen klebten gefährlich schräge Slumhütten. Die Sonne, die den ganzen Vormittag über im Dunst gehangen hatte, knallte jetzt herunter. Bei den Hütten suchte eine Horde Kinder Abkühlung. Sie sprangen mit hochgezogenen Knien ins Wasser und spritzten sich gegenseitig naß.

Ein Junge bemerkte mich. Ein helles Gesicht wäre sonst vermutlich von Interesse für ihn gewesen, aber nicht jetzt. Er starrte mich ein paar Sekunden lang an, unverschämt oder gelangweilt, und sprang dann ins schwarze Wasser. Ein ehrgeiziger Salto gelang, und seine Freunde kreischten beifällig.

Als der Bengel wassertretend an die Oberfläche kam, sah er mich wieder an. Seine Armbewegungen räumten im schwimmenden Abfall eine kreisrunde Fläche frei. Zerbröckeltes Styropor, das einen Augenblick lang aussah wie Seifenschaum.

Ich zupfte mir das Hemd vom Rücken. Der Schweiß hatte es an die Haut geklebt.

Alles in allem entfernte ich mich schätzungsweise zwei Meilen von der Khao San Road. Ich aß an einem Straßenstand hinter dem Kanal eine Nudelsuppe, schlängelte mich durch mehrere Verkehrsstaus und kam an ein, zwei kleinen Tempeln vorbei, die sich diskret zwischen fleckige Betonbauten duckten. Nirgends ein Anblick, bei dem ich bereut hätte, daß ich Bangkok so bald wieder verlassen würde. Ich stehe sowieso nicht besonders auf Sehenswürdigkeiten. Selbst wenn ich ein paar Tage länger geblieben wäre, hätten meine Erkundungen mich wahrscheinlich nicht über die Striplokale in der Patpong Road hinausgeführt.

Schließlich war ich so weit gewandert, daß ich keine Ahnung mehr hatte, wie ich zurückkommen sollte; also nahm ich mir ein Tuk-Tuk. In gewisser Hinsicht war das der beste Teil des Ausflugs, so im blauen Auspuffdunst dahinzutuckern und Details zu sehen, die einem als Fußgänger nicht auffallen.

Étienne und Françoise saßen im Speiseraum und hatten ihr Gepäck neben sich stehen.

»Hey«, sagte Étienne. »Wir dachten schon, du hättest es dir anders überlegt.«

Ich verneinte, und er sah erleichtert aus.

»Dann solltest du vielleicht gleich packen. Ich glaube, wir sollten frühzeitig am Bahnhof sein.«

Ich ging nach oben, um mein Gepäck zu holen. Auf dem Treppenabsatz meiner Etage traf ich den stummen Junkie, der auf dem Weg nach unten war. Es war eine doppelte Überraschung – ihn woanders als auf seinem gewohnten Platz zu sehen und außerdem festzustellen, daß er überhaupt nicht stumm war.

»Abreise?« fragte er, als wir aufeinander zukamen.

Ich nickte.

»Zu weißem Sand und blauem Wasser?«

»Mhm.«

»Na, dann laß dir nichts zustoßen.«

»Ich werd's versuchen.«

Er lächelte. »Natürlich wirst du's versuchen. Du solltest dir aber tatsächlich nichts zustoßen lassen.«

So ist nun mal das Leben, Jim, so und nicht anders

Wir nahmen den Nachtzug in den Süden. Erste Klasse. Ein Kellner servierte eine billige, gute Mahlzeit an einem Tisch, der sich hochklappen ließ und fleckenlose Kojen freigab. In Surat Thani stiegen wir aus und fuhren mit dem Bus nach Don Sak. Dort bestiegen wir die Fähre nach Songserm, die uns geradewegs zum Pier von Na Thon brachte.

So kamen wir nach Ko Samui.

Ich konnte mich erst entspannen, als ich den Vorhang an meiner Koje zugezogen und mich vom Rest des Zuges abgeschottet hatte. Besser gesagt, von Étienne und Françoise. Es war mühselig zugegangen, seit wir die Pension verlassen hatten. Nicht, daß sie mir auf die Nerven gingen, aber mir dämmerte allmählich, daß unser Unternehmen Realität war. Auch wurde mir bewußt, daß wir buchstäblich Fremde waren – eine Sache, die ich in der Aufregung unseres schnellen Entschlusses glatt vergessen hatte. Ich bin sicher, daß es ihnen ähnlich erging; deshalb fingen sie genauso selten ein Gespräch an wie ich.

Ich lag auf dem Rücken, die Hände hinter dem Kopf verschränkt, und war zufrieden in dem Wissen, daß die gedämpften Geräusche der Räder auf den Gleisen und die wiegenden Bewegungen des Wagens mich bald einschläfern würden.

Die wenigsten Leute haben ein Problem damit, in der Eisenbahn zu schlafen, aber mir fällt es besonders leicht. Genaugenommen ist es mir fast unmöglich wachzubleiben. Hinter dem Haus, in dem ich aufgewachsen bin, führte eine Bahnlinie vorbei, und nachts bemerkte man die Züge am deutlichsten. Meine Version des Sandmanns ist der Null-Uhr-zehn-Zug von Euston.

Während ich darauf wartete, daß der Pawlowsche Reflex einsetzte, studierte ich die raffinierte Einrichtung meiner Koje. Das Licht im Abteil war gedämpft, aber es drang noch genug durch die Ritzen rings um meinen Vorhang, daß ich etwas sehen konnte. Es gab ein ganzes Sortiment von nützlichen Taschen und Fächern, die ich belegt hatte, so gut ich konnte: In einem kleinen Kasten am Fußende hatte ich T-Shirt und Hose gestopft, und meine Schuhe steckten in einem elastischen Netz oberhalb meiner Hüften. Über meinem Kopf war eine verstellbare Leselampe angebracht; sie war abgeschaltet, aber daneben verbreitete eine winzige rote Birne ein beruhigendes Leuchten.

Als ich schläfrig wurde, fing ich an zu phantasieren. Ich stellte mir vor, der Zug sei ein Raumschiff und ich sei unterwegs zu einem fernen Planeten.

Ich weiß nicht, ob ich der einzige bin, der so was macht. Ich habe mich darüber nie mit jemandem unterhalten. Tatsache ist, daß ich nie aus dem Alter herausgekommen bin, in dem man so tut, als ob, und bis jetzt deutet nichts darauf hin, daß es je anders werden wird. Ich habe eine sorgfältig ausgefeilte Nachtphantasie, in der ich an einer Art High-Tech-Rennen teilnehme. Das Rennen dauert mehrere Tage, bis zu einer Woche, und läuft nonstop. Während ich schlafe, rast mein Fahrzeug mit Autopilot der Ziellinie entgegen. Die Sache mit dem Autopiloten ist die rationale Begründung dafür, daß ich im Bett liegen kann, während ich dieser Phantasie nachhänge. Daß man es auf derart logische Weise laufen läßt, ist wichtig – es wäre keine gute Phantasie, wenn ich das Rennen in einem Formel-1-Wagen führe, denn wie sollte ich da schlafen? Also wirklich.

Manchmal gewinne ich das Rennen, manchmal verliere ich. Aber bei diesen Gelegenheiten stelle ich mir vor, daß ich noch einen kleinen Trick im Ärmel habe – eine Abkürzung vielleicht –, oder ich verlasse mich darauf, daß ich Kurven schneller nehmen kann als meine Konkurrenten. So oder so schlafe ich in stiller Zuversicht ein.

Ich glaube, der Katalysator für diese spezielle Phantasie war die kleine rote Lampe neben der Leseleuchte. Wie jedermann weiß, ist ein Raumschiff ohne kleine rote Lampen kein Raumschiff. Alles andere – die raffinierten Staufächer, das Geräusch der Lokomotive, das Gefühl von Abenteuer – waren glückliche Ergänzungen.

Als ich einschlief, entdeckten meine Scanner soeben Lebensformen auf der Oberfläche eines fernen Planeten. Konnte der Jupiter sein. Mit seinen Wolkenmustern sah er aus wie ein Batik-T-Shirt.

Die warme Sicherheit meiner Raumkapsel glitt von mir ab. Ich lag wieder auf meinem Bett in der Khao San Road und starrte zum Ventilator hinauf. Ein Moskito summte im Zimmer herum. Ich sah ihn nicht, aber seine Flügel vibrierten wie Helikopterrotoren, wenn er in meine Nähe kam. Neben mir saß Mister Duck, das Bettzeug um ihn herum war rot und naß.

»Würdest du das für mich erledigen, Rich?« Mister Duck reichte mir einen halbfertigen Joint. »Ich schaff es nicht. Meine Hände sind zu klebrig. Die Blättchen … die Blättchen fallen immer wieder auseinander.«

Er lachte entschuldigend, als ich ihm den Joint abnahm.

»Meine Handgelenke. Hab sie ganz aufgeschlitzt, und jetzt hören sie nicht auf zu bluten.« Er hob den Arm, und Blut spritzte im Bogen an die Kunststoffwand. »Siehst du, was ich meine? Scheißsauerei.«

Ich drehte den Joint, leckte ihn aber nicht an. Auf der Gummierung war ein roter Fingerabdruck.

»Oh. Darüber mach dir keine Sorgen, Rich. Ich bin sauber.«

Mister Duck schaute auf seine durchnäßten Kleider hinunter. »Na ja, vielleicht nicht gerade überall…«

Ich leckte am Rizla-Papier.

»Zünd du ihn an, ich mach ihn nur naß.«

Er hielt mir ein Streichholz hin, und ich setzte mich auf. Mein Gewicht drückte die Matratze herunter, und ein Blutrinnsal floß in die Mulde und durchweichte meine Shorts.

»Und wie ist das? Haut rein, was? Aber du solltest es mal durch 'n Gewehrlauf probieren. Das ist 'n echter Hit, Rich.«

»Ich flipp aus.«

»Gut so«, sagte Mister Duck. »Braver Junge, brav, mein Kleiner…«

Er ließ sich auf das Bett sinken, die Hände über dem Kopf, die Handgelenke nach oben gewandt. Ich nahm noch einen Zug. Blut rann über die Blätter des Ventilators und tropfte ringsum herab wie Regen.

KO SAMUI

Fronturlaub

Die Fahrt vom Bahnhof in Surat Thani nach Ko Samui verging in einem schlaftrunkenen Nebel. Ich entsinne mich vage, daß ich Étienne und Françoise zum Bus nach Donsak folgte, und meine einzige Erinnerung an die Fahrt mit der Fähre ist die, wie Étienne mir durch den Lärm der Schiffsmaschine ins Ohr schreit. »Da, Richard!« brüllte er und deutete zum Horizont. »Das ist der Nationalpark!« Eine Ansammlung von blaugrünen Umrissen war in der Ferne gerade noch zu erkennen. Ich nickte pflichtschuldig. Ich war mehr daran interessiert, eine weiche Stelle an meinem Rucksack zu finden, weil ich ihn als Kopfkissen benutzen wollte.

Der Jeep, mit dem wir vom Hafen von Ko Samui zum Badestrand nach Chaweng fuhren, war ein großer, offener Isuzu. Links lag das Meer blau hinter Reihen von Kokospalmen, rechts stieg ein dschungelbewachsener Hang steil auf. Zehn Leute saßen hinter dem Fahrerhäuschen; die Rucksäcke zwischen die Knie geklemmt, und ihre Köpfe wiegten sich in den Kurven.

»Delta One-Nine«, murmelte ich, »hier ist Alpha Patrol.«

Der Jeep setzte uns vor ein paar anständig aussehenden Bungalows ab, aber wir durften es uns nicht ganz so leicht machen und sahen uns zunächst die Konkurrenz an. Nachdem wir eine halbe Stunde durch den heißen Sand geschlurft waren, kehrten wir zu den ersten Hütten zurück.

Eigene Dusche, Ventilator am Bett, ein nettes Restaurant mit Blick aufs Meer. Unsere Bungalows standen einander gegenüber an einem blumengesäumten Kiesweg. Es sei *très beau*, sagte Françoise mit glücklichem Seufzen, und ich stimmte ihr zu.

Ich schloß die Tür hinter mir und ging als erstes ins Bad, um mein Gesicht im Spiegel zu betrachten. Seit zwei Tagen hatte ich mich nicht gesehen und wollte mich davon überzeugen, daß alles okay war.

Es war ein kleiner Schock. Von Unmengen brauner Haut umgeben, hatte ich irgendwie angenommen, daß ich auch braungebrannt sei, aber das Gespenst im Spiegel belehrte mich eines Besseren. Betont wurde meine Blässe noch durch die Bartstoppeln, die wie meine Haare kohlschwarz sind. Vom UV mal abgesehen hatte ich eine Dusche dringend nötig. Mein T-Shirt hatte die salzige Steife von einem Stoff, der durchgeschwitzt, sonnengetrocknet und wieder durchgeschwitzt worden ist. Ich beschloß, unverzüglich zum Strand zu gehen und zu schwimmen. So konnte ich zwei Fliegen mit einer Klappe schlagen – ein paar Sonnenstrahlen aufsaugen und wieder sauber werden.

Chaweng war wie ein Foto aus einem Reiseprospekt. Hängenmatten baumelten im Schatten gebogener Palmen, der Sand war so weiß, daß man nicht hinschauen konnte, und auf dem Wasser zogen Jet-Skier weiße Muster wie Düsenflugzeuge an einem klaren Himmel. Ich rannte zur Brandung hinunter – weil der Sand so heiß war und weil ich immer ins Meer renne. Als das Wasser an meinen Beinen zu zerren begann, sprang ich hoch, und der Schwung ließ mich in einem Salto vorwärts fliegen. Ich landete auf dem Rücken und sank ausatmend auf den Grund. Dort blieb ich sitzen, den Kopf leicht nach vorn geneigt, um die Luft in der Nase zu halten, und lauschte dem sanften Klicken und Tosen der Unterwassergeräusche.

Ich hatte vielleicht eine Viertelstunde im Wasser herumgeplanscht, als Étienne zu mir herunterkam. Er rannte ebenfalls über den Sand und sprang mit einem Salto ins Wasser, kam aber gleich japsend wieder hoch.

»Was ist los?« rief ich.

Étienne schüttelte den Kopf und arbeitete sich rückwärts durch das Wasser, weg von der Stelle, an der er gelandet war. »Dies hier! Dieses Tier! Dieser … Fisch!«

Ich watete auf ihn zu. »Was für ein Fisch?«

»Ich weiß das englische – aaah! Aaah! Da sind noch mehr! Aaah! Das brennt!«

»Ach«, sagte ich, als ich bei ihm war. »Quallen. Super.«

Ich freute mich über den Anblick der fahlen Umrisse, die da wie Tropfen von silbrigem Öl im Wasser schwebten. Ich fand es toll, daß diese Viecher aus der Reihe tanzten, daß sie diesen seltsamen Platz zwischen Pflanzen- und Tierreich einnahmen.

Von einem Filipino habe ich einmal etwas Interessantes über Quallen gelernt. Wir tauchten zusammen im Südchinesischen Meer, und er zeigte mir, daß es nicht weh tut, wenn man Quallen mit der flachen Hand aufnimmt – vorausgesetzt man wäscht sich nachher gründlich die Hände, denn wenn man sich die Augen reibt oder den Rücken kratzt, dann wirkt das Gift und brennt wie verrückt. Wir veranstalteten Quallenschlachten und bewarfen uns gegenseitig mit den tennisballgroßen Klumpen. An windstillen Tagen konnte man sie wie flache Kieselsteine übers Meer flitzen lassen; wenn man allerdings zu heftig warf, neigten sie zum Explodieren. Er erzählte mir auch, daß man sie roh essen könne, wie Sushi. Er hatte recht – wenn man dafür ein paar Tage Magenkrämpfe und Kotzerei in Kauf nehmen mag.

Ich betrachtete die Quallen um uns herum. Sie sahen genauso aus wie die, die ich kannte. Ich fand, es lohnte sich, ein bißchen Brennen zu riskieren, um Étienne zu beeindrucken. Das Spiel ging auf. Seine Augen öffneten sich weit, als ich einen der wabbeligen Klumpen aus dem Meer hob.

»Mon Dieu!« rief er.

Ich lächelte. Mir war nicht klargewesen, daß Franzosen wirklich *»Mon Dieu!«* sagen. Ich hatte immer gedacht, es sei das gleiche wie mit den Engländern, die angeblich am Ende eines jeden Satzes *»isn't it«* sagen.

»Tut das nicht weh, Richard?«

»Nein. Es kommt nur darauf an, wie du sie hältst, genau wie bei Brennesseln. Versuch's auch mal.«

Ich hielt ihm die Qualle hin.

»Nein, ich will nicht.«

»Es ist okay. Mach schon.«

»Wirklich?«

»Ja, klar. Du mußt die Hände halten wie ich.«

Ich ließ die Qualle in seine gewölbten Hände gleiten.

»Oooooh.« Ein mächtiges Grinsen breitete sich auf seinem Gesicht aus.

»Aber du darfst sie nur mit den Handflächen berühren. Berührst du sie anders, dann brennt es.«

»Nur mit der Handfläche? Wieso das?«

Ich zuckte die Achseln. »Weiß nicht. Ist eben so.«

Ich hob noch eine aus dem Wasser. »Die sind irre, was? Guck mal, man kann richtig hindurchsehen. Sie haben kein Gehirn.«

Étienne nickte begeistert.

Wir betrachteten eine Weile schweigend unsere Quallen; dann bemerkte ich Françoise. Sie kam in einem einteiligen weißen Badeanzug zum Wasser herunter. Sie sah uns und winkte. Als sie den Arm hob, spannte sich der Badeanzug straff über ihren Oberkörper, und die Schatten der Einuhrsonne gaben ihren Brüsten, der Mulde unter den Rippen und den Muskelsträngen, die sich über ihren Bauch hinunterzogen, Konturen.

Ich sah zu Étienne hinüber. Er studierte noch immer seine Qualle, zog ihre Tentakel vom Glockenkörper nach außen, so daß sie wie eine gläserne Blume auf seiner flachen Hand saß. Vielleicht hatte die Vertrautheit ihn für Françoises Schönheit abgestumpft.

Sie zeigte sich unbeeindruckt von unserem Fang. »Ich mag

die Dinger nicht«, erklärte sie knapp. »Kommt ihr mit schwimmen?«

Ich deutete ins brusttiefe Wasser, das Françoise bis an die Schultern reichte. »Wir schwimmen doch, oder?«

»Nein.« Étienne blickte endlich auf. »Sie meint, da draußen schwimmen.« Er deutete ins offene Meer hinaus.

Wir spielten ein Spiel, als wir hinausschwammen. Alle zehn Meter mußte jeder auf den Grund tauchen und mit einer Handvoll Sand wieder heraufkommen.

Ich fand dieses Spiel seltsam unangenehm. Einen Meter unter Wasser war es mit der Wärme des tropischen Meeres plötzlich vorbei und es wurde kalt, so abrupt, daß man die Trennlinie beim Wassertreten haargenau feststellen konnte. Wenn man abtauchte, begann die Kälte an den Fingerspitzen und umhüllte dann schnell den ganzen Körper.

Je weiter wir hinausschwammen, desto schwärzer und feiner wurde der Sand. Bald war das Wasser am Grund so dunkel, daß ich nichts mehr sehen konnte. Ich konnte nur blindlings mit den Beinen strampeln und die Arme ausstrecken, bis meine Hände im Schlick versanken.

Allmählich graute mir vor dem kalten Bereich. Hastig sammelte ich meine Handvoll Sand auf und stieß mich kräftig vom Meeresgrund ab, obwohl meine Lunge noch voller Luft war. Wenn ich an der Oberfläche wartete, während Étienne oder Françoise noch tauchte, zog ich die Beine hoch und paddelte mit den Armen, um nicht unterzugehen.

»Wie weit schwimmen wir noch raus?« fragte ich, als die Sonnenbadenden am Strand klein wie Ameisen geworden waren.

Étienne lächelte. »Möchtest du zurück? Bist du müde? Wir können ruhig umkehren.«

Françoise hob die Faust aus dem Wasser und öffnete sie. Ein Sandklumpen rollte hervor und plumpste ins Meer, und beim Versinken hinterließ er eine wolkige Spur.

»Bist du müde, Richard?« fragte sie mit hochgezogenen Brauen.

»Mir geht's prima«, antwortete ich. »Laßt uns weiterschwimmen.«

Angeschmiert

Am Nachmittag gegen fünf kühlte es ab, der Himmel wurde schwarz, und es regnete. Unerwartet, laut – schwere Tropfen prasselten herab und schlugen Krater und immer neue Krater in den Sand. Ich saß auf der kleinen Veranda vor meiner Hütte und sah zu, wie sich im Sand ein Miniatur-Meer der Ruhe bildete. Gegenüber tauchte Étienne kurz auf und schnappte sich die Badehose, die er draußen zum Trocknen aufgehängt hatte. Er rief mir etwas zu, aber es ging im Donnergrollen unter; dann verschwand er wieder im Haus.

Eine winzige Eidechse saß auf meiner Hand. Sie war sieben oder acht Zentimeter lang, hatte riesige Augen und durchscheinende Haut. Sie hatte zehn Minuten auf meiner Zigarettenschachtel gesessen, und als es mir langweilig geworden war, sie zu beobachten und darauf zu warten, daß ihre Zunge hervorschnellte wie ein Lasso und eine Fliege einfing, hatte ich die Hand ausgestreckt und sie aufgehoben. Statt wie erwartet wegzuwieseln, hatte die Eidechse sich lässig auf meiner Hand zurechtgerückt. Überrascht von ihrer Kühnheit, ließ ich sie sitzen – auch wenn das bedeutete, daß ich die Hand in einer unnatürlichen Stellung halten mußte, mit der Handfläche nach oben, so daß mir der Arm weh tat.

Zwei Typen lenkten mich ab. Sie kamen jauchzend und schreiend den Strand heraufgelaufen. Auf Höhe meiner Hütte drehten sie ab und flankten athletisch auf die benachbarte Veranda.

»Mann!« rief der eine, ein weißblonder Kerl mit Ziegenbart.

»Was 'n Wetter!« schrie der andere, gelbblond und glattrasiert. »Wahnsinn.«

»Amerikaner«, flüsterte ich der Eidechse zu.

Die rüttelten an ihrer Tür und liefen dann wieder in den Regen hinaus zum Strandrestaurant – im Zickzack unter dem Regen hinweg. Ein paar Minuten später kamen sie zurückgerannt. Wieder rüttelten sie an ihrer Tür – dann sah der Weißblonde mich, anscheinend zum erstenmal. »Scheiß Schlüssel verloren!« rief er und deutete mit dem Daumen zum Restaurant. »Die haben ihren auch verloren. Wir kommen hier nicht rein!«

Ich nickte. »Pech. Wo habt ihr ihn denn verloren?«

Der Weißblonde zuckte die Achseln. »Unten am Strand, Mann! Meilenweit weg!« Er kam zu dem Holzgeländer, das unsere beiden Veranden voneinander trennte, und spähte herüber. »Was hast du denn da in der Hand?«

Ich hielt die Eidechse hoch.

»Wow! Ist die irgendwie tot?«

»Nein.«

»Sehr gut! Hey, kann ich rüberkommen? Einfach so zum Quatschen?«

»Klar.«

»Willst du'n Joint?«

»Klar.«

»Prima!«

Die beiden flankten über das Geländer und stellten sich vor. Der Weißblonde war Sammy, der Gelbblonde war Zeph.

»Zeph ist 'n komischer Name, was?« sagte Zeph, während er mir die linke Hand schüttelte; er wollte die Eidechse nicht stören. »Weißt du, wofür er 'ne Abkürzung ist?«

»Zephaniah«, antwortete ich zuversichtlich.

»Falsch, Alter! Er ist überhaupt keine Abkürzung! Ich bin auf den Namen Zeph getauft, und alle denken, es ist die Abkürzung von Zephaniah. Gut, was?«

»Unbedingt.«

Sammy fing an zu drehen; er hatte etwas Hasch und Blättchen in einem wasserdichten Plastikbeutel in der Hosentasche gehabt. »Du bist Engländer, stimmt's?« sagte er, während er ein Rizla glattstrich. »Engländer drehen immer Tabak in ihre Joints. Weißt du, wir machen das nie. Bist du tabaksüchtig?«

»Leider.«

»Ich nicht. Wenn ich Tabak in meine Joints drehen würde, wäre ich's. Ich rauche den ganzen Tag, wie in diesem Lied. Wie geht das Lied noch, Zeph?«

Zeph fing an zu singen. »*›Don't bogart that joint, my friend...‹*«. Aber Sammy unterbrach ihn.

»Nein, Alter. Das andere.«

»Was? *›I smoke two joints in the morning‹*? Meinst du das?«

»Ja.«

Zeph räusperte sich. »Äh, das geht: *›I smoke two joints in the morning, and I smoke two joints at night, and I smoke two joints in the afternoon, and then I feel all right...‹* Und dann geht's weiter: *›I smoke two joints in times of peace, and two in times of war, I smoke two joints, before I smoke two joints, and then I smoke two more.‹* Den Rest weiß ich nicht mehr.« Er schüttelte den Kopf.

»Macht nichts, Alter«, sagte Sammy. »Hast du's kapiert, Ricardo? Ich rauche 'ne ganze Menge.«

»Hört sich so an.«

»Mhm.«

Sammy hatte den Joint fertig gedreht, während Zeph gesungen hatte. Er zündete ihn an und reichte ihn gleich an mich weiter. »Das ist auch so was bei euch Engländern«, ächzte er, wobei ihm der Rauch in kurzen Stößen aus dem Mund kam. »Ihr hängt eine Ewigkeit an so 'nem Joint. Wir Amerikaner nehmen ein, zwei Züge und geben ihn dann weiter.«

»Das stimmt«, sagte ich und sog den Rauch ein.

Ich wollte mich eben für die schlechten Manieren meiner Landsleute entschuldigen, da bekam ich einen Hustenanfall.

»Rickster!« Zeph klopfte mir auf den Rücken. »Nicht husten – pusten!«

Zwei Sekunden später ging ein gleißender Blitz über dem Meer nieder. Als er weg war, sagte Sammy in ehrfurchtsvollem Ton: »Absolut totale Spitze, Alter!« Zeph ergänzte eilig: »Unbedingt hypergeil, Compadre!«

»Total hypergeil«, wiederholte Sammy.

Ich stöhnte.

»Probleme, Ricardo?«

»Ihr wollt mich aufziehen.«

Sammy und Zeph sahen erst einander, dann mich an.

»Dich aufziehen?«

»Mich auf den Arm nehmen.«

Sammy runzelte die Stirn. »Sprich Englisch, Mann.«

»Diese … Keanu-Reeves-Nummer. Das ist ein Witz, nicht? Ihr redet doch nicht wirklich so … oder?«

Kurzes Schweigen. Dann fluchte Zeph. »Wir sind gefilmt, Sammy.«

»Stimmt«, antwortete Sammy. »Wir haben unser Blatt überreizt.«

Sie waren Harvard-Studenten. Sammy studierte Jura, Zeph afro-amerikanische Literatur. Ihre Surfer-Nummer war eine Reaktion auf die herablassenden Europäer, die sie in Asien immer wieder trafen. »Es ist ein Protest gegen die Bigotterie«, erläuterte Zeph und zupfte Knoten aus seinen wirren blonden Locken. »Europäer halten alle Amerikaner für dumm; also benehmen wir uns dämlich, um eure Vorurteile zu bestätigen. Dann offenbaren wir uns als intelligent und unterwandern das Vorurteil auf diese Weise effizienter, als es uns mit einem unmittelbar einsetzenden intellektuellen Trommelfeuer gelingen könnte – denn das stiftet nur Verwirrung und ruft letzten Endes Ressentiments hervor.«

»Im Ernst?« Ich war ehrlich beeindruckt. »Das klingt aber ziemlich anstrengend.«

Zeph lachte. »Nein, das ist es nicht. Wir machen's bloß aus Spaß.«

Sie hatten noch andere Spiele auf Lager, die ihnen Spaß machten. Zephs Lieblingsrolle war der Surfer-Typ, aber Sammy hatte eine andere: Er nannte sie den »Nigger Lover«. Wie der Name schon vermuten läßt, war sie ein bißchen riskanter als der Surfer-Typ.

»Einmal hab ich Prügel gekriegt, als ich den Nigger Lover machte«, erzählte Sammy. »Bin glatt umgehauen worden.«

Das wunderte mich kein bißchen. Zu der Nummer gehörte, daß er mit völlig Fremden heftige Diskussionen anzettelte und darauf bestand, daß es in Afrika ein Land namens Niger gebe und daß daher alle Leute aus Niger Nigger seien – egal, ob schwarz oder weiß.

»Heißen die nicht Nigerianer?« fragte ich mit leicht gesträubten Nackenhaaren, obwohl ich wußte, daß ich auf den Arm genommen wurde.

Sammy schüttelte den Kopf. »Das sagt jeder, aber ich nehme es nicht ab. Überleg doch mal. Nigeria liegt gleich unterhalb von Niger. Sie grenzen aneinander; wenn sie also alle Nigerianer hießen, gäbe das ein Chaos.«

»Na, ich bezweifle trotzdem, daß sie Nigger heißen.«

»Natürlich. Das tue ich auch. Ich sag's doch nur, um etwas klarzumachen. Weiß der Teufel, was das ist, aber ...« Er zog am Joint und gab ihn weiter. »Es ist, wie mein Großvater mir beigebracht hat. Er war Colonel bei den US Marines. Sammy, sagte er, der Zweck heiligt *immer* die Mittel. Und weißt du was, Richard? Er hatte recht.«

Ich wollte widersprechen, aber dann merkte ich, daß er mich schon wieder aufzog. Statt dessen sagte ich also: »Man kann kein Omelett machen, ohne ein Ei zu zerschlagen.«

Sammy lächelte und schaute aufs Meer hinaus.

»Braver Junge«, glaubte ich zu hören.

Ein Blitz verwandelte die Silhouette der Palmenreihen am Strand in eine Reihe von Klauen mit bleistiftdünnen Armen. Erschrocken huschte die Eidechse von meiner Hand.

»Brav, mein Kleiner.«

Ich runzelte die Stirn. »Sorry? Wie war das?«

Er drehte sich um und runzelte ebenfalls die Stirn, aber das Lächeln lag noch immer auf seinen Lippen. »Wie war was?«

»Hast du nicht gerade was gesagt?«

»Nein.«

Ich sah Zeph an. »Hast du nicht gehört, daß er was gesagt hat?«

Zeph zuckte die Achseln. »Ich hab auf den Blitz geachtet.«

»Oh.«

Schlichtes Kiffergefasel, schätze ich.

Es regnete bis in den Abend hinein. Étienne und Françoise blieben in ihrem Bungalow, und Zeph, Sammy und ich saßen auf der Veranda, bis wir zu bekifft waren, um etwas anderes zu tun, als schweigend dazuhocken und gelegentliche Kommentare abzugeben, wenn es besonders eindrucksvoll donnerte.

Ein oder zwei Stunden, nachdem es dunkel geworden war, kam eine zierliche Thai-Frau vom Restaurant zu unserer Veranda herüber; sie verschwand fast unter einem riesigen Strandsonnenschirm. Mit leisem Lächeln registrierte sie die ringsum verstreuten Kiffer-Utensilien, und dann reichte sie Zeph einen Ersatzschlüssel. Das war für mich das Stichwort, ins Bett zu kriechen. Als ich gute Nacht sagte, krächzte Sammy: »Hey, war nett, dich kennenzulernen. Wir sehen uns morgen, Alter.«

Er schien es ohne eine Spur von Ironie zu sagen. Mir war nicht klar, ob es die Fortsetzung der Surfer-Nummer war oder ob das Hasch seinen Harvard-Verstand hatte schrumpfen lassen. Danach zu fragen war mir zu kompliziert; also sagte ich nur: »Okay«, und machte die Tür hinter mir zu.

Edelsteine und Baseballmützen

Am nächsten Morgen war es immer noch bewölkt. Als ich auf die von regennassen Joint-Stummeln übersäte Veranda hinaustrat, hatte ich das bizarre Gefühl, ich sei wieder in England. Die Luft war ein bißchen kühl, und es roch nach nasser Erde und Laub. Ich rieb mir den Schlaf aus den Augen und tappte über den kühlen Sand hinüber zu Étienne und Françoise. Sie meldeten sich nicht; ich ging zum Restaurant und traf sie beim Frühstück an. Ich bestellte mir einen Mangosalat, weil ich mir dachte, ein exotischer Geschmack könnte das Gefühl, wieder zu Hause zu sein, kompensieren. Dann setzte ich mich zu ihnen.

»Wen hast du gestern abend getroffen?« fragte Étienne, als ich mir einen Stuhl heranzog. »Wir haben dich vor deinem Zimmer reden sehen.«

»Wir haben dich vom Fenster aus beobachtet«, ergänzte Françoise.

Ich nahm eine Zigarette aus der Packung, um die Zeit totzuschlagen, bis mein Frühstück kam. »Ich hab zwei Amerikaner kennengelernt. Zeph und Sammy.«

Françoise nickte. »Hast du ihnen von unserem Strand erzählt?«

»Nein.« Ich zündete mir die Zigarette an. »Hab ich nicht.«

»Du solltest niemandem von unserem Strand erzählen.«

»Ich hab's nicht getan.«

»Es sollte ein Geheimnis bleiben.«

Heftig blies ich den Rauch aus. »Und darum hab ich ihnen auch nichts davon erzählt, Françoise.«

Étienne schaltete sich ein. »Sie hat nur befürchtet, du könntest ...« Der Satz verging in einem nervösen Lächeln.

»Ich bin nicht mal auf die Idee gekommen«, erwiderte ich gereizt und drückte schroff meine Zigarette aus.

Als der Mangosalat kam, bemühte ich mich, lockerer zu werden, und wir fingen an, Pläne für den vor uns liegenden Tag zu machen.

Wir kamen zu dem Schluß, daß wir ein Boot chartern mußten. Mit normalen Ausflugsveranstaltern würde es nicht gehen; die waren zu gut organisiert, und wir bezweifelten, daß wir uns ihrer Aufsicht würden entziehen können. Wir mußten also einen Fischer finden, dem die Vorschriften für Touristen im Naturschutzgebiet unbekannt oder gleichgültig waren.

Nach dem Frühstück trennten wir uns, um unsere Chancen zu optimieren. Ich ging nach Norden in Richtung Ko Mat Lang, und die beiden nach Süden, auf ein Dorf zu, das wir vom Jeep aus gesehen hatten.

Die Sonne kam heraus, als ich mich auf den Weg am Strand entlang machte, aber das besserte meine Stimmung kaum. Fliegen summten mir um den Kopf, sie rochen den Schweiß, und das Gehen wurde immer mühsamer, je mehr die Sonne den regenfeuchten Sand trocknete.

Ich fing an, die Pensionen längs des Strandes zu zählen. Nach zwanzig Minuten war ich bei siebzehn, und nichts deutete darauf hin, daß sie spärlicher wurden. Allenfalls verdichteten sich die Ansammlungen von Ray-Bans und Betonveranden. Ko Samui, das zeigte sich allmählich, hatte sein Verfallsdatum längst überschritten.

Nach einer Stunde Fußmarsch gab ich es auf, einen Fischer zu suchen. Die einzigen Thai, die ich sah, verkauften Edelsteine und Baseballmützen. Als ich zu meiner Strandhütte zurückkam, war ich erschöpft, ich hatte einen Sonnenbrand und eine Stinklaune. Ich ging geradewegs zum Restaurant und kaufte mir eine Packung Zigaretten. Dann saß ich kettenrauchend im Schatten einer Palme, wartete auf Étienne und Françoise und hoffte, daß es bei ihnen besser gelaufen war.

Wunschdenken

Étienne hatte mehr Glück gehabt als ich. Um die Mittagszeit kreuzte er auf und strahlte. »Komm mit ins Restaurant«, sagte er, streckte die Hand aus und zog mich hoch. »Ich glaube, wir haben ein Boot, das uns in den Nationalpark fährt.«

Der Mann war die thailändische Version eines englischen Kleinganoven. Er war nicht mager und wieselartig, mit bleistiftdünnem Schnurrbart und grellem Anzug, sondern klein und dick und trug *stonewashed*-Röhrenjeans, die in riesigen Reebok-Turnschuhen steckten.

»Das läßt sich machen«, zitierte er aus dem internationalen Sprachführer für Unternehmer. »Natürlich, ja.« Er grinste und machte mit beiden Armen eine ausladende Geste. Gold funkelte in seinem Mund. »Kein Problem – ich kann mach'.«

Étienne nickte. Bis jetzt hatte er die Verhandlungen geführt, was mir nur recht war. Ich habe in armen Ländern nicht gern mit Geldtransaktionen zu tun; ich bin dann hin- und hergerissen zwischen dem Gefühl, daß ich mit der Armut nicht feilschen darf, und dem Widerwillen dagegen, mich übers Ohr hauen zu lassen.

»Übrigens, mein Freun', dein Reiseführer stimm' nicht. Ihr könn' bleiben Ko Phelong ein Nach', zwei Nach' – is okay. Aber diese Insel man kann bleiben nur ein Nach'.« Er nahm Étiennes Buch und legte einen Wurstfinger auf eine Insel in der Nähe von Phelong.

Étienne sah mich an und zwinkerte. Wenn ich mich recht erinnerte – Mister Ducks Karte lag in meiner Hütte –, war unsere Insel gleich die nächste.

»Okay«, sagte Étienne und senkte verschwörerisch die Stimme, obwohl niemand in der Nähe war. »Das ist die Insel, zu der wir wollen. Aber wir möchten länger bleiben als eine Nacht. Ist das möglich?«

Der Eierdieb schaute sich verstohlen nach den leeren Nachbartischen um.

»Ja«, flüsterte er und beugte sich vor. Dann schaute er sich noch einmal um. »Aber kost' mehr Gel'. Is klar.«

Am nächsten Morgen sollten wir ihn um sechs im Restaurant treffen, dann würde er uns zu seinem Boot führen. Erst dann würde er sein Geld bekommen – darauf bestand Étienne klugerweise –, und er würde zu der Insel hinüberfahren. Drei Nächte später würde er uns wieder abholen – unser Notplan für den Fall, daß wir dort festsitzen sollten.

Damit hatten wir nur noch drei Probleme.

Wenn wir es zur nächsten Insel schafften, würden wir nicht dasein, wenn der Gauner kam, um uns abzuholen. Um das zu erklären, erfand Étienne eine Geschichte von ein paar Freunden, die wir dort treffen wollten und mit denen wir vielleicht schon etwas früher zurückkommen würden – kein Grund also zur Beunruhigung.

Eine zweite Schwierigkeit war, wie wir von der Insel, auf der er uns absetzen würde, zu der mit dem Strand kommen sollten. Wir hätten uns direkt hinbringen lassen können, aber weil wir nicht wußten, was uns an diesem Strand erwartete, wollten wir nicht mit einem Motorboot angedonnert kommen. Da die Strandinsel für Touristen gesperrt war, hielten wir es ohnehin für besser, von einer Insel aus zu starten, auf der wir uns aufhalten durften – und sei es auch nur für eine Nacht.

Étienne und Françoise bereitete der letzte Schritt unserer Reise offenbar weit weniger Kopfzerbrechen als mir. Sie hatten eine einfache Lösung: Wir würden hinüberschwimmen. Nach dem Studium von Mister Ducks Karte und der Karte in ihrem Reiseführer waren sie zu dem Schluß gekommen, daß die Inseln ungefähr einen Kilometer weit auseinander lagen. In ihren Augen war das eine Entfernung, die sich bewältigen ließ. Ich war da nicht so sicher; ich dachte an unser Tauchspiel vom Tag zuvor. Die Gezeitenströmung hatte uns ein gutes Stück weit am Strand von Chaweng entlang getrieben. Wenn so etwas zwischen den Inseln passierte, konnte sich die Schwimmstrecke effektiv verdoppeln, weil wir unseren Kurs immer wieder korrigieren mußten.

Das letzte Problem war unser Gepäck. Auch hier hatten Étienne und Françoise sich etwas ausgedacht; anscheinend hatten sie am Abend zuvor eine Menge Pläne geschmiedet, während ich mich zugekifft hatte. Später, als wir im flachen Wasser saßen und die Wellen den Sand um unsere Füße sammelten, erklärten sie mir alles.

»Die Rucksäcke sind kein Problem, Richard«, sagte Françoise. »Genaugenommen helfen sie uns vielleicht sogar beim Schwimmen.«

Ich zog die Brauen hoch. »Wie das?«

»Wir brauchen Plastiksäcke«, sagte Étienne. »Wenn wir Plastiksäcke haben, können wir sie zubinden, so daß kein Wasser hineinlaufen kann. Dann … schwimmen sie. Die Luft darin …«

»Hm. Meint ihr, das funktioniert?«

Étienne zuckte die Achseln. »Ich denke schon. Ich hab's im Fernsehen gesehen.«

»Im Fernsehen?«

»Beim *A-Team.*«

»Beim *A-Team*? Na, hervorragend. Dann kann uns ja nichts mehr passieren.«

Ich ließ mich ins Wasser sinken und stützte mich mit den Ellbogen auf.

»Ich glaube, du kannst von Glück sagen, daß du uns getroffen hast, Richard.« Étienne lachte. »Ich glaube, ohne uns würdest du nie bis zu diesem Strand kommen.«

»Ja«, sagte Françoise. »Aber wir haben auch Glück, daß wir ihn getroffen haben.«

»Ach, natürlich. Ohne deine Karte würden wir den Strand auch nicht finden.«

Françoise runzelte die Stirn, dann lächelte sie mich an. »Étienne! Wir haben auch so Glück, daß wir ihn getroffen haben!«

Ich lächelte zurück und merkte, daß die schlechte Laune, die ich den ganzen Vormittag über gehabt hatte, restlos verflogen war. »Wir haben alle Glück«, sagte ich fröhlich.

Étienne nickte. »Ja. Das stimmt.«

Wir saßen eine Weile schweigend da und sonnten uns in unserem Glück. Dann stand ich auf und klatschte in die Hände. »Okay. Wollen wir nicht mal ein langes Stück schwimmen? Das könnte eine gute Übung sein.«

»Eine sehr gute Idee, Richard.« Étienne stand ebenfalls auf. »Komm, Françoise.«

Sie schüttelte den Kopf und zog einen Schmollmund. »Ich glaube, ich bleibe lieber in der Sonne. Ich werde euch beiden starken Männern von hier aus zusehen. Ich passe auf, wer am weitesten schwimmen kann.«

Zweifel flackerten in mir auf. Ich schaute sie an und versuchte zu erkennen, ob ihre Worte so anzüglich gemeint waren, wie sie klangen. Sie schaute Étienne nach, wie er ins Wasser ging, und ließ sich nichts anmerken.

Erledigt, dachte ich. Wunschdenken.

Aber ich behielt meine Zweifel. Als ich hinter Étienne herwatete, fragte ich mich unwillkürlich, ob Françoises Blick jetzt auf meinem Rücken ruhte. Kurz bevor das Wasser tief genug zum Schwimmen war, mußte ich es einfach wissen und sah mich um. Françoise war den Strand hinauf bis zum trockenen Sand gegangen, und dort lag sie auf dem Bauch, das Gesicht zum Land gewandt.

Also doch bloß Wunschdenken.

Eden

Der Sonnenuntergang war spektakulär. Ein roter Himmel verblaßte sanft zu einem tiefen Blau, in dem schon einige wenige helle Sterne funkelten, und orangegelbes Licht warf lange

Schatten über den Strand, als die Leute zu ihren Hütten zurückschlenderten.

Ich war high. Ich hatte nach unserem epischen Schwimmunternehmen mit Françoise und Étienne im Sand gelegen und gedöst, als Sammy und Zeph mit fünfzehn Gramm Marihuana, in Zeitungspapier gewickelt, aufkreuzten. Sie hatten den Tag über in Lamai nach ihrem verlorenen Zimmerschlüssel gesucht und ihn schließlich gefunden; er hatte an einem Stück Treibholz gehangen, das im Sand steckte. Um das zu feiern, hatten sie den Stoff gekauft.

»Jemand muß ihn da hingehängt haben, weil er wußte, daß wir ihn suchen würden«, hatte Zeph gesagt, als sie sich bei uns niederließen. »Ist das nicht unheimlich anständig?«

»Vielleicht war es auch blöd«, hatte Françoise erwidert. »Jemand hätte den Schlüssel wegnehmen und eure Hütte ausräumen können.«

»Oh… äh – da ist was dran.« Dann hatte er Françoise angesehen und sie offenbar zum erstenmal wirklich zur Kenntnis genommen. Er hatte ganz leicht den Kopf geschüttelt, vermutlich, um ein Bild zu verscheuchen, das vor seinem geistigen Auge erschienen war. »Nein, sicher. Du hast natürlich recht.«

Die Sonne war beinahe schon verschwunden, als die Wirkung des Rauschgifts einsetzte. Jetzt saßen wir da und betrachteten die Farben des Himmels so eingehend, als säßen wir vor dem Fernseher.

»Hey«, sagte Sammy laut und riß uns alle aus unseren Gedanken. »Ist schon mal jemandem aufgefallen, daß man anfangen kann, Tiere und Gesichter in den Wolken zu sehen, wenn man zum Himmel starrt?«

Étienne sah sich um. »Ist uns das schon mal aufgefallen?« fragte er.

»Ja«, fuhr Sammy fort. »Das ist unglaublich. Hey, da ist eine kleine Ente über uns, und das da vorn sieht aus wie ein Mann mit einer großen Nase.«

»Ehrlich gesagt, hab ich mir solche Dinge vorgestellt, als ich noch ein kleiner Junge war.«

»Ein kleiner Junge?«

»Ja. Sicher.«

Sammy stieß einen Pfiff aus. »Scheiße. Und ich bin gerade erst draufgekommen. Das hat allerdings was mit der Gegend zu tun, wo ich aufgewachsen bin.«

»Ach?« meinte Étienne.

»Weißt du, ich stamme aus Idaho.«

»Ah ...« Étienne nickte. Dann machte er ein verwirrtes Gesicht. »Ja, Idaho. Ich habe schon von Idaho gehört, aber ...«

»Na, du weißt doch Bescheid über Idaho, hm? Es gibt keine Wolken in Idaho.«

»Keine Wolken?«

»Nein. Chicago, die windige Stadt. Idaho, der wolkenlose Staat. Irgendeine schräge Wettergeschichte, die was mit atmosphärischem Druck zu tun hat – was weiß ich.«

»Es gibt dort überhaupt keine Wolken?«

»Keine einzige.« Sammy setzte sich im Sand auf. »Ich weiß noch, wie ich das erstemal eine Wolke gesehen habe. Das war im Staat New York, im Sommer neunundsiebzig. Ich sah dieses flauschige Riesending am Himmel und wollte danach greifen ... aber es war zu hoch.« Sammy lächelte betrübt. »Ich ging zu meiner Mom und sagte: ›Warum kann ich die Zuckerwatte nicht haben, Mom? Warum nicht?‹« Mit erstickter Stimme wandte er sich ab. »Sorry. Ist bloß 'ne blöde Erinnerung.«

Zeph beugte sich hinüber und klopfte ihm auf den Rücken. »Hey«, murmelte er gerade so laut, daß man ihn hören konnte. »Das ist schon okay. Laß es raus. Wir sind alle deine Freunde.«

»Ja«, sagte Étienne, »macht nichts aus. Jeder schleppt doch eine traurige Erinnerung mit sich rum.«

Sammy fuhr herum, und sein Gesicht war ganz verkniffen. »Du, Étienne? Du hast auch 'ne traurige Erinnerung?«

»O ja. Ich hatte mal ein kleines rotes Fahrrad, aber so ein paar Misttypen haben es geklaut.«

Sammys Miene verfinsterte sich. »Fahrraddiebe? Die haben dein kleines rotes Fahrrad geklaut?«

»Ja. Da war ich sieben.«

»*Sieben!*« schrie Sammy und schlug mit der Faust in den Sand. »Herrgott, das macht mich so was von stinksauer!«

Erschrockenes Schweigen. Dann packte Sammy die Blättchen und fing wütend an, einen Joint zu drehen, und Zeph wechselte das Gesprächsthema.

Dieser Ausbruch war wahrscheinlich ein raffinierter Schachzug. Étiennes Reaktion war so bezaubernd gewesen, daß es grausam gewesen wäre, ihm die Wahrheit zu offenbaren. Der einzige Ausweg für Sammy bestand darin, den Bluff bis zum Ende durchzuziehen. Soviel ich weiß, hat Étienne sein Leben lang daran geglaubt, daß es in Idaho keine Wolken gibt.

Als wir den Joint geraucht hatten, schimmerte nur noch ein winziger gelber Bogen über dem Meer. Ein leichter Wind kam auf und wehte ein paar lose Rizlas über den Sand. Mit dem Wind kamen Küchendüfte aus dem Restaurant zu uns herüber – Zitronengras und gebratene Muscheln.

»Ich hab Hunger«, brummte ich.

»Riecht gut, was?« sagte Zeph. »Ich könnte eine große Portion Nudeln mit Hühnchen vertragen.«

»Oder Nudeln mit Hund«, sagte Sammy und wandte sich an Françoise. »Haben wir in Chiang Mai gegessen, Nudeln mit Hund. Schmeckte wie Hühnchen. Das ganze Zeug – Hund, Eidechse, Frosch, Schlange. Schmeckt alles wie Hühnchen.«

»Wie ist es mit Ratte?« fragte ich.

»Ja, Ratte auch. Schmeckt wie Hühnchen.«

Zeph nahm eine Handvoll Sand, ließ ihn durch die Finger rieseln und malte damit ein Muster zwischen seine Beine. Dann hüstelte er beinahe formell, als wolle er jedermanns Aufmerksamkeit auf sich lenken. »Hey«, sagte er, »kennt ihr das mit der gebratenen Ratte im Kentucky Fried Chicken?«

Ich runzelte die Stirn. Das klang nach einem neuen Scherz,

und ich hatte das Gefühl, wenn Étienne noch einmal auf die gleiche Art hereinfallen sollte, würde ich zuviel kriegen. Ich sah immer noch das betroffene Gesicht vor mir, mit dem er von seinem kleinen roten Fahrrad erzählt hatte.

»Nein. Was ist das?« fragte ich vorsichtig.

»Eine von diesen Geschichten, die so die Runde machen.«

»Mythen der Großstadt«, sagte Sammy. »Da bleibt jemandem ein kleiner Knochen im Hals stecken. Dann lassen sie ihn untersuchen, und es ist ein Rattenknochen.«

»Ja, und der, dem das passiert, war der Vetter einer Tante eines Freundes. Es ist nie demjenigen passiert, der es dir erzählt.«

»Ach so«, sagte ich. »Verstehe.«

»Siehst du. Und im Moment macht wieder so 'ne gebratene Ratte die Runde. Schon davon gehört?«

Ich schüttelte den Kopf.

»Von dem Strand. So ein unglaublicher Strand, irgendwo versteckt, aber niemand weiß, wo er ist.«

Ich wandte mich ab. Unten am Meer spielte ein kleiner Thai mit einem Stück Kokosnußschale, das er nur mit den Knien und seitwärts gedrehten Füßen kickend in der Luft hielt. Ein Tritt war schlecht abgepaßt, und die Schale flog ins Wasser. Einen Augenblick lang stand er da, die Hände in die Hüften gestemmt, und dachte vielleicht darüber nach, ob es sich lohnte, naß zu werden, nur um das Ding herauszuholen. Dann drehte er sich um und trabte hinauf zur Pension.

»Nein«, sagte ich. »Davon hab ich noch nicht gehört. Schieß los.«

»Okay«, sagte Zeph, »ich werd euch den Ort beschreiben.« Er ließ sich rücklings in den Sand sinken. »Macht die Augen zu und stellt euch eine Lagune vor.«

»Stellt euch eine Lagune vor, durch eine hohe, geschwungene Felswand vor dem Meer und vorüberfahrenden Booten abgeschirmt. Denkt euch weißen Sand dazu und Korallengärten, die noch von keinem Dynamitfischer oder Schleppnetz beschädigt worden sind. Süßwasserfälle rauschen auf der Insel, umgeben von Dschungel – nicht von Wald wie im Landesinneren Thailands, sondern von Dschungel. Drei Schichten von Laubdächern, Pflanzen, die seit tausend Jahren niemand angerührt hat, seltsam bunte Vögel und Affen auf den Bäumen.

An dem weißen Sandstrand verbringt eine auserlesene Gemeinschaft von Rucksackreisenden ihre Zeit und fischt in den Korallengärten. Sie verschwinden, wenn sie wollen, und wenn sie wieder zurückkommen, ist alles noch wie vorher.«

»Auserlesen?« fragte ich leise, als redete ich im Traum. Zephs Vision hatte mich völlig gefangengenommen.

»Auserlesen«, sagte er. »Nur wenige Glückliche erfahren, wo dieser Strand liegt.«

»Das Paradies«, sagte Sammy. »Der Garten Eden.«

»Der Garten Eden«, stimmte Zeph zu. »So hört es sich an.«

Françoise war völlig aus dem Häuschen, als sie hörte, daß Sammy und Zeph auch von dem Strand wußten. Auffälliger hätte sie sich beim besten Willen nicht benehmen können.

Sie stand unvermittelt auf. »So«, sagte sie und klopfte sich den Sand von den Beinen. »Wir fahren morgen in aller Frühe nach, äh, nach Ko Pha-Ngan. Ich denke, wir gehen besser jetzt ins Bett. Étienne? Richard? Kommt.«

»Häh?« sagte ich verwirrt, als das Bild vom Strand zersplitterte. »Françoise, es ist gerade mal halb acht.«

»Wir müssen morgen sehr früh los«, beharrte sie.

»Aber… ich habe noch nicht zu Abend gegessen. Ich habe einen Mordshunger.«

»Gut. Dann gehen wir jetzt essen. Gute Nacht, Sammy und Zeph«, sagte sie, bevor ich die beiden auffordern konnte, mitzukommen. »Es war sehr nett, euch kennenzulernen. Aber das mit eurem Strand ist wirklich eine alberne Geschichte.« Sie lachte aufgedreht.

Étienne saß aufrecht da und schaute sie an, als habe sie den

Verstand verloren, aber sie ignorierte seinen entsetzten Gesichtsausdruck und marschierte in Richtung Restaurant davon.

»Hört mal«, sagte ich zu Sammy und Zeph, »ich glaube, sie ist... Also, wenn ihr mit uns essen wollt...«

»Ja«, sagte Étienne, »kommt einfach mit.«

»Kein Problem«, sagte Sammy und lächelte. »Wir bleiben noch ein bißchen hier. Aber, hey, viel Spaß in Ko Pha-Ngan. Kommt ihr hierher zurück?«

Ich nickte.

»Okay, dann sehen wir uns später. Wir sind noch eine Weile hier. Mindestens eine Woche.«

Wir gaben einander die Hände, und dann folgten Étienne und ich Françoise.

Schweigen lastete über dem Abendessen, gelegentlich unterbrochen von knappen Wortwechseln auf französisch. Aber Françoise wußte, daß sie sich dumm benommen hatte, und als wir gute Nacht sagten, war sie zerknirscht.

»Ich weiß auch nicht«, erklärte sie. »Ich hatte plötzlich Angst, sie könnten mitkommen wollen. Wie Zeph davon sprach, klang es so... Ich möchte, daß nur wir...« Sie runzelte die Stirn über ihre Unfähigkeit, den richtigen Ausdruck zu finden. »Glaubt ihr, sie haben gemerkt, daß wir von dem Strand wissen?«

Ich zuckte die Achseln. »Schwer zu sagen. Alle waren ziemlich bekifft.«

Étienne nickte. »Ja.« Er legte ihr den Arm um die Schultern. »Alle waren bekifft. Ich glaube, wir brauchen uns keine Sorgen zu machen.«

An diesem Abend brauchte ich lange, um einzuschlafen. Es lag nicht nur daran, daß ich aufgeregt an den nächsten Tag dachte, obwohl das auch dazukam. Was mich vor allem bedrückte, war der hastige Abschied von Zeph und Sammy. Ich war gern mit ihnen zusammengewesen, und ich wußte, daß ich sie wahrscheinlich nicht mehr antreffen würde, wenn ich wieder nach Ko Samui käme. Der Abschied war zu schnell und ungeschickt vonstatten gegangen, allzu vernebelt von Drogen und Geheimniskrämerei. Ich hatte das Gefühl, ich hätte etwas unausgesprochen gelassen.

Eine sichere Wette

Einen Traum würde ich es nicht nennen. Im Zusammenhang mit Mister Duck war nichts wie ein Traum. Diesmal war es eher wie ein Film. Oder wie die Nachrichtenbilder von einer schwankenden Handkamera.

Mister Duck kam über den Rasen der Botschaft auf mich zugespurtet; wieder waren seine Handgelenke frisch aufgeschnitten, und das Blut spritzte im hohen Bogen heraus, während er die Arme pumpend auf und ab bewegte. Ich taumelte im Lärm der schreienden Menschenmenge und der Hubschrauber und sah ein Schneegestöber von geschredderten Akten niedergehen. Geheimnis-Schnee wirbelte im Luftschwall der Rotorblätter und legte sich auf den manikürten Rasen.

»Zwanzig Jahre zu spät geboren?« schrie Mister Duck, jagte an mir vorbei und schlug ein Rad. »Scheiß drauf!« Sein Blut war wie ein Echo seiner Bewegungen; es hing für wenige Augenblicke in der Luft wie die Leuchtspuren eines Feuerwerks.

»Guck doch, da oben«

Ich schaute hoch. Ein schwebender Insektenkörper hob sich vom Dach. Menschen hingen an den Landekufen. Er neigte sich, als er sich vom Gebäude löste, kämpfte mit seiner schweren Last, streifte einen Baum vor der Botschaft.

Ich schrie vor Aufregung.

»Braver Junge!« brüllte Mister Duck. Und er fuhr mir mit einer nassen Hand durchs Haar und durchfeuchtete meinen Hemdkragen. »Brav, mein Kleiner!«

»Fliehen wir übers Dach der Botschaft?« schrie ich zurück. »Das wollte ich schon immer gern!«

»Übers Dach der Botschaft fliehen?«

»Geht das?«

»Scheiße, darauf kannst du wetten«, rief er lachend.

Abreise

Ich zeichnete hastig und schwitzte dabei, obwohl es noch morgendlich kühl war. Ich hatte keine Zeit, ebensoviel Sorgfalt auf die Karte zu verwenden, wie Mister Duck es getan hatte. Die Inseln waren rohe Kreise, die geschwungene Küstenlinie Thailands eine Reihe von Zickzacklinien, und es standen nur drei Namen darauf: Ko Samui, Ko Phelong und Eden.

Unten auf das Blatt schrieb ich: »Wartet drei Tage in Chaweng. Wenn wir dann nicht zurück sind, bedeutet das, daß wir den Strand gefunden haben. Treffen wir uns dort? Richard.«

Ich schlich mich hinaus. Bei Françoise und Étienne war bereits Licht. Fröstelnd stahl ich mich über die Veranda und schob die Karte bei Sammy und Zeph unter der Tür hindurch. Dann holte ich mein Gepäck, schloß mein Zimmer ab und ging ins Restaurant.

Der Thai-Junge, der mit der Kokosnußschale gekickt hatte, fegte das Lokal. Als ich kam, warf er einen Blick nach draußen, um festzustellen, ob es tatsächlich noch so früh war, wie er annahm.

»Wolln Banan'pfannkuchen?« fragte er vorsichtig.

Ich schüttelte den Kopf. »Nein danke. Aber ich würde gern vierhundert Zigaretten kaufen.«

DER WEG DORTHIN

Müllkippe

Das Motorboot unseres Eierdiebs war bis zur Wasserlinie weiß angestrichen; darunter war es gelb beziehungsweise fahlgrün, wenn es ins Wasser eintauchte. Früher mußte es einmal rot gewesen sein. Die weiße Farbe war an manchen Stellen abgeblättert oder abgeschürft und hatte dunkelrote Streifen zutage treten lassen, die aussahen wie Wunden. Zusammen mit dem Wellengang und dem Grollen des Motors gaben die Wunden mir das Gefühl, das Boot sei lebendig. Es wußte, mit welcher Schlingerbewegung ich rechnete, und überraschte mich stets, indem es sich auf die andere Seite legte.

Das Wasser war unruhig, und die Morgensonne spielte darin. Goldene Formen schwirrten wie ein Schwarm Fische unter der Oberfläche dahin und hielten mit uns Schritt. Ich langte hinunter und ließ die Hand durchs Wasser gleiten, und ein Fisch berührte meine Handfläche. Dort schwamm er, zuckte an meiner Lebenslinie, und dann ballte ich die Faust. Der Fisch schlüpfte hinaus und schwamm neben meinen gekrümmten Fingern weiter.

»Du solltest nicht ins Wasser schauen«, sagte Françoise und lehnte sich von der anderen Seite des Bootes herüber. »Wenn du hinunterschaust, wird dir schlecht. Behalte die Insel im Auge. Die bewegt sich nicht.«

Ich schaute, wohin sie zeigte. Seltsamerweise schien Ko Samui meilenweit hinter uns zu liegen, aber die Insel, auf der wir aussteigen würden, war noch genausoweit weg wie vor einer Stunde.

»Mir ist nicht schlecht«, sagte ich und ließ den Kopf wieder über den Bootsrand hängen.

Hypnotisiert von den goldenen Fischen, rührte ich mich erst wieder, als das Wasser blau wurde und ich ein Korallenriff unter mir aufragen sah. Der Ganove stellte den Motor ab. Ich hob eine Hand ans Ohr, überrascht von der Stille, und dachte, ich sei vielleicht taub geworden. »Jetzt bezahlen«, sagte der Gauner beruhigend, und wir glitten auf den Strand zu.

Der Sand war eher grau als gelb und übersät von trockenem Tang, den die Flut in überlappenden Bögen ausgebreitet hatte. Ich setzte mich auf den Stamm einer umgestürzten Kokospalme und sah unserem Boot nach, wie es davontuckerte. Bald war es kaum noch auszumachen – ein weißer Punkt, der gelegentlich auf dem Kamm einer Welle auftauchte. Als fünf Minuten vergangen waren, wurde mir klar, daß es endgültig weg war. Wir waren von allem abgeschnitten.

Ein paar Meter weiter lehnten Étienne und Françoise an ihren Rucksäcken. Étienne studierte die Karten, um sich zu vergewissern, zu welcher der Nachbarinseln wir schwimmen mußten. Er brauchte mich nicht, und so rief ich ihm zu, ich wolle einen Spaziergang machen. Ich war noch nie auf einer richtig einsamen Insel gewesen – einer verlassenen Insel –, und ich fand, daß ich sie erforschen müsse.

»Wo willst du hin?« Er hob den Kopf und blinzelte gegen die Sonne.

»Nur ein bißchen rumlaufen. Nicht lange.«

»Eine halbe Stunde?«

»Eine Stunde.«

»Ja, aber nach dem Mittagessen sollten wir weiter. Wir sollten hier nicht übernachten.«

Zur Antwort winkte ich ihm nur zu; ich war bereits losgezogen.

Eine halbe Meile weit marschierte ich am Strand entlang und suchte nach einer Stelle, wo ich landeinwärts gehen könnte. Schließlich fand ich einen Busch, dessen Laubdach einen dunklen Tunnel in den Waldsaum eröffnete. Ich spähte hinein, sah grüne Blätter und Sonnenstrahlen und kroch hindurch, wobei ich mir immer neue Spinnweben vom Gesicht wischen mußte. Ich gelangte auf eine Lichtung mit hüfthohem Farnkraut. Über mir war ein kreisrundes Stück Himmel, durchbrochen nur von einem Ast, der hineinragte wie ein Uhrzeiger. Auf der anderen Seite der Lichtung ging der Wald weiter, aber mein Drang weiterzugehen, wurde durch die Angst, ich könnte mich verlaufen, wettgemacht. Der Tunnel, durch den ich hereingefunden hatte, war von dieser Seite schwerer auszumachen, weil hohes Gras ihn verbarg, und ich konnte mich nur am Rauschen der Brandung orientieren. Ich gab mein Erkundungsspiel auf und watete durch das Farnkraut in die Mitte der Lichtung. Dort setzte ich mich hin und rauchte eine Zigarette.

Wenn ich an Thailand denke, werde ich leicht wütend; deshalb habe ich, bis ich schließlich doch anfing, dieses Buch zu schreiben, versucht, es nicht zu tun. Mir war es lieber, wenn es wohlverstaut in meinem Hinterkopf blieb. Aber manchmal habe ich doch an Thailand gedacht. Meistens nachts, wenn ich lange genug wach lag, um im Dunkeln das Muster der Vorhänge und die Umrisse der Bücher auf meinen Regalen zu erkennen.

Bei solchen Gelegenheiten habe ich mich immer bemüht, mich daran zu erinnern, wie ich auf dieser Lichtung saß, wo der Schatten des Uhrzeigerastes über dem Farnkraut lag und ich meine Zigarette rauchte. Ich habe mich an diesen Augenblick gehalten, weil es der letzte war, auf den ich mit dem Finger deuten und sagen konnte: Das war ich, als ich normal war. Mir ging damals weiter nichts durch den Kopf; ich dachte nur, wie hübsch die Insel war und wie still.

Ehrlich gesagt kann man von da an nicht jeden Augenblick in Thailand als übel bezeichnen. Es ist auch Gutes passiert. Eine Menge Gutes. Und profane Sachen: daß ich mir morgens das Gesicht wusch, daß ich schwimmen ging, daß ich etwas zu essen machte, was weiß ich. Aber im Rückblick sind alle diese Momente eingefärbt von dem, was um sie herum geschah. Manchmal habe ich das Gefühl, ich sei auf diese Lichtung gegangen und hätte mir die Zigarette angezündet, und dann sei jemand anders gekommen und habe sie zu Ende geraucht. Aufgeraucht, ausgedrückt, in die Büsche geschnippt, und dann sei er Étienne und Françoise suchen gegangen. Das ist eine faule Ausrede, denn es ist etwas ganz anderes, was diese Distanz zwischen mir und dem, was geschah, entstehen ließ. Aber so ist es eben.

Diese andere Person hat Dinge getan, die ich nicht tun würde. Wir hatten nicht bloß jeder eine eigene Moral, es gab auch kleine Charakterunterschiede. Der Zigarettenstummel – dieser andere Typ hat ihn ins Gebüsch geschnippt. Ich hätte etwas anderes getan. Ihn vielleicht vergraben. Ich hasse es, wenn einer Müll in die Gegend wirft, vor allem in einem Naturschutzgebiet.

Es ist schwer zu erklären. Ich glaube nicht an Besessenheit oder an Übernatürliches. Ich weiß, daß in realen Kategorien ich derjenige war, der den Zigarettenstummel wegschnippte.

Scheiß drauf.

Ich habe mich darauf verlassen, daß all diese Dinge klarer werden würden, während ich sie niederschreibe, aber es läuft nicht so.

Als ich wieder zum Strand kam, kauerte Étienne über einem kleinen Gaskocher. Neben ihm ausgebreitet lagen drei Stapel Maggi-Nudelpackungen – gelbe, braune und rosafarbene.

»Großartig«, sagte ich. »Ich verhungere gleich. Was steht auf der Speisekarte?«

»Du kannst Hühnersuppe haben, Rindfleisch oder...« Er hielt ein rosa Päckchen hoch. »Was ist das hier?«

»Shrimps. Aber ich nehme Huhn.«

Étienne grinste. »Ich auch. Und zum Nachtisch können wir Schokolade essen. Hast du sie eingepackt?«

»Na klar.« Ich schnallte meinen Rucksack auf und zog drei Riegel heraus. Die zuoberst gelegen hatten, waren geschmolzen und hatten sich der Form meiner Wasserflasche angepaßt, aber die Folie war heil geblieben.

»Hast du was Interessantes entdeckt?« fragte Étienne und schnitt eins der gelben Päckchen mit dem Taschenmesser auf.

»Nichts Besonderes. Ich bin hauptsächlich am Strand entlanggegangen.« Ich sah mich um. »Wo ist Françoise? Ißt sie nicht mit?«

»Sie hat schon gegessen.« Er deutete zur Wasserlinie. »Sie wollte nachsehen, ob es bis zu unserer Insel weit zu schwimmen ist.«

»Aha. Ihr habt also rausgefunden, welche es ist.«

»Ich glaube. Ich bin nicht sicher. Die Karte in meinem Reiseführer und die von deinem Freund sind ziemlich verschieden.«

»Für welche habt ihr euch entschieden?«

»Für die von deinem Freund.«

Ich nickte. »Gute Wahl.«

»Hoffentlich.« Étienne angelte mit dem Taschenmesser eine Nudel aus dem kochenden Wasser. Schlaff baumelte sie an der Klinge. »Okay. Wir können essen.«

Todesmarathon

Françoise sagte, sie sei einen Kilometer weit weg, und Étienne meinte, es seien zwei. Ich kann Entfernungen übers Wasser nicht schätzen, aber für mich waren es anderthalb. Vor allen Dingen sah es aus, als müßten wir weit schwimmen.

Die Insel jenseits des Wassers war breit; hohe Gipfel zu beiden Enden waren durch einen Paß von halber Höhe miteinander verbunden. Ich vermutete, daß das einmal zwei Vulkane gewesen waren, so dicht beieinander, daß ihre Lavaströme sie zusammengefügt hatten. Wie immer sie entstanden sein mochte, die Insel war beinahe fünfmal so groß wie die, auf der wir uns befanden, und Lücken in der Vegetation entblößten

Felswände, die wir hoffentlich nicht würden erklettern müssen.

»Bist du sicher, daß wir das schaffen?« fragte ich – mehr mich selbst als sonst jemanden.

»Ja«, sagte Françoise.

»Wir können es versuchen«, korrigierte Étienne und ging den Rucksack holen, den er mit den am Morgen im Restaurant erstandenen Müllsäcken präpariert hatte.

Das A-Team: eine Fernsehserie, die ein Renner war, als ich um die vierzehn war. Das Team waren BA Barracus, Face-man, Murdoch und Hannibal, vier Vietnam-Veteranen, denen ein Verbrechen zur Last gelegt wurde, das sie nicht begangen hatten, und die jetzt als Söldner arbeiteten und sich die Gangster vornahmen, denen das Gesetz nichts anhaben konnte.

Uns ließen sie im Stich. Einen Augenblick lang sah es so aus, als würde Étiennes Konstruktion schwimmen. Das Gepäck tauchte ins Wasser und blieb auf gleicher Höhe; das obere Viertel dümpelte an der Oberfläche wie ein Eisberg. Aber dann fielen die Müllsäcke zusammen, und der Rucksack ging unter wie ein Stein. Drei weitere Versuche scheiterten ganz genauso.

»Das klappt nie«, sagte Françoise, die ihren Badeanzug bis auf die Hüften heruntergerollt hatte, um gleichmäßig braun zu werden; ich schaute nicht hin.

»Ausgeschlossen«, pflichtete ich ihr bei. »Die Rucksäcke sind viel zu schwer. Weißt du, eigentlich hätten wir das auf Ko Samui ausprobieren sollen.«

Étienne seufzte.

Wir standen im Wasser und erwogen stumm die Lage. Dann sagte Françoise: »Okay. Jeder einen Plastikbeutel. Wir nehmen nur ein paar wichtige Sachen mit.«

Ich schüttelte den Kopf. »Kommt nicht in Frage. Ich brauche meinen Rucksack.«

»Was bleibt uns anderes übrig? Aufgeben?«

»Tja...«

»Wir brauchen was zum Essen, was zum Anziehen – für drei

Tage. Wenn wir den Strand dann nicht gefunden haben, schwimmen wir zurück und warten auf das Boot.«

»Pässe, Tickets, Reiseschecks, Bargeld, Malariatabletten…«

»Hier gibt's keine Malaria«, sagte Étienne.

»Und überhaupt«, fügte Françoise hinzu, »wir brauchen doch keinen Paß, um auf die Insel zu kommen.« Sie lächelte und strich sich abwesend zwischen den Brüsten entlang. »Komm schon, Richard. Wir sind schon zu weit gekommen.«

Ich runzelte die Stirn und verstand nicht; eine Liste von Möglichkeiten kam mir in den Sinn.

»Zu weit gekommen, um aufzugeben.«

»Oh«, sagte ich. »Ja, das sind wir wohl.«

Wir versteckten unsere Rucksäcke in einem dichten Gebüsch bei einer auffälligen Palme – sie hatte zwei Stämme, die aus einer Wurzel wuchsen. In meinen Müllsack packte ich Wasserreinigungstabletten, die Schokolade, saubere Shorts, ein T-Shirt, ein Paar Converse-Schuhe, Mister Ducks Karte, meine Wasserflasche und zweihundert Zigaretten. Ich wollte alle vierhundert mitnehmen, aber ich hatte nicht genug Platz. Den Gaskocher mußten wir auch zurücklassen. Das bedeutete, daß wir kalt eingeweichte Nudeln würden essen müssen, aber zumindest würden wir nicht verhungern. Und die Malariatabletten ließ ich auch zurück.

Nachdem wir die Müllsäcke mit so vielen Knoten verschlossen hatten, wie das Plastik es zuließ, und jeden noch einmal in einem zweiten Sack verpackt hatten, testeten wir ihre Seetauglichkeit. Ohne das Gewicht der Rucksäcke schwammen sie besser, als wir hatten hoffen können. Sie schwammen sogar so gut, daß wir uns daran festhalten konnten, so daß wir nur die Beine gebrauchen mußten.

Um Viertel vor vier wateten wir, endlich reisefertig, ins Wasser hinaus. »Vielleicht mehr als ein Kilometer«, hörte ich Françoise hinter mir sagen. Étienne erwiderte etwas, aber seine Worte gingen im Rauschen eines Brechers unter.

Das Schwimmen verlief in Stadien. Das erste war pure Zuversicht; wir schwatzten, fanden unseren Strampelrhythmus und witzelten über Haie. Als unsere Beine anfingen weh zu tun und das Wasser nicht mehr kalt genug war, um uns abzukühlen, hörten wir auf zu plaudern. In diesem Stadium schien der zurückgelassene Strand – ganz wie bei der Bootsfahrt von Ko Samui hierher – ebensoweit von uns entfernt wie die Insel vor uns. Die Witze über Haie verwandelten sich in Befürchtungen, und allmählich bezweifelte ich, daß ich die Kraft haben würde, die ganze Strecke durchzuhalten. »Bezweifelte« in Anführungsstrichen. Wir hatten ungefähr die Hälfte hinter uns. Die Strecke nicht zu schaffen bedeutete zu sterben.

Wenn Étienne und Françoise die gleichen Befürchtungen hegten, ließen sie es sich nicht anmerken. Niemand sagte etwas, es war, als würde alles nur schlimmer, wenn man diese Angst aussprach. Ohnehin gab es ja nichts, was uns die Sache hätte erleichtern können. Wir hatten uns in diese Lage gebracht. Jetzt mußten wir damit zurechtkommen.

Und dann wurde es seltsamerweise leichter. Obwohl meine Beine immer noch weh taten wie verrückt, entwickelten sie eine Art Reflexkick, fast so etwas wie einen Herzschlag. Das hielt mich in Bewegung und erlaubte an etwas anderes als den Schmerz zu denken. Was mich eine Ewigkeit lang ablenkte, war, daß ich mir Zeitungsschlagzeilen ausmalte, die zu Hause über mein Schicksal berichten würden: »Junge Abenteurer ertrinken im thailändischen Todesmarathon – Europa trauert.« Damit war alles Nötige gesagt. Meinen Nachruf zu schreiben war schon schwieriger, vor allem in Anbetracht der Tatsache, daß ich nie irgend etwas von Bedeutung geleistet hatte. Aber meine Beerdigung war eine angenehme Überraschung. Ich entwarf ein paar gute Reden, und eine Menge Leute kamen, um sie sich anzuhören.

Ich hatte gerade beschlossen, meinen Führerschein zu machen, wenn ich wieder in England wäre, da sah ich Treibholz vor uns am Strand liegen und begriff, daß wir fast da waren. Wir hatten die meiste Zeit darauf geachtet, daß wir zusammenblieben, aber auf den letzten hundert Metern zog Étienne davon. Als er den Strand erreicht hatte, schlug er ein Rad; es gelang ihm unter Aufbietung seiner letzten Energiereserven, denn dann brach er zusammen und rührte sich erst wieder, als ich bei ihm war.

»Zeig mir die Karte«, keuchte er und versuchte sich aufzurichten.

»Étienne«, antwortete ich zwischen zwei Japsern und stieß ihn wieder zu Boden. »Wir haben genug getan. Heute nacht bleiben wir hier.«

»Aber der Strand ist vielleicht ganz in der Nähe, oder? Vielleicht ist es nur ein kurzes Stück Weg bis dahin.«

»Hör auf.«

»Aber …«

»Pst.«

Ich legte mich hin und drückte die Wange in den feuchten Sand, und mein Keuchen verwandelte sich in Seufzen, als der Schmerz aus meinen Muskeln sickerte. Étienne hatte eine Strähne Seegras im Haar; eine einzelne grüne Dreadlock. »Was ist das?« brummte er und zupfte kraftlos daran. Unten an der Wasserlinie kam Françoise platschend an Land; sie schleifte ihren Müllsack hinter sich her.

»Ich hoffe nur, dieser Strand existiert wirklich«, sagte sie und plumpste neben uns in den Sand. »Ich bin nicht sicher, ob ich die Strecke noch mal schwimmen kann.«

Ich war zu erschöpft, um ihr zuzustimmen.

All diese Dinge

Ich habe hundert Leuchtsterne an meiner Schlafzimmerdecke. Ich habe Halbmonde, Mondsicheln, Planeten mit Saturnringen, richtige Sternbilder, Meteorschauer und einen Spiralnebel, in dessen Armen sich eine fliegende Untertasse verfangen hat. Ich habe sie von einer Freundin bekommen, die sich darüber wunderte, daß ich nachts oft noch wach lag, wenn sie schon eingeschlafen war. Sie bekam es eines Nachts mit, als sie aufstand, um zur Toilette zu gehen, und am nächsten Tag kaufte sie mir die Leuchtsterne.

Leuchtsterne sind etwas Sonderbares. Sie lassen die Decke verschwinden.

»Schau«, wisperte Françoise ganz leise, um Étienne nicht zu wecken. »Siehst du?«

Mein Blick folgte der Linie ihres Arms, glitt vorbei an dem zierlichen Handgelenk mit der rätselhaften Tätowierung und an ihrem Finger hinauf bis zu den Millionen Lichtpunkten.

»Nein«, wisperte ich zurück. »Wo denn?«

»Da … es bewegt sich. Siehst du den hellen?«

»Mhm.«

»Tiefer, und dann links, und …«

»Hab ihn. Verrückt.«

Ein Satellit, in dem sich – ja was? – der Mond spiegelte? Die Erde? Schnell und geradlinig glitt er zwischen den Sternen dahin; sein Orbit führte ihn heute nacht über den Golf von Thailand und später vielleicht über Dakar oder Oxford.

Étienne regte sich und drehte sich im Schlaf auf die andere Seite. Der Müllsack, den er unter sich im Sand ausgebreitet hatte, raschelte. Im Wald hinter uns sang kurz ein verborgener Nachtvogel.

»Hey«, flüsterte ich und stützte mich auf den Ellbogen. »Soll ich dir was Komisches erzählen?«

»Worüber?«

»Über die Unendlichkeit. Aber so kompliziert ist es nicht – ich meine, du brauchst kein Diplom in …«

Françoise wedelte mit der Hand, und die Glut ihrer Zigarette hinterließ ein rotes Muster.

»Heißt das ja?« flüsterte ich.

»Ja.«

»Okay.« Ich hustete leise. »Wenn man annimmt, daß das Universum unendlich ist, dann bedeutet das, es gibt eine unendliche Anzahl von Möglichkeiten, daß etwas passiert, richtig?«

Sie nickte und sog an der roten Glut, die vor ihren Fingerspitzen schwebte.

»Und wenn es eine unendliche Anzahl von Möglichkeiten gibt, daß etwas passiert, dann wird es irgendwann auch passieren – egal, wie gering die Wahrscheinlichkeit ist.«

»Ah.«

»Das bedeutet, irgendwo im Weltall gibt es noch einen Planeten, der sich durch eine unglaubliche Serie von Zufällen genauso entwickelt hat wie unserer. Bis ins letzte Detail.«

»Wirklich?«

»Absolut. Und es gibt noch einen, der ganz genauso ist, nur daß die Palme da drüben einen halben Meter weiter rechts steht. Ja, es gibt Planeten mit unendlich vielen Variationen zu allein diesem Baum, unendlich viele ...«

Stille. Ich fragte mich, ob sie wohl eingeschlafen war.

»Was sagst du dazu?« drängte ich.

»Interessant«, flüsterte sie. »Alles, was passieren kann, wird auch passieren – auf diesen Planeten.«

»Genau.«

»Dann bin ich auf einem Planeten vielleicht ein Filmstar.«

»Da gibt's kein Vielleicht. Du wohnst in Beverly Hills und hast letztes Jahr sämtliche Oscars abgeräumt.«

»Das ist gut.«

»Ja. Aber vergiß nicht, daß dein Film anderswo ein Flop war.«

»Ach?«

»Eine Pleite. Die Kritiker haben dich fertiggemacht, das Studio hat ein Vermögen verloren, und du hast mit Alkohol und Valium angefangen. Es war ziemlich scheußlich.«

Françoise rollte sich auf die Seite und sah mich an. »Erzähl mir von ein paar anderen Welten«, flüsterte sie. Im Mondlicht blitzten ihre Zähne silbern, als sie lächelte.

»Tja«, sagte ich, »da gäb's ne Menge zu erzählen.«

Étienne regte sich und drehte sich wieder auf die andere Seite.

Ich beugte mich hinüber und küßte Françoise. Sie wich zurück oder lachte oder schüttelte den Kopf oder schloß die Augen und küßte mich wieder. Étienne wachte auf und schlug sich ungläubig die Hand vor den Mund. Dann schlief er weiter. Ich schlief, während Françoise Étienne küßte.

Lichtjahre weit über unseren Müllsackbetten und dem gleichmäßigen Rauschen der Brandung geschah all das.

Als Françoise die Augen geschlossen hatte und in gleichmäßigem Schlafrhythmus atmete, kroch ich von meinem Plastiksack und ging hinunter zum Meer. Ich stand im flachen Wasser und sank langsam ein, während die Flut den Sand um meine Füße herum wegspülte. Die Lichter von Ko Samui leuchteten am Horizont wie Spuren des Sonnenuntergangs. Der Sternenhimmel erstreckte sich so weit wie meine Zimmerdecke zu Hause.

Im Feld

Wir brachen gleich nach dem Frühstück auf; es gab für jeden einen halben Schokoriegel und kalte Nudeln, eingeweicht in Wasser aus unseren Trinkflaschen. Es hatte keinen Sinn, herumzuhängen. Wir mußten eine Süßwasserquelle finden, und laut Mister Ducks Karte lag der Strand auf der anderen Seite der Insel.

Zunächst liefen wir in der Hoffnung, die Insel umrunden zu können, am Strand entlang, aber bald ging der Sand in zerklüftete Felsen über, und diese wiederum wurden zu unüberwindlichen Klippen und Klüften. Wir versuchten es in der anderen Richtung; die Sonne stieg höher und höher, und wir vergeudeten wertvolle Zeit, denn am Ende stießen wir auf eine Barriere von der gleichen Art. Es blieb uns nichts anderes übrig, als landeinwärts zu marschieren. Der Paß zwischen den beiden Berggipfeln war das naheliegende Ziel. Also warfen wir uns unsere Müllsäcke über die Schultern und suchten uns einen Weg in den Dschungel.

Die ersten zwei-, dreihundert Meter vom Ufer weg waren am schwersten. Die Zwischenräume zwischen den Palmen waren von einem seltsam weit auswuchernden Gestrüpp verschlossen, dessen winzige Blätter scharf wie Rasiermesser waren, und es führte kein Weg daran vorbei – man mußte sich durchschlagen. Aber als wir weiter landeinwärts kamen und das Gelände anstieg, wurden die Palmen seltener, und es häufte sich eine andere Art Bäume – Bäume, die aussahen wie verrostete, von Efeu erstickte Weltraumraketen mit drei Meter langen Wurzeln, die sich vom Stamm her ausbreiteten wie Stabilisatorflossen. Da hier weniger Sonnenlicht durch das Laubdach drang, wurde auch die Vegetation am Waldboden dünner. Hier und da hielt uns ein dichtes Bambusdickicht auf, aber nach kurzer Suche fand sich immer ein Wildwechsel oder ein von einem herabgestürzten Ast geschlagener Pfad.

Nach Zephs Beschreibung des Dschungels mit seinen urzeitlichen Pflanzen und seltsam gefärbten Vögeln fand ich die Wirklichkeit irgendwie enttäuschend. Es kam mir vor, als spazierte ich durch einen englischen Wald und sei einfach nur auf ein Zehntel meiner Größe geschrumpft. Aber es gab doch ein paar Dinge, die ein hinreichend exotisches Gefühl vermittelten. Hin und wieder sahen wir kleine braune Affen die Bäume hinaufflitzen, Tarzanlianen baumelten über uns wie Stalaktiten – und dann das Wasser: Es tropfte uns in den Nacken, klebte uns die Haare an den Kopf und das T-Shirt an die Brust. Es war so feucht, daß unsere halbleeren Wasserflaschen uns keine Sorgen mehr machten. Man brauchte sich nur unter einen Ast zu stellen und ihn einmal zu schütteln: Das lieferte ein paar Schluck Wasser und eine schnelle Dusche. Die Ironie der Tatsache, daß ich meine Kleider beim Schwimmen trocken gehalten hatte, nur damit sie naß wurden, sobald wir uns landeinwärts wandten, entging mir nicht.

Als wir zwei Stunden gegangen waren, befanden wir uns am Fuße eines besonders steilen Hangs. Wir mußten buchstäblich klettern und uns an zähen Farnkrautstielen hochziehen, um nicht auf Schlamm und totem Laub wieder hinunterzurutschen. Étienne kam als erster oben an und verschwand über den Kamm; ein paar Sekunden später erschien er wieder und winkte begeistert.

»Beeilt euch!« rief er. »Wirklich, das ist unglaublich!«

»Was gibt's denn?« rief ich zurück, aber er war schon wieder verschwunden.

Ich verdoppelte meine Anstrengungen und ließ Françoise hinter mir.

Der Hang führte hinauf zu einem fußballplatzgroßen Absatz an der Bergflanke, so flach und eben, daß es im Gewirr des Dschungels ringsum geradezu unnatürlich wirkte. Vor uns stieg das Gelände wieder an, wie es schien, zu einem zweiten Plateau und darüber hinaus geradewegs bis zum Paß.

Étienne stand zwischen ein paar Büschen und schaute sich, die Hände in die Hüften gestemmt, um.

»Was meinst du?« sagte er. Ich drehte mich um. Weit unter mir sah ich den Strand, von dem wir gekommen waren, die Insel, auf der unsere Rucksäcke versteckt lagen, und die vielen anderen Inseln dahinter.

»Ich wußte nicht, daß der Nationalpark so groß ist«, sagte ich.

»Ja. Sehr groß. Aber das meine ich nicht.«

Ich wandte mich wieder dem Plateau zu und steckte mir eine Zigarette in den Mund. Während ich meine Taschen nach dem Feuerzeug abklopfte, fiel mir etwas Merkwürdiges auf. Die Pflanzen hier oben kamen mir irgendwie bekannt vor.

»Wow«, sagte ich, und die Zigarette fiel mir aus dem Mund.

»Ja.«

»Haschisch …?«

Étienne grinste. »Hast du je so viel gesehen?«

»Noch nie …« Ich zupfte ein paar Blätter von der nächsten Staude und zerrieb sie zwischen den Fingern.

Étienne stapfte weiter. »Wir sollten ein bißchen davon pflücken, Richard«, meinte er. »Wir können es in der Sonne trocknen und …« Dann brach er ab. »Moment mal, irgendwas ist hier komisch.«

»Was denn?«

»Na, es ist so … Diese Pflanzen …« Er hockte sich hin und drehte sich plötzlich zu mir um. Seine Lippen hatten sich zu einem Lächeln verzogen, aber seine Augen waren weit aufgerissen, und ich sah, daß ihm buchstäblich die Farbe aus dem Gesicht wich. »Das ist ein Feld«, sagte er.

Ich erstarrte. »Ein Feld?«

»Ja. Sieh dir die Pflanzen an.«

»Aber es kann kein Feld sein. Ich meine, diese Inseln sind doch …«

»Die Pflanzen stehen in Reihen.«

»In Reihen …«

Wir starrten einander an. »O Gott«, sagte ich langsam. »Dann sitzen wir tief in der Scheiße.«

Étienne kam zu mir zurückgelaufen.

»Françoise.«

»Sie …« Mir gingen so viele Gedanken durch den Kopf, daß ich nichts herausbrachte.

»Sie kommt«, sagte ich schließlich, aber da war er schon an mir vorbei und kauerte am Abhang.

»Sie ist nicht da!«

»Aber sie war dicht hinter mir.« Ich trabte zum Rand und schaute hinunter. »Vielleicht ist sie abgerutscht.«

Étienne stand auf. »Ich klettere hinunter. Du suchst hier.«

»Ja ... okay.«

Er glitschte den lehmigen Hang hinunter, und dann sah ich ihr gelbes T-Shirt aufblitzen, ein Stück weiter hinten zwischen den Bäumen am Rande des Plateaus. Étienne war den Hang schon wieder halb hinuntergerutscht. Ich warf ihm ein Steinchen nach, um ihn auf mich aufmerksam zu machen. Er fluchte und kam wieder heraufgeklettert.

Françoise war inzwischen oben. Sie stopfte sich ihr T-Shirt in die Shorts. »Ich mußte mal!« rief sie.

Ich winkte panisch mit beiden Händen und bedeutete ihr, sie solle leise sein. Sie legte eine Hand hinters Ohr. »Was? Hey! Ich habe weiter oben am Berg ein paar Leute gesehen. Sie kommen her. Vielleicht sind sie ja vom Strand?«

Als Étienne sie hörte, rief er von unten herauf: »Richard! Sie soll still sein!«

Ich rannte auf sie zu. »Was machst du denn?« fragte sie, und dann war ich bei ihr und drückte sie zu Boden.

»Sei still!« sagte ich und legte ihr die Hand auf den Mund.

Sie wollte sich loswinden, aber ich drückte fester zu, so daß ihr Kopf sich in den Nacken bog. »Das ist eine Hanf-Pflanzung«, zischte ich und betonte sorgfältig jedes Wort. »Verstehst du?«

Ihre Augen quollen hervor, und sie fing an, durch die Nase zu schnauben. »Verstehst du?« zischte ich noch einmal. »Eine gottverdammte Pflanzung!«

Dann war Étienne hinter mir und zerrte an meinen Armen. Ich ließ Françoise los und ging ihm – ich weiß heute noch nicht, warum – an die Kehle. Er wand sich hinter mich und schlang mir die Arme um die Brust.

Ich wehrte mich, aber er war zu stark. »Du Idiot«, fauchte ich, »laß mich los! Da kommen Leute!«

»Wo denn?«

»Auf dem Berg«, flüsterte Françoise und rieb sich den Mund. »Ein Stück weiter oben.«

Er spähte zum zweiten Plateau hinauf. »Ich sehe niemanden«, sagte er und lockerte seinen Griff. »Hört mal! Was ist das?«

Wir schwiegen, aber ich vernahm nichts als das pochende Blut in meinen Ohren.

»Stimmen«, sagte Étienne leise. »Hört ihr das?«

Wieder lauschte ich angestrengt. Jetzt hörte ich es auch, weit weg, aber immer deutlicher.

»Das ist Thai.«

Ich schnappte nach Luft. »Scheiße! Wir müssen rennen!« Ich wollte mich aufrappeln, aber Étienne zog mich wieder herunter.

»Richard«, sagte er, und trotz meiner Angst registrierte ein Teil meiner selbst überrascht, wie ruhig sein Gesichtsausdruck war. »Wenn wir rennen, werden sie uns bemerken.«

»Was machen wir dann?«

Er deutete auf ein dunkles Gebüsch. »Wir verstecken uns da drin.«

Wir lagen flach auf dem Boden, spähten durch das Laubgewirr und warteten darauf, daß die Leute auftauchten.

Erst sah es so aus, als würden wir sie gar nicht zu Gesicht bekommen, aber dann knackte ein Zweig, und ein Mann trat auf das Feld hinaus, dicht neben der Stelle, an der Étienne und ich noch ein paar Minuten zuvor gestanden hatten. Er war jung, vielleicht zwanzig, und gebaut wie ein Kickboxer. In seinen nackten Oberkörper waren Muskeln gemeißelt, und er trug eine Militärhose, dunkelgrün und ausgebeult, mit aufgenähten Taschen an den Beinen. Er hielt eine lange Machete in der Hand, und über seiner Schulter hing ein automatisches Gewehr.

Ich fühlte, wie Françoise sich an mich preßte – sie zitterte am ganzen Körper. Ich drehte mich um und dachte, ich könnte sie vielleicht irgendwie beruhigen, aber zugleich spürte ich, daß mein Gesicht ganz verspannt war. Sie starrte mich an und zog die Brauen hoch, als erwarte sie, daß ich ihr alles erklärte. Ich schüttelte hilflos den Kopf.

Ein zweiter Mann erschien, älter als der erste, ebenfalls bewaffnet. Sie blieben stehen und wechselten ein paar Worte. Obwohl sie mehr als zwanzig Meter entfernt waren, konnten wir ihre Stimmen hören. Dann rief ein dritter Mann etwas aus dem Dschungel, und sie setzten sich wieder in Bewegung und verschwanden über den Kamm, den Hang hinunter, den wir heraufgekommen waren.

Zwei oder drei Minuten nachdem ihr schnatternder Singsang verhallt war, brach Françoise plötzlich in Tränen aus. Dann fing auch Étienne an zu weinen. Er lag auf dem Rücken und bedeckte seine Augen mit den Fäusten.

Ausdruckslos beobachtete ich die beiden. Ich fühlte mich in einem Schwebezustand. Der Schock über die Entdeckung der Pflanzung und die Anspannung während des Wartens in unserem Versteck waren einem Gefühl der Leere gewichen. Ich kniete einfach am Boden, der Schweiß rann mir vom Haaransatz über die Schläfen, und ich dachte an gar nichts.

Endlich gelang es mir, meine fünf Sinne zusammenzuraffen. »Okay«, sagte ich. »Sie wußten nicht, daß wir hier sind, aber sie werden es vielleicht bald merken.« Ich griff nach meinem Plastiksack. »Étienne hat recht. Wir müssen weg.«

Françoise setzte sich auf und wischte sich mit einem Zipfel ihres schlammverschmierten T-Shirts über die Augen. »Ja«, sagte sie leise. »Komm, Étienne.«

Étienne nickte. »Richard«, sagte er mit fester Stimme, »ich will hier nicht sterben.«

Ich klappte den Mund auf, aber ich wußte nicht, was ich sagen sollte.

»Ich will hier nicht sterben«, wiederholte er. »Du mußt uns hier rausbringen.«

Abwärts

Ich mußte sie rausbringen? Ich? Ich traute meinen Ohren nicht. Er war derjenige, der einen kühlen Kopf bewahrt hatte, als die Bewacher der Pflanzung aufgetaucht waren. Ich hatte durchgedreht. Am liebsten hätte ich gesagt: »Bring du uns doch hier raus!«

Aber ich brauchte ihn nur anzusehen und wußte, daß er in dieser Situation nicht die Initiative ergreifen würde. Und Françoise auch nicht. Sie starrte mich mit dem gleichen ängstlichen, erwartungsvollen Blick an wie Étienne.

Da mir also nichts anderes übrigblieb, war ich es schließlich, der die Entscheidung traf weiterzugehen. In der einen Richtung waren die bewaffneten Typen auf den Pfaden unterwegs, die wir in unserer Ahnungslosigkeit für Wildwechsel gehalten hatten. Vielleicht wollten sie sogar zum Strand hinunter und würden dort ein Schokoladenpapierchen oder Fußabdrücke finden, die unsere Anwesenheit verrieten. In der anderen Richtung – was wir da finden würden, wußten wir nicht. Vielleicht weitere Felder, vielleicht weitere Bewaffnete, vielleicht einen Strand voller Rucksackreisender und vielleicht auch überhaupt nichts.

Der Teufel, den du kennst, ist besser als der, den du nicht kennst – diesen Spruch verabscheue ich heute zutiefst. Im Busch versteckt, zitternd vor Angst, mußte ich aber einsehen: Wenn der Teufel, den du kennst, Bewacher einer Rauschgiftplantage ist, dann verblassen daneben alle anderen.

Ich habe praktisch keine Erinnerung an die folgenden Stunden. Ich glaube, ich konzentrierte mich so angestrengt auf das unmittelbare Geschehen, daß in meinem Kopf für nichts sonst Platz war. Um eine Erinnerung zu haben, braucht man vielleicht Zeit zum Nachdenken, und sei sie noch so kurz.

Was mir allerdings im Gedächtnis geblieben ist, sind ein,

zwei Schnappschüsse: der Blick vom Paß zurück auf die Hanf-Felder unter uns und ein anderes, eher surreales Bild – surreal, weil es etwas ist, das ich gar nicht gesehen haben kann. Aber wenn ich die Augen schließe, sehe ich es deutlich vor mir.

Ich sehe uns drei, wie wir auf der anderen Seite des Passes bergab klettern. Ich sehe uns von hinten und schaue auf unsere Rücken, etwas von oben, als stünde ich weiter oben am Hang. Wir haben unsere Müllsäcke nicht dabei. Meine Arme sind leer und ausgestreckt, als müßte ich Balance halten, und Étienne hält Françoise bei der Hand.

Und die zweite Merkwürdigkeit ist, daß ich vor uns, über die Bäume hinweg, die Lagune und einen weißen Sandstreifen sehen kann. Aber das ist gar nicht möglich. Die Lagune entdeckten wir erst, als wir den Wasserfall erreicht hatten.

Er war ungefähr so hoch wie ein vierstöckiges Haus – eine Höhe, an deren Rand ich nicht mehr gern aufrecht stehe. Um abzuschätzen, wie tief es hier hinunterging, mußte ich auf dem Bauch bis an die Kante der Steilwand kriechen. Ich fürchtete, den Gleichgewichtssinn zu verlieren und wie betrunken vorwärts in den Tod zu taumeln.

Auf der anderen Seite setzte sich die Felswand fort; sie machte einen weiten Bogen hinaus ins Meer, und es war, als sei ein riesiger Kreis aus der Insel geschnitten worden, in den die Lagune eingebettet war – genau wie Zeph es beschrieben hatte. Von da, wo wir saßen, konnten wir sehen, daß die Klippen zum Meer hin nicht mehr als zwanzig Meter breit waren; aber in einem draußen vorüberfahrenden Boot würde man nie vermuten, daß etwas dahinterlag. Man würde immer nur die durchgehende, vom Dschungel gekrönte Küstenlinie sehen. Wahrscheinlich wurde die Lagune durch Unterwasserhöhlen und Kanäle gespeist.

Der Wasserfall rauschte in ein Becken hinunter, aus dem ein schnell fließender Bach sich zwischen den Bäumen davonschlängelte. Die höchsten Bäume dort unten reichten bis zu uns herauf und höher; wenn sie ein bißchen näher bei der Wand gestanden hätten, dann hätten wir sie benutzen können, um hinunterzukommen – denn der Abstieg war das große Problem. Es ging zu steil und zu tief hinunter, als daß an Klettern zu denken gewesen wäre.

»Was meint ihr?« fragte ich, als ich von der Kante zu Étienne und Françoise zurückgekrochen kam.

»Was meinst *du*?« fragte Étienne; er war offensichtlich noch nicht bereit, mir die Zügel aus der Hand zu nehmen.

Ich seufzte. »Ich meine, daß wir auf jeden Fall die richtige Stelle gefunden haben. Mister Ducks Karte sagt, es ist hier, und es paßt haargenau zu Zephs Beschreibung.«

»So nah und so weit.«

»So nah und doch so fern«, korrigierte ich gedankenlos. »Das trifft's ungefähr.«

Françoise stand auf und spähte zu der Felswand vor dem Meer hinüber.

»Vielleicht sollten wir's von der anderen Seite her versuchen«, schlug sie vor. »Möglicherweise kann man da leichter nach unten klettern.«

»Da ist es höher als hier. Man sieht doch, daß das Gelände noch ansteigt.«

»Wir könnten ins Wasser springen. Zum Springen ist es nicht zu hoch.«

»Wir kämen nie an den Felsen vorbei.«

Sie sah gereizt und müde aus. »Okay, Richard. Aber es muß doch einen Weg hinunter geben, nicht? Wenn Leute zu diesem Strand kommen, dann muß es einen Weg geben.«

»Wenn Leute zu diesem Strand kommen«, wiederholte ich. Wir hatten kein Anzeichen dafür gesehen, daß dort unten irgend jemand war. Ich hatte die Vorstellung gehabt, daß wir an diesem Strand lauter freundliche Rucksackgefährten mit von der Sonne geküßten Gesichtern vorfinden würden, Leute, die dort herumhingen, nach Korallen tauchten und Frisbee spielten. So in der Art. Doch der Strand sah nach allem, was wir erkennen konnten, wunderschön, aber völlig verlassen aus.

»Vielleicht können wir an diesem Wasserfall hinunterspringen«, meinte Étienne. »Er ist nicht so hoch wie die Felsen am Meer.«

Ich überlegte einen Moment. »Möglich«, sagte ich dann und rieb mir die Augen. Der Adrenalinstoß, der mich über den Paß gebracht hatte, war verebbt, und jetzt war ich erschöpft, so erschöpft, daß ich nicht einmal erleichtert war, den Strand gefunden zu haben. Außerdem schmachtete ich nach einer Zigarette. Ein paarmal dachte ich daran, mir eine anzuzünden, aber ich war immer noch zu nervös und fürchtete, daß jemand den Rauch riechen könnte.

Françoise schien meine Gedanken zu lesen. »Wenn du eine Zigarette rauchen möchtest, dann solltest du es tun«, sagte sie und lächelte. Ich glaube, es war das erstemal, daß jemand von uns lächelte, seit wir das Plateau hinter uns gelassen hatten. »Auf dieser Seite des Passes haben wir keine Felder gesehen.«

»Ja«, ergänzte Étienne. »Und vielleicht hilft es ja. Das Nikotin … das hilft bestimmt.«

»Gute Idee.«

Ich zündete mir eine an und kroch zurück zur Felsenkante.

Wenn der Wasserfall, so überlegte ich, seit tausend Jahren da unten in das Becken donnerte, dann war vermutlich eine tiefe Mulde in das Felsgestein gegraben worden. Tief genug, daß ich hineinspringen konnte. Aber wenn die Insel erst vor kurzer Zeit entstanden war, vielleicht erst vor zweihundert Jahren als Ergebnis vulkanischer Aktivität, dann hatte die Zeit womöglich nicht gereicht, ein tiefes Bassin entstehen zu lassen.

»Aber was weiß ich?« sagte ich und blies langsam den Rauch aus. Françoise hob den Kopf, unsicher, ob ich mit ihr sprach.

Die Steine im Wasser waren glatt und rund. Die Bäume unter uns waren hoch und alt.

»Okay«, flüsterte ich.

Vorsichtig stand ich auf, den einen Fuß zwei Fingerbreit vor dem Abgrund, den anderen in stabilisierendem Winkel zurückgesetzt. Eine Erinnerung tauchte in mir auf, wie ich Airfix-Flugzeuge baute, sie mit Watte füllte, mit Feuerzeugbenzin tränkte, anzündete und dann aus dem obersten Fenster unseres Hauses warf.

»Willst du springen?« rief Étienne nervös.

»Ich will nur besser sehen.«

Die Flugzeuge machten in der Luft einen Bogen und schienen sich dann wieder der Hauswand zu nähern. Der Punkt, an dem sie landeten und zu klebrigen, brennenden Trümmern zerbarsten, schien immer dichter an der Hauswand zu liegen, als ich erwartet hatte. Der Abstand war schwer einzuschätzen; die Modellflugzeuge mußten kräftiger weggeschleudert werden, als notwendig erschien, damit sie nicht auf der Treppe landeten oder auf dem Kopf dessen, der nachschauen wollte, was es mit den brennenden Flecken im Vorgarten auf sich hatte.

Ich war noch ganz in Gedanken versunken, als etwas passierte. Ein überwältigendes Gefühl durchflutete mich, Langeweile fast, eine seltsame Lustlosigkeit. Ich hatte es plötzlich satt, wie schwierig diese Reise geworden war. Zuviel Anstrengung, zu viele Schocks, zu viele Zwickmühlen. Und dieser Überdruß hatte eine Wirkung. Für ein paar entscheidende Augenblicke befreite er mich von der Angst vor den Konsequenzen. Ich hatte genug. Ich wollte es hinter mich bringen.

So nah und doch so fern.

»Dann spring doch«, hörte ich meine Stimme sagen.

Ich zögerte und fragte mich, ob ich das wirklich war, und dann tat ich es. Ich sprang.

Alles kam so, wie es kommen soll, während man fällt. Ich hatte Zeit zum Nachdenken. Dummes Zeug zuckte mir durch den Kopf – zum Beispiel, wie meine Katze einmal vom Küchentisch gerutscht und auf den Kopf gefallen war, und wie ich mich mal beim Kopfsprung vom Turm verschätzt und das Wasser sich wie Holz angefühlt hatte – nicht wie Beton oder wie Metall, sondern wie Holz.

Dann prallte ich ins Wasser, mein T-Shirt schoß mir über die Brust hinauf und ballte sich unter meinem Kinn, und Sekunden später kam ich wieder an die Oberfläche. Das Becken war so tief, daß ich den Grund nicht mal berührt hatte.

»Hah!« schrie ich und schlug mit beiden Armen ins Wasser. Es war mir egal, wer mich hörte. »Ich lebe noch!«

Ich schaute hoch und sah Étienne und Françoise; sie schoben die Köpfe über die Felskante.

»Alles okay?« rief Étienne.

»Mir geht's gut! Mir geht's ausgezeichnet!« Dann fühlte ich etwas in der Hand. Ich hielt immer noch meine Zigarette fest – der Tabak war weg, aber der braune Filter klemmte in meiner Faust, durchnäßt und nikotinfleckig. Ich fing an zu lachen. »Scheiße, ausgezeichnet geht's mir! Schmeißt die Säcke runter!«

Ich saß im Gras am Rand des Beckens, ließ die Füße ins Wasser baumeln und wartete darauf, daß Étienne und Françoise mir folgten. Étienne hatte ein bißchen Schiß, und Françoise wollte nicht als erste springen und ihn allein zurücklassen.

Der Mann erschien, als ich mir eben eine neue Zigarette anzündete, als Ersatz für die, die ich verdorben hatte. Er kam ein paar Meter weiter zwischen den Bäumen hervor. Wären seine Gesichtszüge und sein Vollbart nicht gewesen, ich hätte wohl kaum erkannt, daß er ein Weißer war. Seine Haut war dunkel wie die eines Asiaten, auch wenn ein leichter Bronzeton darauf hindeutete, daß sie einmal weiß gewesen war. Er trug nichts als ein Paar zerfetzte blaue Shorts und eine Halskette aus Muscheln. Wegen des Barts war es schwer, sein Alter zu schätzen, aber ich nahm an, daß er nicht viel älter war als ich.

»Hey«, sagte er und legte den Kopf schräg. »Ziemlich schnell für einen FNG. Dreiundzwanzig Minuten hast du gebraucht, um zu springen.« Dem Akzent nach war er Brite. »Bei mir hat's über eine Stunde gedauert, aber ich war auch allein, und da ist es schwerer.«

FNG

Ich legte einen Arm über meine Augen und ließ mich zurücksinken. Im Rauschen des Wasserfalls hörte ich Étiennes ätherische Stimme; er rief mir zu, er werde jetzt springen. Aus seinem Blickwinkel konnte er den Mann zwischen den Bäumen nicht sehen. Ich machte mir nicht die Mühe, ihm zu antworten.

»Alles okay?« hörte ich den Mann fragen. Das Gras raschelte, als er ein paar Schritte auf mich zukam. »Entschuldige, ich hätte... Du mußt gerade 'n echten Horror gekriegt haben.«

»Horror?« Ich überlegte. »Eigentlich nicht. Ich bin ganz ruhig.«

Äußerst ruhig. Ich schwebte. Ich spürte, wie die Zigarette zwischen meinen Fingern herunterbrannte und meine Haut erwärmte.

»Wen nennst du hier einen FNG?« murmelte ich.

Ein Schatten glitt über mein Gesicht, als der Mann sich über mich beugte, um sich zu vergewissern, daß ich nicht ohnmächtig geworden war. »Hast du was gesagt?«

»Ja. Hab ich.«

Étienne quiekte, als er fiel, und sein Aufklatschen verschmolz mit dem Dröhnen des Wassers, und das Dröhnen des Wassers klang wie das Dröhnen eines Hubschraubers.

»Ich hab gefragt, was ein FNG ist.«

Der Mann zögerte. »Warst du denn schon mal hier? Ich kenne dich nicht.«

Ich lächelte. »Natürlich war ich schon mal hier«, antwortete ich. »In meinen Träumen.«

MIA. KIA. LZ. FFZ. DMZ. FNG.

FNG. Einer, der seinen Militärdienst in Vietnam antritt. Ein Neuling. Ein *Fucking New Guy*.

Ein Neuling? Und ob ich auch wandle im finsteren Tal des

Todes, ich fürchte doch kein Unheil, denn ich bin der unheiligste Motherfucker im ganzen Tal.

Neu wobei?

Wir folgten dem Mann zwischen den Bäumen hindurch. Ein paarmal überquerten wir den Bach, der sich vom Wasserfall her durch den Dschungel schlängelte, und ein paarmal kamen wir an Lichtungen – auf einer glomm ein Lagerfeuer, und verkohlte Fischköpfe waren ringsum verstreut.

Wir sprachen nicht viel. Das einzige, was der Mann uns verraten wollte, war sein Name: Jed. Alle anderen Fragen wischte er beiseite. »Es ist einfacher, wenn wir das alles in unserem Lager besprechen«, meinte er. »Wir haben genauso viele Fragen an euch wie ihr an uns.«

Auf den ersten Blick sah das Lager fast so aus, wie ich es mir vorgestellt hatte. Eine große, staubige Lichtung, umgeben von diesen Raketenbäumen und übersät von behelfsmäßigen Bambushütten. Die wenigen Segeltuchzelte wirkten deplaziert; ansonsten glich das Ganze einem Dorf, wie ich in Südostasien schon viele gesehen hatte. Am anderen Ende stand ein größeres Gebäude, ein Langhaus, und daneben kam der Bach vom Wasserfall wieder zum Vorschein und umrundete die Lichtung. Nach den geradlinigen Uferböschungen zu urteilen, war er offenbar hierher umgeleitet worden.

Erst nachdem ich das alles zur Kenntnis genommen hatte, bemerkte ich, daß das Licht etwas Seltsames an sich hatte. Im Wald war es abwechselnd dunkel und hell gewesen, aber hier herrschte ein gleichmäßiges Zwielicht, als wäre es Abend und nicht Mittag. Ich schaute am Stamm eines der Riesenbäume entlang nach oben. Die Höhe dieses Baumes war schon atemberaubend, und sie wurde noch betont durch die Tatsache, daß die unteren Äste abgesägt worden waren. Die oberen Äste ragten aufwärtsgebogen über die Lichtung; sie trafen mit den Ästen von der anderen Seite giebelförmig zusammen. Aber die

Nahtstelle erschien mir auffällig undurchsichtig und dicht, und als ich genauer hinschaute, sah ich, daß die Zweige umeinandergeschlungen waren, miteinander verflochten, so daß sie eine Art Decke aus Holz und Laub bildeten, von der die Stalaktiten-Ranken hingen, die hier auf magische Weise angemessen wirkten.

»Tarnung«, sagte Jed hinter mir. »Wir wollen aus der Luft nicht gesehen werden. Manchmal kommen Flugzeuge vorbei. Nicht oft, aber manchmal.« Er deutete nach oben. »Anfangs waren die Äste mit Seilen zusammengebunden, aber jetzt wachsen sie einfach so. Hin und wieder müssen wir sie ein bißchen zurückschneiden, sonst wird's zu düster. Beeindruckend, was?«

»Irre«, pflichtete ich bei. Der Anblick nahm mich so sehr gefangen, daß ich nicht merkte, wie Leute aus dem Langhaus traten und über die Lichtung auf uns zukamen. Drei Leute, genau gesagt. Zwei Frauen und ein Mann.

»Sal, Cassie und Bugs«, sagte die eine der Frauen, als sie bei uns waren. »Ich bin Sal, aber versucht gar nicht erst, euch unsere Namen zu merken.« Sie lächelte freundlich. »Ihr kommt nur durcheinander, wenn ihr die anderen kennenlernt, und irgendwann werdet ihr sie schon alle behalten.«

Bugs werde ich wahrscheinlich nicht vergessen, dachte ich bei mir und verkniff mir nur mit Mühe ein Lachen. Ich hob die Hände an die Schläfen. Seit meinem Sprung fühlte sich mein Kopf zunehmend leicht an. Es war fast, als würde er sich gleich von meinen Schultern erheben und davonschweben.

Françoise ging auf die Frau zu. »Françoise, Étienne und Richard.«

»Ihr seid Franzosen! Wunderbar! Wir haben nur einen einzigen Franzosen hier.«

»Richard ist Engländer.« Françoise deutete auf mich, und ich versuchte höflich zu nicken, konnte aber die Vorwärtsbewegung nicht bremsen, so daß aus dem Kopfnicken eine kleine Verbeugung wurde.

»Wunderbar!« rief die Frau noch einmal und warf mir einen erstaunten Seitenblick zu. »Dann wollen wir euch mal etwas zu essen besorgen. Ihr habt bestimmt Hunger.« Sie wandte sich dem Mann zu. »Bugs, magst du uns einen Eintopf kochen? Dann können wir ausgiebig plaudern und uns kennenlernen. Ist das in Ordnung?«

»Das ist großartig, Sal«, sagte ich. »Weißt du, du hast ganz recht. Ich habe wirklich Hunger.« Das Lachen, das ich bisher unterdrückt hatte, bahnte sich jetzt doch seinen Weg. »Wir haben nur diese kalten Maggi-Nudeln und Schokolade gegessen. Den Gaskocher konnten wir nicht mitnehmen… Étiennes Kocher… und…«

Jed sprang heran, um mich aufzufangen, als ich in Ohnmacht fiel, aber zu spät. Sein erschrockenes Gesicht kreiselte davon, als ich nach hinten kippte. Das letzte, was ich sah, war ein Pünktchen vom blauen Himmel durch das Laubdach; dann rauschte die Dunkelheit heran und verschluckte es.

Batman

Geduldig wartete ich darauf, daß Mister Duck auftauchte. Ich wußte, daß er in der Nähe war, denn im Kerzenschein sah ich die Blutspritzer auf der Erde rings um mein Bett, und auf dem Laken war der rote Abdruck einer Hand. Vermutlich duckte er sich in den Schatten am anderen Ende des Langhauses und wartete nur darauf, hervorzuspringen und mich zu überraschen. Aber er war derjenige, der überrascht sein würde. Denn diesmal erwartete ich ihn.

Minuten vergingen. Ich schwitzte und seufzte. Wachs tropfte an der Kerze herunter und ballte sich im Staub zusammen. Eine Eidechse fiel von einem Balken über mir und landete zwischen meinen Beinen.

Die Eidechse aus dem Gewitter. Sie kam mich besuchen.

»Aah«, sagte ich. »Hallo.« Ich griff nach ihr, aber sie entwischte mir und ließ nur ein zentimeterlanges, rosiges Stück Schwanz zurück.

Eins von Mister Ducks Spielchen.

Ich fluchte und hielt das Schwanzstück hoch; es zuckte auf meiner flachen Hand herum. »Sehr clever, Duck. Keine Ahnung, was es bedeuten soll, aber es ist sehr clever.« Ich ließ mich auf das Kissen zurücksinken. »Hey, Duck! Brav, mein Kleiner, he? Braver Junge!«

»Mit wem redest du?« fragte eine schlaftrunkene Stimme aus der Dunkelheit.

Ich richtete mich auf. »Bist du das, Duck? Du klingst so anders.«

»Ich bin Bugs.«

»Bugs – ich erinnere mich. Hey, laß mich raten. Bugs Bunny, stimmt's?«

Es folgte eine lange Pause. »Ja«, sagte die Stimme schließlich. »Stimmt.«

Ich kratzte mich am Kopf. Mein Haar war zu klebrigen Klumpen verfilzt. »Das dachte ich mir. Hast Duck also abgelöst. Wer ist der nächste?« Ich kicherte.

Zwei Leute murrten im Dunkeln.

»Porky Pig? Yosemite Sam? Nein, halt, ich hab's... Wile E. Coyote. Stimmt doch, oder? Wile E. Coyote?«

Im orangegelben Kerzenlicht nahm ich eine Bewegung unten im Langhaus wahr; eine Gestalt kam auf mich zu. Als sie näher kam, erkannte ich die schlanke Gestalt.

»Françoise! Hey, Françoise, dieser Traum ist besser als der letzte!«

»Pssst«, flüsterte sie und kniete neben mir nieder. Ihr langes weißes T-Shirt rutschte über die Schenkel hoch. »Du träumst nicht.«

Ich schüttelte den Kopf. »Doch, Françoise, ich träume. Glaub mir. Sieh doch das Blut auf dem Boden. Das ist von Mister Duck – von seinen Handgelenken. Die hören überhaupt nicht mehr auf zu bluten. Du hättest sehen sollen, was in Bangkok passiert ist.«

Sie sah sich um und schaute dann wieder mich an. »Das Blut ist von deinem Kopf, Richard.«

»Aber ...«

»Du hast dich verletzt, als du hingefallen bist.«

»... Mister Duck ...«

»Pssst. Hier drin schlafen Leute. Bitte.«

Verwirrt ließ ich mich wieder zurücksinken, und sie legte mir eine Hand auf die Stirn.

»Du hast Fieber. Meinst du, du kannst wieder schlafen?«

»Ich weiß nicht ...«

»Willst du es versuchen?«

»Okay ...«

Sie stopfte mir das Laken um die Schultern und lächelte sanft. »So. Jetzt mach die Augen zu.«

Ich gehorchte.

Das Kopfkissen verschob sich, als sie sich über mich beugte. Sie küßte mich auf die Wange.

»Ich träume«, murmelte ich, als ihre Schritte durch das Langhaus davontappten. »Ich hab's gewußt.«

Mister Duck hing über mir wie eine Fledermaus ohne Flügel. Seine Beine umklammerten den Deckenbalken, die Mulde unter seinem Brustkorb war zu einer grotesken Höhlung gedehnt, und von seinen baumelnden Armen tropfte es gleichmäßig.

»Ich wußte es«, sagte ich. »Ich wußte, daß du in der Nähe bist.« Das pulsierende Blut tropfte mir auf die Brust. »Kalt wie bei einem verdammten Reptil.«

Mister Duck zog die Stirn kraus. »Es ist so warm wie deins. Daß es dir kalt vorkommt, macht dein Fieber. Und du solltest dich wieder zudecken. Du holst dir sonst den Tod.«

Ich wischte mir mit einer feuchten Hand über den Mund. »Ist das Malaria?«

»Malaria? Nervöse Erschöpfung, würde ich eher sagen.«

»Und wieso hat Françoise es dann nicht?«

»Weil sie nicht so nervös war wie du.« Sein übergroßer Unterkiefer ragte vor und spaltete sein Gesicht in einem boshaften Grinsen. »Sie ist sehr fürsorglich, weißt du. Überaus fürsorglich. Zweimal hat sie nach dir gesehen, während du geschlafen hast.«

»Ich schlafe immer noch.«

»Na klar... du schläfst tief.«

Die Kerzenflamme fing an zu blaken, und allmählich ertränkte das schmelzende Wachs den Docht. Draußen zirpten Zikaden. Blut tropfte wie Eiswasser, so daß mich fröstelte. Ich zerrte an den Laken.

»Was sollte das mit der Eidechse, Duck?«

»Eidechse?«

»Sie ist weggerannt. Bei dem Gewitter konnte ich sie in der Hand halten. Aber hier ist sie weggerannt.«

»Ich meine mich zu erinnern, daß sie im Gewitter auch weggerannt ist, Rich.«

»Ich hab sie in der Hand gehalten.«

»Daran erinnerst du dich, Rich?«

Die Wachspfütze lief über, und der Docht flammte hell auf und warf einen scharfen Schatten an die Decke des Langhauses. Eine Silhouette. Eine flügellose Fledermaus mit Hängeklauen und bleistiftdünnen Armen.

»Ein Blitz...« wisperte ich.

Der Unterkiefer schob sich vor. »Braver Junge...«

»Scheiß...«

»Brav, mein Kleiner.«

»... drauf.«

Minuten vergingen.

Gespräche

Später Vormittag, schätzte ich. Nur aufgrund der Hitze. In dem dunklen Langhaus, beim gleichmäßigen Licht der Kerze, gab es nichts, was einem die Zeit verraten hätte.

Ein Buddha saß mit gekreuzten Beinen am Fußende meines Bettes, die Hände flach auf ockergelbe Knie gelegt. Ein ungewöhnlicher Buddha, weiblich, mit amerikanischem Akzent, schweren Brüsten, deutlich erkennbar unter einem safrangelben T-Shirt, einem kreisrunden Gesicht und langen, nach hinten gebundenen Haaren. Um den Hals trug sie eine Kette aus Muscheln. Neben ihr brannten Räucherstäbchen, parfümierter Rauch stieg in zarten Spiralen zur Decke.

»Iß auf, Richard«, sagte der Buddha und schaute vielsagend auf die Schale in meinen Händen – eine halbe, frisch aufgeschnittene Kokosnuß mit dem Rest einer zuckrigen Fischsuppe. »Iß alles auf.«

Ich hob die Schale an den Mund, und der Weihrauchduft mischte sich mit Fisch und Süßigkeit.

Ich ließ die Schale wieder sinken. »Ich kann nicht, Sal.«

»Du mußt, Richard.«

»Ich kotze.«

»Richard, du mußt.«

Sie hatte die amerikanische Angewohnheit, einen häufig mit Namen anzureden. Es wirkte entwaffnend vertraulich und unnatürlich gezwungen zugleich.

»Ehrlich. Ich kann nicht.«

»Es tut dir gut.«

»Ich hab das meiste aufgegessen. Guck doch.«

Ich hielt ihr die Schale entgegen, und wir starrten einander über das blutbefleckte Bettzeug hinweg an.

»Okay.« Sie seufzte. »Ich schätze, das muß dann wohl reichen.« Sie verschränkte die Arme, machte schmale Augen und sagte: »Richard, wir müssen uns unterhalten.«

Wir waren allein. Gelegentlich kamen Leute herein und gingen wieder hinaus, aber ich sah niemanden. Ich hörte, wie die Tür am anderen Ende des Langhauses aufflog; dann schwebte ein kleines Rechteck aus Licht in der Dunkelheit, bis die Tür wieder zuschwang.

Als ich mit meiner Erzählung bei Mister Ducks Leiche angekommen war, sah Sal traurig aus. Es schien sie nicht besonders aus der Fassung zu bringen: Ihre Brauen zuckten nach unten, und ihre Unterlippe straffte sich. Vermutlich hatte sie schon von Étienne und Françoise von Ducks Tod gehört, und so war die Neuigkeit kein so großer Schock, wie sie es hätte sein können. Ihre Reaktion war schwer zu deuten; man hatte den Eindruck, es tue ihr leid, daß ich etwas so Schreckliches hatte erleben müssen.

Von diesem einen Augenblick abgesehen, ließ Sal sich überhaupt nichts anmerken. Sie unterbrach mich nicht, runzelte nicht die Stirn, lächelte und nickte nicht. Sie verharrte bewegungslos in ihrem Lotossitz und hörte zu. Anfangs fand ich ihre Ausdruckslosigkeit irritierend und legte nach jedem Schlüsselereignis eine Pause ein, um ihr Gelegenheit zu einer Bemerkung zu geben, aber sie wartete nur, daß ich weiterredete. Und bald schon geriet ich in eine Art Gedankenfluß und sprach mit ihr, als wäre sie ein Tonbandgerät oder ein Priester.

Es war ganz wie mit einem Priester. Ich fühlte mich allmählich wie im Beichtstuhl; ich schilderte schuldbewußt meine Panik auf dem Plateau und versuchte zu rechtfertigen, daß ich die thailändische Polizei belogen hatte. Die stumme Art und Weise, mit der sie das alles aufnahm, war wie eine Absolution. In einer obskuren Randbemerkung erwähnte ich sogar, daß ich mich zu Françoise hingezogen fühlte, nur um es mir von der Seele zu reden. Wahrscheinlich so verklausuliert, daß sie es gar nicht mitbekam, aber die Absicht war vorhanden.

Das einzige, was ich verschwieg, war die Tatsache, daß ich zwei anderen Leuten den Weg zu dieser Insel verraten hatte. Ich wußte, daß ich ihr von Zeph und Sammy erzählen sollte, aber ich nahm an, daß sie sauer werden könnte, wenn sie hörte, daß ich ihr Geheimnis ausposaunt hatte. Besser wartete ich, bis ich mehr über diesen Laden wußte, als daß ich mich allzu früh aus dem Fenster hängte.

Auch von meinen Träumen mit Mister Duck erzählte ich ihr nichts, aber das war etwas anderes. Es gab keinen Grund, weshalb ich es hätte tun sollen.

Ich untermalte das Ende der Geschichte – wie ich ins Lager spaziert und zusammengeklappt war –, indem ich mich aus dem Bett beugte und die Stange Zigaretten aus meinem Müllsack zog. Sal lächelte, und die Beichtstuhlatmosphäre war gebrochen; abrupt kehrte die Quasi-Vertraulichkeit zurück, die davor geherrscht hatte.

»Hey«, sagte sie und dehnte das Wort in ihrem nordamerikanischen Tonfall. »Du hast vorgesorgt.«

»Mhm«, antwortete ich. Mehr konnte ich nicht sagen, als ich die Kerzenflamme in die Zigarette sog. »Ich bin der Süchtige der Süchtigen.«

Sie lachte. »Das sehe ich.«

»Willst du auch eine?«

»Nein danke. Besser nicht.«

»Willst du's dir abgewöhnen?«

»Ich hab's mir abgewöhnt. Das solltest du auch mal versuchen, Richard. Hier ist es leicht, damit aufzuhören.«

Ich paffte ein paar schnelle Züge, um den Wachsgeschmack aus der Zigarette zu brennen. »Ich werde aufhören, wenn ich dreißig bin oder so. Wenn ich Kinder habe.«

Sal zuckte die Achseln. »Von mir aus«, sagte sie, und dann fuhr sie sich mit dem Finger nacheinander über beide Augenbrauen, um den Schweiß wegzuwischen. »Ja, Richard, es hört sich an, als hättet ihr auf dem Weg hierher ein ziemliches Abenteuer erlebt. Unter normalen Umständen werden neue Gäste unter Aufsicht hergebracht. Eure Ankunft war sehr ungewöhnlich.«

Ich wartete auf weitere Ausführungen, aber sie gab keine. Statt dessen streckte sie die Beine, als wolle sie gehen.

»Äh, kann ich dir jetzt ein paar Fragen stellen, Sal?« fragte ich hastig.

Ihr Blick zuckte zu ihrem Handgelenk. Sie trug keine Uhr; es war eine rein instinktive Bewegung.

»Ich habe noch zu tun, Richard.«

»Bitte, Sal. Es gibt so vieles, was ich dich fragen muß.«

»Natürlich. Aber du wirst beizeiten alles erfahren. Es ist ja nicht besonders eilig.«

»Nur ein paar Fragen.«

Sie saß wieder im Schneidersitz da. »Fünf Minuten.«

»Okay, äh, also, zuerst wüßte ich gern einfach was über den Laden hier. Ich meine, was ist das?«

»Ein Ferienstrand.«

Ich runzelte die Stirn. »Ein Ferienstrand?«

»Ja, man kommt hierher, um Ferien zu machen.«

Ich zog die Stirn noch krauser.

»Ferien?« wollte ich sagen, aber das Wort blieb mir in der Kehle stecken. Es klang so geringschätzig. Je öfter ich unterwegs war, desto mehr wurde mir bewußt, daß sich die Rucksackreisenden gar nicht so sonderlich von den gewöhnlichen Touristen abhoben. Aber an einem Unterschied konnte ich mich immer noch festhalten: Touristen machten Ferien, und Rucksackfreaks machten etwas anderes. Sie reisten.

»Was dachtest du denn, was das hier ist?« fragte Sal.

»Ich weiß nicht.« Ich blies langsam den Rauch aus. »Aber auf einen Ferienstrand bin ich bestimmt nicht gekommen.«

Sie wedelte mit ihrer rundlichen Hand durch die Luft. »Okay. Ich habe ein bißchen Spaß gemacht, Richard. Natürlich ist das hier mehr als ein Ferienstrand. Wir kommen zwar her, um uns an einem schönen Strand zu erholen, aber es ist kein Ferienstrand im üblichen Sinne. Wir versuchen, einen Ort zu schaffen, der sich nicht in einen Ferienstrand verwandeln wird. Verstehst du?«

»Nein.«

Sal zuckte die Achseln. »Du wirst es schon noch kapieren, Richard. Es ist nicht so kompliziert.«

Tatsächlich verstand ich durchaus, was sie meinte, aber ich wollte es nicht zugeben. Ich wollte, daß sie mir Zephs Inselkommune von Freigeistern beschrieb. Ein gewöhnlicher Ferienort, das schien mir ein kläglicher Lohn für die Schwierigkeiten zu sein, die wir überwunden hatten. Bitterkeit durchströmte mich.

»Guck nicht so enttäuscht, Richard.«

»Nein, ich bin ja nicht… ich bin…«

Sal beugte sich vor und drückte meine Hand. »Nach einer Weile wirst du schon sehen, daß es ein wunderbarer Ort ist – solange du ihn als das nimmst, was er ist.«

Ich nickte. »Es tut mir leid, Sal. Ich wollte nicht enttäuscht dreinschauen. Ich bin ja gar nicht enttäuscht. Ich meine, dieses Langhaus und die Bäume da draußen… das ist alles toll.« Ich lachte. »Im Grunde ist es albern. Ich glaube, was ich erwartet hatte, war… eine Ideologie oder so. Etwas Sinnstiftendes.«

Schweigend rauchte ich die Zigarette zu Ende. Sal machte keine Anstalten zu gehen. »Was ist mit den Gewehrtypen auf den Feldern?« fragte ich und stopfte den ausgedrückten Stummel gewissenhaft wieder in die Packung. »Haben die was mit euch zu tun?«

Sal schüttelte den Kopf.

»Gehören die zur Drogenmafia?«

»Ich glaube, ›Drogenmafia‹ ist ein bißchen übertrieben. Ich glaube, die Felder gehören ehemaligen Fischern aus Ko Samui, aber ich kann mich irren. Sie sind vor zwei Jahren aufgekreuzt und haben die andere Hälfte der Insel praktisch übernommen. Wir können da jetzt nicht mehr hin.«

»Wie kommen sie um die Nationalparkbehörden herum?«

»Genauso wie wir. Sie verhalten sich still. Und die Hälfte der Parkaufseher steckt wahrscheinlich in der Sache mit drin;

deshalb sorgen sie dafür, daß die Touristenboote nicht in die Nähe der Insel kommen.«

»Aber sie wissen, daß ihr hier seid.«

»Natürlich, aber sie können nicht viel machen. Sie können uns ja nicht anzeigen. Wenn wir auffliegen, fliegen sie auch auf.«

»Es gibt also keinen Ärger zwischen euch?«

Sals Hand zuckte zu der Muschelkette an ihrem Hals. »Sie bleiben auf ihrer Hälfte, wir bleiben auf unserer«, sagte sie knapp. Dann stand sie unvermittelt auf und klopfte sich mit sinnloser Gründlichkeit den Staub vom Rock. »Genug geredet, Richard. Ich muß jetzt wirklich weg, und du hast immer noch Fieber. Du brauchst Ruhe.«

Ich sparte mir meine Proteste, und Sal ging davon; ihr T-Shirt fing das Licht der Kerze noch ein wenig länger als ihre Haut und der Rock.

»Eine Frage noch«, rief ich ihr nach, und sie sah sich um. »Der Mann in Bangkok. Hast du ihn gekannt?«

»Ja«, sagte sie leise und ging weiter.

»Wer war er?«

»Er war ein Freund.«

»Hat er hier gewohnt?«

»Er war ein Freund«, wiederholte sie. Dann glitt das Licht, das wie eine helle Klinge durch die Langhaustür gefallen war, zurück in die Dunkelheit.

Erkundungen

Eine halbe Stunde nachdem Sal gegangen war, beschloß ich, mich hinauszuwagen und mich ein bißchen umzuschauen. Ich zählte neun Zelte und fünf Hütten auf der Lichtung, das Langhaus nicht gerechnet. Die Zelte dienten nur zum Schlafen – hinter den Eingangsklappen sah ich Rucksäcke und Kleider, und in einem erspähte ich sogar einen Nintendo Gameboy –, während die Hütten allesamt funktionale Zwecke zu erfüllen schienen. Es gab eine Toilette, eine Küche und ein Waschhaus; alle wurden durch Nebenläufe des Baches mit Wasser versorgt. Die beiden anderen Hütten dienten als Lagerräume; die eine enthielt Tischlerwerkzeug, die andere Kisten mit Konserven. Ich fragte mich, wie lange es dieses kleine Dorf wohl schon gab. Sal hatte gesagt, die Rauschgift-Pflanzungen seien vor etwa zwei Jahren angelegt worden. Das ließ vermuten, daß die Rucksackleute vorher schon eine Weile dagewesen waren.

Zelte, Werkzeug, Konserven, Nintendo. Je mehr ich sah, desto mehr staunte ich. Nicht nur darüber, wie gut das Lager organisiert war, sondern vor allem darüber, *wie* es organisiert war. Die Hütten sahen alle gleich alt aus. Die Zeltleinen waren mit Steinen befestigt, und die Steine waren in den Boden eingelassen. Nichts wirkte zufällig, alles schien berechnet: entworfen, nicht gewachsen.

Während ich auf der Lichtung umherwanderte, in Zelteingänge spähte und das Laubdach studierte, bis mir der Nacken weh tat, wußte ich nicht, was stärker war, meine Verwunderung oder mein Frust. Immer neue Fragen kamen mir in den Sinn. Es war klar, daß die Leute, die das Ganze hier aufgebaut hatten, irgendwann ein Boot gebraucht hatten. Dies ließ vermuten, daß es Thai gegeben hatte, die ihnen geholfen hatten, und dies wiederum deutete auf eine bestimmte Sorte von Thai. Ein kleiner Gauner von Ko Samui ließ vielleicht mal ein paar Vorschriften außer acht, wenn ein paar Rucksackreisende zwei, drei Nächte auf einer Insel im Nationalpark verbringen wollten, aber es war schon schwieriger, sich vorzustellen, daß sie kistenweise Zimmermannswerkzeug und Lebensmittel herüberschafften.

Auch fand ich es seltsam, daß das Lager so verlassen war. Anscheinend wurden hier viele Leute versorgt, und ein paarmal glaubte ich auch ganz in der Nähe Stimmen zu hören, aber nie tauchte jemand auf.

Nach einer Weile gingen mir die Stille und die gelegentlichen Stimmen auf die Nerven. Anfangs war ich einfach ein bißchen einsam und hatte Mitleid mit mir selbst. Ich fand, Sal hätte mich nicht allein lassen dürfen, zumal ich krank war und neu hier. Und Étienne und Françoise waren doch angeblich meine Freunde. Hätten Freunde nicht auch in der Nähe bleiben müssen, um sicherzugehen, daß mit mir alles okay war?

Aber bald verwandelte sich die Einsamkeit in Paranoia. Ich merkte, daß ich erschrak, wenn ich Dschungellaute hörte. Meine schlurfenden Schritte auf der Erde klangen seltsam laut, und ich ertappte mich dabei, daß ich mich mit bemühter Beiläufigkeit bewegte, weil ich mich beobachtet fühlte. Sogar Étiennes und Françoises Abwesenheit beunruhigte mich.

Vielleicht hatte es etwas mit meinem Fieber zu tun, vielleicht war es auch eine normale Reaktion auf unnormale Umstände. Jedenfalls ging mir die gespenstische Stille auf die Nerven, und ich beschloß, von der Lichtung zu verschwinden. Ich kehrte zum Langhaus zurück, um mir Zigaretten und ein Paar Schuhe zu holen, aber als ich die lange Schattenallee sah, die von der Tür zu meinem kerzenbeschienenen Bett führte, überlegte ich es mir anders.

Mehrere Wege führten von der Lichtung weg. Ich nahm den nächstbesten.

Ich hatte Glück. Der Pfad, für den ich mich entschieden hatte, führte geradewegs zum Strand. Der Sand war zu heiß für meine bloßen Füße; also trabte ich bis zum Wasser hinunter, und nachdem ich mir eingeprägt hatte, wo ich aus dem Dschungel gekommen war, warf ich im Geist eine Münze und wandte mich nach links.

Nachdem ich die klaustrophobische Atmosphäre der Baumhalle verlassen hatte, wurde ich ruhiger. Und ich fand jede Menge Ablenkung, als ich so durch das flache Wasser watete.

Vom Wasserfall aus hatte ich den riesigen Ring von Granitfelsen als Barriere gesehen, die den Abstieg unmöglich machte, aber jetzt verhinderte sie, daß man wieder hinaufklettern konnte. Kein Gefängnis hätte derart einschüchternde Mauern haben können, wenn es auch schwerfiel, bei diesem Ort an ein Gefängnis zu denken. Abgesehen von der Schönheit der Lagune hatte man das Gefühl, daß die Felsen Schutz boten – die Mauern einer umgekehrten Burg, versenkt statt erhöht. Sal hatte nicht den Eindruck gemacht, als empfinde sie die Drogentypen als besonders bedrohlich, aber zu wissen, daß die Felsen zwischen mir und ihnen lagen, war trotzdem beruhigend. Jetzt, da ich den Klippen an der Seeseite näher war als dem Wasserfall, konnte ich in der Felswand Einzelheiten erkennen, die ich vorher nicht gesehen hatte. Längs der Wasserlinie waren dunkle Öffnungen und Höhlen. Sie sahen aus, als reichten sie tief in den Fels – vielleicht tief genug, um ein kleines Boot durchzulassen. Das Wasser selbst war von vorspringenden Felsblöcken durchsetzt, glatt und glänzend, wo die Wellen über sie hinwegleckten, von jahrhundertelangem Tropenregen zu flachen Platten abgeschliffen.

Ich war ein paar hundert Meter weit den Strand hinuntergegangen, als ich an einem der größeren Blöcke ein paar Gestalten planschen sah. Mein erster, bizarrer Gedanke war, daß es Seehunde seien, dann wurde mir klar, daß es in Thailand keine Seehunde geben konnte. Als ich genauer hinschaute, erkannte ich, daß es Menschen waren. Endlich hatte ich jemanden gefunden.

Ich unterdrückte den Impuls zu rufen – aus keinem besonderen Grund. Es war allenfalls ein vager Instinkt, der mich vorsichtig sein ließ. Statt dessen trabte ich durch den Sand zu den Bäumen hinauf, wo ich im Schatten sitzen und warten konnte, bis die Schwimmer zurückkehrten. Dort fand ich auch Fußspuren, T-Shirts und – zu meinem Entzücken – eine angebrochene Packung Marlboro. Ich debattierte eine Millisekunde mit mir selbst und klaute dann eine.

Einstweilen zufrieden, blies ich Rauchringe in die stille Luft, und dabei stellte ich fest, daß sie, wenn sie über den Strand hinausschwebten, rasch in die Höhe stiegen und, ohne sich aufzulösen, zwischen die überhängenden Palmzweige wehten. Ich paffte ein paarmal ratlos, bis ich schließlich begriff, daß es an der Hitze lag, die vom sonnendurchglühten Sand aufstieg.

Die Schwimmer verwirrten mich weniger. Sie waren beim Speerfischen. Immer wieder standen sie einer neben dem anderen aufrecht da und starrten mit erhobenen Speeren konzentriert ins Wasser. Dann warfen sie alle gleichzeitig, stürzten sich ins Wasser, spritzten ein bißchen herum und wiederholten den Vorgang schließlich. Es sah aus, als fingen sie eine Menge Fische.

Exocet

Jeder der sechs Schwimmer sah aus wie eine Kopie des anderen. Étienne und Françoise erkannte ich erst, als sie über den heißen Sand herangekommen waren und ihren Fang ausbreiteten.

Aus irgendeinem Grund zögerte ich, bevor ich zwischen den Bäumen hervortrat. Meine Reisegefährten auf so freundschaftlichem Fuße mit den anderen Schwimmern zu sehen war seltsam. Alle lachten und nannten einander beim Namen. Ich begriff, wie sehr ich dadurch, daß ich die erste Nacht und den ersten Tag verschlafen hatte, ausgeschlossen geblieben war. Und als ich schließlich heraustrat, bemerkte mich keiner aus der Gruppe. Ich mußte ein paar Augenblicke so stehenbleiben, mit eingefrorenem Grinsen, und warten, bis einer von ihnen aufblickte.

Als ich nicht mehr wußte, was ich machen sollte, hustete ich. Sechs Köpfe drehten sich gleichzeitig um.

»Hallo«, sagte ich unsicher. Schweigen. Françoise runzelte ein bißchen die Stirn, als könnte sie mich nicht gleich unterbringen. Dann erstrahlte Étiennes Gesicht in einem breiten Lächeln.

»Richard! Es geht dir besser!« Er sprang herüber und umarmte mich. »He, ihr«, rief er, umschlang mich fest mit einem nassen Arm und machte eine umfassende Gebärde mit dem anderen. »Das ist unser Freund, der krank war.«

»Hallo, Richard«, sagten die Schwimmer im Chor.

»Hallo …«

Étienne umarmte mich noch einmal. »Ich bin so froh, daß es dir bessergeht.«

»Ich auch.«

Über Étiennes Schulter hinweg sah ich Françoise an. Sie stand immer noch bei der Gruppe, und ich lächelte ihr zu. Sie erwiderte das Lächeln, aber es war ein schiefes Lächeln. Oder ein wissendes. Ich fragte mich plötzlich, was ich ihr in meinem Delirium alles vorgeplappert haben mochte.

Als wollte sie mich noch weiter in Panik versetzen, kam sie heran und strich mir leicht mit der Hand über den Arm. »Schön, daß es dir besser geht, Richard«, sagte sie ausdruckslos, und als ich den Mund öffnete, um zu antworten, wandte sie sich ab.

»Ich habe einen Fisch gefangen!« sagte Étienne. »Auf Anhieb gleich ein Riesending!« Er deutete auf den Fang. »Siehst du den großen blauen da?«

»Mhm.« Ich hörte nur halb zu und bekam es mit der Angst zu tun.

»Meiner!«

Dann wurde ich mit den anderen Schwimmern bekannt gemacht.

Moshe war ein langer Israeli mit einem trommelfellzerreißenden Lachen, das er benutzte wie ein Wahnsinniger ein Gewehr: Er feuerte es mit verblüffender Beliebigkeit in die Runde. Wenn ich das Lachen hörte, mußte ich instinktiv blinzeln wie bei einem Hammerschlag auf Stein oder Metall.

Unsere Unterhaltung wurde durch den Stroboskop-Effekt meiner zuckenden Lider behindert.

Es gab auch noch zwei hochfahrende jugoslawische Mädchen, deren Namen ich nie aussprechen, geschweige denn buchstabieren konnte, und die eine große Sache daraus machten, daß sie aus Sarajevo stammten. Sie sagten: »Wir sind aus Sarajevo«, und dann machten sie eine vielsagende Pause, als erwarteten sie, daß ich jetzt in Ohnmacht fiel oder sie beglückwünschte.

Und schließlich Gregorio. Gregorio schloß ich sofort ins Herz. Er hatte ein freundliches Gesicht und ein sanftes mediterranes Lispeln, und als wir einander vorgestellt wurden, sagte er: »Eß freut mich ßehr, dich kennenßulernen.« Dann trocknete er sich die Hand am T-Shirt ab, bevor er sie mir reichte, und fügte hinzu: »Eß freut unß alle ßehr, dich kennenßulernen.«

Ich kann mich kaum noch daran erinnern, was Étienne mir alles erzählte, als wir durch das flache Wasser zurückspazierten. Ich weiß noch, daß er davon redete, was ich alles verpaßt hätte, und ich sehe vor mir, wie er seinen Fang in den Armen hielt und sich die braune Brust mit silbernen Schuppen beschmierte – aber alles andere ist weg. Daran läßt sich ermessen, wie sehr mich die Ungewißheit, was ich womöglich zu Françoise gesagt hatte, verstörte.

Ich erkannte, ich mußte die Wahrheit herausfinden, oder ich würde verrückt werden. Françoise ging ein paar Schritte hinter der Gruppe; also blieb ich hinter Étienne zurück und tat, als hätte ich eine interessante Muschel gefunden. Aber kaum war Françoise auf meiner Höhe, beschleunigte sie ihren Schritt. Und als ich sie einholte, schien sie absichtlich wieder zurückzubleiben.

Es schien so, aber ich war mir nicht sicher. Offenbar war sie langsamer geworden, weil irgend etwas zwischen den Bäumen ihre Aufmerksamkeit erregt hatte, aber das konnte genauso erfunden gewesen sein wie meine interessante Muschel.

Mir genügte es. Inzwischen war ich sicher, daß mein Verdacht zutraf, und ich kam – rational oder nicht – zu dem Schluß, daß ich unverzüglich klare Verhältnisse schaffen müsse.

Als ich das nächste Mal zurückblieb, hielt ich sie beim Arm fest.

»Françoise.« Ich bemühte mich, meine Stimme weder allzu entschlossen noch allzu beiläufig klingen zu lassen. »Ist hier etwas Komisches im Gange?«

»Komisch?« wiederholte sie mit großen Augen. »Na ja, alles hier ist etwas merkwürdig. Da muß man sich erst dran gewöhnen.«

»Nein, ich meine nicht hier ... Hör mal, vielleicht liegt es ja an mir, aber ich habe das Gefühl, zwischen uns ist was Komisches im Gange.«

»Zwischen uns?«

»Zwischen dir und mir.« Sofort wurde ich rot. Ich hustete und richtete den Blick auf den Boden. »Ich dachte mir, vielleicht habe ich, als ich krank war, irgendwas gesagt, das ...«

»Oh.« Sie sah mich an. »Was glaubst du denn, das du gesagt haben könntest?«

»Ich weiß nicht, was ich gesagt habe. Ich frage dich.«

»Ja. Und ich frage dich, was du glaubst, das du gesagt haben könntest.«

Mist, dachte ich. Zurückspulen.

»Nichts. Ich glaube nicht, daß ich irgendwas Bestimmtes gesagt haben könnte.«

»Aber ...?«

»Keine Ahnung. Ich fand nur, daß du dich komisch benimmst. Es liegt an mir. Vergiß es.«

Françoise blieb stehen. »Okay«, sagte sie. Der Rest der Gruppe entfernte sich von uns. »Dann laß mich es sagen, Richard. Du glaubst, daß du gesagt haben könntest, du liebst mich, stimmt's?«

»Was?« rief ich, für einen Augenblick völlig überrumpelt.

Sie war geradlinig wie eine Exocet-Rakete. Dann nahm ich mich zusammen und senkte die Stimme. »Du lieber Gott, Françoise! Natürlich nicht!«

»Richard…«

»Ich meine, das ist einfach lächerlich!«

»Richard, bitte. Es ist nicht lächerlich. Es ist das, wovor du Angst hattest.«

»Nein. Überhaupt nicht. Ich hatte…«

»Richard!«

Ich verstummte. Sie schaute mir in die Augen. »Ja«, sagte ich langsam. »Es ist das, wovor ich Angst hatte.«

Sie seufzte.

»Françoise«, begann ich, aber sie unterbrach mich.

»Es spielt keine Rolle, Richard. Du hattest dieses Fieber, und im Fieber sagt man manchmal merkwürdige Sachen, nicht? Sachen, die nicht so gemeint sind. Du hast also Angst, du könntest etwas Seltsames gesagt haben. Es hat nichts zu bedeuten. Ich verstehe es.«

»Du bist nicht wütend?«

»Natürlich nicht.«

»Und… habe ich etwas gesagt? Irgend so was?«

»Nein.«

»Wirklich nicht?«

Sie schaute weg. »Wirklich nicht. Es ist sehr lieb von dir, daß du dir Sorgen machst, aber da ist nichts. Denk nicht mehr daran.« Sie deutete zu den anderen, die inzwischen eine ganze Ecke weiter waren. »Komm. Wir sollten gehen.«

»Okay«, sagte ich leise.

»Okay.«

Schweigend holten wir die Gruppe ein. Françoise ging zu Étienne und schwatzte auf französisch mit ihm, und ich ging ein bißchen abseits von den anderen. Als wir uns der Stelle näherten, wo der Weg vom Strand zum Lager abging, kam Gregorio heranspaziert.

»Du fühlst dich wie der neue Junge in der Schule, oder?«

»Oh, äh… ja. Ein bißchen.«

»Die ersten paar Tage sind natürlich schwierig, aber mach dir keine Sorgen. Du wirst rasch Freunde finden, Richard.«

Ich lächelte. Die Art, wie er das »du« betonte, gab mir das Gefühl, ich hätte etwas Besonderes an mir, das es mir leichtmachte, Freunde zu finden. Ich wußte, es lag nur an seinem Englisch, aber ich fühlte mich trotzdem wohler.

Game over, man

Während wir am Strand gewesen waren, hatte das Lager sich gefüllt. Ich sah Bugs und Sal am Eingang zum Langhaus im Gespräch mit ein paar Leuten, die alle Seile bei sich trugen. Ein fetter Typ vor der Küchenhütte war damit beschäftigt, Fische auszunehmen; er stapelte sie auf breiten Blättern und kippte die Innereien in einen blutverschmierten Plastikeimer. Neben ihm blies ein Mädchen in ein Holzfeuer und nährte die Flammen mit dürrem Reisig.

Das Zentrum der Lichtung erschien mir wie ein Brennpunkt. Dort waren die meisten Leute; sie wimmelten einfach umeinander und schwatzten. Ganz hinten auf der anderen Seite war ein Mädchen dabei, nasse Kleider sorgfältig über die Zeltleinen zu hängen.

Gregorio hatte recht. Ich kam mir wirklich vor wie der Neue in der Klasse. Ich ließ den Blick über die Lichtung wandern, als wäre es der Schulhof in der großen Pause meines ersten Tages in der neuen Schule, und fragte mich, welche Untergruppen und Hierarchien ich hier würde lernen müssen und welche von den rund dreißig Gestalten am Ende meine Freunde sein würden.

Ein Gesicht stach hervor. Es gehörte einem Schwarzen, der allein dasaß, den Rücken an eine Hütte gelehnt. Er schien um die Zwanzig zu sein und hatte einen kahlrasierten Kopf. Sein

Blick war aufmerksam auf einen kleinen grauen Kasten gerichtet, den er in der Hand hielt – auf den Nintendo Gameboy.

Étienne und Françoise gingen mit Moshe zu den Fischputzern, um ihren Fang abzuliefern. Beinahe wäre ich ihnen nachgetrottet. Die Schulhofatmosphäre legte mir nahe, mich an die Leute zu halten, die ich kannte, aber dann drehte ich mich nach dem Nintendo-Typen um. Er verzog plötzlich das Gesicht, und durch das allgemeine Gemurmel hörte ich ihn zischen: »Game over.«

Ich ging auf ihn zu.

Ich habe mal gelesen, das meistverstandene Wort auf der ganzen Welt sei »okay«, gefolgt von »Coke«. Ich glaube, man sollte diese Untersuchung noch mal machen, und zwar mit besonderem Augenmerk auf »Game over«.

»Game over« ist mein Lieblingsding bei Videospielen. Eigentlich sollte ich das präzisieren. Mein Lieblingsding ist der Sekundenbruchteil vor dem »Game over«.

Leo und Theo spielen *Streetfighter II*, einen echten Klassiker. Leo übernimmt Ryu, weil er ein guter Allroundfighter ist: erstklassige Verteidigungsschläge, ziemlich schnell, und wenn er einmal in die Offensive geht, ist er nicht aufzuhalten. Theo übernimmt Blanka. Blanka ist schneller als Ryu, aber richtig gut ist er nur im Angriff. Um mit Blanka zu gewinnen, muß man dem anderen Spieler auf die Pelle rücken und einfach nicht mehr nachlassen. Kicksprünge, Beinschwünge, Kreiselattacken, Kopfstöße. Mach sie fertig, bis sie knien.

Beide Spieler haben ihren Energiebalken praktisch aufgebraucht. Noch ein Treffer, und sie sind erledigt, und deshalb sind sie vorsichtig. Sie drücken sich an den gegenüberliegenden Seiten des Bildschirms herum, und jeder wartet darauf, daß der andere den ersten Schritt macht. Leo ergreift die Initiative. Er schickt einen Feuerball los, um Theo zum Blockieren zu zwingen, und setzt dann mit einem Kicksprung hinterher, um Blanka seinen grünen Kopf abzuschießen. Aber während er durch die Luft fliegt, hört er ein leises Tippen. Theo tippt auf die Drucktaste an seiner Steuerung; er lädt einen Elektrizitätsschild auf, und wenn Ryus Fuß in Kontakt mit Blankas Kopf kommt, wird Ryu derjenige sein, dem 10 000 Volt durchs System knallen, daß er k. o. geht.

Das ist der Sekundenbruchteil vor dem »Game over«.

Leo hat das Geräusch gehört. Er weiß, er ist im Arsch. Er kann gerade noch hervorstoßen: »Ich bin Toast«, bevor Ryu aufstrahlt und rückwärts über den Bildschirm geschleudert wird, leuchtend wie ein Weihnachtsbaum, ein verkohltes Skelett. Toast.

Dieser Sekundenbruchteil ist der Augenblick, in dem man begreift, daß man gleich sterben wird. Die Leute reagieren unterschiedlich darauf. Manche fluchen und toben. Manche japsen und seufzen. Manche schreien. Ich habe eine Menge Schreie gehört im Laufe der zwölf Jahre, die ich nach Videospielen süchtig bin.

Ich bin sicher, dieser Moment liefert einen seltenen Einblick in die Art, wie Leute reagieren, bevor sie tatsächlich sterben. Was da von dem Spiel angezapft wird, ist rein und jenseits aller Schauspielerei. Als Leo das Tippen hört, platzt es aus ihm heraus: »Ich bin Toast.« Er sagt es schnell, erfüllt von Resignation und Einsicht. Wenn er auf der Autobahn wäre und sähe, wie ein Wagen ihm frontal entgegengeschleudert kommt, würde er, glaube ich, genauso reagieren.

Ich persönlich neige zum Toben. Ich schmeiße mein Joypad durchs Zimmer, kneife die Augen zusammen, lege den Kopf in den Nacken, und ein Strom von Flüchen ergießt sich aus meinem Munde.

Vor zwei Jahren hatte ich ein Spiel namens *Alien* 3. Dabei gab es eine tolle Einlage. Wenn man seine Leben aufgebraucht hatte, kriegte man ein fotorealistisches Bild vom Alien, dem der Speichel aus dem Maul tropfte, und eine digitalisierte Stimme blökte: »Game over, man.«

Das hab ich echt geliebt.

»Hallo«, sagte ich.

Der Typ hob den Kopf. »Hallo.«

»Wie viele Reihen hast du geschafft?«

»Eins vierundvierzig.«

»Mhm. Ziemlich gut.«

»Ich kann eins siebenundsiebzig.«

»Eins siebenundsiebzig?«

Er nickte. »Und du?«

»Äh, mein Bestes waren ungefähr hundertfünfzig.«

Er nickte wieder. »Du bist einer von den drei Neuen, stimmt's?«

»Ja.«

»Woher kommst du?«

»Aus London.«

»Ich auch. Machen wir 'n Spiel?«

»Ja.«

»Okay.« Er deutete auf die Erde. »Ich bin Keaty. Nimm dir 'nen Stuhl.«

STRANDLEBEN

Anpassung, Reis

Vor ein paar Jahren machte ich den Prozeß der Trennung von meiner ersten ernsthaften Freundin durch. Sie fuhr im Sommer nach Griechenland, und als sie zurückkam, hatte sie eine Ferienromanze mit einem Belgier hinter sich. Und als wäre das noch nicht schlimm genug gewesen, sah es auch noch so aus, als würde der fragliche Typ im Laufe der nächsten paar Wochen in London aufkreuzen. Nach drei höllischen Tagen und Nächten wurde mir klar, daß ich gefährlich nahe daran war, meinen Verstand zu verlieren. Ich fuhr mit dem Rad hinüber zu meinem Dad in die Wohnung und brachte ihn durch emotionale Erpressung dazu, mir so viel Geld zu leihen, daß ich das Land verlassen konnte.

Auf dieser Reise habe ich etwas sehr Wichtiges gelernt. Flucht durch Reisen, das funktioniert. Kaum saß ich im Flugzeug, war das Leben in England bedeutungslos geworden. Anschnallhinweis eingeschaltet, Probleme abgeschaltet. Zerbrochene Armlehnen hatten Vorrang vor gebrochenen Herzen. Als das Flugzeug in der Luft war, hatte ich vergessen, daß England überhaupt existierte.

Nach jenem ersten Tag, als ich so auf der Lichtung herumspaziert war, stellte ich eigentlich überhaupt nichts an diesem Strand mehr in Frage.

Reis: für über dreißig Personen, zwei Mahlzeiten täglich? Reisfelder brauchen hektarweise flaches, bewässertes Land, das wir einfach nicht hatten; deshalb wußte ich, daß wir keinen anbauen konnten. Hätte sich die Sache mit dem Reistrip nicht ergeben, hätte ich vielleicht nie erfahren, wo das ganze Zeug herkam. Unkommentiert hätte ich es damit bewenden lassen.

Anpassung: Vom ersten Arbeitstag an kannten alle unseren Namen. Wir bekamen im Langhaus Betten zugewiesen. Ich hatte das Gefühl, ich hätte mein Leben lang dort gewohnt.

Es war genauso, wie es mir damals im Flugzeug ergangen war: Meine Erinnerung schaltete sich allmählich ab. Ko Samui wurde zu einer entrückten Trauminsel, und Bangkok war bald wenig mehr als ein vertrautes Wort. Ich weiß noch, daß ich am dritten oder vierten Tag daran dachte, daß Zeph und Sammy vielleicht bald auftauchen würden, und daß ich mich fragte, wie die Leute darauf reagieren würden. Dann wurde mir klar, daß ich mich nicht genau an die Gesichter der beiden erinnern konnte. Zwei Tage später hatte ich überhaupt vergessen, daß sie vielleicht kommen würden.

Es gibt so eine Redensart: Man sieht den Wald vor lauter Bäumen nicht. Das leuchtet mir sehr ein. Wenn einem etwas merkwürdig vorkommt, dann stellt man es in Frage; aber wenn die Außenwelt so weit weg ist, daß man sie nicht mehr zum Vergleich heranziehen kann, dann kommt einem nichts mehr merkwürdig vor.

Und wieso sollte ich es auch in Frage stellen? Mich anzupassen war die natürlichste Sache der Welt. Das hatte ich getan, seitdem ich das erste Mal mit dem Rucksack losgezogen war. Noch eine Redensart: Andere Länder, andere Sitten. Unter den zehn Geboten der Rucksackreisenden ist dies das erste. Man latscht nicht in einen Hindu-Tempel und fragt: »Wieso betet ihr eine Kuh an?« Man schaut sich um, nimmt zur Kenntnis, paßt sich an, akzeptiert.

Anpassung und Reis. Das waren einfache Dinge, die ich akzeptierte – neue Aspekte eines neuen Lebens.

Aber selbst heute stelle ich nicht die richtigen Fragen.

Es spielt keine Rolle, wieso es mir so leichtfiel, mich dem Leben am Strand anzupassen. Die Frage ist, wieso es dem Strandleben so leichtfiel, mich zu assimilieren.

In den ersten zwei, drei Wochen ging mir ein Lied nicht aus dem Kopf. Genaugenommen war es nicht mal ein Lied; es waren nur zwei Zeilen aus einem Lied. Und ich weiß den Titel nicht, aber ich vermute, er heißt »Street Life«, denn die einzige Textzeile, an die ich mich erinnern konnte, hieß: »*Street life, it's the only life I know, street life, dah dah-dah dah dah dah dadah.*« Nur sang ich »Beach life« statt »Street life«, und ich konnte immer nur dieses kleine Stück wiederholen, wieder und wieder.

Keaty trieb ich damit in den Wahnsinn. Er sagte: »Richard, du mußt mal aufhören mit diesem Scheißlied«, und dann zuckte ich die Achseln und sagte: »Keaty, es geht mir einfach nicht aus dem Kopf.« Ich bemühte mich eine Zeitlang, aber ohne es zu wollen, fing ich zwei Stunden später wieder damit an. Ich merkte es erst, wenn Keaty sich mit der flachen Hand an die Stirn schlug und zischte: »Ich habe dich doch gebeten, diesen Scheiß nicht mehr zu singen! *Herrgott*, Richard!« Dann konnte ich wieder nur mit den Achseln zucken. Schließlich hatte ich Keaty so weit, daß er es auch sang, und als ich ihn darauf hinwies, sagte er: »Aaargh!« und ließ mich den Rest des Tages nicht mehr mit seinem Gameboy spielen.

Nacht, Jim-Bob

Rasch entwickelten sich feste Gewohnheiten.

Ich wachte gegen sieben, halb acht auf und ging mit Étienne und Keaty geradewegs zum Strand. Françoise wollte nur selten schwimmen gehen, weil es ihr zuviel Aufwand war, jeden Tag das Salz aus ihren langen Haaren zu waschen, aber manchmal kam sie doch mit.

Frühstück gab es um acht. Jeden Morgen kochte die Küchenbesatzung eine Ladung Reis, und es blieb jedem einzelnen überlassen, für irgend etwas anderes zu sorgen. Die meisten aßen ihren Reis so, aber ein paar machten sich auch Umstände und kochten ein bißchen Fisch oder Gemüse dazu. So viel Mühe machte ich mir nie. In den ersten drei Tagen mischten wir unsere Maggi-Nudeln unter, um ein bißchen Geschmack hineinzubringen, aber als die Maggi-Nudeln aufgebraucht waren, begnügten wir uns mit dem Reis.

Nach dem Frühstück zerstreuten sich die Leute allmählich. Vormittags wurde gearbeitet, jeder hatte seine Aufgabe. Um neun war das Lager leer.

Es gab vier Arbeitsbereiche: Fischen, Gemüse anbauen, in der Küche oder in der Tischlerei mit anpacken.

Étienne, Françoise und ich waren zum Fischen eingeteilt. Vor unserer Ankunft hatte es zwei Gruppen gegeben, aber mit uns waren es jetzt drei. Gregorio und wir drei bildeten eine, Moshe und die beiden jugoslawischen Mädchen die zweite, und die letzte Gruppe bestand aus ein paar Typen aus Schweden. Sie nahmen ihre Fischerei sehr ernst und schwammen jeden Tag durch die Felshöhlen ins offene Meer hinaus. Manchmal kamen sie mit Fischen zurück, die so groß waren wie ein Bein, und deswegen machten dann alle einen großen Wirbel.

Ich fand, was die Arbeit anging, hatte ich ziemliches Glück gehabt. Wenn Étienne und Françoise sich nicht am ersten Tag freiwillig zum Fischen gemeldet hätten, dann hätten wir Gregorio nicht kennengelernt und ich wäre womöglich in der Gärtnerei gelandet. Keaty arbeitete dort, und er beschwerte sich dauernd darüber. Er mußte von der Lichtung aus über eine halbe Stunde laufen; er arbeitete oben am Wasserfall. Der Obergärtner war Jean, ein Bauernsohn aus Südwestfrankreich, der seinen Namen aussprach, als ob er sich räusperte, und er führte seinen Garten mit eiserner Faust. Das Problem war, wenn man einmal einen Job hatte, war es ziemlich schwer zu wechseln. Nicht, daß es da Vorschriften gegeben hätte, aber alle arbeiteten in Gruppen, und wenn man die Arbeit wechseln wollte, mußte man eine Gruppe verlassen und in eine andere einbrechen.

Wenn ich kein Fischer gewesen wäre, hätte ich wahrscheinlich versucht, zu den Zimmerleuten zu kommen. Küchendienst reizte mich überhaupt nicht. Abgesehen von der höllischen Plackerei, jeden Tag für dreißig Leute Essen zu kochen, umwehte alle drei Köche ständig der Geruch von Fischinnereien. Der Chefkoch, der mit inoffiziellem Spitznamen Unhygienix hieß, hatte einen privaten Seifenvorrat in seinem Zelt. Er schien jede Woche ein Stück zu verbrauchen, aber es nützte nichts.

Die Zimmerleute wurden von Bugs geführt. Bugs war Sals Freund und Amerikaner wie sie, und er war Zimmermann von Beruf. Er war für den Bau des Langhauses und sämtlicher Hütten verantwortlich gewesen, und er hatte auch die Idee gehabt, die Äste zusammenzubinden und so das Laubdach zu schaffen. An der Art, wie die Leute ihn behandelten, sah man, daß Bugs großen Respekt genoß. Weil alle auf die Sachen angewiesen waren, die er machte, aber auch, weil er Sals Freund war.

Wenn es jemanden gab, der die Führung hatte, dann war es Sal. Wenn sie sprach, hörte man zu. Sie verbrachte den Tag damit, um die Lagune herumzuwandern, nach den einzelnen Arbeitsgruppen zu sehen und dafür zu sorgen, daß alles reibungslos lief. Anfangs achtete sie sehr darauf, daß wir uns gut eingewöhnten, und kam oft mit, wenn wir zu den Felsen hinüberschwammen, aber nach der ersten Woche war sie anscheinend mit dem Gang der Dinge zufrieden, und wir sahen sie während der Arbeitszeit kaum noch.

Der einzige, der keiner eindeutigen Arbeit zugeteilt war, war Jed. Er verbrachte seine Zeit allein, und meist war er der erste, der morgens wegging, und der letzte, der nachmittags zurückkam. Keaty sagte, Jed verbringe eine Menge Zeit am Wasserfall und oben auf den Felsen. Ab und zu verschwand er und verbrachte die Nacht irgendwo auf der Insel. Wenn er wieder auftauchte, hatte er meistens frisches Haschisch dabei, wahrscheinlich von den Anpflanzungen, die wir gesehen hatten.

Gegen halb drei kehrten die Leute nach und nach wieder zu den Unterkünften zurück. Die Küchencrew und die Fischer waren immer die ersten, damit das Essen zubereitet werden konnte. Dann kam die Gartentruppe mit Gemüse und Obst, und gegen drei war die Lichtung wieder voll.

Frühstück und Abendessen waren die einzigen Mahlzeiten des Tages. Eigentlich brauchten wir auch nicht mehr. Abendessen gab es um vier, und meist gingen die Leute gegen neun ins Bett. Vom Kiffen abgesehen, konnte man nicht mehr viel anfangen, wenn es dunkel war. Nächtliche Lagerfeuer waren nicht erlaubt, weil tieffliegende Flugzeuge sie zu leicht hätten ausmachen können, auch durch die Laubdecke. Tieffliegende Flugzeuge gab es jede Menge, denn auf Ko Samui war ein Flugplatz.

Mit Ausnahme derer, die ein Zelt hatten, schliefen alle im Langhaus. Ich brauchte eine Weile, bis ich mich daran gewöhnt hatte, mit einundzwanzig anderen Leuten in einem Raum zu schlafen, aber bald machte es mir Spaß. Im Langhaus herrschte eine Vertrautheit, die Keaty und den anderen mit Zelten entging. Und es gab ein Ritual. Es wurde nicht jeden Abend vollzogen, aber oft, und jedesmal mußte ich lächeln.

Der Ursprung des Rituals war die Fernsehserie »Die Waltons«. Am Ende jeder Folge sah man das Haus der Waltons, und man hörte, wie sie alle einander gute Nacht sagten.

Im Langhaus ging das folgendermaßen.

Gerade wenn man eindöste, sagte eine schläfrige Stimme irgendwo in der Dunkelheit: »Nacht, Jim-Bob.« Dann folgte eine kurze Pause, während derer alle darauf warteten, daß jemand das Stichwort aufnahm, und schließlich hörte man jemanden sagen: »Nacht, Frankie« – oder Sal oder Gregorio oder Bugs, oder wem immer gerade einer gute Nacht sagen wollte. Und die genannte Person mußte dann jemand anderem gute Nacht sagen, und so ging es im ganzen Langhaus herum, bis alle genannt waren.

Jeder konnte das Spiel in Gang setzen, und es gab keine Reihenfolge, in der die Namen aufgerufen werden mußten. Wenn nur noch wenige Namen übrig waren, wurde es schwierig, sich zu merken, wer schon genannt worden war und wer nicht, aber das gehörte zum Spiel. Wenn man patzte, erntete man lautes Geschnalze und übertriebenes Seufzen, bis man es richtig machte.

Das Ritual war zwar eine Verarschung, aber andererseits war es auch wieder keine. Nie wurde ein Name ausgelassen, und gleich beim erstenmal, als wir dabei waren, wurden Françoise, Étienne und ich mit eingeschlossen.

Am schönsten war es, wenn man seinen Namen hörte, aber die Stimme nicht erkannte. Ich fand es immer tröstlich, daß jemand ganz Unerwartetes daran dachte, mich auszusuchen. Und beim Einschlafen überlegte ich dann, wer es wohl gewesen sein mochte und wen ich beim nächstenmal aussuchen würde.

Negativ

Am Morgen meines vierten Sonntags war das ganze Dorf unten am Strand. Sonntags arbeitete niemand.

Es war Ebbe, und so lag zwischen Waldsaum und Wasser ein zwölf Meter breiter Sandstreifen. Sal hatte ein gewaltiges Fußballspiel organisiert, und praktisch alle machten mit, außer mir und Keaty. Wir saßen draußen auf einem der Felsblöcke und lauschten den Rufen der Spieler, die übers Wasser heranwehten. Neben der Begeisterung für Videospiele teilten wir auch eine gewissen Gleichgültigkeit gegenüber Fußball.

Ein silbriger Blitz huschte an meinen Füßen vorbei. »Erwischt«, murmelte ich und schleuderte einen imaginären Speer nach dem Fisch. Keaty runzelte die Stirn.

»'n leichtes Leben.«

»Fischen?«

»Ja, fischen.«

Ich nickte. Fischen war leicht. Ich hatte angenommen, als ein vom Großstadtleben verweichlichter Europäer würde ich solche uralten Fertigkeiten nicht mehr erlernen können, aber in Wahrheit war es kinderleicht. Man brauchte nur auf einem Felsen zu stehen, zu warten, bis ein Fisch vorbeischwamm, und ihn aufzuspießen. Der Trick bestand darin, daß man aus dem Handgelenk warf, wie beim Frisbee. Dann rotierte der Speer im Wasser und verlor nicht an Schwung.

Keaty strich sich mit der Hand über den Kopf nach hinten. Seit meiner Ankunft hatte er sich den Schädel nicht rasiert, und jetzt war seine Kopfhaut von vierzehn Tage alten Stoppeln bedeckt.

»Ich sag dir, woran's liegt«, sagte er.

»Hm?«

»An der Hitze. Beim Fischen kannst du dich jederzeit abkühlen; im Garten schmorst du einfach nur.«

»Was ist mit dem Wasserfall?«

»Zehn Minuten weg. Du gehst hin, schwimmst, und wenn du zurückkommst, ist dir schon wieder heiß.«

»Hast du mit Sal gesprochen?«

»Gestern. Sie sagt, ich kann wechseln, wenn ich jemanden finde, der mit mir tauscht, aber wer will schon im Garten arbeiten?«

Am Strand brach Jubel aus. Étienne hatte anscheinend ein Tor geschossen. Er rannte im Kreis herum und streckte die Hand in die Luft, und Bugs, der Kapitän der anderen Mannschaft, brüllte seinen Torwart an. Oben bei den Bäumen sah ich Françoise. Sie saß bei einer kleinen Gruppe von Zuschauern und applaudierte.

Ich stand auf. »Lust zum Schwimmen?«

»Klar.«

»Wir könnten zu den Korallen rüberschwimmen. Ich hab sie mir noch gar nicht richtig angesehen. Wollte ich schon immer mal.«

»Schön, aber laß uns vorher Gregs Taucherbrille holen. Es hat keinen Sinn, ohne sie zu den Korallen zu schwimmen.«

Ich warf einen Blick zurück zum Strand. Das Spiel ging weiter. Bugs hatte den Ball und dribbelte über den Sand, um den Rückstand aufzuholen. Étienne war ihm dicht auf den Fersen.

»Willst du sie holen? Dann warte ich hier.«

»Okay.«

Keaty verschwand mit einem Kopfsprung vom Felsblock. Ein paar Schwimmzüge blieb er unter Wasser, und ich verfolgte seine Gestalt über den Meeresgrund, bis ich ihn nicht mehr sehen konnte. In beeindruckender Entfernung kam er schließlich an die Oberfläche.

»Ich bringe auch 'n bißchen Stoff mit«, rief er.

Ich streckte den Daumen hoch, und er tauchte wieder unter.

Ich wandte mich den Klippen vor dem offenen Meer zu. Ich suchte nach einer Spalte in der Felswand, die Gregorio mir ein paar Tage zuvor gezeigt hatte. Nach dem, was er gesagt hatte, lagen die spektakulärsten Korallengärten im Wasser unmittelbar darunter.

Erst war ich verwirrt. Ich war sicher, daß ich in die richtige Richtung schaute. Gregorio hatte mir den Spalt gezeigt, indem er mich einer Kette von Felsen hatte folgen lassen, die sich wie Trittsteine durch die Lagune zogen. Die Felsen waren auch noch da, aber der Spalt war verschwunden.

Dann fand ich ihn. Gregorio hatte mir die Stelle spätnachmittags gezeigt. Da hatten die Klippen im Schatten gelegen, und der Spalt war dunkel gewesen. Jetzt aber, in den Strahlen der tiefstehenden Morgensonne, leuchtete der zerklüftete Rand der Spalte weiß im schwarzen Granit.

»Wie ein Negativ«, sagte ich laut und lächelte über meinen Irrtum.

Wieder wehte Jubel vom Fußballplatz herüber. Bugs' Mannschaft hatte den Anschlußtreffer erzielt.

Korallen

Unter dem Gewicht von zwei grapefruitgroßen Steinen schwebte ich auf den Meeresgrund hinunter und setzte mich mit gekreuzten Beinen in den Sand. Dann legte ich mir die Steine in den Schoß, damit ich nicht wieder nach oben trieb.

Ich war umgeben von Korallenriffen, leuchtendbunten Pagoden, zerschmolzen und zerflossen im heißen, tropischen Wasser. Im Schatten ihrer Fächer wich etwas vor meiner Anwesenheit zurück. Es war beinahe unmerklich – ein leises Kräuseln des Lichts, das über die Farben zog. Ich starrte angestrengt hin und versuchte, den seltsamen Effekt zu ergründen, aber nach der kurzen Veränderung sahen die Korallen wieder genauso aus wie vorher.

Eine seltsame Kreatur lag vor mir. Ein Name kam mir in den Sinn – Seegurke –, aber nur, weil ich gehört hatte, daß solche Dinger existieren. Von mir aus hätte es auch eine Seezucchini sein könne. Die Kreatur war ungefähr dreißig Zentimeter lang und so dick wie mein Unterarm, und an dem mir zugewandten Ende saß ein Nest aus winzigen Tentakeln. Ich brach einen Finger von einem der Korallenfächer ab und piekste probeweise hinein. Die Gurke regte sich nicht und zuckte nicht. Ich wurde kühner und berührte sie mit dem Finger. Sie war das Weichste, was ich je angefaßt habe. Die seidige Haut bot einen kaum spürbaren Widerstand, und ich zog den Finger zurück, weil ich fürchtete, sie zu durchstoßen.

Es wird immer merkwürdiger, dachte ich und lächelte. Das Atemanhalten machte mich allmählich benommen. An dem Rauschen des Blutes in meinen Ohren und dem wachsenden Druck in der Lunge merkte ich, daß mir wohl nur noch Luft für höchstens zwanzig Sekunden blieb.

Ich schaute hoch. Ungefähr zwei Meter über mir saß Keaty auf einer überhängenden Felsplatte. Ich sah seine körperlosen Beine. Er ließ sie sacht baumeln, wie ein Kind auf einem hohen

Stuhl, und hatte damit die Aufmerksamkeit eines kleinen blauen Fisches auf sich gezogen. Der Fisch interessierte sich hauptsächlich für seine Knöchel. Jedesmal wenn sie in seine Nähe schwangen, schoß er darauf zu, als wolle er hineinbeißen, um dann einen Fingerbreit davor abrupt anzuhalten. Wenn die Knöchel dann zurückschwangen, schlug der Fisch einmal mit den Flossen und zog sich ein Stück weit zurück, und vielleicht verfluchte er sich dabei für seinen mangelhaften Mut.

Kaltes Wasser rieselte über die Mulde meiner Schläfe. Weil ich den Kopf nach oben gewandt hatte, zog die eingesperrte Luft mir die Taucherbrille vom Gesicht. Rasch senkte ich den Kopf und drückte gegen das Glas, um sie wieder dicht zu machen, aber es half nichts; es war schon zuviel Wasser eingedrungen. Ich rollte die Steine von meinem Schoß und ließ mich nach oben treiben.

Ich stemmte mich aus dem Wasser und setzte mich neben Keaty. Er hatte ein paar lose Blättchen und etwas Hasch aus einer Plastik-Filmdose genommen und drehte einen Joint.

Als er fertig war, sagte ich: »Du bist ziemlich viel gereist.«

»Ja. Thailand, Indonesien, Mexiko, Guatemala, Kolumbien, Türkei, Indien und Nepal. Ach, und Pakistan auch. Ich war in Karatschi, für drei Tage, auf Zwischenstopp. Zählst du so was mit?«

»Nein.«

»Ich auch nicht. Wie ist es bei dir?«

Ich zuckte die Achseln. »Amerika hab ich nie gemacht. Afrika auch nicht. Eigentlich nur Asien. Und Europa natürlich. Wie ist es mit Europa? Gilt Europa?«

»Nicht, wenn Karatschi nicht gilt.« Er zündete den Joint an. »Hast du ein Lieblingsland?«

Ich dachte einen Augenblick nach. »Steht unentschieden zwischen Indonesien und den Philippinen.«

»Und wo war es am schlimmsten?«

»Wahrscheinlich in China. In China ging's mir beschissen.

Fünf Tage habe ich mit keinem Menschen ein Wort geredet, außer beim Bestellen im Restaurant. Und grausiges Essen.«

Keaty lachte. »Für mich war die Türkei am schlimmsten. Ich sollte zwei Monate bleiben, aber nach zwei Wochen bin ich abgereist.«

»Und am besten?«

Keaty sah sich um, inhalierte tief und reichte mir den Joint. »Thailand. Das hier, meine ich. Es ist ja eigentlich nicht richtig Thailand, wenn man sich überlegt, daß es hier keine Thais gibt, aber… Ja. Das hier ist es.«

»Das hier ist unvergleichlich… Wie lange bist du schon hier?«

»Seit zwei Jahren. Etwas länger. Ich habe Sal in Chiang Rai kennengelernt, und wir haben uns angefreundet. Sind ein bißchen rumgetourt. Dann hat sie mir von diesem Ort hier erzählt und mich mitgenommen.«

Ich schnippte den Jointstummel ins Wasser. »Erzähl mir von Daffy. Niemand spricht über ihn.«

»Alle waren geschockt, als sie es hörten.« Keaty kratzte sich nachdenklich seinen Stoppelschädel. »Aber ich kann dir nicht viel darüber erzählen. Ich kannte den Typen kaum. Er war ein bißchen verschlossen, mir gegenüber jedenfalls. Ich meine, ich wußte, wer er war, aber wir haben nicht viel miteinander geredet.«

»Und? Wer war er?«

»Soll das ein Witz sein?«

»Nein. Ich sage doch, niemand redet von ihm, also…«

Keaty runzelte die Stirn. »Du hast den Baum noch nicht gesehen? Den Baum am Wasserfall?«

»Ich glaube nicht…«

»Scheiße! Du hast echt keine Ahnung, was, Rich? Wie lange bist du jetzt hier? Einen Monat?«

»Etwas mehr.«

»Mann.« Keaty lächelte. »Ich bringe dich morgen zu dem Baum. Dann wirst du schon sehen.«

»Wie wär's denn jetzt gleich?«

»Ich will schwimmen... Vor allem jetzt, wo ich bekifft bin. Und ich bin mit der Maske an der Reihe.«

Keaty ließ sich ins Wasser gleiten und spannte sich den Riemen straff über den Hinterkopf. Dann tauchte er unter. Ende der Diskussion.

»Okay«, sagte ich zu dem flachen Wasser und ließ mir meine Neugier von Hasch vernebeln. »Morgen also.«

Bugs

An diesem Abend, als das Licht anfing zu verblassen, bekamen wir unsere Muschelhalsketten. Es war keine große Sache, keine Zeremonie oder so was. Sal und Bugs kamen zu uns spaziert und reichten sie uns. Für mich war es trotzdem eine große Sache. So freundlich die anderen auch sein mochten – daß wir keine Halsketten trugen, lenkte die Aufmerksamkeit immer auf unseren Status als Neuankömmlinge. Jetzt war es, als seien wir offiziell akzeptiert.

»Welche ist für mich?« fragte Françoise und untersuchte sie sorgfältig der Reihe nach.

»Welche dir gefällt, Françoise«, sagte Sal.

»Ich glaube, ich nehme die hier. Diese Farbe an der großen Muschel gefällt mir.« Sie sah mich und Étienne an, als sollten wir es nur wagen, einen Anspruch darauf zu erheben.

»Welche willst du, Étienne?« fragte ich.

»Du zuerst.«

»Mir ist es egal.«

»Mir ist es auch egal.«

»Also...«

Wir schauten einander achselzuckend an und lachten. Dann beugte Sal sich vor und nahm Françoise die beiden übrigen Ketten aus der Hand. »Hier«, sagte sie und traf die Entscheidung für uns. Sie waren praktisch gleich, aber meine hatte noch ein Mittelstück, den abgebrochenen Arm eines roten Seesterns.

Ich streifte sie mir über den Kopf. »Na, vielen Dank, Sal.«

»Bedank dich bei Bugs. Er hat deine gemacht.«

»Okay. Danke, Bugs. Sie ist wirklich schön.«

Er nickte und nahm das Kompliment wortlos entgegen. Dann wandte er sich ab und ging über die Lichtung zurück zum Langhaus.

Ich wußte nicht recht, was ich von Bugs halten sollte. Es war verrückt, denn ich fand, er war genau der Typ, den ich eigentlich hätte mögen sollen, beinahe aus Pflichtgefühl. Er war breiter und muskulöser als ich; als Leiter der Zimmerleute hatte er offenkundige Fähigkeiten, und ich hegte außerdem den Verdacht, daß er ziemlich intelligent war. Er sprach nicht viel, aber wenn er etwas sagte, dann immer Dinge mit Hand und Fuß. Aber all diesen charakterlichen Feinheiten zum Trotz hatte er etwas an sich, das mir kalte Schauer über den Rücken laufen ließ. Vielleicht läßt es sich mit folgendem erklären.

Am Montag meiner zweiten Woche sah ich, wie Bugs sich abrackerte, um eine Schwingtür in den Eingang einer der Lagerhütten einzusetzen. Er hatte Schwierigkeiten, weil er nur zwei Hände hatte und drei brauchte: zwei, um die Tür festzuhalten, und eine dritte, um einen Zapfen in die Angel zu hämmern. Ich beobachtete ihn eine Weile und überlegte, ob ich ihm meine Hilfe anbieten sollte. Als ich zu ihm hinübergehen wollte, rutschte ihm der Hammer aus der Hand. Instinktiv griff er danach, um ihn aufzufangen, und dabei fiel auch die Tür um und schlug ihm gegen das Bein.

»Scheiße«, sagte ich und fing an zu laufen. »Alles okay?«

Bugs schaute nach unten. Blut tropfte aus einer häßlichen Schramme an seinem Schienbein. »Alles in Ordnung«, sagte er und hob den Hammer auf.

»Brauchst du Hilfe, soll ich die Tür festhalten?«

Bugs schüttelte den Kopf.

Ich ging dahin zurück, wo ich gesessen hatte, und hackte die Enden von Bambusstangen ab, um Speere zum Fischen zu machen. Ungefähr fünf Minuten später vertat ich mich beim Hacken und schnitt mir den Daumen auf.

»Au!« schrie ich.

Bugs drehte sich nicht mal um, und als Françoise angelaufen kam – ihr Gesicht war noch hübscher, weil sie so erschrocken war –, spürte ich seine Genugtuung. Unerschütterlich klopfte er den Zapfen in das Loch, während das Blut sich in staubigen Pfützen um seine Füße sammelte.

»Das hat echt weh getan«, sagte ich, als Françoise bei mir war, und ich sagte es absichtlich so laut, daß Bugs es hören konnte.

Und wenn ich schon mal dabei bin, könnte ich auch noch erwähnen, daß es noch etwas gab, das mich an Bugs störte. Sein Name.

Daß er sich Bugs nannte, empfand ich so, als wolle er sagen: Ich bin schweigsam und stoisch, aber ich nehme mich nicht allzu ernst! Ich nenne mich Bugs Bunny!

Es ärgerte mich genau wie die andere Geschichte, aber es war kein Grund, ihn nicht zu mögen. Es ging mir nur irgendwie gegen den Strich. Das entscheidende war: Bugs nahm sich extrem ernst.

Wie dem auch sei. Zurück zu dem Abend, als ich die Halskette bekam.

»Nacht, Jim-Bob…«

Stille… Panik.

Hatte ich es laut genug gesagt? Gab es eine Etikette, die ich noch nicht begriffen hatte? Daß ich die Halskette bekommen hatte, hatte mir Mut gemacht, aber vielleicht durften nur Gruppenführer anfangen, oder Leute, die bereits länger als zwölf Monate hier waren…

Mein Herz fing an zu pochen. Der Schweiß brach mir aus.

»So, das war's«, dachte ich. »Es ist alles aus. Ich verschwinde morgen früh, bevor es hell wird. Ich brauche ja nur die zwanzig Meilen nach Ko Samui zurückzuschwimmen, und wahrscheinlich werden mich die Haie fressen, aber das ist okay. Ich hab's nicht anders verdient …«

»Nacht, Ella«, sagte eine schläfrige Stimme im Dunkeln.

Ich erstarrte.

»Nacht, Jesse«, sagte jemand anderes.

»Nacht, Sal.«

»Nacht, Moshe.«

»Nacht, Cassie.«

»Nacht, Greg.«

»Nacht …«

Null

In farblicher Hinsicht waren die Fortschritte nicht schlecht. Während der ersten paar Tage war es meistens bewölkt gewesen, und als es aufklarte, hatte ich genug Grundbräune, um keinen Sonnenbrand mehr zu bekommen. Jetzt stand ich dicht davor, so dunkel zu werden, wie ich nur sein kann. Ich spähte unter den Bund meiner Shorts, um zu prüfen, ob ich so schwarz war, wie ich hoffte.

»Wow!« sagte ich, als ich die bleiche Haut darunter sah.

Étienne sah sich um. Er saß auf der Kante eines Felsblocks und kühlte seine Beine im Wasser. »Was ist los?«

»Bloß meine Sonnenbräune.«

Étienne nickte und spielte weiter geistesabwesend an seiner neuen Halskette. »Ich dachte, du meinst vielleicht den Strand hier.«

»Den Strand?«

»Du hast ›wow!‹ gesagt. Ich dachte, du meinst damit, wie toll es hier ist.«

»Oh – sicher, das denke ich oft… ich meine, es war die Mühe doch wert, oder?«

»Die Mühe wert.«

»Man fischt, man schwimmt, man ißt, man faulenzt, und alle sind so nett… Wenn ich die Uhr zurückdrehen und das Leben noch mal von vorn losgehen lassen könnte – ich glaube, ich würde es so anfangen lassen. Für jeden.« Ich schüttelte den Kopf, um meinen Redefluß zu unterbrechen. »Du weißt, was ich meine.«

»Mir geht's genauso.«

»Ja?«

»Natürlich. Alle denken so.«

Er schwieg. In den Eimern neben uns spritzten die Fische herum und kamen dem Sekundenbruchteil vor dem »Game over« immer näher. Ich beobachtete sie eine Zeitlang, beeindruckt von ihrer Hartnäckigkeit. Es überraschte mich oft, wie lange Fische brauchten, um zu sterben. Selbst wenn der Speer ihnen mitten durch den Leib fuhr, zappelten sie noch eine ganze Stunde lang herum und schlugen das Wasser um sich herum zu blutigem Schaum.

»Wie viele haben wir?« fragte Étienne.

»Sieben. Zwei große. Das reicht, oder?«

Étienne zuckte die Achseln. »Wenn Gregorio und Françoise auch sieben haben, reicht es.«

»Die werden mindestens sieben haben.« Ich sah auf die Uhr. Es war genau Mittag. »Ich gehe heute vielleicht ein bißchen früher zurück. Ich wollte mich mit Keaty treffen.«

Mit einem Kopfsprung tauchte ich ins Wasser und schoß in steilem Winkel nach unten; dann glitt ich waagerecht über dem Meeresboden dahin. Das Salz brannte mir in den Augen, aber ich hielt sie trotzdem offen. Auch ohne Gregorios Taucherbrille waren die verschwommenen Farben und die auseinanderstiebenden Fische ein grandioser Anblick.

Ich würde zum Garten kommen, indem ich dem Bach zum Wasserfall folgte und dann nach links abbog und am Fuß der Felswand entlangging.

Als ich ungefähr zehn Minuten gegangen war, konnte ich Keatys Klagen über seine Arbeit allmählich nachfühlen. Ohne Meeresbrise und kühles Wasser, eingesperrt in diesem Treibhauswald, war die Hitze unglaublich drückend. Als ich beim Wasserfall ankam, war ich schweißgebadet.

Seit meiner Ankunft auf der Insel war ich nur zweimal am Wasserfall gewesen, und nie allein. Ich hatte keinen Grund, dort hinzugehen, und die Gegend bereitete mir zudem ein gewisses Unbehagen. Sie verband die Lagune mit der Außenwelt, der Welt, die ich fast vergessen hatte, und als ich jetzt an dem Bassin stand, begriff ich, daß ich nicht an sie erinnert werden wollte. Wenn ich durch den feinen Wasserdunst hinaufschaute, sah ich die Stelle, an der ich vor meinem Sprung gekauert hatte. Die Erinnerungen, die dabei in mir wach wurden, waren unangenehm. Ich nahm mir nicht einmal die Zeit, mir das Gesicht abzukühlen, sondern suchte den Pfad, der zum Garten führte, und ging geradewegs weiter.

Eine Viertelstunde später fand ich Keaty am Rand eines Gemüsebeets, wo er verzweifelt mit einer Hacke im Unkraut herumstocherte.

»Hey«, sagte er und wirkte gleich munterer. »Was machst du denn hier unten?«

»Du wolltest mir einen bestimmten Baum zeigen. Ich hab früh Feierabend gemacht.«

»Ach ja. Hab ich ganz vergessen.« Er schaute zu Jean hinüber, der einen anderen Gärtner anknurrte. »Jean!«

Jean sah sich um.

»Mußmaraschweg.«

»Hn?« meinte Jean.

»Kommnachherwiederwennochzeitisokay?«

Keaty winkte, und Jean winkte verunsichert zurück. Dann schob Keaty mich aus dem Garten. »Wenn man schnell spricht, versteht er nichts«, erklärte er. »Andernfalls hätte er dich verdonnert, hier zu warten, bis die Truppe mit der Arbeit fertig ist.«

»Clever.«

»Ja.«

Es war ein Raketenbaum, ungefähr zwanzig Meter weit rechts vom Wasserfallbecken. Er war mir schon aufgefallen, als ich überlegt hatte, wie ich vom Wasserfall nach unten kommen sollte. Ein paar Äste wuchsen bis an die Felswand heran, und ich hatte einen Indiana-Jones-Sprung in den unteren Bereich des Astwerks erwogen. Als ich jetzt am Fuße des Baumes stand, war ich froh, daß ich so vernünftig gewesen war, das nicht zu versuchen. Ich wäre auf einem trügerisch dünnen Laubdach gelandet und zwölf Meter in die Tiefe gestürzt.

Er bot einen imponierenden Anblick, aber Keaty hatte mich nicht deshalb hergebracht, sondern um mir ein paar Markierungen zu zeigen, die dort eingeschnitzt worden waren. Drei Namen, vier Zahlen. Bugs, Sylvester, Daffy. Die Zahlen waren lauter Nullen.

»Sylvester?«

»Salvester.«

Ich schüttelte den Kopf. »Sal.«

»Die große böse Miezekatze«, sagte Keaty und lachte.

»Die waren also als erste hier?«

»Genau. Neunzehnneunundachtzig. Die drei haben von Ko Pha-Ngan aus ein Boot gemietet.«

»Wußten sie schon von diesem Strand, oder …?«

»Kommt drauf an, mit wem du redest. Bugs behauptet, er hätte von ’nem Fischer auf Ko Phalui von einer versteckten Lagune gehört, aber Daffy sagte immer, sie hätten bloß Inselhopping gemacht. Hätten den Strand nur durch Zufall entdeckt. Aber das Lagerleben hier, das hat erst neunzig angefangen. Neunundachtzig sind sie nach Goa weitergezogen und zu Neujahr dann nach Ko Pha-Ngan zurückgekommen.«

»Und da ging's mit Ko Pha-Ngan schon zu Ende?«

Keaty nickte. »War weitgehend out. Und da hat's geklickt. Die Sache war, diese drei waren nach Ko Samui gefahren, als es noch ein Geheimtip war, und als sie jetzt sahen, daß Ko Pha-Ngan vielleicht noch ein Jahr okay sein würde ...«

»Ein Jahr im besten Falle. Ich habe gehört, daß es einundneunzig bereits total versaut war.«

»Genau. Das hatten sie also alles schon mal erlebt. Vor allem Daffy. Daffy war ganz besessen. Weißt du, daß er sich geweigert hat, jemals nach Indonesien zu fahren?«

»Ich weiß überhaupt nichts über Daffy.«

»Hat es boykottiert, wegen Bali. Er ist nur einmal dagewesen, Ende der achtziger Jahre, und wollte nie wieder hin. Hat immer davon geredet, wie krank es ihn gemacht hat.«

Wir setzten uns mit dem Rücken an den Wurzelklotz und teilten uns eine Zigarette.

»Ich meine«, Keaty blies den Rauch heftig von sich, »man muß es ihnen ja lassen. Sie wußten wirklich, was sie taten. Das meiste war fertig, als Sal mich herbrachte, und das war... äh... dreiundneunzig. Das Langhaus stand, und das Dach war präpariert.«

»Vor zwei Jahren.«

»Mhm.« Er reichte mir die Zigarette.

»Und als du kamst, waren da schon so viele Leute hier?«

Keaty zögerte. »Na ja... so ziemlich.«

Ich sah ihn an und merkte, daß er mit etwas hinterm Berg hielt. »Was soll das heißen, so ziemlich?«

»Alle bis auf die Schweden ...«

»In zwei Jahren sind nur die Schweden dazugekommen?«

»... und Jed. Die Schweden und Jed.«

»Das sind nicht viele. Ein gut gehütetes Geheimnis.«

»Mhm.«

Ich drückte die Zigarette aus. »Und die Nullen? Was haben die zu sagen?«

Keaty lächelte. »Das war Daffys Idee. Es ist ein Datum.«

»Ein Datum? Was für ein Datum?«

»Das Datum ihrer Ankunft.«

»Ich dachte, das war neunundachtzig?«

»War es auch.« Keaty stand auf und tätschelte den Baumstamm. »Aber Daffy sagte immer, es war das Jahr Null.«

Offenbarungen

Laß dich auf Bali nieder, auf Ko Pha-Ngan, Ko Tao, Borocay, und die Horden werden dir folgen. Es gibt keine Möglichkeit, sie vom Planeten der Einsamkeit fernzuhalten, und wenn sie einmal da sind, hat der Countdown zum Untergang begonnen. Aber wenn du dich in einem Nationalpark niederläßt, in dem du gar nicht sein darfst...

Je mehr ich darüber nachdachte, desto besser gefiel mir die Idee. Nicht bloß in einem Nationalpark, sondern in einem Nationalpark in Thailand. Ausgerechnet in Thailand, im Rucksack-Mekka, im Land der ausgelatschten Pfade. Das einzige, was an dieser Sache noch hinreißender war als die Ironie, war die Logik. Die Philippinen sind ein Archipel aus siebentausend Inseln, aber selbst in dieser gewaltigen, zersplitterten Landschaft wäre ein entsprechendes Geheimnis unmöglich zu bewahren. Bei den Legionen von Rucksackreisenden dagegen, die durch Bangkok und über die Inseln im Süden zogen, wer würde es da schon bemerken, wenn ein paar sich verdrückten?

Seltsamerweise fesselte mich am wenigsten die Frage, wie sie das alles geschafft hatten. Wenn ich als Traveller eines gelernt hatte, dann dies: Wenn etwas gemacht werden muß, dann mach es einfach. Rede nicht davon, daß du gern nach Borneo möchtest. Kauf dir ein Ticket, besorg dir das Visum, pack deinen Rucksack, und los geht's.

Keatys wenige Worte genügten, und ich konnte mir die

Szene vorstellen. Januar neunzehnhundertneunzig, Neujahr vielleicht, auf Ko Pha-Ngan, vielleicht in Hat Rin. Daffy, Bugs und Sal, wie sie bei Sonnenaufgang reden. Sal hat ein Boot gefunden, das man mieten oder vielleicht sogar kaufen kann, Bugs hat Werkzeug in seinem Rucksack, Daffy hat einen Sack Reis und dreißig Packungen Maggi-Nudeln. Vielleicht sind die Schokoriegel geschmolzen und haben sich der Form der Wasserflasche angepaßt.

Am Morgen gegen sieben gehen sie zum Strand hinunter. Hinter sich hören sie das Rumpeln eines tragbaren Generators, überlagert vom Stampfen eines Kassettenrecorders. Sie schauen nicht zurück, legen ab und nehmen Kurs auf das verborgene Paradies, das sie ein Jahr zuvor entdeckt haben.

Als ich zu den Unterkünften zurückwanderte, wurde mir klar, daß ich beinahe darauf hoffte, Mister Duck noch einmal zu begegnen. Ich wollte ihm die Hand schütteln.

Ich hatte vor, Étienne und Françoise aufzustöbern, aber am Strand lief ich Gregorio über den Weg. Er trug unseren Fang zum Lager zurück, und als ich ihm sagte, ich wollte zu den Korallen hinausschwimmen, machte er ein zweifelndes Gesicht.

»Ich glaube, du solltest noch warten«, sagte er. »Warte… vielleicht eine Stunde.«

»Wieso?«

»Étienne und Françoise…«

»Treiben sie's miteinander?«

»Tja… ich weiß nicht… aber…« Gregorio lächelte verlegen.

»Okay«, sagte ich, und zu meinem Ärger hörte ich, daß meine Stimme plötzlich ein wenig gepreßt klang. »Ich schätze, dann lasse ich die Korallen eben sausen.«

Im Lager gab es wenig zu tun; man konnte allenfalls Größenvergleiche mit den Fischen der anderen anstellen. Die drei Schweden hatten wie gewöhnlich die größten gefangen; sie stolzierten umher und erzählten den Köchen von ihrer Fangtechnik. Es ging mir ziemlich auf die Nerven, ihnen zuzuhören, aber noch ärgerlicher waren die Bilder von Étienne und Françoise, die mir immer wieder in den Kopf kamen. Schließlich sehnte ich mich danach, mich mit irgend etwas zu beschäftigen; also ging ich in Keatys Zelt und wühlte seinen Gameboy heraus.

Die meisten Bosse agieren nach einem bestimmten Muster. Knackst du das Muster, killst du den Boss. So ist es auch bei Dr. Robotnik in seiner ersten Inkarnation in »Sonic One«, in der Megadrive-Version. Während er vom oberen Bildschirmrand herunterkommt, springt man ihn von links an. Wenn er dann anfängt, auf einen zuzuschwingen, taucht man unter ihm weg und springt ihn von rechts an. Wenn er zurückschwingt, wiederholt man den Vorgang in der umgekehrten Richtung, bis er acht Treffer später explodiert.

Das ist ein einfacher Boss. Andere erfordern sehr viel mehr manuelles Geschick und Mühe. Der letzte Boss in »Tekken« zum Beispiel ist ein unerbittlicher, fäusteschwingender Alptraum.

Der Boss, der mich von Étienne und Françoise ablenkte, war niemand anders als Wario, Marios Nemesis. Das Problem war, daß ich mich durch mehrere qualvolle Stadien kämpfen mußte. Bis ich endlich zu seinem Bau kam, hatte ich zu viele Treffer kassiert und die lebensnotwendigen Power-ups verbraucht, die erforderlich waren, um ihn zu erledigen.

Ab und zu legte Unhygienix beim Kochen eine Pause ein und kam herübergeschlendert, um meine Fortschritte zu verfolgen. Er und Keaty waren die beiden einzigen, die das Spiel je zu Ende gebracht hatten. Er gab Kommentare ab und schrie: »Bleib hier bloß nicht stehen!«

Ich runzelte frustriert die Stirn. »Aber dann werde ich von dem herabfallenden Block erwischt.«

»*Si*«, sagte er. »Also mußt du schneller springen. So.«

Er nahm mir den Gameboy ab, steuerte Mario mit einer Fingerfertigkeit, die bei seinen großen fetten Händen erstaunlich war, und zeigte mir den Trick bei der Sache. Dann spazierte er zur Küche zurück, und seine Finger trommelten auf seinem Riesenbauch. Der Gameboy war immer glitschig, wenn er ihn benutzt hatte, und roch nach Fisch; aber das war in meinen Augen ein fairer Preis für seinen Expertenrat.

Es dauerte anderthalb Stunden, aber schließlich gelang es mir, Wario zu erreichen. Endlich konnte ich versuchen, sein Muster zu knacken. Dachte ich wenigstens – denn in diesem Augenblick begann das Display zu verblassen.

»Batterien!« japste ich.

Keaty, der aus dem Garten zurückgekommen war, während ich spielte, steckte den Kopf aus seinem Zelt.

»Das waren die letzten, Rich.«

»Sind keine mehr da?«

»Keine einzige.«

»Aber ich habe Wario fast geknackt!«

»Tja...« Entschuldigend zuckte er die Achseln. »Laß das Ding eine Weile liegen. Wenn du es für zwanzig Minuten abschaltest, kriegst du vielleicht noch mal fünf Minuten Spielzeit raus.«

Ich stöhnte. Fünf Minuten reichten nicht annähernd.

Es war ein herber Schlag. Ich konnte damit leben, daß ich das Mario-Spiel nicht zu Ende gebracht hatte, aber da war noch die Sache mit den Tetris. Seit Keaty mir von seinem Rekord von hundertsiebenundsiebzig Reihen erzählt hatte, bemühte ich mich angestrengt, ihn zu schlagen. Mein bestes Ergebnis war eins einundsechzig, aber ich wurde jeden Tag besser.

»Das ist doch lächerlich«, sagte ich. »Was ist mit dem Walkman?«

Keaty seufzte. »Vergiß es.«

»Wieso?«

»Gebt, so wird euch gegeben, denn eben mit dem Maß, mit dem ihr messet, wird man euch wieder messen.«

Ich zögerte einen Moment lang. »Was…?«

»Ich bin jeden Sonntag zur Kirche gegangen, bis ich fünfzehn war.«

»Du zitierst die Bibel?«

»Lukas sechs, achtunddreißig.«

Ungläubig schüttelte ich den Kopf. »Was hat die verdammte Bibel damit zu tun?«

»Nur fünf Leute haben hier einen Walkman, und bei jedem hab ich mich schon mal geweigert, Batterien abzugeben.«

»Oh… dann sind wir im Arsch.«

»Mhm.« Keaty nickte. »Sieht so aus.«

Unsichtbare Drähte

Keaty hatte das mit den Batterien überraschend gelassen aufgenommen, aber erst ein paar Tage später fand ich heraus, warum. Wir lungerten auf der Lichtung herum, und er rauchte eine von meinen Zigaretten. Ich hatte bloß noch hundert, aber nachdem ich seine Batterien aufgebraucht hatte, konnte ich eigentlich nicht nein sagen.

»Ich glaube«, sagte er, »es gibt zwei Gründe, warum der Reistrip so unbeliebt ist. Erstens ist es totaler Streß. Und zweitens bedeutet es, daß man von hier weg muß.«

»Und was passiert auf dem Reistrip?«

»Zwei Leute nehmen das Boot und fahren nach Ko Pha-Ngan. Da holen sie Reis, und dann kommen sie zurück.«

»Wir haben ein Boot?«

»Natürlich. Wir sind nicht alle so gute Schwimmer wie du, Rich.«

»Mir war nicht klar… ich habe nicht darüber nachgedacht… Na ja, ein kurzer Ausflug nach Ko Pha-Ngan, das klingt doch gar nicht so übel – zumal wir bei der Gelegenheit neue Batterien besorgen können.«

»Stimmt.« Jetzt grinste Keaty. »Aber du hast das Boot noch nicht gesehen.«

Eine Stunde später saßen alle im Kreis und warteten auf den Beginn der Besprechung, die Sal am Morgen angekündigt hatte.

Keaty gab mir einen Rippenstoß,. »Ich wette, Jed meldet sich freiwillig«, flüsterte er.

»Jed?«

»Er übernimmt zu gern Aufträge. Paß nur auf.«

Ich wollte gerade etwas erwidern, als Sal in die Hände klatschte und aufstand. »Okay«, sagte sie knapp. »Wie alle wissen, haben wir ein Problem.«

»Das kann man wohl sagen«, näselte eine australische Stimme auf der anderen Seite des Kreises.

»Wir dachten, wir hätten noch Reis für sieben Wochen, aber es hat sich herausgestellt, daß er nur noch für eine reicht. Nun ist das keine große Katastrophe, niemand wird verhungern – aber eine kleine ist es schon.« Sal machte eine Pause. »Na, ihr wißt, was kommt. Wir müssen einen Reistrip machen.«

Mehrere Leute buhten – hauptsächlich, schätzte ich, aus Pflichtgefühl.

»Also ... wer meldet sich freiwillig?«

Jeds Hand schoß hoch.

»Was hab ich gesagt?« zischte Keaty.

»Danke, Jed. Also okay ... das wäre einer ... Wer noch?« Sal musterte die Gesichter; die meisten schauten angelegentlich zu Boden. »Kommt schon ... Wir wissen alle, daß Jed es nicht allein machen kann ...«

Wie bei meinem Sprung vom Wasserfall begriff ich erst, was ich tat, als ich schon losgelegt hatte. Ein unsichtbarer Draht schien sich an meinem Handgelenk befestigt zu haben und zog meine Hand nach oben.

Sal sah es und warf Bugs einen Blick zu. Aus den Augenwinkeln sah ich, daß er die Achseln zuckte.

»Willst du dich auch melden, Richard?«

»Ja«, antwortete ich, immer noch ein bißchen erstaunt darüber, daß ich es tat. »Ich meine ... ja, ich melde mich auch.«

Sal lächelte. »Gut. Ihr fahrt morgen früh los.«

Viel war nicht vorzubereiten. Wir brauchten nur Geld und unsere Kleider, und das Geld bekamen wir von Sal. Den Rest des Nachmittags verbrachte ich damit, Keatys Zweifel an meinem Verstand zurückzuweisen. Ich ahnte nicht, wie recht er hatte. Ich dachte, der Reistrip könnte eine nette kleine Abwechslung sein. Statt dessen sollte eine absolute Katastrophe daraus werden.

Zerrbilder

Ich starrte angestrengt auf das Wasser. Das Bild unter der Oberfläche verschob sich unaufhörlich, und ich mußte mich konzentrieren, um herauszukriegen, was ich da sah.

Einen Augenblick lang schaute ich auf Korallen. Rote Korallen mit gebogenen weißen Fingern. Im nächsten Moment sah ich blanke Rippen, die aus blutigen Leichen ragten. Zehn oder zwanzig verstümmelte Leichen; so viele Leichen, wie es Korallenbänke gab.

»Ein Rorschachtest«, sagte Mister Duck.

»Mhm.«

»Ist es ein Schmetterlingsschwarm, ein Blumenbeet? Nein. Es ist ein Haufen toter Kambodschaner.« Er lachte leise. »Ich glaube nicht, daß du diesen Test bestehst.«

»Daß du ihn bestehst, glaube ich auch nicht.«

»Gut gekontert, Rich. Ein bemerkenswerter Einwand.«

Mister Duck schaute auf seine Handgelenke hinunter. Dicke schwarze Krusten hatten sich um Hände und Unterarme gebildet. Anscheinend hatte er endlich aufgehört zu bluten.

»Ich sage dir, Rich, diese Mistdinger zuzukriegen, das war ein wahrer Alptraum«, sagte er. »Ein beschissener Alptraum, und alles andere als witzig.«

»Wie hast du es denn gemacht?«

»Tja, ich habe mir Lappen um die Oberarme gebunden, so richtig stramm, und das hat die Blutung so weit verlangsamt, daß das Blut in den Wunden gerinnen konnte. Clever, was?«

»Kann man wohl sagen...« setzte ich an, aber er unterbrach mich sofort.

»Schon gut, Rich. Es reicht.« Er wippte auf den Fersen wie ein kleiner Junge, der eine gute Nachricht zu verkünden hat. »Und, äh... möchtest du wissen, warum ich es getan habe?«

»Warum du die Schnitte hast zuheilen lassen?«

»Ja.«

»Okay.«

Mister Duck lächelte stolz. »Ich habe es getan, weil du mir die Hand schütteln wolltest.«

Ich zog die Brauen hoch.

»Weißt du noch? Du warst auf dem Rückweg von dem Baum mit den eingeritzten Zeichen, und da hast du dir überlegt, daß du mir die Hand schütteln wolltest. Da sagte ich mir: Ich werde mir von Rich nicht die Hand schütteln lassen, wenn ich alles vollblute! Niemals! Rich kriegt eine saubere Hand zum Schütteln! Eine trockene Hand! Eine Hand, wie er sie verdient!«

Ich wußte nicht, wie ich reagieren sollte. Tatsächlich hatte ich völlig vergessen, daß ich ihm die Hand hatte schütteln wollen, und ich war nicht mal sicher, ob ich es jetzt noch wollte.

»Tja...«

»Komm schon, Rich!« Eine schwarz befleckte Hand schoß vor.

»Ich...«

»Na los, Rich! Du würdest dich doch nicht weigern, jemandem die Hand zu schütteln, oder?«

Er hatte recht. Ich konnte noch nie eine ausgestreckte Hand

zurückweisen, nicht mal die eines Feindes. »Nein, natürlich nicht …« antwortete ich und fügte hinzu: »Daffy.«

Ich streckte die Hand aus.

Seine Handgelenke explodierten. Sie zerbarsten zu zwei roten Fontänen, spritzten wie Hochdruck-Gartenschläuche, durchnäßten und blendeten mich, füllten mir den Mund.

»Aufhören!« schrie ich spuckend und fuhr wirbelnd herum.

»Unmöglich, Rich!«

»Verdammte Scheiße, hör auf damit!«

»Ich …«

»Herrgott!«

»Warte …! Warte, warte … Sie werden wieder normal …«

Das Rauschen der Fontänen erstarb, und was blieb, war ein gleichmäßiges Plätschern. Vorsichtig sah ich mich um. Mister Duck stand da, die Hände in die Hüften gestemmt; er blutete immer noch in Strömen und betrachtete kopfschüttelnd die Sauerei.

»Gott«, murmelte er. »Wie unangenehm.«

Ich starrte ihn fassungslos an.

»Wirklich, Rich, ich kann mich gar nicht genug entschuldigen.«

»Du blödes Schwein! Du wußtest, daß das passieren würde!«

»Nein … Na schön, ja, aber …«

»Scheiße, es war Absicht!«

»Es sollte ein Scherz sein.«

»Ein Sch …« Ich stockte. Der bittere Geschmack, den ich im Mund hatte, bereitete mir Übelkeit. »Idiot!«

Mister Duck ließ die Schultern hängen. »Es tut mir wirklich leid«, sagte er unglücklich. »Vielleicht war es kein guter Scherz … Vielleicht sollte ich lieber gehen.« Er trat an mir vorbei geradewegs über die Kante der Felsplatte, aber statt die paar Meter weiter unten ins Wasser zu fallen, blieb er einfach in der Luft hängen.

»Könntest du mir eine Frage beantworten, Rich?«

»Was denn?« blaffte ich.

»Wen willst du mit herbringen?«

»Von wo?«

»Von dort. Du und Jed, wollt ihr nicht …?«

Mister Duck brach ab und zog plötzlich die Stirn kraus. Er schaute hinunter in die Leere, als bemerkte er sie erst jetzt.

»O verdammt«, stöhnte er und fiel hinunter wie ein Stein.

Ich schaute über die Felskante. Als die Wellen sich geglättet hatten, war das Wasser wolkig von Blut, und ich konnte ihn nicht erkennen. Ich wartete eine Weile, ob er wieder an die Oberfläche käme, aber er tauchte nicht mehr auf.

DER REISTRIP

Jed

Jed wollte nicht, daß ich Étienne und Françoise weckte. Sie hatten mich gebeten, ihnen auf Wiedersehen zu sagen, aber Jed schüttelte den Kopf und meinte: »Unnötig.« Ich stand vor den beiden Schlafenden und fragte mich, wie er das gemeint hatte. Fünf Minuten vorher hatte er mich geweckt, indem er mir eine Hand auf den Mund gelegt und »Sschh!« geflüstert hatte, so dicht an meinem Ohr, daß sein Bart meine Wange berührt hatte. Das wiederum hatte ich für ziemlich unnötig gehalten.

Sein Messer hielt ich ebenfalls für unnötig. Es kam zum Vorschein, als wir am Strand standen und uns anschickten, zu den Meeresfelsen hinüberzuschwimmen, ein Schnappmesser mit grünem Griff und teflonbeschichteter Klinge.

»Wozu soll das gut sein?« fragte ich.

»Es ist ein Werkzeug«, antwortete er sachlich. Dann zwinkerte er mir zu und meinte: »Gruselig, was?« bevor er ins Wasser hinauswatete, das Messer zwischen den Zähnen.

Bis zu diesem Ausflug war Jed mir ein Rätsel gewesen. Wir waren am ersten Tag zusammengewesen, als er uns vom Wasserfall zu den Unterkünften begleitet hatte. Danach hatten wir uns nur noch sporadisch gesehen. Manchmal liefen wir uns abends über den Weg – er kam immer erst spät ins Lager zurück –, und unsere Gespräche waren nie über ein paar belanglose Worte hinausgegangen. Normalerweise genügt mir das, um mir eine Meinung über jemanden zu bilden. Ich fälle schnelle, oft völlig falsche Urteile, und dann halte ich starr daran fest. Aber bei Jed hatte ich eine Ausnahme gemacht und war unvoreingenommen geblieben. Dies war hauptsächlich auf die widersprüchlichen Beschreibungen seines Charakters zurückzuführen. Unhygienix mochte ihn, und Keaty hielt ihn für einen Arsch.

»Wir saßen so am Strand«, hatte Keaty mal mit ärgerlich gerunzelter Stirn erzählt, »und da kam so ein Geräusch aus dem Dschungel. Eine Kokosnuß fiel vom Baum oder so was. Ein Knacken. Und da wurde Jed plötzlich ganz steif und warf einen kurzen Blick über die Schulter, als wäre er ein Stoßtruppkämpfer mit hochsensiblen Sinnen. Als könnte er nicht gegen seine Reflexe an.«

Ich nickte. »Er wollte, daß du es merkst.«

»Genau. Er wollte uns zeigen, wie wachsam er ist.« Keaty lachte und schüttelte den Kopf, und dann setzte er wieder zu seinem vertrauten Klagelied über die beschissene Gartenarbeit an.

Aber Unhygienix mochte Jed. Manchmal, wenn ich nachts zum Klo mußte, fand ich die beiden noch wach; dann hockten sie vor der Küchenhütte und bekifften sich mit Hasch, das sie von den Pflanzungen geklaut hatten. Und wenn Unhygienix Jed leiden konnte, dann konnte er so übel nicht sein.

Es gab drei Höhlen, die in die Felsen vor dem Meer führten. Eine befand sich am Fuße der zerklüfteten Spalte bei den Korallengärten, eine zweite lag vielleicht zweihundert Meter rechts von dieser Spalte und die letzte ungefähr fünfzehn Meter links davon. Zu dieser schwammen wir jetzt.

Als wir ankamen, ging gerade die Sonne auf. Wir konnten sie nicht sehen – der Blick nach Osten wurde von den Klippen versperrt, die im Bogen zum Land zurückführten –, aber der Himmel war schon hell.

»Kennst du die Stelle hier?« fragte Jed.

»Ich hab sie beim Arbeiten schon gesehen.«

»Aber du bist noch nie hineingeschwommen.«

»Nein. Ich war mal bei den Korallengärten und hab die Höhle dort gesehen… unter der Spalte.«

»Aber du bist noch nie hineingeschwommen«, wiederholte er.

»Nein.«

Er machte ein mißbilligendes Gesicht. »Hättest du aber tun sollen. Goldene Regel: Das erste, was du tust, wenn du irgendwo ankommst, ist rausfinden, wie du wieder wegkannst. Diese Höhlen sind der einzige Weg raus aus der Lagune.«

Ich zuckte die Achseln. »Oh… so kommt man also zum Wasserfall hinauf.«

»Schau her.« Er war am Höhleneingang angelangt und deutete senkrecht nach oben. Bizarrerweise sah ich in der schwarzen Finsternis einen faustgroßen blauen Kreis, und als meine Augen sich an die Dunkelheit gewöhnt hatten, sah ich auch ein Seil, das im Schacht herunterhing.

»Das ist ein Kamin. Man kann auch ohne Seil darin hochklettern, aber mit Seil ist es einfacher. Willst du's ausprobieren?«

»Na klar«, sagte ich sofort. Ich ahnte, daß er mich auf die Probe stellen wollte.

Jed zog die Brauen hoch. »Hm. Ein Abenteurertyp. Ich hatte dich anders eingeschätzt.«

Das ärgerte mich. »Ich hab immerhin diesen Strand gefunden, und was ist so großartig daran, hier dieses Ding raufzu…«

Er schnitt mir das Wort ab. »Vielleicht hat dieser Strand dich gefunden«, sagte er und sah mich aus den Augenwinkeln an. Dann lächelte er plötzlich. »Ich verarsche dich, Richard. Sorry. Aber wir haben jetzt keine Zeit. Die Fahrt dauert mindestens vier Stunden.«

Ich sah auf die Uhr. Es war kurz vor sieben. »Voraussichtliche Ankunftszeit ist also elf null-null.«

»Elf null-null…« Er gluckste und tätschelte mir den Arm. »Wir sind ein gutes Gespann.«

Keaty hatte Sal und Bugs in Chiang Rai kennengelernt. Sie hatten zusammen eine illegale Tour über die burmesische

Grenze gemacht, und danach hatte Sal ihn gefragt, ob er mit ins Paradies kommen möchte.

Gregorio war Daffy auf Sumatra begegnet. Gregorio war zusammengeschlagen und ausgeraubt worden und wollte sich gerade in Djakarta bei der spanischen Botschaft melden, als er Daffy über den Weg lief. Daffy bot ihm Geld für den Flug nach Java an, das Gregorio nicht annehmen wollte, weil er sah, daß Daffy selbst wenig hatte. Da hatte Daffy gesagt: »Scheiß auf Java« und ihm von dem Strand erzählt.

Sal hatte eine achtzehnstündige Busfahrt mit Ella gemacht. Ella hatte ein tragbares Backgammonspiel dabeigehabt.

Daffy hatte gehört, wie Cassie in einer Bar in Patpong nach einem Job gefragt hatte.

Unhygienix hatte Bugs auf einem Hausboot in Srinagar ein sechsgängiges Essen gekocht, das mit heißer Kokosnußsuppe angefangen und mit Mango Split geendet hatte.

Moshe hatte in Manila einen Taschendieb dabei erwischt, wie er Daffys Rucksack mit dem Rasiermesser aufschlitzen wollte.

Bugs hatte Jean bei der Weinlese im neuseeländischen Blenheim getroffen.

Jed …

Jed war einfach aufgetaucht. Er war den Wasserfall hinuntergesprungen und in das Lager spaziert, mit einer Reisetasche aus Segeltuch und einem tropfnassen Büschel Hasch unter dem Arm.

Keaty erzählte, daraufhin sei auf der Stelle Panik ausgebrochen. War er allein? Wie hatte er von dem Strand erfahren? Waren noch andere bei ihm? Kamen noch mehr? Alle rannten wie verrückt durcheinander, und dann tauchten Sal, Bugs und Daffy auf. Sie gingen mit ihm ins Langhaus und sprachen mit ihm. Die anderen warteten draußen und hörten, wie Daffy brüllte und wie Bugs versuchte, ihn zu beruhigen.

Die Klippen waren ungefähr dreißig Meter dick, aber man konnte nicht bis zum offenen Meer hindurchsehen, weil die Höhlendecke dicht hinter dem Eingang bis unter den Meeresspiegel eingebrochen war. Ich war nicht gerade scharf darauf, in die schwarze Finsternis hinunterzutauchen, aber Jed versicherte mir, daß die Decke sich gleich wieder lüften würde. »Null Problem«, sagte er. »Du bist wieder oben, ehe du dich versiehst.«

»Wirklich?«

»Ja. Wir haben Ebbe; deswegen ist die Tauchstrecke nur halb so lang. Bei Flut mußt du in einem Rutsch ganz durch die Höhle tauchen, aber selbst das ist einfach.« Dann holte er tief Luft, glitt unter Wasser und ließ mich allein.

Ich wartete einen Moment, trat Wasser und lauschte dem Plätschern, das von den Wänden ringsum widerhallte. Meine Füße und Waden waren kalt, weil sie in der kühleren Zone strampelten, und das erinnerte mich an unser Tauchspiel bei Ko Samui. »Hat mich als Abenteurertypen eingeschätzt«, sagte ich laut. Es war scherzhaft gemeint, sollte mir Mut machen, und ich glaube, in gewisser Weise funktionierte es auch. Das Echo wurde so unheimlich, daß das tintenschwarze Wasser mir weniger furchterregend vorkam, als weiter hier herumzuhängen.

Jed hatte nur sechs Tage lang in einem offiziellen Arbeitstrupp mitgemacht, bei den Zimmerleuten. Dann war er abgezogen worden und hatte, wie Keaty es ausdrückte, mit seinem »Einsatzscheiß« oberhalb des Wasserfalls angefangen.

Anfangs hatten die Leute darüber geschimpft. Sie fanden, er sollte arbeiten wie jeder andere auch, und es ärgerte sie, daß Sal, Bugs und Daffy nicht begründen wollten, weshalb er seinen eigenen Kram machen durfte. Aber die Zeit verging, und als Jeds Gesicht vertrauter wurde, hörten die Fragen auf. Entscheidend war, daß unmittelbar nach ihm keine weiteren ungebetenen Gäste aufgekreuzt waren, was alle befürchtet hatten, und daß er regelmäßig Hasch anschleppte, das bis dahin ein knapper Luxus gewesen war.

Keaty hatte dazu eine Theorie. Weil Jed nicht wie alle anderen auf die Insel eingeladen worden war, galt er als Sonderling und daher als Gefahr für die Geheimhaltung des Strands, falls er sich entschließen sollte zu verschwinden. Als Sal erkannt hatte, daß Jed ein Typ war, der auf besondere Einsätze stand, hatte sie sich welche ausgedacht, um ihn bei Laune zu halten.

Ich persönlich hielt diese Theorie für unwahrscheinlich. Was immer Jed da tun mochte, er tat, was Sal wollte. Mit Diplomatie hatte das sicher nichts zu tun.

Es war nicht meine Gewohnheit, aber ich hielt die Augen beim Schwimmen geschlossen, tastete mich mit ausgestreckten Händen an der Höhlendecke entlang und benutzte nur meine Beine. Ich schätzte, daß jeder Beinstoß mich einen Meter weit voranbrachte, und zählte sorgfältig die Stöße, um ein Gefühl für die Strecke zu bekommen. Als ich bis zehn gezählt hatte, fing ich an, unruhig zu werden. Ein Schmerz erwachte in meiner Lunge; Jed hatte felsenfest darauf beharrt, daß die Unterwasserstrecke nicht mehr als vierzig Sekunden dauern würde. Bei fünfzehn wurde mir klar, daß ich entscheiden mußte, ob ich umkehren wollte oder nicht. Ich setzte mir eine Grenze von drei weiteren Stößen, und dann brachen meine Fingerspitzen an die Oberfläche.

Beim ersten Atemzug wußte ich, daß hier etwas nicht stimmte. Die Luft war faulig. Sie war so schlecht, daß ich trotz meiner Gier nach Sauerstoff nur ein paar kurze Atemzüge zustande brachte, bevor ich anfing zu würgen. Instinktiv und ganz sinnloserweise schaute ich mich um, aber es war so stockduster, daß ich nicht mal meine Fingerspitzen erkennen konnte.

»Jed!« rief ich.

Nicht mal ein Echo.

Ich hob die Hand; sie stieß in etwas Nasses, eisige Ranken klebten an meiner Haut. Ein Adrenalinstoß rauschte durch meinen Körper, und ich riß die Hand zurück.

»Das ist Seetang«, flüsterte ich, als mein Herzschlag mir nicht mehr gegen die Trommelfelle hämmerte. Seetang überzog das Gestein und verschluckte jedes Geräusch.

Ich würgte wieder. Dann mußte ich mich übergeben. Kotze quoll mir in den Mund. »Jed…«

Selbsthilfe

Ich mußte mich ein paar Minuten lang immer wieder übergeben. Jedesmal, wenn mein Magen sich zusammenzog, krümmte ich mich unwillkürlich und kotzte mit dem Kopf unter Wasser, und dann mußte ich mich rasch aufrichten, um nach Luft zu schnappen, ehe die nächste Welle einsetzte. Endlich hörte das Erbrechen auf, obwohl mein Magen sich noch dreimal umdrehte, ehe er zugab, daß er leer war. Dann dümpelte ich in Dunkelheit und Aminosäuren und fragte mich, was zum Teufel ich jetzt machen sollte.

Mein erster Gedanke war, einfach weiter durch den Tunnel zu tauchen – vermutlich war ich zu früh an die Oberfläche gekommen und hatte mich von einer Luftblase täuschen lassen, die der besonders niedrige Wasserstand bei Ebbe hatte entstehen lassen. Aber das war leichter gesagt als getan. Während der Kotzerei hatte ich mich zwanzigmal gedreht und gewendet, und jetzt war ich völlig ohne Orientierung. So kam mir ein zweiter Gedanke: Ich mußte die Ausmaße dieser Luftkammer ermitteln. Das zumindest konnte ich bewerkstelligen. Ich wappnete mich, hob noch einmal die Hand und drückte sie in den Tang. Ich zuckte zusammen, aber diesmal zog ich die Hand nicht zurück, und durch den schleimigen Bewuchs ertastete ich Felsgestein, etwa eine Armlänge über meinem Kopf.

Nach einigen Minuten des blinden Herumtastens hatte ich eine ganz ordentliche Vorstellung von meiner Umgebung. Die Kammer war ungefähr zwei Meter breit und drei Meter lang. An einer Seite war ein schmaler Sims, groß genug, um darauf zu sitzen; ansonsten wölbten sich die Wände ohne Vorsprung von der Decke bis ins Wasser. Und da begann mein geistiges Bild zu zerfallen. Durch Umhertasten mit Händen und Füßen glaubte ich vier Tunnel ausgemacht zu haben, die in den Fels führten, aber das war unter Wasser schwer abzuschätzen. Es konnten auch mehr sein.

Es war eine düstere Entdeckung. Wenn es nur zwei Tunnel gewesen wären, dann hätte ich, ganz gleich, in welche Richtung ich getaucht wäre, entweder in der Lagune oder im offenen Meer auftauchen müssen. Aber es konnte sein, daß diese anderen Tunnel nirgendwohin führten. Womöglich schwamm ich in ein Labyrinth.

»Zwei von vieren«, hörte ich mich murmeln. »Einer von zweien. Fifty-fifty.« Aber es war egal, wie ich es ausdrückte. Die Chancen standen schlecht.

Die Alternative war, hierzubleiben und zu hoffen, daß Jed mich finden würde, aber diese Aussicht war nicht verlockend. Ich spürte, daß ich die Übersicht verlieren würde, wenn ich hier in der pechschwarzen Finsternis in meiner eigenen Kotze herumschwamm, und außerdem hatte ich nicht die leiseste Ahnung, wann der Sauerstoff aufgebraucht sein würde. Das war ein Gedanke, den ich besonders beängstigend fand. Ich malte mir aus, wie ich mich auf dem schmalen Felsensims zusammenkauerte und nach und nach in einer unheimlichen Schläfrigkeit versank.

Eine Weile blieb ich relativ ruhig; wassertretend erwog ich meine Möglichkeiten. Dann geriet ich in Panik. Planschte wild herum, prallte gegen Wände, würgte, wimmerte. Ich krallte mich in den Seetang über meinem Kopf und riß dicke Büschel herunter. Ich schlug um mich und schrammte mit dem Ellbogen über den Sims; ich merkte, daß meine Haut aufriß und heißes Blut über meinen Arm rann. Ich schrie. »Hilfe.«

»Hilfe!«

Meine Stimme klang jämmerlich, so als weinte ich. Es war ein schockierender Klang, und eine Sekunde schwieg ich entsetzt. Einen Augenblick später ertrank meine Angst in einer plötzlichen Flutwelle des Abscheus. Ich ignorierte den fauligen Gestank, atmete tief ein und tauchte unter. Diesmal zählte ich weder die Schwimmstöße, noch tastete ich mich besorgt voran. Ich nahm den erstbesten der vier Tunnel und schwamm, so kraftvoll ich konnte.

Die Liste

Ich war übel dran. Ich stieß mit Beinen und Händen schmerzhaft gegen die Wände des Tunnels, und ich fühlte einen Druck tief in der Brust. Etwas von der Größe einer Grapefruit drängte durch meinen Hals herauf. Nach vielleicht fünfzig Sekunden begann ich im Dunkeln Rot zu sehen. »Das bedeutet, daß ich sterbe«, sagte ich mir, als die Farbe leuchtender wurde und die Grapefruit meinen Adamsapfel erreichte. Mitten in diesem Rot nahm allmählich ein Lichtfleck Gestalt an – er war gelb, aber ich rechnete damit, daß er weiß werden würde. Ich erinnerte mich an eine Fernsehsendung, in der es darum gegangen war, daß Leute, die sterben, Licht am Ende eines Tunnels sehen, während ihre Gehirnzellen abschalten. Ich resignierte, und meine Schwimmzüge wurden schwächer. Mein kraftvolles Brustschwimmen wurde zu einem planlosen Hundepaddeln. Als ich mit dem Bauch über einen Stein schrammte, merkte ich, daß mir nicht mehr klar war, ob ich nach oben oder nach unten schaute.

So ratlos ich auch war, ärgerte ich mich doch über die Tatsache, daß ich mich in meiner Sekundenbruchteilstheorie beim Videospiel geirrt haben sollte. Ich tobte und kämpfte nicht, wie ich es mir immer vorgestellt hatte. Ich verging einfach. Dieser Ärger löste einen neuen Energiestoß aus, und mit ihm kam die Erkenntnis, daß das Rot vielleicht gar nicht der Tod war. Vielleicht war es Licht, Sonnenlicht, das durch das Wasser und durch meine fest geschlossenen Lider drang. Und unter Aufbietung meiner letzten Reserven zwang ich mich, noch einen kraftvollen Schwimmzug zu machen.

Ich schoß geradewegs in die helle, frische Luft. Ich zwinkerte mir das Gleißen aus den Augen, schnappte nach Luft wie ein aufgespießter Fisch, und langsam geriet Jed in mein Blickfeld. Er saß auf einem Felsen. Neben ihm lag ein langes Boot, angestrichen in der blaugrünen Farbe des Meeres.

»Hey«, sagte er, ohne sich auch nur umzusehen. »Du hast dir aber Zeit gelassen.«

Ich konnte nicht gleich antworten, weil ich völlig außer Atem war.

»Was hast du da drinnen gemacht? Du hast eine Ewigkeit gebraucht.«

»Bin ertrunken«, brachte ich schließlich hervor.

»Wie bitte? Verstehst du was von Motoren? Ich hab versucht, das Ding in Gang zu kriegen, aber ich schaff's nicht.«

Ich planschte zu ihm hinüber und wollte mich auf den Felsen hinaufziehen, aber ich war zu schwach und rutschte wieder ins Wasser. »Hast du mich nicht gehört?« keuchte ich.

»Doch.« Geistesabwesend fuhr er sich mit der Messerklinge über den Bart, als wolle er sich rasieren. »Ich weiß, daß genug Sprit drin ist. Der Tank ist voll, und die Schweden meinten, neulich ist es noch gelaufen.«

»Jed! Ich bin in einer Luftkammer gelandet, die mehr Ausgänge hatte als…« Mir fiel nichts Berühmtes mit vielen Ausgängen ein. »Ich wäre beinahe ertrunken!«

Jetzt erst sah Jed mich an. »In einer Luftkammer?« Er ließ das Messer sinken. »Bist du sicher?«

»Scheiße, natürlich bin ich sicher!«

»Wo?«

»Weiß ich das vielleicht? Irgendwo... da drin.« Ich drehte mich fröstelnd nach dem schwarzen Höhleneingang um.

Jed runzelte die Stirn. »Tja... das ist komisch. Ich bin da hundertmal durchgeschwommen und nie auf eine Luftkammer gestoßen.«

»Meinst du, ich lüge?«

»Nein... Und sie hatte mehrere Ausgänge?«

»Mindestens vier. Ich hab sie ertastet, und ich wußte nicht, welchen ich nehmen sollte. Scheiße, es war ein Alptraum.«

»Dann mußt du an einer Gabelung vom Haupttunnel abgekommen sein. Scheiße, Richard, das tut mir leid. Ich wußte ehrlich nicht, daß so was passieren könnte. Ich muß da so oft durchgeschwommen sein, daß ich automatisch derselben Route folge.« Er schnalzte. »Aber es ist schon erstaunlich. Jeder am Strand ist schon durch die Höhle geschwommen, und keiner hat sich verirrt.«

Ich seufzte. »Das ist eben mein Scheißpech.«

»Pech, genau.« Er streckte die Hand aus und zog mich auf den Felsen.

»Ich hätte sterben können.«

Jed nickte. »Hättest du. Tut mir leid.«

Eine innere Stimme sagte mir, daß ich aus der Haut fahren sollte, aber irgendwie ging es nicht. Statt dessen ließ ich mich zurücksinken und schaute zu den Wolken hinauf. Ein Silberpunkt zog einen Dunststreifen über den Himmel, und ich stellte mir vor, wie die Leute darin aus den Fenstern spähten und auf den Golf von Thailand blickten und sich fragten, was wohl auf den Inseln da unten vor sich gehen mochte. Einer oder zwei, dessen war ich sicher, sahen auch meine Insel.

Nie hätten sie erraten, was hier ablief, nicht in aller Zeit der Welt. Bei diesem Gedanken brachte ich ein benommenes Lächeln zustande.

Jed holte mich auf den Boden zurück, indem er sagte: »Du riechst nach Kotze.«

»Ich bin drin geschwommen«, antwortete ich.

»Und dein Ellbogen blutet.«

Ich schaute hin, und sofort fing mein Arm an zu brennen.

»Mist. Ich bin ein Wrack.«

»Nein.« Jed schüttelte den Kopf. »Das Boot ist das Wrack.«

Das Boot war sechs Meter lang und eins zwanzig breit; es hatte einen einzelnen Bambusausleger auf der rechten Seite. Mit der linken Seite lag es flach am Felsen, von einer Reihe Fender aus stramm zusammengerollten Palmblättern geschützt. Geschützt und verborgen wurde es auch durch den Minihafen, den der Eingang zur Höhle bildete.

Im Boot lagen ein paar Fischwerkzeuge von den Schweden. Ihre Speere waren länger als unsere, und sie hatten einen Kescher, wie ich neidvoll sah. Nicht, daß wir in der Lagune einen Kescher gebraucht hätten, aber es wäre trotzdem nett gewesen, einen zu haben. Schnüre und Haken hatten sie außerdem; das erklärte, weshalb sie immer die größten Fische fingen.

Trotz dem, was Jed gesagt hatte, gefiel mir das Boot auf Anhieb. Mir gefielen die südostasiatische Form, die gemalten Schnörkel am Bug, sein starker Duft nach Fett und salzdurchtränktem Holz. Vor allem gefiel mir, daß mir das alles vertraut war, daß ich es von anderen Inselreisen in anderen Gegenden in Erinnerung hatte. Es gefiel mir, einen Vorrat von Erinnerungen zu haben, der es mir erlaubte, bei so exotischen Dingen Nostalgie zu empfinden.

Erinnerungen oder Erfahrungen zu sammeln war mein Hauptziel, als ich anfing, durch die Welt zu reisen. Ich fing es genauso an, wie ein Briefmarkensammler das Briefmarkensammeln; ich schleppte im Geiste eine Liste all der Dinge mit mir herum, die ich noch sehen oder machen mußte. Das meiste auf dieser Liste war ziemlich banal. Ich wollte das Tadsch Mahal sehen, Borobudur, die Reisterrassen in Bagio, Angkor Wat. Weniger banal – oder vielleicht noch banaler – war mein Wunsch, einmal extreme Armut zu erleben. Ich betrachtete es als notwendige Erfahrung für jedermann, der weltgewandt und interessant erscheinen will.

Natürlich war das Armutserlebnis der erste Posten auf meiner Liste, den ich abhaken konnte. Dann begann mein Aufstieg zu obskureren Dingen. In eine Straßenschlacht zu geraten, das war etwas, das ich mit wahrhaft besessenem Eifer anstrebte, und dazu wollte ich einen Tränengasangriff erleben und im Zorn abgefeuerte Gewehrschüsse hören.

Ein weiterer Punkt auf der Liste war, dem Tod ins Auge zu sehen. Mit achtzehn hatte ich in Hongkong einen alten Asienexperten getroffen, der mir eine Geschichte erzählt hatte, wie er einmal in Vietnam einen bewaffneten Überfall erlebt hatte. Die Geschichte endete damit, daß man ihm den Gewehrlauf vor die Brust stieß und ihm sagte, daß er jetzt erschossen werde. »Das Komische in der Situation ist«, sagte er, »daß du keine Angst hast. Allenfalls bist du ganz ruhig. Hellwach natürlich, aber ruhig.«

Ich hatte energisch genickt. Nicht, weil ich ihm aus persönlicher Erfahrung zugestimmt hatte. Ich war einfach zu entzückt, um etwas zu sagen; ich konnte nur nicken.

Die Rauschgift-Felder hatten sauber in diese Kategorie meiner Liste gepaßt, und die Luftkammer ebenfalls. Das einzige Manko war, daß ich zwar hellwach (natürlich), aber nicht ruhig gewesen war, und ich war felsenfest entschlossen, diesen Satz eines Tages zu benutzen.

Zwanzig Minuten später war ich soweit.

»Okay«, sagte ich. »Starten wir den Motor.«

»Der Motor ist im Arsch. Man kann ihn nicht starten. Ich denke, wir müssen zurück und die Schweden holen, damit sie ihn reparieren.«

»Aber ich kann ihn bestimmt starten. Ich war schon tausendmal auf solchen Booten.«

Jed machte ein zweifelndes Gesicht, aber er gab mir mit einer Handbewegung zu verstehen, ich solle es nur versuchen.

Ich kroch in das Boot, rutschte zum Heck hinunter, und zu meiner großen Begeisterung erkannte ich den Motorentyp. Man startete ihn wie einen Rasenmäher: Man wickelte eine Schnur um ein Schwungrad und riß dann kräftig daran. Bei genauerem Hinschauen entdeckte man einen Knoten an einem Ende der Schnur und eine Vertiefung im Schwungrad, in die er hineinpaßte.

»Das hab ich schon fünfzigmal versucht«, knurrte Jed, als ich den Knoten an seinen Platz legte.

»Man hat's im Handgelenk«, antwortete ich betont fröhlich. »Man muß langsam anfangen und es dann zurückschnappen lassen.«

»Ach ja?«

Bevor ich an der Schnur riß, warf ich einen letzten flüchtigen Blick auf den Motor. Ich suchte nichts Spezielles, wollte aber den Eindruck erwecken, daß ich es tat, und diese Plattheit zahlte sich aus. Beinahe verdeckt unter einer Schicht von Schmiere und Dreck sah ich einen kleinen Metallschalter, unter dem »Ein/Aus« stand. Ich warf einen Blick über die Schulter und knipste ihn diskret in die richtige Position.

»Los geht's!« schrie ich und riß an der Schnur. Ohne auch nur zu stottern, erwachte der Motor brüllend zum Leben.

Westkurs

Sobald wir abgelegt hatten und in einer Wolke von Benzindunst lärmend aus dem Minihafen tuckerten, brannte ich darauf, nach Ko Pha-Ngan zu kommen. Ich hatte zwar gehört, daß es seine beste Zeit hinter sich hatte, aber Hat Rin stand immer noch in einem legendären Ruf. Wie bei der Patpong Road oder den Opiumtrecks im Goldenen Dreieck wollte ich wissen, was hinter all der Aufregung steckte. Außerdem war ich froh, etwas

Wichtiges für den Strand tun zu können. Ich wußte, Sal fand es gut, daß ich mich zu einer so offensichtlich unpopulären Aufgabe gemeldet hatte, und ich hatte das Gefühl, an einer ernsthaften und nützlichen Sache beteiligt zu sein.

Aber eine Stunde später, als die Umrisse von Ko Pha-Ngan am Horizont Gestalt annahmen, wich mein Eifer einer bangen Unruhe. Es war das gleiche Gefühl, das ich unter dem Wasserfall gehabt hatte. Mir war plötzlich bewußt, daß die Begegnung mit der Welt all das zurückbringen würde, was ich so erfolgreich vergessen hatte. Ich war nicht ganz sicher, was es war, denn ich hatte es ja vergessen, aber ich war ziemlich sicher, daß ich nicht daran erinnert werden wollte. Und auch wenn wir bei dem Krach, den der Motor machte, nicht miteinander reden konnten, spürte ich, daß Jeds Gedanken in die gleiche Richtung gingen. Er saß so starr da, wie die kabbeligen Bewegungen des Bootes es nur zuließen, hatte eine Hand am Steuer und hielt den Blick fest auf die Insel vor uns gerichtet.

Ich wühlte in der Tasche meiner Shorts nach einer Zigarette. Ich hatte eine neue Packung mitgenommen – und gehofft, daß die Frischhaltehülle wasserdicht sein möge. Streichhölzer hatte ich auch; sie waren in der Plastik-Filmdose, die Keaty benutzte, um seine Rizlas trocken zu halten. »Das ist mein kostbarster Besitz«, hatte er gesagt, bevor er sie mir gegeben hatte. »Hüte sie mit deinem Leben.« – »Verlaß dich drauf«, hatte ich ernsthaft geantwortet und mir dabei eine dreistündige Bootsfahrt ohne Nikotin vorgestellt.

Das Anzünden entwickelte sich zu einem kleinen Drama, denn die Streichhölzer waren von einer beschissenen Thai-Marke und splitterten, wenn man sie zu hart anriß. Ich hatte nur zehn Stück, und mir kam langsam die Coolness abhanden, als ich es endlich schaffte, die Zigarette anzuzünden. Jed zündete sich auch eine an – an meiner Glut –, und dann starrten wir beide wieder nach Ko Pha-Ngan. Zwischen Blau und Grün konnte ich jetzt einen weißen Sandstreifen erkennen.

Um nicht an die Welt zu denken, fing ich an, an Françoise zu denken.

Ein paar Tage zuvor hatten Étienne und ich bei dem Korallengarten einen Kopfsprungwettbewerb gemacht; es ging darum, wer am wenigsten spritzte. Als wir sie gebeten hatten, die Schiedsrichterin zu geben, hatte sie uns beiden zugeschaut und dann die Achseln gezuckt. »Ich seid beide sehr gut.« Étienne hatte ein überraschtes Gesicht gemacht. »Ja«, sagte er ungeduldig, »aber wer ist besser?« Françoise zuckte wieder die Achseln. »Was soll ich sagen?« Sie lachte. »Wirklich, der eine ist so gut wie der andere.« Und dann gab sie jedem von uns einen kleinen Kuß auf die Wange.

Ihre Reaktion hatte auch mich überrascht. Die Wahrheit ist, daß Étienne viel besser springen konnte als ich. Daran gab es nicht den Schatten eines Zweifels. Mühelos vollführte er Strecksprünge, Hechtsprünge und Rückwärtssprünge, irre Schrauben ohne Namen, alles mögliche. Ich dagegen schaffte einen Rückwärtssprung nur mit einem heftigen Ruck, der mich meistens wieder so drehte, daß ich mit den Füßen zuerst eintauchte. Und was das Spritzen anging, so schoß Étienne pfeilgerade wie ein Bambusspeer ins Wasser. Ich dagegen brauchte mir nicht zuzusehen, um zu wissen, daß ich eher Ähnlichkeit mit einem Baumstamm hatte, samt Ästen und allem drum und dran.

Also hatte Françoise gelogen. Eine komische Lüge. Nicht bösartig, scheinbar diplomatisch, aber irgendwie verwirrend, ohne daß ich hätte sagen können, inwiefern.

»Mehr… west… landen…«, hörte ich durch den Motorlärm. Jed rief mir etwas zu und riß mich aus meinen Tagräumen.

Ich drehte mich um und hielt mir die Hand hinters Ohr. »Was?« schrie ich.

»Ich fahre jetzt Westkurs! Da gibt's mehr freien Strand zum Landen! Nicht so viele Strandhütten!«

Ich reckte den Daumen in die Höhe und drehte mich wieder nach vorn. Ko Pha-Ngan war viel näher gerückt. Ich erkannte jetzt die Stämme und Blätter der Kokospalmen und die Mittagsschatten darunter.

Wiedereintritt

Ungefähr hundert Meter vor dem Strand stellte Jed den Motor ab, so daß wir den Rest der Strecke paddeln mußten. Sinn der Sache war, daß wir aussehen sollten wie Tagesausflügler, aber die Mühe hätten wir uns schenken können. Der Strandabschnitt, an dem wir landeten, war leer bis auf ein paar vergammelte alte Strandhütten, und die sahen aus, als ob schon seit einer Weile niemand mehr darin gewohnt hätte.

Wir sprangen ins Wasser und wateten an Land; das Boot zogen wir am Ausleger hinter uns her. »Lassen wir es hier liegen?« fragte ich, als wir am Ufer waren.

»Nein, wir müssen es verstecken.« Jed deutete auf die Baumreihe. »Vielleicht da oben. Geh mal hin und sieh's dir an. Schau nach, ob die Gegend so verlassen ist, wie sie aussieht.«

»Okay.«

Ich wollte den Strand hinauflaufen, verlangsamte aber beinahe sofort meinen Schritt. Mein Gleichgewichtssinn war noch ans Meer gewöhnt, und ich schwankte wie betrunken.

Nicht weit von unserem Landeplatz fand ich zwei Palmen, die weit genug auseinander standen, daß der Ausleger hindurchpaßte, und dicht genug zusammen, um nicht aufzufallen. Dazwischen wuchs Gebüsch mit ausladendem Laubdach, unter dem das Boot restlos verschwinden würde, erst recht, wenn man mit ein paar gut plazierten Ästen nachhalf. Die nächste der baufälligen Strandhütten stand gut fünfzig Meter weit weg.

»Hier sieht's prima aus«, rief ich Jed zu.

»Gut. Dann hilf mir mal.«

Alles wäre viel leichter gewesen, wenn wir noch einen dritten Mann gehabt hätten. Weil der Motor so schwer war, konnten wir das Heck nur zu zweit heben – wir mußten die Schraube hochhalten, damit sie nicht beschädigt wurde –, und deshalb rutschte uns das Vorderende immer zur Seite weg. So mußten wir rangieren, in kurzen Schüben, mörderisch fürs Kreuz, und jedesmal kamen wir höchstens zwanzig, dreißig Zentimeter weiter.

»Verflucht noch mal«, keuchte ich, nachdem das Boot zum zwanzigstenmal vom Kurs abgewichen war. »Ist das immer so schwer?«

»Ist was immer so schwer?«

»Der Reistrip.«

»Natürlich.« Jed strich sich den Schweiß aus dem Bart. Ein öliges Rinnsal lief ihm übers Handgelenk und tropfte von seinem Ellbogen herunter. »Wieso, glaubst du, will niemand es machen?«

Schließlich gelang es uns, das Boot zwischen den Bäumen hindurch unter den Busch zu manövrieren. Nachdem wir noch ein bißchen Tarnung zusammengeschleppt hatten, konnte keiner mehr etwas sehen, es sei denn, es hätte sich jemand die Mühe gemacht zu suchen. Wir befürchteten sogar, daß wir selbst Mühe haben würden, es wiederzufinden; deshalb markierten wir die Stelle, indem wir einen gegabelten Stock in den Sand bohrten.

Gut gelaunt brachen wir auf und diskutierten über die Frage, welche Sorte Limonade wir uns bestellen würden und ob Sprite gegenüber Coke einen Vorteil hatte. Jed bemerkte das Pärchen zuerst, aber wir waren schon ein gutes Stück weit vom Boot entfernt, und so machten wir uns weiter keine Sorgen. Als wir an ihnen vorbeikamen, schaute ich ihnen ins Gesicht – aus keinem besonderen Grund, nur um ein Lächeln parat zu haben, falls sie hallo sagen sollten.

Sie taten es nicht. Sie schauten starr zu Boden, und an ihren Mienen sah ich, daß sie sich genau wie ich zuvor auf das Gehen konzentrierten.

»Hast du die gesehen?« fragte ich, als sie außer Hörweite waren. »Zum Lunch schon erledigt.«

»Flüssiger Lunch.«

»Oder pulverförmiger.«

Jed nickte, räusperte sich lautstark und spuckte in den Sand. »Scheißfreaks.«

Eine Stunde später wanderten wir an Reihen von belebten Strandhütten vorbei und schlängelten uns zwischen Sonnenbadenden und Frisbee-Spielern hindurch. Es wunderte mich, daß die Leute nicht mehr Notiz von uns nahmen. Für mich sahen sie alle so merkwürdig aus – ich konnte es nicht fassen, daß ich ihnen nicht ebenso merkwürdig vorkam.

»Laß uns was essen«, sagte Jed, als wir Hat Rin halb hinter uns hatten. Wir gingen ins nächste Café und setzten uns. Jed überflog die Speisekarte, während ich unaufhörlich unsere Umgebung bestaunte. Der Zementboden unter meinen Füßen fühlte sich besonders verrückt an; ebenso der Plastikstuhl, auf dem ich saß. Es war ein ganz normaler Stuhl – wie wir sie in der Schule gehabt hatten, mit muldenförmiger Sitzfläche, einem Loch in der Lehne und V-förmigen Stahlrohrbeinen –, aber mir war er auf bizarre Weise unbequem. Ich fand einfach nicht die richtige Position. Entweder rutschte ich herunter, oder ich hockte auf der Kante, und beides taugte nichts.

»Wie zum Teufel macht man das?« brummte ich.

Jed schaute auf.

»Irgendwie kann ich hier nicht sitzen …«

Er lachte. »Macht dich wuschig, was? Das alles hier?«

»Kann man wohl sagen.«

»Wie ist es mit deinem Spiegelbild?«

»Wie meinst du das …?«

»Wann hast du dich das letztemal im Spiegel gesehen?«

Ich zuckte die Achseln. Bei der Duschhütte hing ein Schminkspiegel, den die Männer zum Rasieren benutzten, aber in dem sah man immer nur einen winzigen Ausschnitt des

Gesichts. Ansonsten hatte ich mich seit über vier Wochen nicht gesehen.

»Da drüben ist ein Waschbecken mit einem Spiegel. Geh doch mal hin und schau rein. Du wirst 'n echten Schock kriegen.«

Ich runzelte die Stirn, plötzlich beunruhigt. »Wieso? Ist was mit meinem Gesicht?«

»Nein. Geh nur gucken. Du wirst schon sehen.«

Schock war das richtige Wort. Die Person, die mich da über dem Waschbecken anschaute, war ein Fremder. Meine Haut war dunkler, als ich es je für möglich gehalten hatte; meine schwarzen Haare waren von der Sonne beinahe braun gebleicht und zu wirren Locken verfilzt, und meine Zähne waren so weiß, daß sie mir aus dem Gesicht zu springen schienen. Alt sah ich auch aus – wie sechs- oder siebenundzwanzig –, und auf meiner Nase saßen ein paar Sommersprossen. Die Sommersprossen waren ein besonderer Schock. Ich kriege nie Sommersprossen.

Mindestens fünf Minuten lang starrte ich wie gebannt in den Spiegel. Eine ganze Stunde hätte ich mich anstarren können, wenn Jed mich nicht gerufen hätte, damit ich mir etwas zu essen aussuchte.

»Wie fandst du's?« fragte er, als ich grinsend wie ein Idiot zum Tisch zurückspaziert kam.

»Echt schräg. Wieso gehst du nicht auch mal gucken? Es ist irre.«

»Nein... ich hab mich jetzt seit sechs Monaten nicht mehr gesehen. Ich spar's mir auf, damit ich nachher komplett ausraste.«

»Sechs Monate!«

»Mhm. Vielleicht auch mehr.« Er warf mir die Speisekarte herüber. »Komm schon. Was soll's sein? Ich verhungere.«

Ich überflog die gewaltige Liste, blieb kurz bei den Bananenpfannkuchen hängen, überlegte es mir dann aber.

»Ich glaube, ich möchte zwei Cheeseburger.«

»Cheeseburger. Sonst noch was?«

»Äh... okay. Scharfe Nudeln mit Huhn. Schließlich sind wir in Thailand.«

Jed stand auf und warf einen Blick zu den Sonnenbadenden am Strand hinüber. »Ich will's dir mal glauben«, sagte er und ging hinein, um zu bestellen.

Während wir auf das Essen warteten, sahen wir fern. Hinten im Café stand ein Video – *Schindlers Liste*. Schindler saß auf einem Pferd und sah zu, wie das Ghetto geräumt wurde; eben hatte er ein kleines Mädchen in einem roten Mantel bemerkt.

»Wie ist das mit dem Mantel?« sagte Jed und trank einen Schluck Coke.

Ich nahm einen Schluck Sprite. »Was soll damit sein?«

»Was schätzt du – haben sie ihn mit dem Pinsel auf dem Film angemalt?«

»Auf jedem Einzelbild? Wie beim Zeichentrick?«

»Yeah.«

»Ausgeschlossen. Wenn, dann hätten sie's mit dem Computer gemacht. Wie bei *Jurassic Park*.«

»Oh...« Jed trank seine Flasche leer. *»It's the real thing.«*

Ich runzelte die Stirn. *»Schindlers Liste?«*

»Nein, du Idiot. Coke.«

Das Essen muß eine Ewigkeit gebraucht haben, denn als es kam, sah Schindler den roten Mantel wieder. Wer den Film gesehen hat, weiß, daß zwischen erstem und zweitem Mal mindestens eine Stunde vergeht. Zum Glück entdeckte ich, daß es im Café einen alten *Space invaders*-Automaten gab; deshalb war das Warten für mich nicht so schlimm.

Jed ließ mir die Wahl. Ich konnte mit ihm gehen und den Reis besorgen, oder ich konnte am Strand bleiben und mich später mit ihm treffen. Im Grunde brauchte er meine Hilfe nicht; also beschloß ich dazubleiben. Außerdem hatte ich meine eigenen Einkäufe zu erledigen. Ich wollte meinen Zigarettenvorrat aufstocken und neue Batterien für Keatys Gameboy holen.

In einem der anderen Cafés von Hat Rin entdeckte ich einen Miniladen – eine Glastheke mit ein paar Waren drin –, und nachdem ich Batterien und Zigaretten gekauft hatte, stellte sich heraus, daß ich noch genug Geld hatte, um ein paar Geschenke zu besorgen.

Als erstes kaufte ich Seife für Unhygienix. Das war verzwickt, denn sie hatten mehrere Sorten – westliche und thailändische –, aber die Marke, die ich bei Unhygienix gesehen hatte, war nicht dabei. Ich wühlte eine Zeitlang zwischen den Stücken herum, bis ich eine Seife namens »Luxume« fand. Darauf stand, sie sei »üppig und doch parfümiert«. Das »und doch« machte mich aufmerksam, und das »parfümiert« besiegelte die Sache, denn ich wußte, wie wichtig ihm das war.

Dann kaufte ich eine Ladung Rasierer, die ich zwischen mir, Étienne, Gregorio und Keaty zu verteilen gedachte. Als nächstes kaufte ich eine Tube Colgate für Françoise. Niemand am Strand benutzte Zahnpasta; es existierten zehn Zahnbürsten, die gemeinschaftlich benutzt wurden, aber viele gaben sich damit gar nicht erst ab und zerkauten morgens nur einen Zweig. Françoise hatte nichts dagegen, die Zahnbürste mit jemandem zu teilen, aber sie vermißte die Zahnpasta; deshalb war ich sicher, daß sie dieses Mitbringsel zu schätzen wissen würde.

Meine nächste Erwerbung waren mehrere Tüten Bonbons – niemand sollte leer ausgehen –, und als letztes kaufte ich ein Paar Shorts. Meine gingen allmählich in Fetzen; ich konnte mir nicht vorstellen, daß sie noch länger als einen Monat halten würden.

Als meine Einkäufe erledigt waren, hatte ich nichts mehr zu tun. Ich trank noch ein Sprite; das dauerte allerdings nicht lange, und so beschloß ich, den Strand von Hat Rin bis zum Ende entlangzuspazieren, um mir die Zeit zu vertreiben. Aber schon nach ein paar hundert Metern gab ich auf. Von Strandhütten abgesehen gab es nicht viel zu entdecken. Also setzte ich mich in den Sand, paddelte mit den Füßen im Wasser und stellte mir die Freunde vor, wenn ich meine Geschenke verteilte. Eine Szene im Stil von Asterix sah ich vor mir, wie er nach bestandenem Abenteuer zu einem großen Festschmaus zurückkehrt. Auf Wildschweinbraten und gallischen Wein würden wir verzichten müssen, aber wir würden jede Menge Dope haben und mehr Reis, als wir essen könnten.

»Saigon«, sagte eine männliche Stimme und riß mich aus meinen Tagträumen. »Wahnsinn.«

»Glaub ich«, sagte eine andere Stimme, eine weibliche.

»Wir waren zwei Monate da. Verdammt, es ist wie Bangkok vor zehn Jahren. Wahrscheinlich besser.«

Ich drehte mich um und sah vier Leute in der Sonne liegen. Zwei Mädchen, Engländerinnen, und zwei Jungen, Australier. Alle redeten sehr laut – so laut, daß es den Anschein hatte, als sei ihre Unterhaltung weniger für ihre eigenen als für die Ohren ihrer Umgebung bestimmt.

»Stimmt, aber wenn Saigon irre war, dann war Kampuchea echt unwirklich.« Das war der zweite Aussie, ein dürrer Typ mit sehr kurzgeschnittenem Haar, langen Koteletten und einem winzigen Bärtchen am Kinn.

»Sechs Wochen waren wir da. Wären länger geblieben, aber die Kohle war alle. Mußten zurück nach Thailand, um 'ne Scheißüberweisung abzuholen.«

»Scharfe Szene«, bestätigte der erste. »Hätte sechs Monate bleiben können.«

»Hätte sechs Jahre bleiben können.«

Ich schaute wieder aufs Meer. Eine sehr vertraute Unterhaltung, dachte ich; es lohnte sich nicht, da zuzuhören. Aber dann merkte ich, daß ich nicht abschalten konnte. Es lag nicht an der Lautstärke ihrer Schwatzerei; es faszinierte mich, daß der Typ von Kampuchea gesprochen hatte. Ich überlegte, ob das die neue Bezeichnung für Kambodscha war.

Ohne weiter darüber nachzudenken, lehnte ich mich zu ihnen hinüber. »Hey«, sagte ich, »bloß aus Interesse: Wieso nennt ihr Kambodscha Kampuchea?«

Alle vier Gesichter wandten sich mir zu.

»Ich meine«, sagte ich, »es heißt doch Kambodscha, oder?«

Der zweite Aussie schüttelte den Kopf – nicht, als ob er mir widersprechen wollte, sondern als versuche er sich darüber klarzuwerden, wer ich war.

»Es heißt Kambodscha, nicht?« wiederholte ich für den Fall, daß er mich nicht gehört hatte.

»Kampuchea. Ich war gerade da.«

Ich stand auf und ging zu ihnen hinüber. »Aber wer nennt es Kampuchea?«

»Die Kambodschaner.«

»Also nicht Kampucheaner.«

Er runzelte die Stirn. »Was?«

»Es interessiert mich nur, wie du an das Wort ›Kampuchea‹ gekommen bist.«

»Alter«, unterbrach der erste Aussie, »wieso spielt es eine Rolle, was wir Kampuchea nennen?«

»Es spielt keine Rolle. Es interessierte mich bloß, weil ich dachte, die Roten Khmer würden Kampuchea sagen. Ich meine, wahrscheinlich irre ich mich ja. Vielleicht ist es bloß das altmodische Wort für Kambodscha, aber …«

Der Satz verklang. Mir war plötzlich bewußt, daß alle vier mich anstarrten, als hielten sie mich für verrückt. Ich lächelte unsicher. »Ist ja keine große Sache … ich war nur neugierig, weiter nichts … Kampuchea … das klang so komisch …«

Schweigen.

Ich merkte, daß ich rot wurde. Ich wußte, daß ich irgendeine Art von *faux pas* begangen hatte, aber ich hatte keine Ahnung, was für einen. Mit zunehmend verzweifeltem Lächeln versuchte ich mich deutlicher zu erklären, aber in meiner Verwirrung und Nervosität machte ich alles nur noch schlimmer. »Ich saß halt da drüben, und ihr sagtet ›Kampuchea‹, und ich dachte, das ist ein Name der Roten Khmer, aber ihr habt auch den alten Namen von Ho-Chi-Minh-Stadt benutzt... Saigon... Nicht, daß ich jetzt eine Parallele zwischen Vietkong und Roten Khmer ziehen will, natürlich nicht... aber...«

»Und?«

Ein berechtigter Einwand. Ich dachte einen Augenblick darüber nach und sagte dann: »Und gar nichts, schätze ich...«

»Wieso nervst du uns dann, Alter?«

Ich wußte nicht, was ich sagen sollte. Verlegen zuckte ich die Achseln, wandte mich ab und kehrte zu meiner Einkaufstüte zurück. Ich hörte einen von ihnen murmeln: »Wieder so 'ne ausgeklinkte Type. Andauernd laufen sie einem vor die Füße, Mann.« Bei dieser Bemerkung brannten mir die Ohren, und in meinen Fingerspitzen kribbelte es. Dieses Gefühl hatte ich zuletzt als kleiner Junge gehabt.

Als ich mich wieder hinsetzte, war mir schrecklich zumute. Meine gute Laune war restlos dahin. Ich begriff nicht, was ich so Falsches gesagt haben sollte. Ich hatte nichts weiter getan, als mich in ihr Gespräch einzumischen, und das kam mir nicht so furchtbar vor. Der Strand und die Welt, entschied ich kalt. Mein Strand, wo man sich jederzeit in jedes Gespräch mischen konnte, und die Welt, wo man das nicht konnte.

Nach einer Weile stand ich auf, um zu gehen. Ich hatte gemerkt, daß sie leiser sprachen, und ich hatte das elende Gefühl, sie redeten über mich. Ich suchte mir eine hinreichend abgelegene Palme ein Stück weiter oben am Strand und ließ mich dort nieder. Mit Jed war ich um sieben verabredet, in dem Café, wo wir zu Mittag gegessen hatten, und so hatte ich noch ein paar Stunden Zeit totzuschlagen. Zu viele Stunden. Allmählich hatte ich das Gefühl, daß das Warten sich zu einer Strapaze entwickeln könnte.

Ich rauchte zweieinhalb Zigaretten hintereinander weg. Ich hatte drei oder noch mehr rauchen wollen, aber bei der dritten bekam ich einen Hustenanfall, der fünf Minuten dauerte. Widerwillig drückte ich sie aus und bohrte sie in den Sand.

Meine Verlegenheit hatte sich rasch in Wut verwandelt. Vorher hatte ich Hat Rin mit unbeteiligter Neugier angesehen, aber jetzt betrachtete ich es mit Haß. Ich spürte die Scheiße um mich herum: Thais mit Haifischlächeln, unbekümmerten Hedonismus, allzu angelegentlich verfolgt, als daß er echt gewirkt hätte. Und vor allem witterte ich den Gestank des Verfalls. Er hing über Hat Rin wie die Sandfliegen über den Sonnenbadenden, umrahmt vom Geruch nach Schweiß und süßem Sonnenöl. Die Rucksackfreaks, die was auf sich halten, waren bereits zur nächsten Insel in der Kette weitergezogen, die Angepaßteren fragten sich, wohin das ganze urtümliche Leben verschwunden war, und die Touristenhorden schickten sich an, über die frisch ausgelatschten Pfade einzufallen.

Zum erstenmal begriff ich die wahre Kostbarkeit unseres verborgenen Strandes. Bei der Vorstellung, daß das Schicksal Hat Rins auf die Lagune übergreifen könnte, gefror mir das Blut in den Adern. Ich begann die dunkelhäutigen Gestalten, die um mich herum lagerten, zu mustern, als fotografierte ich den Feind, ich machte mich mit ihrer Erscheinung vertraut, registrierte sie alle. Hin und wieder spazierten Paare an mir vorbei, und ich schnappte Gesprächsfetzen auf. Ich muß zwanzig verschiedene Akzente und Sprachen gehört haben. Die meisten verstand ich nicht, aber alle klangen bedrohlich.

Die Zeit schleppte sich dahin, und solche Gedanken waren meine einzige Gesellschaft; als mir die Augen schwer wurden, ließ ich sie zufallen. Die Hitze und das frühe Aufstehen forderten ihren Tribut. Eine nachmittägliche Siesta bot willkommene Zuflucht.

Vorwürfe

Die Musik dröhnte um acht los, und das war ein Glück, denn sonst hätte ich vielleicht bis Mitternacht geschlafen. Über den Strand verteilt schmetterten vier oder fünf verschiedene Schallanlagen, und jede hatte ihr eigenes Programm. Nur zwei konnte ich klar und deutlich hören, die beiden, die mir am nächsten waren, aber es war, als vibrierten sämtliche Bässe in meinem Kopf. Fluchend rieb ich mir den Schlaf aus den Augen, sprang auf und rannte den Strand hinunter, zurück zum Café.

Dort war es inzwischen rammelvoll, aber ich entdeckte Jed sofort. Er saß an demselben Tisch, an dem wir schon mittags gesessen hatten, hatte eine Flasche Bier in der Hand und sah extrem sauer aus.

»Scheiße, wo hast du gesteckt?« fragte er wütend, als ich mich zu ihm setzte. »Ich habe gewartet.«

»Tut mir leid«, antwortete ich. »Ich bin eingeschlafen ... ich hatte einen schlechten Tag.«

»Ach ja? Na, ich wette, es war nichts im Vergleich zu meinem.«

Ich sah ihn forschend an. Seine Stimme hatte einen bedrohlichen Unterton. »Was ist denn passiert?«

»Erzähl du's mir.«

»Ich soll dir erzählen ...?«

»Von den zwei Yankees.«

»Zwei Yankees?«

Jed nahm einen großen Schluck Bier. »Ich habe gehört, wie zwei Yankees sich über einen Ort namens Eden im Meeres-Nationalpark unterhalten haben.«

»Ach du Scheiße ...«

»Sie haben deinen Namen erwähnt, Richard, und sie haben eine Karte.« Er kniff die Augen zu, als könne er sich nur mit Mühe beherrschen. »Eine gottverdammte Karte, Richard! Sie haben sie irgendwelchen Deutschen gezeigt! Und wer weiß, wer sie sonst noch alles gesehen hat!«

Ich schüttelte benommen den Kopf. »Ich hatte vergessen…«

»Wer sind die?«

»Jed, warte. Du verstehst nicht. Nicht ich habe ihnen vom Strand erzählt, sondern sie *mir*. Sie wußten schon davon.«

Er stellte seine Flasche mit einem Knall auf den Tisch. *»Wer sind die?«*

»Ich hab sie auf Ko Samui kennengelernt. Es waren einfach zwei Typen, die im Bungalow nebenan wohnten. Wir haben ein bißchen Zeit zusammen verbracht, und an dem Abend, bevor wir nach Phelong abreisen wollten, fingen sie an, von dem Strand zu reden.«

»Unaufgefordert?«

»Ja! Natürlich!«

»Und da hast du ihnen eine Karte gezeichnet.«

»Nein! Ich hab überhaupt nichts gesagt, Jed! Keiner von uns hat was gesagt.«

»Und woher kam dann diese Karte?«

»Am nächsten Morgen… ich hab sie gezeichnet und unter ihrer Tür durchgeschoben…« Ich zog eine Zigarette heraus und versuchte sie anzuzünden. Meine Hände zitterten heftig, und ich brauchte drei Anläufe.

»Wieso?«

»Weil ich mir Sorgen gemacht habe!«

»Du hast ihnen einfach eine Karte gezeichnet? Die haben nicht mal darum gebeten?«

»Ich wußte ja nicht, ob dieser Strand wirklich existiert. Konnte sein, daß wir ins Nichts fuhren. Ich mußte doch jemandem sagen, wohin wir wollten – für den Fall, daß etwas schiefging.«

»Was hätte denn schiefgehen sollen?«

»Weiß ich doch nicht! Wir wußten nichts! Ich wollte einfach nicht, daß wir verschwanden, ohne daß jemand wußte, wohin wir wollten!«

Jed senkte den Kopf auf beide Hände. »Das könnte böse ausgehen, Richard.«

»Aber wir hätten im Nationalpark verschwinden können, und kein Mensch hätte je gemerkt ...«

Er nickte langsam. »Ich verstehe.«

Eine Zeitlang saßen wir schweigend da. Jed starrte auf den Tisch, und ich schaute ins Leere. Drüben beim *Space Invaders*-Automaten versuchte ein rundliches schwarzes Mädchen mit Zöpfchenreihen den letzten Invader zu erwischen. Er bewegte sich so schnell, daß er nur verschwommen zu erkennen war. Sie verfehlte ihn immer wieder, und unmittelbar bevor er unten ankam, wandte sie sich angewidert ab. Stimmen und Musik waren so laut, daß ich von der Explosion ihres Raumschiffs nichts hören konnte, aber ich sah sie auf ihrem Gesicht.

Schließlich hob Jed den Kopf. »Diese beiden Yanks. Glaubst du, sie machen den Trip?«

»Könnte sein, Jed. Ich kenne sie nicht gut genug.«

»Scheiße. Das könnte sehr böse werden.« Plötzlich beugte er sich herüber und legte mir die Hand auf den Unterarm. »Sag mal, machst du dir Vorwürfe?«

Ich nickte.

»Brauchst du nicht. Im Ernst. Was immer mit diesen Yanks passiert, es ist nicht deine Schuld. Ich an deiner Stelle hätte vielleicht das gleiche getan.«

»Wie meinst du das, was immer passiert?« fragte ich wachsam.

»Ich meine... ich meine, was auch passieren mag, du brauchst dir keine Vorwürfe zu machen. Das ist wichtig, Richard. Wenn du jemandem Vorwürfe machen willst, dann mach sie Daffy.« Er zögerte kurz. »Oder mir.«

»Dir?«

»Mir.«

Ich wollte ihn bitten, mir das zu erklären, aber er hob eine Hand. »Hat keinen Sinn, darüber zu reden.«

»Okay«, sagte ich leise.

Jed trank sein Bier aus. »Wir müssen den Reis heute abend noch zum Boot bringen; ich habe keine Lust, die Säcke am hellichten Tag hinzuschleppen. Bist du soweit?«

»Ja.«

»Gut.« Er stand auf. »Dann gehen wir.«

Hinter dem Café führte ein schmaler Durchgang zwischen zwei Bungalows, und dort unter einer Plane lagen unsere Reissäcke. Wir legten sie auf die Plane, so daß wir sie über den Sand schleifen konnten; dann packten wir jeder eine Ecke und machten uns auf den langen Marsch zurück zum Boot.

Als wir Hat Rin hinter uns gelassen hatten, rauchten wir jeder eine Zigarette und aßen ein paar von den Bonbons aus meinem Geschenkbeutel

»Tut mir leid, daß ich dich so angefahren habe«, sagte Jed, als ich ihm die Tüte reichte.

»Schon in Ordnung.«

»Nein. Es tut mir leid. Du hast es nicht verdient.«

Ich zuckte die Achseln. Ich fand, ich hatte es verdient.

»Ich hab dich nicht gefragt, wieso du einen schlechten Tag hattest.«

»Ach. Das war nichts... Es lag einfach an Hat Rin. Dieser Ort oder die Leute... ich hab das kalte Grausen gekriegt.«

»Ich auch. Es ist versaut, nicht?«

»Versaut... ja. Das ist es.«

»Richard?«

»Ja?«

»Wenn wir wieder im Camp sind, sag nichts von dieser Sache mit den Yanks.«

»Aber...«

»Sal und Bugs – ich glaube nicht, daß sie es verstehen werden.«

Ich sah ihn an, aber er war damit beschäftigt, ein Bonbon aus dem Papierchen zu wickeln.

»Wenn du meinst, daß es so richtig ist …«

»Yeah. Meine ich.«

Wir brauchten noch drei Stunden bis zu unserer Landmarke, der gegabelte Stock war im hellen Mondlicht deutlich zu erkennen. Ich sah nach dem Boot, während Jed die Säcke von der Plane zog und diese im Sand ausbreitete. Unter den Büschen war es stockfinster, aber ich ertastete den geschwungenen Bug. Das genügte mir. Solange wir unser Fluchtfahrzeug hatten, konnte ich ganz ruhig sein.

Jed schlief schon, als ich zu dem Stock zurückkam. Ich legte mich neben ihn, schaute zu den Sternen hinauf und dachte daran, wie ich mit Françoise zu den Sternen hinaufgeschaut hatte. Irgendwo dort oben ist eine Parallelwelt, in der ich die Karte für mich behalten habe, dachte ich und wünschte, es wäre diese hier gewesen.

»Through Early Morning Fog I See …«

Mister Duck saß in seinem Zimmer in der Khao San Road. Er hatte eine der aufgeklebten Zeitungen von der Fensterscheibe entfernt und spähte auf die Straße hinunter. Hinter ihm auf dem Bett verstreut lagen Buntstifte, offenbar die, mit denen er die Karte gezeichnet hatte. Die Karte war nirgends zu sehen; also hatte er sie vielleicht schon an meine Tür geklebt.

Ich sah, daß seine Schultern bebten.

»Mister Duck?« sagte ich vorsichtig.

Er drehte sich um und ließ seinen Blick durch das Zimmer wandern, die Stirn verwundert gerunzelt. Dann sah er mich durch den Fliegengitterstreifen.

»Rich … Hallo.«

»Hallo. Ist alles in Ordnung?«

»Nein.« Eine Träne rollte ihm über die schmutzige Wange.

»Ich werde mich bald umbringen. Mir geht's echt beschissen.«

»Das tut mir leid. Kann ich irgendwas tun?«

Er seufzte. »Danke, Rich. Du bist ein guter Freund, aber jetzt ist es zu spät. Seit elf Wochen liege ich im Leichenschauhaus in Bangkok.«

»Holt dich niemand ab?«

»Niemand. Die thailändische Polizei hat sich an die britische Botschaft gewandt. Sie haben meine Eltern in Glasgow ausfindig gemacht, aber die wollten nicht runterkommen, um die Freigabepapiere zu unterschreiben. Ich bin ihnen egal.« Wieder quoll eine Träne hervor. »Ihr einziger Sohn.«

»Das ist ja furchtbar.«

»Und in vier Wochen werden sie mich einäschern, wenn bis dahin niemand die Freigabepapiere unterschreibt. Die Botschaft übernimmt die Überführungskosten für den Leichnam nicht.«

»Du … wolltest begraben werden.«

»Ich hab nichts dagegen, wenn sie mich einäschern, aber wenn meine Eltern mich nicht holen kommen wollen, dann will ich auch nicht hingeschickt werden. Dann möchte ich lieber, daß meine Asche hier draußen bleibt.« Mister Ducks Stimme wurde brüchig. »Eine kleine Zeremonie, nichts Besonderes, und dann meine Asche ins Südchinesische Meer gestreut.« Dann brach er zusammen und schluchzte hemmungslos.

Ich preßte Gesicht und Hände hart gegen das Gitter und wünschte, ich wäre bei ihm im Zimmer. »Hey, komm schon, Mister Duck. So schlimm ist es doch nicht.«

Wütend schüttelte er den Kopf, und ich hörte, daß er unter seinem Schluchzen angefangen hatte, den Titelsong von *M*A*S*H* zu singen.

Ich wartete, bis er fertig war, und wußte nicht, wo ich hinschauen sollte. Dann sagte ich: »Du hast eine gute Stimme« – ich wußte einfach nicht, was ich sonst sagen sollte.

Er zuckte die Achseln und wischte sich das Gesicht mit seinem dreckigen T-Shirt ab. Danach war das Gesicht noch schmutziger als vorher. »Es ist 'ne dünne Stimme, aber sie kann einen Ton halten.«

»Nein, Mister Duck. Es ist eine gute Stimme… *M*A*S*H* hab ich immer gern gemocht.«

Das schien ihn ein wenig aufzumuntern. »Ich auch. Die Hubschrauber am Anfang.«

»Die Hubschrauber waren super.«

»Er handelte von Vietnam. Wußtest du das, Rich?«

»Von Korea, nicht?«

»Vietnam. Korea war bloß ein Vorwand.«

»Oh…«

Mister Duck wandte sich ab und spähte wieder durch die Lücke zwischen den Zeitungen. Es schien nicht so, als wollte er noch etwas sagen; also fragte ich ihn, was es da zu sehen gäbe, um die Unterhaltung in Gang zu halten.

»Nichts«, antwortete er leise. »Ein Tuk-Tuk-Fahrer schläft in seiner Kabine… ein streunender Hund wühlt im Abfall… Das nimmt man so selbstverständlich hin, wenn man lebt, Rich, aber wenn es das letzte ist, was du je sehen wirst…« Seine Stimme fing wieder an zu zittern, und er ballte die Fäuste. »Es wird Zeit, daß ich es hinter mich bringe…«

»Dich umzubringen?«

»Ja«, antwortete er. Und dann wiederholte er es, entschlossener. »Ja.«

Er ging zielstrebig zum Bett, setzte sich und zog ein Messer unter dem Kopfkissen hervor.

»Nicht, Mister Duck! Mach's nicht!«

»Mein Entschluß steht fest.«

»Aber du hast noch Zeit, es dir anders zu überlegen!«

»Ich kehre jetzt nicht mehr um.«

»Mister Duck!« schrie ich kläglich.

Zu spät. Er hatte schon angefangen zu schneiden.

Ich sah nicht zu, wie er starb, denn ich fand, das wäre respektlos, aber fünf Minuten später sah ich noch einmal nach ihm. Er lebte noch; zuckend lag er auf dem Bett und bespritzte die Wände. Ich wartete eine geschlagene Viertelstunde, bevor ich noch einmal nachsah, weil ich sicher sein wollte. Diesmal lag er still in der Position, in der ich ihn gefunden hatte. Sein Oberkörper war verdreht, so daß seine Beine von der Bettkante gerutscht waren – ein Detail, daß ich vorher nicht bemerkt hatte. Vielleicht hatte er noch versucht, aufzustehen, kurz bevor er gestorben war.

»Ich werde das mit deiner Asche regeln, Mister Duck«, flüsterte ich durch das Fliegengitter. »Da brauchst du dir keine Sorgen zu machen.«

Verkorkst

Beim ersten Schimmer des Morgengrauens wachte ich auf. Die Sonne hing noch hinter dem Horizont, und der Strand lag in einem seltsamen blauen Licht, dunkel und hell zugleich. Es war sehr schön und still. Sogar die Wellen schienen sich leiser als sonst zu brechen.

Ich weckte Jed nicht, denn ich bin gern wach, wenn andere schlafen. Dann habe ich Lust, herumzupüttern, Frühstück zu machen, wenn was da ist, oder – in diesem Fall – ziellos am Strand entlangzuspazieren. Unterwegs suchte ich nach hübschen Muscheln. Die Kette, die Bugs mir gemacht hatte, war okay, aber ein paar Muscheln daran fand ich ein bißchen trist. Ich hatte das Gefühl, daß er sich nicht allzuviel Mühe gegeben hatte. Selbst Françoises Kette, die beste von den dreien, war nicht so schön wie die meisten anderen. Es dauerte nicht lange, und ich hatte eine ganze Kollektion beisammen; es war schwer zu entscheiden, welche ich wieder wegwerfen sollte. Das Hübscheste war der Rückenpanzer eines winzigen Krebses, blau, rot und grün gesprenkelt. Ich beschloß, daß dies das Mittelstück meiner neuen Kette werden sollte, und freute mich darauf, alles neu aufzuziehen, wenn ich wieder zu Hause wäre.

Ich fand das Pärchen tief schlafend an der Grasböschung, zweihundert Meter weit unterhalb der Stelle, wo wir das Boot versteckt hatten. Es war das Paar, dem Jed und ich gestern begegnet waren. Mein Instinkt drängte mich umzukehren, aber die Neugier hielt mich fest. Sie hatten sich eine merkwürdig abgelegene Strandhütte für ihren Aufenthalt ausgesucht, meilenweit weg von Hat Rin, und ich war erpicht darauf zu sehen, was für Leute das waren. Ich stopfte meine Muscheln in die Hosentasche und tappte durch den Sand zu ihnen hin.

Jetzt, da ich Gelegenheit hatte, die beiden aus der Nähe zu sehen, boten sie einen häßlichen Anblick. Das Mädchen hatte einen scheußlichen Ausschlag um den Mund und war von fetten schwarzen Moskitos bedeckt. Mindestens dreißig oder vierzig Stück saßen dicht an dicht auf ihren Beinen und Armen, und als ich über ihnen mit der Hand wedelte, rührten sie sich keinen Zollbreit. Auf dem Typen saßen keine Moskitos. »Kein Wunder«, dachte ich; er hätte keine großartige Mahlzeit abgegeben. Bei seiner Größe hätte er schätzungsweise siebzig Kilo wiegen müssen, aber er konnte nicht mehr als fünfzig haben. Sein Körper sah aus wie ein anatomisches Modell. Jeder Knochen war deutlich zu sehen, ebenso jeder jämmerliche Muskel. Neben ihm lag ein Tablettenröhrchen mit dem Etikett einer zweifelhaften Apotheke in Surat Thani. Ich schaute hinein, aber es war leer.

Ich hatte den Typen schon eine Weile betrachtet, als ich merkte, daß seine Augen ein bißchen offen waren. Schmale Schlitze nur, auf den ersten Blick leicht zu übersehen. Ich wartete darauf, daß er einen Lidschlag tat. Er tat keinen; zumindest sah es nicht danach aus. Also wartete ich, um zu beobachten, wie er atmete. Aber das tat er auch nicht. Ich beugte mich über ihn und berührte seine Brust. Er war ziemlich warm, aber die Luft war auch warm; deshalb bedeutete das nicht allzuviel. Ich drückte fester zu. Meine Finger sanken tief zwischen seine Rippen und die Haut bewegte sich schlaff über den Knochen. Kein Puls. Ich fing an zu zählen, maß die Sekunden sorgfältig ab, und als ich bei sechzig ankam, wußte ich, daß er tot war.

Ich runzelte die Stirn und sah mich um. Ich sah Jed und die Reissäcke in Umrissen, aber ansonsten war der Strand völlig verlassen. Ich wandte mich dem Mädchen zu. Die Moskitos sagten mir, daß sie noch lebte, und außerdem hob und senkte ihre Brust sich gleichmäßig.

Das beunruhigte mich. Um den Typen machte ich mir keine Sorgen; er war nach Thailand gekommen und hatte Scheiß gebaut, und das war sein Bier. Aber mit dem Mädchen war das eine ganz andere Sache. Wenn sie aus ihrem Opiat-Tiefschlaf erwachte, würde sie an einem einsamen Strand neben einer Leiche liegen. Ich stellte mir das gräßlich vor, und in Anbetracht der Tatsache, daß ich sie gefunden hatte, fühlte ich mich irgendwie verantwortlich für ihr Wohlergehen. Ich zündete mir eine Zigarette an und grübelte, wie ich helfen könnte.

Das Mädchen zu wecken kam nicht in Frage. Selbst wenn ich es schaffte, sie zu sich zu bringen, würde sie bloß ausflippen. Dann würden die Behörden von Ko Pha-Ngan sich einmischen, und es gäbe eine Katastrophe. Eine andere Möglichkeit bestand darin, Jed zu wecken und ihn um Rat zu fragen, aber ich entschied mich dagegen. Ich wußte, was er sagen würde. Er würde sagen, das ginge uns nichts an und wir sollten die beiden liegen lassen, wie wir sie gefunden hätten, und ich wußte, daß ich das nicht wollte.

Schließlich hatte ich eine gute Idee. Ich würde die Leiche in die Büsche schleifen und verstecken. Wenn das Mädchen dann aufwachte, würde sie denken, er wäre spazierengegangen. Nach vielleicht einem Tag würde sie begreifen, daß er weg war; sicher würde sie sich Sorgen machen, aber zumindest würde sie nicht wissen, daß er tot war. Und bis dahin dürften ihn die

Ameisen und Käfer gefressen haben, und niemand außer mir würde irgend etwas ahnen.

Ich machte mich an die Arbeit und schaute mit halbem Auge immer wieder auf die Uhr. Jed würde bald aufwachen, und dann war es Zeit zu verschwinden.

»Jed!« sagte ich leise.

Er regte sich und fuhr sich mit der Hand übers Gesicht, als wolle er eine Fliege wegwischen.

»Jed! Wach auf!«

»Was?« murmelte er.

»Wir sollten los. Es wird hell.«

Er richtete sich auf und schaute zum Himmel. Die Sonne stand voll über dem Horizont. »Scheiße, ja, das stimmt. Verschlafen. Sorry. Laß uns loszischen.«

Als wir auf halber Strecke zwischen Ko Pha-Ngan und unserer Insel waren, erzählte ich ihm von der Begebenheit mit dem Leichnam und wie ich die Sache geregelt hatte.

»Herr Jesus, Richard, verdammte Scheiße!« brüllte er – nur, weil der Motor so laut war. »Wieso zum Teufel hast du das gemacht?«

»Was hätte ich denn sonst machen sollen?«

»Du hättest ihn da liegenlassen sollen, du verfluchter Idiot! Was haben wir denn damit zu tun? Gar nichts!«

»Ich wußte, daß du das sagen würdest«, antwortete ich glücklich. »Ich wußte es.«

GEFANGENE DER SONNE

Bibelkritik

Sie interessierten sich die Bohne. Ein paar fragten aus Höflichkeit: »Wie war's?«, aber kaum wollte ich antworten, wurde ihr Blick glasig, oder irgend etwas hinter mir lenkte sie plötzlich ab.

Anfangs fand ich diese Haltung ziemlich frustrierend – ich wollte gern ausführlich darüber reden, wie versaut Ko Pha-Ngan war –, und die Frustration wurde noch verstärkt durch die gleichgültigen Reaktionen, die ich erlebte, als ich meine Geschenke verteilte. Françoise kostete nur einmal von der Zahnpasta und spuckte sie aus. »Bah! Ich hatte ganz vergessen, wie das brennt.« Keaty meinte, ich hätte keine thailändischen Batterien kaufen sollen, die wären so schnell verbraucht. Der einzige, der sich überhaupt dankbar zeigte, war Unhygienix. Er ging geradewegs zur Dusche, als ich ihm die Seife gebracht hatte, und später berichtete er strahlend von dem dicken Schaum, den sie machte.

Aber meine Frustration währte nur so lange, wie Ko Pha-Ngan in meiner Erinnerung noch frisch war, und das war es nicht lange. Genau wie nach meiner ersten Ankunft am Strand begann mein Gedächtnis sich abzuschalten, gleichmäßig und zügig, so daß nach einer Woche nicht mehr viel außer der Lagune und dem Ring der schützenden Klippen existierte. Nichts bis auf die Welt, natürlich, und die hatte ihren früheren Zustand wieder angenommen: Sie war ein Name für etwas Gesichtsloses und Undeutliches.

Meine Sorge wegen Zeph und Sammy legte sich als letztes. Noch in der fünften Nacht hielt sie mich wach, und ich grübelte bang über die Pläne, die sie und die mysteriösen Deutschen womöglich schmiedeten. Aber es wurde schwer, diesen Sorgenpegel zu halten, als nach Tagen noch niemand aufgetaucht war. Am Tag nach der sorgenvollen fünften Nacht fragte ich allerdings Jed, ob er auch über das Problem mit Zeph und Sammy nachgrüble, und er machte eine wiegende Geste mit beiden Händen. »Ich hab ein bißchen darüber nachgedacht«, sagte er. »Aber ich glaube, es ist okay.«

»Meinst du?« antwortete ich, aber ich spürte schon, wie die Last des Problems von mir wich.

»Ja. Die zwei waren auf dem Pilgerpfad. Das Wort ›Reiseführer‹ stand ihnen ins Gesicht geschrieben. Und wenn doch etwas passiert – wie gesagt, dann kümmern wir uns darum. Wenn es passiert.« Er zupfte sich einen Haarknoten aus dem Bart. »Weißt du, Richard, eines Tages schnappe ich mir einen von diesen Reiseführerschreibern von ›Lonely Planet‹, und dann werde ich ihn fragen, was zum Teufel an der Khao San Road so verflucht gottverlassen sein soll.«

Ich lächelte. »Und dann haust du ihn k. o., ja?«

Das Lächeln wurde nicht erwidert.

Der weiße Hai

Ein paar Wochen nach dem Reistrip weckte mich das Geräusch von Regen auf dem Dach des Langhauses. Seit ich am Strand war, hatte es erst drei- oder viermal geregnet, und das waren immer nur Schauer gewesen. Was ich jetzt hörte, war ein tropisches Unwetter, schwerer als das auf Ko Samui.

Ein paar von uns kauerten im Eingang des Langhauses und schauten hinaus über die Lichtung. Das Laubdach kanalisierte das Wasser zu dicken Strömen, die wie Laserstrahlen leuchteten und schlammige Löcher in den Boden bohrten. Unter einem dieser Strahlen stand Keaty. Die obere Hälfte seines Körpers war von dem silbernen Schirm verborgen, der auf seinem Schädel explodierte; ich erkannte ihn nur an seinen schwarzen Beinen und dem schwach herüberwehenden Lachen. Auch Bugs stand draußen. Er hatte den Kopf schräg gelegt, so daß die Wange zum Himmel gewandt war; seine Arme waren leicht vom Körper abgespreizt, seine Handflächen aufwärts gedreht, um den Regen aufzufangen.

»Der hält sich für Christus«, knurrte eine Stimme hinter mir. Ich drehte mich um und sah Jesse, einen kompakten Neuseeländer, der mit Keaty im Gartentrupp arbeitete. Jesse gehörte zu den Leuten, mit denen zu reden ich nie viel Anlaß gehabt hatte, aber ich hatte immer vermutet, daß er derjenige war, der mein erstes »Jim-Bob«-Stichwort aufgenommen hatte.

Ich schaute wieder zu Bugs hinüber und lächelte. Es lag wirklich etwas Christusartiges in seiner Pose. In der Pose oder in seinem seligen Gesichtsausdruck.

»Weißt du, was ich meine?« fragte Jesse.

Ich lächelte.

»Vielleicht ist ihm der Zimmermannsjob zu Kopfe gestiegen«, meinte Cassie, die auch bei uns stand, und wir alle kicherten. Ich hätte auch noch eine Bemerkung hinzugefügt, aber Jesse stieß mich in die Rippen. Sal war im hinteren Teil des Langhauses aufgetaucht und kam auf uns zu. Gregorio war bei ihr; er wirkte ein bißchen gehetzt.

»Wieso wird getrödelt?« fragte Sal, als sie herankam.

Niemand antwortete; also fragte ich: »Womit wird getrödelt?«

»Mit Fischen, Gärtnern, Arbeiten.«

Jesse zuckte die Achseln. »Bei dem Regen kann man nicht groß im Garten arbeiten, Sal.«

»Man kann die Pflanzen schützen, Jesse. Ihr könnt ein Schutzdach aufspannen.«

»Pflanzen brauchen Regen.«

»Aber nicht solchen.«

Wieder zuckte Jesse die Achseln.

»Und du, Richard? Was sollen wir zu deinem Reis essen, wenn du nicht fischen gehst?«

»Ich habe auf Greg gewartet.«

»Greg ist jetzt soweit.«

»Ja«, sagte Gregorio, und jetzt kamen auch Étienne und Françoise. »Wir sind soweit.«

Im Laufschritt trabten wir zum Strand hinunter, schlitterten durch den Schlamm. Ich weiß nicht, warum wir rannten, denn innerhalb von Sekunden waren wir durchnäßt, und außerdem würden wir die nächsten drei Stunden sowieso im Wasser verbringen. Vermutlich war es das vage Gefühl, daß wir das Fischen so rasch wie möglich hinter uns bringen wollten.

Unterwegs mußte ich an den kurzen Wortwechsel im Eingang des Langhauses denken. Nie hatte ich irgend jemandem erzählt, inwiefern Bugs mir auf die Nerven ging, nicht einmal Keaty. Es war mir in Anbetracht seiner Stellung im Camp nicht ratsam erschienen, und außerdem kam mir meine Kritik kleinkariert vor. Aber als ich Jesse und Cassie hatte reden hören, war mir die Frage in den Sinn gekommen, ob andere vielleicht genauso empfanden. Sie hatten zwar nicht niederträchtig geklungen, aber sie hatten sich doch unverkennbar über ihn lustig gemacht, und bis dahin war ich nicht auf den Gedanken gekommen, daß die Leute sich über Bugs lustig machen könnten.

Besonders war mir aufgefallen, wie sie verstummt waren, als Sal herübergekommen war. Wenn das nicht gewesen wäre, hätten die Witzeleien viel weniger bedeutsam gewirkt. Nun hatte ich das Gefühl, bei einer Art Zwist – und sei er noch so geringfügig – Zeuge, ja, vielleicht sogar Beteiligter gewesen zu sein. Ich nahm mir vor, mehr über Jesse und Cassie in Erfahrung zu bringen. Ich hätte Gregorio nach ihnen gefragt, aber ich wußte, daß ich von ihm nur eine unbrauchbare, diplomatische Antwort bekommen würde. Keaty oder Jed, das waren die Leute, mit denen ich reden mußte.

Über dem Meer hing ein dichter Nebel aus verdunsteten Regentropfen. Im Schutz einer Palme blieben wir stehen, stützten uns auf unsere Harpunen und schüttelten den Kopf.

»Das ist zu blöd«, sagte Françoise. »Wir können keine Fische fangen, wenn wir sie nicht sehen.«

Étienne grunzte zustimmend. »Wir können nicht mal das Wasser sehen.«

»Wir müssen die Maske benutzen.« Gregorio hielt das Ding hoch, und ich stöhnte.

»Aber das bedeutet, daß immer nur einer fischen kann«, sagte ich. »Das dauert ewig.«

»Es wird lange dauern, Richard.«

Wir schwiegen; anscheinend wartete jeder darauf, daß ein anderer die Maske als erster nähme. Ich wäre am liebsten den ganzen Tag unter der Palme stehengeblieben und hätte die Ungeheuerlichkeit der vor uns liegenden Arbeit ignoriert, denn sobald wir damit begonnen hätten, wären wir alle verpflichtet, sie auch zu Ende zu bringen.

Fünf Minuten vergingen, dann noch einmal fünf, und dann warf Étienne sich seinen Speer über die Schulter.

»Nein«, sagte ich seufzend, »laß mich zuerst gehen.«

»Bist du sicher, Richard? Wir können eine Münze werfen.«

»Hast du eine Münze?«

Étienne lächelte. »Werfen wir... die Maske. Fällt sie aufs Gesicht, gehe ich zuerst.«

»Ich habe nichts dagegen, zuerst zu gehen.«

»Okay.« Er tätschelte meinen Arm. »Dann gehe ich als nächster.«

»Okay.«

Gregorio reichte mir die Maske, und ich ging zum Wasser hinunter. »Du mußt tief tauchen und unter die Felsen gucken«, rief er mir nach. »Die Fische werden sich verstekken.«

Es machte Spaß, durch den dicken Dunst zu schwimmen. Die Maske konnte ich nicht aufsetzen, weil der Sprühdunst so dicht war, daß ich nicht durch den Mund atmen konnte, und das hieß, daß ich ständig blinzeln mußte. Zu allen Seiten sah ich einen knappen halben Meter weit verschwommen die Wellen, und jeder Atemzug erforderte einen erträglichen Aufwand an Mühe, und so fühlte ich mich angenehm eingehüllt von einer milde gefährlichen Welt.

Bei dem ersten Felsen machte ich halt. Es war einer der kleineren, vielleicht sechzig Meter weit vom Ufer entfernt. Wir benutzten ihn selten, weil nur einer darauf sitzen konnte, aber da ich ja nun allein war, spielte das keine große Rolle. Als ich aufstand, ragte mein Oberkörper aus der Nebelschicht. Étienne stand am Strand und hielt die Hände wie einen Mützenschirm übers Gesicht, um den Regen abzuhalten. Ich schwenkte meinen Speer durch die Luft, und er sah mich; dann wandte er sich ab und kehrte zu den Bäumen zurück.

Zuerst mußte ich mir einen schweren Stein suchen, damit ich mit einer ordentlichen Lunge voll Luft unten am Grund sitzen konnte. Ich setzte mir die Tauchermaske auf, ließ mich ins Wasser gleiten und stieß mich zum Grund hinunter. Das Licht war dunkelgrau, abgetötet von schwarzem Himmel und Nebel, aber man konnte gut sehen. Nur Fische waren nirgends zu entdecken, nicht einmal die Wolken winziger Fische, die sonst meistens um die Korallen kreisten.

Ich ließ mir Zeit mit der Suche nach dem Stein und zwang mich zu langsamen Bewegungen. Falls Fische in der Nähe waren, wollte ich sie nicht verscheuchen. Schließlich fand ich einen, der in Größe und Form genau richtig zu sein schien. Allmählich ging mir die Luft aus; also steckte ich meinen Speer neben dem Stein in den Boden, damit ich ihn leicht wiederfand, und stieg zur Oberfläche auf.

Als ich wieder hinuntertauchte, erschienen ein paar Milchfische, die den Neuankömmling bei ihrem Schlechtwetterunterstand in Augenschein nehmen wollten. Ich ließ mich mit dem Stein auf dem Schoß am Meeresgrund nieder und wartete darauf, daß ihre Neugier sie in Reichweite trieb.

Ich sah den Hai bei meinem dritten Tauchgang. Ich hatte eben meinen ersten Milchfisch erledigt; der Blutgeruch mußte ihn angelockt haben. Es war kein bemerkenswerter Hai; ungefähr dreißig Zentimeter länger als mein Bein und ziemlich genauso dick, aber er jagte mir doch einen höllischen Schreck ein. Ich wußte nicht, was ich machen sollte. Obwohl er so klein war, machte er mich nervös; andererseits wollte ich nicht mit nur einem Fisch zurückschwimmen. Ich würde erklären müssen, weshalb ich so schnell aufgegeben hatte, und das wäre peinlich, wenn jemand den Hai später sah. Wahrscheinlich war er bloß ein Baby.

Ich kam zu dem Schluß, daß ich auftauchen, mich auf den Felsblock setzen und hoffen mußte, daß er verschwand. Die nächsten zehn Minuten verbrachte ich fröstelnd in Nebel und Regen auf den Felsen gekauert; die anderen brauchten nicht zu sehen, daß ich nicht fischte. Ab und zu spähte ich ins Wasser. Er war da, umkreiste langsam die Stelle, an der ich gesessen hatte, und beobachtete mich – schätzte ich – mit seinen tintenschwarzen Augen.

Eine brillante Idee kam mir zeitgleich mit einem berstenden Donnerschlag. Ich schob meinen Milchfisch, der immer noch in Todeszuckungen lag, auf die Spitze meines Speers. Dann rollte ich mich auf den Bauch, so daß ich Kopf und Arme ins Wasser tauchen und den Speer vor mich halten konnte. Der Hai reagierte sofort und unterbrach sein lässiges Kreisen mit einem kurzen Schlag der Schwanzflosse. Er kam in einem Winkel auf mich zu, der ihn an meinem Felsblock vorbeigeführt hätte, aber knapp zwei Meter vor mir bog er abrupt ab und schoß auf den Milchfisch zu.

Blanker Instinkt ließ mich den Speer zurückreißen. Sein Vorstoß war so schnell und bedrohlich gekommen, daß meine Reflexe meinen Verstand besiegt hatten. Der Hai schnellte an mir vorbei und verschwand hinter einer Korallenbank. Innerhalb der nächsten zehn Sekunden erschien er nicht wieder; also hob ich mich aus dem Wasser, um Luft zu holen.

Ich verfluchte mich selbst, atmete ein paarmal ein und aus und tauchte wieder unter.

Als der Hai das nächstemal erschien, war er vorsichtiger; er schwamm nahe heran, zeigte aber wenig Interesse. Der Milchfisch war inzwischen tot und schwebte schlaff im Wasser; deshalb ruckelte ich mit dem Speer, um Leben vorzutäuschen. Der Hai zeigte neuen Enthusiasmus. Wieder näherte er sich in schrägem Winkel, aber diesmal spannte ich meine Armmuskeln an. Als er heranschoß, stieß ich zu. Die Spitze des Speers verfing sich kurz an seinen Zähnen oder seinem Kiefer und drang dann tief in seinen Rachen.

Mit einer mächtigen Verrenkung zog ich mich hoch und erwartete törichterweise, ich würde jetzt den Hai neben mich auf den Felsblock wuchten, aber mein Speer brach einfach ab. Zwei Sekunden lang starrte ich ausdruckslos auf den gesplitterten Stumpf, und dann stieß ich mich vollends vom Felsen ab.

Unter Wasser hingen bereits wunderlich statische Blutfäden im Grau. Ganz in der Nähe zuckte und schlug der Hai wild um sich und biß immer wieder auf den zersplitterten Bambus zwischen seinen Zähnen. Ab und zu tauchte er senkrecht nach unten und rammte die Schnauze in den Meeresboden.

Während ich ihn beobachtete, wurde mir klar, daß ich noch nie etwas so Großes getötet hatte, und noch nie etwas, das so wütend um sein Überleben gekämpft hatte. Und wie um meine Gedanken zu bestätigen, schlug der Hai mit verstärkter Intensität um sich und verschwand fast in einer Wolke von aufgewühltem Sand und zerfetztem Tang. Hin und wieder schaute, wie bei einer Prügelei im Comicheft, sein Kopf oder sein Schwanz aus der Wolke und schoß dann wieder hinein. Der Anblick machte mich grinsen, und Salzwasser drang mir durch die Mundwinkel. Ich tauchte auf. Ich mußte ausspucken, und ich brauchte Luft. Dann ließ ich mich mit dem Gesicht nach unten im Wasser treiben. Ich hatte nicht vor, in seine Nähe zu kommen, solange er in dieser panischen Verfassung war. Ich wartete einfach, bis er starb.

Hi, man

Ich führe kein Reisetagebuch. Ich habe es einmal getan und es war ein großer Fehler. Von dieser Reise habe ich nur das in Erinnerung, was mir des Aufschreibens wert schien. Alles andere ist mir entfallen, als hätte mein Verstand sich verschmäht gefühlt, weil ich mich so sehr auf Stift und Papier verließ. Aus genau dem gleichen Grund habe ich auf Reisen keine Kamera dabei. Sonst wird mein Urlaub zu Schnappschüssen, und alles, was ich zu knipsen vergesse, ist verloren. Davon abgesehen scheinen mir Fotos nie sehr aussagekräftig zu sein. Wenn ich mir die Alben früherer Reisegefährten ansehe, bin ich jedesmal überrascht, wie wenig darin mich an die jeweilige Reise erinnert.

Wenn es nur eine Kamera gäbe, die Gerüche einfangen kann. Gerüche sind etwas viel Lebendigeres als Bilder. Ich bin schon oft an einem heißen Tag durch London gelaufen, habe den Geruch von brütendem Müll oder schmelzendem Asphalt wahrgenommen und mich plötzlich in eine Seitenstraße von Delhi versetzt gefühlt. Wenn ich an einem Fischgeschäft vorbeigehe, muß ich auf der Stelle an Unhygienix denken, und wenn ich Schweiß und geschnittenes Gras (vom Rasen) rieche, dann denke ich an Keaty. Ich bezweifle, daß es den beiden gefallen würde, daß ich mich auf diese Weise an sie erinnere, vor allem Unhygienix, aber so ist es nun mal.

Nachdem all das gesagt ist, wünschte ich doch, daß jemand mit einer Kamera dagewesen wäre, als ich mit dem toten Hai auf der Schulter aus dem Nebel geschlendert kam. Ich muß so cool ausgesehen haben.

An diesem Nachmittag wurde ich im ganzen Camp gefeiert. Der Hai wurde gegrillt und in Streifen geschnitten, so daß jeder ein ordentliches Stück zu kosten bekam, und Keaty forderte mich auf, aufzustehen und meine Geschichte vor versammelter Mannschaft noch einmal zu erzählen. Als ich zu der Stelle kam, wo der Hai das erstemal herangeschossen war, schnappten sie alle nach Luft wie bei einem Feuerwerk, und als ich dann berichtete, wie ich die Armmuskeln zum Todesstoß angespannt hatte, jubelte alles.

Während des restlichen Tages und Abends kamen immer wieder Leute zu mir, um mich zu beglückwünschen. Jed war am nettesten. Ich saß mit Étienne, Françoise und Keaty da und rauchte, und er kam und sagte: »Gut gemacht, Richard. Das war eine tolle Sache. Ich glaube, wir sollten dich ab jetzt Tarzan nennen.« Darüber mußte Keaty kichern wie verrückt, hauptsächlich weil er bekifft war, und dann setzte Jed sich zu uns, und wir dröhnten uns gemeinsam zu.

Wenn der Abend eine säuerliche Note hatte, dann wegen Bugs, aber ironischerweise war selbst das am Ende okay. Er kam herüber, als wir gerade wieder mitten in einem Lachkrampf waren, diesmal weil wir uns daran erinnert hatten, wie Étienne gemerkt hatte, daß wir in einem Dopefeld standen.

»Hallo, Mann«, sagte er und warf den Kopf zurück, um sich die Haare aus den Augen zu schleudern.

Erst antwortete ich gar nicht, weil ich außer Atem war, und dann sagte ich: »Was?« Es war kein gut gewähltes Wort. Ich hatte es ehrlich freundlich gemeint, aber es klang wie eine Herausforderung.

Wenn Bugs befremdet war, ließ er es sich nicht anmerken – aber das hätte er nie getan.

»Ich komme bloß vorbei, um zu gratulieren. Wegen dem Hai.«

»Oh, ja. Danke. Ich ... äh ... ich bin froh, daß ich ihn gefangen habe ...« Wieder schien mir mein bekiffter Schädel die unpassendsten Worte einzugeben. »Ich hab ja noch nie 'nen Hai gefangen ...«

»Wir freuen uns alle, daß du ihn gefangen hast ... Übrigens habe ich auch schon mal einen Hai erwischt.«

»Ach?« Jetzt strengte ich mich mächtig an, mich auf das,

was ich sagte, zu konzentrieren. »Wirklich? Das ist ja Wahnsinn ... Du solltest ... äh ... du solltest uns auf alle Fälle davon erzählen.«

»Auf alle Fälle«, echote Keaty und hustete, was aber verdächtig nach einem unterdrückten Kichern klang.

Bugs schwieg einen Moment. »Das war in Australien.«

»Australien ... Mann.«

»Muß jetzt ungefähr fünf Jahre her sein.«

»Fünf Jahre? Schon so lange? Äh ...«

»War ein Tigerhai, sechs Meter.«

»Das ist aber sehr ... groß.«

Plötzlich kriegte Keaty einen hysterischen Anfall; er steckte Jed an, und Jed steckte die andern an.

Bugs lächelte schmal. »Vielleicht heb ich's für ein andermal auf.«

»Hört sich nach 'ner Supergeschichte an«, brachte ich noch heraus, bevor er sich zum Gehen wandte. Dann japste Keaty: »Auf alle Fälle«, und ich brach ebenfalls zusammen.

»Mein Gott, Richard«, sagte Françoise kurze Zeit später. Ihr Gesicht glänzte von Tränen. »Was hast du da zu Bugs gesagt? Alles, was du gesagt hast ...«

»War verkehrt. Ich weiß. Ich konnte nichts dafür.«

Étienne stieß mich in die Seite. »Du kannst Bugs nicht leiden, eh?«

»Das ist es nicht. Ich bin bloß zugedröhnt. Ich kann nicht mehr geradeaus denken.«

»Erzähl keinen Scheiß, Rich«, sagte Keaty und grinste verschlagen.

Jed nickte. »Gib's schon zu. Ich hab gesehen, wie du ihn anschaust.«

Es war still; alle sahen mich an und warteten auf eine Antwort. Schließlich zuckte ich die Achseln. »Okay, ihr habt mich erwischt. Ich finde, er ist ein Arsch.«

Diesmal lachten wir so lange und so fassungslos, daß die Leute anfingen, neugierig zu uns herüberzulinsen.

»Nacht, Jim-Bob!« sagte ein Stimme. Bugs' Stimme, laut und fest.

»Nacht, Rich«, kam sofort die Antwort – schwer zu erkennen, aber vermutlich Moshe.

Ich grinste in die Dunkelheit. Ich wußte, daß Bugs sauer gewesen war, weil wir so über ihn gelacht hatten, und ich wußte auch, daß dies seine Art war ... ja, was wollte er zurückgewinnen? Autorität oder Respekt. Und jetzt war sein Stichwort geradewegs an mich weitergegeben worden, an die Person, die das Gelächter verursacht hatte. Das mußte schmerzen.

Mein Grinsen wurde breiter, und ich ließ die Stille ein paar Augenblicke im Raum hängen. Dann sagte ich: »Nacht, Jesse.«

Jesse gab an Ella weiter, die an einen australischen Zimmermann, der an eins der jugoslawischen Mädchen, und den Rest des Spiels blendete ich aus.

Es gab eine Frage, die eine Antwort erforderte; das wurde mir klar, als ich in dieser Nacht wach lag und den Laserstrahlen lauschte, die auf das Langhausdach hämmerten. Wieso ging Bugs mir derart auf die Nerven? Denn das tat er. Ich hatte gar nicht geahnt, wie sehr, bis Jed mich aufgefordert hatte, es doch zuzugeben.

Ich meine, es war nicht so, daß er mir etwas getan oder was Falsches gesagt hätte. Tatsächlich sprach ich ja kaum je mit ihm. Das heißt, ich führte kein *Gespräch* mit ihm. Wir redeten über die Arbeit, verabredeten, daß die Zimmerleute ein paar neue Speere fertig machten, gaben Nachrichten von Gregorio oder Unhygienix weiter und dergleichen.

Um die Frage zu beantworten, machte ich mir im Geiste eine Liste von allem, was mich an ihm aufgeregt hatte. Da waren sein blöder Stoizismus und sein geradezu beknackter Name. Außerdem hatte er eine irritierende Neigung, mit anderen in Konkurrenz zu treten. Wenn man die Sonne über Borobudur hatte aufgehen sehen, dann erzählte er, man hätte erst mal sehen sollen, wie sie unterging, und wenn einer ein gutes Eßlokal in Singapur kannte, dann kannte er ein besseres. Oder wenn einer mit bloßen Händen einen Haifisch gefangen hatte …

Ich nahm mir vor, ihm keine Gelegenheit zu geben, mir von seinem Tigerhai zu erzählen.

Aber trotzdem – diese Gründe waren eigentlich nicht wichtig genug. Da mußte es noch etwas anderes geben.

»Ist eben so 'n Gefühl«, murmelte ich und drehte mich auf die Seite, um zu schlafen. Aber diese Antwort stellte mich auch nicht zufrieden.

Es wäre hilfreich gewesen, wenn Mister Duck in dieser Nacht vorbeigeschaut hätte, denn ihn hätte ich bitten können, mir mehr über Bugs Charakter zu erzählen. Leider kam er nicht. In dieser Hinsicht war er ein bißchen wie ein Taxi. Taxen und Nachtbusse.

Rot sehen

Es regnete weiter in Strömen, die ganze Woche und die nächste zur Hälfte, aber am Donnerstag in den frühen Morgenstunden hörte es auf. Alle waren erleichtert, aber niemand so sehr wie die Fischtrupps. Als wir aufwachten und sahen, daß der blaue Himmel wieder da war, konnten wir gar nicht schnell genug zum Wasser kommen. Was folgte, war so etwas wie ein Blutrausch – binnen anderthalb Stunden fingen wir unsere ganze Quote –, und danach blieb uns nichts weiter totzuschlagen als die Zeit.

Gregorio und Étienne schwammen hinüber zu den Korallengärten, und Françoise und ich schwammen zum Strand, um uns in die Sonne zu legen. Anfangs lagen wir schweigend da;

ich beobachtete, wieviel Schweiß sich in meinem Bauchnabel ansammeln konnte, bevor er überlief, und Françoise lag auf dem Bauch und ließ den Sand durch ihre Finger rieseln. Ein paar Meter weiter, im Schatten der Bäume, zappelte unser Fang in den Eimern. Wenn man wußte, woher es kam, war das Geräusch seltsam beruhigend. Es vervollkommnete den Augenblick – die Meeresbrise und den Sonnenschein –, und ich vermißte es, als die Fische alle tot waren.

Nicht lange nach dem letzten Plätschern richtete Françoise sich auf, wand sich anmutig aus ihrer liegenden Position, so daß sie mit den Händen auf den Hüften kniete, die schlanken braunen Beine adrett seitwärts unter sich. Dann rollte sie das Oberteils ihres Badeanzugs bis zur Taille herunter und streckte die Arme in den blauen Himmel. In dieser Pose blieb sie ein paar Sekunden, bevor sie sich entspannte und die Hände in den Schoß fallen ließ.

Unwillkürlich seufzte ich, und Françoise warf mir einen Blick zu. »Was ist los?« fragte sie.

Ich blinzelte. »Nichts.«

»Du hast geseufzt.«

»Oh… ich habe nur gedacht…« Rasch ging mir eine Liste von Möglichkeiten durch den Kopf: die Rückkehr der Sonne, die Stille in der Lagune, das Weiß des Sandes… »wie leicht es wäre hierzubleiben.«

»Ah ja.« Françoise nickte. »Für immer hier am Strand zu bleiben. Sehr leicht…«

Ich schwieg einen Moment und richtete mich dann ebenfalls auf. »Denkst du je an zu Hause, Françoise?«

»An Paris?«

»An Paris, die Familie, Freunde… all das.«

»Äh… nein, Richard. Nein, das tue ich nicht.«

»Verstehe. Ich auch nicht. Aber findest du das nicht ein bißchen merkwürdig? Ich meine, ich hab zu Hause in England ein ganzes Leben, an das ich mich kaum erinnern kann – geschweige denn, daß ich es vermisse. Seit ich in Thailand bin, habe ich meine Eltern nicht angerufen und ihnen nicht geschrieben, und irgendwie weiß ich, daß sie sich wohl Sorgen um mich machen, aber ich verspüre keinen Drang, irgend etwas dagegen zu unternehmen. Als ich auf Ko Pha-Ngan war, habe ich überhaupt nicht dran gedacht… Findest du das nicht merkwürdig?«

»Eltern…« Françoise runzelte die Stirn, als hätte sie Mühe, sich an das Wort zu erinnern. »Ja, es ist merkwürdig, aber…«

»Wann hast du dich das letztemal bei ihnen gemeldet?«

»Ich weiß nicht… Das war… in dieser Straße. In der Straße, wo wir dich kennengelernt haben.«

»Khao San.«

»Da hab ich sie angerufen…«

»Vor drei Monaten.«

»Vor drei Monaten… ja…«

Wir ließen uns beide rücklings in den heißen Sand sinken. Ich glaube, die Erwähnung der Eltern hatte etwas leicht Beunruhigendes, und keiner von uns beiden wollte dieses Thema vertiefen.

Aber ich fand es doch interessant, daß ich nicht der einzige war, der den Amnesie-Effekt des Strandes verspürte. Ich dachte darüber nach, woher dieser Effekt kommen mochte und ob er mit dem Strand selbst oder mit den Leuten dort zu tun hatte. Plötzlich wurde mir bewußt, daß ich nichts über die Vergangenheit meiner Gefährten wußte; ich wußte nur, woher sie kamen. Ich hatte mich unzählige Stunden mit Keaty unterhalten, und das einzige, was ich über ihn wußte, war, daß er zur Sonntagsschule gegangen war. Ich hatte keine Ahnung, ob er Geschwister hatte, was seine Eltern machten oder in welcher Gegend von London er aufgewachsen war. Womöglich hatten wir tausend gemeinsame Erfahrungen und machten uns nie die Mühe, sie zu entdecken.

Das einzige Gesprächsthema, das über den Felsenkreis hinausreichte, war das Reisen. Das war etwas, worüber wir viel redeten. Noch heute kann ich die Liste der Länder herunterrattern, die meine Freunde besucht hatten. In gewisser Weise war das nicht so verwunderlich, wenn man bedenkt, daß das Interesse am Reisen (abgesehen von unserem Alter) das einzige war, was wir alle gemeinsam hatten. Und tatsächlich war das Gespräch über Reisen ein ziemlich guter Ersatz für das Gespräch über zu Hause. Anhand der Reiseziele, die jemand sich ausgesucht hatte, und seiner Lieblingsorte konnte man schon eine Menge über ihn sagen.

Unhygienix zum Beispiel behielt seine innigste Zuneigung Kenia vor, was irgendwie zu seiner schweigsamen Natur paßte. Man konnte sich gut vorstellen, wie er auf Safari ging und in aller Ruhe die Unermeßlichkeit der Landschaft ringsumher in sich aufnahm. Keaty war lebhafter und neigte eher zu Begeisterungsausbrüchen; er paßte besser nach Thailand. Étienne, stiller, gutmütiger Kerl, der er war, hatte eine unerfüllte Sehnsucht nach Bhutan, und Sal redete oft von Ladakh, der nördlichen Provinz Indiens, die in mancher Hinsicht verträumt, aber dann auch wieder gnadenlos hart war. Ich wußte, daß meine Vorliebe für die Philippinen ebenso verräterisch war: eine Demokratie auf dem Papier, scheinbar wohlgeordnet, regelmäßig von irrationalem Chaos unterwandert. Eine Gegend, in der ich mich augenblicklich heimisch gefühlt hatte.

Was die anderen anging: Greg stand auf das sanfte Südindien, Françoise auf das schöne Indonesien, Moshe auf Borneo – ich sah da eine Verbindung zu seiner dschungelhaften Körperbehaarung –, und die beiden jugoslawischen Mädchen hatten sich für ihr eigenes Land entschieden, angemessen nationalistisch und bizarr. Daffy – das brauchte man mir nicht zu sagen – hätte sich für Vietnam entschieden.

Ich weiß natürlich, daß es was von Populärpsychologie hat, wenn man etwas in die bevorzugten Reiseziele von Leuten hineinliest. Man kann sich aussuchen, welche Elemente eines Nationalcharakters man akzeptiert und welche man ignoriert. In Keatys Fall entschied ich mich für Lebhaftigkeit und Enthusiasmus, weil Söldnertum und Berechnung nicht ins Bild paßten, und bei Françoise ignorierte ich Diktatur und Massenmord in Osttimor. Aber zu dem Prinzip habe ich nichtsdestoweniger Vertrauen.

»Ich bringe die Fische nach Hause«, sagte ich und stand auf.

Françoise stützte sich auf die Ellenbogen. »Sofort?«

»Unhygienix ist vielleicht schon soweit.«

»Der ist noch nicht soweit.«

»Tja, wohl nicht... aber ich hab Lust spazierenzugehen. Kommst du mit?«

»Wo willst du hin?«

»Äh, weiß ich nicht. Ich dachte, zum Wasserfall oder ein Stück in den Dschungel... vielleicht zu diesem Tümpel.«

»Nein, ich glaube, ich bleibe hier. Vielleicht schwimme ich auch zu den Korallen.«

»Okay.«

Ich ging zu den Eimern, und als ich mich bückte, um sie aufzuheben, sah ich mein Gesicht, das sich im blutigen Wasser spiegelte. Ich hielt inne, um mich zu betrachten – beinahe eine Silhouette mit zwei hellen Augen. Dann hörte ich, daß Françoise durch den Sand zu mir herantappte. Ihr dunkles Gesicht erschien hinter meiner Schulter, und ich fühlte ihre Hand auf meinem Rücken.

»Du möchtest nicht mit zu den Korallen kommen?«

»Nein.« Meine Finger spannten sich um die Henkel, aber ich richtete mich nicht auf, weil ich wußte, wenn ich es täte, würde ihre Hand herabfallen. »Ich möchte lieber spazierengehen... Und du bist sicher, daß du nicht mitkommen willst?«

»Ja.« Ihr rotes Spiegelbild zuckte die Achseln. »Es ist zu heiß zum Laufen.«

Ich gab keine Antwort, und ein paar Augenblicke später hörte ich, wie ihre Schritte sich durch den Sand entfernten. Als ich mich umschaute, watete sie ins Wasser. Ich sah ihr nach, bis ihr Oberkörper eintauchte. Dann machte ich mich auf den Weg ins Camp.

Naturbursche

Wenn ich landeinwärts schaute, war der Dschungel zur Linken mir vertraut, denn dort holten die Zimmerleute ihr Holz. Das Gelände war kreuz und quer von Pfaden durchzogen; manche führten zu Jeans Garten und zum Wasserfall, andere hinunter zum Strand. Rechts aber war der Dschungel noch jungfräulich, und das war die Richtung, die ich jetzt erkunden wollte.

Der einzige Weg, der hineinführte, hörte nach fünfzig Metern auf. Er war ursprünglich gerodet worden, weil weiter hinten ein Süßwasserteich lag, und Sal hatte gemeint, man könnte daraus einen etwas größeren Ersatz für die Duschhütte machen. Diese Idee war aber aufgegeben worden, als Cassie entdeckte, daß Affen den Teich zum Trinken benutzten. Jetzt wurde der Weg nur noch selten benutzt, aber immer noch oft genug, um einen Spitznamen zu haben – Khaiber-Paß –, und unsere gelegentlichen Fußspuren hielten das Unkraut in Schach.

Ich brauchte nur eine halbe Stunde, um den Teich zu finden, doch er erwies sich als kleine Enttäuschung. Als ich mir meinen Weg durch das Unterholz bahnte, hatte ich mir eine kühle Lichtung vorgestellt, wo ich baden und die Affen beobachten könnte, die sich in den Bäumen schaukelten. Statt dessen stieß ich auf einen schlammigen Tümpel und Wolken von Fliegen. Stechfliegen, sollte ich wohl ergänzen. Ich blieb kaum eine Minute dort, und das unter ständigem Klatschen und Fluchen. Dann drang ich tiefer in den Dschungel ein, während Primatengelächter mir in den Ohren gellte.

Abgesehen von scharfen Grashalmen, die mir gelegentlich in die Beine schnitten, war das Gehen nicht besonders anstrengend. Wochenlanges Barfußgehen hatte meine Sohlen abgehärtet und sie beinahe gefühllos gemacht. Ein paar Tage zuvor hatte ich mir einen Dorn aus der Ferse gezogen, einen halben Zentimeter lang. Das Ende war von einer Schmutzkruste bedeckt gewesen, und ich schätzte, daß ich eine ganze Weile mit dem Ding herumspaziert sein mußte, ohne je etwas zu fühlen.

Das schwierigste beim Gehen war der Umstand, daß ich so langsam vorwärtskam, weil ich ständig um Dickichte und Bambusgebüsch herumgehen mußte, und daß ich niemals ganz genau wußte, in welche Richtung ich eigentlich ging. Das bereitete mir aber kein großes Kopfzerbrechen, denn ich war sicher, daß ich früher oder später entweder zum Strand oder zur Steilwand kommen mußte. Unglücklicherweise bedeutete diese Zuversicht, daß ich mir nicht die Mühe machte, mir den Weg zu merken, und als ich mehr als eine Stunde später vor dem Papaya-Garten stand, hatte ich keine Ahnung, wie ich je zurückfinden sollte.

Ich sage Garten, weil mir kein besseres Wort einfällt. Die Papayas waren ganz unterschiedlich in der Größe und wuchsen in unregelmäßigen Abständen; sie waren also nicht gepflanzt worden. Möglicherweise war der Boden an dieser Stelle besonders gut für sie, oder der begrenzte Freiraum auf dem Waldboden hatte sie beieinander gehalten. Wie dem auch sei – sie boten einen wunderbaren Anblick. Viele Früchte waren reif, leuchtend orange und groß wie Kürbisse, und die Luft war erfüllt von ihrem süßen Duft.

Mühelos drehte ich eine vom Stiel und spaltete sie an einem Baumstamm. Das fluoreszierende Fleisch schmeckte wie Melone und Parfüm – vielleicht nicht so hübsch, wie sich das anhört, aber doch ziemlich gut. Ich holte den Joint hervor, den ich gedreht hatte, ehe ich das Camp verlassen hatte, suchte mir ein freies Plätzchen zum Sitzen und machte es mir bequem; ich wollte zuschauen, wie der Rauch sich unter den Papayablättern sammelte.

Nach einer Weile tauchten Affen auf. Ich wußte nicht, wie die Art hieß, aber sie waren klein und braun und hatten lange Schwänze und seltsam katzenhafte Gesichter. Anfangs blieben sie auf Distanz. Sie musterten mich nicht und nahmen auch sonst keine Notiz von meiner Anwesenheit, abgesehen davon, daß sie einen großen Bogen um mich machten. Dann aber kam eine Affenmutter, an deren Bauch sich ein winziges Baby anklammerte, herübergeschlendert und nahm mir ein Stück Papaya aus der Hand. Ich hatte es ihr nicht mal hingehalten – ich hatte es aufheben wollen, bis ich den Joint zu Ende geraucht hätte –, aber sie hatte ganz offensichtlich andere Vorstellungen. Sie bediente sich ganz lässig, und ich war so überrascht, daß ich nur glotzen konnte.

Es dauerte nicht lange, und ein zweiter Affe tat es der Affenmutter nach. Dann noch einer und noch einer. Innerhalb von zwei Minuten wurden mir die Papayastückchen aus der Hand gerissen, kaum daß ich sie aus der Frucht gebrochen hatte. Ich war überall mit klebrigem Saft beschmiert, und meine Augen brannten, weil ich nicht dazu kam, den Joint aus dem Mund zu nehmen; kleine schwarze Finger betatschten mich aus allen Richtungen. Schließlich hatten sie alle einen Brocken ergattert, und ich hockte mit gekreuzten Beinen in einem Meer von mampfenden Affen. Ich kam mir vor wie Heinz Sielmann.

Das unverkennbare Geräusch von herabfallendem Wasser führte mich schließlich aus dem Dschungel. Ich hörte es eine Viertelstunde nachdem ich den Garten verlassen hatte, und von da an brauchte ich nur noch auf dieses Rauschen zuzuhalten.

Ich kam bei dem Baum mit den Schnitzmarken heraus und stürzte mich auf der Stelle in das Wasserfallbassin, denn ich brannte darauf, mir Schweiß und Papayasaft abzuwaschen. Erst als ich wieder auftauchte, merkte ich, daß ich nicht allein war. Sal und Bugs küßten sich nackt im Halbschatten des Sprühnebels.

Verdammt, dachte ich und wollte diskret ans Ufer schwimmen, doch da bemerkte mich Sal.

»Richard?«

»Hallo, Sal. Sorry. Ich hab euch nicht gesehen.«

Bugs sah mich an und lächelte spöttisch. Ich hatte das Gefühl, daß er mir sagen wollte, ich mit meiner Entschuldigung sei nur lüstern. Piefig – neben seiner relaxten, aber offenen Sexualität. Dieser Pinsel. Ich hielt seinem Blick stand, und sein Lächeln verwandelte sich in blöden Hohn – den Ausdruck, der von Anfang an gemeint gewesen war.

»Sei nicht albern, Richard«, sagte Sal und löste sich aus Bugs' Umarmung. »Wo kommst du her?«

»Ich bin den Khaiber-Paß entlangspaziert, hab 'ne Menge Papaya-Bäume entdeckt und bin dann hier gelandet.«

»Papayas? Wie viele denn?«

»Oh, Massen.«

»Das solltest du Jean sagen, Richard. Für so was interessiert er sich immer.«

Ich zuckte die Achseln. »Ja, das Problem ist bloß, daß ich sie wahrscheinlich nie wiederfinde. Es ist schwer, sich da drin zu orientieren.«

Bugs belebte sein Grinsen neu. »Das erfordert Übung.«

»Übung mit 'nem Kompaß.«

Hohnlächeln. »Ich hab so viel Zeit im Wald verbracht, ich schätze, ich hab da einen Instinkt … fast wie ein Tier, Mann.« Er strich sich mit beiden Händen die nassen Haare zurück. »Vielleicht finde ich sie morgen.«

»Mhm. Viel Glück.« Ich wandte mich zum Gehen und fügte leise hinzu: »Aber verlauf dich nicht.«

Ich tauchte unter und schwamm ans Ufer zurück; ich kam erst wieder an die Oberfläche, als das Wasser so flach wurde, daß es mich nicht mehr bedeckte. Aber ich war noch nicht ganz davongekommen.

»Richard«, rief Sal, als ich mich hinausstemmte. »Warte.«

Ich sah mich um.

»Willst du zum Camp zurück?«

»Wollte ich.«

»Na … warte.« Sie kam herübergeschwommen; ein bißchen

sah sie aus wie eine Schildkröte, wie sie so das Kinn ganz aus dem Wasser reckte. Ich wartete, bis sie bei mir war.

»Gehst du mit mir zum Garten? Ich muß noch mal runter, und Bugs muß zum Langhaus. Ich hätte gern ein bißchen Gesellschaft, und wir haben uns schon lange nicht mehr unterhalten.«

Ich nickte. »Okay, klar.«

»Gut.«

Sie lächelte und ging ihre Kleider holen.

Die gute Nachricht

Sal schlug ein langsames Tempo an. Manchmal blieb sie stehen, um irgendwelche Blumen anzusehen oder um Unkraut auf dem Weg auszureißen. Manchmal hielt sie ganz ohne ersichtlichen Grund an und malte mit den Zehen planlos Kreise in den Staub.

»Richard«, fing sie an, »ich möchte dir sagen, wie froh wir alle sind, daß ihr unseren geheimen Strand gefunden habt.«

»Danke, Sal«, antwortete ich; mir war bereits klar, daß diese Unterhaltung über eine beiläufige Plauderei hinausgehen würde.

»Kann ich offen sprechen, Richard? Als ihr drei ankamt, da waren wir alle ein bißchen beunruhigt. Vielleicht verstehst du, warum…«

»Natürlich.«

»Aber ihr habt euch alle *so* gut eingefügt. Ihr habt den Geist dessen, was wir hier haben, wirklich begriffen, besser, als wir hoffen konnten… Glaub nicht, wir hätten es nicht zu schätzen gewußt, daß du den Reistrip übernommen hast, Richard, und daß du diesen hübschen Hai gefangen hast.«

»Na ja.« Ich versuchte, bescheiden auszusehen. »Das mit dem Hai war Glückssache.«

»Blödsinn, Richard. Der Hai war etwas, worüber sich alle freuen konnten, und die Moral läßt wirklich nach, wenn es so regnet. Ich habe immer noch ein bißchen Gewissensbisse, weil ich an diesem elenden nassen Morgen so mit euch gesprochen habe, aber manchmal muß ich einfach ... Druck machen. Ich betrachte mich nicht als Anführerin hier, aber ...«

»Das verstehen wir doch alle.«

»Danke, Richard.«

»Und in Wirklichkeit bist du hier die Anführerin, Sal.«

»Oh, in mancher Hinsicht bin ich das vielleicht. Widerstrebend.« Sie lachte. »Die Leute kommen mit ihren Problemen zu mir, und ich versuche, sie aus der Welt zu schaffen ... Keaty zum Beispiel. Ich weiß, du und Keaty, ihr habt ein gutes Verhältnis; deshalb nehme ich an, daß du sein Problem kennst.«

»Er möchte von der Gartenarbeit weg.«

»Genau. Das macht mir Kopfzerbrechen. Es ist nicht einfach, die Leute herumzuschieben. Jemand muß Platz machen, bevor er wechseln kann, und die Fischertrupps sind voll ... Er möchte zu den Fischern, weißt du.«

»Mhm.«

»Seit Monaten sage ich ihm jetzt, daß das nicht möglich ist. Weißt du, er sollte gerade anfangen zu fischen, als eure kleine Gruppe ankam ... Er war schrecklich enttäuscht, Richard, aber er ist sehr gut damit umgegangen. Ein anderer hätte es vielleicht ... ich weiß nicht ... hätte es euch übelgenommen.«

»Na klar. Drei Leute kreuzen aus heiterem Himmel auf und nehmen ihm den Job weg.«

»So ist es, Richard. Ich war ihm so dankbar – und so froh, als ihr euch angefreundet habt ... Es hat mir nur leid getan, daß ich nichts tun konnte, um seine Situation zu verbessern ...« Ein Grasbüschel erregte Sals Aufmerksamkeit; sie riß es aus und schnalzte mißbilligend, weil es sich so hartnäckig im Boden festkrallte. »Aber ohne eine freie Stelle in der Fischertruppe waren mir die Hände gebunden. Und mittlerweile ist mir klargeworden, daß es keine geben wird, solange ich nicht dafür sorge…«

Ich schluckte betreten. »Äh, vermutlich will niemand wechseln. Was ist mit einem der Schweden?«

»Mit einem der Schweden?« Sie lachte leise. »Ohne einen Revolver kannst du dieses Trio nicht knacken, und selbst dann hättest du ganz schön zu tun. Nein, die sind zusammen, bis der Tod sie scheidet. Die drei blonden Musketiere.«

»Und Moshe?«

»Ich glaube, ich möchte nicht, daß er wechselt. Er kann ziemlich gut mit den jugoslawischen Mädchen umgehen.«

»Wer dann?« fragte ich; es gelang mir offenbar nicht, einen bangen Unterton ganz zu unterdrücken.

»Ja, Richard. Tut mir leid, aber du mußt es sein. Ich habe keine Wahl.«

Ich stöhnte. »O nein, Sal. Bitte, ich will wirklich nicht wechseln. Ich fische so gern, und ich kann es gut.«

»Ich *weiß*, daß du es gut kannst, Richard. Ich *weiß*. Aber versuch bitte, es von meinem Standpunkt aus zu sehen. Keaty muß raus aus dem Garten, Étienne und Françoise kann ich nicht voneinander trennen, Gregorio fischt schon seit zwei Jahren, und die Jugoslawinnen…« Sal schüttelte den Kopf. »Tja, eigentlich sollte ich dir das nicht erzählen, Richard, aber die haben nicht genug Verstand für irgend etwas anderes. Jean kann sie nicht ausstehen, und mit der Zimmermannsarbeit kämen sie nicht zurecht. Ich bedaure, daß ich sie überhaupt hergebracht habe. Bei Flüchtlingen werde ich einfach weich… Wirklich, Richard, wenn ich eine Wahl hätte…«

»Ja«, brummte ich.

»Und ich habe ja nicht vor, dich in den Garten zu versetzen…«

Ich stutzte. »Nicht?«

»Du lieber Gott, nein. Ich glaube, das würde ich nicht fertig bringen – nach allem, was Keaty dir darüber erzählt haben muß.«

Ein schrecklicher Gedanke kam mir in den Sinn. Wenn ich zwischen dem Garteneinsatz und der Arbeit bei Bugs in der Schreinerei zu wählen gehabt hätte, hätte ich mich jederzeit für Jeans eisernes Regime entschieden.

»Na ja«, begann ich und bemühte mich gar nicht erst, meine Nervosität zu verschleiern. »Soviel hat er nun auch wieder nicht gesagt....«

»Ich bin sicher, es war eine Menge, Richard. Du brauchst nicht den Diplomaten zu spielen.«

»Nein, Sal, ehrlich ...«

Sie winkte ab. »Es spielt keine Rolle. Du wirst nicht im Garten arbeiten ...«

Ich schloß die Augen und wartete auf den Urteilsspruch.

»Du arbeitest mit Jed.«

Ich machte die Augen wieder auf. *»Jed?«*

»Ja. Er will einen Partner für seine Expeditionen, und er hat dich vorgeschlagen.«

»Hoppla«, sagte ich, und ich meinte es ehrlich. Ich war nie auf die Idee gekommen, daß Jed den Wunsch hegen könnte, jemanden bei sich zu haben. Wir hatten uns zwar angefreundet, aber er kam mir immer noch wie ein Einzelgänger vor.

»Ich weiß, er hat noch nie wie ein Typ gewirkt, der auf Gemeinschaftsarbeit steht.« Sal konnte offensichtlich Gedanken lesen. »Ich war genauso überrascht. Du mußt beim Reistrip einen guten Eindruck auf ihn gemacht haben.«

»Aber wobei braucht Jed denn Hilfe ...? Ich meine ... klaut er denn nicht bloß Gras?«

»Das tut er, ja, aber er tut auch noch anderes. Er wird's dir erklären.«

»Aha ...«

Sal strahlte. »Richard, ich bin so froh, daß wir das alles geklärt haben. Seit Tagen zerbreche ich mir den Kopf, wie ich es dir sagen soll ... So, dann brauchen wir jetzt nur noch Keaty zu suchen. Willst du ihm die gute Nachricht überbringen, oder soll ich das machen?«

Fischer

Als wir im Garten ankamen, sagte Jean uns, Keaty sei schon zum Camp zurückgegangen. Ich trabte los, um ihn einzuholen, und Sal blieb zurück. Sie mußte Jean beibringen, daß er mit einem Arbeiter weniger auszukommen hatte.

Ich traf Keaty ein paar hundert Meter weiter unten am Weg. Als ich ihm die Neuigkeit berichtete, zeigte er sich sehr mitfühlend, obwohl es für ihn eine gute Neuigkeit war.

»Ich fühle mich beschissen, Rich«, sagte er, als ich alles erklärt hatte. »Ich wollte nicht, daß Sal dich vom Fischen abzieht, das schwöre ich dir.«

Ich nickte. »Meine Vermutung ist, daß es mehr mit Jed als mit dir zu tun hat. Du willst von der Gartenarbeit weg, seit ich hier bin, aber erst jetzt ist was passiert.«

»Vielleicht… du bist sauer, was?«

»Na ja…«

»Tut mir leid.«

»Nein, du kannst nichts dafür. Es ist einfach… Pech. Oder so was. Aber du kannst nichts dafür.«

»Ich hoffe nicht, Richard. Und leid tut's mir trotzdem.«

Wir gingen eine Weile schweigend nebeneinander her. Dann sagte Keaty: »Weißt du, wieso Jed plötzlich findet, daß er Hilfe braucht?«

»Ich weiß nicht mal, wobei er Hilfe braucht. Wir wissen ja immer noch nicht, was er da oben macht.«

»Aber wenigstens werden wir es jetzt erfahren.«

»Ich werde es erfahren, meinst du wohl. Wenn ich dir sagen würde, was da los ist, müßte ich dich sofort danach umbringen.«

Keaty lächelte. »Weißt du was? Ich wette, insgeheim bist du froh. Ich wette, du freust dich darauf, da oben rumzustreunen.«

Ich zuckte die Achseln. »Frag nicht, was dein Strand für dich tun kann.«

»Das ist der rechte Geist.«

»Yeah…« Ich zögerte. »Ich glaube, wenn ich schon von der Fischerei weg muß, dann arbeite ich lieber mit Jed als mit sonst jemandem.«

»Mhm. Die Gärtnertruppe würde ich dir jedenfalls nicht wünschen.«

»Und die andere Möglichkeit wäre die Schreinerei gewesen. Einen Moment lang dachte ich, Sal würde mir das vorschlagen, und fast hätte ich eine gottverdammte Herzattacke gekriegt. Ich sah plötzlich vor mir, wie ich den ganzen Tag mit Bugs arbeite, und als Sal dann sagte, ich sollte zu Jed… ich weiß nicht… ich war beinahe erleichtert.«

»Wenn du meinst, Rich.«

»Ich glaube, ich meine es.«

Der Pfad machte eine Biegung, und wir sahen das Langhaus von weitem. Um die Küchenhütte bewegten sich Leute; vermutlich waren die anderen Fischer mit ihrem Fang zurückgekommen. Von meiner Truppe sah ich keinen. Wahrscheinlich waren sie noch bei den Korallen.

Wir wollten eben auf die Lichtung hinaustreten, als hinter uns jemand unsere Namen rief. Wir drehten uns um und sahen Jesse, der mit einem Sack Gemüse vom Garten her angelaufen kam.

»Hey, Mann«, sagte er zu Keaty, als er uns eingeholt hatte. »Ich höre, du verläßt den Jar Dan.« Ich brauchte zwei Sekunden, um seinen Kiwi-Akzent zu übersetzen: *jardin*.

»Ja. Ich wechsle zum Fischen.«

»Hab ich gehört, du Glückspilz.« Jesse sah mich an. »Du allerdings nicht, Alter. Du mußt echt sauer sein, daß du diesen lauen Job los bist. Jetzt wirst du bei uns schwitzen.«

»Ich komme nicht in den Garten.«

Jesse grinste. »In die Tischlerei! Zu Jesus!«

»Nein. Zu Jed.«

»Zu *Jed*?«

»Ja.«

»Leck mich.« Er klopfte Keaty auf den Rücken. »Du hast es jedenfalls geschafft. Kannst den ganzen Tag Françoise beim Schwimmen zugucken. Könnte ich auch mal 'n Weilchen vertragen.«

Keaty warf mir einen kurzen Blick zu, was mich verwirrte. »Sieh dich vor, Jesse. Du möchtest ja wohl nicht, daß Cassie dich hört.«

Jesse lachte. »Da hast du recht. Würde mir die Haut abziehen, bei lebendigem Leibe.« Er zwinkerte, ohne jemanden speziell zu meinen, und schaute dann auf die Lichtung hinaus. »So. Sieht aus, als hätten die Köche das Essen in der Mache. Sollte lieber das Grünzeug runterbringen.«

»Genau«, sagte Keaty, und Jesse trabte los. Keaty sah ihm nach, und dann drehte er sich zu mir um. »Er ist der einzige aus der Gartentruppe, den ich wirklich vermissen werde.«

»Scheint ein anständiger Typ zu sein.«

»Ist er. Du würdest ihn und Cassie wirklich mögen. Zumal sie nicht gerade Bugs' größte Fans sind.«

»Ach?«

»Ich habe immer über Jean gemeckert, weil er ein so harter Boß ist, aber Bugs ... der treibt Cassie in den Wahnsinn.«

»Das hab ich schon gemerkt.«

»Ich schätze, die Arbeit mit deiner Truppe wird dir auch fehlen.«

»Mhm.« Ich atmete tief durch und langsam wieder aus. Wahrscheinlich zu tief und zu langsam, denn Keaty warf mir wieder einen merkwürdigen Blick zu. »Ganz bestimmt.«

Versetzung

Es war ein weiter Weg von da, wo ich auf die Lichtung trat, bis dahin, wo Étienne, Françoise und Gregorio standen und sich unterhielten. Ich hatte reichlich Zeit, mir zu überlegen, wie weit der Wechsel in der Arbeit mein Leben am Strand beeinflussen würde. Hauptsächlich dachte ich in den schnellen Bildern einer Diashow, in verschiedenen Aufnahmen von uns vieren, wie wir plauderten und unseren Spaß hatten: wie wir von unserem bevorzugten Fischfelsen sprangen, wie wir wetteten, wer den größten Fisch fangen würde, wie wir den Speeren nachschwammen, die ihr Ziel verfehlt oder ihr Ziel getroffen hatten, oder wie wir die Würfe nachspielten, die zum Lachen schlecht gewesen waren.

Das Bild, bei dem ich am längsten verweilte, zeigte Françoise, was nicht überrascht. Françoise als Amazone, starr mit dem Speer über dem Kopf, ganz und gar konzentriert auf die Formen unter Wasser. Ein Bild, an das ich mich bis heute deutlich erinnere.

Als ich näher kam, hatte ich den Eindruck, daß die Nachricht sie schon erreicht haben mußte. Sie unterbrachen ihr Gespräch, drehten sich zu mir um und schauten mir mit stillen, ernsten Mienen entgegen. Aber sie hatten einfach nur meinen Gesichtsausdruck bemerkt. Den, meine Haltung und die Geschwindigkeit, mit der ich auf sie zukam. Wenn jemand ohne Hast und mit gesenktem Kopf auf einen zukommt, dann weiß man schon, daß irgend etwas los ist.

Es entstand ein seltsamer Augenblick, als ich sie erreichte. Stumm warteten sie darauf, daß ich etwas sagte, aber ich fühlte mich bereits von ihrer Gruppe isoliert. Es erinnerte mich an den ersten Morgen nach meinem Fieber, als Étienne und Françoise bereits zu einem Teil der neuen Welt geworden waren, während ich geschlafen hatte. Als keiner ein Wort sagte, runzelte ich die Stirn, legte mir eine Hand in den Nacken und zuckte hilflos die Achseln.

»Was ist, Richard?« fragte Étienne besorgt. »Ist etwas passiert?«

Ich nickte.

»Sag's uns.«

»Ich bin von der Fischerei abgezogen worden.«

»Abgezogen?«

»Ich wechsle zu einem anderen Einsatz. Sal... Sie hat es mir eben gesagt.«

Françoise schnappte nach Luft. »Aber wieso? Wie kann sie das tun?«

»Es geht um Jed. Er braucht einen Partner bei seiner Arbeit. Keaty ist mein Nachfolger.«

Gregorio schüttelte den Kopf. »Aber Moment mal, Richard. Du willst nicht weg, oder?«

»Mir gefällt es beim Fischen...«

»Okay. Dann bleibst du. Ich suche Sal und rede mit ihr.« Er marschierte in Richtung Langhaus davon.

»Gregorio wird es verhindern«, sagte Étienne einen Augenblick später. »Keine Sorge, Richard. Du brauchst nicht zu wechseln.«

»Du brauchst nicht zu wechseln«, echote Françoise. »Wir sind ein gutes Team, Richard. Natürlich bleibst du bei uns.«

Ich nickte; die demonstrative Solidarität meiner Freunde freute mich, aber zugleich war ich kein bißchen überzeugt. Ich wußte, daß Sals Entscheidung endgültig war, und wie zur Bekräftigung dieser Erkenntnis hallte der Klang ihrer leisen Stimme über den Platz, als sie Gregorio mitteilte, daß es keine andere Möglichkeit gebe.

Ich bedauerte mich selbst, denn ich wußte nicht recht, was ich von dieser unvermittelten Wendung halten sollte, aber noch mehr bedauerte ich Keaty. Nachdem Gregorio es nicht geschafft hatte, Sal umzustimmen, verbrachten wir vier den Rest des Nachmittags damit, im Kreis zu sitzen, uns zu bekiffen und über die neue Lage zu meckern. Keaty jedoch hockte im Eingang seines Zelts. Er war scheinbar in seinen Gameboy vertieft, aber er sah elend aus. Ich glaube, er fühlte sich für alles verantwortlich, und es mußte deprimierend sein zu sehen, daß seine neuen Arbeitskollegen über die Umstände seines Dazukommens so unglücklich waren.

Irgendwann war Keatys offenkundiges Unbehagen nicht mehr zu ertragen. Da ich spürte, daß die Last auf mir lag, rief ich ihn und schlug ihm vor, sich zu uns zu setzen. Belämmert legte er seinen Nintendo aus der Hand und kam herüber, und sofort begann er sich ausführlich für die Situation, in die er uns gebracht zu haben glaubte, zu entschuldigen. Wir alle protestierten gleich, aber das konnte ihn nicht aufheitern. Er erzählte uns auch, er habe selbst mit Sal gesprochen und darauf beharrt, daß es ihm nichts ausmache, bei der Gärtnertruppe zu bleiben, aber ohne Erfolg. Das lieferte uns zumindest ein Diskussionsthema, das Keatys Mißbehagen nicht weiter verschärfte, denn jetzt ging es um den eigentlichen Anlaß für die Versetzungen.

»Vielleicht«, meinte Françoise, »ist auf der Insel irgend etwas im Gange. Etwas, das mit den Haschischfarmern zu tun hat.«

Keaty murmelte zustimmend, aber Gregorio machte ein zweifelndes Gesicht. »Gut, vielleicht legen die Thais auf dieser Seite der Insel neue Felder an. Das wäre ein Problem, aber wieso sollte Jed einen Partner brauchen? Und wenn er zehn oder fünfzig Partner hätte, er könnte sie nicht daran hindern. Da ist doch kein Unterschied.«

»Gibt es eigentlich je Gespräche mit den Thais?« fragte Étienne.

Gregorio schüttelte den Kopf. »Daffy hat mal mit ihnen geredet, aber er war der einzige. Er sagte, sie hätten schon gewußt, daß wir hier sind, und sie interessierten sich nicht weiter für uns, solange wir uns nicht von der Lagune wegbewegten. Seitdem: Nichts.«

»Vielleicht sind sie stinkig, weil Jed ihnen Gras klaut«, erwog ich.

»Ja, aber das ist doch das gleiche. Ob sie wütend sind oder nicht, was spielt es für eine Rolle, ob Jed einen Partner hat oder nicht?«

»Was könnte es dann sein?«

Gregorio schaute auf seine Hände und sah dann mich an. »Ich weiß es nicht, Richard … Ich weiß es wirklich nicht.«

An diesem Abend brauchte ich mehr als zwei Stunden zum Einschlafen, und die Gedanken, die mich wachhielten, waren so ungewöhnlich, wie es der ganze Tag gewesen war. Zum erstenmal, seit ich am Strand war, dachte ich an zu Hause. Ja, beinahe wünschte ich mir, ich könnte heimfahren. Nicht, um den Strand für immer zu verlassen – nur um mich bei ein paar wichtigen Leuten zu melden und sie wissen zu lassen, daß ich noch lebte und daß es mir gutging. Meine Familie vor allem, und ein paar Freunde.

Vermutlich hatte es mit dem Gespräch, das ich am Vormittag mit Françoise geführt hatte, ebensoviel zu tun wie mit den darauf folgenden, beunruhigenden Ereignissen. Der Gedanke an die Eltern hatte in meinem Hinterkopf festgesessen und sich dem Bann der Amnesie an diesem Strand nicht unterwerfen wollen.

Der entscheidende Moment

»Hallo«, sagte eine Stimme, und ich drehte mich um. Ein kleiner Junge stand im Toreingang des Hauses hinter mir. Er grinste und kam über den Gehweg marschiert. »Möchtest du was trinken?«

Ich starrte ihn ausdruckslos an. Als Kind war Mister Duck blond und beinahe dick.

»Tja …« Ich rieb mir den Hals. »Was hast du denn anzubieten?«

»Ribena oder Wasser.«

»Ribena ist gut.«

»Okay. Warte hier.«

Mister Duck ging ins Haus. Er watschelte ein bißchen, und

ich fragte mich, ob sein Spitzname wohl ursprünglich daher stammte. Einen Augenblick später kam er wieder heraus, mit beiden Händen einen Becher haltend.

»Es ist leider nicht so richtig kalt. Es dauert eine Ewigkeit, bis kaltes Wasser aus dem Hahn kommt.«

»Das macht nichts.«

Er gab mir den Becher und beobachtete mich aufmerksam, als ich trank.

»Schmeckt es? Vielleicht hätte ich Eis reintun sollen.«

»Es ist ganz okay.«

»Ich kann dir Eis holen.«

»Nein.« Ich trank den Becher leer. »Es war genau richtig.«

»Gut!« Er strahlte. »Möchtest du mein Zimmer sehen?«

Mister Ducks Zimmer sah genau aus wie meins früher – die Kleider in Haufen, eselsohrige Poster an den Wänden, das Oberbett zerknüllt am Fußende, verschrammte Matchbox-Autos auf den Regalen, Murmeln und Spielzeugsoldaten überall. Der Hauptunterschied bestand darin, daß ich mein Zimmer mit meinem kleinen Bruder teilte, was das Chaos verdoppelte.

Mitten auf dem Fußboden lag ein umgestürzter Stapel »Tim und Struppi«- und »Asterix«-Hefte.

»Scheiße«, sagte ich voller Bewunderung. »Das ist eine gute Sammlung.«

Mister Duck riß die Augen auf; dann rannte er zur Tür und spähte hinaus. »Richard«, zischte er und drehte sich mit streng erhobenem Zeigefinger zu mir um. »Das darfst du nicht sagen!«

»Scheiße?«

Sein kleines Gesicht wurde puterrot, und er wedelte mit den Armen. »Pst! Sonst hört dich jemand!«

»Aber…«

»Kein Aber!« Er senkte die Stimme zu einem Flüstern. »Auf Fluchen stehen in diesem Haus zwei Pence Strafe!«

»Oh… na gut. Ich werde nicht mehr fluchen.«

»Gut«, sagte er ernst. »Ich müßte dir jetzt Geld abnehmen,

aber du kanntest die Regel nicht; also wollen wir es dabei belassen.«

»Danke …« Ich hob eins von den Heften auf – *Die Zigarren des Pharao*. »Du liest also gern ›Tim und Struppi‹, was?«

»Am *liebsten*! Du auch? Ich habe alle ›Tim und Struppi‹-Hefte bis auf eins.«

»Ich habe alle ›Tim und Struppi‹-Hefte bis auf keins.«

»Auch *Der blaue Lotus?*

»Gibt's nur auf französisch.«

»Genau! Deshalb hab ich's nicht. Das ärgert mich echt.«

»Du solltest es dir übersetzen lassen. Meine Mum hat das für mich gemacht. Es ist ziemlich gut.«

Mister Duck zuckte die Achseln. »Meine Mum kann kein Französisch.«

»Oh …«

»Welches ist denn dein Lieblingsheft?«

»Hmm. Schwierige Frage.« Ich überlegte ein paar Augenblicke. *»Tim und Struppi in Amerika* ist es nicht.«

»Nein. Und die *Die Juwelen der Sängerin* ist es auch nicht.«

»Auf keinen Fall … Es könnte *Tim und Struppi in Tibet* sein … oder *Die Krabbe mit den Goldenen Scheren* … Ich kann mich nicht entscheiden.«

»Willst du wissen, welches mein Lieblingsheft ist?«

»Ja.«

»Gefangene der Sonne.«

Ich nickte. »Eine gute Wahl.«

»Ja. Möchtest du wissen, welches Buch ich noch gern habe?«

»Klar.«

Mister Duck ging zu seinem Bett, kniete nieder und tastete darunter herum. Schließlich zog er ein großformatiges Hardcover hervor. Es hatte einen schlichten roten Umschlag mit goldener Prägeschrift. Der Titel war *Time. Ein Jahrzehnt in Photographien: 1960–1970*.

»Dieses Buch gehört meinem Dad«, sagte er leichthin; er

hockte sich auf den Boden und winkte mich zu sich. »Ich darf es nicht mal in meinem Zimmer haben. Weißt du was?«

»Was?«

»In diesem Buch…« Er machte eine dramatische Pause. »Da ist ein Bild von 'nem Mädchen drin.«

Ich schnaubte. »Wahnsinn.«

»Ein nacktes Mädchen!«

»Nackt?«

»Ja. Willst du's sehen?«

»Na klar!«

»Okay… *Moment.*« Mister Duck fing an zu blättern. »Es ist irgendwo in der Mitte… Ah! Hier!«

Ich zog mir das Buch auf den Schoß.

Sie war wirklich nackt, und sie war ein paar Jahre älter als wir. Zwischen zehn und zwölf, schätzte ich. Sie rannte eine Landstraße entlang.

Mister Duck lehnte sich herüber, so daß sein Mund an meinem Ohr war. »Man sieht *alles!*« flüsterte er aufgeregt.

»Allerdings«, stimmte ich zu.

»Alles! Alle ihre Stellen!« Er fing an zu kichern und rollte sich, die Hände vor dem Mund, vornüber. »Alles!«

»Ja«, sagte ich, aber ich war plötzlich verunsichert. Irgend etwas an dem Foto irritierte mich.

Ich sah die Felder rechts und links der Landstraße; sie waren seltsam flach und fremdartig. Dann bemerkte ich eine Ansammlung undeutlich erkennbarer Gebäude hinter dem Mädchen; sie waren entweder unscharf fotografiert oder von Rauchwolken verschleiert. Und das Mädchen weinte und spreizte die Arme. Andere Kinder rannten neben ihr her. Ein paar Soldaten schauten scheinbar gleichgültig zu.

Ich runzelte die Stirn. Mein Blick huschte von dem Mädchen zu den Soldaten und wieder zurück zu dem Mädchen. Es war, als wäre mein Blick verwirrt und wüßte nicht, wo er sich niederlassen sollte. Ich wußte nicht mal recht, worauf er sich da niederließ.

»Scheiße«, murmelte ich und klappte das Buch mit einem Knall zu.

Mister Duck richtete sich auf. »Tut mir leid, Rich«, sagte er. »Aber ich habe dir schon einmal gesagt, daß du nicht fluchen sollst. Diesmal kostet's dich was.«

IM FELDE

Erster Aspekt

Jeds Augen standen etwas weiter auseinander als meine, deshalb war ein bißchen Nachstellen nötig, bevor ich einen klaren Kreis statt zwei verschwommener sah. Dann mußte ich das Meer langsam absuchen, wobei ich mich auf den Ellbogen stützte, da die kleinste Bewegung das Bild meilenweit aus der Bahn warf. Ich brauchte ein paar Sekunden, um den Sandstreifen und die Linie grüner Palmen zu finden, aber einmal dort angekommen, machte ich die fünf vertrauten Gestalten beinahe sofort ausfindig. Sie waren an derselben Stelle wie am Morgen zuvor und beinahe jeden Morgen in den vergangenen neun Tagen. Nur vor vier Tagen war der Strand einmal völlig leer gewesen. Das hatte uns ein bißchen Sorge bereitet, aber zwei Stunden später waren sie dann zwischen den Bäumen hervorgekommen.

»Sie sind immer noch da«, sagte ich.

»Machen sie was?«

»Nein.«

»Liegen bloß rum.«

»Sieht so aus, als ob einer steht. Aber er rührt sich auch nicht.«

»Und du zählst fünf.«

Kurze Pause. »Fünf, ja. Sie sind alle da.«

»Gut.« Jed hustete leise in die vorgehaltene Hand. Wir mußten vorsichtig sein und durften keinen Lärm machen, solange wir den Rauschgift-Feldern so nahe waren, und rauchen durften wir auch nicht, was meinen Nerven nicht gerade guttat.

Mein erster Tag mit Jed hatte schlecht angefangen. Ich war mit einer Scheißlaune aufgewacht; der Traum der vergangenen Nacht hing mir noch nach, und ich war leicht deprimiert, weil ich die Fischertruppe verlassen mußte. Aber als er mir die Sache mit den Leuten erklärt hatte, hatte ich alles verstanden. Dann war ich in Panik geraten und hatte gemurmelt: »Das ist der GAU«, immer und immer wieder, wie ein Mantra, während Jed geduldig darauf gewartet hatte, daß ich mich wieder beruhigte. Das dauerte eine Weile, aber schließlich hörte ich doch so lange auf zu plappern, daß er ein Wort dazwischenschieben und ich die Lage exakt begreifen konnte.

Die gute Nachricht war, daß Sal nichts von meiner Indiskretion mit der Karte wußte. Jed hatte ihr nur erzählt, daß auf der Nachbarinsel jemand aufgetaucht war, aber nicht, daß ich möglicherweise etwas damit zu tun hatte. Sal ging davon aus, daß ich mit Jed arbeitete, weil er vom Alleinsein die Nase voll hatte und einen Partner wollte. Die andere gute Nachricht war, daß diese Leute schon zwei Tage auf der Insel herumgehangen hatten, bevor Sal sich mit meiner Versetzung einverstanden erklärt hatte. Wenn sie es also auf unseren Strand abgesehen hatten, so hatten sie offenbar Mühe, zu uns vorzustoßen.

Das Dumme war: Wir mußten annehmen, *daß* diese Leute es auf unseren Strand abgesehen hatten. Wir mußten außerdem annehmen, daß zwei von ihnen Zeph und Sammy waren; die drei anderen waren wahrscheinlich die Deutschen, die Jed auf Ko Pha-Ngan gesehen hatte. Mit Sicherheit wußten wir es nicht, weil die Leute so weit weg waren, daß wir sie nicht deutlich erkennen, ja, nicht mal blondes Haar aufscheinen sehen konnten. Aber es war wahrscheinlich.

Den Rest des Tages hatte ich in einem Schockzustand verbracht; ich hatte dagesessen und mir Jeds Fernglas vors Gesicht gepreßt, und jedesmal, wenn einer von ihnen sich zu bewegen schien, war ich fest davon überzeugt, daß sie jetzt zu uns herüberschwimmen würden. Aber sie schwammen nicht zu uns herüber. Im Gegenteil, sie rührten sich kaum von ihrem Sandfleckchen weg, gingen nur hin und wieder kurz ins Wasser oder verschwanden für ein, zwei Stunden im Dschungel. Nachdem drei oder vier Tage auf ähnliche Weise vergangen waren, wurde es mir unmöglich, meine anfängliche Panik aufrechtzuerhalten. Sie verblaßte, flaute zu einer Art Bangigkeit ab und richtete sich schließlich als allgemeine Anspannung ein. So konnte ich wieder klarer denken und mich in gewisser Weise entspannen. Und von diesem Augenblick an traten allmählich auch die anderen Aspekte meiner neuen Arbeit zutage.

Der erste bestand darin, Jed kennenzulernen. Stunde für Stunde, bis zum Einbruch der Dunkelheit, saßen wir auf einem Felsenvorsprung am höchsten Punkt unserer Insel, und von unseren Beobachtungen abgesehen, hatten wir nichts weiter zu tun, als uns zu unterhalten. Meistens unterhielten wir uns über Plan B: was wir tun würden, wenn sie schließlich herkämen. Das einzige Problem bei Plan B war, daß er – wie Plan B meistens – nicht existierte. Wir hatten mehrere Optionen, aber wir konnten uns auf keine einigen. Die Option, die ich favorisierte, bestand darin, daß Jed hinunterging, sie abfing und ihnen mitteilte, daß sie am Strand nicht willkommen wären, aber er wollte nicht. Er war zwar sicher, daß er sie loswerden könnte, aber er war genauso sicher, daß sie schnurstracks nach Ko Pha-Ngan zurückkehren und aller Welt erzählen würden, was sie gefunden hatten. Statt dessen wollte Jed sich lieber auf die natürlichen Barrieren verlassen, die die Insel errichtet hatte. Sie mußten schwimmen, sie mußten an den Feldern vorbei, sie mußten die Lagune entdecken, und dann mußten sie einen Weg finden, hinunterzukommen. Jed glaubte zuversichtlich, daß diese Mühen sie abhalten würden; anscheinend bereitete es ihm keine weiteren Sorgen, daß sie mich, Étienne, Françoise, die Schweden und ihn selbst nicht hatten abschrecken können.

Während einer unserer endlosen Diskussionen über Plan B erfuhr ich, daß Jed mich einmal genauso beobachtet hatte, wie wir jetzt Zeph und Sammy beobachteten. Er hatte gesehen, wie der Eierdieb uns abgesetzt hatte, und als wir herübergeschwommen waren, hatte er Sal Bescheid gesagt – und deshalb hatten sie, Bugs und Cassie bereitgestanden, um uns zu begrüßen. Das war der eigentliche Zweck seiner Einsätze: Er war Ausguck. Seine Rauschgift-Sammelei war mehr eine Nebenbeschäftigung. Er erzählte mir, daß seit seiner Ankunft hier drei Gruppen versucht hätten, die Lagune zu finden. Zwei hätten bei diesem oder jenem Hindernis aufgegeben. Durchgekommen seien nur die Schweden.

Als ich dies hörte, ließen meine Gewissensbisse, weil ich eine Kopie der Karte weitergegeben hatte, um einen Hauch nach, denn offensichtlich gelang es Leuten so oder so, den Weg zu uns zu finden. Jed erklärte, sie hätten so eine Art Eden-Gerücht, wie Zeph es uns erzählt hatte, über den Strand gehört. Er selbst hatte es von einem Typen in Vientiane gehört, und weil er »nichts Besseres zu tun hatte«, war er der Sache nachgegangen. Sechs andere Inseln im Meeresnationalpark hatte er sich angesehen, bevor er die richtige gefunden hatte. Die Schweden hatten konkretere Informationen gehabt. Sie hatten gehört, wie Sal sich bei einem Reistrip in Chaweng vor zwei Jahren mit Jed unterhalten hatte.

Es war eine Überraschung für mich zu hören, daß der Ausguck die Hauptaufgabe bei meiner neuen Arbeit war. Ich begriff nicht, wieso dieser Job so geheimnisumwoben sein mußte, und Jed wiederum war ein bißchen überrascht, zu erfahren, daß ein solches Geheimnis existierte. Sal wollte nicht, daß darüber geredet wurde, das gab er zu; sie meinte, es sei schlecht für die Atmosphäre, aber er für seinen Teil redete hauptsächlich deshalb nie darüber, weil niemand ihn je fragte.

Dies hatte zur interessantesten Offenbarung im Zusammenhang mit Jed geführt; sie hatte zu tun mit Daffys Reaktion auf seine ungebetene Ankunft am Strand. Ich erinnerte mich, daß Keaty mir erzählt hatte, wie das ganze Camp draußen vor dem Langhaus gelauscht hatte; Daffy hatte herumgebrüllt, und Sal hatte versucht, ihn zu beruhigen. Was ich nicht gewußt hatte, war, daß Daffy sich von diesem Tag an geweigert hatte, mit Jed zu sprechen. In den dreizehn Monaten, bis Daffy die Insel verlassen hatte, hatten er und Jed kein einziges Wort gewechselt. Das war der ursprüngliche Grund für Jeds Einsatz gewesen: Er sollte für die meiste Zeit des Tages von den anderen ferngehalten werden.

Ich hatte großes Mitleid mit Jed, als er mir das erzählte. Es erklärte, weshalb er immer so distanziert wirkte. Seine scheinbare Hochnäsigkeit erwuchs nur aus seinem Gefühl, den anderen aus dem Weg gehen zu sollen, auch wenn inzwischen anderthalb Jahre vergangen waren. Es erklärte außerdem, weshalb er so auffallend bereitwillig unpopuläre Aufgaben wie den Reistrip übernahm.

Jed selbst schien sich allerdings nicht zu bedauern. Als ich die Vermutung äußerte, es müsse doch hart gewesen sein, eine so eisige Reaktion zu erfahren, zuckte er die Achseln und meinte, er könne das schon verstehen.

»Irgendwas stört mich da.« Ich ließ Jeds Fernglas sinken.

Jed runzelte die Stirn.

»Ich fürchte, die finden meinen Rucksack.«

»Deinen Rucksack …?«

»Ich hab meinen Rucksack da versteckt, und Françoise und Étienne ihren auch. Wir konnten mit den Dingern nicht schwimmen … und wenn sie unser Gepäck finden, dann wissen sie, daß sie auf der richtigen Spur sind.«

»Wie gut habt ihr sie denn versteckt?«

»Ziemlich gut. Die Sache ist bloß, allmählich glaube ich, daß ich die Karte verkehrt abgezeichnet habe. Ich hab's echt eilig gehabt, und es waren 'ne Menge Inseln einzutragen. Ich entsinne mich, daß es auch Unterschiede zwischen Daffys Karte und der in Étiennes Reiseführer gab. Es könnte leicht sein, daß ich eine Insel zwischen Ko Phelong und hier ausgelassen habe.«

Jed nickte. »Das ist möglich.«

»Wenn sie also annehmen, daß sie schon auf der richtigen Insel sind, dann würde das erklären, weshalb sie sich seit neun Tagen nicht von der Stelle bewegt haben. Sie checken die Gegend, suchen den Strand... den sie nicht finden werden... aber vielleicht finden sie dabei die Rucksäcke.«

»Das ist möglich«, wiederholte Jed. »Aber sie könnten die letzten neun Tage auch damit verbracht haben, sich zu fragen, wie zum Teufel sie jetzt nach Ko Pha-Ngan zurückkommen sollen.«

»Und wie sie so blöd sein konnten, sich auf eine Karte zu verlassen, die ihnen jemand unter der Tür durchgeschoben hat.«

»Damit wären sie dann genauso blöd wie du.«

»So blöd wie ich... Ja.«

Jed zog die Stirn kraus und fuhr sich mit beiden Händen übers Gesicht. »Was ich wissen möchte, ist, wo sie Essen und Trinken herkriegen.«

»Maggi-Nudeln und Schokolade. Haben wir auch gehabt.«

»Und Wasser? Sie müssen doch ein ganzes Faß mitgebracht haben, so lange, wie sie schon durchhalten.«

»Vielleicht gibt es eine Quelle auf der Insel. Hoch genug ist sie.«

»Muß wohl... Aber ich sage dir, du irrst dich, was die Karte angeht. Guck sie dir an. Scheiße, die sitzen den ganzen Tag auf derselben Stelle. Uns gegenüber, richtig? Die *wissen* also, daß dies die richtige Insel ist. Die sitzen da und grübeln, wie sie zu uns kommen...«

Ich seufzte. »Weißt du, was wir machen sollten...?«

»Nein.«

»Wir sollten das Boot nehmen und zu ihnen rüberfahren. Dann holen wir sie an Bord, nehmen Kurs auf das offene Meer und lassen sie über die Planke gehen. Problem gelöst.«

Jed legte den Kopf in den Nacken und spähte in den Himmel. »Okay, Richard. Machen wir das.«

»Okay. Los.«
»Okay.«
»Okay.«
Wir schauten einander kurz an, und dann starrte ich wieder durch das Fernglas.

Notlügen

Wir blieben auf unserem Ausguck, bis der untere Rand der Sonne dicht über dem Horizont hing, und dann gingen wir zurück. Es hatte nicht viel Sinn, weiter aufzupassen, wenn wir nichts mehr sehen konnten, und außerdem meinte Jed, nach Einbruch der Dunkelheit sei es gefährlich dort oben auf der Insel. Man konnte nie wissen, wem oder was man über den Weg laufen würde. Im Camp pflegte Jed dann zu Sal zu gehen – um sie über die Nichtereignisse des Tages zu informieren –, und ich besorgte mir etwas zu essen. Mit meiner Resteschüssel machte ich mich auf die Suche nach meiner alten Fischertruppe. Meistens fand ich sie in der Nähe der Küchenhütte, wo sie vor dem Schlafengehen noch ein bißchen rauchten.

Sal und Bugs zu belügen war leicht, aber meine alte Truppe zu belügen war mir zuwider, und Keaty zu belügen noch mehr. Die Wahrheit war, daß ich keine Wahl hatte. Solange wir nicht wußten, ob Zeph und Sammy es bis zum Strand schaffen würden, hatte es keinen Sinn, Unruhe zu stiften. Das Beste, was ich tun konnte, war, Keatys Neugier zu stillen, und als ich ihm erzählte, worum es bei Jeds Arbeit ging, war er nicht so überrascht, wie er es hätte sein können.

»Das ist ’ne gute Idee«, stellte er nüchtern fest. »Seit den Schweden machen die meisten sich Sorgen, wer wohl noch alles aufkreuzen könnte.«

»Und wie ist es seit mir?«

»Dir hat Daffy es gesagt. Das ist was anderes.«

»Waren sie denn wütend über die Schweden?«

»Hauptsächlich Daffy...«

»Jed sagt, ihn hat Daffy auch nicht besonders gut leiden können.«

Keaty fing an, das Display seines Gameboys an seinen Shorts abzuwischen. »Er hat es keinem von ihnen besonders leichtgemacht, aber wo sie nun mal hier waren... weißt du... was sollte er da machen?«

»Hat er den Strand deshalb verlassen?«

Meine Frage hing in der Luft, während Keaty sorgfältig die kleine Glasscheibe inspizierte.

Ich wiederholte sie.

»Im Grunde«, sagte er schließlich. »Ja.« Er schob die Mario-Cartridge ein und schaltete das Gerät ein. »Hast du das hier schon mal zu Ende gebracht?«

»Ungefähr zwanzigmal.«

»Und ich frage mich schon, wo die ganzen Batterien hingehen...« Er starrte auf den Gameboy, fing aber nicht an zu spielen. »Und was macht ihr, wenn ihr merkt, daß jemand herkommt?« fragte er beiläufig.

»Sie einfach beobachten, schätze ich...«

Keaty grinste. »Du meinst, ihr nehmt sie hops, nicht? Härteste Maßnahmen.«

»Ich werd's dir erzählen, wenn es soweit ist«, antwortete ich und lachte unbehaglich. Jesse kam und suchte Rizlas, und das bewahrte mich vor weiteren Fragen.

Nach diesem Gespräch war es mir mehr oder weniger gelungen, das Thema zu meiden. Schwierig war es nicht. Keaty hatte sich aus vollem Herzen in die neue Arbeit gestürzt, und er brauchte nur einen winzigen Schubs, um gleich davon zu erzählen. Zu meiner Erleichterung galt das gleiche für meine Ex-Kollegen, und so konnte ich die Unterhaltung immer auf das Thema Fischen lenken. Sie sahen es wahrscheinlich so, daß sie meine Zugehörigkeit zur Gruppe betonten, indem sie bei Gesprächen über gemeinsame Erfahrungen blieben. Ich meinerseits war froh, über irgend etwas reden zu können, das den Schein der Normalität aufrechterhielt.

In den ersten paar Tagen, im Stadium meiner Panik, war das ziemlich anstrengend. Bei allem, was mich umtrieb, erforderte ein ruhiges Äußeres ständige Konzentration. Sobald ich die Deckung aufgab, versank ich in meinen bangen Gedanken, während die Leute mit mir sprachen. Daß ich bedröhnt oder müde sei, konnte ich nur begrenzt als Ausrede vorbringen.

Aber diese dauernde Konzentration hatte auch eine hilfreiche Seite. Ich fand nie Zeit, eifersüchtig zu sein, weil Keaty mich mit solcher Leichtigkeit ersetzt hatte, oder traurig, weil die Geheimnisse, die ich wahrte, unerwartete Schranken zwischen mich und meine Freunde setzten. Unerwartet – denn ich hatte zwar befürchtet, daß mein neuer Einsatz mich von ihnen isolieren würde, aber ich fand bald heraus, daß er in Wirklichkeit sie von mir isolierte. Ich war nach wie vor an ihrem Leben beteiligt. Ich wußte, was sich abspielte. Ich erfuhr es, wenn sie einen ordentlichen Fisch gefangen hatten, ich wußte, daß Jean versuchte, Keaty zur Gartenarbeit zurückzulocken, und daß Cassie versuchte, ihre Versetzung aus der Tischlerei zu arrangieren, damit sie mit Jesse arbeiten konnte, und daß Bugs nichts davon hören wollte.

Ich brauchte mich nicht länger um eine ruhige Ausstrahlung zu bemühen. Theoretisch hätte ich jetzt vielleicht anfangen sollen, eifersüchtig auf Keaty und traurig über die Lügen zu sein, aber ich war es nicht. Seltsamerweise fand ich das alles tröstlich. Mir war klar, daß ich ein Problem weniger hatte, über das ich mir den Kopf zerbrechen mußte, denn wenn ich derjenige war, der die Distanz schuf, dann hatte ich wohl auch die Macht, sie aufzuheben. Und wenn Zeph und Sammy mit ihrem Versuch, zu uns zu kommen, scheiterten, würde ich mir die anderen ohne Mühe wieder näher holen können. Es käme nur darauf an, sie nicht mehr zu belügen, und das wäre leicht, denn dann gäbe es nichts mehr zu lügen. Offensichtlich galt dieser

Trost nur dann, wenn Zeph und Sammy es nicht schafften, aber wenn es ihnen doch gelang, würde Sal auf jeden Fall die Sache mit der Karte erfahren, und dann wäre ich sowieso im Arsch.

In dieser Geistesverfassung war ich – wachsam, aber ruhig, oder doch annähernd ruhig –, als der zweite Aspekt meiner neuen Arbeit zum Vorschein kam. Ich glaube, zum erstenmal bemerkte ich es am fünften Tag, als ich eine halbe Stunde vor Jed aufwachte und ungeduldig die Minuten zählte, bis es Zeit war, aufzubrechen. Vielleicht war es auch am sechsten Tag, als Zeph und Sammy an ihrem Strand nicht zu sehen waren und wir drei schweigsame Stunden lang das Meer absuchten, cool und professionell, ohne daß es etwas zu sagen gab, bis sie schließlich wieder auftauchten. Ganz genaugenommen hatte Keaty es als erster bemerkt, auch wenn es ihm da nicht klargewesen war. »Ich wette, insgeheim freust du dich darauf, da oben rumzustreunen«, hatte er scherzhaft gesagt, als ich ihm von der Versetzung erzählt hatte, aber da war ich zu sauer gewesen, um zu erkennen, daß er recht hatte.

Mir war das alles nicht fremd. Jed und ich waren auf einem geheimen Einsatz. Wir hatten Ferngläser, einen Dschungel, eine Mission, eine Bedrohung, die unsichtbare Gegenwart von AK-47-Gewehren und Schlitzaugen. Das einzige, was fehlte, war ein Doors-Titel.

Zu vertraut, um fremd zu sein, und zu aufregend, um mir angst zu machen. Nach kurzer Zeit schon war es unmöglich, keinen Spaß daran zu haben.

Ol' Blue

Auch am Ende des zehnten Tages beeilten wir uns auf dem Heimweg, um vor Einbruch der Dunkelheit wieder an der Lagune zu sein. Die Sonne war schon hinter der Westkurve der

Meeresklippen verschwunden, und das orangegelbe Licht des frühen Abends färbte sich blau. Wenn wir uns durchs Gelände bewegten, sprachen wir nicht, sondern verständigten uns nur per Handzeichen. Eine geballte Faust bedeutete Stehenbleiben und Stillhalten, die flache Hand waagerecht über den Boden gehalten bedeutete Verstecken, eine zeigende Gebärde mit allen Fingern zusammen hieß vorsichtig vorwärts. Wir sprachen nie über die Bedeutung dieser Zeichen, ebensowenig wie wir die Wörter erörtert hatten, die wir neuerdings benutzten. Wir sagten zum Beispiel: »Ich übernehme die Spitze« statt »Ich gehe vor«, und Entfernungen berechneten wir in »KM«. Tatsächlich kann ich mich nicht mehr erinnern, wie und wann wir damit angefangen hatten. Es schien uns wohl einfach das angemessene Vokabular zu sein.

An diesem Abend hatte Jed die Spitze übernommen. Das tat er immer, wenn das Licht nachließ, denn er kannte die Insel weitaus besser als ich. Ich hatte leichte Schwierigkeiten, mit ihm Schritt zu halten; seinen mühelosen Kompromiß zwischen Geschwindigkeit und Unauffälligkeit erreichte ich nicht, und als er mir das Zeichen mit der geballten Faust gab, übersah ich es und prallte ihm in den Rücken. Der Umstand, daß er nicht die Stirn runzelte und nicht fluchte, machte mir bewußt, daß es um etwas Ernstes ging. Ich löste mich von ihm und verharrte still.

Gleich vor uns wurde der Dschungel löcherig und öffnete sich dann zu einer weiten Gras- und Buschfläche. Zunächst nahm ich daher an, daß Jed auf der Lichtung jemanden gesehen hatte. Dann sah ich, daß sein Blick geradewegs vor seine Füße gerichtet war. Ein paar Sekunden lang blieben wir beide regungslos stehen. Ich wußte immer noch nicht, was das Problem war, denn er versperrte mir die Sicht. Nach einer Weile hob ich vorsichtig die Hand und tippte ihm auf die Schulter. Er reagierte nicht, und plötzlich kam ich auf den Gedanken, daß eine Giftschlange vor ihm auf dem Boden liegen könnte. Ich schaute mich nach einem Stock um, fand aber keinen.

Schließlich schob ich mich seitwärts, um besser sehen zu können.

Ich hätte aufgeschrien, wenn meine Hals-und Brustmuskeln sich nicht verkrampft hätten. Weniger als einen Meter vor Jeds Fuß lag ein Thai. Er lag mit geschlossenen Augen flach auf dem Rücken, und in seiner Armbeuge ruhte ein automatisches Gewehr. Jed drehte langsam den Kopf zu mir herum, als fürchte er den Mann mit einer Luftbewegung zu wecken. Sein Mund formte die Worte: »Was jetzt?« Ich deutete mit dem Finger in die Richtung, aus der wir gekommen waren, doch er schüttelte den Kopf. Ich nickte nachdrücklich, aber Jed verneinte noch einmal mit finsterem Blick. Dann deutete er auf seinen Fuß. Er stand auf dem Gewehrlauf; sein Gewicht hatte den Kolben ein paar Fingerbreit über den nackten Arm des Thai gehoben. Wenn er den Fuß wegnähme, würde der Kolben herunterfallen.

»Scheiße«, formten meine Lippen, und Jed verdrehte verzweifelt die Augen.

Ich dachte eine Weile nach. Dann machte ich kehrt und schlich den Weg zurück. Jed starrte mir nach, als wolle er sagen: »Scheiße, wo gehst du hin?«, aber ich hob die Hand, um ihn zu beschwichtigen. Ich wußte, was ich zu tun hatte, denn ich hatte *Dienst in Vietnam* gesehen.

Ich kann mir nie die Namen aus *Dienst in Vietnam* merken. Das liegt daran, daß die Serie so schrecklich ist, aber auch daran, daß die Figuren immer nach demselben Muster (schwarzer Lieutenant oder unorthodoxer Cop erfolgreich im Einsatz) gestrickt sind. In *Dienst in Vietnam* hat man also den abgebrühten Sergeant, der sämtliche Tricks kennt; den unerfahrenen Lieutenant, der sämtliche Tricks lernt; den schlichten Landburschen aus dem Süden, der lernt, sich mit den frechen Schwarzen zu befreunden; den Hispano, auf den in einem Feuergefecht Verlaß ist; und den Typen von der Ostküste, der eine Brille trägt und wahrscheinlich Bücher liest. Die Namen sind eigentlich nicht so wichtig.

Hauptsache sind die Szenen, die diese Figuren spielen – sie kümmern sich um ein Waisenkind mit einer Schrapnellverletzung, hindern eine rivalisierende Einheit daran, ein ganzes Dorf in einem Zippo-Einsatz niederzubrennen, springen aus Hubschraubern in einen Whirlpool aus plattem Gras, halten Kameraden im Arm, die husten und sterben, und beseitigen Minen.

Die Einheit streift durch den Dschungel, als plötzlich ein kaum hörbares Klicken ertönt. Alles schmeißt sich auf den Boden – bis auf einen Mann, einen FNG, der starr vor Angst stehen bleibt. »Ich will nicht sterben, Sergeant!« platzt es aus ihm heraus, und dann fängt er an, das Vaterunser aufzusagen. Der Sergeant robbt auf dem Bauch zu ihm hinüber. »Durchhalten, Soldat«, knurrt er. Er weiß, was er zu tun hat. Das gleiche ist ihm schon mal passiert, '53 in Korea.

Bizarrerweise fängt der Sergeant an, dem Soldaten eine scheinbar völlig hergeholte Geschichte zu erzählen, die sich zugetragen hat, als er klein war und auf der Farm seines Daddys arbeitete. Der Sergeant hatte einen Jagdhund, den er von Herzen liebte und der Ol' Blue hieß. Der Soldat hört sich das alles an, abgelenkt durch die clevere List. Währenddessen schiebt der Sergeant sein Messer unter den Stiefel des Soldaten, und ein Schweißtropfen zieht eine Linie durch den Schmutz auf seiner Stirn.

Ol' Blue war in eine Kaninchenfalle geraten, erzählt der Sergeant, und je mehr er zappelte, desto straffer zog sich die Schlinge zusammen. Der Soldat nickt und hat den Zusammenhang immer noch nicht begriffen. »Was ist mit Ol' Blue passiert?« fragt er. »Haben Sie ihn rausgekriegt, Sergeant?« »Na klar, Soldat«, antwortet der Sergeant, und dann fordert er den Soldaten auf, den Fuß zu heben, ganz leicht und locker. Der Soldat ist verwirrt, verängstigt, aber er vertraut seinem Sergeant. Er tut, was er soll, und der Sergeant legt einen Stein auf die Messerklinge, um den Druck auf die Mine aufrechtzuerhalten. Und der Sergeant lacht leise. »Söhnchen, Ol' Blue brauchte sich nur zu entspannen.«

Ich hatte nicht vor, Jed was von Ol' Blue vorzufaseln. Behutsam legte ich den Stein auf den Gewehrlauf, und schon das Scharren am Stahl klang, als ob jemand auf einem Ölfaß trommelte. Als der Stein in einer stabilen Position war, blickte ich auf. Jed zuckte ruhig die Achseln und bedeutete mir aufzustehen. Vermutlich wollte er, daß ich bereit war wegzurennen, falls das Gewehr herunterfallen sollte.

Zoll für Zoll hob Jed den Fuß. Der Kolben rutschte ein kleines Stückchen ab, und ich hörte, wie Jed scharf einatmete, aber das Gewehr berührte den Arm des Thai nicht. Wir wechselten einen Blick, stiegen behutsam über die Beine des Mannes hinweg und gingen leise weiter. Das war's.

Es dauerte noch fünfundvierzig Minuten, bis wir oben am Wasserfall ankamen, und bei jedem Schritt auf diesem Weg grinste ich breit. Ich grinste so sehr, daß mir die Backen weh taten, und wenn wir nicht leise hätten sein müssen, hätte ich laut gelacht.

Verdienst

An diesem Tag sprang ich am Wasserfall hinunter, sehr zu Jeds Überraschung und zu meiner eigenen nicht minder. Geplant hatte ich es nicht. Wir standen an der Felskante und schauten in den Sonnenuntergang, der wolkenlos und sehr schön war und einen Augenblick der Betrachtung verdiente. An solchen wolkenlosen Abenden spielte das Licht manchmal seltsame Streiche. Nicht Strahlen von Helligkeit erhoben sich über den Horizont, sondern Strahlen von Dunkelheit – mit anderen Worten, das Negativbild eines traditionellen Sonnenuntergangs. Auf den ersten Blick nahm man dieses Bild hin und machte sich nur undeutlich klar, daß da etwas nicht stimmte. Dann – wie bei Eschers endloser Treppe – erkannte man plötzlich, daß es überhaupt keinen logischen Sinn ergab. Dieser Effekt faszinierte mich immer wieder, und ich konnte mühelos zwanzig Minuten in dieser angenehmen Verwirrung verbringen.

Jed wußte keine bessere Erklärung für dieses Phänomen als ich, aber er versuchte es doch immer wieder. »Schatten von Wolken, die hinter dem Horizont verborgen sind«, behauptete er an diesem Abend, als ich ihm an den Arm tippte und sagte: »Guck dir das an.« Dann ließ ich mich vornüberkippen. Im nächsten Augenblick sah ich die Felswand an mir vorbeirasen, und mit unbeteiligtem Schrecken registrierte ich, daß meine Beine gekrümmt waren. Durch diese Gewichtsverschiebung drehte ich mich in der Luft und drohte auf dem Rücken aufzukommen. Ich versuchte die Beine zu strecken, und im nächsten Augenblick tauchte ich in das Becken und wirbelte in mehreren heftigen Unterwasserdrehungen herum, die mir alle Luft aus der Lunge trieben. Dann stieg ich an die Oberfläche.

Oben an der Felskante stand Jed und beobachtete mich, die Hände in die Hüften gestemmt. Er sagte nichts, aber ich wußte, daß er mißbilligte, was ich getan hatte. Als wir kurze Zeit später vom Wasserfall zum Camp unterwegs waren, fauchte er mich an; womöglich hatte das aber auch mit dem Lied zu tun, das ich sang.

»Da war 'ne Maus! Wo war die Maus? Auf der Treppe? Auf welcher Treppe? Auf der Treppe da im Haus! Da im Haus war die Maus, 'ne kleine Maus mit Holzschuh'n an, klipp-klopp klipp-klopp, auf der Treppe *die Maus*!«

»Herrgott, Richard!« blaffte er, als die Strophe zu Ende war und ich wieder mit dem Refrain anfing. »Was ist denn in dich gefahren?«

»Ich singe«, erklärte ich gut gelaunt.

»Ich weiß, daß du singst. Laß es sein.«

»Kennst du das Lied nicht?«

»Nein.«

»Mußt du aber. Es ist berühmt.«

»Es ist das bescheuertste Lied, das ich je gehört habe.«

Ich zuckte die Achseln. Ich konnte nicht bestreiten, daß es ein bescheuertes Lied war.

Wir gingen eine Weile schweigend weiter; mir ging das Lied im Kopf herum, und ich summte vor mich hin. Dann sagte Jed: »Weißt du, du solltest dich vorsehen, Richard.« Ich wußte nicht, was er meinte, und so schwieg ich. Nach ein paar Sekunden fügte er hinzu: »Du bist nämlich high.«

»High ...?«

»Rauschgift. High.«

»Ich hab seit gestern abend keinen Joint mehr geraucht.«

»Genau«, sagte er mit Nachdruck.

»Willst du damit sagen, ich sollte weniger Zeugs rauchen?«

»Ich will sagen, daß Dope nichts damit zu tun hat.« Ein Ast versperrte uns den Weg; er hielt ihn zur Seite, bis ich vorbei war, und ließ ihn dann zurückschnellen. »Deshalb sollst du dich vorsehen.«

Ich schnaubte geringschätzig. Sein Gerede erinnerte mich an seine düsteren, vorwurfsvollen Andeutungen auf Ko Pha-Ngan. Manchmal gab Jed sich absichtlich rätselhaft, und ich kam zu dem unbarmherzigen Schluß, daß dies zu seiner entfremdeten Stellung am Strand wahrscheinlich ebensoviel beitrug wie die unglücklichen Umstände seiner Ankunft. Dies wiederum ließ mich an meine eigene aufkeimende Entfremdung denken.

»Jed«, sagte ich nach einer Pause, »meinst du, es ist okay, wenn ich den anderen von unserem Zusammentreffen mit dem Rauschgift-Menschen erzähle? Es hat ja nichts mit Zeph und Sammy zu tun ...«

»Mhm.«

»Weißt du, ich bin immer so zurückhaltend mit dem, was wir da oben auf der Insel machen. Ich hab irgendwie das Gefühl, es wäre 'ne Gelegenheit für mich ...«

»Erzähl's ruhig«, unterbrach er mich. »Kann nichts schaden. Ist wahrscheinlich 'ne gute Idee.«

»Hä?«

»Wir wollen ja nicht, daß es aussieht, als hätten wir was zu verbergen.«

»Super«, sagte ich und hatte schon die ersten Takte des Mauseliedes gepfiffen, bevor ich mich bremste.

Das Camp lag in rabenschwarzer Finsternis. Das bißchen Farbe, das der Himmel noch hatte, wurde von dem Laubdach gänzlich abgeschirmt. Das einzige Licht kam von den Kerzen im Langhaus und von verstreut glühenden Zigaretten und Joints überall auf der Lichtung.

Zwar freute ich mich darauf, meiner Ex-Truppe die Geschichte von dem schlafenden Rauschgift-Wächter zu erzählen, aber mein erster Gedanke galt dem Essen; ich nahm also direkten Kurs auf die Küchenhütte. Jeden Tag wickelte Unhygienix für mich und Jed zwei Portionen in Bananenblätter und sorgte dafür, daß wir ein paar erlesene Stücke Fisch abkriegten. Bis wir kamen, war alles kalt, aber meistens war ich so hungrig, daß mir das nichts ausmachte. An diesem Abend fiel mir auf, daß Unhygienix Papaya in seinen Eintopf gekocht hatte; das ärgerte mich ein bißchen, denn es bedeutete, daß es Bugs gelungen war, meinen Garten aufzuspüren.

Nachdem ich mein Päckchen abgeholt hatte, wanderte ich auf der Lichtung herum, verband die Punkte der Rauchergrüppchen miteinander und suchte meine Freunde. Seltsamerweise waren sie nirgends zu finden, und niemand schien zu wissen, wo sie steckten. Verwirrt warf ich einen Blick in Keatys Zelt und dann ins Langhaus, wo ich Unhygienix, Cassie und Ella fand; sie spielten Blackjack. Weiter hinten saß Jesse und schrieb sein Tagebuch.

»Ah!« sagte Unhygienix, als er mich sah, und zeigte auf mein Essen. »Wie findest du das?«

»Das Essen?«

»Ja. Hast du das Obst bemerkt? Schmeckt das gut?«

»Ja. Süß und würzig. Sehr thailändisch.«

Unhygienix strahlte. »Weißt du, was ich gemacht habe? Ich

habe Papaya-Saft gemacht und den Fisch darin gedünstet, aber das Fruchtfleisch hab ich erst in den letzten zwei Minuten hineingetan. So hast du den Geschmack *und* die Konsistenz.«

»Aha.«

»Und, Richard, wir werden das öfter haben, denn Jean wird die Samen aussäen, und dann züchten wir Papaya im Garten. Ich bin sehr zufrieden mit diesem Rezept.«

»Kannst du auch sein. Es schmeckt wirklich prima. Gut gemacht.«

Unhygienix schüttelte bescheiden den Kopf. »Du solltest dich bei Bugs bedanken.«

»Wieso...?« fragte ich mißtrauisch.

»Er hat diese Papayas im Dschungel entdeckt.«

Mir blieb eine Gräte im Hals stecken. »Bugs hat was?«

»Im Dschungel – er hat einen ganzen Papaya-Garten voller Affen gefunden.«

»Nein, hat er nicht!«

»Doch. Gestern hat er diesen Obstgarten entdeckt.«

»Scheiße, diesen Obstgarten hab ich entdeckt! Vor zwei Wochen hab ich ihn entdeckt!«

»Wirklich...?«

»Hat Bugs behauptet, daß *er* ihn gefunden hat?«

»...äh...«

Cassie lächelte. »Ja, hat er.«

»Dieser *Pinsel*!« In meiner Erregung quetschte ich mein Bananenblattpäckchen, und ein bißchen von meinem Essen tropfte auf den Boden.

»Vorsicht«, sagte Ella.

Ich runzelte die Stirn; mir war plötzlich klar, daß ich eine ziemliche Szene machte. »Na, wie auch immer... Er lügt.«

»Keine Sorge«, gluckste Cassie und legte eine lange Reihe von der Drei bis zu den Bildkarten aus. »Das bezweifeln wir nicht.«

Sie wandten sich wieder ihrem Spiel zu, und ich ging nach hinten zu Jesse.

»Ich hab's gehört«, sagte er trocken. »Gratuliere zur Entdeckung der Papayas.«

»Na ja, schön, es ist ja keine große Sache. Es ist mir bloß...«

»...auf die Nerven gegangen«, vollendete er für mich und ließ sein Tagebuch sinken. »Natürlich. Ich verstehe das. Suchst du Keaty?«

»Ja.« Ich nickte mürrisch. Die Papayas hatten mir die Laune verdorben. »Und die anderen. Ich finde sie nicht. Wahrscheinlich sind sie alle zusammen irgendwo hingegangen.«

»Stimmt. Er hat eine Nachricht für dich hinterlassen.«

»Oh.« Das munterte mich ein bißchen auf. »Laß hören.«

»Es war ein Zettel. Ich hab ihn auf dein Bett gelegt.«

Ich dankte ihm und lief das letzte Stück durch das Langhaus; ich brannte darauf zu erfahren, was los war.

Der Zettel lag zusammengefaltet auf meinem Kopfkissen, daneben ein fertiger Joint. Auf dem Zettel stand: »Schnell rauchen! Phosphoreszenz! Keaty!«

Ich runzelte die Stirn. »Hey, Jesse!« rief ich. »Was soll das bedeuten?«

Ich wartete, bis er zu schreiben aufhörte und den Kopf hob. »Keine Ahnung, Alter. Hab's nicht gelesen. Was steht denn da?«

»Phosphoreszenz. Und ein Joint ist dabei.«

»Ah.« Jesse wackelte mit seinem Bleistift vor mir herum. »Phosphoreszenz!«

»Was ist das?«

»Weißt du das nicht?«

»Nein...«

Er lächelte. »Geh zum Strand runter. Du wirst schon sehen. Und sieh ja zu, daß du unterwegs den Joint rauchst.«

Phosphoreszenz

Ich ging zum Strand hinunter, so schnell ich konnte – nicht besonders schnell also, denn ich wollte nicht gegen einen Baumstamm rennen oder mir den Fuß an einer Wurzel stoßen. Dabei rauchte ich den Joint, schlang ihn förmlich herunter, obwohl ich allein war, denn mir war danach, mich vollzudröhnen, und außerdem hatte Keaty mir geschrieben, ich sollte ihn schnell rauchen.

Ich war völlig zu, als ich am Strand ankam, und brauchte eine Ewigkeit, um Keaty und die anderen zu finden. Obwohl der Mond schien, konnte ich sie nicht sehen. Ihr Lachen schien von überallher zu kommen; es breitete sich gleichmäßig über dem Wasser aus und hallte matt von den Klippen wider. Aber nachdem ich zwanzig Minuten lang allein und high am Strand entlanggewandert war, machte ich sie schließlich auf einer Gruppe kleiner Felsen etwa hundert Meter weit draußen aus.

Ich konnte sie nicht sehen, und sie mich auch nicht; daher hatte es wenig Sinn, sie zu rufen. Ich zog mein T-Shirt aus, watete hinaus und schwamm auf sie zu. Nach und nach wurden ihre Gestalten in der Dunkelheit erkennbar. Sie standen vornübergebeugt da und schauten ins Wasser. Dann – ungefähr in dem Augenblick, als sie mich sehen mußten – brach ihr Lachen abrupt ab, und als ich näher kam, erkannte ich, daß sie sich alle zu mir umgedreht hatten. »Hey!« rief ich; ihr wachsames Schweigen war mir ein bißchen unheimlich. »Was ist?« Sie gaben keine Antwort. Ich schwamm weiter und wiederholte meine Frage; ich hatte den irrationalen Gedanken, daß sie mich vielleicht nicht gehört hatten. Als sie wieder nicht antworteten, hielt ich drei Meter vor dem Felsen wassertretend an. »Wieso gebt ihr keine Antwort?« fragte ich verwirrt.

»Guck nach unten«, antwortete Keaty schließlich.

Ich stutzte und schaute nach unten. Das Wasser war schwarz

wie Tinte, nur da nicht, wo das Mondlicht auf den kleinen Wellen funkelte. »Was gibt's denn da zu sehen?«

»Er ist zu nahe dran«, hörte ich Étienne sagen.

»Nein«, sagte Keaty. »Richard, beweg deine Hände, dicht unter der Oberfläche.«

»Okay…« Ich tat, was er sagte. Auf dem Felsen hörte ich Françoise seufzen, aber außer der Schwärze sah ich noch immer nichts. »Ich komm nicht mit… Was soll denn das?«

»Er ist zu nahe dran«, wiederholte Étienne.

Keaty kratzte sich den Kopf; ich sah es schattenhaft. »Ja, du hast recht… Komm auf den Felsen, Richard. Sieh zu, wie ich reinspringe. Wir zeigen's dir…«

Erst sah ich nur das aufgewühlte Wasser und die Reflexe des Mondlichts, wo Keaty eingetaucht war. Als das Wasser sich beruhigte, sah ich das Licht unter der Oberfläche. Einen milchigen Schein, der sich in tausend winzigen Sternen auflöste und dann zu einem langsam vorüberziehenden Kometenschweif wurde, der dem hellsten Funkenschwarm folgte. Der Schwarm stieg empor, schwebte zurück, wendete erneut und bildete so eine glitzernde Acht. Dann sank er wieder nach unten und verschwand für ein paar Sekunden.

»Was…?« Ich war völlig perplex und wußte nichts Besseres zu sagen.

Françoise legte mir die Hand auf den Arm. »Warte«, flüsterte sie. »Guck jetzt.«

Tief in der Schwärze kehrte das Leuchten zurück, aber diesmal teilte es sich rasch in sieben oder acht Funkenschwärme, heller als zuvor. Flackernd huschten sie umher, lösten sich auf und verstreuten ihr Licht, aber irgendwie füllten sie sich immer wieder auf und wurden intensiver. Instinktiv trat ich einen Schritt zurück, als ich sah, daß die Miniatur-Feuerkugeln mit wachsender Geschwindigkeit auf mich zukamen. Im nächsten Augenblick zerbarst der Wasserspiegel in einem Wirbel von Luftblasen, und Keaty tauchte nach Luft schnappend auf.

»Wie fandest du das?« prustete er zwischen zwei Atemzügen. »Hast du so was schon mal gesehen?«

»Nein…« Ich war immer noch hilflos und verdattert. »… noch nie…«

»Phosphoreszenz. Winzige Tiere oder Algen oder was weiß ich. Sie leuchten, wenn du dich bewegst.« Er stemmte sich auf den Felsen herauf. »Puh! Ist das anstrengend! Wir üben schon den ganzen Abend. Versuchen, die beste Show zusammenzubringen.«

»Das sah unglaublich aus… Aber… woher kommen denn diese Viecher?«

»Daffy würde sagen, sie kommen aus den Korallen«, sagte Gregorio. »Das ist nur in manchen Nächten so. Nicht oft. Aber wo es nun einmal da ist, wird es ein paar Nächte halten. Vielleicht drei oder vier.«

Ich schüttelte den Kopf. »Wahnsinnig… einfach wahnsinnig…«

»Aha!« Étienne schlug mir auf den Rücken und drückte mir Gregorios Tauchmaske in die Hand. »Aber das Beste hast du noch nicht gesehen.«

»Unter Wassser?«

»Ja! Setz das auf und komm mit. Was ich dir jetzt zeige, hast du dir niemals träumen lassen.«

»Das haut dich um«, pflichtete Keaty bei. »Es ist unbeschreiblich.«

Die DMZ

Ich gab Jed das Fernglas zurück und legte mich auf den Rücken. Trotz unseres flotten Morgenmarsches die Insel hinauf war mir immer noch ganz benommen im Kopf von all dem Zeugs, das ich in der vergangenen Nacht geraucht hatte, und irgendwie konnte ich mich nicht auf die winzigen Gestalten konzentrieren. »Im Prinzip«, sagte ich und verschränkte die Hände hinter dem Kopf, »war es, als wäre man im Weltraum. Massen von Sternen und Kometen schweben da um dich rum. Mit am tollsten war es, einen Schwarm Fische aufzustören…«

Jed stellte sich das Fernglas ein. »Ich hab das schon mal gesehen.«

»Aber nicht unter Wasser.«

»Nein. Unter Wasser hört sich gut an.«

»Ja. Echt gut…« Ich seufzte. »Hab ich dir von Bugs und den Papayas erzählt…?«

»Nein.«

»Ich hab vor zwei Wochen einen Papaya-Garten entdeckt, und jetzt tut Bugs so, als ob er ihn aufgetan hätte. Zugegeben, ich konnte mich nicht an die genaue Lage des Gartens erinnern, aber ich war der erste, der ihn gefunden hat.« Ich richtete mich auf, um zu sehen, wie Jed reagierte. Anscheinend reagierte er überhaupt nicht. »Vermutlich ist es auch keine so große Sache. Was meinst du?«

»Mhm«, sagte Jed abwesend.

»Mhm, doch, es ist eine große Sache, oder mhm, nein, es ist keine?«

»Oh… wahrscheinlich…«

Ich gab auf. Genau das war schließlich das Problem mit Bugs. Wer auf die Feinheiten seines Charakters nicht haarscharf eingestellt war, begriff nicht, wie sehr er einem auf den Wecker gehen konnte. Ich ließ mich zurücksinken und schaute frustriert zu den Wolken hinauf.

Genaugenommen war ich seit einer ganzen Weile frustriert. Angefangen hatte es, als wir zwei Stunden zuvor an unserem Ausguck angekommen waren und schon wieder hatten feststellen müssen, daß Zeph und Sammy sich nicht von ihrem Strand wegbewegt hatten. Mir war klar, daß ich hätte erleichtert sein können, aber statt dessen nervte es mich, und während der Vormittag verging, dachte ich sorgfältig über diese paradoxe Erscheinung nach. Meine erste Vermutung war, daß es etwas mit der Unsicherheit der Situation zu tun hatte. Ich hatte das Warten satt und wollte endlich irgendeine Auflösung. Selbst wenn der schlimmste anzunehmende Fall einträte und sie sich in unsere Richtung in Bewegung setzten, wäre das doch zumindest eine handfeste Situation. Es wäre etwas, worauf wir Einfluß nehmen könnten.

Aber ich brauchte nicht lange, um zu erkennen, daß meine erste Vermutung nicht stimmte. Beim Durcharbeiten des schlimmsten anzunehmenden Falles arbeitete ich unweigerlich auch den besten anzunehmenden Fall durch. Ich stellte mir vor, wie Zeph und Sammy verschwanden, wie sie nach Ko Pha-Ngan oder Phelong zurückkehrten und ich sie nie wiedersah. Und in diesem Augenblick erkannte ich meinen Irrtum, denn was ich bei diesem optimistischen Gedanken verspürte, war Enttäuschung. Die seltsame Wahrheit war: Ich wollte nicht, daß sie verschwanden. Ebensowenig, und hier lag die Wurzel meiner Frustration, wollte ich, daß sie dort blieben. Und damit blieb nur noch eine Möglichkeit übrig: Der schlimmste anzunehmende Fall war der beste anzunehmende Fall. Ich wollte, daß sie kamen.

»Langeweile«, murmelte ich unbedacht, und Jed lachte.

»Langeweile ist gut, Richard«, sagte er. »Langeweile ist Sicherheit.«

Ich schwieg. Ich hatte von meinen Gedanken über Zeph und Sammy noch nichts erwähnt, weil ich annahm, daß Jed sie nicht gerade positiv aufnehmen würde. Aber ich war nicht sicher. Möglich, daß er genauso empfand. Ich wußte, es machte ihm Spaß, den Rauschgift-Wächtern aus dem Weg zu gehen, und das lag wohl auch an dem Kick, den die Gefahr ihm vermittelte; außerdem hatte ich nicht vergessen, was Keaty über ihn gesagt hatte. Ich beschloß, ihn auf die Probe zu stellen.

»Jed«, sagte ich und gähnte, um die Beiläufigkeit meiner Frage zu illustrieren. »Erinnerst du dich an den Golfkrieg?«

»'türlich.«

»Ich dachte gerade… Weißt du noch, wie die Sache sich

aufgebaut hat? Als wir sagten, raus aus Kuwait oder wir reißen euch den Arsch auf, und Saddam sagte, was immer er sagte.«

»Er sagte ›nein‹, nicht?«

»Genau.« Ich stützte mich auf die Ellbogen. »Ich hab mich bloß gerade gefragt: Wie hast du das damals empfunden?«

»Empfunden?«

»Die Golfkrise.«

Jed ließ das Fernglas sinken und rieb sich den Bart. »Ich hielt das alles für einen Haufen aufgeblasener Heuchelei, wenn ich mich recht erinnere.«

»Nein, ich meine die Möglichkeit, daß es Krieg geben würde. Hat dich das sehr beunruhigt?«

»Äh... eigentlich nicht.«

»Du hast dich nicht irgendwie... darauf gefreut?«

»Darauf gefreut?«

»Ja... Ehrlich gesagt...« Ich holte tief Luft. »Ich hab irgendwie gehofft, Saddam würde nicht einknicken... Weißt du, bloß um mal zu sehen, was passieren würde.«

Jed machte schmale Augen. »Weißt du, Richard«, sagte er trocken, »ich hab wirklich keine Ahnung, wie du plötzlich auf so was kommst.«

Ich spürte, wie ich rot wurde. »Ich auch nicht. Ist mir aus irgendeinem Grund so in den Kopf gekommen.«

»Hm. Na schön, vermutlich hab ich mich irgendwie auf den Golfkrieg gefreut. Alles war dramatisch und aufregend und, wie du sagst, ich wollte sehen, was passiert. Aber als ich die Bilder von der Straße nach Basra sah und von dem getroffenen Zivilistenbunker, da fühlte ich mich ziemlich beschissen. Ich hatte das Gefühl, ich hätte nichts kapiert und erst zu spät begriffen, um was es ging. Ist deine Frage damit beantwortet?«

»O ja«, sagte ich rasch. »Absolut.«

»Gut«, sagte Jed. »Also, Richard, du langweilst dich.«

»Ich langweile mich nicht...«

»Aber du hast keine Lust mehr.«

»Vielleicht.«

»Auch recht. Du willst einen kleinen Kick. Schön. Vielleicht sollten wir ein bißchen Gras klauen gehen.«

»Wir?« Ich war ebenso erpicht wie überrascht. Seit meinem ersten Arbeitstag mit Jed war er nur einmal Rauschgift holen gegangen, und da hatte er mich an unserem Ausguck zurückgelassen. »Du meinst, wir beide?«

»Na sicher. Wir haben reichlich Zeit, und wir können es darauf ankommen lassen, daß sie nichts machen, solange wir weg sind. Außerdem hab ich gemerkt, daß die Vorräte im Camp knapp werden.«

»Ich finde, das ist eine Superidee!«

»Okay.« Er stand auf. »Dann komm.«

Der Paß zwischen den beiden Gipfeln der Insel war die einzige Stelle, von der aus man die Lage der Pflanzungen deutlich erkennen konnte, auch wenn die Felder selbst von den Bäumen verdeckt wurden. Man sah nur die schroffen Stufen im Laubdach, wo es von einer Terrasse zur nächsten hinunterging. Weiter oben hatte es den Anschein, als verschmölzen die Terrassen zu einem einzigen Hang mit vereinzelten, natürlich aussehenden Lücken im Laubdach; eine optische Täuschung, die durch den erhöhten Blickwinkel entstand. Ich schätze, das verhinderte auch, daß sie aus der Luft entdeckt wurden.

Als wir den Paß erreichten, machte Jed die zeigende Bewegung mit den geschlossenen Fingern, und wir begannen unseren Abstieg in die demilitarisierte Zone, die DMZ, wie ich sie jetzt nannte. Beim Gehen achtete ich sehr genau auf Jeds Füße. Mir war aufgefallen, daß er sehr viel geräuschloser gehen konnte als ich, obwohl wir doch auf dasselbe Gemisch aus Laub und Zweigen traten, und ich war entschlossen, herauszufinden, wie er das machte. Eine Sache war, daß er auf der ganzen Sohle, nicht auf dem Ballen ging. Ich hatte es andersherum gemacht, einfach weil mein Instinkt mich veranlaßte, auf Zehenspitzen zu gehen, wenn ich versuchte, mich geräuschlos zu bewegen. Aber als ich ihn beobachtete, wurde mir klar, daß diese Methode nicht vernünftig war. Indem er den Druck auf die ganze Fußsohle verteilte, belastete er die Zweige nicht so sehr und drückte nicht ein oder zwei Blätter, sondern eine ganze Fläche platt. Ich wechselte zu seiner Methode und hörte den Unterschied sofort. Und das zweite war, daß er die Füße ziemlich hoch hob, so daß sie kein loses Material mitnahmen.

Ich war so sehr darin vertieft, Jed zu beobachten, daß ich fast überrascht war, als wir vor einem Feld standen. Wir kauerten uns eine Weile schweigend am Rand nieder, um uns zu vergewissern, daß die Luft rein war. Dann wandte Jed sich zu mir um. »Okay«, flüsterte er und zeigte auf mich. »Du gehst.«

Ich zog die Brauen hoch und legte einen Finger auf meine Brust, und er nickte. Ich grinste und streckte einen Daumen hoch. Dann duckte ich mich, so tief es ging, ohne auf alle viere zu sinken, und wieselte los.

Zwischen Waldsaum und Feld erstreckte sich eine freie, mindestens drei Meter breit ausgetretene Fläche, auf der die Wächter patrouillierten. Als ich zwischen den Bäumen hervorgetreten war, spähte ich nach links und rechts und überquerte dann die Lücke. Mir war klar, daß jederzeit ein Wachtposten auftauchen konnte, deshalb verschwendete ich keine Zeit, sondern versuchte gleich, ein paar ordentliche Büschel abzureißen. Aber schon stieß ich auf Schwierigkeiten. Die Stiele der Marihuana-Pflanzen waren bemerkenswert zäh. Ich drehte und zerrte, so leise ich konnte, aber ich war außerstande, auch nur einen Zweig vom Hauptstiel zu lösen. Schlimmer noch, meine Hände schwitzten wie verrückt und wurden so glitschig, daß es mich rasend machte; ich konnte nicht mehr richtig zupacken. Ich schaute zu Jed hinüber, der sich verzweifelt an den Kopf faßte.

»Was soll ich machen?« Ich formte die Worte mit dem Mund.

Er hielt sein Messer hoch und schwenkte, sarkastisch grinsend, die Spitze hin und her. Ich begriff, daß ich losgeflitzt war, bevor er Gelegenheit gehabt hatte, es mir zu geben. Ich verfluchte meine Hast und gab ihm mit gewölbten Händen zu verstehen, daß er es mir zuwerfen solle. Das Messer kam durch die Luft gesegelt, und endlich konnte ich die widerspenstigen Stiele abschneiden. Zum Ausgleich für meine Patzer blieb ich eine Minute länger, als unbedingt nötig war, so daß ich mit einem Büschel von besonders kühnem Umfang zurückkehren konnte.

»Was ist los, Richard?« fragte Jed, als wir wieder an unserem sicheren Ausguck waren. »Ich dachte, nach all der Aufregung wärest du glücklich.« Er klopfte mir wohlwollend auf den Rücken. »Ich dachte, du würdest dieses blöde Mäuselied singen.«

Ich schüttelte den Kopf und legte mein Büschel auf den Boden. »Mir geht's prima, Jed.«

»Doch wohl nicht wegen der Sache mit dem Messer? Das war meine Schuld, weißt du, nicht deine. Ich hab dir gesagt, du sollst losgehen, bevor ich es dir gegeben hatte.«

»Nein, nein. Das mit dem Messer hat mir nichts ausgemacht... nicht soviel jedenfalls... und es war nicht deine Schuld. Ich hab nicht nachgedacht. Aber mir geht's gut, wirklich.«

Jed war nicht überzeugt. »Ich weiß, was es ist. Du wolltest ein paar Wachleute sehen, stimmt's?«

»Na ja...« Ich zuckte die Achseln. »Das wäre schon interessant gewesen.«

»Ich weiß nicht, Richard. Du bist immer wegen der falschen Sachen enttäuscht. Glaub mir, du kannst froh sein, daß wir niemandem über den Weg gelaufen sind.«

»Klar...« Ich überlegte kurz und zupfte ein paar Knospen ab. »Nur so aus Neugier... Was meinst du, was würde passieren, wenn sie uns finden?«

»Hm... keine Ahnung. Möcht's lieber nicht wissen.«

»Glaubst du, sie würden uns umbringen?«

»Möglich wär's. Andererseits bezweifle ich das, denn es hätte keinen Sinn. Sie wissen ja, daß wir hier sind, und umgekehrt, und keiner von uns möchte, daß sein Geheimnis entdeckt wird. Also…«

»Ich habe gehört, daß Daffy mal mit ihnen gesprochen hat.«

Jed machte ein überraschtes Gesicht. »Wer hat dir das erzählt?«

»Äh… Greg, glaube ich.«

»Ich glaube, daß Greg da vielleicht was mißverstanden hat. Sal hätte es mir erzählt, wenn es Kontakt mit ihnen gegeben hätte, und sie hat nie was gesagt.«

»Oh… Und wenn sie Zeph und Sammy erwischen? Das wäre doch was anderes, die haben doch mit uns nichts zu tun.«

»Yeah. Zeph und Sammy würden sie vielleicht umbringen.«

»Das würde zumindest unser Problem lösen«, erwog ich vorsichtig. Ich rechnete mit einer mißbilligenden Antwort, aber von Jed kam nichts dergleichen. Er nickte nur.

»Ja«, sagte er schlicht. »Das würde es.«

Fleischfressende Zombies

Es war dunkel, als wir ins Lager zurückkamen. Ich hatte vorgehabt, rasch etwas zu essen und den restlichen Abend im Wasser zu verbringen und die Phosphoreszenz anzuschauen. Aber als ich zur Küchenhütte kam, stellte ich fest, daß unsere Bananenblattpäckchen mit dem Abendessen nicht da waren. Alles, was ich fand, war ein kalter Klumpen von gekochtem Reis. Ich machte mich auf die Suche nach dem großen Kochtopf, weil ich annahm, daß Unhygienix einfach vergessen hatte, uns Fisch und Gemüse zurückzulegen, aber der Topf war leer. Das war merkwürdig, weil die Köche normalerweise ein paar Reste für das Frühstück aufhoben. Nachdenklich klopfte ich mir auf den leeren Magen und sah mich um. Dann fiel mir noch etwas auf, etwas noch Seltsameres. Abgesehen von Jed, der ein paar Meter weiter auf dem Boden saß, schien die Lichtung völlig leer zu sein. Ich sah keine Joints glühen, keinen Lampenschein in den Zelten.

Ich ging zu Jed. »Fällt dir hier irgendwas auf?« fragte ich ihn.

»Bloß, daß ich mein Essen nirgends sehe.«

»Genau. Es ist kein Essen da. Und Leute sind auch keine da.«

»Leute?« Jed leuchtete mit seinem Maglite durch die Gegend.

»Siehst du, was ich meine?«

»Ja…« Er stand auf. »Das ist komisch…«

Wir schauten uns ein paar Sekunden um und folgten dem gelben Lichtstrahl. Da hörten wir irgendwo ganz in der Nähe ein lautes Stöhnen, offenkundig von jemandem, der Schmerzen hatte.

»Himmel!« flüsterte Jed und knipste die Taschenlampe aus. »Hast du das gehört?«

»Natürlich!«

»Wer war das?«

»Woher soll ich das wissen?«

Wir blieben stehen und lauschten aufmerksam. Wieder hörten wir das Stöhnen, und meine Nackenhaare sträubten sich.

»Herrgott, Jed, knips die Lampe wieder an! Das macht mich nervös!«

»Nein!« zischte er. »Wir wissen noch nicht, was hier los ist.«

Wir lauschten noch eine Weile. Ich dachte an meinen ersten Morgen am Strand, daran, wie ich nach meinem Fieber aufgewacht war und die Lichtung leer vorgefunden hatte. Das war schon am hellichten Tag ziemlich gespenstisch gewesen. Wenn man einen Ort, von dem man weiß, daß er voller Menschen sein sollte, verlassen findet, so ist das beunruhigend. Im Dunkeln und mit dem gespenstischen Stöhnen war es zehnmal so schlimm.

»Das ist wie in einem Zombie-Film«, brummte ich und kicherte dann. »*Fleischfressende Zombies*«. Jed antwortete nicht.

Wieder war das Stöhnen zu hören, und diesmal konnten wir es orten. Es kam von links, wo die meisten Zelte standen.

»Okay«, sagte Jed. »Wir sehen nach. Du übernimmst die Spitze.«

»Ich? Du hast die Lampe!«

»Die muß ich halten, damit du beide Hände frei hast.«

»Frei wofür?«

»Für die Zombies.«

Jed knipste die Lampe an und beleuchtete Unhygienix' Zelt. Leise fluchend ging ich langsam darauf zu.

Ich hatte gerade zwei Schritte getan, als die Zeltklappe aufflog und Ella den Kopf herausstreckte. »Jed?« fragte sie und spähte blinzelnd ins grelle Licht.

»Richard.«

»Und Jed. Was ist los, Ella?«

Sie schüttelte den Kopf. »Kommt rein. Es ist eine Katastrophe.«

»Es war Keaty«, erklärte sie und wischte Unhygienix' Stirn ab. Unhygienix war es gewesen, der da gestöhnt hatte, und er stöhnte weiter, während wir miteinander sprachen. Er hatte die Augen geschlossen und krallte beide Hände in seinen dicken braunen Bauch. Ich glaube, er wußte nicht mal, daß wir im Zelt waren. »Dieser Idiot.«

Ich zog die Brauen hoch. »Wieso? Was hat er getan?«

»Er hat einen Tintenfisch in einen der Fischeimer geworfen, und wir haben ihn aufgeschnitten und mit allem anderen zusammengeschmissen.«

»Und?«

»Der Tintenfisch war schon tot, als er ihn harpunierte.«

Jed sog zischend die Luft ein.

»Fast alle sind krank. Die Badehütte ist komplett vollgekotzt.«

»Was ist denn mit dir?« fragte ich. »Du scheinst ganz okay zu sein.«

»Fünf oder sechs Leute sind okay. Ich habe leichte Bauchschmerzen, aber es sieht so aus, als hätte ich Glück gehabt.«

»Und wieso hat Keaty einen toten Tintenfisch harpuniert?«

Ella machte schmale Augen. »Das würde ich ihn auch gern fragen. Das würden wir ihn alle gern fragen.«

Ich brauchte eine Ewigkeit, um Keaty zu finden. Er war nicht in seinem Zelt, und als ich auf der Lichtung seinen Namen rief, bekam ich keine Antwort. Schließlich ging ich zum Strand, und da sah ich ihn ein Stück weiter unten am Ufer in einem Flecken Mondlicht sitzen.

Als er mich kommen sah, machte er eine Bewegung, als sei er drauf und dran, wegzulaufen. Dann entspannte er sich, und seine Schultern sackten herab. »Hallo«, sagte er mit leiser Stimme.

Ich nickte und setzte mich neben ihn.

»Ich bin nicht der Geschmack des Monats, Rich.«

»Das ist Tintenfisch auch nicht …«, sagte ich.

Er lachte nicht.

»Was ist denn passiert?«

»Weißt du es nicht? Ich habe das Camp vergiftet.«

»Ja, aber …«

»Ich hatte Gregs Maske auf, ich habe diesen Tintenfisch gesehen, wir haben schon hundertmal Tintenfisch gegessen, also hab ich ihn aufgespießt und in den Eimer geschmissen. Woher sollte ich denn wissen, daß er tot war?«

»Weil er sich nicht bewegt hat?«

Er funkelte mich an. »Ja, jetzt weiß ich das auch! Aber ich dachte … ich dachte, Tintenfische sind wie Quallen, sie treiben einfach so rum und … und es sah so aus, als ob seine Arme sich bewegten …«

»Also war es ein Irrtum. Es war nicht deine Schuld.«

»Ja. Rich. Das ist wahr. Es war Jeans Schuld.« Er schlug mit der Faust in den Sand zwischen seinen Knien. »Scheiße, natürlich war es meine Schuld! *Jesus*!«

»Okay… es war deine Schuld, aber du solltest nicht…«

»Rich«, unterbrach er mich. »Bitte.«

Ich schaute achselzuckend weg. Auf der anderen Seite der Lagune fing das Mondlicht sich in der gezackten Spalte, die die Klippen bis hinunter zum Korallenriff teilte. »Kapau«, sagte ich leise.

Keaty beugte sich vor. »Was?«

»Kapau.«

»Wieso…?«

»Weil es das Geräusch ist, das der Blitz macht.« Ich deutete auf den Spalt. »Siehst du?«

Chaos

Ich blieb nur kurz bei Keaty, weil ich noch nach Étienne und Françoise sehen wollte. Er wollte nicht mitkommen; er sei noch nicht bereit, den Leuten unter die Augen zu treten, sagte er, der arme Kerl. Es war hart; da hatte er so lange darum gekämpft, in die Fischertruppe zu kommen, und nun war er für eine solche Sauerei verantwortlich. Besondere Gewissensbisse bereitete es ihm, daß er zu den wenigen gehörte, denen der Tintenfisch nichts hatte anhaben können. Ich redete ihm gut zu, er solle nicht so albern sein; er könne sich schließlich kaum vorwerfen, daß er ein gutes Immunsystem habe, aber es half nichts.

Als ich sah, was im Langhaus vor sich ging, war ich froh, daß Keaty es vorgezogen hatte, für sich zu bleiben. Beim Anblick der Szene, die sich dort abspielte, wäre ihm noch furchtbarer zumute gewesen. Ich hatte nicht geahnt, daß die Lebensmittelvergiftung so schlimm war, und ich bezweifelte, daß Keaty es wußte, denn andernfalls wäre er im Camp gewesen, um zu helfen.

In der Mitte des Raumes standen von vorn bis ganz hinten Kerzen; vermutlich hatte man sie so aufgestellt, daß die Gestalten, die sich auf den Betten wanden, sie nicht umstoßen konnten. Der Geruch von Kerzenwachs wurde überlagert vom sauren Gestank der Kotze. Alle stöhnten – wahrscheinlich nicht dauernd, aber es waren so viele, daß sich ihr Stöhnen überlappte und der Geräuschpegel immer gleich blieb. Und jeder schien zu seiner eigenen Sprache zurückgekehrt zu sein. Daß man in dem unverständlichen Gebrabbel sinnvolle Wörter heraushörte, ließ das Ganze nur noch surrealer erscheinen. Manche wollten Wasser, andere, die sich übergeben hatten, wollten, daß man ihnen die Brust abwischte. Als ich an Jesse vorbeikam, packte er meinen Fuß und wollte in die Badehütte getragen werden. »Verdammt, ich hab mich von oben bis unten eingeschissen!« japste er fassungslos. »Von oben bis unten! Guck doch!«

Ich sah Cassie und Moshe, die zwischen den Betten hin und her sausten und versuchten, all die verschiedenen Bitten zu erfüllen. Als Cassie mich entdeckte, machte sie eine verzweifelte Bewegung mit den Armen und fragte: »Sterben sie?«

Ich schüttelte den Kopf.

»Woher weißt du das, Richard?«

»Sie sterben nicht.«

»Woher *weißt* du das?«

»Ich weiß es nicht.« Ich schüttelte den Kopf. »Jesse ruft dich.«

Cassie rannte zu ihrem Freund, und ich ging weiter durch das Langhaus, hinunter zu Françoise und Étienne.

Françoise war am schlimmsten dran – glaube ich. Étienne schlief; erst dachte ich, er sei bewußtlos, aber er atmete gleichmäßig, und seine Stirn fühlte sich nicht allzu heiß an. Françoise aber war wach, und sie hatte große Schmerzen. Die Krämpfe schienen wie Wellen in regelmäßigen Abständen von zirka sechzig Sekunden zu kommen. Sie stöhnte nicht wie die anderen, sondern biß sich auf die Unterlippe, und ihr Bauch war übersät von Kratzspuren, wo sie die Fingernägel eingegraben hatte.

»Hör auf«, befahl ich mit fester Stimme, nachdem sie so fest zugebissen hatte, daß ihre Lippe aufzuplatzen drohte.

Sie sah mich mit stumpfen Augen an. »Richard …?«

»Ja. Du kaust dir die Lippe in Fetzen. Das darfst du nicht.«

»Es tut so weh.«

»Das seh ich, aber … Hier.« Ich griff in die Tasche und zog meine Zigaretten heraus. Dann riß ich den Deckel von der Schachtel und drückte ihn flach. »Hier kannst du draufbeißen.«

»Es tut trotzdem weh.«

Ich strich ihr das feuchte Haar aus dem Gesicht. »Ich weiß, aber so behältst du wenigstens deine Lippen.«

»Oh.« Es gelang ihr, ein wenig erheitert auszusehen. Vielleicht hätte sie sogar ein Lächeln zustande gebracht, wenn nicht eine neue Schmerzwelle gekommen wäre.

»Was ist nur los, Richard?« fragte sie, als ihre Muskeln sich wieder entspannten.

»Ihr habt eine Fischvergiftung.«

»Ich meine, was passiert jetzt?«

»Tja …« Ich warf einen Blick in den Raum; ich war nicht sicher, wie ich antworten sollte, ohne sie zu ängstigen. »Die Leute übergeben sich, und … Moshe und Cassie sind hier …«

»Meinst du, es ist ernst?«

»Nein, nein.« Ich lachte ermutigend. »Morgen wird es euch allen viel bessergehen. Ihr werdet alle wieder gesund.«

»Richard …«

»Hm?«

»Als Étienne und ich in Sumatra waren, ist jemand gestorben, weil er einen schlechten Krebs gegessen hatte.«

Ich nickte langsam. »Ja, aber der hat wahrscheinlich das ganze Tier gegessen. Du hast doch nur ein kleines Stückchen abbekommen; du kommst schon wieder auf die Beine.«

»Wirklich?«

»Bestimmt.«

Sie seufzte. »Gut… Richard, ich brauche ein bißchen Wasser… Bitte, bringst du mir welches?«

»Natürlich. In zwei Minuten bin ich wieder da.«

Als ich aufstand, setzten die Krämpfe wieder ein. Ich beobachtete sie einen Moment lang und wußte nicht, ob ich gehen oder warten sollte, bis die Schmerzen wieder nachließen. Dann lief ich durch das Langhaus, ohne auf das Flehen der anderen Kranken zu achten.

Inkubus

Unverhofft traf ich Jed vor der Küchenhütte; er saß auf dem Boden und aß schlichten Reis, das Maglite stand aufrecht vor ihm auf dem Boden wie eine elektrische Kerze. Er hielt mir seine Schüssel entgegen und brummte: »Du solltest was essen.« Fächerförmig versprühte er weiße Tröpfchen im Lichtstrahl.

»Ich hab keinen Hunger. Hast du mal ins Langhaus geguckt?«

Er schluckte seinen Reis herunter. »Hab den Kopf durch die Tür gesteckt und genug gesehen. In den Zelten gibt's auch alle Hände voll zu tun.«

»Was ist denn in den Zelten los?«

»Das gleiche wie im Langhaus. Die Schweden sind anscheinend okay, aber die anderen sind im Arsch.«

»Machst du dir Sorgen?«

»Du?«

»Ich weiß nicht. Françoise sagt, man kann von solchem Zeug sterben.«

»Mhm. Kann man.« Er stopfte sich den Mund voll und kaute sorgfältig. »Wir müssen sie mit reichlich Wasser vollpumpen. Sie dürfen nicht austrocknen. Und wir müssen uns selber fit halten, damit wir sie versorgen können. Deshalb solltest du was essen. Du hast seit heute früh nichts zu dir genommen.«

»Später.« Ich dachte an Françoise und tauchte einen Becher in die Trinkwassertonne. »Und wenn die Schweden okay sind, dann sag ihnen, sie sollen kommen und helfen.«

Jed nickte; seine Wangen waren so voll, daß er nicht antworten konnte, und ich machte mich auf den Weg zurück über die Lichtung.

Als ich wieder ins Langhaus kam, saß Bugs metaphorisch und buchstäblich in der Scheiße. Er hockte neben der Kerzenreihe; seine Augen quollen wie Billardkugeln aus den Höhlen, und eine Durchfallpfütze sammelte sich um seine Füße. Moshe stand würgend ein paar Schritte weiter, und als er mich sah, entfernte er sich schleunigst, als läge die Verantwortung für Bugs, nachdem ich ihn gesehen hatte, jetzt bei mir.

Bugs stöhnte. Ein Speichelfaden hing ihm aus dem Mund und baumelte verrückt hin und her. »Richard«, blubberte er. »Bring mich hier raus.«

Ich sah mich um. Cassie war ein paar Betten weiter beschäftigt, und Moshe beugte sich über eins der jugoslawischen Mädchen. »Ich hab's eilig«, sagte ich und bedeckte Nase und Mund mit der Armbeuge.

»Was?«

»Ich hab's eilig. Ich muß Françoise das Wasser bringen.«

»Ich muß hier raus! Sie kann warten!«

Ich schüttelte den Kopf und zog eine Grimasse. Der Gestank war so furchtbar, daß mir schwindlig wurde.

»Sie *hat* schon gewartet«, sagte ich.

Sein Gesicht verzerrte sich, als wolle er mich anschreien. Ich schaute ihn ungerührt an, und sein Ausdruck veränderte sich nicht. Plötzlich krümmte er sich winselnd zusammen wie ein Embryo, wollte sich aufrichten und krümmte sich erneut.

Ich beobachtete ihn weiter und atmete immer noch in meine Armbeuge, obwohl ich den Gestank damit kein bißchen abhielt. Das Schwindelgefühl wurde stärker, und heftige Wallungen von Ärger mischten sich hinein. Hinter meinen Augen begann es zu pulsieren, und mit dem so veränderten Blick sah ich in seiner Erniedrigung etwas Hemmungsloses. Wie konnte es ein, daß er nicht die Kraft hatte, sich zur Tür zu schleppen? Er hatte mich davon abgehalten, Françoise das Wasser zu bringen, und er machte hier eine gräßliche Sauerei, die jemand anders würde wegputzen müssen. Ich dachte an seine stoische Reaktion, als er sich aufs Bein gehämmert hatte, und bei der Erinnerung hätte ich beinahe laut aufgelacht.

»Ich muß Françoise das Wasser bringen«, sagte ich eisig, aber ich rührte mich nicht von der Stelle. »Ich habe ihr gesagt, es dauert nur zwei Minuten. Ich bin jetzt schon viel länger weg.« Bugs machte den Mund auf, vielleicht um zu antworten, und eine schleimige Blase aus Speichel zerplatzte auf seinen Lippen. Diesmal lachte ich wirklich. »Sieh dich doch an«, hörte ich mich sagen. »Verdammt, was glaubst du, wer diese Schweinerei saubermacht?«

Plötzlich packte mich eine Hand bei der Schulter.

»Mein Gott, Richard! Was ist denn los mit dir? Wieso hilfst du ihm nicht?«

Ich drehte mich um. Cassie starrte mich an. Sie sah sehr wütend aus, aber als unsere Blicke sich trafen, wurde aus der Wut rasch etwas anderes. So etwas wie Besorgnis, stellte ich empfindungslos fest, oder Schrecken.

»Richard?«

»Ja?«

»Fehlt dir auch nichts?«

»Nein.«

»Du …« Sie zögerte. »Komm. Wir müssen ihn sofort rausschaffen.«

»Ich muß dieses Wasser zu …«

»Du mußt Bugs nach draußen bringen.«

Ich rieb mir die Augen und wünschte, das Pochen wollte aufhören.

»Sofort, Richard.«

»Ja... okay.« Ich stellte den Becher hin und half ihr, Bugs hochzuheben.

Er war schwer, weil er so breitschultrig war, und er versuchte gar nicht zu gehen; wir mußten ihn praktisch über den Boden schleifen. Zum Glück erschien einer der Schweden, Sten, als wir den halben Weg zur Tür hinter uns gebracht hatten. Mit seiner Hilfe schafften wir Bugs nach draußen und hinüber zu einem der umgeleiteten Bachläufe, wo wir ihn ins Wasser kippten, damit die Strömung ihn säuberte.

Sten fand sich bereit, bei ihm zu bleiben – wahrscheinlich war es für ihn eine Erleichterung, nachdem er gesehen hatte, was im Langhaus los war –, und Cassie und ich liefen zurück. Ich wollte in Laufschritt verfallen, aber sie hielt mich fest und befühlte meine Stirn.

»Was ist?« fragte ich gereizt.

»Ich dachte, du hast vielleicht Temperatur...«

»Und?«

»Du bist ein bißchen heiß... aber nein, Gott sei Dank. Wir können uns nicht leisten, daß hier noch jemand krank wird.« Sie drückte kurz meine Hand. »Wir müssen stark sein.«

»Mhm.«

»Und wir müssen Ruhe bewahren.«

»Klar, Cassie. Ich weiß.«

»Okay...«

»Ich muß jetzt Françoise ihr Wasser bringen.«

»Ja«, sagte sie, und mir war, als runzelte sie die Stirn, aber im Dunkeln war das unmöglich zu erkennen. Wir gingen weiter. »Natürlich.«

Während meiner Abwesenheit hatte Françoises Zustand sich verschlimmert. Sie sprach noch, aber sie war in einen traumartigen Fieberwahn verfallen, und ihre Wangen glühten. Ich mußte sie auf meinen Schoß stützen, um ihr den Becher an die Lippen zu halten, ohne daß sie sich verschluckte; trotzdem lief ihr das meiste über die Brust.

»Tut mir leid, daß es so lange gedauert hat«, sagte ich, während ich sie mit einem T-Shirt abtrocknete. »Bugs hat alles vollgeschissen. Ich mußte mich erst um ihn kümmern.«

»Richard«, flüsterte sie und sagte dann etwas auf französisch, das ich nicht verstand.

Ich versuchte zu erraten, was sie meinte. »Mir geht's gut. Ich hab den Tintenfisch verpaßt.«

»Étienne ...«

»Er ist hier, neben dir ... schläft sich gesund.«

Ihr Kopf fiel auf die Seite. »Ich liebe dich«, murmelte sie benommen. Ich blinzelte und dachte für einen Sekundenbruchteil, sie könnte mich gemeint haben. Dann fing ich mich wieder; ich sah, in welche Richtung sie schaute, und begriff, daß ihre Worte für Étienne gedacht waren. Aber in gewisser Weise spielte das keine Rolle. Es war einfach ein schönes Gefühl, gehört zu haben, wie sie es sagte. Ich lächelte und streichelte ihr übers Haar, und ihre Hand kam herauf und schloß sich matt um meine.

Die nächsten paar Minuten hielt ich still, so gut ich konnte, und stützte ihre Schultern mit meinen gekreuzten Beinen. Als sie nach und nach langsamer und tiefer atmete, zog ich mich behutsam zurück und ließ sie auf das Bett sinken. Das Laken war ein bißchen feucht vom vergossenen Wasser, aber das war nicht zu ändern.

Es ist nicht so, daß ich das Gefühl habe, es rechtfertigen zu müssen, aber ich will es trotzdem rechtfertigen. Ich dachte an die Zeit, als ich das Fieber gehabt hatte. Françoise hatte mir einen Kuß gegeben; also gab ich ihr jetzt auch einen, in genau dem gleichen zärtlichen Geist. Und ich hätte nie behauptet, daß dieser Kuß frei interpretierbar sei. Es war ein geradliniger Kuß auf die Wange, nicht auf die Lippen.

Technisch gesehen – falls man solche Dinge technisch betrachten kann – habe ich ihn vielleicht wirklich zwei Sekunden zu lange dauern lassen. Ich erinnere mich, daß ich bemerkt habe, wie weich und glatt ihre Haut war. Inmitten jener höllischen Nacht, umgeben von Kotzen und Stöhnen und flackernden Kerzenflammen, hatte ich nicht damit gerechnet, etwas so Süßes zu finden. Ich war überrascht von dieser kleinen Oase. Ich gab meine Deckung auf und schloß die Augen für einen Moment – nur um der Chance willen, all das üble Zeug auszublenden.

Aber als ich mich nach diesem Kuß aufrichtete und sah, wie Étienne mich anstarrte, wußte ich sofort, daß er es nicht auf die gleiche Weise gesehen hatte.

Es war für kurze Zeit still, wie man sich vorstellen kann, und dann sagte er: »Was hast du gemacht?«

»Nichts ...«

»Du hast Françoise geküßt.«

Ich zuckte die Achseln. »Und?«

»Was heißt das – und?«

»Es heißt und.« Wenn ich gereizt klang, dann nur wegen meiner Erschöpfung und vielleicht wegen meines Katzenjammers nach der Sache mit Bugs. »Ich habe ihr einen Kuß auf die Wange gegeben. Das hast du schon öfter gesehen, und du hast auch schon gesehen, daß sie mir einen gegeben hat.«

»So hat sie dich nie geküßt.«

»Auf die Wange?«

»So lange!«

»Das verstehst du falsch.«

Er setzte sich in seinem Bett auf. »Wie soll ich es denn verstehen?«

Ich seufzte. Das Pulsieren hinter meinen Augen verwandelte sich jetzt in einen stechenden Schmerz. »Ich bin sehr müde«, sagte ich. »Und du bist sehr krank. Das wirkt sich aus.«

»Wie soll ich es verstehen?« beharrte er.

»Ich weiß es nicht. Wie du willst. Ich habe sie geküßt, weil ich mir Sorgen mache und weil mir etwas an ihr liegt … Genauso, wie ich deinetwegen in Sorge war.«

Er sagte nichts.

Ich versuchte es auf scherzhafte Weise. »Wenn ich dir auch einen Kuß gebe, ist die Sache dann erledigt?«

Étienne schwieg noch einen Moment und nickte dann. »Es tut mir leid, Richard«, sagte er, aber seine Stimme klang flach, und ich wußte, daß er nicht meinte, was er sagte. »Du hast recht. Ich bin krank, und das wirkt sich aus. Aber ich kann mich jetzt um sie kümmern. Vielleicht brauchen andere Leute deine Hilfe.«

»Ja. Ganz bestimmt.« Ich stand auf. »Wenn ihr was braucht, ruft mich.«

»Ja.«

Ich warf noch einen Blick auf Françoise, die gottlob fest schlief. Dann ging ich in den vorderen Teil des Langhauses.

Guten Morgen

Ich schlief draußen auf der Lichtung. Ich hätte auch dort geschlafen, wenn ich es nicht für das Beste gehalten hätte, mich von Étienne fernzuhalten. Ich hatte meinen Geruchssinn verloren, und mittlerweile suchte ich mir aus, wessen Stöhnen ich hörte und wessen nicht, aber ich konnte die Kerzen nicht ertragen. Sie erzeugten eine solche Hitze, daß die Decke naß war von Kondenswasser. Die Tropfen fielen wie ein leichter Regen durch die Wolken von Wachsdunst, und gegen Mitternacht gab es im Langhaus keinen Fingerbreit trockenen Boden mehr.

In meiner Erinnerung war das letzte, was ich vor dem Einschlafen hörte, Sals Stimme. Sie hatte sich so weit erholt, daß sie herumlief und Keatys Namen rief. Ich hätte ihr sagen können, daß er unten am Strand war, aber ich ließ es lieber bleiben. Ihr Tonfall war von ominöser Beherrschtheit; so mochte eine Mutter ihr Kind rufen, es aus seinem Versteck locken, damit sie ihm den Arsch versohlen konnte. Nach einer Weile drang das Licht ihrer Taschenlampe durch meine Lider, und sie fragte mich, ob ich wüßte, wo er sei. Ich rührte mich nicht, und schließlich verzog sie sich.

Jed weckte mich gegen halb sieben mit einer Schale Reis und einem Bonbon, einem der letzten von Ko Pha-Ngan.

»Guten Morgen«, sagte er und rüttelte mich heftig an den Schultern. »Hast du schon gegessen?«

»Nein«, brummelte ich.

»Was hab ich dir gestern abend gesagt?«

»... essen.«

»Also.« Er zog mich hoch, bis ich saß, und stellte mir die Schale in den Schoß. Das einsame Bonbon in seinem grellen, chemischen Grün wirkte lächerlich auf dem klebrigen Körnerhaufen. »Iß das jetzt.«

»Ich schlafe noch halb.«

»Iß, Richard.«

Ich knetete eine Reiskugel und begann pflichtschuldig zu kauen, aber mein Mund war so trocken, daß ich nicht schlucken konnte. »Wasser«, krächzte ich. Jed ging welches holen, und ich schüttete es in meine Schale. So schmeckte es gar nicht übel, und sei es nur, weil es nach gar nichts schmeckte.

Während ich aß, redete Jed, aber ich hörte ihm nicht zu. Ich betrachtete den knochenweißen Reis und dachte an den toten Freak auf Ko Pha-Ngan. Bestimmt hatten die Ameisen ihn inzwischen blankgefressen. Die arbeiten schnell, so Ameisen. Wahrscheinlich hatte er das Verwesungsstadium nie erreicht. Ich stellte mir den Freak vor, wie er auf dem Rücken lag, ein sauberes Skelett, das durch die lose Blätterschicht grinste, von ein paar winzigen Flecken Sonnenlicht besprenkelt. In Wirklichkeit hatte ich ihn auf den Bauch gedreht und auf den Armen liegenlassen, aber es hatte wenig Sinn, mir den Hinterkopf vorzustellen, und so revidierte ich das Bild, damit es ästhetisch mehr hergab. Der Sonnensprenkeleffekt war auch eine Revision. Wie ich sein flaches Grab in Erinnerung hatte, fiel überhaupt kein Licht durch das dichte Laubdach über ihm. Mir gefiel einfach die Vorstellung.

»Hübsch«, sagte ich und schob mir das Bonbon in den Mund.

»Vielleicht noch ein Äffchen, das den Brustkorb erforscht.«

Jed sah mich an. »Hä?«

»Vielleicht wäre ein Äffchen auch zu... kitschig.«

»Kitschig?«

»Ein Äffchen.«

»Hast du eigentlich ein Wort von dem, was ich gesagt habe, mitgekriegt?«

»Nein.« Knirschend zerkaute ich das Bonbon, und meine Zunge kribbelte unter der plötzlichen Flut von Limettensirup. »Ich habe an den Freak auf Ko Pha-Ngan gedacht.«

»An den toten Typen, den du da versteckt hast?«

»Yeah. Glaubst du, sie haben ihn schon gefunden?«

»Tja«, sagte er und guckte perplex, »ich könnte mir denken, daß sie ihn gefunden haben, wenn das Mädchen...« Dann schlug er sich mit der flachen Hand an die Stirn. »Herrgott! Was rede ich da für einen Scheiß? Wen interessiert dieser tote Freak? Du hättest ihn liegenlassen sollen, wo er lag; wir haben hier sehr viel wichtigeren Kram, um den wir uns kümmern müssen!«

»Es hat mich einfach interessiert. Und irgendwann müssen sie ihn ja finden.«

»Halt die Klappe! Und hör jetzt zu! Einer von uns muß rauf auf die Insel und nach Zeph und Sammy sehen!«

»Oh, okay. Wieso nicht wir beide?«

Jed machte ein entnervtes, beinahe schluchzendes Geräusch. »Was glaubst du wohl, warum, du dösiger Trottel? Jemand muß hierbleiben und sich um die Kranken kümmern, und die Fischertruppe ist beinahe vollständig außer Gefecht.

Nur die Schweden und Keaty sind gesund, und Keaty ist immer noch verschwunden.«

Ich nickte. »Ich schätze, das bedeutet, daß ich hierbleiben muß.«

»Nein, es bedeutet, daß ich hierbleiben muß, weil ich ein bißchen von Erster Hilfe verstehe. Also gehst du allein nach oben. Schaffst du das?«

»Darauf kannst du wetten!« Ich strahlte. »Überhaupt kein Problem!«

»Gut. Aber bevor du gehst, mußt du Keaty suchen. Ungefähr fünfzehn Leute sind fit genug, um zu essen; also muß jemand etwas zu essen besorgen. Aber ich werde keine Zeit zum Fischen haben. Also muß er es tun.«

»Okay. Und was soll ich machen, wenn Zeph und Sammy unterwegs sind?«

»Sind sie nicht.«

»Aber wenn doch?«

Jed schwieg kurz. »Ich versuche, nicht daran zu denken, aber wenn sie wirklich unterwegs sind, kommst du so schnell wie möglich wieder her und sagst mir Bescheid.«

»Und wenn dazu keine Zeit mehr ist?«

»Plan B.«

»Welcher?«

»Du wartest ab, was passiert. Ich bin sicher, sie werden bei den Feldern umkehren, aber wenn nicht, dann folgst du ihnen bis zum Wasserfall. Und wenn sie da runterkommen, fängst du sie ab und sorgst gottverdammt noch mal dafür, daß sie nicht anfangen, von deiner Scheißkarte zu erzählen.«

Auf der anderen Seite der Lichtung kam Jesse aus dem Langhaus. Er ging auf wackligen Beinen in Richtung Badehütte, schaffte ungefähr ein Viertel des Weges und übergab sich dann.

»Jawoll«, sagte ich, plötzlich unendlich vergnügt. Nach der vergangenen Nacht hatte ich nicht damit gerechnet, daß der Tag so gut anfangen würde. »Dann will ich mal Keaty suchen gehen.«

Nur ein einziger Mißton trübte den Morgen. Auf dem Weg zum Strand kam ich an Sal vorbei, die vor dem Langhaus saß; sie rief mich herüber. Wie sich herausstellte, hatte Bugs – der neben ihr kauerte und mich mit dem bösen Blick bedachte – ihr erzählt, was ich ihm angetan hatte. Sal verlangte eine Erklärung.

Ich war geschmeidig. Ich sagte, ich sei erschöpft gewesen und hätte nur zu Atem kommen müssen, bevor ich ihm nach draußen half; wenn Bugs die Sache anders in Erinnerung hätte, bedauerte ich es wirklich, aber vielleicht hätte die Krankheit ja auch sein Gedächtnis verkorkst. Dann schlug ich vor, wir sollten einander die Hand schütteln, und damit war Sal sehr zufrieden. Sie war gehetzt, weil sie sich noch um so vieles zu kümmern hatte, und deshalb kam es ihr sehr entgegen, die Störung auf diese Weise aus der Welt zu schaffen.

Aber nicht Bugs. Als ich in Richtung Strand davonging, humpelte er mir nach und nannte mich ein Schwein. Er war richtig sauer, piekste mir den Finger in die Brust und schilderte mir, was er mit mir tun würde, wenn er erst gesund genug wäre. Ich wartete, bis er fertig war, und dann sagte ich ihm, er solle sich verpissen. Ich hatte nicht vor, mir von ihm die gute Laune verderben zu lassen.

Epitaph

Keaty lag da, wo ich ihn zurückgelassen hatte, und schlief. Die Flut stand schon hoch; es würde nicht mehr lange dauern, und die Brandung würde seine Füße umspülen. Statt ihn zu wecken, beschloß ich daher, eine Zigarette zu rauchen. Vermutlich hatte er eine harte Nacht hinter sich und konnte die Extra-Viertelstunde gut gebrauchen. Ich war eben beim Filter angelangt, als die Schweden erschienen. Ich legte den Finger an die Lippen, deutete auf Keaty, und wir begaben uns außer Hörweite.

Karl, Sten, Christo. Angesichts der Tatsache, daß zwei von ihnen am Ende tot waren und der dritte verrückt, macht es mir Gewissensbisse, daß ihre Namen mir so wenig bedeuten.

Wie Jed waren auch die Schweden ungebeten an den Strand gekommen; auch wenn sie wahrscheinlich leichter Aufnahme gefunden hatten, weil sie nach ihm gekommen waren, erklärte das zum Teil, weshalb sie lieber außerhalb der Lagune fischten. Sie waren in das Leben am Strand nie so stark einbezogen wie alle anderen. Sie waren immer da, aber sie blieben hauptsächlich für sich, bewohnten zusammen ein Zelt und aßen oft abseits der anderen. Daß sie sich der großen Gruppe anschlossen, erlebte ich nur sonntags. Sie waren gute Fußballspieler, und jeder wollte sie in seiner Mannschaft haben.

Wenn ihnen die Integration Schwierigkeiten machte, kann es nicht gerade hilfreich gewesen sein, daß nur einer von ihnen, Sten, fließend Englisch sprach. Christo mogelte sich gerade so durch, aber mit Karl war es hoffnungslos. Soweit ich wußte, beschränkte sich sein Vokabular auf ein paar Wörter, die mit dem Fischen zu tun hatten – wie zum Beispiel »Fisch« oder »Speer« –, und ein paar Höflichkeitsfloskeln. Er begrüßte mich immer mit einem unsicheren »Hello, Richard« und wünschte mir einen guten Morgen, auch wenn er gerade ins Bett gehen wollte.

»So«, sagte ich, als wir uns in sicherer Entfernung von Keaty befanden. »Eure Arbeit für heute ist ja klar.«

Sten nickte. »Aber es muß nur für das halbe Camp gefischt werden, nein? Wir müssen nur dreißig Fische fangen. Nicht so schwer, denke ich… Möchtest du mit uns fischen?«

»Nein. Ich bleibe hier.«

»Bist du sicher? Es ist Platz für vier im Boot, und vielleicht bist du einsam, wenn du allein arbeitest.«

Ich lächelte. »Danke, aber Keaty wird gleich aufwachen.«

»Ah ja, Keaty. Ist er auch krank?«

»Nein, ihm geht's gut. Er ist ein bißchen von der Rolle, aber Fischvergiftung hat er nicht.«

»Gut. Wir schwimmen dann rüber. Bis später, Richard.«

»Okay.«

Sten sagte etwas auf Schwedisch zu den beiden anderen. Die drei gingen zum Ufer hinunter und verschwanden in Richtung Höhlen.

Es war ein kurzes, nichtssagendes Gespräch. Nicht gerade das, womit man in Erinnerung bleiben möchte. Ich habe mir überlegt, wie man es aufmotzen könnte, es pointierter machen, mehr wie eine Grabschrift, aber das Beste, was mir einfiel, war eine Art Wortspiel mit Stens Bemerkung: »Wir schwimmen dann rüber.« Etwas in der Richtung von: »Sie schwammen nicht rüber, sondern hinüber. Ins Jenseits. Sie waren hinüber. Rüber/hinüber.« Aber das ergibt nicht mal Sinn.

Ich habe auch überlegt, welche zusätzlichen Informationen zu ihrem Charakter ich liefern könnte – über ihre Gemeinsamkeiten mit Jed und ihr Fußballtalent hinaus –, aber unsere Beziehung hatte sich auf eine vage Konkurrenz im Hinblick auf Fischgrößen beschränkt. Ich kannte sie kaum. Wären nicht zwei von ihnen gestorben, hätte ich wahrscheinlich keinen weiteren Gedanken an sie verschwendet.

Wenn ich also ehrlich sein soll, muß ihre Grabinschrift vermutlich folgendermaßen lauten: Wenn du dich je mit einem alten Schulfreund hingesetzt und versucht hast, dich an all die Jungs zu erinnern, die je in eurer Klasse waren, dann waren die Schweden die, an die ihr zuletzt gedacht habt.

Das einzige, was ich am Ende noch hinzufügen möchte, ist, daß sie anständige Typen zu sein schienen und daß sie so nicht hätten sterben dürfen. Vor allem Sten nicht.

Schließlich hatte ich keine Lust mehr zu warten, bis die Flut Keatys Füße erreichte; ich schöpfte mit beiden Händen ein bißchen Wasser und ließ es ihm über den Kopf laufen.

»Hallo«, sagte ich, als er sich von dem Schock erholt hatte. »Hast du gut geschlafen?«

Er schüttelte den Kopf.

»Ich auch nicht.« Ich hockte mich neben ihn. »Ich hatte ungefähr vier Stunden.«

»Ist es schlimm im Camp …?«

»In der Nacht war's schlimm. Jetzt geht's schon besser, aber die Leute sind immer noch ziemlich krank.«

Keaty setzte sich auf und strich sich den Sand von Beinen und Armen. »Ich sollte jetzt zurückgehen. Muß helfen.«

»Dann geh nicht zurück. Du müßtest sowieso wieder hierher. Sie wollen, daß du fischen gehst.«

»Sie wollen, daß *ich* fischen gehe?«

»Hat Jed gesagt. Alle Fischer sind krank, bis auf die Schweden und Moshe, und Moshe hat mit den Leuten im Langhaus genug zu tun. Damit bleibst nur du.«

Keaty sah immer noch nicht überzeugt aus; deshalb fügte ich hinzu: »Und wenn du statt mit leeren Händen mit etwas Eßbarem zurückkommst, dann beruhigt Sal sich vielleicht ein bißchen. Sie ist ziemlich stinkig, weil du nicht da warst, um zu helfen.«

»Ja, ich hab sie gestern nacht rufen hören. Deshalb bin ich nicht in mein Zelt zurückgegangen.« Er zuckte müde die Achseln. »Aber irgendwann muß ich ja zurück, und … Ich weiß bloß nicht, ob es wirklich so 'ne gute Idee ist, wenn ich fischen gehe. Ich meine, das war schließlich die Ursache für alles.«

»Ich habe von keinem gehört, daß er es so sieht.«

»Ich könnte im Camp helfen.«

Ich zuckte die Achseln. »Das Camp braucht Fisch.«

»Du meinst wirklich, ich sollte fischen?«

»Ja. Ich bin ausdrücklich beauftragt, dich zu suchen und dir genau das auszurichten.«

Keaty runzelte die Stirn und zwirbelte sein Haar. Er hatte sich so lange den Kopf nicht rasiert, daß er kleine Dreadlocks bekam. »Na schön. Wenn du sicher bist …«

Der VC, die DMZ und ich

Am Paß machte ich ein paar Minuten halt und schaute in die DMZ hinunter. Ich wußte, daß ich keinen Grund hatte, den terrassenförmigen Hang hinunterzusteigen, aber zugleich wußte ich, daß ich es doch tun würde. Vielleicht würde ich nie wieder allein hier oben sein, und die Gelegenheit war zu schön, um sie sausenzulassen. Ich mußte allerdings auch nach Zeph und Sammy sehen; also stieg ich weiter hinauf zu unserem Ausguck.

»Delta eins-neun«, murmelte ich, als ich die Gestalten geortet hatte. Zwei konnte ich sehen, einen an der üblichen Stelle, den anderen ungefähr dreißig Meter weiter rechts, unten am Wasser. Die anderen drei waren offenbar auf Erkundungsgang, oder was immer sie sonst da hinter den Bäumen treiben mochten. »Hier ist Alpha Patrol. Bestätigen, daß Objekt klar identifiziert, wiederhole, Objekt klar identifiziert. Erbitte weitere Anweisungen.« Im Hinterkopf hörte ich das statische Rauschen des Funkgeräts. »Befehl verstanden. Erkundungsgang wird fortgesetzt.«

Ich ließ das Fernglas sinken und seufzte; ich spürte, wie die vertraute Frustration in mir hochstieg. Ihre scheinbare Untätigkeit war uninteressant geworden und kam mir allmählich vor wie eine besonders vertrackte Beleidigung. Ein Teil meiner selbst hätte sie am liebsten angeschrien, sie sollten ihren verschissenen Arsch in Bewegung setzen. Wenn ich gedacht hätte, daß es funktionieren könnte, hätte ich es wahrscheinlich getan.

In dieser Verfassung verging mir die Zeit nur langsam. Ich fühlte mich verpflichtet, mindestens zwei Stunden auf dem Posten zu bleiben, auch wenn ich sicher war, daß nichts passieren würde. Alle zehn Minuten schaute ich also hinüber, um zu sehen, ob sie sich irgend etwas Neues ausgedacht hätten, und wenn das nicht der Fall war – manchmal tauchte einer auf, oder zwei andere verschwanden –, kehrte ich zu meinen Tagträumen zurück und malte mir aus, was ich in der DMZ anstellen würde.

Mir schwebte nur ein Ziel vor – denn es hatte keinen Sinn, noch mehr Gras zu klauen. Ich wollte einen der Wächter sehen. Nicht einen, der auf einem Dschungelpfad pennte, sondern einen, der aktiv und bewaffnet auf Patrouille war. Nur das würde mich zufriedenstellen. Das wäre ein richtiger Kampfeinsatz, eine faire Sache unter gerechten Bedingungen. Er auf der Suche nach Unbefugten – ich als Unbefugter.

Je länger meine Tagträume dauerten, desto schwerer fiel es mir, auf dem Posten zu bleiben. Während der letzten halben Stunde meines zweistündigen Einsatzes zählte ich die Minuten wie ein Kind, das auf den Weihnachtsmorgen wartet. Als die Minute schließlich kam – zwölf siebzehn –, schaute ich noch ein letztes Mal nach Zeph und Sammy. Typisch: Zum erstenmal an diesem Tag war keiner von ihnen zu sehen. Aber ich zögerte nur einen Augenblick. Ich suchte rasch das Meer ab, um mich zu vergewissern, daß sie nicht losgeschwommen waren, und dann sagte ich laut »Scheiß drauf« und ging den Hang hinunter.

Mein Tagtraum wurde nicht weit von dem Feld wahr, das Jed und ich am Tag zuvor besucht hatten. Ich hatte mich für dieses Feld entschieden, weil es mir logisch erschien anzunehmen, daß man einen Dope-Wächter am ehesten auf einem Dope-Feld findet, und weil es außerdem bedeutete, einen Weg zu nehmen, den ich schon einmal gegangen war, und sei es auch nur einmal.

Zu dem Kontakt kam es ungefähr dreihundert Meter oberhalb der Terrasse. Ich hatte eben um ein dichtes Bambusdickicht herumgehen wollen, als ich zwischen den Blättern etwas Braunes aufschimmern sah, so golden, daß es nichts anderes als südostasiatische Haut sein konnte. Ich erstarrte natürlich und behielt die ungemütliche Position eines zu drei Vierteln vollendeten Schritts inne. Dann verschwand das Braun, und ich hörte das Rascheln von Schritten, die sich von mir entfernten.

Rasch erwog ich meine Möglichkeiten. Dem Wachmann zu folgen bedeutete ein ernsthaftes Risiko, aber ein kurzer Schimmer von ihm war auch nicht das, was mir vorgeschwebt hatte, und je länger ich hier zögerte, desto geringer wurde meine Chance, ihn noch einmal zu sehen. Außerdem wußte ich, wenn ich ihm nicht sofort folgte, würde ich wahrscheinlich meinen Mut verlieren und umkehren. Vermutlich gab das den Ausschlag. Ich wartete nicht mal, bis die Schritte außer Hörweite waren, sondern schlich mich um das Dickicht herum und folgte dem Mann.

Die nächsten zehn Minuten habe ich nur verschwommen in Erinnerung. Ich lauschte und spähte so angestrengt, daß ich ähnlich wie bei meinem ersten Abstieg zum Wasserfall außerstande war, über alles Unmittelbare hinaus irgend etwas zu speichern. Meine Erinnerung kehrt bei dem Augenblick zurück, da ich seine Schritte anhalten hörte – so daß ich auch anhielt – und ich weniger als fünf Meter vor mir sah, wie er zwischen zwei hohen Bäumen eine Atempause einlegte.

Langsam kauerte ich mich nieder und schob den Kopf um einen Ast herum, damit ich besser sehen konnte. Das erste, was ich wahrnahm, waren seine Tätowierungen: ein schwarzblauer Drache, der seinen muskulösen Rücken hinaufkroch. Eine Klaue lag auf dem einen Schulterblatt, und Flammen züngelten über das andere. Dann begriff ich, daß er der Wächter war, den ich schon mit Étienne und Françoise gesehen hatte – der Typ mit der Kickboxerfigur. Als ich ihn erkannte, hatte ich Mühe, meinen Atem im Zaum zu halten, wegen eines Adrenalinstoßes und weil die Angst, die ich auf dem Plateau gehabt hatte, zurückflutete, aber dann verwandelte sich beides in Ehrfurcht.

Der Mann stand zu drei Vierteln von mir abgewandt; die

eine Hand ruhte auf seinem Sturmgewehr, die andere auf der Hüfte. Quer über die Tätowierung, vom Nacken bis zur linken Seite des Brustkorbs, zog sich eine tiefe, bleiche Narbe. Eine zweite Narbe schnitt wie ein weißer Strich durch das kurzgeschorene Haar auf seinem Kopf. Eine zerknüllte Packung Krong Thip steckte unter einem schmutzigen blauen Halstuch, das um seinen Oberarm geknotet war. Er hielt die Kalaschnikow so lässig, wie ein Schlangenbeschwörer eine Kobra hält. Er war vollkommen.

Ich wußte, daß er in höchstens einer Minute verschwunden sein würde, und meine Gedanken überschlugen sich, während sie versuchten, jeden Aspekt seiner Gestalt zu verzeichnen. Ich konnte mich nur mit Mühe davon abhalten, noch näher heranzukriechen. Hätte ich ihn erstarren lassen können, ich hätte ihn umkreist wie eine Statue im Museum, hätte mir Zeit genommen, mir seine Haltung einzuprägen und die Gegenstände zu registrieren, die er bei sich trug, hätte seine Augen studiert, um zu ergründen, was hinter ihnen vorging.

Bevor er ging, drehte er das Gesicht in meine Richtung. Vielleicht hatte er gespürt, daß jemand ihn beobachtete. Dabei öffnete er den Mund, und ich sah, daß die beiden oberen Schneidezähne fehlten. Das war die Vollendung, die gefährliche Ergänzung zu dem gesplitterten Kolben seines AK-47 und den verschlissenen Taschen an seiner ausgebeulten Combat-Hose. Wenn ich in diesem Augenblick versucht hätte, mich tiefer ins Gestrüpp zu drücken, hätte er mich gesehen. An seinem Gesichtsausdruck sah ich, daß er nicht angestrengt herschaute, sondern nur abwesend den Blick schweifen ließ, aber eine Bewegung wäre ihm trotzdem nicht entgangen. Ich hielt still. Ich war hypnotisiert. Ich bezweifle, daß ich versucht hätte wegzulaufen, selbst wenn er mich gesehen hätte.

Ich rührte mich noch eine ganze Weile nicht, als der Wächter verschwunden war. Mir war klar, daß es falsch gewesen wäre, sofort zurückzugehen – nicht so sehr, weil der Mann noch in der Nähe sein konnte, sondern vielmehr, weil ich Zeit brauchte, um meine Gedanken zu sammeln. Verschwommen dachte ich an Autounfälle und an Fahrer, die verunglücken, kurz nachdem sie mit knapper Not einem Unfall entronnen sind.

Stunden später, ich hatte den Nachmittag auf dem Ausguck verbracht und war auf dem Heimweg, hielt ich am Paß zum zweitenmal an. Diesmal ballte ich die Fäuste, als ich die Terrassen und den dampfenden Abenddschungel sah. Eine machtvolle Woge der Eifersucht auf Jed ließ mich erzittern. Er hatte die DMZ über ein Jahr lang ganz für sich gehabt. Ich konnte mir nicht annähernd vorstellen, wie es sich anfühlen mochte, hier derart ausgedehnten privaten Zugang zu haben, und die Kürze meiner Begegnung mit dem Wächter schien alles nur noch schlimmer zu machen. Ich fühlte mich, als hätte ich einen Blick ins Paradies geworfen und sei nun verdammt.

Spaltung

Auf der Lichtung sah ich niemanden außer Ella, die vor der Küchenhütte hockte und Fische ausnahm, und Jed, der mit ihr plauderte. Jed stand auf, als ich kam, und ich beantwortete seinen fragenden Blick mit einem kaum merklichen Nicken. Er erwiderte es, entschuldigte sich dann und ging zu den Zelten hinüber.

Ella war beunruhigt, weil es schon halb sieben war und die Schweden immer noch auf sich warten ließen. »Ich möchte bloß wissen, was sie aufhält«, sagte sie. »Wie dumm von ihnen. Von allen Tagen, an denen sie sich hätten verspäten können, suchen sie sich ausgerechnet diesen aus – ich kann es nicht glauben.«

Ich zog die Stirn kraus. »Komm, Ella, das ist doch albern. Sie verspäten sich bestimmt nicht absichtlich. Sie wissen doch, was hier los ist. Vielleicht haben sie eine Motorpanne, oder der Sprit ist ihnen ausgegangen.«

Ella schnalzte mit der Zunge und versenkte das Messer im Bauch des letzten Fisches. »Kann sein«, sagte sie und drehte das Handgelenk fachmännisch. »Kann sein, daß du recht hast. Aber wenn du es dir richtig überlegst, dann hätten sie inzwischen auch zurück*schwimmen* können.«

Ich brütete über Ellas letzter Bemerkung, als ich zum Langhaus hinüberging; sie hatte absolut recht. In zwei Stunden hätten die Schweden mühelos zurückschwimmen und sogar das Boot hinter sich herziehen können. Ich wußte aus früheren Gesprächen, daß sie nie weiter als zweihundert Meter ins offene Meer hinausfuhren; das war eine Sicherheitsmaßnahme für den Fall, daß sie ein fremdes Boot entdeckten und schnell in Deckung gehen mußten.

In gewisser Weise war mir da schon bewußt, daß den Schweden etwas Ernstes zugestoßen war. Es war die einzige logische Erklärung. Aber trotz dieser Vorahnung unternahm ich nichts, wahrscheinlich aus dem gleichen Grund, aus dem auch sonst noch niemand etwas unternommen hatte. Wir hatten zu viele Probleme am Hals, als daß wir uns den Kopf über neue hätten zerbrechen können. Bei den anderen war es vielleicht der Wunsch nach Wasser gewesen, was sie ablenkte, ein Schlafbedürfnis oder die Notwendigkeit, eine Kotzepfütze wegzuwischen. Bei mir war es die Aussicht, Étienne wiederzusehen. Ich hatte mir die Sache mit dem Kuß noch einmal überlegt. Ich fand immer noch nicht, daß ich mir etwas hatte zuschulden kommen lassen, aber ich konnte verstehen, daß Étienne dieser Meinung war, und ich war sicher, daß unsere nächste Begegnung schwierig werden würde. Als ich die Tür des Langhauses aufschob, schob ich daher auch alle Gedanken an die Schweden beiseite und nahm mir gerade noch unbestimmt vor, mir darüber später den Kopf zu zerbrechen.

Der erste Eindruck im Langhaus war, daß es während meiner

Abwesenheit zu einer Art Spaltung gekommen sein mußte. Angespanntes Schweigen empfing mich, kurz darauf ertönte leises Gemurmel. Im vorderen Teil sah ich meine alte Fischertruppe, außerdem Jesse, Cassie und Leah, die zu den Gärtnern gehörten. Im hinteren Bereich, wo auch mein Bett stand, hielten sich Sal, Bugs und die übrigen Gärtner und Zimmerleute auf. Moshe und die beiden jugoslawischen Mädchen hockten scheinbar neutral in der Mitte.

Ich betrachtete die Situation. Dann zuckte ich die Achseln. Wenn hier eine Spaltung aufgebrochen war, würde ich keine Schwierigkeiten haben, mich für eine Seite zu entscheiden. Ich schloß die Tür hinter mir und ging zu meiner alten Truppe.

Als ich mich hingesetzt hatte, sagte eine Weile niemand etwas – was mir einen kurzen Schrecken einjagte, weil ich annahm, daß die Spaltung wohl etwas mit mir zu tun habe. Sofort nahm eine Kette von Ereignissen in meinem Kopf Gestalt an, und sie begann mit dem Kuß. Vielleicht hatte Étienne Françoise davon erzählt, und Françoise war wütend geworden, und das ganze Camp hatte davon gehört, und die angespannte Atmosphäre hatte nichts mit einer Spaltung zu tun, sondern war eine verlegene Reaktion auf meine Ankunft. Zum Glück lag ich weit daneben, wie sich zeigte, als Françoise sich endlich herüberlehnte und meine Hand nahm. »Es hat Ärger gegeben«, sagte sie mit gedämpfter Stimme.

»Ärger?« Ich zog meine Hand ein bißchen unbeholfen zurück und warf einen Blick zu Étienne hinüber, der mich mit unergründlicher Miene ansah. »Was für Ärger?«

Keaty hustete und zeigte auf sein linkes Auge. Es war böse geschwollen. »Bugs hat mich geschlagen«, sagte er schlicht.

»Bugs hat dich *geschlagen*?«

»Mhm.«

Ich war so geschockt, daß ich kein Wort herausbrachte. Also redete Keaty weiter.

»Ich bin gegen vier mit meinen Fischen zurückgekommen und hab dann mit Jed bei den Zelten herumgesessen. Vor einer halben Stunde bin ich ins Langhaus gekommen, und kaum sieht Bugs mich, springt er auf und haut mir eine rein.«

»Und dann ...?« fragte ich schließlich.

»Jean zerrte ihn zurück, und dann gab's einen wilden Streit zwischen denen da drüben ...« Er zeigte zu der Gruppe am anderen Ende hinüber. »... und denen hier. Ich persönlich hab mich rausgehalten. Ich hab versucht, mein Nasenbluten zu stoppen.«

»Hat er dich wegen des Tintenfischs geschlagen?«

»Er sagt, weil ich gestern abend nicht da war, um zu helfen.«

»Nein!« Ich schüttelte erbost den Kopf. »Ich weiß, warum er dich geschlagen hat. Es hat nichts damit zu tun, daß du gestern abend gefehlt hast. Es war, weil er sich vollgeschissen hat.«

Keaty lächelte ohne Heiterkeit. »Das leuchtet sofort ein, Rich.«

Ich hatte Mühe, meine Stimme im Zaum zu halten. Meine Zunge fühlte sich dick an, und ich hatte plötzlich eine solche Wut, daß ich am Rand meines Gesichtsfeldes schwarze Flecken sah. »*Mir* leuchtet es durchaus ein, Keaty«, preßte ich hervor. »Ich weiß, wie sein Kopf funktioniert. Es war ein böser Schlag für seinen Stolz, da in seiner eigenen Scheiße herumzuglitschen. Deshalb hat er dich geschlagen.«

Ich stand auf, aber Gregorio hielt mich am Arm fest.

»Richard, was hast du vor?«

»Ich werde ihm den Schädel eintreten.«

»*Endlich*«, sagte Jesse und sprang auf. »*Genau* das sage ich die ganze Zeit. Ich helfe dir.«

»Nein!«

Ich sah mich um. Françoise hatte sich ebenfalls erhoben.

»Das ist zu blöd! Ihr setzt euch sofort wieder hin!«

In diesem Moment erhob sich am anderen Ende des Langhauses ein höhnisches Gejohle. Bugs rief herüber: »Laßt mich raten! Die Kavallerie ist eingetroffen!«

»Ich werde dir gleich eine Harpune in den Hals jagen, du Arschloch!« schrie ich zurück.

»Jetzt krieg ich aber Angst!«

»Verdammt, die kannst du auch kriegen!« heulte Jesse. »Verdammt, die *solltest* du auch kriegen!«

»Ist das wahr, du Kiwi-Fotze?«

»Du ahnst nicht, wie wahr das ist!«

Dann stand auch Sal. *»Das reicht!«* kreischte sie. *»Alle beide! Alle miteinander! Das reicht jetzt!«*

Schweigen.

Die beiden Gruppen starrten einander eine Ewigkeit von dreißig Sekunden an. Dann stieß Françoise mit dem Zeigefinger auf den Boden.

»Hinsetzen!« zischte sie. Wir setzten uns.

Zehn Minuten später ging ich die Wände hoch. Ich brauchte so dringend eine Zigarette, daß ich glaubte, meine Brust würde sich einwärts stülpen, aber mein Vorrat war am anderen Ende des Langhauses, und ich konnte unmöglich dort hingehen. Um mir zu helfen, drehte Cassie einen Joint, aber das nützte nicht viel. Was ich brauchte, war Nikotin, und das Dope machte meine Gier nur noch schlimmer.

Wenig später brachte Ella das Essen, das sie gekocht hatte, aber sie hatte den Reis anbrennen lassen, und ohne die Hilfe von Unhygienix' magischem Händchen schmeckte die Fischsuppe wie Meerwasser. Außerdem mußte sie alles in einer denkbar ungemütlichen Atmosphäre verteilen. In ihrer Ratlosigkeit glaubte sie, ihre Kochkunst sei schuld. Niemand machte sich die Mühe, es ihr zu erklären, und so war sie den Tränen nahe, als sie das Langhaus verließ.

Um Viertel nach acht steckte Jed den Kopf zur Tür herein, sah sich neugierig um und verschwand wieder.

So folge eine angespannte Episode auf die andere, und allesamt lenkten sie uns nur von der Tatsache ab, daß die Schweden immer noch nicht vom Fischen zurückgekommen waren.

Um Viertel vor neun flog mit einem Knall die Tür auf.

»Ach, da seid ihr ja«, wollte Keaty sagen, aber die Worte verdorrten in seiner Kehle.

Karl, halb zusammengekrümmt, wurde von den Kerzen nur matt beleuchtet. Es war sein Gesichtsausdruck, der uns augenblicklich verriet, daß etwas Furchtbares passiert sein mußte, aber ich glaube, was Keaty hatte verstummen lassen, waren seine Arme. Absurd verdreht, ragten sie oben aus seinen Schultern. Und in seiner rechten Hand war etwas, das aussah wie ein Riß: Der Spalt zwischen Daumen und Zeigefinger reichte bis zum Handgelenk, und die Hand baumelte in zwei Hälften wie eine schlaffe Hummerschere.

»O mein Gott!« sagte Jesse, und überall im Langhaus raschelte es, als die Leute aufstanden, um besser sehen zu können.

Karl machte einen schweren Schritt auf uns zu und trat in den helleren Bereich des Kerzenscheins. Jetzt erkannten wir, daß die verstümmelten Arme dem gehörten, den er auf dem Rücken schleppte: Sten. Jäh brach Karl zusammen; er kippte vornüber, ohne auch nur den Versuch zu machen, seinen Fall abzubremsen. Sten rutschte von ihm herunter, balancierte für einen Moment auf der Stelle und rollte dann herum. Ein zerfranster Halbkreis von Fleisch, so groß wie ein Baseball, fehlte in seiner Seite, und was von seiner Bauchgegend noch übrig war, war nicht mehr als zehn Zentimeter dick.

Étienne rührte sich als erster. Er stürmte an mir vorbei und stieß mich beinahe zu Boden. Als ich mich wieder gefangen hatte, sah ich, daß er sich über Sten beugte und versuchte, ihn mit Mund-zu-Mund-Beatmung wiederzubeleben. Dann hörte ich Sal von hinten rufen: »Was ist passiert?« Sofort fing Karl an, aus voller Kehle zu schreien. Er schrie eine ganze Minute lang und erfüllte das Langhaus mit einem schrillen, panischen Lärm, daß einige sich die Ohren zuhielten und andere ebenso laut schrien, ohne erkennbaren Grund, nur um ihn auszublenden. Erst als Keaty ihn packte und brüllte, er solle still sein, brachte er ein verständliches Wort hervor. »Hai.«

Die benommene Stille, nachdem Karl »Hai« gesagt hatte, dauerte nur einen Herzschlag. Dann begannen wir alle so plötzlich, wie wir verstummt waren, durcheinanderzuschnattern. Sofort bildete sich ein Kreis um Karl und Sten – wie er sich bei einer Prügelei auf dem Schulhof bildet, wenn die Leute sich um die besten Plätze drängen und gleichzeitig versuchen, sicheren Abstand zu wahren –, und die Vorschläge schwirrten massenhaft durcheinander. Es war schließlich eine Krise. Was immer eine Krise sonst hervorruft, sie schafft auf jeden Fall Aufregung. Étienne und Keaty, die sich um Sten und Karl kümmerten, erhielten Anweisungen: »Er braucht Wasser!« und »Bring ihn in Rückenlage!« und »Halt ihm die Nase zu!«

Halt-ihm-die-Nase-zu galt Étienne – es kam von einem der Jugo-Mädchen –, denn bei der Mund-zu-Mund-Beatmung muß man dem Opfer die Nase zuhalten, damit die Luft nicht entweichen kann. Ich hielt es für einen blödsinnigen Ratschlag. Man konnte sehen, wie die Luft aus dem Loch in Stens Seite blubberte; also war offensichtlich seine Lunge im Arsch. Außerdem war einfach nicht vorstellbar, daß jemand toter aussehen konnte als er. Seine Augen waren offen, aber ins Weiße verdreht, er war schlaff wie ein Lappen, und aus seinen Wunden kam kein Blut. Genaugenommen waren praktisch alle Ratschläge blödsinnig. Karl konnte man kaum in Rückenlage bringen, solange er schreiend um sich schlug, und ich hatte keine Ahnung, was er mit Wasser anfangen sollte. Morphium, ja. Wasser, nein. Aber in Notfällen, scheint es, rufen die Leute oft nach Wasser; deshalb wohl diese Empfehlung. Die einzige, die vernünftig redete, war Sal; sie brüllte die anderen an, sie sollten zurücktreten und die Klappe halten. Aber niemand nahm Notiz davon. Ihre Rolle als Anführerin war zeitweilig ausgesetzt, und so waren ihre guten Ratschläge ebenso nutzlos wie die schlechten.

Ich war vollkommen aufgelöst. »Hellwach, aber ruhig«, ermahnte ich mich immer wieder, und ich wartete darauf, daß mein Kopf mit einem Vorschlag herausrückte, wie er hier gebraucht wurde. Etwas, das durch dieses Chaos schneiden und die strenge Effizienz schaffen würde, die dem Ernst der Situation angemessen war. Genauer gesagt, etwas in der Art, wie Étienne damals oben auf dem Plateau gehandelt hatte. Im Gedanken daran erwog ich, mich durch das Gedränge zu Sten durchzuschieben und zu sagen: »Laß ihn, Étienne. Er ist tot.« Aber ich wurde den Gedanken nicht los, daß es sich anhören würde wie ein Satz aus einem schlechten Film, und ich wollte einen Satz aus einem guten Film. Statt dessen drängte ich mich also rückwärts durch das Geschiebe, was leicht war, weil die meisten Leute versuchten, näher heranzukommen.

Kaum hatte ich den Kreis verlassen, da begann ich auch schon viel objektiver zu denken. Zwei Erkenntnisse kamen mir gleichzeitig. Nummer eins: Ich hatte jetzt die Chance, an meine Zigaretten zu kommen. Nummer zwei: Christo. Kein Mensch hatte den dritten Schweden erwähnt. Vielleicht lag er verletzt am Strand und wartete auf Hilfe. Womöglich war er tot, wie Sten.

Ich zauderte einen Augenblick wie eine Cartoonfigur, schaute erst hierhin, dann dorthin. Dann traf ich meine Entscheidung und rannte durch das Langhaus, vorbei an den paar Tintenfischopfern, die immer noch zu krank waren, um aufzustehen. Auf dem Rückweg zündete ich mir im Laufen eine an; ich nahm zwei Streichhölzer auf einmal, um die Stichflamme auszunutzen. Bevor ich zur Tür des Langhauses hinausstürzte, schrie ich: »Christo!« Aber ich wartete nicht ab, um zu sehen, ob jemand mich gehört hatte.

Auf meinem Weg durch den Dschungel verfluchte ich mich selbst, weil ich keine Taschenlampe mitgenommen hatte. Viel sah ich nicht, von der roten Glut meiner Zigarette abgesehen, die gelegentlich hell aufleuchtete, wenn sie durch ein Spinnennetz brannte. Aber ich war den Weg vor kurzem schon einmal im Dunkeln gegangen, zwei Nächte zuvor, als ich mir die Phosphoreszenz ansehen wollte, und so hatte ich nicht allzuviel Mühe.

Am Strand schien der Mond so hell, daß man gut sehen konnte. Quer durch den Sand zogen sich tiefe Spuren, wo Karl Sten heraufgeschleift hatte. Wie es aussah, hatte er den Strand etwa zwanzig Meter weit neben dem Pfad zur Lichtung erreicht, war heruntergekommen, hatte die Einmündung des Pfades verpaßt und war noch einmal umgekehrt. Christo, das sah ich, als ich die Kippe wegwarf, konnte das Ufer nicht erreicht haben. Der Sand lag silbern im Mondlicht. Vereinzelte Kokosnußschalen und herabgefallene Palmblätter zeichneten sich schwarz ab. Wenn er dagewesen wäre, hätte ich ihn gesehen.

Ich holte tief Luft und setzte mich ein, zwei Schritte vom Wasser entfernt hin, um mit Möglichkeiten und Ideen zu jonglieren. Christo war nicht am Strand, und auf dem Weg war ich ihm auch nicht begegnet – es sei denn, ich wäre über ihn hinweggestiegen, ohne es zu merken –, folglich war er entweder in der Lagune, im offenen Meer oder in der Höhle, die zum Meer hinausführte. Wenn er im offenen Meer war, dann war er wahrscheinlich tot. Wenn er in der Lagune war, lag er entweder auf einem der Felsen oder er trieb mit dem Gesicht nach unten im Wasser. Wenn er in der Höhle war, mußte er in einem der beiden Eingänge sein; vielleicht war er zu müde, um durch die Lagune zu schwimmen, oder er war zu schwer verletzt, um die Unterwasserpassage zu schaffen.

Soviel zu Christo. Was den Hai anging, so war die Sache einfacher. Er konnte – sie konnten – überall sein. Mehr konnte ich dazu unmöglich sagen, solange ich keine Flossensilhouette durch die Lagune ziehen sah; deshalb dachte ich, ich sei vermutlich besser dran, wenn ich die Haifischseite ganz ignorierte.

»Ich wette, er ist in den Höhlen«, sagte ich und zündete mir noch eine Zigarette an, damit ich besser nachdenken konnte.

Da hörte ich ein Geräusch hinter mir, tappende Schritte im Sand.

»Christo?« rief ich und hörte mich selbst in Stereo. Die andere Person hatte haargenau im selben Moment »Christo?« gerufen.

»Nein«, antworteten wir gleichzeitig.

Stille.

Ich wartete ein paar Sekunden und spähte in alle Richtungen, ohne daß ich jemanden entdeckte. »Wer dann?«

Keine Antwort.

»Wer dann?« wiederholte ich und stand auf. »Mister Duck, bist du das?«

Immer noch keine Antwort.

Eine Brandungswelle rauschte über den Sand herauf und zerrte an meinen Füßen. Ich mußte rasch einen Schritt vorwärts tun, um das Gleichgewicht nicht zu verlieren. Die nächste Welle war genauso stark, und ich mußte einen weiteren Schritt tun. Ehe ich mich versah, reichte mir das Wasser bis an die Knie. Die Zigarette, die ich ganz vergessen hatte, verzischte, als meine Hand ins Wasser tauchte. Ich versuchte die Strecke zu schwimmen, die Christo zwischen Höhle und Strand höchstwahrscheinlich genommen hätte, und immer wieder kletterte ich auf einen Felsen und schaute mich um. Als ich Dreiviertel der Lagune durchquert hatte, sah ich Taschenlampen am Strand. Die anderen waren gekommen, aber ich rief sie nicht. Ich wußte nicht, ob ihre ferne Anwesenheit mich beruhigte oder mir auf die Nerven ging.

Beschattet

Christos Name wurde gerufen. Dunkel und helle, Jungen- und Mädchenstimmen wehten über die Lagune. Das Geräusch gefiel mir nicht. Da, wo ich lag, auf einem Felsen vor dem Eingang zur Höhle, wurde jeder Ruf von einem Echo beantwortet. Das machte mir Gänsehaut; also schwamm ich in die Höhle, um den Hall auszusperren. Und als ich einmal angefangen hatte, hörte ich nicht mehr auf. Ich schwamm schnurgeradeaus, bis ich blind gegen die Felsen prallte, wo die Passage sich unter den Wasserspiegel absenkte, und ich sog mir die Lunge voll und tauchte.

Es war erregend unter Wasser. Die Felswände, nie von der Sonne erwärmt, kühlten und töteten das Wasser ab. Mir war, als wagte ich mich in eine verbotene Zone, vor der ich zurückgescheut war, als ich mit Étienne und Françoise auf Ko Samui nach Sand getaucht hatte. »Tapferer inzwischen«, dachte ich verträumt, und ich entspannte meine Beine und verlangsamte meine Armzüge. Ich hatte es nicht eilig; Christo und der Hai schienen irgendwie in die Ferne gerückt. Fast machte mir die Sache Spaß; ich wußte, daß meine Lunge so gut trainiert war, daß ich über anderthalb Minuten unter Wasser bleiben konnte, ohne ernsthaftes Unbehagen zu empfinden.

Alle paar Meter machte ich halt und tastete umher. Um mich zu vergewissern, daß ich nicht versehentlich wieder durch den Seitentunnel tauchte, der mich in die Luftkammer führen würde. Dabei stellte ich fest, daß die zentrale Passage viel breiter war, als ich sie mir vorgestellt hatte. Selbst mit weit ausgebreiteten Armen konnte ich die beiden Seitenwände nicht berühren, nur den muschelüberkrusteten Boden und die Decke. Ich zog eine vorwurfsvolle Grimasse, als mir klar wurde, daß ich damals ganz schön vom Kurs abgekommen sein mußte, um in der Luftkammer zu landen.

Ich verzog das Gesicht noch heftiger, als ich an der Seeseite der Klippen wieder auftauchte. Eine starke Nachtbrandung holte mich rauh in die Wirklichkeit zurück und riß mich aus meiner außerweltlichen Benommenheit, indem sie mich gegen die Felsen schleuderte. Unbeholfen mußte ich aus dem Wasser klettern, und dabei glitschte ich auf den Algen aus und scheuerte mir die Beine auf. Als ich das Gleichgewicht wiedererlangt hatte, sah ich mich nach Christo um und schrie seinen Namen, allerdings ohne viel Hoffnung, denn das Mondlicht war hell genug, um mir klarzumachen, daß er nicht da war. Was ich indessen sehen konnte, war das Boot. Es trieb frei und unbefestigt in der kleinen Bucht, die ihm als Hafen und Versteck diente. Ich ging hinüber und angelte die Leine aus dem Wasser; dann machte ich das Boot mit so vielen Landrattenknoten fest, wie die Leine erlaubte – nicht sehr seemännisch, aber besser konnte ich es nicht. Schließlich hockte ich mich auf einen kleinen Felsvorsprung und überlegte, was ich als nächstes tun sollte.

Das Problem war, daß ich Christo in den verschiedenen Phasen meiner Suche leicht verpaßt haben konnte, vor allem auf den Felsen in der Lagune. Möglicherweise hatten sie ihn schon gefunden, und er war wieder im Camp. Aber ich hatte das deutliche Gefühl, daß ich ihn nicht verpaßt hatte. Das unbefestigte Boot verriet mir, daß sie bis zum Höhleneingang gekommen waren. Wäre Christo nicht verletzt gewesen, dann wäre er mit Karl zusammen geschwommen, war er aber doch verletzt, dann hatte Karl ihn wohl zurückgelassen, wo ich jetzt saß, um ihn später abzuholen.

»Es sei denn…« murmelte ich, schnippte mit den Fingern und fröstelte in der Meeresbrise.

Es sei denn, er wäre draußen auf dem Meer gleich getötet worden. In dem Fall konnte man sicher sein, daß er niemals gefunden werden würde.

»Oder…«

Oder er war nur leicht verletzt. Er war fit genug gewesen, um durch die Unterwasserpassage zu schwimmen. Er war mit Karl hineingeschwommen, hatte ihm mit Sten geholfen, aber dann war etwas passiert. Drei schwimmende Männer. Leicht verletzt. Mußten verängstigt und verwirrt sein.

»Das ist es«, sagte ich entschlossen.

Daß Christo nicht mehr da war, dürfte Karl erst gemerkt haben, als er in der Lagune aufgetaucht war. Da er sich um Sten kümmern mußte, der da vielleicht noch am Leben war, konnte er nicht zurück. Vielleicht hatte er so lange gewartet, wie ein Mensch durchhalten kann, ohne zu atmen. Ein, zwei verzweifelte Minuten länger, um möglichst sicher zu sein. Vielleicht hatte er dann aufgegeben.

»Das ist es. Christo ist in der Luftkammer.«

Ich stand auf, füllte meine Lunge und tauchte ein. Beim dritten Versuch fand ich den Nebentunnel zu der Luftkammer.

Ich tauchte auf und war, unglaublich, mitten in einem Sternenschwarm. Ich fragte mich, ob ich die Passage vielleicht ein viertes Mal verpaßt und mich verirrt hatte, so daß ich jetzt im offenen Meer oder in der Lagune aufgetaucht war. Aber die Sterne waren auch neben und vor mir. Die Sterne waren überall, unnatürlich dicht, in greifbarer Entfernung und tausend Meilen weit weg.

Sauerstoffmangel, dachte ich und holte versuchsweise Luft. Die Luft schmeckte besser als beim letztenmal; vielleicht war sie durch eine extra niedrige Ebbe aufgefrischt worden, aber die Sterne gingen nicht weg. Ich atmete noch einmal ein, schloß die Augen, wartete, öffnete sie wieder. Die Sterne waren da, sie funkelten weiter, vielleicht noch heller jetzt. »Unmöglich«, flüsterte ich. »Das kann doch gar nicht ...«

Ein Murmeln unterbrach mich; es kam irgendwoher aus einem dichten Sternbild. Ich hielt inne und trat langsam Wasser.

»Hier ...« sagte eine leise Stimme.

Ich streckte die Hände aus und fühlte einen Felsensims; ich strich daran entlang und fühlte Haut.

»Christo! Gott sei Dank! Ich hab schon ...«

»... Richard?«

»Ja.«

»Hilf mir.«

»Ja. Ich bin hier, um dir zu helfen.«

Ich tastete über die Haut, um festzustellen, welchen Teil seines Körpers ich da berührte. Es war überraschend schwer zu sagen. Was ich erst für einen Arm gehalten hatte, erwies sich als Bein, und was mir wie ein Mund erschien, war eine Wunde.

Christo stöhnte laut.

»Entschuldige... Bist du schwer verletzt?«

»Ich habe... eine Verletzung...«

»Okay. Glaubst du, du kannst schwimmen?«

»... ich weiß nicht...«

»Du mußt schwimmen. Wir müssen hier raus.«

»... raus...?«

»Wir müssen aus dieser Luftkammer raus.«

»Luft ... kammer...?« Unsicher formte er die Worte.

»Äh... diese kleine Höhle hier. Wir müssen raus aus dieser Höhle.«

»Aber Himmel«, murmelte er. »Sterne.«

Ich runzelte die Stirn; es überraschte mich, daß er die Sterne auch sah. »Nein. Das sind keine Sterne. Das sind...« Ich zögerte. Dann streckte ich die Hand hoch, und sie glitt zwischen kalte Stränge von herabhängendem Seetang. »... keine Sterne«, vollendete ich; ich brachte ein kurzes Lachen zustande und riß einen der glitzernden Stränge herunter.

»Keine Sterne?« Er klang beunruhigt.

»Phoshporeszenz.«

Auf dem Steinsims war noch ein wenig Platz; also stemmte ich mich aus dem Wasser und setzte mich neben ihn. »Hör zu, Christo. Ich fürchte, wir werden jetzt versuchen müssen, zu schwimmen. Wir haben keine Wahl.«

Keine Antwort.

»Hey, hast du gehört?«

»Ja...«

»Wir machen also folgendes: Ich schwimme vor und benutze die Arme, und du hältst dich an meinen Beinen fest und versuchst zu strampeln. Sind deine Beine verletzt?«

»Nicht Beine... Es ist mein... mein...« Er tastete nach meiner Hand und legte sie irgendwo an seinen Oberkörper.

»Dann kannst du strampeln. Alles klar. Kein Problem.«

»Ja...«

Es hörte sich an, als würde seine Stimme matter; deshalb legte ich meine Pläne laut auseinander, um ihn wachzuhalten. »Unser einziges Problem besteht darin, den richtigen Tunnel nach draußen zu finden. Wenn ich mich recht erinnere, gibt es vier verschiedene, und wir dürfen nicht den falschen erwischen. Verstehst du?«

»Ich verstehe...«

»Gut. Dann los.« Ich beugte mich vor und wollte mich wieder ins Wasser fallen lassen, aber kurz bevor ich vom Sims kippte, hielt ich mich zurück.

»Was?« fragte Christo matt; er spürte, daß etwas passiert war.

Ich gab keine Antwort. Ich war gebannt von einem wunderschönen Anblick, bei dem es mich eiskalt überlief. Durch die schwarze Dunkelheit unter meinen Füßen zog ein schlanker Komet.

»Was ist los, Richard?«

»Nichts... da ist nur... äh, irgendwas, da unten.«

»Der Hai?« Christos Stimme hob sich augenblicklich zu einem angstvollen Schluchzen. »Ist es der Hai?«

»Nein, nein. Bestimmt nicht. Keine Angst.« Ich beobachtete den Kometen aufmerksam. Tatsächlich hatte ich auf den ersten Blick geglaubt, es sei der Hai, und deshalb hatte ich gezögert, bevor ich Christo geantwortet hatte. Aber jetzt war ich sicher, daß er es nicht war. Irgend etwas an der Art, wie es sich bewegte, stimmte nicht – es glitt nicht, es bewegte sich zu ruckhaft. Es sah eher aus wie ein Mensch.

»Wahrscheinlich bin ich es«, sagte ich mit trunkenem Lächeln.

»Du...?«

»Mein Kielwasser.« Ich kicherte. »Mein Schatten.«

»Was? Ich verstehe nicht...«

Ich tätschelte Christo behutsam das Bein. »Wahrscheinlich ist es ein Schwarm Fische.«

Der Komet zog weiter gelassen seine Bahn und wurde dann seltsamerweise kürzer. Es dauerte einen Moment, bis mir klar wurde, daß er in einer der Passagen verschwand.

»Okay, Christo«, sagte ich und legte vorsichtig eine Hand an meinen Hinterkopf. Ich hatte plötzlich das Gefühl, ein Teil meines Schädels sei abgefallen und der ganze Inhalt gleite heraus oder verdunste. Erleichtert fühlte ich harten Knochen und nasses, verklebtes Haar. Ich ließ mich ins Wasser gleiten. »Ich glaube, ich weiß, in welche Richtung wir müssen.«

Nach wenigen Schwimmzügen wußte ich, daß diese Passage nicht in die eigentliche Höhle zurückführte. Sie knickte beinahe sofort nach rechts ab, während die andere praktisch gerade verlaufen war. Aber ich war zuversichtlich und versuchte nicht, umzukehren. Ungefähr zehn Meter weiter fanden wir eine zweite Luftkammer, und wieder zehn Meter weiter eine dritte. Hier war die Luft frisch, und vor uns lag der Ausgang, von Dunkelheit umgrenzt. Dahinter sah ich wirkliche Sterne und den wirklichen Himmel; er war gerade hell genug, so daß ich die matten Umrisse der Palmen erkennen konnte, Klauen an bleistiftdünnen Armen oben auf der Klippe, die sich im Bogen zum Festland krümmte.

Ich schob den erschöpften Christo auf den flachen Felsen unterhalb der blitzförmig gezackten Spalte und ging zwei Schritte weit bis an die Kante, von wo ich in den Korallengarten hinunterschauen konnte.

»Mister Duck?« zischte ich leise. »Du warst das, nicht wahr? Du bist hier.«

»Ja«, antwortete Mister Duck aus solcher Nähe, daß ich zusammenschrak. »Ich bin hier.«

ANKUNFT

Politik

»Verdammt«, sagte ich, als ich Cassie erblickte. Sie stand vor der Küchenhütte und redete mit Ella. Das bedeutete, daß mir nichts anderes übrigblieb, als an ihr vorbeizugehen. Statt dessen hätte ich nur quer über die Lichtung laufen oder hinten herum gehen und hinter dem Langhaus hervorkommen können. Mit anderen Worten: an Bugs oder an Sal vorbei. Kam eigentlich auch nicht in Frage.

Ich seufzte. Das Überqueren der Lichtung war zu einem Blickkontakt-Hindernislauf geworden. Sicher, die Haifischattacke hatte die Aufmerksamkeit von dem im Langhaus aufgeflammten Streit abgelenkt, aber auch wenn ein unausgesprochener Waffenstillstand herrschte, waren die Spannungen, die hinter diesem Zwischenfall steckten, nicht aufgelöst. Bugs zeigte taktisches Geschick, das mußte ich ihm lassen. Seine Gruppe – im wesentlichen die Zimmerleute und Jeans Gärtner minus Cassie und Jesse – hatte das Zentrum der Lichtung in Beschlag genommen. Vom ersten Nachmittag nach der Haifischattacke an fand ich sie, wenn ich von der Inselhöhe zurückkam, alle zusammen in einem losen Zirkel; sie saßen da, rauchten und plauderten leise. So hatten sie nicht nur den beherrschenden Punkt des Camps besetzt, sondern auch noch einen psychologischen Vorteil gewonnen: Es war, als repräsentierten sie das Establishment, so daß wir übrigen uns vorkamen wie Dissidenten.

Unsere Dissidentenrolle wurde noch betont durch die Tatsache, daß wir im Gegensatz zu Bugs' Gruppe kein Gefühl der Einigkeit hatten. Im Grunde waren wir mehrere Einzelgruppen. Da gab es meine alte Fischertruppe mit Keaty, zu der ich mich auch zählte, aber da war auch Jed, zu dem ich mich ebenfalls zählte. Dann gab es Moshes Leute, die nicht ganz sicher zu sein schienen, wo sie hingehörten, und schließlich die Köche. Wegen Ella gehörten auch Jesse und Cassie halbwegs zu den Köchen. Aber Jesse und Cassie konnte man auch meinen alten Fischern zurechnen, weil sie mit Keaty befreundet waren.

Und dann gab es noch Sal und Karl. Karl war in einem eigenen Reich und trieb irgendwo im Weltall herum, und Sal gab sich äußerste Mühe, neutral zu wirken – auch wenn wir alle wußten, wem ihre Loyalität gehörte, wenn es hart auf hart käme.

Wenn das kompliziert klingt, dann deshalb, weil es kompliziert war.

Das also waren die politischen Probleme, die es mit sich brachte, wenn man die Lichtung überqueren wollte, und wir alle mußten uns im gleichen Maße damit befassen. Das heißt, abgesehen von mir, der ich noch eine zusätzliche Belastung in Form von Cassie zu ertragen hatte. Seit dem Zwischenfall mit dem kranken Bugs im Langhaus behandelte sie mich, als sei ich geistig instabil; sie sprach langsam, betonte jedes Wort sorgfältig und redete in einem gleichmäßig modulierten Tonfall, als glaubte sie, ein plötzliches Geräusch könnte mich erschrecken. Es ging mir wirklich auf die Nerven. Aber ich wäre einen Raketenbaum hinaufgeklettert, um Bugs aus dem Weg zu gehen, und Sal würde mich zwingen, ihr einen lästigen Bericht über unsere Gäste auf der Nachbarinsel zu erstatten. Also mußte es Cassie sein. Ich biß mir auf die Unterlippe und schaute angelegentlich zu Boden; dann trat ich hinter dem Laub hervor und ging auf sie zu. Aus dem Augenwinkel sah ich, daß sie in ihr Gespräch mit Ella vertieft war. »Ich werd's schaffen«, dachte ich optimistisch, aber das war ein Irrtum.

»Richard«, sagte sie, als ich ihre Reichweite gerade wieder verlassen wollte.

Ich blickte mit bemüht ausdrucksloser Miene auf.

»Wie geht es dir?«

»Gut«, antwortete ich rasch, »bin unterwegs zu unserem Patienten.«

Sie lächelte. »Nein, Richard, ich meine, wie geht es *dir?*«

»Gut«, wiederholte ich.

»Ich glaube, für dich war es schwerer als für irgend jemanden sonst.«

»Na ja, also eigentlich nicht.«

»Du hast Christo gefunden …«

»Das war nicht so schlimm …«

»… und jetzt mußt du ganz ohne Gesellschaft oben auf der Insel arbeiten, ohne … Unterstützung.«

Ich zuckte hilflos die Achseln. Es wäre ganz unmöglich gewesen, ihr zu erklären, daß die drei Tage seit Stens Tod großartig gewesen waren. Jeds Erste-Hilfe-Kenntnisse bedeuteten, daß er seine ganze Zeit damit verbringen mußte, Christo zu pflegen, und das bedeutete, daß ich meine Zeit allein in der DMZ verbringen konnte.

Sozusagen allein, jedenfalls.

»Aber vielleicht ist es ja mal gut, ohne Gesellschaft zu sein, Cassie. So habe ich Zeit nachzudenken und das, was passiert ist, zu verarbeiten.« Ich wußte von ähnlichen Begegnungen, daß dies die richtige Antwort war.

Cassie machte große Augen, die ungefähr sagten, so hätte sie es noch nie betrachtet, aber nachdem sie es nun getan habe, finde sie, jawohl, das sei eine gute Idee, und sie sei beeindruckt, daß ich daran gedacht hätte. »Das ist eine *positive* Einstellung«, sagte sie warmherzig. »Gut gemacht.«

Ich fand, es reichte nun und ich könnte verschwinden, ohne grob zu erscheinen; also entschuldigte ich mich und ging weiter.

Mein Ziel war das Lazarettzelt. Genauer gesagt, das Zelt der Schweden, aber da Sten tot war und Karl sich an den Strand verzogen hatte, nannte ich es jetzt das Lazarettzelt. Zu meiner Enttäuschung tat das sonst niemand. Obwohl ich den neuen

Namen bei jeder Gelegenheit angebracht hatte, hatte er sich nicht durchsetzen wollen.

»Bist heute aber früh wieder da«, sagte Jed, als ich hereinkletterte. »Ist noch hell.« Er klang sehr müde und schwitzte wie ein Schwein. Es war wie in einem Backofen unter der Zeltplane, obwohl die Eingangsklappe zurückgeschlagen war.

»Hab Hunger gekriegt und mußte eine rauchen. Ist auch nicht viel los.«

»Keine neuen Entwicklungen also.«

Ich sah Christo an.

»Er schläft«, sagte Jed. »Alles okay.«

»Oh ... Ja, stimmt, keine neuen Entwicklungen«, log ich. Es hatte eine ganz spezielle Entwicklung gegeben, aber darauf konnte ich nicht eingehen. »Das gleiche wie immer.«

»Haben wir also wieder Glück. Ich frage mich bloß, wie lange noch.«

»Mhm ... Ich hab übrigens wieder ein bißchen Grass mitgebracht.«

»Schon wieder? Richard, du ...« Jed schüttelte den Kopf. »Uns kommt das Grass bald zu den Ohren raus. Jeden Tag bringst du welches mit.«

»Im Moment wird viel geraucht.«

»Wir würden alle Hippies von Goa brauchen, um deine Vorräte aufzurauchen, und wenn du zuviel klaust, könnten die Wächter was merken.«

Ich nickte. Derselbe Gedanke war mir auch schon gekommen, nur mit einem etwas anderen Akzent. Ich hatte *gehofft*, daß meine regelmäßigen Expeditionen die Wachen aufmerksam machen würden. Es war so lächerlich einfach, ihnen aus dem Weg zu gehen, daß ich mich fragte, wieso sie überhaupt da waren.

»Und – was ist mit Christo?« fragte ich, um das Thema zu wechseln. »Gibt's bei ihm neue Entwicklungen?«

Jed rieb sich die Augen. »Ja. Es geht ihm schlechter.«

»Delirium?«

»Nein, nur Schmerzen. Wenn er wach ist. Die meiste Zeit ist er bewußtlos, und er hat böses Fieber. Ohne Thermometer ist es schwer zu sagen, aber es ist höher als gestern … Um die Wahrheit zu sagen …« Jed senkte die Stimme, »… ich mache mir ernsthaft Sorgen um ihn.«

Ich runzelte die Stirn. Für mich sah Christo okay aus. Als ich ihn am Morgen, nachdem ich ihn gerettet hatte, bei Tageslicht gesehen hatte, da hatte ich mich angesichts der wenig dramatischen Natur seiner Verletzungen beinahe im Stich gelassen gefühlt. Abgesehen von einer einsamen Schnittwunde an seinem Arm – die ich für seinen Mund gehalten hatte –, bestand die einzige Verletzung in einem großen Bluterguß am Bauch, wo der Hai ihn gerammt hatte. Seine Verletzungen waren so oberflächlich, daß er am ersten Tag noch herumgelaufen war und Karl gesucht hatte. Erst am zweiten Tag war er zusammengebrochen; da hatten wir angenommen, es sei eine Streßfolge oder womöglich ein Rückfall in die Fischvergiftung.

»Ich meine«, fuhr Jed fort, »dieser Bluterguß müßte doch zurückgehen, oder?«

»Du bist der Doktor, Jed.«

»Verdammt, ich bin kein Doktor. Das ist es ja.«

Ich beugte mich vor, um mir die Sache anzuschauen. »Tja, es ist schwärzer als vorher. Nicht mehr so violett. Ich glaube, das bedeutet, daß es heilt.«

»Weißt du das genau?«

»Genau nicht, nein.« Ich zögerte. »Es ist bestimmt bloß die Fischvergiftung, was ihn so schlapp macht. Jesse hat auch noch Bauchschmerzen.«

»Mhm.«

»Und Bugs auch … leider!« fügte ich mit einem boshaften Zwinkern hinzu, das Jed übersah oder ignorierte. »Na, ich hole mir jetzt was zu essen und gehe Françoise und die anderen suchen.«

»Okay. Laß mir 'ne Zigarette hier, ja? Und komm später noch mal vorbei. Niemand schaut hier bei mir rein, mit Ausnahme von dir und Unhygienix. Ich glaube, sie wollen Christo nicht sehen... Können dann vielleicht so tun, als wäre es nicht passiert.«

»Ist ziemlich schwer«, sagte ich und warf ihm die Packung zu. »Sten liegt immer noch im Schlafsack hinter dem Langhaus.«

Jed warf mir einen Blick zu. Offensichtlich wollte er etwas sagen; also nickte ich ihm aufmunternd zu, aber er seufzte nur. »Morgen früh«, sagte er traurig. »Sal sagt, sie hat es aufgegeben, Karl gut zuzureden, er solle doch dabeisein; deshalb wird er morgen früh am Wasserfall beerdigt.«

Zwietracht

Sal hatte auf ihrem gewohnten Platz vor dem Eingang zum Langhaus gesessen; wenn man zum Strand wollte, kam man nicht an ihr vorbei, es sei denn, man machte einen erschöpfenden Umweg über den Khaiber-Paß. Aber zu meiner Erleichterung hatte sie sich verzogen, als ich aus dem Lazarettzelt kam. Ich nahm an, sie sei in die Mitte der Lichtung gegangen, um mit Bugs zu reden, was ich mit einer schlichten Kopfdrehung hätte bestätigen können – aber ich wollte nicht zum Feind hinüberschauen. Mein Fehler. Ich hätte mich vergewissern sollen. Und genau wie bei Cassie wurde ich gepackt, als ich die Gefahrenzone gerade hinter mir zu lassen glaubte: In diesem Fall war ich am Langhaus vorbei und wollte eben in den Pfad einbiegen, der zum Strand führte.

»Richard«, sagte eine strenge Stimme.

Sal stand im brusthohen Gestrüpp am Rande des Weges. Offensichtlich hatte sie mir hier aufgelauert. »Du hast dich versteckt«, platzte ich heraus und sagte vor lauter Überraschung die Wahrheit.

»Ja, Richard, das stimmt.« Sie trat vor und teilte dabei zierlich die Farnzweige mit einer pummeligen Hand. »Ich wollte dich nicht zu einem deiner lächerlich durchsichtigen Ausweichmanöver zwingen.«

»Ausweich …? Ich bin niemandem ausge …«

»Doch.«

»Nein, wirklich nicht.«

»Spar's dir, Richard.«

Das war das drittemal, daß sie meinen Namen benutzt hatte; ich wußte, sie meinte es ernst. Mit törichtem Grinsen gab ich die Vorstellung auf.

»Du brauchst gar nicht so spöttisch zu gucken«, sagte sie sofort. »Hast du eigentlich eine Ahnung, wieviel Ärger du mir machst?«

»Sorry, Sal.«

»Sorry bringt hier gar nichts. Du tötest mir jeden Nerv. Wie einfach waren deine Anweisungen?«

»Sehr einfach, Sal.«

»*Sehr* einfach. Aber du hast sie schon vergessen.«

»Nein, ich …«

»Dann wiederhol sie.«

»Meine Anweisungen …?«

»Ja.«

Ich hatte Mühe, nicht in einen unverschämten Schuljungenton zu verfallen. »Während Jed sich um Christo kümmert, bin ich dafür zuständig, dich über …« Ich geriet ins Stammeln, und es lief mir kalt und prickelnd über den Rücken. Beinahe hätte ich Zephs und Sammys Namen genannt.

»Über?« drängte Sal.

»… über unsere potentiellen Neuankömmlinge auf dem laufenden zu halten.«

»Genau. Und vielleicht kannst du mir jetzt sagen, was du an dieser kleinen Aufgabe so schwierig findest.«

»Es gab heute nichts zu berichten. Keine neuen Entwicklungen, alles wie immer …«

»Falsch.« Sal schwenkte den Zeigefinger vor mir hin und

her. Ich sah, wie die kleinen Hängematten unter ihrem Oberarm empört wackelten. »Falsch, falsch, falsch. Wenn es nichts zu berichten gibt, will ich das hören. Sonst mache ich mir Sorgen, und ich habe im Moment schon eine *Menge* Sorgen; also kann ich darauf verzichten, daß du alles noch schlimmer machst. Verstanden?«

»Ja.«

»Gut.« Sie ließ den Finger sinken und atmete tief durch. »Ich will nicht grob zu dir sein, aber ich kann im Moment einfach kein zusätzliches Generve gebrauchen. Die Moral ist … na ja, die Moral ist schlecht.«

»Da kommen wir schon durch.«

»Das weiß ich, Richard«, erwiderte sie knapp. »Daran zweifle ich nicht. Aber um sicherzugehen, möchte ich, daß du allen deinen Freunden etwas ausrichtest.«

»Klar …«

»Du wirst ihnen sagen, daß ich in den letzten drei Tagen die absurde Spaltung, die sich im Camp aufgetan hat, aus naheliegenden Gründen toleriert habe.«

Ich unternahm einen ziemlich albernen Versuch, den Unschuldigen zu spielen. »Spaltung?«

»Spaltung! Die eine Hälfte der Leute im Camp spricht nicht mehr mit der anderen! Jemand droht jemand anderem, ihm eine Harpune in den Hals zu rammen!«

Ich wurde rot.

»Vielleicht weißt du, vielleicht auch nicht, daß wir morgen früh Sten beerdigen werden. Ich will, daß diese Beerdigung das Ende der Anspannung bedeutet, damit bei dieser abscheulichen Tragödie wenigstens etwas Gutes herauskommt. Du sollst wissen, daß ich Bugs das gleiche sage. Ihr braucht gar nicht zu glauben, daß er eine Vorzugsbehandlung kriegt, weil er mein Mann ist. Okay?«

»Okay.«

Sal nickte. Dann legte sie die flache Hand an ihre Stirn und ließ sie dort schweigend ein paar Sekunden liegen.

Arme Sal, dachte ich. Ich hatte mir keine Gedanken darüber gemacht, unter welchem Streß sie stand, und ich nahm mir vor, in Zukunft verständnisvoller zu sein. Ich wußte nicht mal genau, warum ich ihr eigentlich aus dem Weg gegangen war. Mein Problem hatte ich mit Bugs. Es war nicht fair gewesen, daß ich meine Abneigung gegen ihn auf sie hatte überschwappen lassen.

»So«, sagte sie schließlich. »Wo wolltest du hin, bevor ich dich geschnappt habe?«

»Zum Strand. Françoise suchen ... und nach Karl sehen.«

»Karl ...« Sal murmelte etwas Unverständliches und schaute zum Laubdach hinauf. Als sie den Blick wieder senkte, schien sie überrascht, mich immer noch vorzufinden. »Na, dann geh schon«, sagte sie und scheuchte mich weg. »Worauf wartest du noch? Hau ab.«

Es war kurz vor sechs, als ich am Strand ankam, und kühl genug, daß ich langsam durch den trockenen Sand hätte laufen können. Aber das wollte ich nicht. Ich spielte eins meiner Spiele, und das erforderte, daß ich am Wasser entlang durch den feuchten Sand ging.

Das Ziel bestand darin, den perfekten Fußabdruck zu hinterlassen, und das war sehr viel schwieriger und anspruchsvoller, als es sich anhört. Wenn der Sand zu trocken war, zerbröselte der Fußabdruck; war er zu feucht, zerschmolz der Abdruck, wenn das verdrängte Wasser wieder hineinsickerte. Dann war da die Frage des aufgewendeten Drucks. Bei einem normalen Schritt sanken die Zehen zu tief ein und beeinträchtigten den Abdruck. Die Alternative, einen künstlichen Schritt mit gleichmäßig verteiltem Druck zu tun, schuf einen guten Abdruck auf Kosten der Ethik. Ich hatte um einen Kompromiß zu ringen.

Auf diese Weise bewegte ich mich am Strand entlang; ich hüpfte, erstarrte, stöhnte und zertrampelte voller Zorn schlechte Abdrücke. Mein Blick war immer zu Boden gerichtet, und so merkte ich erst, daß ich meine Freunde erreicht hatte, als ich bis auf zwei Meter an sie herangekommen war.

»Wirst du jetzt wahnsinnig, Rich?« fragte Keaty. »Falls ja, sag uns Bescheid. Es könnte bedeuten, daß du es eher schaffst, zu Karl durchzudringen.«

»Ich versuche den perfekten Fußabdruck zu machen«, antwortete ich, ohne den Kopf zu heben. »Das ist echt schwierig.«

Keaty lachte auf eine Art, die mir verriet, daß er bekifft war. »Den perfekten Fußabdruck, hm? Yeah, das ist ziemlich nahe am Wahnsinn. Und origineller als der Versuch, den perfekten Kreis zu zeichnen.«

»Kreis?«

»Das machen Verrückte.«

»Oh.« Ich zertrampelte meinen letzten Versuch und stapfte hinüber; enttäuscht sah ich, daß Françoise nicht bei ihnen war. »Macht Karl das gerade?«

»Nein. Der ist sogar für Kreise zu verrückt.«

»Genaugenommen«, sagte Étienne, der nicht vorhatte, sich an Keatys schnodderigen Diagnosen zu beteiligen, »ist Karl nicht verrückt. Er ist *en état de choc*.«

Keaty zog die Brauen hoch. »Aha. Genau das hab ich mir gedacht... Jetzt könntest du uns vielleicht noch sagen, was es bedeutet.«

»Ich weiß nicht, wie es auf englisch korrekt heißt. Darum sag ich es ja auf französisch.«

»Das hilft uns natürlich weiter.«

»Wenn du die Absicht gehabt hättest zu helfen, dann würdest du Karl nach Ko Pha-Ngam bringen«, sagte Étienne steif und stand auf. »Und ich habe es satt, darüber mit dir zu streiten. Entschuldige, Richard, aber ich gehe zurück ins Camp. Sagst du Françoise Bescheid, wenn sie wiederkommt?«

»Okay«, versprach ich voller Unbehagen. Ich war offensichtlich in irgendwas hineingeplatzt, und ich war überhaupt nicht glücklich bei dem Gedanken, daß meine Freunde sich gestritten hatten. Wir mußten zusammenhalten, auch wenn Sal am nächsten Morgen einen Waffenstillstand ausrief.

Étienne ging davon. Zwei Sekunden später drehte Keaty sich zu Gregorio um und fauchte: »Wieso unterstützt du mich nicht, verdammt?«

Gregorio betrachtete nachdenklich seine Hände. »Ich weiß nicht... ich dachte, vielleicht hat er recht.«

»Er hat nicht recht. Wieso soll er recht haben?«

»Moment mal«, sagte ich und vergewisserte mich, daß Étienne außer Hörweite war. »War es Étienne ernst mit Ko Pha-Ngan?«

Keaty nickte. Seine winzigen Dreadlocks waren noch so kurz, daß sie senkrecht hochstanden, was seinen ungläubigen Gesichtsausdruck noch akzentuierte. »Todernst. Er redet den ganzen Tag davon. Sagt, er will es bei Sal zur Sprache bringen.«

»Aber er muß doch *wissen*, daß wir Karl nicht nach Ko Pha-Ngan bringen können. Was sollen wir denn sagen? Hier ist ein Freund von uns, der von einem Haifisch angefallen wurde und an unserem geheimen Strand einen Nervenzusammenbruch erlitten hat. Tja, wir müssen dann wieder... Bis bald mal – ?«

»Er meint, wir könnten ihn hinbringen und bei Hat Rin absetzen.«

»Das ist doch lächerlich. Selbst wenn er nicht alles verrät – woher sollen wir wissen, daß er versorgt wird? Da drüben hängen eine Million kaputte Freaks rum. Da kann er im Sand verrecken, und sie würden ihn ignorieren.« Ich schüttelte den Kopf. »Ausgeschlossen. Das beste für Karl ist, wenn er hierbleibt.«

»Das sag ich Étienne schon den ganzen Tag. Aber wart's ab, es kommt noch schlimmer. Er will auch Sten auf Ko Pha-Ngan ablegen.«

»Sten?«

»Ja.«

»Aber der ist doch tot! Was hätte das denn für einen Sinn...?«

»Seine Familie. Étienne meint, wir müssen sie wissen lassen, was mit ihrem Sohn passiert ist. Verstehst du, wenn wir sie beide drüben absetzen, dann würde man Karl auf jeden Fall bemerken, und Stens Familie würde benachrichtigt.

Ich lächelte ungläubig. »Ja, und inzwischen würden wir auf jeden Fall entdeckt werden. Wir wären erledigt. Das ist das Idiotischste, was ich je gehört hab.«

»Was du nicht sagst«, antwortete Keaty. »Und wo du schon mal dabei bist…« Keaty deutete auf Gregorio, »… erzähl's ihm.«

Gregorio lag auf dem Rücken, um unseren vorwurfsvollen Blicken zu entgehen. »Ich meine ja nur, wir sollten über das nachdenken, was Étienne sagt. Wenn Karl hier mit niemandem redet, dann redet er vielleicht mit jemandem auf Ko Pha-Ngan.«

»Nein«, sagte Keaty. »Irgendwann wird er schon reden. Und wenn er es tut, wäre mir lieber, er redet mit uns. Nicht mit irgendeinem abgefuckten Thai-Cop oder 'nem schwedischen Psychiater.«

Besser hätte ich es auch nicht ausdrücken können.

Zong! Wumm!

Nach der ganzen Diskussion über Karl fand ich, daß ich ihn mir nun mal selbst ansehen müßte. Das wenigstens erzählte ich Gregorio und Keaty. In Wirklichkeit war ich nur daran interessiert, Françoise zu finden, die ich in den letzten Tagen kaum gesehen hatte. Nach dem mißverstandenen Kuß hütete ich mich, Étienne irgendeinen Anlaß zum Mißtrauen zu geben.

Ich fand Françoise bei Karls Grube, ungefähr vierhundert Meter weit von Keaty und Gregorio entfernt. Karl hatte sich die Grube gegraben, nachdem er an den Strand umgezogen war. Es war keine besonders eindrucksvolle Grube – ungefähr schenkelhoch, wenn er drinstand, und brusthoch, wenn er saß. Imposanter war das Schutzdach, das Étienne und Keaty aufgespannt hatten. Weil Karl sich beharrlich weigerte, aus seinem Loch zu kommen, hatten sie befürchtet, er könnte einen Sonnenstich kriegen. Sie hatten drei lange Palmwedel gesucht und wie ein Indianerzelt zusammengebunden. Mit ihren Lücken hätten die Wedel keinen Regen abgehalten, aber sie spendeten Schatten.

Ich hatte erwartet, daß Françoise schlecht gelaunt war, (denn das war anscheinend jeder), und so war ich angenehm überrascht, als sie herübergelaufen kam und mich umarmte.

»Richard!« sagte sie. »Danke! Ich habe dir noch nicht gedankt! Also: Danke!«

Ich sah sie verdutzt an. »Wofür ...?«

»Dafür, daß du mir geholfen hast, als ich krank war. Wirklich, du warst so lieb. Ich wollte es dir schon längst sagen, aber ich hatte nie richtig Gelegenheit. Immer so viel zu tun. Wir müssen jetzt so viele zusätzliche Fische fangen, und dann bleibe ich bei Karl, und du kommst oft erst spät zurück.«

»Françoise, denk nicht weiter darüber nach. Es war ja nichts. Außerdem hast du das gleiche auch schon für mich getan.«

»Ja, als du Fieber hattest.« Sie lächelte. Dann sah sie mir geradewegs in die Augen, und das Lächeln verwandelte sich in ein boshaftes Glucksen. »Du hast mich geküßt.«

Mein Blick zuckte zu Boden. »Ich dachte, du schläfst ...«

»Hab ich auch. Étienne hat es mir am nächsten Tag erzählt.«

»Oh«, sagte ich und ließ im Geiste einen Schwall von Beschimpfungen gegen Étienne und seinen großen Mund los. »Na ja ... es stört dich hoffentlich nicht ... Es war igendwie kompliziert ...«

»Natürlich stört es mich nicht! Weißt du, als du krank warst, hab ich dich auch geküßt.«

»Ich war nie ganz sicher, ob ich das geträumt hatte oder nicht ...«

»Du hast es nicht geträumt. Und erinnere dich an den nächsten Morgen! Du hast dir solche Sorgen gemacht!«

Ich nickte; ich erinnerte mich genau an meine Unbeholfenheit und an Françoise mit ihren Exocet-ähnlichen Fragen.

»Also sag«, forderte sie mich auf, »wieso meinst du, es war kompliziert?«

»Tja … kompliziert ist wahrscheinlich das falsche, äh … Es war nicht so, daß der Kuß … Der Kuß war nicht …« Ich brach ab und fing von vorn an. »Ich weiß nicht, was Étienne dir erzählt hat, aber er hat den Kuß ganz falsch aufgefaßt. Ich hab dich geküßt, weil du so krank warst, und da war überhaupt so viel Krankheit, daß ich, als ich mal angefangen hatte … Es war irgendwie schwer, wieder aufzuhören.«

»Wie hat Étienne es aufgenommen?«

Zong! dachte ich. Wumm!

»… na ja, ich schätze, er fand, es wäre … du weißt schon …«

»Ein sexy Kuß.«

»Mhm.«

Françoise lachte wieder. Dann beugte sie sich herüber und drückte mir einen kleinen Kuß auf die Wange. »War das ein sexy Kuß?«

»Nein«, antwortete ich, und es war nur ein bißchen geflunkert. »Natürlich nicht.«

»Dann gibt's doch kein Problem? Nichts ist kompliziert.«

»Ich bin froh, daß du es verstehst.«

»Immer«, sagte sie. »Ich verstehe immer.«

Einen Moment lang schauten wir einander in die Augen, gerade lange genug, um eine leise Resonanz hervorzurufen. Es erinnerte mich an andere Augenblicke, die Monate zurücklagen – vielsagende Bemerkungen auf Ko Samui, unser mitternächtliches Gespräch über die Parallelwelten in der Milchstraße. Dann war dieser Augenblick vorbei; Françoise hatte ihn beendet, indem sie sich Karl zuwandte.

»Er wirft das Schutzdach nicht mehr um«, sagte sie ein paar Augenblicke später.

»Ja. Ich hab gesehen, daß es da steht. Vielleicht ist das ein gutes Zeichen. Eine Verbesserung oder so was.«

Sie seufzte. »Nein. Es bedeutet gar nichts. Wir haben festgestellt, daß er das Dach nur umgestoßen hat, weil die Blätter... er konnte die Höhlen nicht sehen. Er beobachtet sie gern. Seit wir ihm eine Lücke gelassen haben, durch die er gucken kann, hat er das Dach in Ruhe gelassen.«

»Ah...«

»Aber vielleicht geht es ihm trotzdem besser... Er ißt jetzt, was ich ihm gebe.«

»Ich schätze, das ist doch was. Allerdings nicht viel.«

Françoise nickte. »Ja... armer Karl... Nicht viel.«

Sal fing mich an diesem Tag noch ein letztes Mal ab. Ich war bis weit nach Sonnenuntergang bei Françoise geblieben; Sal erwischte mich, als ich eben das Langhaus betreten und zu meinem Bett gehen wollte.

»Hast du meine Nachricht weitergegeben?« fragte sie.

Ich schlug mir gegen die Stirn. »Scheiße, Sal, das ist mir total entfallen. Das tut mir echt leid. Ich war abgelenkt, weil die anderen über Karl geredet haben, und dann...«

Sal schüttelte wegwerfend den Kopf. »Okay, okay, ich weiß, was passiert ist; ich habe heute abend mit Étienne geplaudert. Mir scheint, bei der Beerdigung morgen früh wird es eine Menge zu bewältigen geben. Inzwischen habe ich mir vorgenommen, ein bißchen unverblümter mit den Leuten zu reden, als ich es ursprünglich vorhatte... Verzweifelte Zeiten, verzweifelte Maßnahmen, etwas in der Richtung...« Sie zögerte. »Beerdigungen haben etwas an sich, das die Menschen zusammenbringt, findest du nicht auch, Richard?«

»Sie können es«, sagte ich zweifelnd.

Sal nickte. »Das finde ich auch.«

Moshe kam als letzter zu Bett; also blies er auch die letzte Kerze aus. Das Jim-Bob-Spiel kam selbstverständlich nicht in Frage, aber ich kam doch auf den Gedanken, es zu versuchen. Es interessierte mich einfach, was passieren würde. Wahrscheinlich hätten wir uns durchgemüht und nur die Namen unserer Freunde genannt, bis irgendein armer Trottel festsaß und es zu Bugs Seite hinübergeben mußte.

Dann dachte ich an Françoise, eine Gedankenfolge, die mich, wenn sie einmal in Gang gesetzt war, beinahe endlos beschäftigen konnte. Endlos erwies sich als mindestens eine Stunde lang. So lange nämlich hatte ich wachgelegen, als mir bewußt wurde, daß alle anderen ebenfalls wachlagen. Es war eine Offenbarung, die ich ärgerlich fand. Da es im Langhaus kein Licht gab, an das die Augen sich hätten gewöhnen können, fühlte man sich normalerweise behaglich eingesponnen in die isolierende Finsternis. Paradoxerweise waren es das Schnarchen und die Schlafgeräusche der anderen, was diese Umhüllung noch verstärkte; die Schlafenden waren durch ihre Bewußtlosigkeit auf Distanz gebracht.

Als ich einmal auf die Abwesenheit tiefen Atmens aufmerksam geworden war, war diese Kokon-Illusion zerstört. Zerstört und, was das schlimmste war, durch ein bohrendes Grübeln ersetzt. Ich war wach, weil ich über Françoise sinnieren konnte, aber warum waren die anderen wach? Ich brauchte eine halbe Stunde, um zu dem Schluß zu kommen, daß sie zweifellos wach waren, weil ihnen Stens Beerdigung auf dem Herzen lag.

Fünf Minuten, nachdem ich das Rätsel gelöst hatte, schlief ich fest.

Asche zu Staub

Obwohl der verweste Sten sehr stank (jäh brach ein heißer Schwall Aasgeruch hervor, als seine Füße aus dem Schlafsack rutschten), hatte die Beerdigung eine gewisse Würde. Wir standen im Kreis um das Grab, das Jean am Tag zuvor ausgehoben hatte – nahe genug am Wasserfall, um eine hübsche Umgebung zu haben, aber weit genug davon weg, um unser Trinkwasser nicht zu verunreinigen. Sal sprach ein paar Worte; sie erzählte von Stens unermüdlicher Hingabe an das Camp und beschrieb, wie sehr wir alle ihn vermissen würden.

Niemand war sichtbar bestürzt, bis wir anfingen, das Grab zuzuschütten; da fingen mehrere Mädchen an zu weinen – Ella ganz besonders: Wie alle Köche hatte sie mehr Kontakt zu ihm gehabt als wir übrigen. Jedenfalls konnte ich die Tränen verstehen; es hatte etwas Schmerzliches zu sehen, wie die Schlafsackhülle nach und nach von Erde bedeckt wurde. Dabei begriff man erst richtig, wie absolut abwesend Sten auf dieser Welt jetzt war.

Schließlich stellte Bugs ein hölzernes Kreuz auf. Man mußte ihm zugute halten, daß er sich mit der Schnitzerei wirklich Mühe gegeben hatte; Stens Namen hatte er mit kleinen Schnörkeln umgeben. Wenn ich hätte nörgeln müssen, so hätte ich darauf hingewiesen, daß Stens Familienname und sein Geburtsdatum fehlten. Das Dumme war nur, Christo konnte keine Fragen über Sten beantworten, und Karl wollte nicht, und so ließ sich nichts daran ändern. Aber vielleicht war es auch angemessener so. Familiennamen erschienen wie eine Verbindung zur Welt, vielleicht weil sie ein Bindeglied zu Familie und Heimat waren; deshalb wurden sie nie benutzt, und niemand fragte danach. Es ist ein komischer Gedanke, aber wenn ich heute – aus irgendeinem unerklärlichen Grund – einen von denen, die ich am Strand kannte, aufspüren wollte, hätte ich keinen besseren Anhaltspunkt als eine Nationalität und die verblassende Erinnerung an ein Gesicht.

Sal trat schließlich in Aktion, als wir schon dachten, es wäre vorbei. Jed wandte sich ab und wollte zum Camp zurückgehen – er hatte es eilig, weil er Christo nicht allzulange unbeaufsichtigt lassen wollte –, aber Sal hielt ihn auf.

»Halt, Jed«, rief sie über unsere Köpfe hinweg und erhob sich auf die Zehenspitzen. »Ich möchte, daß noch niemand weggeht. Ich habe etwas Wichtiges zu sagen, und ich möchte, daß alle es hören.«

Jed zog die Stirn kraus, aber er blieb. Ich sah noch andere mit verwundert gerunzelter Stirn. Bei Bugs' Mannschaft sah ich erwartungsvolle Mienen und in manchen Gesichtern zu meiner Bestürzung sogar etwas, das besorgniserregende Ähnlichkeit mit Selbstgefälligkeit hatte.

»Okay!« Sal klatschte in die Hände. »Ich möchte euch zunächst bitten, euch hinzusetzen, damit ihr mich alle sehen könnt... und damit ich sicher sein kann, daß es von Beerdigungen abgesehen noch ein paar Dinge gibt, die wir gemeinsam tun können.«

So mancher Blick ging hin und her, während wir uns im Gras verteilten; wie zu erwarten war, blieb Bugs länger stehen als alle anderen.

Sal musterte uns, bis wir uns niedergelassen hatten, und nickte dann. »Falls jemand das noch nicht begriffen oder gehört hat«, begann sie, »ich werde über die Atmosphäre hier im Camp sprechen. Ich werde darüber sprechen, weil mir nichts anderes übrigbleibt. Ich werde darüber sprechen, weil anscheinend sonst niemand dazu bereit ist, außer unter peinlich indiskretem Köpfezusammenstecken.«

Und hier schaute sie zu meiner Überraschung Bugs an. Aber meine Überraschung war nichts gegen seine, und ein breites Grinsen erblühte auf meinem Gesicht, als ich sah, wie seine Wangen sich röteten. Sie hat Wort gehalten, was die Fairneß angeht, dachte ich beifällig und fragte mich plötzlich, ob es in ihrer Beziehung wohl Spannungen gab, von denen keiner sonst wußte. Entzückt stellte ich mir vor, wie es mit seiner Stellung im Camp senkrecht bergab gehen würde, wenn Sal ihn ablegte. Aber mein Grinsen verschwand, als sie ihre nächste Bemerkung geradewegs an mich richtete.

»Ich will noch hinzufügen, daß die Sache nicht besser gemacht worden ist durch gewisse Leute, die sich kaum bemüht haben, die Unstimmigkeiten zu bereinigen. Im Gegenteil, man könnte sagen, sie haben es absichtlich noch schlimmer gemacht. Jawohl, Richard, bevor du auch nur davon träumen kannst, es abzustreiten: Ich meine dich. Ich will nicht alles wiederholen, was neulich abends im Langhaus gesagt wurde, aber ich will doch festhalten: Wenn so etwas noch einmal vorkommt, dann wird nur eine Person mit Harpunen werfen, und das bin ich. Klar?«

Sie wartete nicht auf eine Antwort.

»Nicht, daß Richard hier allein herausgepickt werden soll. In meinen Augen, ist – mit *sehr* wenigen Ausnahmen – jedem hier vorzuwerfen, daß er sich in dem ganzen Schlamassel wie ein gottverdammter Idiot aufgeführt hat. Auf keiner der beiden Seiten habe ich jemanden gesehen, der den Versuch unternommen hätte, die Situation abzukühlen; insofern finde ich Richards Benehmen nicht schlimmer als das derjenigen, die in mürrischen Clübchen zusammenhocken.«

Inzwischen hatten die Blickwechsel aufgehört; jeder betrachtete angelegentlich die Blätter über sich oder zupfte an einem losen Fädchen an seinen Shorts. Nur Sal schaute keiner an.

»Ich sehe die Sache also folgendermaßen. Wir haben im Laufe der letzten Woche zwei schwere Katastrophen erlebt. Aus diesem Grund ist die Atmosphäre im Camp verständlicherweise schlecht. Wenn wir nicht alle in einem Schockzustand und höchst reizbar wären, dann wären wir keine Menschen… Aber!« Sal schlug sich mit der Faust in die flache Hand. »Damit ist *hier* Schluß! Damit ist Schluß bei der Beerdigung eines Freundes, so daß bei seinem ansonsten sinnlosen Tod etwas Positives herauskommt. Nun bedeuten Daten hier am Strand nicht so viel, aber ich habe einen Kalender. Und es könnte euch interessieren, daß heute der elfte September ist.«

In Wahrheit interessierte es mich sehr zu hören, daß wir den elften September hatten, denn es bedeutete, daß beinahe fünf

Monate vergangen waren, seit ich England verlassen hatte. Aber es überraschte mich doch, daß es auch alle anderen in dem Maße interessierte, wie es das offenbar tat. Leise Ausrufe machten in Wellen die Runde, und jemand stieß einen Pfiff aus.

»Zur Information der Zuletztgekommenen: Das bedeutet, daß in drei Tagen Tet-Fest ist. Das Tet-Fest, so genannt von einem anderen nicht mehr anwesenden Freund, von Daffy, ist unser Geburtstag. An diesem Datum haben wir die erste Nacht am Strand verbracht, und das feiern wir entsprechend.«

Als sie das sagte, erlosch das Feuer in Sals Blick, und sie sah ziemlich traurig aus. »Um ehrlich zu sein, ich habe mich nicht besonders auf das diesjährige Tet-Fest gefreut. Ohne Daffy, das gebe ich gern zu, wird es ein sehr merkwürdiges Gefühl sein. Aber nach all den Schwierigkeiten, die wir durchgemacht haben, zumal nach dem Verlust Stens, habe ich jetzt das Gefühl, dieses Fest ist genau das, was wir brauchen. Es wird uns daran erinnern, was wir sind und warum wir hier sind. Und wie es unseren Geburtstag markiert, wird es auch einen neuen Anfang markieren.«

Sal schwieg einen Moment, offensichtlich gedankenverloren. Dann verhärtete sich ihr Gesicht, und sie wurde unvermittelt wieder geschäftsmäßig. »Natürlich erfordert das einen Trip nach Ko Pha-Ngan, um alles Nötige für die Party zu besorgen. Normalerweise würde ich nach Freiwilligen fragen, aber diesmal nicht. Bugs und Keaty, weil ihr die Katalysatoren für die Spaltung wart, möchte ich, daß ihr beide den Trip zusammen übernehmt.«

Ich schaute sofort zu Keaty hinüber, neugierig, wie er diese Neuigkeit aufnahm; er sah total entsetzt aus. Bugs konnte ich nicht mehr sehen, weil er leicht vornübergesunken saß, aber ich war ziemlich sicher, daß er Sals Entscheidung bereits gekannt hatte. Ich bezweifelte, daß er glücklich darüber war, aber so geschockt wie Keaty dürfte er kaum gewesen sein.

»Ihr könnt das als symbolische Geste betrachten, wenn ihr

wollt. Ich sehe es praktisch ... Und – Étienne«, fuhr sie fort, als komme es ihr nachträglich in den Sinn, »ich habe über deinen Vorschlag nachgedacht, Karl nach Ko Pha-Ngan zu bringen, aber aus den schon besprochenen Gründen halte ich es einfach nicht für möglich.«

Hier und da raunten ein, zwei Leute zustimmend.

»Okay«, sagte Sal und gab uns mit einer Gebärde zu verstehen, daß ihre Predigt vorbei war. »Das war's. Ich hoffe, ihr habt alle aufmerksam zugehört. Heute wird normal gearbeitet. Morgen fahren Keaty und Bugs nach Ko Pha-Ngan.«

Ich wollte Jed abfangen, als die Leute nach und nach die Lichtung am Wasserfall verließen, aber er war schon vorausgelaufen, um zu Christo zu kommen. Also ging ich mit Keaty und Gregorio.

Das Gespräch auf unserem Weg durch den Dschungel war erheiternd irreal. Es lag auf der Hand, daß wir alle danach lechzten, unsere Ansichten über Sals Rede auszutauschen, aber aus Angst, unsere Einsichten könnten belauscht werden, mußten wir uns auf Small talk beschränken. So beriet Jean sich vor mir mit Ella, ob die Tomaten schon reif für den Kochtopf wären, und hinter mir hörte ich Cassie erzählen, daß ihre Machete geschliffen werden müsse.

Aber sah man von dieser Fassade der Leutseligkeit ab, war auch deutlich, daß Sals Rede die gewünschte Wirkung erzielt hatte. Die Stimmung war seltsam beschwingt, unser Schritt schnell. Schon schien die Beerdigung der Vergangenheit anheimgegeben. Wenn Jed nicht so eilig losgelaufen wäre, hätte ich fast vergessen können, daß die Schweden der Hauptgrund für unsere Versammlung am Wasserfall gewesen waren.

Und die Stimmung änderte sich auch nicht, als wir das Camp erreichten. Halb rechnete ich damit, daß wir uns wieder in unsere Parteigrüppchen aufspalten und mit der Analyse der morgendlichen Ereignisse beginnen würden. Aber schon nach wenigen Minuten hatten sich die einzelnen Arbeitstrupps gebildet, und die Lichtung war leer. Abgesehen von Sal und mir.

»War ich fair?« fragte sie und kam herüber.

»Fair…« Ich kratzte mich am Kopf, warf meine Zigarette hin und trat sie mit dem Zeh aus. »Ja, du warst fair. Ich glaube, es ist alles ganz gut gelaufen. Ich war sogar ein bißchen überrascht, daß du mich so hast davonkommen lassen… wo Bugs doch dein Freund ist und so.«

»Es ist nicht meine Art, jemanden zu bevorzugen, Richard. Ich hatte gehofft, daß du das inzwischen weißt. Außerdem finde ich, daß du die Sache wiedergutgemacht hast, indem du Christo gerettet hast. Das war ziemlich mutig von dir… und dumm sowieso.«

Ich lächelte. »Danke.«

»Gut.« Sie lächelte auch. »Solltest du nicht langsam losgehen? Unsere Nachbarn könnten sich was ausgedacht haben, und ich freue mich schon auf deinen Bericht heute abend.«

»Okay.«

Ich ging auf den Pfad zum Strand zu, aber dann blieb ich instinktiv noch einmal stehen und sah mich um. Sal schaute mir immer noch nach.

»Du magst mich, nicht wahr, Sal?« sagte ich.

Sie war noch so nahe, daß ich sehen konnte, wie sie die Brauen hochzog. »Wie bitte, Richard?«

»Du magst mich. Ich meine… du gibst mir eins drauf, wenn ich etwas falsch mache, aber du bleibst nie lange sauer.«

»Ich trage niemandem seine Fehler nach…«

»Und du hast mir den Reistrip anvertraut und den Einsatz mit Jed. Du hättest seinen Wunsch leicht ablehnen können, zumal ich zu denen gehöre, die zuletzt hier angekommen sind. Und du hast mich beauftragt, die Nachricht von deiner Versammlung weiterzugeben, obwohl du wußtest, daß man sich auf mich nicht verlassen konnte.«

»Meine Güte, Richard. Du redest wirklich merkwürdiges Zeug.«

»Aber ich habe recht, nicht wahr?«

Sal seufzte. »Vermutlich. Aber das soll nicht heißen…«

»Ich weiß schon. Es ist nicht deine Art, jemanden zu bevorzugen.« Ich schwieg einen Moment. »Soll ich dir sagen, warum du mich magst?«

»Na los…«

»Weil ich dich an Daffy erinnere, stimmt's?«

»Ja… Aber woher kannst du…?« Sie schüttelte den Kopf. »Ja, du erinnerst mich an Daffy. Sehr sogar.«

»Ich dachte es mir«, sagte ich.

Dann ging ich weiter.

Geschafft!

Mister Duck erwartete mich auf unserem Ausguck, wie er es seit dem Haifischüberfall jeden Morgen getan hatte.

Ich war erschrocken gewesen, als ich ihn das erstemal dort oben vorgefunden hatte, und wir hatten uns prompt gestritten. Ich fand es plausibel, daß er erschienen war, als ich Christo in den Höhlen geholfen hatte. Mit oder ohne Phosphoreszenz hatten die Höhlen etwas von einem Alptraum – genau der Ort, an dem man sich vorstellen konnte, daß Mister Duck auftauchen würde. Aber ihn im hellen Sonnenschein zu sehen, wie er dasaß und einen unangezündeten Joint zwischen den Zähnen hielt wie ein Cowboy seine Zigarette, das war schwer zu akzeptieren.

Solange meine anfängliche Verblüffung mich bannte, stand ich da und glotzte, während er grinsend den Kopf hin und her wiegte. Dann sagte ich: »Es ist *heller Tag*, Mister Duck!«

Ich war wütend; irgendwie empfand ich die dreiste Art seiner Erscheinung als Beleidigung.

»Heller Tag«, antwortete er gleichmütig. »So ist es.«

Ich zögerte. »Ich träume nicht…«

»Richtig.«

»Dann werde ich wahnsinnig.«

»Willst du eine ehrliche Antwort?«

»Ja.«

Er zuckte die Achseln. »Ich würde da nur das Tempus in Frage stellen. Aber ich bin kein Arzt; also holst du besser noch eine zweite Meinung ein, weißt du.«

Ich warf die Arme in die Luft, ließ sie wieder fallen und setzte mich schwerfällig auf den Boden. Dann streckte ich die Hand aus und berührte seine Schulter. Sie war trocken und warm und so handfest wie meine eigene.

Mister Duck runzelte die Stirn, als mich schauderte. »Hast du was?«

Ich schüttelte den Kopf. »Ja, ich hab was. Ich bin verrückt.«

»Und? Beschwerst du dich?«

»Ob ich mich beschwere?«

»Ist es das, was du willst? Dich beschweren?«

»Ich ...«

Er fiel mir ins Wort. »Wenn du dich beschweren willst, Junge, dann sag ich dir gleich, ich will es nicht hören.«

»Ich bin nur ...«

»Ich bin nur, ich bin nur«, äffte er mich nach. »Was bist du nur?«

»Verdammt, ich bin total erschrocken! Ich sehe dich ... und ich bin verrückt!«

Mister Ducks Gesicht verzog sich angewidert. »Was ist denn so erschreckend am Verrücktsein?«

»Alles!« antwortete ich wild. »Ich will nicht verrückt sein!«

»Du *willst* nicht verrückt sein! Soso. Was dagegen, wenn ich dich da gelegentlich beim Wort nehme?«

Mit leicht zitternden Händen holte ich eine Zigarette hervor und steckte sie wieder weg, als mir einfiel, daß ich oben auf der Insel nicht rauchen durfte. »Ja, dagegen hab ich was. Ich will, daß du verschwindest.«

»Unangenehm. Beantworte mir eine Frage. Wo bist du?«

»Laß mich in Ruhe!«

»Wo bist du?« wiederholte er.

Ich schlug die Hände vors Gesicht. »Ich bin in Thailand.«

»*Wo?*«

»In Thaila...«

»*Wo?*«

Durch die Spalten zwischen meinen Fingern warf ich einen verstohlenen Blick hinunter in die DMZ. Ich ließ die Schultern hängen, als ich begriff, was er meinte. »... Vietnam.«

»Vietnam!« Ein mächtiges, triumphierendes Grinsen breitete sich auf seinem Gesicht aus. »Du sagst es! Du *wolltest* es! Und so läuft es nun mal! Im Feld gehört es eben dazu, daß man sich fast in die Hose macht!« Jauchzend klopfte er sich auf den Schenkel. »Verdammt, Mann, du solltest mich willkommen heißen! Ich bin der Beweis dafür, daß du es geschafft hast, Rich!«

Am Ende dieses Tages fühlte ich mich schon ganz wohl in Mister Ducks Anwesenheit. Und am Ende des zweiten Tages erkannte ich, daß ich sogar ziemlich froh darüber war. Auf seine Art war er eine angenehme Gesellschaft, und er wußte, wie man mich zum Lachen brachte. Und da wir viele Stunden zusammen waren, drehten sich unsere Gespräche oft auch um allgemeines Zeug; zum Beispiel, wo wir beide schon gewesen waren, und welche Filme wir gesehen hatten. Es war schwer, vor jemandem zu erschrecken, wenn man sich mit ihm über *Star Wars* unterhielt.

Nach der Beerdigung konnte ich es nicht erwarten, wieder auf den Ausguck zu kommen. Ich hatte eine Menge Fragen zum Tet-Fest an Mister Duck, und ich wollte ihm von Sals Rede erzählen, und so legte ich fast den ganzen Weg hinauf zum Paß im Laufschritt zurück.

Als ich kam, drückte er sich Jeds Fernglas vor die Augen.

»Ich hab dir 'ne Masse zu erzählen«, keuchte ich, als ich mich atemlos neben ihn fallen ließ. »Wir haben Sten begraben, und Sal hat vor dem ganzen Camp eine lange Rede gehalten. Sie hat vom Tet-Fest gesprochen. Du hast mir nie von Tet erzählt. Und von dir hat sie auch gesprochen.«

Ein seltsamer Ausdruck ging über Mister Ducks Gesicht. »Sal hat von mir gesprochen? Was hat sie gesagt?«

»Sie meinte, Tet würde dieses Jahr anders werden, weil du nicht mehr da bist.«

»Mehr hat sie nicht gesagt …?«

»Über dich nicht. Aber sie sprach von Tet und von der Moral im Camp.«

Mister Duck nickte. »Sehr nett«, knurrte er desinteressiert.

»Willst du nichts davon hören? Es war wirklich beeindruckend. Ich glaube, ihre Rede hatte eine echte Wirkung auf …«

»Nein«, unterbrach er mich. »Will ich nicht.«

»Du willst nichts davon hören …?«

»Nein.«

»O… Warum nicht?«

»Weil, Rich … weil …«

Er wirkte für einen Augenblick abwesend; er ließ das Fernglas sinken, hob es noch einmal und ließ es dann wieder sinken.

»Weil ich über Airfix-Modelle reden möchte.«

Denen, die warten

»Über Airfix-Modelle.«

»Oder über Matchbox-Modelle. Eins von beiden.«

»Aus irgend'nem bestimmten Grund?«

»Neugier.«

»Mister Duck, wir haben heute Sten begraben. Sal hat eine wunderbare Rede gehalten. Es gibt demnächst ein Fest namens Tet, von dem du nie etwas erwähnt hast, und …«

»Spitfires«, sagte er geduldig und rutschte herum, um mich anzusehen. »Messerschmitts. Hast du die mal gebaut?«

Ich sah ihn an. »Ja …«

»Hurricanes?«

»Hurricanes auch.«

»Lancaster-Bomber? Lysander? Mosquitos?«

»Ich glaube, ich hab mal 'ne Lysander gebaut...«

»Hmm. Jets?«

Resigniert ließ ich mich auf das abwegige Gesprächsthema ein. »Nein. Jets hab ich nie gern gebaut.«

»Ich auch nicht. Was sagst du dazu? Keine Jets... Auch keine Schiffe, Panzer, Laster...«

»Oder Hubschrauber. Die haben mich unheimlich genervt, was eigentlich schade war, denn ich fand's klasse, wie sie aussehen.«

»Natürlich.«

»Das lag an den Rotorblättern...«

»Diese Scheißrotorblätter. Die fielen immer ab, bevor der Klebstoff trocken war.«

Ich antwortete nicht gleich. Ein sanftes Kitzeln hatte mich auf eine Ameise aufmerksam gemacht, die sich auf meinen Bauch verirrt hatte. Nach zwei Sekunden hatte ich sie gefunden; sie hatte sich in dem Haarwirbel unterhalb meines Bauchnabels verfangen. Ich nahm sie auf, indem ich einen Finger anleckte, so daß die Ameise an der Spucke klebenblieb. »Sehr schwierig«, sagte ich schließlich und pustete die Ameise weg.

Mister Ducks Augen funkelten boshaft. »Du warst also nicht besonders gut im Modellbau.«

»Das hab ich nicht gesagt.«

»Na, warst du denn gut?«

»Hm...« Ich zögerte. »Es war okay.«

»Du hast sie nicht versaut? Zuviel Polyesterkleber, die Einzelteile nicht ordentlich zusammengefügt, ärgerliche Ritzen, wo die Tragflächen am Rumpf saßen oder wo die beiden Hälften des Fahrwerks zusammenstießen? Sei jetzt ehrlich.«

»Na ja... gut. So was kam ja immer vor.«

»Bei mir auch. Machte mich wahnsinnig. Ich fing das Modell mit den allerbesten Absichten an, gab mir Mühe, wollte es perfekt machen – aber es hat fast nie hingehauen.« Mister Duck gluckste. »Und am Ende saß ich immer vor demselben Problem.«

»Nämlich?«

»Was ich mit dem versauten Modell anfangen sollte, wenn es fertig war. Ich kannte einen Typen, der machte perfekte Modelle und hängte sie dann mit 'nem Bindfaden an die Decke. Aber mit den Flugzeugen, die ich gebaut hatte, wollte ich das nicht machen. Nicht mit den Klebstoff-Fingerabdrücken überall. Das wäre mir peinlich gewesen.«

»Ich weiß, was du meinst.«

»Das dachte ich mir.«

Mister Duck ließ sich zufrieden ins Gras sinken und benutzte die verschränkten Arme als Kopfkissen. Dabei flatterte ein Schmetterling an ihm vorbei, ein großer, mit langen Streifen an jedem Flügel, die in einem leuchtendblauen Kreis endeten, wie Pfauenfedern. Mister Duck streckte einen Finger hoch und hoffte, der Schmetterling werde darauf landen, aber der ignorierte ihn und flatterte den Hang hinunter in Richtung DMZ.

»Also, Rich«, sagte er faul, »erzähl mir, was du mit deinen versauten Modellen gemacht hast.«

Ich lächelte. »Oh, ich hatte echt meinen Spaß damit.«

»Ja? Es hat dich also nicht wahnsinnig gemacht?«

»Doch, klar. Erst hab ich Stühle umgeschmissen und geflucht. Aber dann hab ich mir Feuerzeugbenzin gekauft und die Dinger aus dem Fenster fallen lassen. Oder ich hab Löcher in den Rumpf geschnitten und Feuerwerkskörper hineingesteckt, um sie zu sprengen.«

»Das macht Spaß.«

»Irren Spaß.«

»Die versauten Modelle verbrennen.«

»Du hast das also auch gemacht?«

»Sozusagen.« Mister Duck schloß die Augen vor der heißen Sonne. »Ich hab die guten auch verbrannt.«

Es mußte schon Mittag sein, als ich endlich nach Zeph und Sammy sah. Unsere Plauderei hatte mich abgelenkt, und vielleicht war das seine Absicht gewesen. Ich hatte mich gesonnt, ein, zwei Stunden gedöst und mich an schmelzende Fokker Wulfs und unachtsam herbeigeführte Verbrennungen am flüssigen Plastik erinnert. Ich hätte die beiden vielleicht überhaupt vergessen, wenn Mister Duck mich nicht mit sorgfältigem Timing an sie erinnert hätte.

»Sal wird nicht glücklich sein«, sagte er.

Ich richtete mich auf. »Hä?«

»Sal wird nicht glücklich sein. Sie wird sogar ernsthaft stinkig sein. Sie wird dieses komische kleine Stirnrunzeln vorführen… Hast du ihr komisches kleines Stirnrunzeln schon mal bemerkt?«

»Nein. Aber wieso wird sie nicht glücklich sein?«

»Ich kann mir nicht vorstellen, daß du ihr Stirnrunzeln noch nie bemerkt hast. Ich fand immer, sie sah so hübsch aus, wenn sie stinkig war. Ihre Augen leuchteten, und… Findest du Sal hübsch?«

»Äh…«

»Ich finde sie hübsch.«

Ich sah ihn ein, zwei Sekunden an und lachte dann. »So, so! Du warst verknallt in sie, was?«

»Verknallt?« Er wurde rot. »Verknallt würde ich es nicht nennen. Wir hatten eine enge Beziehung, das ist alles.«

»Du meinst, sie stand nicht auf dich.«

»Ich habe gerade gesagt, wir hatten eine enge Beziehung.«

Ich lachte noch mehr. »Ist aber nie was passiert, was?«

Mister Duck warf mir einen verärgerten Blick zu. Dann sagte er: »Etwas Körperliches ist nie passiert. Aber manche Beziehungen, *enge* Beziehungen, brauchen keine körperliche Verbindung. Ein geistiges Band kann mehr als genug sein.«

»Unerwiderte Liebe.« Ich stöhnte und wischte mir die Tränen aus den Augen. »Jetzt verstehe ich, weshalb du dich die ganze Zeit mit Bugs abgefunden hast.«

»Tja, du bist ja wohl hier der Fachmann für unerwiderte Liebe.«

»Wie bitte?«

»Läutet bei dem Namen Françoise irgendwas?«

Ich hörte auf zu lachen.

»Dingdong!« läutete Mister Duck. »Wie gefällt dir dieses verdammte Glöckchen?«

»Ich bitte dich. Das ist was völlig anderes. Zunächst mal, Françoise steht auf mich. Und während Bugs ein Arschloch ist, ist Étienne ein unheimlich netter Kerl. Was der einzige Grund ist – darauf sollte ich hinweisen –, weshalb nichts passiert. Keiner von uns beiden möchte seine Gefühle verletzen.«

»Mhm.«

Ich starrte ihn finster an. »Wie dem auch sei. Meinst du, wir könnten wieder zur Sache kommen?«

»Zu welcher Sache?«

»Du hast gesagt, Sal würde wegen irgendwas ernsthaft stinkig sein.«

»O… ja.« Mister Duck warf mir das Fernglas zu. »Das Floß.«

»Floß…?« Ich kraxelte an den Rand unseres Ausgucks und riß das Fernglas ans Gesicht. Schnell suchte ich den Strand drüben ab. Er war leer. »Ich sehe nichts«, sagte ich. »Wovon redest du?«

»Wo schaust du hin?« fragte Mister Duck träge.

»Auf ihren Strand!«

»Such die gespaltene Palme.«

»…hab sie…«

»Okay. Jetzt geh auf sechs Uhr. Sechs oder sieben.«

Ich senkte das Fernglas, verließ den Sandstrand, glitt über das blaue Wasser.

»Schon da?«

»*Schon wo?* Ich sehe immer noch n…« Ich schluckte. »Oh, Scheiße.«

»Beeindruckend, was? Sie haben sich ja vielleicht Zeit gelassen, aber die haben sie wirklich gut genutzt.« Er seufzte, während ich hyperventilierte. »Sag mir die Wahrheit, Rich, und ohne Scheiß jetzt. Glaubst du, daß Sal je an mich denkt?«

Besten Dank!

Die Entdeckung, daß Zeph und Sammy unterwegs waren, erweckte in mir viel mehr Beklommenheit und viel weniger Aufregung, als ich erwartet hatte. Das verwirrte mich, und ich versuchte immer noch, mir meine Reaktion zu erklären, als ich ins Camp kam. Und dort nahm meine Verwirrung noch zu.

Auf der Lichtung deutete nichts darauf hin, daß wir an diesem Morgen Sten begraben hatten. Die Atmosphäre war eher die eines Sonntags als die einer Totenfeier. Ein paar Leute spielten neben dem Langhaus Fußball, Jesse und Cassie legten pfeifend Wäsche zum Trocknen aus, Unhygienix spielte mit dem Gameboy, und Keaty schaute ihm über die Schulter. Françoise war die größte Überraschung. Sie saß mit Étienne und Gregorio an der Stelle, die noch einen Tag zuvor von der Bugs-Partei okkupiert gewesen war. Ich hatte erwartet, daß sie ein Auge auf Karl haben würde, wie sie es seit dem Haifischangriff jeden Tag getan hatte. Ein schneller Blick in die Runde ergab aber, daß kein Gesicht fehlte; also nahm ich an, daß Karl sich selbst überlassen war.

In gewisser Weise war es beruhigend, daß ich, wie immer es um meinen Geisteszustand bestellt sein mochte, noch vernünftig genug war, dies als abnormales Verhalten zu erkennen. Und um sicherzugehen, daß das Verhalten meiner Gefährten so unangemessen war, wie es den Anschein hatte, fragte ich Cassie im Vorbeigehen, wie sie sich fühlte. Ich entschied mich für sie, weil mein Weg mich an ihr vorbeiführte, aber auch, weil das die Frage war, mit der sie mich in den Tagen nach der Fischvergiftung genervt hatte. »Hm«, sagte sie, ohne beim

Wäscheauslegen innezuhalten, »ich hab mich schon schlechter gefühlt.«

»Du bist nicht traurig…?«

»Wegen Sten? O doch, natürlich. Aber ich glaube, die Beerdigung hat geholfen. Sie verschiebt alles in die Vergangenheit, glaube ich. Setzt es in eine Persepktive – findest du nicht?«

»Doch, klar…«

»Es war so schwierig, eine Perspektive zu finden, solange sein Leichnam herumlag.« Sie lachte und machte ein ratloses Gesicht. »Wie schrecklich, so was zu sagen.«

»Aber es stimmt.«

»Ja. Ich glaube, die Beerdigung war die Befreiung, die wir brauchten. Sieh bloß, wie sie die Spannungen gelöst hat… Shorts, Jesse.«

Jesse reichte ihr ein Paar Shorts.

»Und Sals Rede war auch eine große Hilfe. Wir haben es gebraucht, daß sie uns wieder zusammenbringt. Wir haben viel über Sals Rede gesprochen. Wir fanden sie sehr gut.«

Jesses Gesicht war hinter einem Haufen feuchter T-Shirts verborgen, die er auf dem Arm hatte, aber ich sah sein Haar nicken.

»Ja.« Cassie fuhr mit ihrem vagen, fröhlichen Monolog fort. »Sie ist gut in diesen Dingen… Charisma und… Und wie ist es mit dir, Richard? Wie fühlst du dich?«

»Ich fühle mich prima.«

»Hm«, sagte sie abwesend. »Natürlich. Das tust du ja immer, nicht wahr?«

Ich verließ Jesse und Cassie wenig später nach einigem Small talk, der gar keiner Erwähnung wert wäre, wenn er nicht ein weiterer Grund dafür gewesen wäre, daß mir alles so seltsam vorkam. Nur einmal hätte ich Cassie beinahe aus der Ruhe gebracht, nämlich als ich sie nach Karl und Christo fragte. Da ließ sie das T-Shirt fallen, das sie in der Hand hatte – aber es war keine dramatische Reaktion, sondern nur ein nichtssagender Fehlgriff ihrer Hand. »*Fuck!*« fauchte sie, was ungewöhnlich war, weil Cassie selten fluchte, und ihr Gesicht wurde plötzlich dunkelrot. Dann hielt sie das Hemd hoch, starrte finster auf die Erde, die an dem feuchten Stoff klebengeblieben war, und warf es wieder auf den Boden. »*Fuck!*« sagte sie noch einmal. Ein Speichelfaden, der ihre Lippen miteinander verbunden hatte, zerriß unter der Wucht dieses Wortes, und die obere Hälfte schwang hoch und blieb an ihrer Wange kleben. Ich machte mir nicht die Mühe, meine Frage zu wiederholen.

Hüttenfieber

Während ich die Lichtung überquerte, überlegte ich mir, wem ich zuerst von dem Floß erzählen sollte – Jed oder Sal. Hielt ich mich an die Vorschrift, mußte es Sal sein. Aber wir hatten keine Vorschriften, also hielt ich mich an meinen Instinkt und erzählte es Jed.

Ich bemerkte den üblen Geruch sofort, als ich ins Lazarettzelt kam. Er war süßlich sauer; das Saure war Kotze, das Süßliche etwas weniger klar Erkennbares.

»Man gewöhnt sich daran«, sagte Jed. Er hatte sich nicht mal umgedreht, also konnte er nicht gesehen haben, wie ich das Gesicht verzog. Vielleicht hatte er gehört, wie mir der Atem stockte. »In zwei Minuten riechst du gar nichts mehr. Geh nicht weg.«

Ich zog den Halsausschnitt meines T-Shirts hoch, um Mund und Nase damit zu bedecken.

»Den ganzen Tag ist noch kein Mensch reingekommen. Kannst du dir das vorstellen? Kein Mensch.« Jetzt drehte er sich um und sah mich an, und ich runzelte anteilnehmend die Stirn, als ich sein Gesicht sah. Daß er fast die ganze Nacht hier im Zelt verbrachte, forderte seinen Tribut. Er war zwar immer noch tiefbraun, aber die Bräune hatte einen grauen Unterton, als habe sein Blut die Farbe verloren. »Seit zwei Uhr höre ich sie da draußen«, brummte er. »Um zwei sind sie zurückgekommen. Sogar die Zimmerleute. Sie spielen Fußball.«

»Hab ich gesehen.«

»Fußball! Keiner denkt daran, mal nach Christo zu sehen!«

»Nach Sals Rede versuchen wohl alle, zurück zu...«

»Schon vor Sals Rede hat sich keiner blicken lassen. Aber wenn es Sal wäre, die hier drin arbeitet... wenn es irgend jemand anders wäre... jemand anders als ich...« Er zögerte und warf einen ausdruckslosen Blick auf Christo. Dann lachte er. »Ich weiß es nicht. Vielleicht bin ich ja paranoid... Es ist bloß so unheimlich. Sie da draußen zu hören und sich zu fragen, wieso sie nicht mal gucken kommen...«

Ich nickte, aber ich hörte nur halb zu. Mit Christo eingesperrt zu sein, ging ihm offensichtlich an die Nieren, und er wollte darüber reden, aber ich mußte das Floß zur Sprache bringen. Sammy und Zeph würden die Meeresstrecke zwischen den beiden Inseln wohl überwunden haben, bevor es dunkel wurde – eine zurückhaltende Schätzung, die ich mit Mister Duck angestellt hatte, indem wir die Zeit halbiert hatten, die wir zum Schwimmen gebraucht hatten. Das bedeutete, daß sie den Marsch über die Insel frühestens am nächsten Morgen würden beginnen können, und somit war es denkbar, daß sie morgen nachmittag am Strand auftauchten.

Christo rührte sich und lenkte uns beide ab. Für eine Sekunde öffneten sich seine Augen und richteten sich mit klarem Blick ins Nichts. Dunkle Galle tröpfelte in dünnem Rinnsal aus seinem Mundwinkel. Dann dehnte sich seine Brust, und er schien wieder in Bewußtlosigkeit zu versinken.

Jed wischte das Rinnsal mit Christos Bettlaken weg. »Ich versuche ihn auf der Seite zu lagern, aber er dreht sich immer wieder auf den Rücken... Es ist unmöglich. Ich hab keine Ahnung, was ich machen müßte.«

»Wie lange wird es ihm noch so gehen?«

»Zwei Tage bestenfalls... Vielleicht fällt es mit dem Tet-Fest zusammen.«

»Na, das ist doch hervorragend. Das wäre das perfekte Geburtstagsgeschenk für das Camp, und vielleicht hilft es Karl, endlich wieder zu sich zu kommen...«

»Es hilft Karl?« Jed sah mich verwundert an.

»Na klar. Ich denke, das halbe Problem besteht darin, daß keiner mit ihm in seiner Sprache sprechen kann. Ich denke, wenn Christo mit ihm spricht...«

Jed schüttelte den Kopf. »Nein«, sagte er leise, »du verstehst nicht. Christo geht es nicht besser.«

»Aber du hast doch gerade gesagt, in zwei Tagen...«

»In zwei Tagen ist Christo tot.«

Ich stockte. »Er stirbt?«

»Ja.«

»Aber... woher weißt du das?«

Jed nahm meine Hand. In meiner Verwirrung dachte ich, er wollte mich trösten oder so was; das ging mir auf die Nerven, und ich zog meine Hand zurück. »Woher weißt du das, Jed?«

»Sprich leise. Sal will noch nicht, daß die Leute es erfahren.« Er griff noch einmal nach meiner Hand, und diesmal hielt er sie fest und zog sie auf Christos Leib.

»Verdammt, was soll das?« rief ich.

»Psst. Ich will, daß du's siehst.«

Jed schlug das Laken zurück. Christos ganze Bauchdecke war beinahe kohlschwarz, so schwarz wie Keatys.

»Fühl mal.«

Ich starrte die Haut an. »Wieso?«

»Fühl einfach.«

»Ich will nicht«, protestierte ich, aber zugleich fühlte ich, wie mein Arm sich entspannte. Draußen hörte ich den Fußball am Zelteingang vorbeihüpfen, ein regelmäßiges dumpfes Geräusch, das an- und wieder abschwoll wie vorüberziehende Rotorblätter. Jemand jubelte oder kreischte, und jemand anders kicherte. Durch die Zeltplane klangen die kurzen Konversationsfetzen wie ein fremdländischer Singsang.

Behutsam führte Jed meine Hand, bis sie auf Christos Leib ruhte.

»Was fühlst du?« fragte er.

»Es ist hart«, murmelte ich. »Wie Stein …«

»Er hat innere Blutungen. Schwere Blutungen. Bis gestern abend konnte ich es nicht mit Sicherheit sagen. Ich wußte es … ich glaube, ich wußte es, aber …«

»Dieses schwarze Ding … ist das eine Blutung?«

»Ja.«

Ich nickte respektvoll. Eine innere Blutung hatte ich noch nie gesehen. »Wer weiß sonst noch davon?«

»Nur du und Sal … und Bugs wahrscheinlich. Ich habe heute mit Sal gesprochen. Sie sagt, niemand darf es erfahren. Nicht jetzt, wo die Situation sich gerade zu normalisieren beginnt. Ich glaube, ihre größte Sorge ist, daß Étienne es hören könnte.«

»Weil er Karl nach Hat Rin bringen wollte.«

»Ja. Und sie hat recht, wenn sie sich deshalb Sorgen macht. Étienne würde darauf bestehen, daß wir Christo nach Ko Pha-Ngan bringen, und das wäre völlig sinnlos.«

»Bist du da sicher?«

»Wenn wir ihn einen Tag nach dem Unglück hingebracht hätten, vielleicht zwei, dann wäre es vielleicht gutgegangen. Und das hätte ich auch riskiert, selbst wenn wir damit den Strand verloren hätten. Ich glaube, Sal hätte es auch getan … Aber jetzt … was hätte es für einen Sinn?«

»Keinen …«

Jed seufzte und streichelte Christos Schulter, bevor er ihn wieder zudeckte. Überhaupt keinen.«

Wir saßen ein paar Minuten schweigend da und beobachteten Christos flache, unregelmäßige Atmung. Es war seltsam, aber nachdem man es mir einmal erklärt hatte, war es für mich offenkundig, daß er im Sterben lag. Der Geruch, den ich beim

Hereinkommen bemerkt hatte, war der Geruch des herankriechenden Todes, und Jeds Haut sah so wächsern aus, weil er in der Nähe des Todes lebte.

Dieser Gedanke durchfuhr mich wie ein Ruck, und ich brach schroff das Schweigen. »Zeph und Sammy haben ein Floß gebaut. Das war es, was sie da hinter den Bäumen gemacht haben. Sie sind unterwegs.«

Jed zuckte nicht mit der Wimper. »Wenn sie es schaffen, zum Strand zu kommen«, sagte er, »dann sehen sie Christo sterben. Und alles hier bricht auseinander.«

Und das war alles.

Geheimnisse

Ich ging dicht am Eingang des Langhauses vorbei, wo Sal im Gespräch mit Bugs und Jean saß, und dann weiter den Weg zum Strand entlang. An der ersten Biegung blieb ich stehen, lehnte mich an die Flosse eines Raketenbaumes und zündete mir eine Zigarette an. Sal erschien, als ich sie bis auf einen Fingerbreit vor den Filter geraucht hatte.

»Irgendwas ist los«, sagte sie sofort. »Was ist es?«

Ich zog die Brauen hoch.

»Ich sehe es an deinem Gang, an deinem Blick. Was glaubst du, woher ich es weiß? Spuck's aus, Richard. Sag mir, was passiert ist.«

Ich wollte antworten, aber sie war schneller.

»Sie sind unterwegs, nicht wahr?«

»Ja...«

»Scheiße.« Sal starrte ein paar Sekunden lang in mittlere Fernen. Dann wurde ihr Blick jäh wieder scharf. »Wann sind sie hier?«

»Irgendwann morgen nachmittag, wenn die Wächter sie nicht abschrecken.«

»Oder der Wasserfall.«

»Oder der Wasserfall, ja.« Ich machte eine kurze Pause. »Es hat sich rausgestellt, daß sie sich ein Floß gebaut haben.«

»Ein Floß gebaut. Natürlich. Irgendwas mußten sie ja machen ...« Sie legte eine Hand an die Stirn. »Ich kann voraussetzen, daß du über Christo Bescheid weißt.«

Ich überlegte kurz und nickte dann. Ich wollte Jed nicht in Schwierigkeiten bringen, aber wenn Sal diese Laune hatte, war es gefährlich, zu lügen. »Es stört dich nicht, daß ich es weiß?« fragte ich nervös.

»Nein. Das Dumme an Geheimnissen ist ja, daß man sie nicht bewahren kann, wenn man sie nicht mindestens einem anderen Menschen anvertraut. Der Druck ist zu stark. Deshalb wußte ich, daß er es jemandem sagen muß, und ich war ziemlich sicher, daß du derjenige sein würdest ...« Sie zuckte die Achseln. »In Anbetracht dessen, daß du deine eigenen Geheimnisse zu bewahren hast, dachte ich mir, auf diese Weise behalten wir alle Geheimnisse in einem kleinen Bündel zusammen.«

»Oh ...«

»Ja. Clever, nicht? Es sei denn ...«

Ich wartete.

»Es sei denn, es war gar nicht Jed, dem du von unseren Gästen erzählt hast. Jed wußte es schließlich schon; also hättest du ihm kaum ein Geheimnis verraten ...«

»... und kaum den Druck verringert ...«

»Genau.« Es klang beiläufig, aber sie beobachtete mich ziemlich genau. »Also – hast du es außer Jed noch jemandem erzählt? Keaty vielleicht ... oder Françoise? Jedenfalls hoffe ich, es war nicht Françoise, Richard. Ich wäre äußerst beunruhigt, wenn du Françoise davon erzählt hättest.«

Ich schüttelte den Kopf. »Ich hab's keiner Menschenseele erzählt«, sagte ich mit fester Stimme.

»Gut.« Sal schaute befriedigt weg. »Um ehrlich zu sein, ich hatte befürchtet, du könntest es Françoise erzählt haben. Sie würde es Étienne weitersagen, verstehst du … Und von Christo hast du ihr auch nichts gesagt?«

»Das mit Christo hab ich ja erst vor zwanzig Minuten erfahren.«

»Wenn Étienne das mit Christo hört …«

»Ich weiß. Keine Sorge. Ich sag's niemandem.«

»Gut.« Wieder wanderte ihr Blick in mittlere Fernen. »Okay, Richard … wie es aussieht, haben wir ein kleines Problem mit diesen Floßfahrern. Aber du hältst es nicht für möglich, daß sie vor morgen hier sind?«

»Ausgeschlossen.«

»Absolut sicher?«

»Ja.«

»Dann werde ich darüber schlafen. Ich brauche Zeit zum Nachdenken. Ich werde morgen früh entscheiden, was wir mit ihnen machen, und dann sage ich es dir.«

»Gut …«

Ich trat von einem Bein aufs andere und wußte nicht recht, ob ich entlassen war oder nicht. Eine volle Minute später starrte Sal immer noch ins Leere, und ich verdrückte micht.

Die schwarze Wolke

Ich hatte das Gefühl, ich könnte selbst ein bißchen Zeit zum Nachdenken gebrauchen. Statt also zurück zur Lichtung zu gehen, nahm ich Kurs auf den Strand. Mir schwirrte der Kopf angesichts der Entwicklung, die die Dinge im Laufe des Tages genommen hatten, und ich wollte ein bißchen Ordnung in meine komplizierten Überlegungen bringen.

Wie ich die Sache sah, gab es einen Punkt, den sowohl Sal als auch Jed sich noch nicht klargemacht hatten. Ob die Floßfahrer den Strand erreichten oder nicht, da war immer noch das Problem mit Karl.

Ich will es anders ausdrücken. Sal und Jed hatten sich auf den größten anzunehmenden Unfall versteift. Sie dachten in den Kategorien dessen, was passieren würde, wenn die Floßfahrer uns erreichten. Ich hingegen fragte mich, wie es sein würde, wenn sie uns nicht erreichten. Also nicht an den größten anzunehmenden Unfall, sondern einen mittleren.

Das Problem war nicht Christo. Mit seinem Tod würden wir fertig werden, wie wir auch mit Stens Tod fertig geworden waren. Aber was war mit Karl? Karl würde nicht sterben. Er würde ewig in der Nähe sein, eine ständige Erinnerung an unsere Schwierigkeiten, Asche auf unserem Haupt.

Und das beunruhigte mich sehr.

Ich beugte mich vor und spähte durch die Palmwedel seines Schutzdaches in Karls gelbes Gesicht. Er war bedauernswert dünn. Obwohl er wieder Essen annahm, war er in der letzten Woche vom Fleisch gefallen. Sein Schlüsselbein ragte heraus, daß es aussah wie ein Koffergriff – als könnte man ihn daran hochheben. Leicht genug wäre er wahrscheinlich gewesen.

In der Lücke in seinem Schutzdach – durch die er freien Blick über die Lagune bis zu den Höhlen hatte – lagen eine Kokosnußschale, die halb mit Wasser gefüllt war, und ein Bananenblattpäckchen mit Reis. Was von dem Reis übrig war, sah ich, wurde braun. Daher vermutete ich, daß es sich um das Päckchen handelte, das Françoise ihm gestern gebracht hatte; nach einem Tag in der Sonne war es vertrocknet. Das wiederum deutete darauf hin, daß Françoise seine Vorräte nicht erneuert hatte. Ich erwog die Möglichkeit, daß es sich hierbei um eine neuartige Therapietaktik handelte – ihn zu ignorieren, um ihm ein Lebenszeichen abzuringen –, aber eigentlich bezweifelte ich das. Wahrscheinlicher war, daß Françoise, gepackt von der unverhofft beschwingten Sorte Wahnsinn im Camp, es einfach vergessen hatte. Ich erinnerte mich an das Gespräch, das ich am Tag zuvor mit ihr geführt hatte. Da hatte sie den Eindruck gemacht, sie sei besorgt um ihn. Es war interessant, wie schnell Stens Beerdigung alles hatte umkrempeln können.

»Karl«, sagte ich.

Vielleicht hörte er seinen Namen, vielleicht ließ ich mich auch von einem Windstoß täuschen, der die Palmblätter bewegte und die schmalen Schatten über seinen Kopf spielen ließ, jedenfalls dachte ich, er habe sich gerührt. Ich entschied mich, es als Reaktion aufzufassen.

»Karl, du bist ein verdammter Sack Asche.«

Es kümmerte mich kaum, daß er mich nicht verstand. In gewisser Hinsicht, um seinetwillen, war es wahrscheinlich gut so.

»Du bist eine schwarze Wolke.«

Diesmal bewegte Karl sich wirklich. Ohne jeden Zweifel. Er machte eine kleine, ruckhafte Bewegung nach vorn, als sei er steif vom langen Stillsitzen. Dann langte er langsam aus seinem Schutzdach und nahm die Kokosnußschale.

»Hey«, sagte ich. »Trinken. Das ist gut.« Ich rieb mir den Bauch. »Mmmm.«

Er nahm einen winzigen Schluck und stellte die Schale wieder an ihren Platz. Ich warf einen Blick hinein. Es war immer noch ein Schluck Wasser am Grund.

»Du hast was übriggelassen. Willst du nicht austrinken?« Wieder rieb ich mir den Bauch. »Mmmm-mmm. Sehr lecker. Willst du nicht noch ein bißchen?«

Er rührte sich nicht. Ich betrachtete ihn eine Weile und schüttelte dann den Kopf.

»Nein, Karl. Du willst nicht. Und das ist es, was ich meine. Du wirst noch tagelang so weitermachen. Du wirst so dünn und schwach werden, daß du nicht mehr trinken kannst, selbst wenn du willst. Dann werden wir dich zwangsernähren müssen, oder was weiß ich, und diese Haifischgeschichte wird am Ende noch wochenlang über uns hängen ... Vielleicht länger!«

Ich seufzte, und dann kam mir noch ein Gedanke. Ich trat sein Schutzdach ein. »Komm wieder zur Vernunft, Karl. Und mach schnell. Denn Christo wird bald tot sein.«

Psst

Meine Befürchtungen hinsichtlich der schwarzen Wolke bestätigten sich, denn als ich zum Camp zurückkam, stellte ich fest, daß sie Unruhe stiftete. Françoise, Étienne und Keaty saßen im Kreis, und Étienne und Keaty wiederholten den Streit, den ich schon einmal mit angehört hatte.

»Was gibt's denn so Großartiges?« fragte Keaty eben und spielte gleichzeitig mit seinem Gameboy. »Er trinkt Wasser. Das ist doch gut, oder?«

»Gut?« höhnte Étienne. »Wieso ist es gut, wenn er ein bißchen Wasser trinkt? An seinem Zustand ist nichts *gut*. Karl gehört nicht hierher. Für mich ist das offensichtlich, und ich kann nicht begreifen, daß es für alle anderen nicht auch offensichtlich ist.«

»Scheiße, nun laß es doch gut sein, Étienne. Wir haben das jetzt hundertmal durch...!« Er verstummte und runzelte in intensiver Konzentration die Stirn. Dann sackten seine Schultern herunter, und er ließ den Gameboy in den Schoß fallen. »Hundertdreiundfünfzig Reihen. Es ging prima, bis du mich abgelenkt hast.«

Étienne spuckte in den Staub. »Tut mir sehr leid. Wie konnte ich dich von einem Computerspiel ablenken, bloß weil unser Freund Hilfe braucht?«

»War nicht mein Freund. Hab kaum mit ihm gesprochen.«

»Soll das heißen, seine Probleme interessieren dich nicht?«

»Doch, sicher. Nur interessiert der Strand mich mehr. Und das sollte bei dir auch so sein. Okay. Und diesmal sage ich das ganz offiziell: Ich will nicht noch mal so eine blödsinnige Ablenkung erleben.«

Étienne stand auf. »Was wäre denn eine ernsthafte Ablenkung für dich, Keaty? Bitte sag's mir. Dann werde ich darum beten, daß ich sie nie erleben muß.«

Die Frage blieb unbeantwortet.

»Setz dich wieder hin, Étienne«, sagte ich, um die Atmosphäre abzukühlen. »Erinnere dich an das, was Sal bei der Beerdigung gesagt hat. Wir müssen all die Schwierigkeiten, die wir hatten, überwinden.«

»Schwierigkeiten«, echote er eisig.

»Alle anderen strengen sich an.«

»Ach ja? Es wundert mich zu hören, daß du das anstrengend findest.«

»Was soll das denn heißen?«

»Es heißt, vielleicht kenne ich dich nicht mehr, Richard. Ich erkenne dein Gesicht, wenn du auf mich zukommst, aber wenn du vor mir stehst, kann ich in deinen Augen nichts erkennen.«

Ich vermutete, es handelte sich hier um eine französische Redensart, die er übersetzt hatte.

»Komm schon, Étienne. Das ist doch blöd. Erinnere dich an Sals …«

»Sal«, unterbrach er mich, »kann mich am Arsch lecken.« Dann marschierte er in Richtung Wasserfall davon.

»Ehrlich gesagt«, murmelte Keaty nachdenklich und ohne von seinem winzigen Monochrom-Display aufzuschauen, »ich bezweifle, daß Sal dazu Lust hat.«

Als Keaty seinen Tetris-Rekordversuch beendet hatte, ergab sich schließlich die Gelegenheit, ihn zu fragen, wie er es fand, daß er mit Bugs den Reistrip machen sollte. Er sagte, er sehe die Sache ziemlich entspannt. Er sagte auch, es sei zunächst ein kleiner Schock gewesen, aber dann habe er sich mit dem Gedanken abgefunden, wenn es denn zum Wohle des Camps sei. Abgesehen davon, daß es seine anständige Versöhnungsgeste sei, wolle er auch dafür sorgen, daß für das Tet-Fest gutes Zeug herangeschafft werde.

Ich hätte gern noch länger über das Tet-Fest geredet, aber Sal wollte, daß der Reistrip an einem Tag erledigt wurde; also würden sie sehr früh losfahren müssen, und er mußte schlafen gehen. Ich blieb noch ungefähr zwanzig Minuten allein sitzen und zog mir einen Gutenachtjoint rein. Dann beschloß ich, auch ins Bett zu gehen. Da Zeph und Sammy sich nun auf den Weg gemacht hatten, war Keaty nicht der einzige, der einen schweren Tag vor sich hatte.

Auf dem Weg ins Langhaus streckte ich den Kopf noch einmal ins Lazarettzelt; ich dachte mir, Jed würde sich freuen, wenn ich noch einmal vorbeischaute. Aber kaum hatte ich einen Blick hineingeworfen, wünschte ich auch schon, ich wäre weggeblieben.

Jed lag neben Christo und schlief fest. Christo aber war halb wach. Er erkannte mich sogar.

»Richard«, flüsterte er, und dann murmelte er etwas auf schwedisch und machte ein gurgelndes Geräusch.

Ich zögerte einen Augenblick; ich wußte nicht genau, ob ich mit ihm reden durfte.

»Richard.«

»Ja«, flüsterte ich zurück. »Wie geht's dir?«

»Mir geht's sehr schlecht, Richard. Mir geht's sehr schlecht.«

»Ich weiß, aber bald geht es dir besser.«

»Sterne ...«

»Siehst du sie?«

»Phos ... Phos ...«

»Phosphoreszenz«, vollendete ich. »Kannst du es sehen?«

»Mir geht's sehr schlecht.«

»Du brauchst Schlaf.«

»Sten ...«

»Den siehst du morgen.«

»Meine Brust ...«

»Mach die Augen zu.«

»... tut weh.«

»Ich weiß. Mach die Augen zu.«

»Sehr schlecht ...«

»Psst jetzt.«

Neben ihm rührte sich Jed, und Christo drehte den Kopf ein winziges Stück. »Karl?«

»Liegt da neben dir. Beweg dich nicht, sonst weckst du ihn noch.« Er nickte, und endlich schlossen sich seine Augen.

»Träum was Schönes«, sagte ich, vielleicht zu leise für ihn.

Ich schnallte die Zeltklappe hoch, als ich hinausging. Ich wollte verhindern, daß Jed zuviel von dieser Todesluft atmete.

FNG, KIA

Erste Sahne

Bugs und Keaty fuhren kurz nach halb sechs los. Sal gab mir meine Anweisungen um Viertel vor sechs.

Ich war gern auf, wenn alle anderen schliefen. Ich war auch fast immer der erste morgens, seit ich oben auf der Insel arbeitete, aber meistens gab es ein paar Lebenszeichen: eine kurze Bewegung in einem der Zelte, oder jemand tappte über die Lichtung zur Toilette. An diesem Morgen war das Camp so still und ruhig und kühl, wie man es sich nur vorstellen konnte. Das machte alles noch aufregender. Als ich vor dem Lazarettzelt mit Sal und Jed sprach, war ich beim Gedanken an den vor mir liegenden Tag so aufgedreht, daß ich dauernd von einem Fuß auf den anderen hüpfte. Ich merkte, daß ich Sal damit sauer machte, aber ich konnte nichts dazu. Wenn ich meine Energie nicht irgendwie kanalisiert hätte, dann hätte ich angefangen zu schreien oder im Kreis herumzurennen.

Sal und Jed diskutierten. Sie waren sich darin einig, daß ich in die DMZ vorstoßen und Zeph und Sammys Fortkommen auf der Insel verfolgen sollte. Uneinigkeit bestand über den Punkt, an dem sie abzufangen waren. Sal meinte, nicht bevor sie den Wasserfall erreicht hätten; sie setzte einiges Vertrauen in den Hinderniskurs. Jed meinte, es müsse früher geschehen, so früh wie möglich; allerdings widerstrebte es ihm offenbar zu erklären, warum. Ich persönlich war eher Sals Ansicht, aber ich hielt den Mund.

Von dieser Frage abgesehen waren sie sich darin einig, was als nächstes zu geschehen hatte. Ich sollte den Floßschiffern sagen, daß sie nicht willkommen seien und daß sie sofort wieder verschwinden sollten. Wenn das nichts nützte, sollte ich sie daran hindern, über den Wasserfall herunterzukommen. Alles, was ich für geeignet hielt, um sie aufzuhalten, war akzeptabel; das waren Sals Worte. Wenn nötig, würde ich mit ihnen dort oben bleiben und das Tet-Fest versäumen. Das würde man später am Strand erklären können. Nichts war wichtiger, als dafür zu sorgen, daß sie nicht im Camp aufkreuzten, bevor Christo tot war. Danach konnten wir uns immer noch überlegen, ob wir sie herunterlassen oder draußen halten sollten.

Wenn ich Sal so reden hörte, war ich sicher, daß sie einen Notplan hatte, von dem sie uns nichts erzählte. Ich wußte, was sie dachte, und sie war nicht der Typ, der sagte: »Kommt Zeit, kommt Rat.« Schon gar nicht, wenn es um etwas so Wichtiges ging. Was ich vor allem nicht verstand, war die Vorstellung, ich könnte Zeph und Sammy mit ihrer Gruppe zurückschicken. Wenn es soweit käme, daß ich gezwungen wäre, sie abzufangen, dann wäre es gleichermaßen problematisch, fand ich, sie wegzuschicken wie sie bleiben zu lassen. Es war praktisch garantiert, daß sie auf Ko Pha-Ngan oder Ko Samui herumerzählen würden, was sie entdeckt hatten, und damit wäre unser Geheimstatus verloren.

Jeden anderen hätte ich darauf hingewiesen, aber bei Sal hatte ich das Gefühl, daß es sich nicht lohnte, sich darüber den Kopf zu zerbrechen. Ich war sicher, wenn ich imstande war, soweit zu denken, dann war sie es auch. Ich glaube, ich kann mich nicht erinnern, daß sie mich je nach meiner Meinung gefragt hätte, es sei denn, um mich zu irgend etwas zu veranlassen, indem sie es so aussehen ließ, als wäre es meine Idee gewesen. Wenn ich es mir recht überlege, kann ich mich überhaupt nicht erinnern, daß sie mal jemanden nach seiner Meinung gefragt hätte. Nicht mal Bugs.

Falls es noch erwähnt werden muß: Der Streit über den Abfangpunkt wurde schließlich von Sal gewonnen. Was für eine Überraschung. Ich weiß ehrlich nicht, wieso Jed es auch nur versuchte.

Mister Duck erwartete mich am Paß. Er war in vollem Combat-Dreß, trug eine M-16 über der Schulter und hatte sich das Gesicht mit grünen und scharzen Tarnfarben bemalt.

»Was soll das Gewehr?« fragte ich.

»Nur um auf alles vorbereitet zu sein«, antwortete er ungerührt.

»Funktioniert's?«

»Es funktioniert für mich.«

»Ich schätze, das heißt ja …« Ich ging an ihm vorbei, um den Paß hinunter in die DMZ zu schauen. »Und wie fühlst du dich? Nervös?«

»Ich fühle mich gut. Ich bin bereit.«

»Bereit für den Spähtrupp?«

»Tja …« Er lächelte. »Einfach bereit, weiter nichts.«

»Einfach bereit«, brummte ich. Sein schiefes Grinsen machte mich immer mißtrauisch. »Daffy, hier ist hoffentlich nichts im Gange, wovon ich nichts weiß.«

»Mhm.«

»Mhm was?«

»Mhm laß uns gehen.«

»Das ist mein Ernst. Fang nicht wieder mit irgendeinem Scheiß an. Nicht heute.«

»Die Zeit vergeht, Rich. Wir haben ein Objekt zu beobachten.«

Ich zögerte und nickte dann. »Okay … wenn du soweit bist.«

»Ich bin soweit.«

»Dann los.«

»Jawohl, verdammt.«

Ihr großer Fehler

Die Floßschiffer waren noch unten am Strand.

Obwohl ich sie monatelang beobachtet hatte, war es ein Schock, die Gruppe aus der Nähe zu sehen. Es bestätigte sich, daß es tatsächlich Zeph und Sammy waren, die wir beobachtet hatten, und daß die Schuld für ihre Anwesenheit allein bei mir lag. Es war auch eigenartig: Ich hatte seit Ewigkeiten, wie es schien, auf diesen Augenblick gewartet, aber die Realität ihrer Anwesenheit ließ mich kalt. Ich hatte etwas Dramatischeres erwartet als die begossenen Gestalten, die da um ihr Floß kauerten. Etwas viel Unheimlicheres; immerhin stellten sie – als Außenseiter – eine Bedrohung für die Geheimhaltung des Camps und eine Bedrohung für mich dar. Ich hatte mir immer noch nicht überlegt, was ich Sal wegen der Karte sagen wollte. Ich hatte nicht den Mut, gegen ihre Befehle zu handeln; also mußte ich mich auf den Hinderniskurs der Insel verlassen. Wenn der versagte, konnte ich nur darauf hoffen, daß es mir gelang, Zeph und Sammy die Situation zu erklären, während ich sie oben am Wasserfall aufhielt.

Von meinem Beobachtungsposten aus – ungefähr zwanzig Meter oberhalb der Stelle, wo sie saßen, lag ich platt im Schutz etlicher Farne – konnte ich nur vier von ihnen sehen. Der fünfte war hinter dem Floß verborgen. Die beiden sichtbaren Deutschen waren ein Junge und ein Mädchen. Mit einiger Genugtuung sah ich, daß das Mädchen hübsch war, aber nicht so hübsch wie Françoise. Niemand am Strand war so hübsch wie Françoise, und ich wollte nicht, daß eine Fremde ihr diesen Rang streitig machte. Das Mädchen wäre hübscher gewesen, wenn ihre Nase nicht gewesen wäre, die winzig war und aufwärtsgestülpt, so daß sie aussah wie ein sonnengebräunter Totenkopf. Mit dem Typen dagegen war es eine andere Sache. Zwar war er offensichtlich erschöpft, als er jetzt matt seinen (pink-beigefarbenen) Rucksack vom Floß wuchtete, aber er hatte in Körperbau und Erscheinung große Ähnlichkeit mit Bugs. Sie hätten Brüder sein können – bis hin zu den langen braunen Haaren, die er sich mit einer ruckartigen Kopfbewegung immer wieder aus den Augen schleudern mußte. Zu meinem Behagen empfand ich auf der Stelle Abneigung gegen ihn.

Endlich tauchte auch Nummer fünf auf, so daß das Team vollständig war. Noch ein Mädchen, und ärgerlicherweise fand ich nichts an ihr auszusetzen. Sie war klein und kurvig, und sie hatte ein attraktives, leises Lachen, das sauber über den Sand hinweg zu mir heranrollte. Sie hatte ebenfalls sehr langes, braunes Haar, das sie sich – aus einem Grund, den ich nicht begriff – wie einen Schal um den Hals geschlungen hatte. Es war ein surrealer Anblick, und er brachte mich zum Lächeln, bis ich mich daran erinnerte, daß ich finster dreinschauen sollte.

Ein bißchen ärgerte es mich, daß die Floßfahrer nicht den gleichen Fehler begingen, den Étienne, Françoise und ich begangen hatten – indem wir bis zu den beiden Enden unseres Landungsstrandes gewandert waren, bevor wir erkannt hatten, daß der einzige Weg zur anderen Seite quer über die Insel führte. Aber dies glichen sie durch einen anderen, viel ernsteren Fehler mehr als hinreichend aus.

Genaugenommen wußte ich, daß sie ihn begehen würden, ehe es geschah. Zunächst mal hatten sie ihr Floß nicht ordentlich versteckt – hatten es nur über die Hochwasserlinie hinaufgezogen –, und zweitens schwatzten sie lautstark. Auf deutsch, wie ich mit widerwilligem Respekt zur Kenntnis nahm. (Mit widerwilligem Respekt für Zeph und Sammy natürlich, nicht für die Deutschen.) Für mich war damit eines völlig klar: Ihnen war überhaupt nicht bewußt, daß Vorsicht angebracht war. Mister Duck, der wieder zu mir gestoßen war, als die Gruppe sich landeinwärts gewandt hatte, bemerkte es auch.

»Nicht besonders aufmerksam«, stellte er fest, als wir gerade eine Stunde marschiert waren.

Ich nickte und hob warnend einen Finger an die Lippen. Ich wollte nicht sprechen, denn wir waren ihnen dicht auf den Fersen. Nicht dicht genug, um sie durch das Blattwerk zu sehen, aber immer dicht genug, um sie zu hören.

»Wenn sie so weitermachen, werden sie erwischt«, stellte er unbeirrt fest.

Ich nickte.

»Vielleicht solltest du was unternehmen, meinst du nicht auch?«

»Nein«, flüsterte ich. »Jetzt halt die Klappe.«

Ich war ein bißchen verblüfft über Mister Ducks Besorgnis, aber das war auch alles. Als er das nächstemal den Mund aufmachte, legte ich den warnenden Finger an seine Lippen, nicht an meine, und er kapierte.

Jedenfalls. Der große Fehler der Floßfahrer war, daß sie nicht besonders aufmerksam waren. Sie gelangten auf das erste Plateau, und keiner von ihnen merkte, daß sie in einer Pflanzung standen.

Ich weiß Beschei'

Sammy jauchzte, wie er vor sechs Monaten gejauchzt hatte, als er auf Ko Samui durch den Regen gerannt war. Und er schrie: »Scheiße, das ist ja völlig ausgeklinkt, Mann! Scheiße, im ganzen Leben habe ich noch nie so viel Grass gesehen! Mann, das ist mehr Grass, als ich je auf einem Haufen gesehen hab!« Dann fing er an, in dicken Büscheln Blätter abzureißen und in die Luft zu werfen, und die anderen vier machten es ihm nach. Sie sahen aus wie Bankräuber, die mit ihrer Millionen-Dollar-Beute um sich warfen. Total außer Kontrolle. Es war zehn Uhr morgens. Die Wachen waren seit mindestens zwei Stunden auf Patrouille, und wenn sie nicht gehört hatten, wie sie durch den Dschungel gekracht waren, dann hörten sie sie jetzt.

Zeph und Sammy zu beobachten war ein bißchen so, als beobachtete ich mich selbst – oder das, was vor sechs Monaten passiert wäre, hätte Étienne nicht einen kühlen Kopf bewahrt. Mein Magen verknotete sich in der Erinnerung an meine Angst. Aber in mir kribbelte es auch. Es sah so aus, als ob das Problem mit unseren ungebetenen Gästen bald gelöst sein würde, und damit nicht genug, ich würde auch noch erfahren, was die Dope-Wächter machten, wenn sie jemanden erwischten. Noch besser: Ich würde es sehen.

Nicht, daß jemand auf den Gedanken kommt, ich hätte kein Mitleid mit ihnen gehabt. Ich wollte Zeph und Sammy nicht auf der Insel haben, und ich wußte, daß es praktisch wäre, wenn sie verschwänden, aber es brauchte nicht auf diese Weise zu geschehen. Das ideale Szenario: Sie kamen an, ich hatte zwei Tage Gelegenheit, sie zu verfolgen, während sie sich den Weg über die Insel suchten, und am Wasserfall gaben sie auf und fuhren wieder nach Hause. Ich hätte meinen Spaß gehabt, und es wären weder Tränen noch Blut vergossen worden.

Zeph blutete wie ein angestochenes Schwein. Als die Wachen aufgetaucht waren, war er geradewegs auf sie zugegangen, als wären sie alte Freunde. Für mich völlig unbegreiflich, aber er tat es. Er schien *immer noch* nicht zu kapieren, was hier los war, obwohl die Wachen ihre Gewehre von den Schultern genommen hatten und auf Thai durcheinanderredeten. Vielleicht glaubte er, sie gehörten zur Kommune von Eden, vielleicht war er aber auch so geschockt, daß er einfach nicht schnallte, wie tief er in der Patsche saß. Wie dem auch sei, kaum war er nahe genug, rammte ihm einer der Wachleute den Gewehrkolben ins Gesicht. Ich war nicht überrascht. Der Wachmann sah sehr nervös aus, und Zephs merkwürdiges Verhalten irritierte ihn genauso wie mich.

Danach war es ein paar Sekunden lang still. Alles starrte über die Stauden hinweg, Zeph machte kleine Schritte rückwärts und fing mit gewölbten Händen das Blut auf, das ihm aus der Nase strömte. Es schien, als seien beide Gruppen gleichermaßen verdattert. Die Floßfahrer hatten beträchtliche mentale Anpassungsarbeit zu leisten – in Sekundenschnelle vom Garten Eden in die Hölle. Die Wachen waren sichtlich fassungslos, daß jemand so blöd sein konnte, in ihre Pflanzung zu latschen und alles zu zerfetzen.

Im Lauf dieses kurzen Zwischenspiels wurde mir klar, daß die meisten der Wachtposten eher wie Jungs vom Lande als wie erfahrene Söldner aussahen, und ihre Narben stammten vermutlich von scharfen Korallen und nicht von Messerstechereien. Ein bißchen wie der echte Vietkong. Aber ich bin sicher, daß diese Beobachtungen für Zeph und Sammy von geringem Interesse waren, und ich glaube, in diesem Fall machte genau das die Wächter gefährlicher, als sie es sonst gewesen wären. Vielleicht wäre jemand mit mehr Erfahrung nicht genug in Panik geraten, um Zeph die Nase einzuschlagen. Gibt es nicht eine Redensart, die besagt, das einzige, was gefährlicher ist als ein Mann mit einem Gewehr, ist ein nervöser Mann mit einem Gewehr? Wenn nicht, dann sollte es sie geben. Als die kurze Phase des gegenseitigen Anstarrens vorbei war, flippten die Wachen aus. Ich deutete es als Panikreaktion. Sie stapften einfach heran und prügelten diese Leute, die jetzt ihre, nicht meine ungebetenen Gäste waren, windelweich.

Möglicherweise wären sie an Ort und Stelle totgeknüppelt worden. Aber gerade, als ich das Gefühl bekam, die Szene würde zu unangenehm, um weiter zuzuschauen, kam ein zweiter Wachtrupp dazu, und bei denen schien ein Boß zu sein. Ich hatte ihn noch nie gesehen. Er war älter als die anderen und hatte kein Sturmgewehr – nur eine Pistole, die noch im Halfter steckte. Traditionell ein Zeichen der Macht unter Waffenträgern. Ein Wort von ihm, und die Prügelei hörte auf.

Mister Duck packte meinen Arm. »Rich, ich glaube, sie werden sie umbringen.«

Ich runzelte die Stirn und wisperte: »Still.«

»Nein, hör doch«, beharrte er. »Ich will nicht, daß sie umgebracht werden.«

Diesmal brachte ich ihn nicht mit dem Finger, sondern mit der ganzen Hand zum Schweigen. Der Boß hatte angefangen zu sprechen.

Er sprach Englisch. Keineswegs makellos. Nicht wie der Nazi-Kommandant eines Gefangenenlagers, der englische Lyrik schätzt und zu seinen Gefangenen sagt: »Wissen Sie, wir sind einander sehr ähnlich, Sie und ich.« Aber gut genug.

»Wer seid ihr?« fragte er sehr laut und deutlich.

Eine tückisch verzwickte Frage. Was sagt man darauf? Stellt man sich in aller Form vor, sagt man »Niemand«, bettelt man um sein Leben? Ich fand, Sammy machte seine Sache sehr gut, wenn man bedachte, daß sie ihm eben die Vorderzähne ausgeschlagen hatten.

»Wir sind Backpacker von Ko Pha-Ngan«, sagte er und schnappte zwischendurch nach Luft. Unwillkürlich sabberte er beim Sprechen. »Wir haben ein paar von uns gesucht. Wir haben einen Fehler gemacht. Wir wußten nicht, daß es Ihre Insel ist.«

Der Boß nickte, gar nicht unfreundlich. »Sehr große Fehler.«

»Bitte, es tut uns sehr ...« keuch »... leid.«

»Seid ihr allein? Noch Freunde hier?«

»Wir sind allein. Wir suchen einen Freund. Wir dachten, er ist hier, und wir wissen, daß wir einen Fehl ...«

»Warum suchen Freun' hier?«

»Unser Freund hat uns eine Karte gegeben.«

Der Boß legte den Kopf schräg. »Was Karte?«

»Ich kann sie Ihnen zei ...«

»Du kann mir zeigen die Karte. Später.«

»Bitte. Es tut uns sehr leid.«

»Ja. Ich weiß, daß tu euch lei'.«

»Wir möchten gehen. Wir könnten Ihre Insel sofort verlassen, und wir würden niemandem etwas erzählen.«

»Ja. Ihr erzähl nieman'. Ich weiß Beschei'.«

Sammy versuchte zu lächeln. Seine verbliebenen Zähne waren leuchtend rot. »Lassen Sie uns gehen? Bitte?«

»Ah.« Der Boß erwiderte das Lächeln. »Ihr könn' gehen.«

»Wir können gehen …?«

»Ja.«

»Danke.« Mühsam kam Sammy auf die Knie. »Sir, vielen Dank. Ich verspreche Ihnen, wir erzählen niemandem …«

»Ihr könn' mit uns gehen.«

»Mit Ihnen …?«

»Ihr geh' jetz' mit uns.«

»Nein«, protestierte Sammy, »bitte warten Sie, wir haben einen Fehler gemacht! Es tut uns *sehr* leid! Wir erzählen *niemandem* etwas!«

Einer der Deutschen wollte aufstehen und streckte die Arme hoch. »Wir reden nicht!« platzte er heraus. »Wir reden nicht!«

Der Boß starrte den Deutschen ungerührt an und sagte dann schnell etwas zu den Wachen. Drei Mann traten vor und wollten Zeph bei den Armen hochziehen. Er fing an, sich zu wehren. Ein weiterer Wachmann trat vor und stieß ihm den Gewehrlauf in den Bauch.

»Richard«, sagte Mister Duck und entwand sich meinem Griff. »Hör doch zu. Die werden bestimmt umgebracht.«

Ich nahm keine Notiz von ihm.

»Tu was, Richard.«

Wieder reagierte ich nicht, und jetzt stieß er mich hart in die Rippen. Zum Glück wurde mein Japsen vom Geschrei der Floßfahrer übertönt.

»Herrgott verdammt!« flüsterte ich fassungslos. »Was hast du für 'n Problem?«

»Tu was! Hilf ihnen!«

»Wie denn?«

»Zum Beispiel …« Er dachte über diese Frage nach, während sich die Wachen drüben auf dem Feld auf das deutsche Mädchen stürzten. Sie hatte versucht wegzulaufen, war aber nach nur zwei, drei stolpernden Schritten zu Boden gestoßen worden. »Ich weiß es nicht!«

»Na, ich auch nicht, also halt die Klappe! Sonst schaffst du's noch, daß ich auch umgebracht werde!«

»Aber ...«

Ich widerstand dem Drang, ihn anzuschreien; statt dessen packte ich ihn an den Aufschlägen seiner Kampfjacke und schob meinen Mund dicht an sein Ohr: *»Zum letzten Mal: Halt deine gottverdammte Klappe!«*

Mister Duck schlug die Hände vors Gesicht, als die Wächter ihre Gefangenen davonschleiften.

Schüsse

Das Schreien und Heulen ging nach und nach in den Geräuschen des Dschungels unter. Gewöhnliche Geräusche, die ich normalerweise nie zur Kenntnis genommen hätte, die mir jetzt aber unnatürlich vorkamen – schlimmer noch, auf obskure Weise spaßig: Zwitschernder Vogelgesang klang wie gezwitscherte schlechte Witze und zerrte an meinen Nerven und meiner Geduld. Ich stand auf, ohne ein Wort an Mister Duck zu verschwenden, und machte mich auf den Rückweg zum Paß hinauf. Der Marsch war beschwerlich. Ich hatte Kopfschmerzen vom verklingenden Adrenalinrausch, meine Beine waren wacklig, und ich achtete viel zu wenig darauf, leise zu sein. Zweimal stolperte ich, und mehr als zweimal brach ich durch ein Dickicht, ohne haltzumachen und nachzusehen, wer vielleicht dahinter lauerte.

Im Rückblick erscheint es mir offensichtlich, daß ich von dem, was ich gesehen hatte, erschüttert war und es nicht erwarten konnte, eine Gegend zu verlassen, auf der immer noch die Schreie lasteten. Aber so sah ich es damals nicht. Ich dachte nur daran, wie wichtig es war, zum Camp zurückzukommen und Sal Bericht zu erstatten. Außerdem war ich wütend auf Mister Duck. Von dem Augenblick an, als wir die Verfolgung der Floßfahrer aufgenommen hatten, hatte er offenbar ernsthaft eine Schraube locker gehabt. Er hatte mich nicht nur aufgefordert, Zeph und Sammy vor dem Plateau abzufangen, sondern mich mit seinen sinnlosen Kamikaze-Ideen auch noch in Gefahr gebracht. In meinen Augen war dies ein schwerwiegender Verstoß. Die DMZ war eine zu gefährliche Gegend, wenn man sich auf seinen Partner nicht verlassen konnte.

Ich glaube, Mister Duck spürte meinen Zorn, denn ganz gegen seine Gewohnheit unternahm er keinen Versuch, ein Gespräch anzufangen. Bis wir den Paß erreichten. Da stieß er mich mit einem festen Schubs und sagte: »Wir müssen uns unterhalten.«

»Verpiß dich«, antwortete ich und stieß ihn ebenfalls. »Deinetwegen hätte ich umgebracht werden können.«

»Die Floßfahrer *werden* wahrscheinlich umgebracht!«

»Das weißt du nicht. Ich wollte ebensowenig wie du, daß diese Prügelscheiße passiert, also komm von deinem hohen moralischen Roß runter, verdammt. Wir *wußten*, daß sie vielleicht erwischt werden. Das war klar, als wir die Entscheidung trafen, keinen Kontakt mit ihnen aufzunehmen, bis sie zum Wasserfall kämen. Was willst du also von mir?«

»Entscheidung? Ich habe keine Entscheidung getroffen! Ich wollte, daß du ihnen hilfst!«

»Daß ich da reinstürme wie Rambo und 'ne M-16 schwenke, die nicht mal existiert?«

»Irgendwas hättest du tun können!«

»Was denn? Du lebst doch in einer Traumwelt! *Nichts* hätte ich tun können!«

»Du hättest sie warnen können, bevor sie zum Plateau kamen!«

»Ich hatte den klaren Befehl, sie *nicht* zu warnen!«

»Du hättest gegen deinen Befehl verstoßen können!«

»Verdammt, aber ich *wollte* nicht dagegen verstoßen!«

»Du … wolltest nicht?«

»Nicht eine Sekunde lang!«

Mister Duck runzelte die Stirn und öffnete den Mund, um zu antworten; dann schien er es sich anders zu überlegen.

»Was?« fauchte ich.

Er schüttelte den Kopf, und sein Gesichtsausdruck wurde ruhiger. Als er schließlich sprach, wußte ich, daß er nicht sagte, was er dachte. »Das war ein billiger Schuß gegen mich, Richard«, sagte er leise. »Daß ich in einer Traumwelt lebe.«

»Deinetwegen hätte ich umgebracht werden können, aber nun habe ich *deine* Gefühle verletzt. Gott verzeihe mir. Ich bin ein Monster.«

»Es ist deine Welt, in der ich lebe.«

»Das muß ein Trost sein, wenn man bedenkt, daß du derjenige warst, der darauf hingewiesen hat, daß ich …«

Ich unterbrach mich. Während ich redete, hatte ich irgendwo in der DMZ einen scharfen Knall gehört.

»Hast du das gehört …?«

Mister Duck zögerte; seine Augen wurden schmal, und plötzlich sah er äußerst besorgt aus. »Ja. Ich hab was gehört.«

»Sicher?«

»Absolut.«

Wir warteten beide. Nach fünf oder sechs Sekunden explodierte die Stille in einer Salve von Gewehrschüssen. Es war absolut eindeutig; irgendwie kräuselte es sich zwischen den Bäumen hindurch wie eine plötzlich aufkommende Brise, brach mit schockierender Lautstärke hindurch. Eine einzelne Salve, aber langgezogen. So lang, daß ich Zeit hatte, zu blinzeln und die Schultern hochzuziehen und mir bewußt zu werden, daß das Schießen immer noch nicht aufgehört hatte.

Als es schließlich doch aufhörte, war das nächste, was ich wahrnahm, wie Mister Duck tief ein- und langsam wieder ausatmete.

»Jesus …« murmelte ich. »Gütiger Jesus … Es ist passiert. Sie sind tatsächlich …«

»... erschossen worden«, vollendete er ausdruckslos.

Zu meiner Überraschung hätte ich mich beinahe übergeben. Aus heiterem Himmel krampfte mein Magen sich zusammen, und mein Schlund zog sich zu. Ein Bild schoß mir durch den Kopf: die Leichen der Floßfahrer, ihre T-Shirts von sich ausbreitenden Flecken getränkt, ihre Glieder verrenkt. Ich schluckte angestrengt und wandte mich nach der DMZ um. Vermutlich suchte ich irgendein Zeichen der Bestätigung, vielleicht eine undeutliche blaue Wolke in der Ferne. Aber da war nichts.

»Erschossen worden«, hörte ich noch einmal, und dann, sehr leise: »Verdammt.«

Einen Augenblick später drehte ich mich zu Mister Duck um. Er war fort.

Mama-San

Es war alles schiefgegangen, oder es war alles gutgegangen. Ich konnte mich nicht entscheiden.

Einerseits: Ich hatte – genau wie auf dem Plateau – die Nerven verloren, als es drauf angekommen war. Ich hatte mich nicht hellwach, aber ruhig gefühlt, sondern hellwach und mulmig. Andererseits: Vielleicht sollte es ja so sein. Vielleicht war es ja richtig, daß ich auf dem Plateau in Panik geraten war; richtig, daß mir übel geworden war, als ich die Schüsse gehört hatte. Ich hatte oft genug darüber gelesen, genug Filme darüber gesehen: An seinem ersten Tag, bei seinem ersten Einsatz, da hat man bei Feindkontakt durchzudrehen. Später, wenn man erfahrener ist, abgeklärter, wird einem eines Tages unvermutet bewußt, daß der Tod immer noch imstande ist, einen zu schrecken. Das ist etwas, womit man sich befaßt, und dadurch gewinnt man Kraft.

Ich ließ mir diese zweite Interpretation wieder und wieder

durch den Kopf gehen, während ich hinunter zum Wasserfall wanderte. Und ich bemühte mich, auch noch andere Vorteile zu sehen. Hauptsächlich, daß unser Problem mit den Neuankömmlingen erledigt war und daß die Rolle, die ich dabei gespielt hatte – die Geheimhaltung unseres Strandes aufs Spiel zu setzen –, unwiderruflich abgeschlossen war. Aber das alles änderte keinen Deut an der Art, wie ich mich fühlte. Hatte immer noch mit meinem verknoteten Magen zu kämpfen, mußte mich anstrengen, um mich auf das vor mir liegende Gelände zu konzentrieren, hatte Mühe, mich über den Drang zu schreien hinwegzuarbeiten. Ich wollte mit aller Macht schreien. Aber es war kein eisenfresserischer, exorzismusgewaltiger Schrei. Eher einer von dieser Sorte: Man rennt mit Höchstgeschwindigkeit die Straße runter, um den Bus noch zu kriegen, und knallt mit dem Knie geradewegs gegen einen Betonpoller. Geradeso, als hätte man es absichtlich getan, so fest, wie es nur irgend ging. Das ist kein Schrei, der aus dem Schmerz geboren ist, denn in diesem Moment tut nichts weh. Es ist der Schrei eines überlasteten Hirns, das sich weigert zu akzeptieren, was eben passiert ist, und sich weigert, es auch nur zu versuchen.

Sal erwartete mich unten am Wasserfall. »Was zum Teufel ist passiert?« fragte sie eher wütend als besorgt, bevor ich auch nur ans Ufer schwimmen konnte. »Wieso hab ich Schüsse gehört?«

Ich antwortete erst, als ich im flachen Wasser war und auf sie zuwatete. »Die Flößer«, keuchte ich. Der Aufprall unten im Wasser verschlug mir jedesmal den Atem, und diesmal war es schlimmer gewesen als sonst.

»Sind sie erschossen worden?«

»Ja. Ich hab gesehen, wie die Wache sie erwischt hat, und später hab ich die Schießerei gehört.«

»Was ist denn passiert, als sie erwischt wurden?«

»Sie haben sie zusammengeschlagen.«

»Schlimm?«

»Ja.«

»Und dann?«

»Wurden sie irgendwo hingebracht. Geschleift.«

»Geschleift... Du bist ihnen nicht gefolgt?«

»Nein.«

»Was dann?«

»Die Schüsse... als ich am Paß war.«

»Verstehe...« Sals Blick bohrte ein Loch in meinen Kopf. »Du fühlst dich verantwortlich für ihren Tod.«

Ich dachte darüber nach, bevor ich antwortete; ich hatte keine Lust, meine Beziehung zu Zeph und Sammy in diesem späten Stadium noch preiszugeben. »Es war ihre Entscheidung herzukommen«, sagte ich schließlich und verlagerte mein Gewicht vom linken auf den rechten Fuß. Ich stand immer noch bis zu den Knien im Wasser, und meine Füße sanken im Schlamm leicht ein. »Sie haben 'ne Menge Lärm gemacht im Dschungel. Es war ihre eigene Schuld.«

Sal nickte. »Es kann sein, daß andere die Schüsse auch gehört haben. Was wirst du ihnen erzählen?«

»Nichts.«

»Ich habe das Gefühl, daß Étienne über Christo Bescheid wissen könnte. Er macht wieder Schwierigkeiten...«

»Ich werde Étienne nichts erzählen«, unterbrach ich sie. »Ich werde auch Françoise und Keaty nichts erzählen, und auch sonst niemandem... außer Jed... Du weißt, daß ich es Jed erzählen werde.«

»Natürlich weiß ich das, Richard«, sagte sie knapp. »Aber es ist nett von dir, daß du um Erlaubnis bittest.« Sie machte auf dem Absatz kehrt und ging davon. Sie wartete nicht einmal, bis ich aus dem Wasser geklettert war, und so hörte sie auch nicht, wie ich flüsterte: »Ich habe dich nicht um deine beschissene Erlaubnis gebeten.«

Ich folgte Sal nicht ins Camp, denn ich wollte noch niemanden sehen. Genauer gesagt, ich wollte überhaupt nichts. Außer vielleicht schlafen – und vergessen. Es hatte nichts mit Müdigkeit zu tun. Ich wollte das Gehirn ausschalten, das immer noch auf Schreien gepolt war. Das Problem war: Der Schlaf hatte zwar diverse Vorteile, Vergessen aber gelänge mir auf diese Weise nicht. Wenn ich schlief, würde ich träumen und wieder auf diese Dinge stoßen.

Am Ende sprach ich mit mir selbst. Ich spazierte um den Teich herum, behandelte meinen Verstand, als wäre er ein separates, aber vernünftiges Wesen, und bat ihn, mich für eine Weile in Ruhe zu lassen. Oder wenigstens die Lautstärke herunterzudrehen.

Es war nicht das Verhalten einer derangierten Karikatur, auch wenn es sich vielleicht so anhört; keine ausdrucksvollen Gebärden und wilden Blicke. Es war ein ernsthafter Versuch, ein bißchen Ruhe und Frieden zu finden, und er schlug fehl. Mein Geist ließ alle Vernunft von sich abprallen, wie Superman die Kugeln von sich abprallen läßt, die Brust gebläht, absolut unerschütterlich. Also versuchte ich es mit ein paar anderen Tricks: Ich interessierte mich für eine hübsche Blume oder für das Rindenmuster an dem geschnitzten Baum. Aber alle diese Techniken scheiterten ebenso. Wenn sie überhaupt etwas zustande brachten, dann dies, daß mein Scheitern meine Frustration weiter verstärkte und ich mich noch elender fühlte.

Mein letzter Versuch bestand darin, in das Wasserbecken zu springen. Unter Wasser zu sein hatte für mich immer eine Art Zuflucht bedeutet. Dort war man ruhig, blind und taub: die vollkommene Flucht. Es funktionierte auch; ich war von anonymer Kühle umhüllt, aber das war zwangsläufig vorübergehend. Ohne Kiemen mußte ich immer wieder an die Oberfläche, und sobald ich nach oben kam, nahm mein Geist seine kreisenden Debatten wieder auf.

Nirgends war dem zu entrinnen. Das wurde mir schließlich klar, und atemlos hatte ich mich zu unterwerfen. Ich kletterte aus dem Bassin und lief geradewegs in den Dschungel. Ich folgte nicht dem Gärtnerweg. Ich folgte dem Netz der Zimmermannspfade, denn so konnte ich zum Strand gelangen, ohne die Lichtung überqueren zu müssen.

Ich werde es kurz machen. Mich absolut auf das beschränken, woran ich mich erinnere, und keine Lücken ausfüllen. Nicht, daß ich bis jetzt Lücken ausgefüllt hätte; es ist nur zufällig so, daß meine Erinnerung an die nächsten paar Minuten eben lückenhaft ist. Zweifellos eine Folge des traumatischen Vormittags und der zuvor beschriebenen Geistesverfassung.

»Die Flößer sind tot«, sagte ich. »Christo wird in achtundvierzig Stunden tot sein. Alle unsere Probleme sind gelöst, nur eins nicht. Es wird Zeit, daß du wieder zur Vernunft kommst.«

Karl sah mich mit seinen wächsernen Augen an. Oder er sah durch mich hindurch, oder er sah überhaupt nichts. Was auch immer. Mir war es eigentlich egal. Ich machte einen Schritt auf ihn zu, und da schlug er bösartig nach meinen Beinen. Vielleicht aus Rache, weil ich sein Schutzdach eingetreten hatte. Es tat jedenfalls weh, und so schlug ich zurück.

Ich saß auf seiner Brust, hielt seine Oberarme mit den Knien nieder und versuchte ihm eine Handvoll Reis in den Mund zu drücken. Seine Haut erinnerte mich stark an den toten Freak auf Ko Pha-Ngan; sie fühlte sich schlaff an, bewegte sich lose über den Muskeln. Es war ganz und gar kein angenehmes Gefühl, sie zu berühren. Vor allem, als er anfing, sich zu winden.

Er gab Laute von sich, wahrscheinlich Worte. »Braver Junge!« schrie ich. »Ich schätze, jetzt kuriere ich dich!« Seine Finger krallten sich in meinen Hals. Ich stieß sie beiseite. Ich glaube, es kann sein, daß ich dabei Reis verschüttet habe. Ich glaube, es kann sein, daß ich Sand in der Hand hatte.

Ich nehme an, daß ich die Augen schloß. Statt Karls Gesicht mit den vorquellenden Augen sehe ich im Geiste eine rötlichbraune Decke. Ein Nichts – insofern scheinen geschlossene Augen mir eine logische Erklärung zu sein. Sie würden auch das nächste Bild erklären, das ich in meiner Dia-Show habe: eine blaue Decke, als ich hintenüber fiel und die Augen für einen Sekundenbruchteil öffnete und einen wolkenlosen Himmel sah. Und im nächsten Bild kehrt dann die rötlichbraune Decke wieder.

Ich richtete mich auf. Karl war reichlich zwanzig Meter weiter unten am Strand, und er rannte wie verrückt. Erstaunt darüber, daß er immer noch so viel Kraft in sich hatte, nachdem er tagelang buchstäblich verhungert war, sprang ich auf und spurtete ihm nach.

Begründete Zweifel

Den Strand hinunter, zwischen den Bäumen hindurch, den Pfad hinauf, auf die Lichtung. Ich hatte ihn fast erwischt. Ich wollte eben die Hand nach seinen Haaren ausstrecken. Da stolperte ich über eine Zeltleine und flog der Länge nach hin, und Karl rannte schnurstracks in Richtung Khaiber-Paß.

Ich rappelte mich auf. Mehrere Leute standen ihm genau im Weg. »Haltet ihn!« brüllte ich. »Jesse, Greg, Herrgott noch mal! Schmeißt ihn um!« Aber sie waren zu erschrocken, um zu reagieren, und Karl sauste vorbei. »Idioten! Er haut ab!« Ein paar Sekunden später hatte er den Paß erreicht. In dem verblüfften Schweigen, das jetzt folgte, hörten wir, wie er krachend durch das Unterholz brach, und dann war es vollkommen still.

»Scheiße!« schrie ich, fiel auf die Knie und hämmerte mit beiden Fäusten auf den Boden.

Eine Hand berührte leicht meine Schulter. Ich sah mich um. Françoise beugte sich über mich, umgeben von einem Halbkreis aus neugierigen Leuten. »Richard?« sagte sie beunruhigt.

Eine weitere Hand, Jesses, schob sich unter meine Arme und zog mich hoch. »Alles okay, Alter?«

»Ja …« fing ich an; dann brach ich ab und versuchte mich zu erinnern, was passiert war. »Ich glaube, Karl ist aus diesem Koma-Ding raus …«

»Hab ich gesehen. Was ist passiert?«

»Er hat mich angegriffen«, sagte ich zweifelnd, und alle schnappten nach Luft.

»Bist du verletzt?« fragte Françoise und suchte mein Gesicht nach Läsionen ab.

»Ich konnte ihn abwehren. Mir geht's gut …«

»Wieso hat er das getan?«

»Ich … ich weiß es wirklich nicht …« Ich schüttelte verzweifelt den Kopf. Ich war noch nicht bereit, mit solchen Fragen umzugehen. »Vielleicht … vielleicht hielt er mich für einen Fisch. Er war ja Fischer, und … er ist verrückt …«

Sal bewahrte mich davor, weiteren Scheiß zu reden. Die Menge teilte sich, und sie kam hindurchmarschiert.

»Karl hat dich angegriffen, Richard?«

»Vorhin. Am Strand.«

Diese zweite Bestätigung für Karls Attacke ließ die Zuschauer wiederum aufschreien, und alle redeten plötzlich durcheinander.

»Ich hätte ihn erwischen müssen!« erklärte Unhygienix wütend. »Er ist so dicht an mir vorbeigerannt.«

»Ich hab den Ausdruck in seinem Blick gesehen!« fügte Cassie hinzu. »Er hat mir ins Gesicht gesehen! Es war erschreckend!«

»Und der Schaum vor seinem Mund!« ergänzte jemand anders. »Als ob er Tollwut hätte. Wir müssen ihn fangen und fesseln!«

Nur eine Stimme erhob sich gegen den Strom: Étienne. »Das ist unmöglich!« brüllte er durch den Lärm. »Ich glaube nicht, daß Karl über Richard herfallen würde! Ich glaube es nicht! Ich war heute morgen noch bei ihm!«

Das Getöse begann sich zu legen.

»Heute morgen war ich eine Stunde lang bei ihm! Eine Stunde lang, und er hat mit mir Reis gegessen! Es ging ihm besser! Ich weiß, daß er niemanden angreifen würde!«

Ich riß mich soweit zusammen, daß ich ungläubig die Stirn runzeln konnte. »Willst du sagen, daß ich ein Lügner bin?«

Étienne zögerte; dann wandte er sich von mir ab und sprach die anderen an. »Eine Stunde lang war ich bei ihm! Er hat meinen *Namen* genannt! Zum erstenmal seit einer Woche hat er gesprochen! Ich *weiß*, daß es ihm besserging!«

Hastig begann ich einzulenken. Ich hatte kein Interesse an diesem Streit; ich wollte nur weg. »Ja, Étienne hat recht. Vielleicht war es meine Schuld. Könnte sein, daß ich ihn erschreckt habe…«

»Nein!« unterbrach Sal in scharfem Ton. »Ich fürchte, Karl ist gefährlich geworden. Als ich heute morgen nach ihm gesehen habe, ist er auch auf mich losgegangen.«

Ich war verblüfft, hatte aber nicht vor, ihr zu widersprechen; ich studierte ihren Gesichtsausdruck und wünschte mir, ich hätte ihr Talent, immer zu wittern, wenn jemand log. Sie benahm sich, als ob sie die Wahrheit sagte, aber ich wußte, das bedeutete einen Scheißdreck.

»Zum Glück war Bugs dabei, der hat ihn zurückgehalten. Wir waren unten am Strand, kurz bevor er mit Keaty nach Ko Pha-Ngan hinüberfuhr. Ich hätte euch alle warnen sollen, aber ich wollte mir noch überlegen, wie man ihn jetzt am besten behandelt…« Sie seufzte mit sichtlichem und ganz untypischem Bedauern. »Es war dumm von mir. Ich wollte das Tet-Fest nicht mit weiteren schlechten Nachrichten verderben. Das war unverantwortlich, aber es lief alles so gut … Ich wollte die Moral nicht zerstören.«

Jesse schüttelte den Kopf. »Das Tet-Fest ist ja gut und schön, Sal, aber wir können jemanden, der so gefährlich ist, nicht einfach herumlaufen lassen.«

Alle nickten, und aus irgendeinem merkwürdigen Grund hatte ich das Gefühl, daß sie dabei mich ansahen.

»Es muß etwas geschehen.«

»Ich weiß, Jesse. Du hast ganz recht. Richard, ich hoffe, du kannst meine Entschuldigung akzeptieren. Du hättest nicht in diese Situation gebracht werden dürfen.«

»Das ist nicht nötig, Sal«, antwortete ich sofort. Selbst im Kontext einer Lüge – und ich war inzwischen sicher, daß sie log – bereitete es mir größtes Unbehagen, wenn sie sich bei mir entschuldigte. »Ich verstehe das schon.«

»Aber ich nicht!« rief Étienne verzweifelt. »Bitte! Bitte, ihr *müßt* mir zuhören! Alle! Karl ist nicht gefährlich! Er braucht Hilfe! Wir könnten ihn doch vielleicht nach Ko Pha …«

Diesmal war es Françoise, die ihm das Wort abschnitt, indem sie einfach wegging. Seine Stimme ließ ihn im Stich, als er ihr nachsah, wie sie die Lichtung überquerte. Dann lief er hinter ihr her, noch immer sprachlos, die Arme ausgestreckt, mitten im Flehen erstarrt.

Umgekippt

Kaum waren Étienne und Françoise davongelaufen, überquerten auch wir übrigen die Lichtung. Es gab keine weiteren Diskussionen über Karl. Es waren sich, glaube ich, alle bewußt, daß die Ruhe nach Stens Beerdigung in Gefahr war, und alles übte sich im Verdrängen, augenblicklich und ohne Absprache, ein intuitiver Konsens, der es unmöglich machte, über irgend etwas zu sprechen, das auch nur im entferntesten etwas damit zu tun hatte. Mir recht. Es bedeutete, daß niemand mich aufforderte, ausführlicher von Karl zu berichten, und daß auch niemand die Schüsse zur Sprache brachte.

Meinen Besuch bei Jed schob ich hinaus, bis es dunkel wurde. Der Zustand im Zelt hatte sich, falls das möglich war, noch verschlimmert. Der Gestank war der gleiche, aber die aufgestaute Hitze kam mir noch drückender vor, und überall waren Pfützen von getrockneter oder trocknender schwarzer Flüssigkeit. Blut aus Christos Bauch durchtränkte das Bettzeug, sammelte sich in den Segeltuchfalten der Bodenplane und beschmierte Jeds Arme und seine Brust.

»O Gott«, sagte ich und fühlte, wie der Schweiß auf meinem Rücken prickelte. »Was zum Teufel ist denn hier passiert?«

Jed wandte sich zu mir um. Seine umgedrehte Maglite beleuchtete ihn von unten; sie ließ die einzelnen Haare seines Bartes wie Glühfäden in einer Birne leuchten, während seine Augen in völliger Dunkelheit blieben. »Hast du gute Nachrichten für mich?« murmelte er. »Ich hab die Schnauze voll von schlechten Neuigkeiten. Ich will nur noch gute hören.«

Ich schwieg und spähte in die Schatten seiner Augenhöhlen, bemüht, dort irgendeine Form zu erkennen. Etwas an seinem Verhalten wirkte bedrohlich, und bei dieser dämonischen Beleuchtung fragte ich mich, ob ich vielleicht eine Halluzination hatte – ja, ich hatte das Gefühl, ich müsse mich von seiner Echtheit überzeugen, wenn ich hierbleiben wollte. Schließlich griff ich nach der Lampe und leuchtete ihm mitten ins Gesicht. Seine Hand fuhr hoch, um das grelle Licht abzuhalten, aber ich sah genug Fleisch und Blut, um beruhigt zu sein.

Ich stellte die Taschenlampe wieder auf den Boden. »Ich habe Neuigkeiten. Zeph und Sammy sind tot.«

»Tot«, sagte Jed ohne jede Regung.

»Erschossen von den Wachen.«

»Hast du es gesehen?«

»Nein.«

Er legte den Kopf schräg. »Enttäuscht?«

»Nein. Ich habe gesehen, wie sie zusammengeschlagen wurden, und ...«

»... und das hat dir genügt.«

»... und es war schrecklich«, vollendete ich. »Mir war ganz schlecht. Damit hatte ich nicht gerechnet, aber es war so.«

»Oh.« Die Leuchtfasern in Jeds Bart zuckten, als irgendein unsichtbarer Ausdruck über sein Gesicht huschte.

»Bist du nicht froh? Ich meine, nicht froh, aber erleichtert ...? Gewissermaßen ...?«

»Ich bin überhaupt nicht erleichtert.«

»Nicht ...?«

»Nein.«

»Aber es bedeutet doch, daß der Strand in Sicherheit ist. Das Tet-Fest und die Moral ... und unsere Geheimhaltung ...«

»Der Strand interessiert mich nicht mehr, Richard.«

»Du ... der Strand interessiert dich nicht mehr?«

»Möchtest du meine Neuigkeit hören?«

Ich verlagerte mein Gewicht von einem Fuß auf den anderen, um mein Unbehagen zu kaschieren. »Okay.«

»Die heutige Neuigkeit ist, daß es keine gibt.«

»Keine Besucher ...«

»Richtig, Richard. Keine Besucher. Wieder nicht.« Er räusperte sich. »Ich habe keine Menschenseele gesehen, außer seiner und vielleicht meiner ... Und ich frage mich pausenlos, wieso das wohl so sein könnte ... Wieso, glaubst du, ist es so, Richard? Ich und Christo, wir warten hier den ganzen Tag, und niemand kommt zu Besuch ...«

»Jed ... darüber haben wir doch schon mal gesprochen.«

»Hast du es eilig?«

»Nein ...«

»Dann können wir noch mal darüber sprechen.«

»Okay ... Es ist ganz, wie du sagst: Die Leute versuchen, zur

Normalität zurückzukehren. Sie wollen nicht mehr erinnert werden.«

»Und es wäre ganz genauso, wenn Sal hier drin wäre.«

»Vielleicht wäre es anders, wenn es Sal wäre. Sie ist der Boß. Aber ich glaube nicht …«

»Und wenn du es wärest?« unterbrach er mich.

»Hier drin?«

»Hier drin, im Sterben. Wenn du es wärest?«

»Manche Leute würden kommen, schätze ich. Françoise und Étienne. Keaty …«

»Und ich?«

»Yeah. Du würdest kommen.« Ich lachte matt. »Hoffe ich.«

Jed ließ das Lachen in der Luft hängen, bis es unangenehm und fremd klang. Dann schüttelte er den Kopf. »Nein, Richard, ich meine, wenn ich hier drin wäre.«

»Du …?«

»Ich.«

»Na ja … die Leute würden dich schon besuchen kommen.«

»Ja?«

»Natürlich.«

»Ja?«

»Ja …«

»Aber ich *bin* hier drin, Richard.« Er beugte sich zu mir herüber, verdunkelte den Strahl der Maglite und tauchte seinen ganzen Oberkörper in Schatten. Ich wich sofort zurück; ich wußte nicht, wie nahe er war. Als er sprach – zischte –, konnte er nicht mehr als zwei Handbreit von mir entfernt sein. »Scheiße, ich bin den ganzen verdammten Tag und die ganze verdammte Nacht hier drin. Und niemand kommt mich besuchen.«

»Ich komme dich besuchen.«

»Aber sonst niemand.«

»Ich … es tut mir leid.«

»Ja. Mir tut es auch leid.«

»Aber …«

»Klar.«

Einen Augenblick später lehnte er sich wieder zurück, und wir beobachteten einander über Christos fleckigen Körper hinweg. Dann senkte er den Kopf und begann geistesabwesend, das getrocknete Blut wie Schuppen von seinen Unterarmen zu reiben.

»Jed«, sagte ich leise, »tu mir einen Gefallen.«

»Mhm.«

»Verschwinde für 'ne Weile aus dem Zelt. Ich bleibe hier bei Christo und ...«

Er winkte ab. »Ich glaube, du begreifst nicht, worum es geht.«

»Du solltest wirklich ...«

»Ich will diese Wichser da draußen nicht sehen.«

»Brauchst du ja nicht. Du könntest zum Strand runtergehen.«

»Wieso?« fragte er, und seine Stimme klang plötzlich sehr klar und entschieden. »Damit ich einen klaren Kopf bekomme? Damit ich wieder ordentlich denken kann und bei Verstand bleibe?«

»Wenn du so willst ...«

»So gut bei Verstand wie die anderen?«

»Es würde dir helfen, alles in eine Perspektive zu setzen.«

»Es würde mir überhaupt nicht helfen. Es ist egal, wo ich bin. Ich bin immer in diesem Zelt. Ich war in diesem Zelt seit dem ersten Tag, als ich hier ankam, genau wie Christo. Genau wie Karl und Sten. Das Zelt, das offene Meer, die DMZ. Aus den Augen, aus dem ...«

Einen winzigen Augenblick lang klang seine Stimme gepreßt. Ich hielt den Atem an, erfaßt von seltsamer Panik bei dem Gedanken, er könnte in Tränen ausbrechen, aber dann schien er seine Beherrschung wiederzufinden und sprach weiter.

»Als die Schweden kamen und Daffy ausflippte ... Daffy verschwand ... und ich dachte wirklich, es würde sich ändern ...

Nachdem er weg war, dachte ich, es würde sich ändern … Aber er war so verschlagen … Er kam zurück … so verschlagen …«

Jeds Stimme erstarb zu einem undeutlichen Flüstern. Er wiegte sich vor und legte die Fingerspitzen an die Schläfen.

»Jed«, sagte ich nach einer kurzen Pause. »Wie meinst du das, er kam zurück?«

»Hat sich umgebracht. Ist zurückgekommen …«

Ich runzelte die Stirn und löste damit die Schweißtropfen, die sich in meinen Brauen gesammelt hatten. Sie liefen mir übers Gesicht und brannten mir in den Mundwinkeln. »Du hast ihn gesehen?«

»Ihn gesehen … Ja …«

»Wann?«

»Auf Ko Pha-Ngan, zuerst … Hätte ihn schon eher sehen sollen …«

»Du hast Daffy auf Ko Pha-Ngan gesehen?«

»Mit deinen Freunden. Deinen toten Freunden …«

»Mit Zeph und Sammy?«

»Er hat ihnen die Karte gegeben.«

Ich zögerte. »Jed, ich habe ihnen die Karte gegeben.«

»Nein …«

»Ich sag's dir, ich habe ihnen die Karte gegeben. Ich erinnere mich ganz genau.«

»Nein, Richard.« Er schüttelte den Kopf. »Daffy hat ihnen die Karte gegeben.«

»Du meinst … sie hatten die Karte schon, bevor ich sie ihnen gab?«

»Ich meine, er gab ihnen die Karte, als er sie dir gab.« Jed richtete sich wieder auf. Seine Bewegung straffte die Bodenplane und brachte die umgekehrte Maglite aus dem Gleichgewicht. Als sie umfiel, blendete sie mich kurz; dann rollte sie zur Seite und kam in einem geraden Strahl zur Ruhe. »Er hat Étienne die Karte gegeben«, sagte er und stellte die Taschenlampe sorgfältig wieder auf. »Und Françoise und Zeph und Sammy und den Deutschen und all den anderen …«

»Den anderen?«

»Die wir noch nicht gesehen haben. Die nächsten Monat kommen, oder nächste Woche, und die, die nach ihnen kommen werden.«

Ich seufzte. »Dann … siehst du Daffy, wenn du mich siehst.«

»Früher nicht so sehr … Aber jetzt, ja.« Jed nickte traurig. »Jedesmal, wenn ich dich sehe … Jedesmal …«

Genauso, aber anders

Als ich ins Bett ging – an diesem Abend war ich der erste im Langhaus –, hörte ich, wie Bugs und Keaty mit den Vorräten für das Tet-Fest zurückkamen. Aufgeregtes Geschnatter setzte ein, als die Leute sahen, was für das Fest angeschafft worden war, und später hörte ich, wie Keaty meinen Namen rief. Noch später rief auch Françoise. Ich antwortete nicht. Ich lag auf dem Rücken, hatte mir ein T-Shirt aufs Gesicht gelegt und wartete auf den Schlaf. Überraschenderweise brauchte ich nicht lange zu warten.

Die Lichtung war schon immer eine Lichtung gewesen. Ihre Fläche hatte sich fast verdoppelt in der Zeit, als das Camp gewachsen war, aber in irgendeiner Form hatte sie schon existiert, als die Raketenbäume Schößlinge waren. Vor zweihundert Jahren? Vielleicht früher. Ich kenne nur eine Möglichkeit, das Alter eines Baumes festzustellen, nämlich indem man ihn fällt, aber es war nicht schwer, sich vorzustellen, daß diese Raketenbäume schon ein paar Jahrhunderte gesehen hatten.

»Eine herkulische Aufgabe«, meinte Mister Duck versonnen. Er stand da, wo jetzt das Langhaus stand, bis zu den Schenkeln im Farn. »Den Bach umleiten. Wir haben's erst im zweiten Jahr versucht, als wir vierzehn Leute waren. Ohne Jean hätten wir's natürlich nicht geschafft. Nicht bloß das Know-how. Er hat gearbeitet wie ein Ochse... uns in Gang gehalten... Ich wünschte, du hättest dabei sein können, Rich. Ich wünschte, du hättest von Anfang an bei uns sein können. Ich, Sal, Bugs... diese Stimmung, du kannst es dir nicht vorstellen...«

Ich schob mich vorsichtig durch das Buschwerk und schritt die Distanz von der Langhaustür bis dahin ab, wo schätzungsweise mein Bett stehen mußte. Es war merkwürdig, an dieser Stelle zu stehen und zu wissen, daß ich zur gleichen Zeit auch dort schlief. »Die Stimmung kann ich mir vorstellen«, sagte ich und trat zur Seite; der Gedanke, daß ich auf meinem Kopf stand, verstörte mich.

Mister Duck drohte mir mit wackelndem Zeigefinger. »Wenn ich dich nicht besser kennen würde, Richard, dann würde ich dir das übelnehmen. Du kannst dir unmöglich vorstellen, wie wir uns gefühlt haben. Ganz abgesehen von allem anderen – du bist zu jung. Mit Unterbrechungen war ich über elf Jahre mit Sal und Bugs unterwegs gewesen. Elf Jahre, Rich! Kannst du dir vorstellen, wie es ist, elf Jahre mit Krebs zu leben?«

»Mit Krebs...?«

»Klar, mit Krebs. Oder mit AIDS. Wie willst du es nennen?«

»Was nennen?«

»Das Leben mit dem Tod. Ein zeitliches Limit bei allem, was dir Spaß macht. Da sitzt du an 'nem wunderschönen Strand und wartest darauf, daß der beschissene Zeitpunkt heranrückt. Das wirkt sich aus auf die Art, wie du den Sand siehst und die Sonnenuntergänge oder wie du den Reis schmeckst. Und dann weiterziehen und wieder darauf warten, daß es soweit ist. Elf Jahre lang!« Mister Duck schauderte es. »Und dann wird dieser Krebs weggenommen. Man glaubt, man hat ein Heilmittel gefunden... das ist es, was du dir nicht vorstellen kannst, Rich.«

Der Wasserfall und das Becken zumindest sahen noch genauso aus. Ein paar Büsche waren vermutlich verändert, und zweifellos waren ein paar Äste von den Bäumen abgebrochen, aber das waren nicht genug Unterschiede, um einen zusammenschrecken zu lassen.

Ein wichtiger Grund vielleicht, aber es hätte eine Weile gedauert, bis ich den bemerkt hätte. Der beschnitzte Baum war noch unberührt, und kaum waren wir beim Wasserbecken angekommen, zog Mister Duck ein Messer hervor und machte sich daran, die Namen einzuritzen.

Ich sah ihm eine Weile zu, fasziniert von der Konzentration in seinem sonst so rastlosen Gesicht. Als er dann anfing, den Nullkalender zu schreiben, fragte ich: »Wieso ich?«

Er lächelte. »Mir gefiel die Art, wie du redetest, als ich den Joint zu dir rüberwarf. Du warst so empört und komisch... Aber vor allem hab ich dich ausgesucht, weil du ein Traveller warst. Jeder Rucksackfreak hätte den Job übernehmen können. Die Nachricht zu verbreiten, das liegt in unserer Natur.«

»Unserer?«

»Ich bin nicht besser als du. Ich bin genauso.«

»Vielleicht schlimmer...«

Mister Duck vollendete die letzte Null mit einer Drehung seines Handgelenks, und ein Oval aus Rinde fiel ihm sauber in den Schoß. »Hey«, sagte er fröhlich, »ich hatte ganz vergessen, daß ich das gemacht habe. Wirklich erstaunlich.«

»Vielleicht schlimmer«, wiederholte ich. »Wenn ich bei der Zerstörung des Strandes eine Rolle gespielt habe, dann unwissentlich. Aber du hast es mit Absicht getan.«

»Wer sagt, daß ich den Ort hier zerstört habe? Ich doch nicht, Kumpel. Nicht, wie ich jetzt hier stehe.« Er warf einen Blick auf seine gekreuzten Beine. »Ich sitze.«

»Wer war es dann?«

Mister Duck zuckte die Achseln. »Niemand. Hör auf, das große Verbrechen zu suchen, Rich. Du mußt einsehen – diese Orte, alle diese Orte, du kannst sie nicht schützen. Wir dachten, wir könnten es, aber wir haben uns geirrt. Das war mir klar, als Jed kam. Die Nachricht war durchgesickert, irgendwie war sie draußen, und von da an war es nur noch eine Frage der Zeit … Nicht, daß ich gleich was unternommen hätte. Ich habe abgewartet, in der Hoffnung, daß er ein Einzelfall war, schätze ich. Aber dann kamen die Schweden, und ich wußte Bescheid. Der Krebs war wieder da, keine Heilung, bösartig wie immer, verdammt …« Er stand auf, klopfte sich den Schmutz von den Beinen und schnippte seine Rindennull in den Tümpel. »Tödlich.«

Ich rammte ihm die Faust in den Solarplexus, so hart ich konnte. Als er sich krümmte, stieß ich ihn zu Boden und trat ihm ins Gesicht.

Er ließ alles über sich ergehen, ohne sich zu wehren. Er ließ zu, daß ich auf ihn einschlug und -trat, bis meine Hände bluteten und ich mir den Knöchel verstaucht hatte. Als ich schließlich atemlos neben ihm ins Gras kippte, rollte er sich auseinander, richtete sich auf und fing an zu lachen.

»Halt deine Fresse!« keuchte ich. »Halt deine verdammte Fresse!«

»Du liebe Güte«, gluckste er und spuckte einen abgebrochnen Zahn aus. »Was ist denn in dich gefahren?«

»Du hast mich ausgetrickst!«

»Wieso? Was hab ich dir denn angeboten? Was hab ich dir denn jemals versprochen?«

»Du …«

»Ich hab dir nie was anderes angeboten als Vietnam, und das nur, weil du darum gebeten hast. Zufällig ist es nun mal so, daß du den Strand auch wolltest. Aber wenn du Vietnam hättest kriegen können und den Strand behalten hättest, dann wäre es nicht Vietnam gewesen.«

»Das wußte ich nicht! Das hast du mir nie gesagt!«

»Genau!« Mister Duck strahlte. »Das war ja das schöne daran. Daß du es nicht wußtest, das war auch Vietnam. Daß du nicht wußtest, was los war, nicht wußtest, wann du aufgeben mußt; du warst verheddert in einen Kampf, der verloren war, bevor er angefangen hatte. Eigentlich ist es unglaublich. Es haut alles hin.«

»Aber dieses Vietnam wollte ich nicht!« fing ich an. »Nicht diese Sorte! Ich wollte …« Ich brach ab. »Alles …? Moment mal, du sagst, es haut *alles* hin?«

»Alles. Bis zum bitteren Ende.« Er rieb sich die Hände. »Weißt du, Rich, ich dachte immer, Euthanasie sei eine Gnade. Aber ich hab mir niemals träumen lassen, daß sie so viel Spaß machen könnte.«

BEAUCOUP BAD SHIT

Küchendienst

Als an diesem Morgen alle aufgewacht waren und im Langhaus ein summendes Treiben herrschte, da hatte ich mich schlafend gestellt. Es war schwierig geworden, als Françoise versucht hatte, mich zu wecken, aber bald hatte Sal sie weggerufen.

»Laß ihn in Ruhe«, hatte sie gesagt, und zweifellos war ihr klargewesen, daß ich mich verstellte. »Richard hatte gestern einen harten Tag; er mußte das ganze Dope für heute sammeln.«

Gottlob dauerte es nicht lange, und das Langhaus leerte sich, so daß ich mir die Laken vom Kopf ziehen und eine Kerze und eine Zigarette anzünden konnte. In Wirklichkeit war ich schon gut zwei Stunden vor den anderen wach gewesen, und die ganze Zeit hatte ich Nikotinschmacht gehabt. Ich hätte mich hinausschleichen sollen, als ich Gelegenheit dazu hatte. Dann wäre ich nicht im Langhaus gefangen gewesen. Aber ich wußte, daß es um fünf Uhr morgens noch dunkel war, und die Dunkelheit war etwas, wofür ich mich noch nicht bereit fühlte. Ich wußte nicht, was sie womöglich verbarg. Statt dessen hatte ich nun zwei Stunden Zeit, während derer meine Phantasie Amok lief und versuchte zu erraten, was Mister Duck meinte.

Nur in einem konnte ich sicher sein: Wenn Vietnam einem bitteren Ende entgegenging, dann tat ich es auch. Darüber hinaus war gar nichts sicher. Wenn ich die Möglichkeiten so durchging, waren die Gebiete, auf denen das Ende kommen konnte, grenzenlos. Als Infanteriemann brauchte ich nur einen schlecht beratenen Befehl von meinem kommandierenden Offizier – einen, der mein Glück in der DMZ auf eine harte

Probe stellte und den ich wider besseres Wissen akzeptierte. Ebensogut konnte es einfach Pech sein, völlig beliebig. Das gleiche Pech, das einem Soldaten im falschen Augenblick eine Ladehemmung seiner M-16 bescherte, konnte mich ausrutschen lassen, wenn ich am Wasserfall hinuntersprang.

Aber wie ich Mister Duck kannte, waren das nicht die Gefahren, die mir die größte Angst machten. Sie waren durchaus real, aber sie hatten nicht sein alptraumhaftes Markenzeichen. Wenn er vom bitteren Ende sprach, dann wußte ich im Grunde meines Herzens, daß er nur eines meinen konnte. Den Vietkong. Den Fall Saigons.

Es war ein Glück, daß Françoise mir bei ihrem Versuch, mich zu wecken, nicht das Laken vom Gesicht gezogen hatte. Denn dann hätte sie gemerkt, daß es durchnäßt war von kaltem Schweiß.

Um acht waren die Aufgaben, was die Vorbereitungen für den Tag betraf, verteilt, und alle waren auf der Lichtung geschäftig bei der Arbeit. Ich befürchtete, man könnte mich sehen und auffordern mitzumachen, und so setzte ich mich wieder auf mein Bett. Es war Zeitverschwendung, denn ich wußte, früher oder später würde mich jemand suchen kommen, aber das wollte ich so lange wie möglich hinausschieben.

Es war nach halb neun, als eine füllige Silhouette im Türrahmen erschien. »Man vermißt dich«, sagte Sal und kam durch die Schatten heran, bis das Licht meiner Kerze sie erfaßte. »Greg hat gefragt, ob du heute in seiner Truppe arbeiten kannst. Keaty möchte seine Notizen über Ko Pha-Ngan mit deinen vergleichen.« Sie lächelte. »Und Françoise – ich weiß, du wirst erfreut sein, das zu hören – hat mich gebeten, dafür zu sorgen, daß du jedenfalls zu ihnen kommst, sobald du wach bist.«

»Was ist mit Jed?« fragte ich schnell.

»Jed?« Sal runzelte die Stirn und ließ sich im Lotossitz neben meinem Bett nieder. »Den hab ich noch nicht gesehen. Aber ich bin sicher, er würde dich auch gern sehen.«

»Ich gehe nachher zu ihm…«

»Schön.« Sie nickte. »Eigentlich… nur so ein Gedanke – laß es vielleicht lieber eine Zeitlang bleiben. Im Moment halten sich einige Leute in der Nähe des Zeltes auf, und ich habe das Gefühl, daß die Sache mit Christo extrem heikel wird. Jed könnte es vorziehen, nicht gestört zu werden, und ich finde, das sollten wir respektieren.«

»Aber vielleicht wäre es ihm lieber, wenn ich…«

»Ich werde später selbst nach ihm sehen, wenn es dir Sorge macht. Und überhaupt…« Der Hauch einer Andeutung von Furcht erschien in Sals Gesicht. So zart, daß ich, wenn ich für einen Moment weggeschaut hätte, gar nicht gemerkt hätte, daß sich etwas verändert hatte. »Da ist noch etwas, das du vielleicht tun könntest; zumindest hatte ich es gehofft.«

Ich bemühte mich, ebenso unerschütterlich zu wirken wie sie.

»Richard, ich weiß, man könnte das Gefühl haben, daß unsere Schwierigkeiten jetzt, wo die Flößer nicht mehr da sind, vielleicht so gut wie überwunden sind. Aber ich fürchte, so ist es nicht ganz. Wir haben noch das Problem mit den Schweden, und nachdem wir nun einmal so weit gekommen sind, widerstrebt es mir in höchstem Maße zu riskieren, daß noch irgend etwas schiefgeht. Tja…« Sie unterbrach sich, um sich eine verirrte Haarlocke hinters Ohr zu streichen. »Wenn Christo während des Tet-Fests stirbt, dann braucht das niemand zu wissen. Die Leute lechzen nicht gerade nach Neuigkeiten; ich kann es also zurückhalten, bis ich das Gefühl habe, daß der richtige Augenblick da ist. Nein – unser eigentliches Problem ist meiner Meinung nach…«

»Karl…«

»… Karl, richtig. Und ich fürchte, die Verantwortung für ihn mußt du übernehmen.«

Unbewußt zerknüllte ich mein Laken in den Fäusten. »Ich?«

»Ja, du hast ganz recht, wenn du so schuldbewußt guckst.«

»Schuldbewußt?«

»Wenn du ihn nicht aufgestört hättest, dann wäre er den ganzen Tag und die ganze Nacht in seinem Loch geblieben, und die ganze nächste Woche auch noch, möchte ich annehmen. Natürlich werden wir uns irgendwann etwas einfallen lassen müssen, aber ich hatte vor, die Sache bis nach dem Tet-Fest ruhen zu lassen... Dir verdanken wir es, daß dieser Luxus jetzt dahin ist.« Sie machte eine unbestimmte Gebärde in Richtung Tür. »Schau nur mal raus. Du siehst, wie wichtig das Tet-Fest für alle hier ist. Wir müssen unbedingt dafür sorgen, daß es reibungslos verläuft. Das kann ich gar nicht genug betonen.«

Es durchzuckte mich, als ich begriff, worauf sie hinaus wollte. Sie war vielleicht noch weit davon entfernt, den entscheidenden Satz zu sagen, aber ich wußte plötzlich, wie er lautete.

»Also«, sagte sie, und jetzt hörte ich deutlich die beherrschte Anspannung in ihrer Stimme. »Ich will das Problem beim Namen nennen. Jetzt, wo Karl herumrennt wie ein kopfloses Huhn – wer kann sagen, ob er da nicht plötzlich verschwindet...«

»Sal«, unterbrach ich sie. »Das mach ich nicht.«

Es war kurz still.

Obwohl sie ungerührt schien, spürte ich, auf welchem Level von Berechnung Sals Verstand jetzt arbeitete. Mit dem leeren Blick einer Schachspielerin ging sie Listen von Reaktionen durch, von möglichen Reaktionen auf Reaktionen und darüber hinaus. Vier, fünf Züge im voraus, und mit jedem Schritt wurden die Variablen komplexer.

Schließlich verschränkte sie die Arme. »Was machst du nicht, Richard?«

»Ich mach es nicht, Sal. Ich mach es nicht.«

»Was?«

»Verlang das nicht von mir, bitte...«

»Was soll ich nicht verlangen?«

Ich schaute sie aufmerksam an und fragte mich, ob ich die

Zeichen möglicherweise falsch gedeutet hatte. Aber als mein Blick sich auf ihr Gesicht richtete, schaute sie zu Boden, und da war ich sicher, daß ich recht hatte.

Und Sal sah es auch. Unverzüglich fiel alle Verstellung von ihr ab, und mit knappem Achselzucken sagte sie: »Ich fürchte, ich verlange es von dir, Richard.«

Ich schüttelte den Kopf. »Sal, bitte ...«

»Ich gehe jetzt nach draußen. In einer halben Stunde komme ich zurück, und dann bist du fort. Heute abend werden alle unsere Sorgen hinter uns liegen. Der Monat wird zu Ende sein. Wir werden nie wieder auch nur daran denken müssen.«

Sie stand auf und atmete tief ein.

»Der Strand ist mein Leben, Richard, aber er ist auch deins. Vergiß das nicht. Du kannst es dir nicht leisten, mich im Stich zu lassen.«

Ich nickte jämmerlich.

»Gut.« Sie nickte ebenfalls, drehte sich um und ging hinaus.

Alle mit Ausnahme der Fischer waren auf der Lichtung beschäftigt. Die meisten saßen vor der Küchenhütte und halfen mit, einen gewaltigen Berg Gemüse zu schälen, mindestens viermal so groß wie unsere übliche Ration. Unhygienix hatte sich ein paar Hühnerfedern in die Haare gesteckt. Die Zimmerleute markierten mitten auf dem Platz die Abmessungen des Sitzbereichs. Bugs und Cassie hatten angefangen, Palmblätter auszubreiten und lose zu einem Teppich zu verflechten.

Alle waren vertieft in ihre Arbeit, dabei redeten und lachten sie. Ich konnte mich mühelos um die dem Dschungel zugewandte Seite des Langhauses herumdrücken, ohne daß mich jemand sah.

Die Höhlen fielen mir ein, nachdem ich in der Umgebung des Wasserfalls und am hinteren Ende des Khaiber-Passes gesucht hatte. Wenn ich klarer hätte denken können, dann hätte ich zuerst bei den Höhlen gesucht. Nicht, daß es weiter darauf angekommen wäre. Das Boot war wahrscheinlich schon seit Sonnenaufgang weg.

Heute finde ich Trost in dem Gedanken, daß mein geisteskranker Angriff Karl am Ende unheimlicherweise doch kuriert hat. Oft stelle ich mir vor und versuche zu erraten, was er in diesem oder jenem Augenblick tut. Alle diese Bilder kreisen darum, daß er ein normales Leben führt, und um eine unbestimmte Vorstellung davon, was in Schweden ein normales Leben ist. Skifahren, essen, im Büro arbeiten, mit Freunden in einer Bar was trinken. Aus irgendeinem Grund eine eichengetäfelte Bar mit Elchköpfen und Jagdtrophäen an den Wänden. Je profaner das Bild, desto tröstlicher ist es.

Aber damals war meine Reaktion nicht so geradlinig. Ein Teil meiner selbst war erleichtert, daß es unmöglich war, Karl zu ermorden. Ich bezweifle, daß ich ihn ermordet hätte, wenn er in den Höhlen gewesen wäre, Sals eindeutigem Befehl zum Trotz, aber ich bin doch froh, daß ich keine Gelegenheit hatte, es herauszufinden. Hauptsächlich aber war ich wie betäubt von dem Schock. Nachdem ich gesehen hatte, daß das Boot weg war, hatte ich ein paar Minuten lang nicht genug Willenskraft, um aus dem Wasser zu klettern. Ich konnte mich gerade an den Felsen festhalten und mich von der Dünung an der Wand auf und ab schrammen lassen. Ich konnte mir nicht annähernd vorstellen, wie Sal auf diese Entwicklung reagieren würde. Daß Karl beim Tet-Fest hätte aufkreuzen können, war beinahe völlig ohne Bedeutung im Vergleich zum Verlust des Bootes, ganz zu schweigen von den möglichen Konsequenzen seiner Ankunft auf Ko Pha-Ngan.

Schließlich warf mich eine größere Welle praktisch auf den Sims, wo normalerweise der Benzinkanister festgebunden war. Als ich einmal oben war, zog ich mich ein Stückchen weiter ins Trockene und rührte mich erst wieder, als ich kurze Zeit später jemanden vor dem Unterwassertunnel auftauchen sah.

Instinktiv duckte ich mich und erkannte den dunklen, dümpelnden Kopf zuerst nicht. Sogleich nahm ein paranoides Szenario Gestalt an: Da ich zuviel wußte, hatte Sal mir Bugs auf den Hals gehetzt, wie sie mich auf Karl gehetzt hatte. Vielleicht hatte sie das gemeint, als sie gesagt hatte, ich könne es mir nicht leisten, sie im Stich zu lassen.

»Richard?« rief der Kopf durch das Rauschen der Wellen. Es war Étienne. Wassertretend sah er sich um; anscheinend hatte er weder mich entdeckt noch gesehen, daß das Boot weg war. »Bist du hier, Richard?«

Von all denen, die ich am Strand vielleicht zu fürchten hatte, war Étienne der unwahrscheinlichste Kandidat. Wachsam stand ich auf und winkte ihn herüber.

Wie sehr er fror, merkte ich erst, als er zum Sims geschwommen kam und sich hochstemmte. Da hörte ich, daß er mit den Zähnen klapperte. Die Sonne stand immer noch zu niedrig, um in den Höhleneingang zu scheinen, und der Seewind machte die Gischt eisig. »Ich bin dir gefolgt«, sagte er und rieb sich die Gänsehaut an den Armen. »Ich wollte mit dir reden.«

Ich wartete und fragte mich, wieso er nicht bemerkt hatte, daß das Boot weg war. Dann dämmerte es mir: Es konnte gut sein, daß er noch nie auf dieser Seite der Höhle gewesen war. In diesem Fall war er auch noch nie durch die Unterwasserpassage geschwommen. Sehr mutig, dachte ich bei mir. Oder genauso verrückt wie alle anderen auch.

»Ich weiß, es hat Schwierigkeiten zwischen uns gegeben«, fuhr er fort. »Gewisse Schwierigkeiten zwischen uns, nicht?«

Ich zuckte die Achseln.

»Bitte, Richard. Ich wäre sehr froh, wenn wir darüber reden könnten. Wir sollten nicht so sein. Nicht in dieser Zeit…«

»Was ist das für eine Zeit?«

»Vor...« Étienne schluckte unbeholfen. »Vor dem Tet-Fest. Sal möchte, daß am Tet-Fest alle Schwierigkeiten beseitigt sind. Ein neuer Anfang für das neue Jahr... Alle anderen im Camp haben ihre Streitigkeiten vergessen. Sogar Keaty und Bugs. Deshalb... ich dachte, wir sollten über unser Problem reden und wieder Freunde sein... Ich dachte, wir sollten darüber reden, wie du Françoise geküßt hast...«

Das war lustig. Meine Welt fiel auseinander, mein ganzes Leben kreiste nur noch um Bedrohung, und meine Nerven waren im Arsch. Aber als ich hörte, daß Étienne sich immer noch den Kopf über den Kuß zerbrach, den ich Françoise gegeben hatte, da hätte ich am liebsten laut gelacht.

»Das ist das Problem, nicht? Es ist wegen meiner Reaktion. Wegen meiner blöden Reaktion. Wirklich, es war alles meine Schuld. Es tut mir sehr...«

»Étienne, wovon zum Teufel redest du da?«

»Von dem Kuß...«

»Von dem Kuß.« Ich schaute zum Himmel. »Scheiß auf den Kuß. Und Scheiß auch auf diesen ganzen Stuß mit Tet-Fest und Sal. Ich weiß, wieviel dir am Tet-Fest liegt.«

»Mir liegt was am Tet-Fest!« rief er sehr erschrocken. »Natürlich, sehr viel liegt mir daran! Ich arbeite sehr hart dafür, daß...«

»Blödsinn!« unterbrach ich.

Étienne stand auf und tat, als wolle er wieder ins Wasser springen. »Ich muß jetzt zum Fischen zurück. Ich wollte mich nur entschuldigen, damit wir wieder Freunde sein können und...«

Ich packte ihn beim Ellbogen und zog ihn wieder neben mich. »Herrgott! Was ist los mit dir?«

»Nichts! Richard, ich wollte mich nur entschuldigen! Bitte, ich muß jetzt wieder...«

»Étienne, könntest du jetzt mal aufhören? Verdammt, du benimmst dich ja, als wäre ich die verdammte Gestapo!«

Er wurde sehr still.

»Was ist los?« schrie ich. »Was ist?«

Er wollte immer noch nicht antworten, aber er sah äußerst beunruhigt aus.

»Sag was!«

Mindestens eine halbe Minute verging, ehe Étienne sich räusperte. »Richard, ich möchte mit dir sprechen, aber … ich weiß nicht …«

»Was weißt du nicht?«

Er holte tief Luft. »Ich weiß nicht, ob es … ungefährlich ist.«

»Ungefährlich?«

»Ich … ich habe gehört, daß Sal mit mir nicht zufrieden ist …«

Ich ließ den Kopf in die Hände sinken. »Mein Gott«, murmelte ich, »du glaubst wirklich, ich bin die Gestapo.«

»Ich glaube, du … erledigst Dinge. Du erledigst Dinge für Sal. Alle wissen …«

»Alle wissen …?«

»Heute hast du Karl gesucht …«

»Was wissen alle?«

»Wo ist Karl, Richard? Hast du ihn erwischt?«

Ich schloß die Augen, Übelkeit stieg in mir auf wie eine Woge. »Ist er jetzt tot?«

Alle wußten, daß ich Dinge für Sal erledigte. Alle redeten darüber. Nur vor mir redete keiner darüber.

Kann sein, daß Étienne weiterredete und mich fragte, was ich mit Karl gemacht hätte, aber ich hörte nicht richtig zu. Tausend Sachen gingen mir durch den Kopf. Ich dachte daran, wie Cassie mich angesehen hatte, als ich Bugs in seiner eigenen Scheiße hatte herumglitschen lassen. Und daran, daß im Camp eine Übereinkunft zu schweigen so plötzlich heraufziehen konnte wie ein asiatisches Gewitter. An nie erwähnte Gewehrschüsse. An Christo, der unbemerkt im Todeszelt starb. An Stens Beerdigung, vergessen nach einem halben Tag. An Karl, vergessen unten am Strand.

Nur jetzt, plötzlich, ganz und gar nicht vergessen unten am Strand, sondern absichtlich gemieden, um mir eine diskrete Gelegenheit zu verschaffen. Einen Freiraum, in dem ich die Dinge erledigen konnte, die ich für Sal erledigte.

Weiß der Himmel, wie die Wochen nach der Fischvergiftung für Étienne gewesen sein mögen. Es ist mir unmöglich, mich an seine Stelle zu versetzen, mich durchzuwühlen durch die Ereignisse ringsum, wie er sie gedeutet haben muß. Ich weiß es, denn ich habe es versucht. Am nächsten war ich dran, als ich mit ihm in der leeren Bootsbucht saß, und seitdem bin ich nie wieder herangekommen.

Letzten Endes habe ich nur einen zuverlässigen Anhaltspunkt für das, was er erlebt haben muß: die Szene, die folgte, nachdem Karl, mich auf den Fersen, über die Lichtung gerannt war. Der Augenblick, als Françoise sich von ihm abwandte und wegging, sich entfernte von der Belastung, zu der er geworden war, und seine ausgestreckten Arme ignorierte. Ich würde eine Menge dafür geben, zu wissen, was sie nachher zu ihm sagte. Aber offensichtlich genügte es, um ihm klarzumachen, daß er, wenn Karl erst aus dem Weg geräumt wäre, womöglich der nächste sein würde.

»Étienne.« Ich hörte meine Stimme wie aus weiter Ferne. »Möchtest du nach Hause?«

Es schien sehr lange zu dauern, bis er antwortete. »Du meinst ... ins Camp?«

»Ich meine nach Hause.«

»Nicht ins Camp ...?«

»Nicht ins Camp.«

»Nicht ...«

»Den Strand verlassen. Frankreich für dich und Françoise. England für mich.«

Ich drehte mich zu ihm um, und sofort überkam mich eine zweite Woge von Übelkeit. Es war sein Gesichtsausdruck; es gelang ihm so schlecht seine Hoffnung zu verbergen. »Ist schon gut«, sagte ich leise und streckte die Hand aus; ich wollte ihm beruhigend auf die Schulter klopfen. Aber als ich mich bewegte, zuckte er zurück.

»Keine Sorge«, sagte ich. »Es wird alles okay. Wir gehen heute abend von hier weg.«

Anstrengungen

Ich war ein Dummkopf. Ich machte mir was vor. Als mir der Gedanke ans Fortgehen gekommen war, hatte sich nebenher noch ein anderer Gedanke eingeschlichen: Vielleicht konnte das alles so enden. Nicht in einer Vietkong-Dope-Guard-Attacke und der panischen Evakuierung des Camps, sondern in einer schlichten Demobilisierung der Streitkräfte. Auf diese Weise hatte Vietnam schließlich für viele US-Soldaten geendet. Für die meisten US-Soldaten. Die Statistik war auf meiner Seite, ich hätte nach Mister Ducks Regeln gespielt, und ich käme heil und unversehrt raus.

Noch weiter hätte ich nicht danebenliegen können, aber so dachte ich eben. Voll von überstürzten Plänen und Ideen und dem verkorksten Optimismus, der aus der Verzweiflung erwächst.

Die praktischen Aspekte des Fortgehens bereiteten mir kein Kopfzerbrechen. Es wäre leichter gewesen, wenn Karl nicht das Boot genommen hätte, aber wir hatten immer noch das Floß. Und wenn das auch weg wäre, würden wir eben schwimmen. Wir waren alle viel fitter als zu Anfang, und ich zweifelte nicht daran, daß wir es wieder schaffen würden. Da die Frage des Beförderungsmittels also geklärt war, blieb nur noch eine Komplikation: Proviant und Wasser. Aber für das Wasser gab es Flaschen, und Fische zu fangen war unsere Spezialsache. Alles in allem waren die praktischen Aspekte also nur einer flüchtigen Überlegung wert. Ich war mit ernsteren Fragen beschäftigt, zum Beispiel, mit der, wen wir mitnehmen sollten.

Françoise war die erste, mit der gesprochen werden mußte. Sie stand zwei Felsblöcke weiter; die eine Hand ruhte lose auf ihrem Oberschenkel, die andere war an die Lippen gepreßt. Étienne stand vor ihr und redete schnell und zu leise, als daß es bis zu mir gedrungen wäre.

Ihre Unterredung wurde immer lebhafter und wirkte bald so heftig, daß ich anfing zu befürchten, Gregorio könnte merken, daß es irgendein Problem gab. Er war im Wasser, näher bei mir als bei ihnen, und tauchte mit Keaty. Aber gerade als ich anfing, mir zu überlegen, wie ich Greg ablenken könnte, endete der Wortwechsel abrupt. Étienne starrte mit weit aufgerissenen Augen zu mir herüber. Françoise sagte eindringlich irgend etwas, und sie drehte sich rasch wieder um. Dann nickte Étienne kurz zu mir herüber, und das war's. Ich wußte, daß sie eingewilligt hatte.

Es war eine große Erleichterung. Ich war absolut außerstande gewesen, vorherzusagen, wie sie reagieren würde – und Étienne zu meiner Besorgnis ebenfalls. Er hatte gesagt, es werde alles davon abhängen, ob sie den Strand über ihre Liebe zu ihm stellen werde oder nicht. Eine heikle Frage, wenn man bedachte, wie die Dinge gelaufen waren, und das wußten wir beide.

Aber so heikel die Frage bei Françoise auch sein mochte, bei den beiden anderen Namen auf unserer Liste war sie völlig klar: Jed und Keaty. Auf meiner Liste, sollte ich wohl lieber sagen, denn Étienne wollte keinen von beiden mitnehmen. Er hatte nicht unrecht – wären wir nur zu dritt gewesen, hätten wir praktisch auf der Stelle aufbrechen können. Wir hätten binnen sechzig Minuten oberhalb der Klippen und auf dem Weg zum Floß sein können. Aber im Laufe der Monate meines Lebens an diesem Strand hatte ich genug getan, um für die nächsten zwanzig Jahre mit Alpträumen eingedeckt zu sein. Ich wollte diese Strafe nicht noch verschärfen. Jed und Keaty waren am Strand meine besten Freunde gewesen, und auch wenn es riskant war – vor allem in Keatys Fall –, konnte ich doch nicht einfach verschwinden, ohne ihnen die Möglichkeit einzuräumen, mitzukommen.

Die Alpträume, die ich nicht umgehen konnte, waren Gregorio, Ella, Unhygienix, Jesse und Cassie. Selbst wenn sie bereit wären mitzukommen – was sie nicht sein würden –, und wenn es uns gelänge, die Angelegenheit vor Sal geheimzuhalten – was unmöglich wäre –, würden wir niemals alle auf das Floß passen. Also mußten wir sie zurücklassen. Und das akzeptierte ich ohne irgendwelche inneren Diskussionen. Es war ohne Belang, wie ich mich dabei fühlte.

Kurz nachdem Étienne mit Françoise gesprochen hatte, kam sie zu mir herübergeschwommen und zog sich halb aus dem Wasser. Ich wartete darauf, daß sie etwas sagte, aber sie schwieg. Sie sah mich nicht einmal an.

»Gibt's ein Problem?« flüsterte ich und spähte mit einem Auge immer über ihre Schulter. Gregorio und Keaty tauchten noch ganz in der Nähe. »Dir ist klar, warum wir hier wegmüssen?«

»Vielleicht«, antwortete sie nach einer Pause. »Mir ist klar, daß Étienne weg will, weil er Angst hat vor Sal.«

»Er hat ganz zu Recht Angst vor ihr.«

»Ja?«

»Ja.«

»Aber ich glaube nicht, daß du deshalb wegwillst … Bei dir steckt noch etwas anderes dahinter.«

»Etwas anderes …?«

»Du würdest nicht fortgehen, wenn Étiennes Angst vor Sal der einzige Grund wäre.«

»Würde ich doch. Tu ich ja.«

»Nein.« Sie schüttelte den Kopf. »Willst du mir sagen, warum du fort möchtest?«

»Es ist so, wie Étienne es dir gesagt hat …«

»Richard. Ich frage dich. Bitte erzähl mir, warum.«

»Es gibt nichts zu erzählen. Ich glaube, wenn wir bleiben, könnte Étienne in Gefahr geraten.«

»Meinst du nicht, daß es nach dem Tet-Fest besser werden kann? Alle sagen, nach dem Tet-Fest wird das Leben besser. Meinst du nicht, wir sollten vielleicht bleiben? Wir können doch noch ein paar Tage abwarten, und dann, wenn du immer noch Angst hast…«

»Das Tet-Fest wird nichts ändern, Françoise. Es wird nur noch schlimmer werden.«

»Schlimmer… schlimmer als das, was wir schon hatten?«

»Ja.«

»Aber du willst mir nicht sagen, warum.«

»Ich weiß nicht, wie ich das machen soll…«

»Aber du bist sicher.«

»Ja. Ich bin sicher.«

Sie ließ sich wieder ins Wasser gleiten. »Wir werden nie mehr zurückkommen können«, sagte sie seufzend, bevor ihr Kopf untertauchte. »So traurig…«

»Vielleicht«, sagte ich zu dem Strom von Luftblasen, den sie an der Oberfläche zurückließ. »Wenn es etwas gäbe, wohin wir zurückkommen könnten.«

Zehn Minuten später hielt Gregorio seinen Fischspeer hoch. Ein Milchfisch zappelte an der Spitze und rutschte durch seine Anstrengungen, sich zu befreien, immer weiter am Schaft hinunter. Es war der letzte Fisch, der an der Extraquote noch gefehlt hatte.

Françoise, Étienne und Gregorio machten sich auf den Weg zurück zum Strand. Ich hielt Keaty auf.

»Warte mal«, sagte ich, während die anderen sich entfernten. »Ich will dir was zeigen.«

Er runzelte die Stirn. »Wir müssen den Fang zurückschaffen.«

»Das hat Zeit. Zwanzig Minuten. Fünfundzwanzig Minuten. Es ist wichtig.

»Na ja«, sagte er achselzuckend. »Wenn es wichtig ist…«

In der Falle

Ich hatte erwartet, daß Keaty von den dreien am schwersten zu überreden sein würde. Er lebte länger am Strand als wir alle, er hatte keine Bindung wie Françoise an Étienne, und er hatte nichts von Jeds düsterer Illusionslosigkeit. Aber es stellte sich heraus, daß es bei ihm am leichtesten war. Ich brauchte ihm bloß die Stelle zu zeigen, wo das Boot gelegen hatte, und er rückte buchstäblich selbst mit der Idee heraus.

»Es kann doch nicht weg sein.« Er beugte sich vor und ließ die Arme ins Wasser baumeln, als hoffe er darauf, den versunkenen Bug zu finden. »Es ist unmöglich.«

»Aber es ist weg.«

»Es *kann* nicht weg sein.«

»Du siehst es doch selbst.«

»Sag mir nicht, was ich sehe!«

»Ich weiß nicht, was Sal sagen wird …«

»Aber ich weiß es! *Fuck*, sie wird ausflippen! Sie wird durchdrehen! Sie wird …« Er kam ruckartig hoch und schlug sich mit beiden Händen an den Kopf. »O mein Gott, Rich …«

Ich runzelte die Stirn und bildete mir ein, dabei unschuldig und besorgt auszusehen. »Was ist denn?«

»Ich war derjenige, der es festgemacht hat … Ich war es, der … O mein *Gott*!«

»Was denn? Sag schon!«

»Ich bin tot!« Er kreischte fast. »*Fuck*, ich bin ein toter Mann!«

»Tot? Wieso?«

»Die Fischvergiftung! Und jetzt verschussele ich das Boot! Scheiße! Verdammt! Daß ich ausgerechnet: Begreifst du nicht? Sie wird mich fertigmachen! Sie wird mich fertigmachen, wie sie schon … schon … O *nein*!« Er sprang auf und wich hastig zurück. »Deshalb hast du mich hierbehalten, ja? Sie weiß es schon! *Verfluchte Scheiße, sie weiß es schon!*«

Ich stand ebenfalls auf.

»Du bleibst, wo du bist!«

»Keaty ...«

Er holte mit geballter Faust aus. *»Bleib, wo du bist!«*

»Keaty ...«

»Ich schwöre dir, wenn du nur eine verfluchte Bewegung machst, werde ich dir ...«

»Keaty!« schrie ich und war plötzlich selber wütend. »Jetzt halt deine verdammte Fresse! Ich will dir doch nichts tun, Herrgott noch mal!«

»*Geh zurück!*«

»Okay, okay!« Ich wich ein paar Schritte zurück.

»Weiter! Bis an den Felsen!«

Ich tat, was er wollte. »So! Zufrieden?«

Er blieb wie erstarrt stehen, die Faust immer noch erhoben. »Wenn du nur eine Bewegung machst ...«

»... wirst du mich pulverisieren, ich weiß.«

»Werde ich auch! Ich bin nicht Karl! Ich sag dir, du wirst nicht mal mehr beten können!«

»Ich *weiß*. Du haust mich zusammen. Aber du *mußt* mir glauben, ich habe nicht die Absicht, dich anzugreifen. Ich kann überhaupt nicht fassen, daß du so was glaubst! Du bist einer meiner besten Freunde!«

Er ließ die Faust sinken, aber nur einen Fingerbreit.

»Weiß Sal von dem Boot?«

»Nein.«

»Schwörst du's?«

»Bei meinem Leben. Ich hab dich nur aus einem Grund hergebracht: Damit du es siehst, bevor sie es sieht. Überleg doch mal, Keaty. Woher soll sie es denn wissen? Ihr seid doch erst gestern abend zurückgekommen; wann hätte sie es also merken sollen?«

Er dachte ein paar Sekunden nach und ließ die Faust dann vollends sinken. »Ja ...«, murmelte er ausdruckslos, »... das stimmt ... Sie kann es nicht wissen ...«

»Genau.«

»Aber... Sie wird es bald erfahren... Sie muß ja...«

»Sie wird es sogar sehr bald erfahren.«

»Fuck!« platzte er heraus, und seine Panik schwoll wieder an. »Und was mach ich dann? Ich werde nachts nicht mehr schlafen können! Ich werde nirgendwo mehr allein hingehen können! Ich muß...«

»... weg von hier?«

»Ich muß weg von hier! Ja! Mein Gott! Ich sollte sofort abhauen! Ich nehme das...« Er fuhr herum und starrte in die kleine Bucht. »O Gott«, flüsterte er, »aber das kann ich nicht. Ich sitze in der Falle... in der Falle...«

»Nein.« Ich hob eine Hand an die Schläfe, als formulierte ich soeben einen rasanten, brillanten Plan. »Vielleicht gibt es noch eine Möglichkeit.«

Gewürze

Jetzt war ich in Schwung. Bekam die Sache unter Kontrolle. Die beiden hartnäckigsten Heiden waren bekehrt; jetzt brauchte ich nur noch Jed zu holen, ihn einzuweihen und auf eine Gelegenheit zu warten, bei der wir uns verdrücken konnten. Ich fühlte mich so gut, daß ich anfing, meinen »Beach Life«-Song zu summen, als Keaty und ich auf die Lichtung kamen. Das Dumme war nur, daß Keaty einstimmte. Er brummte mit manischem Genuß, traf lauter falsche Töne, machte alle auf uns aufmerksam. »Was machst du denn?« zischte ich. »Du hörst dich an wie ein Bienenschwarm.«

»Ich kann nichts dafür«, zischte er mit starrem Bauchrednerlächeln zurück. »Ich raste hier aus. Ich hab das Gefühl, daß jeder uns beobachtet.«

»Du mußt dich normal benehmen.«

»Ich weiß nicht, ob ich damit klarkomme, Rich.«

»Der Gameboy. Geh und spiel mit dem Gameboy. Und wenn Sal dich bittet, bei den Vorbereitungen zu helfen, versuch einfach, ruhig zu bleiben.«

»Verstanden«, flüsterte er und marschierte zu seinem Zelt. Seine Arme schwangen steif zu beiden Seiten.

Étienne und Françoise waren ein bißchen erfolgreicher, aber sie konnten sich auch gegenseitig stützen. Sie saßen dicht bei der Küchenhütte, plauderten scheinbar beiläufig und halfen geschäftig beim Ausnehmen des enormen Berges Fische.

Sal war nirgends zu sehen. Ich wollte sie ausfindig machen, bevor ich mich ins Lazarettzelt schlich – ich hatte nicht vergessen, daß sie mir befohlen hatte, mich von Jed fernzuhalten –, und so begab ich mich ins Zentrum der Lichtung, weil ich damit rechnete, sie bei Bugs und seinen Zimmerleuten zu finden.

Mit dem Sitzbereich hatten sie rasche Fortschritte gemacht, während ich fort gewesen war. Unsere Bettlaken und ein oder zwei geöffnete Schlafsäcke waren zwischen Bambusstäben aufgespannt worden und bildeten eine flache Markise von ungefähr sieben oder acht Metern Durchmesser. Bugs trug Cassie auf den Schultern, und sie breitete kichernd Palmwedel auf den Laken aus. Ich nahm an, dieser Baldachin sollte dazu dienen, den Schein der Kerzen und des Grills aufzufangen, falls heute abend irgendwelche Flugzeuge über uns hinwegfliegen sollten.

Aber Sal war auch nicht bei den Zimmerleuten. Also war sie höchstwahrscheinlich im Lazarettzelt bei Jed.

»Scheiße«, sagte ich.

»Nicht beeindruckt?« fragte eine scharfe Stimme unmittelbar hinter mir.

Ich ließ eine Sekunde verstreichen, um mich zu fassen und um kurz nachzudenken. Dann drehte ich mich um. »Beeindruckt, Sal …?«

»Von unserer Konstruktion.«

»Oh, davon bin ich sehr beeindruckt. *Sehr* beeindruckt. Wirklich erstaunt. Nein, ich dachte gerade an etwas anderes.«

»Mhm?«

»An meine Zigaretten. Ich habe eine halbe Packung am Strand liegenlassen.«

»Oh.«

»Keine große Sache. Mir ist nur so, als hätten sie an der Niedrigwassermarke gelegen, und jetzt kommt die Flut. Dumm von mir.«

»Finde ich aber nicht allzu schlimm.«

»Nein, nein.« Ich schüttelte den Kopf. »Überhaupt nicht schlimm.«

»Gut. Freut mich zu sehen, daß deine Stimmung sich seit heute morgen gebessert hat.«

»Mir geht's viel besser.«

»Also brauche ich, nehme ich an, nicht zu befürchten, daß heute abend unerwartete Probleme auftauchen.«

»Ganz recht. Keine Probleme. Du kannst ... ihn vergessen.«

»Vergessen?« wiederholte Sal wie aus der Pistole geschossen. »Wen vergessen?«

»Karl ...«

Sie sah mich seltsam an. »Wen?«

»Karl.«

»Wer ist Karl?«

»Karl ist ... « begann ich, aber dann fiel der Penny. »Niemand.«

»Ich dachte, du redest von einem von uns.«

»Nein.«

»Schön.« Sal nickte kaum merklich. »Tja, ich gehe dann mal wieder an die Arbeit. Gibt immer noch 'ne Menge zu tun.«

Es war nach vier, als ich endlich Gelegenheit fand, ins Lazarettzelt zu schlüpfen und auch noch etwas anderes zu tun. Ein Akt des inspirierten Opportunismus, dachte ich damals.

Um vier waren die Vorbereitungen für den Abend so gut wie

abgeschlossen. Die Markise war fertig, die Eintöpfe blubberten, die Hühner waren fertig für den Grill, und Gemüseabfälle, Federn und Fischdärme waren zum Khaiber-Paß gebracht und weggeworfen worden. Sal spürte die Flaute und schlug vor, am Strand ein großes Fußballspiel zu veranstalten. »Damit wir Appetit bekommen!« rief sie. »Einen ordentlichen Appetit!«

Das war eine ausgezeichnete Neuigkeit. Da Keaty und ich nie mit Fußball spielten, hatten wir einen Vorwand, im Camp zu bleiben. Außerdem boten wir uns an, uns um die Kochtöpfe zu kümmern, so daß Unhygienix mit den anderen losziehen konnte. Um zehn nach war die Lichtung leer.

»Das wird er merken«, sagte Keaty nervös, als er sah, wie ich dicke Büschel Marihuana in den Eintopf warf. »Das wird echt komisch schmecken.«

»Wenn er es merkt, geb ich einfach zu, daß ich es war.«

»Er kann es nicht ab, wenn Leute an seinem Essen rumfummeln.«

»Yeah, schön, aber wenn wir nichts unternehmen, wird die Party die ganze Nacht dauern.« Ich schwieg, griff mir noch einmal rund fünfzehn Gramm Gras und warf es in den größten Topf. Dann warf ich gleich noch mal fünfzehn hinterher. »Überhaupt, nach einer Stunde wird er so zugeknallt sein, daß es ihm scheißegal ist.«

»Er wird auf 'nen Wahnsinnstrip gehen. Alle werden das.«

»Von mir aus. Sieh nur zu, daß du nichts davon ißt. Halt dich an Huhn mit Reis. Und sorg dafür, daß Étienne und Françoise es auch erfahren.«

»Es wird nicht leicht sein, von dem Eintopf nichts zu essen ...«

»Wir werden's schon schaffen.« Ich klopfte mir die Hände ab und betrachtete mein Werk. Nachdem ich ein paarmal mit dem Stock umgerührt hatte, war von der neuen Zutat nichts mehr zu sehen. »Meinst du, wir sollten vielleicht noch ein paar Zauberpilze oder so was reinschmeißen?«

»Nein.«

»Okay. Wieviel, schätzt du, ist jetzt drin?«

»Insgesamt? In allen Töpfen?«

»Insgesamt.«

»Eine Menge. Viel zuviel. *Fuck*, du bist ein Irrer!«

»Ein Irrer!« Ich lachte. »Stoppt die Pressen!«

Nichts zu bedeuten

Im Lazarettzelt herrschte die Atmosphäre, bei der man sich unbehaglich fühlt, wenn man hustet oder eine hastige Bewegung macht. Kontemplativ, losgelöst – ich fühlte mich wie in einem Tempel. Um so mehr, weil ich betete.

»Stirb«, ging mein Gebet. »Mach, daß dieser Atemzug dein letzter ist.«

Aber jedesmal atmete Christo weiter. Gegen alle Wahrscheinlichkeit, trotz des schmerzhaft langgezogenen Keuchens, fing seine Brust plötzlich wieder an, sich zu heben und zu senken. Er lebte noch, und das Warten begann von neuem.

Einen großen Teil dieser Zeit betrachtete ich Jed. Er sah seltsam aus, denn seine Haare und sein Bart waren glänzend und platt von Blut und Schweiß. Ich sah die Form seines Kopfes, wie ich sie noch nie gesehen hatte. Er war kantiger, als ich es mir vorgestellt hatte. Kleiner auch, und wo seine Kopfhaut zwischen den feuchten Locken durchschimmerte, war sie erschreckend weiß.

Er sah mich nicht einmal an, und er hatte auch mein Erscheinen nicht zur Kenntnis genommen. Sein Blick lag auf Christos ruhigem Gesicht und würde sich dort erst abwenden, wenn er dazu bereit wäre. Christos Gesicht, das sah ich, war so ziemlich das einzig Saubere im ganzen Zelt. Unter dem Kinn sah man die dunklen Schmierspuren, wo Jed ihn abgewischt hatte, und vom Hals an abwärts konnte man die Haut durch den Dreck nicht mehr sehen.

Noch etwas fiel mir auf, nämlich daß eine kleine Tasche – die bis gestern rechts neben Jed gestanden hatte – jetzt verschwunden war. Karls Tasche. Ich hatte gewußt, daß es seine war, weil oben unter der Klappe die Nike-Badehose hervorgeschaut hatte, die er manchmal getragen hatte. Zwar war das Fehlen der Tasche das einzige Indiz – und ist es bis heute –, aber ich war doch sicher, daß Karl noch einen Besuch bei Christo gemacht hatte, bevor er verschwunden war. Der Gedanke gefiel mir. Seinen Freund besuchen, die Tasche holen, das Boot klauen. Kuriert, wahrhaftig.

Die Zeit verging viel schneller, als ich geschätzt hatte. Als ich auf die Uhr sah, nahm ich an, daß es etwa halb fünf sein würde, aber es war schon zehn nach. Ich war eine ganze *Stunde* dagewesen. Vierzig Minuten, das war draußen eine lange Zeit. Aber Christo zu beobachten war faszinierend. Es brachte mich dazu, über so Sachen wie das Leben nach dem Tod nachzudenken, denn die Art, wie Christo starb, hatte etwas an sich, das einem das Leben nach dem Tod besonders unwahrscheinlich vorkommen ließ. Dabei ist es schwer zu erklären, was dieses »etwas« war. Seine Augen vielleicht, die ein bißchen offenstanden, obwohl er unzweifelhaft bewußtlos war. Die beiden glitzernden Schlitze ließen ihn defekt aussehen. Wie eine Maschine, die aus irgendeinem Grunde zufällig in die Binsen ging.

Als ich auf die Uhr sah, wurde mir klar, daß ich gehen mußte. Die anderen würden bald zurückkommen; ich gelangte zu dem Schluß, daß mir nichts anderes übrigblieb, als die Tempelatmosphäre zu zerstören.

»Jed«, sagte ich in beschwichtigendem, priesterlichem Ton. »Es gibt da was, worüber wir reden sollten.«

»Du willst weg«, sagte er unverblümt.

»Ja…«

»Wann?«

»Heute nacht… Heute nacht, wenn nach dem Tet-Fest alles pennt. Kommst du mit?«

»Wenn Christo tot ist.«

»Und wenn nicht?«

»Dann bleibe ich.«

Ich nagte an der Innenseite meiner Unterlippe. »Dir ist klar, daß du nicht mehr von der Insel runterkommst, wenn du jetzt nicht mitkommst.«

»Mhm.«

»Du wirst hier festsitzen, was immer jetzt kommt. Und das Problem wird nicht darin bestehen, daß neue Traveller aufkreuzen. Karl hat das Boot mitgenommen. Wenn er Kontakt mit seiner Familie oder mit Stens und Christos Familie aufnimmt …«

»Es ist nicht die thailändische Polizei, die kommt.«

»… und wenn Sal morgen früh sieht, daß wir weg sind, dann ist die Kacke am …«

»Die dampft schon längst.«

»Ich werde nicht auf dich warten können.«

»Das erwarte ich auch nicht von dir.«

»Ich möchte, daß du mitkommst.«

»Ich weiß.«

»Und weißt du auch, daß es für Christo null Unterschied ausmacht, ob du hier bist oder nicht? Weißt du das? Bei dem bißchen Sauerstoff, das er noch zu sich nimmt, hat der größte Teil seines Gehirns doch schon abgeschaltet.«

»Er ist erst tot, wenn er aufhört zu atmen.«

»Okay …« Ich dachte zwei Sekunden lang angestrengt nach. »Was ist, wenn wir ihm helfen, aufzuhören? Wir könnten ihm den Mund zuhalten. Es würde nur fünf Minuten dauern.«

»Nein.«

»Du brauchst es nicht zu machen. Ich mach's für dich. Du könntest seine Hand halten oder so was. Für ihn wär das 'ne schöne Art zu gehen, und es würde sein Leben beenden. Es wäre ganz ruhig und …«

»Verdammt, Richard!« bellte Jed; sein Kopf fuhr herum, und

er schaute mich zum erstenmal an. Aber kaum tat er es, da milderte sich sein Gesichtsausdruck. Ich biß mir wieder auf die Lippe. Ich mochte es nicht, wenn Jed mich anschrie.

»Paß auf«, sagte er, »Christo müßte bis heute abend tot sein. Ich sollte also mitkommen können.«

»Aber ...«

»Warum gehst du jetzt nicht? Ich glaube, Sal würde es nicht gefallen, daß du hier drin bist.«

»Nein, aber ...«

»Du schaust noch mal rein, bevor du abhaust.«

Ich seufzte. Jed wandte sich wieder Christo zu. Ich blieb noch eine Minute stehen und ging dann rückwärts aus dem Zelt.

Ein paar Minuten später strömten die übrigen Campbewohner auf die Lichtung. Singend, lachend, Arm in Arm. Gleich würde das Tet-Fest losgehen.

Potchentong

Man nehme eine grüne Kokosnuß, die noch am Baum hängt, und versehe sie an der Unterseite mit einem kleinen Einschnitt. Unter den Einschnitt hänge man ein Gefäß zum Auffangen der heraustropfenden Milch und lasse es ein paar Stunden hängen. Wenn man zurückkommt, wird man feststellen, daß die Milch vergoren ist und daß man, wenn man sie trinkt, davon besoffen wird. Ein netter Trick. Es schmeckt okay – ein bißchen zuckrig, aber okay. Es wunderte mich, daß ich das im Camp noch nie gesehen hatte.

Dank den Gärtnern hatten alle Kokosnußschalen mit diesem selbstgebrauten Bier. »Ex!« schrie Bugs. »Runter damit!« Und den Leuten rann der zischende Saft über Kinn und Brust. Françoise beäugte Keaty, und Étienne beäugte mich, und uns tropfte mehr Saft übers Kinn als irgend jemandem sonst.

Bugs hatte seine Schale als erster ausgetrunken und kickte sie in den Dschungel wie einen Fußball. Es muß beschissen weh getan haben – so, als ob man gegen einen Holzklotz tritt. Aber die Idee schlug ein, und praktisch jeder versuchte es; bald war die Lichtung voll von Leuten, die auf einem Bein herumhüpften, sich den Fuß hielten und wie verrückt kicherten. »Die haben alle einen Sprung in der Schüssel«, sagte ich zu Keaty, aber der kriegte den Witz nicht mit.

»Sal starrt mich dauernd an«, flüsterte er. »Sie *weiß* was. Soll ich die Kokosnuß wegkicken? Und wenn ich mir dabei den Fuß breche? Würdest du mich dann hierlas…« Er unterbrach sich, ließ die Schale fallen und trat dagegen. Dann verzog er vor Schmerzen das Gesicht und stieß einen Schrei aus, lauter als alle anderen. »Geschafft«, japste er. »Guckt sie noch?« Ich schüttelte den Kopf. Sie hatte die ganze Zeit nicht geguckt.

Als Jean anfing, eine zweite Runde herumzureichen, manövrierte ich mich zu Françoise und Étienne hinüber, auch um von Keaty wegzukommen, dessen Nervosität durch meine Anwesenheit nicht gemildert zu werden schien. Ich glaube, ich erinnerte ihn an alles.

Françoise bot ein großartiges Schauspiel. Wenn sie angespannt war, so hätte ich es nie bemerkt. Äußerlich wirkte sie, als sei sie hundertprozentig in Partystimmung. Als ich herankam, umarmte sie mich schwungvoll, drückte mir einen Kuß auf jede Wange und rief: »Das ist alles so wundervoll!«

Im Geiste beglückwünschte ich sie. Sie trieb ihren Auftritt so weit, daß sie die Worte leicht verwaschen klingen ließ, ohne es aber zu übertreiben. Traf genau den richtigen Ton.

»Kann ich auch 'n Kuß haben?« fragte Jesse und stieß einen der Zimmerleute in die Rippen.

»Nein«, antwortete Françoise mit beschwipstem Lächeln. »Du bist zu häßlich.«

Jesse drückte eine Hand auf sein Herz und schlug die andere an die Stirn. »Ich bin zu häßlich! Ich bin zu häßlich für einen Kuß!«

»Das stimmt«, sagte Cassie. »Das bist du.« Sie gab ihm ihr Kokosbier. »Hier. Ertränke deinen Kummer.«

»Das sollte ich wohl!« Er legte den Kopf zurück, schlürfte die Flüssigkeit in einem Zug aus und warf die leere Schale hinter sich. »Aber du liebst mich trotzdem noch, oder, Caz?«

»Nicht, wenn du mich Caz nennst, Jez.«

»Caz!« heulte er. »Caz! Jez! Caz!« Dann umschlang er sie mit beiden Armen und taumelte mit ihr zum Langhaus davon.

Kurz darauf wurde Étienne herübergerufen, damit er half, die Töpfe zum Eßplatz zu tragen, und Françoise und ich blieben allein. Sie sagte etwas zu mir, aber ich bekam es nicht mit, denn ich konzentrierte mich auf etwas anderes. Ich hatte gesehen, wie Unhygienix neben der Küchenhütte mit verwundertem Stirnrunzeln von seinem Eintopf gekostet hatte.

»Du hörst mir nicht zu«, sagte Françoise.

Unhygienix zuckte die Achseln und fing an, die Kochtopfträger einzuteilen.

»Du hörst mir überhaupt nicht mehr zu. Früher, wenn ich da etwas zu dir gesagt habe, hast du immer zugehört. Aber jetzt hast du nicht mal mehr Zeit, mit mir zu reden.«

»Ja ... Hat Keaty dir gesagt, daß du von dem Eintopf nichts essen sollst?«

»Richard!«

Ich zog die Stirn kraus. »Was?«

»Du hörst mir nicht zu!«

»O... Na, tut mir leid. Ich hab so viel im Kopf.«

»Aber nicht mich.«

»Hä?«

»Mich hast du nicht im Kopf.«

»Äh ... doch, natürlich.«

»Nein, hast du nicht.« Sie gab mir einen Rippenstoß. »Ich glaube, du liebst mich nicht mehr.«

Ich sah sie verblüfft an. »Meinst du das ernst ...?«

»Sehr ernst«, sagte sie in quengelndem Ton.

»Das kann nicht sein!«

»Doch! Seit so vielen Wochen sprichst du nicht mal mehr mit mir! Guckst mich nicht mal *an!* Ja, ich glaube, du interessierst dich überhaupt nur noch für Sal.«

»Für Sal?«

»Jawohl! Weißt du noch, wie es früher mit uns war. Wir waren immer...« Françoise zögerte. »Du *weißt* schon, wie wir waren...«

»Ja. Ich meine, nein. Aber... mein Gott, müssen wir denn *jetzt* darüber reden? Muß es ausgerechnet jetzt sein?«

»Natürlich muß es jetzt sein! Étienne ist nicht da, und bald werde ich dich vielleicht nie mehr sehen!«

»Françoise!« zischte ich. »Nicht so laut!«

»Vielleicht sollte ich nicht so laut sprechen, aber vielleicht ja doch. Als ich in der Dope-Pflanzung nicht still sein wollte, da hast du mich auf den Boden gedrückt und fest im Arm gehalten.« Sie kicherte. »Das war sehr erregend.«

Ich schaute mich hastig um, hakte mich bei ihr unter und wollte sie an den Rand der Lichtung ziehen. Als die andern uns nicht mehr sehen konnten, drehte ich sie um, nahm ihren Kopf zwischen beide Hände und schaute ihr forschend in die Pupillen. Sie waren riesengroß. »O mein Gott«, sagte ich wütend. »Du bist betrunken.«

»Ja«, gab sie zu. »Das kommt von diesem Potchentong.«

»Potchentong? *Fuck*, wovon redest du?«

»Jean nennt sein Getränk Potchentong. Es ist kein echtes Potchentong, aber...«

»Wieviel hast du davon getrunken?«

»Drei Schalen.«

»Drei? Wann denn das?«

»Beim Fußball. Beim Spiel.«

»Du *Idiot!*«

»Ich konnte nicht anders! Sie haben die Schale rumgehen lassen, und man mußte alles austrinken. Sie haben zugeschaut und geklatscht; was sollte ich denn machen?«

»Herrgott! Hat Étienne auch was getrunken?«

»Ja. Drei Becher.«

Ich schloß die Augen und zählte bis zehn. Das heißt, ich wollte. Dieser Scheiß funktioniert nie. Ich hörte bei vier auf.

»Okay«, sagte ich. »Komm mit.«

»Wo gehen wir hin?«

»Da rüber.«

Françoise schrie auf, als ich sie hinter einen Baum zerrte.

»Mach den Mund auf«, befahl ich.

»Küßt du mich jetzt?«

Was mich rasend macht: Ich bin sicher, wenn ich versucht hätte, sie zu küssen, hätte sie mich gelassen. So betrunken war sie. Aber ich mußte den Kopf schütteln.

»Nein, Françoise,« sagte ich. »Nicht ganz.«

Sie biß mir in die Finger, als ich sie ihr in den Hals steckte. Und sie wand und sträubte sich wie eine Schlange. Aber ich hatte ihren Nacken im Klammergriff, und als ich meine Finger einmal drin hatte, konnte sie nicht mehr viel machen.

Als sie sich zu Ende übergeben hatte, schlug sie mir ins Gesicht, was ich hinnahm. Dann sagte sie: »Das hätte ich auch selbst gekonnt.«

Ich zuckte die Achseln. »Ich hatte keine Zeit für eine Diskussion. Bist du jetzt nüchterner?«

Sie spuckte aus. »Ja.«

»Gut. Jetzt geh und wasch dich im Bach, und dann schleichst du dich diskret zurück auf die Lichtung. Und du rührst keinen Tropfen Potchentong mehr an.« Nach einer Pause fügte ich hinzu: »Und den Eintopf auch nicht.«

Als ich zur Party zurückkehrte, war Étienne fertig mit dem Auftragen des Essens und stand allein herum; wahrscheinlich suchte er Françoise. Ich ging zu ihm. »Hallo«, sagte ich. »Bist du betrunken?«

Er nickte unglücklich. »Das Potchentong … Sie haben mich gezwungen, es zu trinken, und …«

»Hab ich schon gehört.« Ich schnalzte mitfühlend. »Starker Stoff, was?«

»Sehr stark.«

»Na, keine Sorge. Komm einfach mit.«

Loses Ende

Der Grundriß war einfach. Konzentrische Kreise unter der Markise – in der Mitte ein Ring aus Kerzen, dann unsere Bananenblatt-Teller, dann saßen wir selbst da, und der vierte Kreis bestand wieder aus Kerzen. Es sah spektakulär und erschreckend aus. Orangefarbene Gesichter, flackerndes Licht, diffus in Wolken von Marihuana-Rauch. Und was für ein Lärmpegel. Die Leute redeten nicht, sie brüllten. Hin und wieder schrie jemand. Es waren immer nur Witze oder die Bitte, den Reistopf weiterzureichen, aber es klang wie Schreie.

Ich sorgte dafür, daß wir alle zusammensaßen. So wurden wir unseren Eintopf besser los, und Keaty und Françoise klemmten zwischen mir und Étienne. Es bedeutete auch, daß unsere relative Enthaltsamkeit nicht so leicht bemerkt werden konnte, denn das entwickelte sich zusehends zu einem Problem. Keaty redete als erster davon, knapp eine Stunde nachdem wir angefangen hatten zu essen.

»Ich hab dir gesagt, die gehen auf 'n Trip«, sagte er. Bei dem Lärm brauchte er nicht mal zu flüstern. »Du hast viel zuviel reingetan.«

»Meinst du, die sind wirklich auf'm Trip?«

»Vielleicht sehen sie nicht gerade Farben, aber …«

Ich schaute zu Sal hinüber, die mir genau gegenübersaß. Allem Getöse zum Trotz sah sie seltsamerweise aus wie jemand in einem alten Stummfilm. Sepiagetönt, flackernd, mit Lippen, die sich verzogen, ohne daß erkennbare Laute hervorkamen. Starre Lippen. Hochgezogene Brauen. Sie muß gelacht haben.

»Ja, die sind auf'm Trip«, bekräftigte Keaty. »Entweder die oder ich.«

Unhygienix tauchte hinter uns auf. »Noch Eintopf!« brüllte er.

Ich hob die Hand. »Satt! Ich kann nicht mehr essen!«

»Doch! Du ißt mehr!« Er langte herüber und löffelte einen dicken Klecks vor mich hin; wie ein Lavaklumpen quoll er über die Ränder meines Bananenblatts, wälzte sich über die Reiskörner hinweg und nahm sie mit sich. Kleine Männchen in der Lava, dachte ich, und plötzlich hatte ich das Gefühl, ebenfalls high zu sein. Ich gab Unhygienix ein Zeichen mit aufwärtsgestrecktem Daumen, und er setzte seine Runde fort.

Eine halbe Stunde später, gegen Viertel vor neun, entschuldigte ich mich unter dem Vorwand, ich müsse pissen. Ich wollte nach Jed sehen. Ich konnte mir nicht vorstellen, wie dieses manische Level länger als bis Mitternacht aufrechterhalten werden sollte; deshalb wollte ich wissen, ob unser Problem schon geklärt war.

Ich steckte den Kopf durch die Zeltklappe. Zu meinem Erstaunen sah ich, daß Jed schlief. Er befand sich an derselben Stelle, an der ich ihn schon am Tag gesehen hatte, war aber auf die Seite gekippt. Wahrscheinlich war er die ganze letzte Nacht wach gewesen.

Noch erstaunlicher war, daß Christo noch lebte und sein jämmerliches Ein- und Ausatmen immer weiter trieb. Aber es ging so sacht, daß ich es beinahe nicht als echtes Atmen bezeichnen kann.

»Jed«, sagte ich, aber er rührte sich nicht. Ich sagte es lauter, und es kam wieder keine Antwort. Dann schallte lauter Jubel von der Markise herüber. Er hielt ziemlich lange an, und als Jed sich auch da nicht rührte, wußte ich, was ich zu tun hatte.

Wenn jemand in tiefer Bewußtlosigkeit liegt und keine Chance mehr hat, vor seinem Tod noch einmal zu sich zu kommen, dann raubt man ihm nichts, wenn man ihn tötet. Jed sah das anders, und ich konnte verstehen, warum. Aber ich fand auch, daß er sich irrte. Ich habe in dieser Angelegenheit ein völlig reines Gewissen, und kein noch so ausführlicher Rückblick hat mir je Anlaß zu Schuldgefühlen gegeben.

Ich erreichte Christos Kopf, indem ich mich links an der Zeltwand entlangschlich. Ich hielt ihm die Nase zu und legte ihm eine Hand auf den Mund. Kein Zucken, kein Widerstand. Nach ein paar Minuten nahm ich die Hände wieder weg, zählte bis hundertzwanzig und glitt hinaus ins Kühle. Und das war es. Es war wirklich so leicht.

Als ich über die Lichtung zurückging, sah ich den Grund für den Jubel. Die beiden jugoslawischen Mädchen standen im inneren Kerzenring, hatten einander den Kopf auf die Schulter gelegt und tanzten langsam im hektischen Lärm.

Hier ist was im Gange

Als ich wieder an meinem Platz saß, hatten die jugoslawischen Mädchen noch ein paar andere inspiriert. Sal und Bugs fingen auch an zu tanzen, dann Unhygienix und Ella und schließlich Jesse und Cassie.

Ich mochte ein paar Schrauben locker haben, aber ich erkannte darin immer noch einen netten Augenblick. Als ich die vier Paare sah, wie sie sich umeinander drehten, mußte ich daran denken, wie es einmal am Strand gewesen war. Sogar Sal schien friedlich zu sein; alle ihre Pläne und Manipulationen waren vorübergehend beiseite geschoben, und in ihrem Bewußtsein war nichts als die unverstellte Zuneigung zu ihrem Lover. Ja, Sal sah aus wie ein ganz anderer Mensch. Ihre Art zu tanzen zeigte nichts von ihrer Selbstsicherheit. Ihre Schritte waren tastend und langsam, sie klammerte sich mit beiden Armen an Bugs und drückte den Kopf fest an seine Brust.

»Du erkennst sie nicht wieder«, sagte Gregorio, als er sah, in welche Richtung mein Blick ging. Während ich Christo umgebracht hatte, war er an meinen Platz gekommen, um mit Keaty zu plaudern. »So hast du sie noch nie gesehen.«

»Nein … allerdings nicht.«

»Weißt du, warum?«

»Nein.«

»Weil heute Tet-Fest ist, und Sal raucht und trinkt nur am Tet-Fest. Das ganze Jahr über hat sie einen klaren Kopf, zu jeder Stunde des Tages. Wir dröhnen uns zu, aber sie behält für uns einen klaren Kopf.«

»Ihr liegt der Strand am Herzen.«

»Sehr«, bestätigte Greg. »Natürlich.« Er lächelte und stand auf. »Ich besorge noch Kokosbier. Wollt ihr auch welches?«

Keaty und ich verneinten.

»Nur für mich?«

»Nur für dich.«

Er schlenderte zu den Fischeimern hinüber, die den letzten Rest von Jeans Gebräu enthielten.

Zehn Uhr. Mit dem Tanzen war es vorbei. Moshe stand da, wo die Tänzer gewesen waren; er hielt mit einer Hand eine Kerze hoch und berührte mit der anderen seine Wange. Ich wußte nicht, ob sich sonst jemand für ihn interessierte, aber ich tat es. »Diese Flamme«, sagte er, während heißes Wachs auf sein Handgelenk tropfte und an seinem Arm herabrann, wobei sich an seinem Ellbogen ein dünner Stalaktit bildete. »Guck mal.«

»Guck mal», sagte Étienne mit einer Gebärde zu Cassie. Sie betrachtete ebenfalls die Kerzenflammen, kauerte vornübergebeugt mit dem Ausdruck hingerissenen Entzückens. Jesse hockte neben ihr und flüsterte ihr etwas ins Ohr, das ihr die Kinnlade herabfallen ließ. Hinter ihnen saß Jean, mit dem Rücken an eine der Bambusstangen gelehnt, hielt die Finger vor die Augen, nahm sie wieder weg, blinzelte wie ein Kätzchen.

»Nacht, Jim-Bob«, rief einer der australischen Zimmerleute.

Sechs oder sieben Leute warfen Namen in die Runde, alle gleichzeitig. In kleinen Wellen breitete sich Gelächter unter der Markise aus. »Nacht, Sal«, rief Ella über die miteinander konkurrierenden Stimmen hinweg. »Nacht, Sal, Nacht, Sal, Nacht, Sal!«

Nach wenigen Augenblicken war Ellas Stichwort zu einem leisen Singsang geworden, der so lange dauerte wie die Zigarette, die ich rauchte. Dann antwortete Sal: »Danke, Kinder«, und wieder breitete sich das Lachen aus.

Ein paar Minuten später fragte der Zimmermann, der mit »Jim-Bob« angefangen hatte: »Sieht hier sonst noch jemand solchen Scheiß?« Als keiner antwortete, fügte er hinzu: »Ich sehe allen möglichen Scheiß hier.«

»Potchentong«, sang Jean; es klang wie eine Glocke.

Moshe ließ die Kerze fallen. »Im Ernst, Leute, ich sehe allen möglichen Scheiß hier.«

»Potchentong.«

»Hast du Pilze in den Potchentong getan?«

»Diese Flamme«, sagte Moshe. »Diese Flamme hat mich verbrannt.« Er fing an, sich die Wachsspur vom Arm zu schälen.

»Verdammt, Moshe verliert seine Haut...«

»Ich verliere meine Haut?«

»Verliert seine Haut!«

»Potchen-*fucking*-tong!«

Ich beugte mich zu Keaty hinüber. »Das *kann* nicht bloß von dem Rauschgift kommen«, flüsterte ich. »Selbst wenn man es ißt, wirkt Rauschgift doch nicht so, oder?«

Er wischte sich Schweißperlen aus dem Nacken. »Die sind alle verrückt. Wenn du klar bist, ist es noch schlimmer. *Fuck*, mir fliegt der Kopf vom bloßen Zugucken auseinander.«

»Ja«, sagte Étienne. »Wirklich, das gefällt mir nicht. Wann können wir gehen?«

Zum fünfzehntenmal in ebenso vielen Minuten sah ich auf die Uhr. Ich hatte mir vorgestellt, gegen zwei oder drei Uhr früh abzufahren, wenn ein bißchen Licht in den Himmel kroch. Aber Étienne hatte recht. Mir gefiel die Sache auch nicht, und notfalls konnten wir wahrscheinlich auch schon im Dunkeln in See stechen.

»Warte noch 'ne Stunde«, sagte ich. »Ich denke, vielleicht können wir in einer Stunde los.«

Was es ist, ist nicht ganz klar

Aber die eine Stunde brachte nichts. Um halb elf geriet alles aus dem Gleis.

Bis dahin hatte ich gemeint, die Situation unter Kontrolle zu haben. Vielleicht hatte ich die Situation sogar unter Kontrolle. Ein paar Schwierigkeiten – Françoises Rausch, Christos Atmen – waren beseitigt; wir hatten das Essen hinter uns gebracht, ohne daß jemand gemerkt hatte, daß wir unseres weggeschüttet hatten; außer Jed war nichts mehr zu erledigen, und das Tet-Fest ging seinem Ende entgegen. Jetzt brauchten wir nur noch abzuwarten und dann in Aktion zu treten.

Aber um halb elf erschien Mister Duck unter der Markise, und da wußte ich, ich hatte ein Problem.

Er kam aus der Dunkelheit und stieg über den äußeren Ring von Kerzen. Dann ging er hinüber zu Sal und Bugs, und nachdem er mich mit einem vagen Lächeln begrüßt hatte, setzte er sich neben sie.

»Wo willst du hin?« fragte Françoise, als ich aufstand. Es war seit einer Weile das erste, was sie sagte. Seit dem Tanzen hatte sie, den Kopf auf Étiennes Schoß, dagelegen und eindringlich die Markise angestarrt. Aus ihrer Gesichtsfarbe schloß ich, daß sie die Nachwirkungen ihrer nachmittäglichen Sauferei zu spüren bekam, aber als sie sprach, wurde mir klar, daß sie außerdem Angst hatte. Das lag angesichts der Umstände nahe, aber ich war nicht eben in einfühlsamer Geistesverfassung. Ebenso, wie ich nicht in der Verfassung war, jemanden zu beruhigen.

»Könnte sein, daß wir im Arsch sind«, sagte ich und sprach in meiner Dummheit laut aus, was ich dachte.

Étienne fing an, sich umzusehen. »Was? Was ist?«

»Ich muß was checken. Ihr drei rührt euch nicht von der Stelle. Klar?«

»Verdammt, das ist überhaupt nicht klar.« Keaty hielt mein Bein fest. »Was ist denn los, Richard?«

»Ich habe was zu tun.«

»Du gehst nirgendwohin, solange du mir nicht sagst, was los ist.«

»Laß mein Bein los. Greg beobachtet uns.«

Keaty packte noch fester zu. »Ist mir egal. Du sagst uns, was los ist ...«

Ich bückte mich, drückte meine Finger in die weiche Unterseite von Keatys Handgelenk und sperrte ihm das Blut ab. Nach ein paar Sekunden fiel seine Hand herunter.

»Hallo«, sagte ich zu Sal.

»Richard«, antwortete sie fröhlich. »Richard, meine rechte Hand. Wie geht's dir, rechte Hand?«

»Fühle mich ein bißchen linkshändig. Ich fange an, beschissenes Zeug zu sehen.« Die letzten Worte richteten sich an Mister Duck, der sich darüber zu amüsieren schien.

»Setz dich zu uns.«

»Ich muß mir ein paar Zigaretten aus dem Langhaus holen.«

»Wenn du dich zu uns setzen würdest ...« Sal wirkte einen Moment lang abwesend, aber dann nahm sie den Faden wieder auf. »Dann wüßte ich, daß ihr beide, du und Bugs, wieder Freunde seid.«

»Wir sind Freunde.«

Mister Duck schüttete sich vor Lachen, aber Bugs nickte, erfüllt von verträumter Gutwilligkeit. »Yeah, Mann«, sagte er. »Lauter Freunde hier.«

»Es war … das war das letzte, was mir Sorgen gemacht hat … Daß ihr beide Freunde seid, das hab ich noch gebraucht …«

Ich klopfte Sal auf die Schulter. »Dann brauchst du dir jetzt wegen nichts mehr Sorgen zu machen. Alles ist wieder normal, genau wie du es wolltest.«

»Ja. Wir haben's geschafft, Richard.«

»Du hast es geschafft.«

»Tut mir leid, daß ich dich angeschrien hab, Richard. All die Male … tut mir leid.«

Ich lächelte. »Ich muß mir jetzt meine Zigaretten holen. Wir unterhalten uns später.«

»Dann setzt du dich zu uns.«

»Na klar.«

Als Mister Duck durch die Langhaustür kam, packte ich ihn beim Hals und schleuderte ihn drinnen gegen die Wand. »Okay«, sagte ich. »Sag mir, was du hier suchst.«

Er starrte mich mit etwas verblüfftem, unschuldigem Gesicht an und gluckste dann.

»Bist du hier, um uns aufzuhalten?«

Keine Antwort.

»Sag mir, warum du hier bist!«

»Der Horror«, sagte er.

»Was …?«

»Der Horror.«

»Welcher Horror?«

»*Der* Horror!«

»*Welcher Horror*?«

Er seufzte und entwand sich meinem Griff mit einer schnellen Bewegung. »Der Horror«, sagte er ein letztes Mal, und dann duckte er sich zur Tür hinaus und war weg.

Ein paar Sekunden blieb ich, wo ich war, die Arme sinnlos erhoben in der Haltung, in der ich Mister Duck festgehalten hatte. Dann kam ich zu mir, und im Laufschritt hastete ich zurück zur Markise und bemühte mich nur sehr oberflächlich, gelassen zu erscheinen.

»Okay«, flüsterte ich, als ich bei Keaty und den anderen beiden angekommen war. »Macht euch fertig. Wir gehen.«

»Sofort?«

»Ja.«

»Aber… es ist noch stockfinster da draußen!«

»Wir schaffen's schon. Ich gehe zuerst, damit ich Jed holen und die Wasserflaschen einsammeln kann; Étienne und Françoise verziehen sich fünf Minuten später, und dann geht Keaty. Wir treffen uns am Pfad zum Strand in…«

Dieses Geräusch

Genau in dem Moment, als ich »Pfad« sagen wollte, sprang Bugs auf. Seine wohlwollende Verträumtheit war mit einem Schlag dahin. Er riß die Augen auf und bleckte die Zähne. »Verdammt, was war das für ein Geräusch?« zischte er.

Alle drehten sich zu ihm um.

»Was war das für ein Geräusch, verdammt?«

Unhygienix lachte schläfrig. »Hörst du jetzt Geräusche, Bugs?«

»Das war… ein Ast, der angestoßen wurde. Da schiebt sich jemand durchs Gebüsch.«

Sal stemmte sich aus dem Lotossitz und hockte sich auf die Fersen.

Bugs wich einen Schritt vor der Dunkelheit zurück. »Da ist auf jeden Fall jemand draußen.«

»Vielleicht ist es Karl…« erwog einer.

Ein paar Köpfe wandten sich mir zu.

»Das ist nicht Karl.«

»Jed?«

»Jed ist im Lazarettzelt.«

»Na, wenn es nicht Karl oder Jed ist ...«

»Still!« Jetzt stand auch Cassie auf. »Ich hab auch was gehört ... Da!«

Wir alle spitzten die Ohren.

»Da ist nichts«, sagte Jesse. »Wollt ihr euch bitte abregen? Das ist bloß dieser komische Trip ...«

»Verdammt, das ist kein Trip«, unterbrach Bugs ihn. »Reißt euch zusammen. Ich sage euch, da kommen Leute.«

»Leute?«

Und plötzlich sprangen wir alle auf, denn jetzt hörten wir es alle. Die Geräusche waren unüberhörbar. Da brachen Leute durchs Geäst, stapften durch das Laub, kamen den Weg vom Wasserfall her auf uns zu.

»Lauft!« schrie Sal. »Lauft alle weg! Sofort!«

Zu spät.

Eine Gestalt erschien vier Meter weit vor uns, beleuchtet von den öligen Flammen rings um die Markise. Sekunden später tauchten noch mehr auf. Alle hielten sie ihr Gewehr im Anschlag und zielten auf uns. Keiner sah naß aus; sie konnten also nicht am Wasserfall heruntergesprungen sein. Vielleicht kannten sie einen geheimen Weg in die Lagune, oder sie hatten sich an den Klippen abgeseilt, oder sie waren einfach herabgeschwebt. Wie sie da in der Dunkelheit verharrten, erschien auch das nicht völlig abwegig.

Ich drehte mich zu meinen Gefährten um. Von Étienne und Françoise abgesehen, bezweifelte ich, daß einer von ihnen den Vietkong schon mal gesehen hatte, und ich war neugierig, wie sie reagieren würden.

Sie zeigten sich entsprechend beeindruckt. Zwei waren auf die Knie gefallen, Moshe und einer der Gärtner, und die anderen waren zu einem Tableau des Schreckens erstarrt. Offene

Münder, zusammengebissene Zähne, Arme vor der Brust gekrümmt. Fast beneidete ich sie. Dafür, daß es der erste Kontakt war, war es kaum zu übertreffen.

Apokalypse…

Mir war klar, daß Flucht nicht in Betracht kam und daß wir alle sterben würden, und ich akzeptierte diese Erkenntnis ohne Bitterkeit. Ich konnte nichts tun, um es zu verhindern, und ich spürte, daß ich mit reinem Gewissen sterben würde. Obwohl ich gewußt hatte, daß Vietnam vielleicht so enden würde, war ich nicht weggelaufen. Ich war selbstlos dageblieben, bis ich sicher gewesen war, daß meine Freunde mit mir weglaufen konnten. Ausnahmsweise hatte ich das Richtige getan.

Und deswegen machte es mich wütend, daß der Vietkong nicht das Richtige tat. Sie taten ganz und gar nicht das Richtige, und ich war empört.

Als ich mich wieder umdrehte, sah ich, daß der Boß der Dope-Guards mit stechendem Finger auf mich zeigte. Im nächsten Augenblick schleifte einer seiner Männer mich unter der Markise hervor und zwang mich zu Boden. Ich war entsetzt, als mir dämmerte, daß ich als erster erschossen werden würde.

Als erster! Wenn ich erschossen werden mußte, dann als zehnter, elfter, zwölfter – okay. Aber *als erster*? Ich konnte es nicht glauben. Ich würde alles verpassen.

Der Wächter legte mir die Mündung seiner Kalaschnikow an die Stirn. »Du machst einen großen Fehler«, sagte ich erbost. »Du baust hier *wirklich* Scheiße!« Ich deutete mit dem Kopf auf Moshe. »Wieso knallst du nicht den da ab? Dir kann es doch egal sein! Knall ihn ab!«

Sein glattes Gesicht schaute mich gleichgültig an.

»Ihn, Herrgott noch mal! Den Affen da!«

»Aaaffen…«

»Den *Affen*, du beschissenes Schlitzauge! Du gelber Hurensohn! Den Gorilla! *Den da drüben*!«

Ich deutete auf Moshe, der jämmerlich wimmerte. Dann gab mir der Wachmann hinter mir einen Tritt ins Kreuz.

»Oh, Scheiße!« Ich schnappte nach Luft, als ein rotglühender Schmerz mir durch die Nieren schoß.

Ich konnte mich nicht halten, sondern rollte auf die Seite. Ich sah meine Freunde. Das Tableau schien sich nicht verschoben zu haben; nur Étienne hielt sich jetzt die Augen zu.

»Okay.« Mühsam kam ich auf die Knie. »Dann laßt mich wenigstens bestimmen, wer es macht.«

Ich beging nicht den Fehler, noch einmal mit dem Finger auf jemanden zu zeigen. Statt dessen drehte ich mich so herum, daß jetzt der Kickboxer auf meinen Kopf zielte.

»Ich will diesen Typen hier. Dagegen ist doch nichts einzuwenden, oder? Er soll das machen!«

Der Kickboxer runzelte die Stirn und warf einen Blick hinüber zu seinem Boß. Der Boß zuckte die Achseln.

»Ja, du. Du mit dem Drachen-Tattoo.« Ich machte eine Pause und warf dann einen Blick auf seinen Mund. Er war geschlossen, und die Lippen waren in der Verwirrung leicht vorgeschoben. »Und was glaubst du wohl? Ich weiß, daß du keine Vorderzähne hast!« Ich zeigte ihm meine und tippte mit dem Zeigefinger dagegen. »Weg, hey?«

Er hob wachsam den Finger und schob ihn zwischen seine Lippen.

»Ganz recht!» schrie ich. »Du hast keine Vorderzähne! Und das wußte ich schon!«

Der Kickboxer behielt den Finger noch ein paar Augenblicke im Mund und betastete sein Zahnfleisch. Dann sagte er auf Thai etwas zu seinem Boß.

»Ah.« Der Boß nickte. »Du der Junge, der uns immer komm' besuchen... Jeden Tag, ha? Du komm' gern uns besuchen.«

Ich funkelte ihn an. Zu meiner Überraschung hockte er sich neben mich und zerzauste mir das Haar.

»Komische Junge in Bäumen, jeden Tag. Wir hab' dich auch gern. Klau bißchen Mary-Jane, ha? Okay Mary-Jane. Bißchen Mary-Jane, für dein' Freun'.«

»Mach schon, erschieß mich«, sagte ich tapfer.

»Erschieß dich? Ah, komische Junge... Ich jetzt nicht erschieß euch«, sagte er zu den geduckten Gestalten unter der Markise. »Ich euch nur warne. Ihr Leute hier, is' okay von mir aus. Ein Jahr, zwei Jahr, drei Jahr, *no problem*, ha?«

Vielleicht wartete er auf eine Antwort, aber er bekam keine. Das machte ihn anscheinend sauer. Er sog sich langsam die Lunge voll und kriegte dann einen hysterischen Wutanfall. *»Aber jetz' ihr mach' Problem! Verdammt, große Scheiße Problem!«*

Es war totenstill, als er in die Tasche griff und ein Stück Papier herausholte. Sogar die Zikaden schienen begriffen zu haben. *»Ihr mach' Lan'karte!«* schrie er. Der nächste Satz ging zur Hälfte an mir vorbei, übertönt von dem Stampfen in meinen Ohren. *»Aber warum das machen? Lan'karte bring' neue Leute! Neue Leute hier! Neue Leute sin' gefährlich für mich! Un' das Scheiße gefährlich für euch!«*

Er zögerte, und mit der gleichen, verblüffenden Plötzlichkeit beruhigte er sich wieder. »Okey-dokey«, knurrte er. Dann warf er die Karte auf den Boden, zog seine Pistole aus dem Halfter und feuerte einen Schuß ab. Die Kugel ging daneben, aber so knapp, daß das Papier durch die Luft flatterte. Zum zweitenmal war ich taub. Die Mündung war keinen halben Meter von meinem Kopf entfernt gewesen.

Als mein Hörvermögen zurückkehrte, schwatzte der Boß in gespenstisch anmutendem Plauderton weiter. »Also, meine Freunde, ich hab euch alle sehr gern. Sehr gut. Ein Jahr, zwei Jahr, kein Problem. Also ihr hör' gut auf mein' Warnung. Nächste Mal ich erschieß euch alle.«

Ich hatte keine Zeit, diese letzte Bemerkung zu verdauen, denn zum drittenmal wurden meine Sinne außer Gefecht gesetzt. Der Boß unterstrich seinen Satz, indem er mir seine Pistole über den Schädel schlug. Im Schock wollte ich aufstehen, und er schlug mich noch einmal. Ich klappte sofort wieder auf die Knie. Als nächste spürte ich, daß er mein T-Shirt am Rücken gepackt hatte und mich aufrecht hielt.

»Moment«, brachte ich hervor. Meine Tollkühnheit war restlos verflogen. Ich hatte Angst. Nach dieser kleinen Kostprobe war ich absolut sicher, daß ich nicht totgeschlagen werden wollte. »Warten sie 'nen Moment, bitte.«

Half nichts. Der Boß schlug mich unglaublich hart. Ein paar Sekunden war ich noch bei Bewußtsein und starrte auf seine Schuhe. Reeboks, wie bei dem Eierdieb auf Ko Samui. Dann wurde mir schwarz vor Augen.

Ich wußte nicht, was los war. Ein paar Dinge drangen zu mir durch – Schritte, Geraschel, gedämpfte Thai-Stimmen, zwei Fußtritte, die mich auf den Rücken rollten. Aber ich konnte keinerlei Zusammenhang herstellen. Alles war planlos und unerklärlich.

Als ich mich schließlich aufrichten konnte, ohne wieder umzufallen – inzwischen mußten ungefähr zehn Minuten vergangen sein – war der Vietkong weg. Ich fing an, zur Markise zurückzukriechen, wo ich immer noch die verschwommenen Umrisse meiner Gefährten ausmachte, und beim Kriechen fragte ich mich abwesend, weshalb ich als Punchingball ausgesucht worden war. Ja, wieso brauchten sie überhaupt einen Punchingball? Wenn sie nicht vorgehabt hatten, uns zu erschießen, kam es mir unfair vor, daß sie mir solche Schmerzen zugefügt hatten.

...Now

Es gab noch eine Frage, die ich mir hätte stellen sollen, aber die stellte ich mir nicht. Nach meiner inzwischen beträchtlichen Erfahrung ist das Teil der seltsamen Funktionsweise, die das Gehirn an den Tag legt, wenn es unter schwerer Schockeinwirkung ins Schleudern gerät. Man verbeißt sich in die unbedeutenden Rätsel, nicht in die wichtigen.

Die Frage, die ich mir hätte stellen sollen, lautete: Wieso kam niemand mir zu Hilfe? Wenn ich zehn Minuten bewußtlos gewesen war – was ich vermutete –, dann hatten sie genug Zeit gehabt, ihre sieben Zwetschgen wieder einzusammeln. Aber da kauerten sie hinter ihrem Kerzenring, so hilfreich wie eine Ansammlung von Wachsfiguren.

»Helft mir«, lallte ich. »Was ist los mit euch?«

Ich versuchte, sie finster anzustarren, was mir äußerst schwerfiel. Ich sah nicht nur unscharf, sondern doppelt, und daher war ich nicht sicher, wohin ich den finsteren Blick richten sollte.

»Keaty … hilf mir.«

Der Klang seines Namens schien ihn zum Leben zu erwecken. Er tat ein paar Schritte auf mich zu, aber sogar mit meinen vermasselten Augen konnte ich erkennen, daß die Art, wie er sich bewegte, etwas Gespenstisches hatte. Es war, als sei da etwas hinter mir, wovor er Angst hatte.

Meine Ellbogen gaben nach, und ich schlug mit dem Kinn auf den Boden. Ich sabberte, um die Erde aus dem Mund zu bekommen. »Beeil dich, Keaty.«

Dann war er bei mir, und noch jemand. Françoise, nach dem Geruch zu urteilen. Sie zogen mich hoch und schleiften mich unter die Markise; sie hatten gerade genug Kraft, um meine Arme und Schultern hochzuheben. Als ich über die Kerzen hinwegrutschte, löschte ich sie mit dem Bauch aus. Das war ein Extraschmerz, auf den ich wirklich hätte verzichten können, aber zumindest schreckte er mich so weit auf, daß ich ein bißchen klarer denken konnte. Und ein Schluck Kokosbier gab mir auch neue Kräfte. Das Zeug wird ziemlich schnell zu Essig, und was ich da herunterkippte, war bereits kurz vor dem Umkippen. Es war so scharf, daß ich die Schultern hochzog und die Augen zukniff, und als ich sie dann öffnete, war mein Sehvermögen wieder normal.

Zumindest sah ich jetzt, weshalb alle zu Salzsäulen erstarrt waren. Mit Hilfe von Étienne und einer der Bambusstangen, die den Lakenbaldachin hielten, zog ich mich auf die Beine, bis ich stand. Der Vietkong hatte gefunden, daß es als Warnung nicht genügte, mich zusammenzuschlagen. Sie hatten uns eine Erinnerung dagelassen, damit auch wirklich kein Zweifel aufkam.

Die Kugeln hatten die Floßfahrer scheußlich zugerichtet. Große Löcher, zerschmetterte Schädel. Alle Leichen waren nackt, was vermuten ließ, daß man sie erst ausgezogen und dann erschossen hatte. Die Totenstarre hatte sie in seltsamen Stellungen erfaßt. Sammy lag auf dem Rücken, aber er mußte auf dem Bauch gelegen haben, als die Starre einsetzte, und so sah er jetzt aus, als stemme er sich nach oben gegen die Last des Himmels. Das deutsche Mädchen mit dem netten Lachen und den langen Haaren lag auf der Seite. Sie sah aus, als wolle sie in den Arm genommen werden.

Ich halte es nicht für nötig, sie weiter zu beschreiben. Ich habe sie nur so weit beschrieben, wie es für das, was als nächstes passierte, von Bedeutung ist.

Mit einem solchen Anblick konfrontiert zu werden, wäre schon unter den allerbesten Umständen übel gewesen. Unmittelbar nach der Szene mit den Dope-Guards hätte man es noch schlimmer empfunden. Aber das alles durchzumachen, während man auf einem Trip war – da mußte jeder verrückt werden.

»Okay«, sagte Sal. Sie erwachte aus ihrer Trance und ging auf den Leichenhaufen zu. »Ich denke, wir sollten hier aufräumen. Es wird nicht lange dauern, wenn wir alle ...«

Sie brach ab. Ihre Schultern zuckten, als wollte sie eine Jacke abstreifen, und dann setzte sie sich mit einem Plumps wieder hin.

»Es dauert nicht lange. Kommt schon, laßt uns diese Sauerei wegmachen.«

Sie stand wieder auf.

»Diese Sauerei. So eine Sauerei.«

Der deutsche Typ war unter Zephs Brust eingeklemmt, und seine starren Arme verhakten die beiden ineinander. Sal bekam ihn nicht los. Wir alle schauten stumm zu, wie sie erfolglos an den Beinen des Deutschen zerrte.

»Was für eine Sauerei«, keuchte sie und riß noch einmal heftig daran.

Ihre Hände rutschten ab.

Sie fiel rückwärts, drehte sich im Fallen und landete auf Sammys Leiche.

»Ungeschickt«, rief sie munter.

Dann fing sie an zu schreien und sich die Finger in die Wangen zu krallen. Ihr Gesicht hatte das Gesicht Sammys berührt, als sie von ihm heruntergerollt war, und Sammy hatte keinen Unterkiefer mehr.

Sie schrie, wie manche Leute weinen – die Leute, die normalerweise nie weinen, so daß man weiß, daß die Tränen aus irgendwelchen unvorstellbaren Tiefen kommen. Es war ein Geräusch, das mir Gänsehaut bereitete, aber Bugs rastete total aus.

Er rief Sals Namen. Dann schluchzte er, nur einmal und gar nicht laut. Dann ging er dahin, wo wir alle gesessen hatten, und nahm eins von Unhygienix' kurzen Küchenmessern. Schließlich ging er zu Sammy und fiel über ihn her.

Es begann mit Treten und ging rasch in Stechen über. In die Brust, in den Unterleib, in die Arme, überallhin. Als nächstes hockte er sich rittlings auf die Leiche und fing an, am Hals zu zerren. Zumindest hatte ich den Eindruck, daß er es tat; es war im Halbdunkel nicht völlig klar zu sehen, und außerdem war die Sicht zum großen Teil durch Bugs' breiten Rücken verdeckt. Ich sah es erst richtig, als er wieder aufstand. Er hatte Sammy den Kopf abgeschnitten. Hatte ihn abgeschnitten und schwenkte ihn an den Haaren herum.

Und plötzlich hatte Jean ein Messer und stach damit auf das schlanke deutsche Mädchen ein, schnitt ihr den Bauch auf und riß die Eingeweide heraus. Dann kam Cassie dazu, beugte sich über Zeph, bearbeitete seine Schenkel. Étienne übergab sich, und Sekunden später stürzten sich alle zusammen auf die Leichen.

Rückblickend weiß ich, daß wir in diesem Augenblick hätten verschwinden können. Es waren zwar noch Leute unter der Markise – alle Köche, Jesse, Gregorio und ein paar Gärtner –, aber die hätten nicht versucht, uns aufzuhalten. Und ich wäre imstande gewesen zu gehen. Die Szene hatte mir so viel Adrenalin in die Blutbahn gejagt, daß die Schläge, die ich bekommen hatte, vergessen waren. Ich hätte einen Marathonlauf machen und erst recht mich in die Dunkelheit schleichen können.

Aber wir blieben, wo wir waren. Wir waren gebannt von der Zerlegung der Floßfahrer. Mit jedem abgetrennten Glied schienen neue Wurzeln mich an den Boden zu binden.

Ein bekanntes Gesicht

Ich weiß nicht, wie lange die Raserei dauerte. Es kann eine halbe Stunde gewesen sein. Aber irgendwann erkannte ich, daß die Meute sich zerstreut hatte; einige saßen erschöpft neben ihrem Werk, andere irrten durch die Dunkelheit. Nur

Moshe war noch da; er konzentrierte sich auf etwas Kleines, auf einen Finger vielleicht, anscheinend fand er ihn noch nicht klein genug. Und während ich Moshe beobachtete, hörte ich Sals Stimme.

»Wartet drei Tage in Chaweng«, las sie mit betäubender Kälte. »Wenn wir dann nicht zurück sind, bedeutet es, daß wir den Strand erreicht haben. Sehen wir uns dort? Richard.«

Ich brauchte eine Weile, bis ich die Worte verstanden hatte; ein paar Sekunden lang waren sie nur beliebige Geräusche. Dann aber ging mir ein Licht auf, so hell, daß ich es wirklich sehen konnte, und mir war klar, was sie zu bedeuten hatten.

Ich drehte mich um. Sal stand neben mir und hatte das Blatt in der Hand, das der Boß zurückgelassen hatte. Es war mir ganz entgangen, dieses Stück Papier. Taub und verprügelt, hatte ich seine Bedeutung nicht erkannt.

»... sehen wir uns dort«, wiederholte sie ausdruckslos. »Richard.«

Draußen vor der Markise kam Bewegung in die Chirurgen. Einige kamen dicht heran, drängten sich an Keaty vorbei, der mich mit eigenartig leerem Blick anstarrte.

»Richard?« flüsterte eine von ihnen. »Richard hat die Leute hergeführt?« Es war ein Mädchen, aber sie war rot und schwarz verschmiert, so daß ich nicht erkennen konnte, wer sie war.

Weitere kamen dazu, umringten mich schweigend, drängten Keaty und Françoise zurück. Verzweifelt suchte ich nach einem Gesicht, das ich kannte. Ich dachte, ich könnte an jemanden appellieren, wenn ich ein bekanntes Gesicht sähe. Ich könnte mich verteidigen. Aber je mehr Messerstecher herankamen, desto anonymer sahen sie aus. Unter ihren scharrenden Füßen wurden Kerzen umgeworfen. Die Dunkelheit nahm zu, die Gesichtszüge schmolzen. Als auch Étienne verschwand, war ich allein unter Fremden.

»Jean!« schrie ich.

Die Fremden lachten.

»Moshe! Cassie! Ich weiß, daß ihr da seid ...! Sal! *Sal!*«

Aber sie war auch weg. Wo sie gewesen war, zischte mich eine gedrungene Kreatur an. »Nach dem Tet-Fest wird das Leben wieder normal sein!«

»Sal, *bitte*«, flehte ich, und eine Nadel stach mir ins Bein. Ich schaute nach unten. Jemand hatte mich gestochen. Nicht tief – aber irgendwie machte mir das um so mehr angst. Ich schrie auf und wurde wieder gestochen. Mit dem gleichen Druck. Einen halben Zoll tief unter die Haut, diesmal in den Arm, dann in die Brust.

Einen Augenblick lang war ich so geschockt, daß ich mir nur dumm das Blut abwischen konnte, das mir über den Bauch lief. Dann blubberte das Entsetzen in mir herauf, und als es meine Kehle erreicht hatte, fing ich an zu schreien. Ich versuchte auch, mich zu wehren; ich schlug mit der Faust nach dem nächstbesten Gesicht, aber ich traf schlecht, und der Schlag streifte harmlos einen Wangenknochen. Mein nächster Schlag wurde abgewehrt, und dann hielten sie mir die Handgelenke fest.

Ich flehte. »Nicht«, bat ich und fing an, mich zu drehen. Die Angst gab mir Kraft, und es gelang mir, mich loszureißen. Aber jedesmal, wenn ich mich vor den Messern wegdrehte, wurde ich von hinten gestochen. Ich spürte, daß die Attacken immer heftiger wurden. Nicht nur Stiche, sondern Schnitte. Eine andere Art Schmerz, nicht so akut. Unendlich viel fremdartiger und erschreckender.

»Nicht so«, schluchzte ich.

Ich merkte, daß meine Knie nachgaben, und krümmte die Arme an den Körper. Ein letztes Mal schaute ich zu den heulenden Gestalten mit ihren Messern hinauf. Wieder rief ich nach Sal und bat sie, ihnen zu sagen, sie sollten aufhören. Es täte mir sehr leid – aber ich wußte gar nicht mehr, was ich getan hatte; ich wußte nur noch, daß ich nie etwas Böses hatte tun wollen.

Schließlich rief ich nach Daffy Duck.

Und plötzlich, im Wirbel der Gesichter, sah ich eines, das ich erkannte.

Aber…

Die Messerstiche gingen weiter, aber sie taten nicht mehr weh. Die Gesichter wirbelten weiter, aber das Gesicht, das ich kannte, blieb reglos. Ich konnte ruhig mit ihm reden, und es antwortete mir.

»Daffy«, sagte ich. »Ich bin im Arsch.«

»Yeah, GI.« Er lächelte. »*Beaucoup bad shit.*«

»Eingemacht von den eigenen Leuten.«

»Kommt immer wieder vor.«

Eine Klinge durchbohrte meine Oberlippe. »Hat nichts zu bedeuten, was?«

»Nicht viel.«

»Hätte nie hier sein dürfen. Das ist alles.« Ich seufzte, als meine Beine nachgaben und ich auf den Palmblatt-Teppich kippte. »Gott, was für 'ne eklige Art zu sterben. Aber zumindest ist es ein Ende.«

»Ein Ende?« Daffy schüttelte den Kopf. »Es kann jetzt nicht enden.«

»Kann es nicht?«

»Na los, Rich. Denk nach. Überleg dir, wie es enden sollte.«

»Sollte …«

»Ein flaches Dach, eine panische Menschenmenge, nicht genug Platz im …

»… letzten Hubschrauber nach draußen.«

»Braver Junge.«

»Evakuierung.«

»Wie immer.«

Daffy war weg. Die Stiche hatten aufgehört. Eine Messerstecherin krümmte sich plötzlich und betastete ziellos ihren Bauch, ein anderer kippte seitwärts und fuchtelte mit den Armen.

Ich drehte mich um und sah Jed neben mir. Und neben ihm

Keaty, Étienne und Françoise. Alle vier hielten Fischspeere in den Händen, die Spitzen fächerförmig ausgebreitet. Bugs saß mit verschränkten Armen auf dem Boden, und frisches Blut strömte ihm in den Schoß. Moshe lehnte an einem der Bambuspfosten, sog die Luft zwischen zusammengebissenen Zähnen ein und hielt sich die Rippen.

»Zurück jetzt, alle!« schrie Jed. Er bückte sich, legte sich meinen Arm um die Schultern und zog mich hoch. *»Zurück!«*

Bugs schloß die Augen und sackte vornüber.

»Aber...« sagte Sal. Sie tat einen Schritt in unsere Richtung, und Jed stieß ihr seinen Speer tief in den Bauch. Sofort riß er ihn wieder heraus. Sal blieb stehen und schwankte, als die Spitze herausfuhr.

»Zurück!« schrie Jed noch einmal. *»Ihr alle, zurück!«*

Und erstaunlicherweise gehorchten sie. Obwohl sie in der Überzahl waren und es leicht hätten verhindern können, wenn sie gewollt hätten, ließen sie uns laufen. Ich glaube nicht, daß es wegen Sal war, die die Augen geschlossen hatte und anscheinend keine Luft mehr bekam. Es war, weil sie müde waren. Ihre schlaffen Arme und glasigen Augen verrieten es mir. Sie waren des Ganzen müde. *Beaucoup bad shit*, einfach zuviel.

GAME OVER

Seltsam, aber wahr

Ich glaube, ich sollte noch berichten, wie wir alle nach Hause kamen. Aber es wird ein kurzer Bericht werden, denn die Geschichte ist zu Ende. Das hier ist nur ein Epilog.

Wir redeten viel. Das vor allem habe ich von der Reise in Erinnerung – das Reden. Es hat sich in mein Gedächtnis eingebrannt, weil es einen so überraschte. Mit Schweigen würde man rechnen: ein jeder zurückgezogen in sein ganz privates Grauen. Und der erste Teil der Reise, der Nachtmarsch zum Floß, verlief auch tatsächlich in Schweigen – aber nur, weil wir Angst hatten, von den Wachen gehört zu werden. Kaum hatten wir abgelegt und waren unterwegs, gingen die Münder auf und wollten sich nicht mehr schließen. Das Komische ist, ich kann mich eigentlich nicht erinnern, worüber wir redeten. Vielleicht, weil wir über alles sprachen. Oder vielleicht auch über gar nichts.

In meinem Zustand war ich keine große Hilfe, aber die anderen wechselten sich paarweise mit Paddeln und Schwimmen ab. Ich bekam immer wieder Schüttelfrostanfälle. Wenn es soweit war, konnte ich nichts weiter tun, als mich zitternd zusammenrollen. Sie dauerten immer nur zwei Minuten, aber Jed hielt es für besser, mich nicht ins Wasser zu lassen, weil ich sonst ertrinken könnte. Einmal wäre ich schon beinahe ertrunken, als wir durch die Lagune zu den Höhlen und dem Felskamin geschwommen waren. Ohnehin tat das Salzwasser in meinen Schnittwunden mörderisch weh, so oberflächlich sie sein mochten.

Wir brauchten nicht lange zu paddeln. Ein paar Stunden

nach Tagesanbruch kam ein Fischerboot heran, um nach uns zu sehen. Und nach kurzem Geplänkel schleppten sie uns nach Ko Samui. Es war erstaunlich. Sie zeigten allenfalls arglose Neugier, wollten wissen, wer wir waren und was wir auf einem Floß im Golf von Thailand machten. Das einzige, weswegen sie die Brauen hochzogen, waren meine Schnittverletzungen. Und das soll heißen, daß hochgezogene Brauen wirklich die einzige Reaktion darauf waren. Wir waren ein ganz gewöhnlicher Haufen von verrückten *farang*, die verrückte Sachen machten, wie die *farang* es eben machten.

Auf Ko Samui bekamen wir ein paar Probleme, weil wir kein Geld hatten. Aber wir waren Backpacker, und so war das keine große Sache. Keaty und ich verkauften unsere Armbanduhren. Dann klaute Étienne zu unserer aller Überraschung eine Brieftasche. Ein stilles Wasser, unser Étienne. Irgendein Pißkopf hatte seinen Zimmerschlüssel unter seinem T-Shirt liegenlassen, als er schwimmen gegangen war. Wir klauten ein langärmeliges Hemd und eine Hose, damit ich meine Schnittwunden verstecken konnte, und das Bargeld genügte, um uns alle zum Festland hinüberzubringen, uns etwas zu essen zu besorgen *und* Keatys Uhr zurückzukaufen.

Von Ko Samui ging es nach Surat Thani und mit dem Bus nach Bangkok – für diese Fahrt mußte Keaty seine Uhr dann noch mal verkaufen –, und die ganze Zeit über redeten wir und ärgerten damit unsere Mitreisenden, weil wir sie wachhielten.

In der Stadt blieb uns nur noch eines zu tun, nämlich zu Hause anzurufen. Wir alle benutzten nacheinander die klimatisierte Telefonzelle in der Khao San Road. In diesem späten Stadium noch in Sentimentalität verfallen, das wäre das letzte, was ich tun möchte, aber wir alle weinten, als wir eingehängt hatten. Wir müssen einen ziemlich blöden Anblick geboten haben, ich in meinem blutbefleckten neuen Hemd und die anderen in ihren Lumpen, alle in Tränen aufgelöst.

Zweiundsiebzig Stunden später hatten wir Flugtickets und

Ersatzpässe von unserer jeweiligen Botschaft. Ich bekam den letzten Schüttelfrostanfall, als ich im Dutyfree von Bangkok zollfreie Zigaretten kaufte. Als wir an Bord des Flugzeugs gegangen waren, fühlte ich mich okay.

Genau in diesem Augenblick sitze ich vor einem Computer. Genau in diesem Augenblick tippe ich diesen Satz. Genau in diesem Augenblick ist es ein Jahr und einen Monat her, daß ich Thailand mit dem Flugzeug verließ.

Ich habe Étienne und Françoise nie wiedergesehen. Eines Tages wird es passieren. Es wird ein Zufall sein, aber ich weiß, es wird passieren, denn die Welt ist ein kleiner Ort, und Europa ist noch kleiner. In meinem Tagtraum ist Euro-Disney der Schauplatz unseres Zufallstreffens, und es wird in ein paar Jahren stattfinden, so daß wir alle Kinder haben. Sie werden in Euro-Disney sein, weil ihre Kinder sie damit genervt haben, und ich werde in Euro-Disney sein, weil ich meine Kinder damit genervt habe.

Natürlich wird die Begegnung uns verlegen machen. Sie wird nicht länger als zehn Minuten dauern. Étienne wird so was sagen wie: »Es ist viel Zeit vergangen seit Thailand. Unser Leben ist heute anders.« Ich werde beipflichten. Dann wird ihre Familie sich von meiner entfernen, und ich werde sie aus dem Augenwinkel beobachten und warten, ob Françoise noch einen Blick zu mir zurück wirft.

Sie wird es tun, oder sie wird es nicht tun. Ich werde abwarten müssen, bis ich herausfinde, in welcher unserer Parallelwelten ich hier lebe.

Keaty und Jed sehe ich dauernd. Wie das Reden ist auch das eine Sache, mit der man nicht gerechnet hätte. Normalerweise hätten wir auseinanderdriften müssen, unfähig, mit unserer gemeinsamen Geschichte fertig zu werden. Aber das haben wir nicht getan. Wir sind gute Freunde.

Keaty und Jed sehe ich also dauernd. Seltsam, aber wahr.

Was sonst noch.

Vor ungefähr drei Monaten, vielleicht vier, blätterte ich den Bildschirmtext durch und las: »Britin wegen Schmuggels in Malaysia verhaftet.« Ein paar Abende später sah ich Cassie in den Nachrichten. Sie saß hinten in einem Isuzu-Kombi, flankiert von Polizisten in Khaki-Uniformen. Der Kombi stand vor einem vergammelt aussehenden Gerichtsgebäude. Sie war am Flughafen von Kuala Lumpur mit über einem Pfund Heroin geschnappt worden, und es heißt, sie sei *seit sechs Jahren* die erste westliche Schmugglerin, die dafür hingerichtet wird. Der BBC-Reporter schaffte es, ihr ein Mikro hinzuhalten, bevor sie weggefahren wurde, und sie sagte: »Sagen Sie meinen Eltern, es tut mir leid, daß ich so lange nicht geschrieben habe.«

Arme Cassie. Wahrscheinlich hat sie versucht, sich den Heimflug zu finanzieren. Ihre Mum und Dad, die ganz anständig aussehen, bitten im Fernsehen um Milde.

Sie vergeuden ihre Zeit. Sie ist totes Fleisch. Oder Toast.

Aber der springende Punkt ist, Cassie ist von der Insel runtergekommen; also müssen es ein paar andere auch geschafft haben. Ich wäre neugierig zu erfahren, wer. Ich sage mir, daß Gregorio und Jesse es geschafft haben, und Unhygienix und Ella. Ich bin sogar sicher. Ich bin auch sicher, daß Bugs gestorben ist, und ich stelle mir gern vor, daß Sal mit ihm gestorben ist. Nicht aus Bösartigkeit. Ich kann bloß den Gedanken nicht ertragen, daß sie eines Tages vor meiner Haustür aufkreuzen könnte.

Was mich betrifft…

Mir geht's prima. Ich habe böse Träume, aber Mister Duck habe ich nicht wiedergesehen. Ich spiele Videospiele. Ich rauche ein bißchen Dope. Ich habe meinen Tausendmeterblick. Ich trage 'ne Menge Narben mit mir rum.

Gefällt mir, wie das klingt.

Ich trage 'ne *Menge* Narben mit mir rum.

Das wär's ungefähr.

STEPHEN BOOTH

»Ein großer psychologischer Spannungsroman. Booth versteht es meisterhaft, den Bewohnern eines scheinbar idyllischen Dorfes die Maske der Arglosigkeit vom Gesicht zu reißen.«
Publishers Weekly

45518